D1348052

ASTĘPNE
OKOLENIE

52 374 056 7

Cykl Aleksandra Makowskiego
SZPIEDZY

Bez przebaczenia
Bez sumienia
Następne pokolenie

prawolub

Książka, którą nabyłeś, jest dziełem twórcy i wydawcy. Pro
my, abyś przestrzegał praw, jakie im przysługują. Jej zawarto
możesz udostępnić nieodpłatnie osobom bliskim lub osob
ście znanym. Ale nie publikuj jej w internecie. Jeśli cytujesz jej
fragmenty, nie zmieniaj ich treści i koniecznie zaznacz, czyje
to dzieło. A kopiując jej część, rób to jedynie na użytek osobisty.

Szanujmy cudzą własność i prawo.
Więcej na **www.legalnakultura.pl**
Polska Izba Książki

ALEKSANDER MAKOWSKI

NASTĘPNE POKOLENIE

Wydawnictwo Czarna Owca
Warszawa 2016

Redakcja
Mirosław Grabowski

Projekt graficzny serii
Paweł Skupień

Projekt okładki
RM Projekt Daniel Rusiłowicz

Zdjęcia na okładce
© suravid / Shutterstock, © cocozero / Shutterstock,
© Victor Torres / Shutterstock, © UTBP / Shutterstock
© Luciano Mortula / Shutterstock, © Lukas Gojda / Shutterstock
© Subbotina Anna / Shutterstock, © ostill / Shutterstock
© Everett Collection / Shutterstock

DTP
Marcin Labus

Korekta
Igor Mazur

Redaktor prowadzący
Anna Brzezińska

Text copyright © by Aleksander Makowski
Copyright © for the Polish edition by Wydawnictwo Czarna Owca, 2016

Wydanie I

Druk i oprawa
OPOLGRAF S.A.
Książka została wydrukowana na papierze Creamy 70g/m², vol 2,0
dystrybuowanym przez: ZiNG

ISBN 978-83-8015-260-1

Wydawnictwo

CZARNA OWCA
ul. Alzacka 15a, 03-972 Warszawa
www.czarnaowca.pl
Redakcja: tel. 22 616 29 20; e-mail: redakcja@czarnaowca.pl
Dział handlowy: tel. 22 616 29 36; e-mail: handel@czarnaowca.pl
Księgarnia i sklep internetowy: tel. 22 616 12 72; e-mail: sklep@czarnaowca.pl

1968
31 marca

Lyndon Johnson siedział w salonie prywatnego apartamentu prezydenckiego naprzeciw swojej żony Lady Bird i z goryczą tłumaczył jej motywy postanowienia, jakie podjął po wielu tygodniach rozważań.

– Od ubiegłego roku generał Westmoreland i mój wysłannik Robert Komer powtarzali mi: „Widzimy już światełko w tunelu. Wierzymy, że nareszcie wygrywamy tę wojnę. Mamy tam przecież pięćset pięćdziesiąt tysięcy żołnierzy, najlepsze lotnictwo świata i całe niezbędne wsparcie sprzętowe, logistyczne i wywiadowcze". Westmoreland dawał nawet do zrozumienia, że już w tym roku zacznie ściągać naszych chłopców do domu. Ja z kolei zapewniałem o tym Amerykanów... I co? Nagle nadchodzi trzydziesty pierwszy stycznia, Wietkong razem z tymi z Północy funduje nam ofensywę Tet i wszystkie nasze rachuby biorą w łeb. Amerykanie są w szoku, a ja wychodzę na prezydenta, który okłamuje własny naród! Natychmiast wysyłam do Sajgonu generała Wheelera, aby zbadał sytuację na miejscu, a ten wraca i oznajmia, że Westmoreland potrzebuje jeszcze dwustu tysięcy amerykańskich żołnierzy... Dasz wiarę? Jak im wyślę te dwieście tysięcy, to ilu jeszcze zażądają? Mamy już dwadzieścia pięć tysięcy poległych!

Lady Bird zapewniła prezydenta, że poprze każdą jego decyzję.

O dwudziestej pierwszej trzydzieści pięć Lyndon Johnson w wystąpieniu telewizyjnym poinformował Amerykanów, że w nadchodzących wyborach prezydenckich nie przyjmie nominacji swojej partii. Ci, którzy mieli okazję widzieć się z nim tego wieczoru osobiście, mówili, że po przemówieniu wyglądał na zrelaksowanego...

W rodowej rezydencji Van Vertów na Long Island w zasadzie nie oglądano telewizji i jednym z zadań kamerdynera Jamesa było informowanie domowników o ważniejszych wydarzeniach. Tego wieczoru wszedł więc do biblioteki, w której siedzieli Victor, Frederick i Martin, streścił telewizyjne przemówienie prezydenta, po czym ukłonił się i oddalił.

– Zawsze mówiłem, że Johnson nie jest taki głupi – ocenił Frederick. – Gdy dwa tygodnie temu ten karakan Robert Kennedy ogłosił, że będzie się ubiegał o nominację demokratów na prezydenta, Lyndon już wiedział, że nie ma szans. Tylko po jaką cholerę kazał przerwać bombardowania żółtków z Północy i zaprosił ich przedstawicieli na rozmowy pokojowe?

– Kennedy zatem dostanie nominację Partii Demokratycznej i w listopadowych wyborach prezydenckich zmierzy się z naszym Nixonem – odezwał się Martin. – A swoją drogą ten Bobby to dużej klasy spryciarz. Prawie wszyscy, którzy doradzali Johnsonowi w sprawie Wietnamu, wywodzą się z administracji Johna Kennedy'ego. Ponoć są najlepsi i najbardziej inteligentni. Ale gdyby dzisiaj Johnson wyszedł bez ochrony na ulicę, to ludzie pewnie by go zlinczowali.

Tak więc, Fredericku, masz rację i zarazem jej nie masz. Na razie najmądrzejszy okazał się Robert Kennedy.

– Dlatego nie może dostać nominacji demokratów na prezydenta – stwierdził Victor Van Vert z głębokim przekonaniem, a nieco ciszej dodał: – Nikt nie będzie stawał na drodze realizacji moich planów. Nikt!

Ani syn, ani brat nie skomentowali jego wypowiedzi.

14 lipca

Tego dnia Victor Van Vert zaprosił Martina na rozmowę do rezydencji. Piękna pogoda zachęciła ojca i syna do spaceru po ogrodzie.

– Nie podobają mi się te rozmowy w Paryżu z komunistami z Północy – oznajmił Victor prosto z mostu.

Znaczące wstrzymanie bombardowań Wietnamu Północnego umożliwiło w maju podjęcie bezpośrednich rozmów pokojowych pomiędzy Amerykanami a północnymi Wietnamczykami. Po licznych oporach i wypracowaniu skomplikowanej formuły partycypacji przyłączył się do nich także rząd Wietnamu Południowego i Narodowy Front Wyzwolenia.

– Wiadomo, o co Johnsonowi chodzi. Tuż przed wyborami chce zawrzeć jakąś namiastkę pokoju i pokazać wyborcom, że zakończył wojnę w Wietnamie, którą ta hołota z ulicy już rzyga. I to mają być patrioci?! W ten sposób zamierza dać zwycięstwo w wyborach demokratom, a nam je odebrać. Nie możemy do tego dopuścić!

– Wydawało mi się, że śmierć Roberta Kennedy'ego gwarantuje zwycięstwo naszego kandydata – zauważył nieco cierpko Martin.

Piątego czerwca, tuż po północy, brat zamordowanego pięć lat wcześniej prezydenta został postrzelony przez zamachowca w kuchni hotelu Ambassador w Los Angeles i dwadzieścia sześć godzin później zmarł. Zabójcą okazał się imigrant arabskiego pochodzenia, urodzony w Palestynie Sirhan. Podobnie jak Harvey Oswald, miał działać sam... Martin śmiercią drugiego Kennedy'ego był nie tylko zaskoczony, ale i cokolwiek zszokowany, ponieważ nie wierzył w takie szczęśliwe zbiegi okoliczności... Wolał jednak nie roztrząsać tej sprawy.

– W polityce nie ma czegoś takiego jak gwarancja zwycięstwa wyborczego, bo ludzie są tylko ludźmi. – Victor zdecydowanie uciął dywagacje syna, nie odnosząc się w żaden sposób do wzmianki o tragicznej śmierci kolejnego członka klanu Kennedych. – Trzeba dopilnować, aby twój przeciwnik polityczny nie miał nawet najmniejszej możliwości zarobienia dodatkowych głosów. Na czymkolwiek!

– Co zatem sugerujesz, ojcze? Co mam zrobić? – zapytał Martin, nieco zdziwiony zaciętością ojca. Znał go jednak na tyle dobrze, by wiedzieć, że ma gotowy plan działania, którego wykonanie przypadnie jemu.

– Trzeba się skontaktować z kimś sensownym z delegacji Wietnamu Północnego w Paryżu – zaczął spokojnie wyjaśniać nestor rodu Van Vertów – i przedstawić mu propozycję zakończenia wojny w imieniu tych, którzy będą rządzić Ameryką po Lyndonie Johnsonie. Nie może to być jakiś tępy komuch, ale ktoś, kto wie, jak działają mechanizmy w naszym kraju, i zna naszą mentalność. Najlepiej ktoś z ich wywiadu. Oni mają takich ludzi...

Martin Van Vert zaniemówił. Wszystkiego się spodziewał, lecz nie tego, że ojciec będzie go zachęcał do kontaktu z... wrogiem. Wprawdzie toczyły się oficjalne rozmowy pokojowe, ale wojna, na której cały czas ginęli żołnierze obu stron, trwała przecież w najlepsze.

Szybko otrząsnął się z zaskoczenia.

– Jaką propozycję mam przedstawić takiemu człowiekowi, jeśli w ogóle zechce mnie słuchać? – zapytał.

– Oczywiście, że zechce! W końcu wywiad jest od tego, by słuchać przeciwnika. Sam to wiesz najlepiej. – Victor starał się nadać swojej wypowiedzi żartobliwy charakter. – Przedstawisz sprawę prosto. Johnson jest skończony, a demokraci przegrają wybory, więc jakiekolwiek rozmowy z nimi to strata czasu. Teraz gotowi są obiecać wszystko, aby zapewnić sobie zwycięstwo, ale nie będą w stanie dotrzymać żadnej obietnicy, bo i tak stracą władzę. Poradzisz zatem swojemu rozmówcy, aby w geście dobrej woli jego rząd nie przyczyniał się do jakiegokolwiek sukcesu Johnsona przed wyborami, a ci, którzy przyjdą po nim, z pewnością tego nie zapomną...

– Wybacz, ojcze, ale ktoś, kto nas nie zna, mógłby powiedzieć, że taka rozmowa może zakrawać na zdradę stanu – zauważył ostrożnie Martin.

– Mylisz się, drogi synu. W grę wchodzi wyłącznie racja stanu. Nasza racja stanu – odpowiedział spokojnie i z wielką pewnością siebie Victor Van Vert. – Zajmiesz się tą sprawą? Pozostało niewiele czasu...

Były oficer CIA pomyślał, że musi jak najszybciej skontaktować się z Harrym Adamsem, swoim człowiekiem w Białym Domu, a także z Lucienem Coneinem, byłym żołnierzem OSS.

Szkoda, że Lodger dał się zabić w Wietnamie, przydałby się – naszła go refleksja.

– Oczywiście, ojcze, możesz na mnie liczyć.

15 października

O dziesiątej rano Martin Van Vert siedział w paryskim bistrze La Bohème na Montmartrze, uważnie obserwując nieprzeniknioną twarz pułkownika Tran Minha.

Były oficer CIA nie posiadał się z zadowolenia, kiedy odkrył, że obaj jego zaufani dali mu nazwisko tego samego człowieka. Musi to być zatem właściwy rozmówca – skonstatował w myślach.

Harry Adams powołał się na swoje stare niemieckie kontakty, które przemycały dla niego ludzi zza żelaznej kurtyny w czasach, gdy stacjonował w Europie. To właśnie one, jak twierdził, ustaliły, że to odpowiedni człowiek i jedyny porządnie znający angielski spośród żółtków z północnowietnamskiej delegacji. W rzeczywistości po rozmowie z Martinem Harry natychmiast przesłał relację Dominikowi, a parę tygodni później został przez niego wywołany na spotkanie do Paryża. Tam ustalili, że Tran Minh musi być przekonany, że jego spotkanie z Martinem zaaranżował sam Harry jako amerykański agent. Przy okazji polski przemytnik rozbudził jego wyobraźnię, mówiąc, że jeżeli ta inicjatywa zakończy się sukcesem i Nixon zostanie kolejnym prezydentem, to Martin zarobi u niego dużo punktów. „A wtedy przedstawi cię ze stosowną rekomendacją

11

Nixonowi i zostaniesz w Białym Domu na dwie kadencje jako zaufany człowiek nowego prezydenta".

Z kolei Lucien Conein, który w 1945 roku walczył w Indochinach przeciw Japończykom i z tego okresu znał osobiście Ho Chi Minha, założył, że swoje ustalenia oprze na starych kontaktach w Wietnamie Północnym, i nie pomylił się. Ale na wszelki wypadek posiłkował się też opinią znajomych z francuskiego wywiadu. W obu przypadkach wskazano mu tego samego człowieka i to jego nazwisko przekazał Martinowi Van Vertowi.

Nawet najbardziej uważna obserwacja twarzy pułkownika nie pozwoliłaby byłemu oficerowi CIA odkryć, że siedzący naprzeciwko niego mężczyzna nazywa się Tran Ngoc i do niedawna był majorem spadochroniarzy w armii Wietnamu Południowego. Ani też – że antycypując przystąpienie do paryskich rozmów pokojowych, najwyżsi przełożeni pułkownika postanowili wysłać go do Paryża jako doradcę delegacji Północy właśnie dlatego, że doskonale znał angielski i mentalność drugiej strony oraz mógł natychmiast reagować radą na wszelkie niespodzianki towarzyszące negocjacjom.

Martin nie mógł też wiedzieć, że poprzedniego dnia pułkownik spotkał się w lokalu konspiracyjnym KGB z Jekatieriną Iwanową, którą włączono do tej rozgrywki, gdy wywiad polski w ramach rutynowej współpracy sojuszniczej przekazał informację Harry'ego wywiadowi KGB. Tran Minh wiedział zatem o swoim rozmówcy wszystko to, co w ocenie Iwanowej wiedzieć powinien. Nie miał zatem wątpliwości, że rozmawia z człowiekiem, który może mieć wielkie wpływy w Białym Domu prezydenta Richarda Nixona.

O ile opatrzność pozwoli mu wygrać... – pomyślał były major spadochroniarzy.

– Dziękuję panu za pozytywną odpowiedź na propozycję tego spotkania – zagaił Martin. – Postaram się być możliwie otwarty i stawiać sprawy jasno, bez niepotrzebnego owijania w bawełnę. Podobnie jak pan jestem żołnierzem oraz oficerem wywiadu i wolę nie tracić czasu na niepotrzebne kluczenie.

– Doceniam pańską szczerość, panie Van Vert – odpowiedział pułkownik, mile zaskoczony nastawieniem swojego interlokutora. – Pańskie nazwisko to synonim potęgi Ameryki i tylko głupiec nie skorzystałby z zaproszenia do rozmowy.

Martin przeszedł do rzeczy.

– Reprezentuję siły polityczne, które za kilka miesięcy będą rządzić Stanami Zjednoczonymi i przewodzić temu, co my nazywamy wolnym światem. Jestem bowiem głęboko przekonany, że to Richard Nixon wygra wybory i będzie waszym partnerem w procesie pokojowym, który zakończy tę nieszczęsną wojnę. Lyndon Johnson wie, że jest skończony. Jeśli stara się osiągnąć w tych rozmowach choćby pozór sukcesu, to tylko po to, by wesprzeć kampanię wyborczą demokratów. Uczestniczenie w jego gierkach byłoby wielkim błędem ze strony waszych decydentów i przyczyniłoby niepotrzebnych szkód nie tylko pańskiemu krajowi, lecz także mojemu. To Richard Nixon będzie decydował w kwestiach wojny i pokoju, a nie wątpię, że potrafi docenić każdy wasz gest dobrej woli, który nie osłabi jego przedwyborczych wysiłków. Mówiąc bez ogródek, porozumienie pokojowe z Johnsonem nie byłoby warte papieru, na którym zostałoby spisane...

Pułkownik Tran Minh dość nieoczekiwanie przyznał Martinowi rację.

– Też uważam, że do czasu wyborów nie powinniśmy podejmować żadnych decyzji, a tym bardziej czegokolwiek podpisywać, i będę to zalecał swoim przełożonym. Sądzę, że skorzystają z moich rad i poczekają na nowego amerykańskiego prezydenta.

– Jeżeli pan pozwoli, to przekażę mu tę dobrą nowinę – zasugerował w pełni usatysfakcjonowany przebiegiem tej rozmowy Martin. – A gdy już zaczną się poważne negocjacje pokojowe z administracją prezydenta Nixona, to pańskim zdaniem jakie są szanse na szybkie zakończenie tej wojny?

Wietnamczyk zamyślił się na chwilę.

– Jestem na wojnie od prawie trzydziestu lat. Najpierw z Japończykami, potem z Francuzami, reżimem sajgońskim i z wami. Trudno mi więc być optymistą. Musi pan zrozumieć, że nie odpuścimy celu, o który tak długo walczyliśmy, a jest nim niepodległość i zjednoczenie całego Wietnamu. Nie będą to więc rozmowy szybkie, łatwe i miłe. Ale zarówno wasze, jak i nasze największe problemy są związane z rządem sajgońskim. Przekona się pan, podobnie jak nowy prezydent, jacy z nich dranie. Oni nie chcą, aby wojna się zakończyła. Obecne status quo niezwykle im odpowiada. O ich bezpieczeństwo w Wietnamie Południowym dba ponad pięćset pięćdziesiąt tysięcy amerykańskich żołnierzy i niewiele mniej Amerykanów z agend cywilnych, co powoduje napływ ogromnej fali dolarów. De facto utrzymujecie tę bandę. Po co mieliby się porozumieć z nami w jakiejkolwiek sprawie i zakręcić sobie kurek z kasą? Pewna szacowna dama i gorąca zwolenniczka pana Nixona, Anna Chennault, skontaktowała się osobiście z prezydentem Wietnamu Południowego, radząc mu sabotowanie rozmów paryskich przed wyborami. Jest bardzo nieostrożna, ale umacnia go w przeświadczeniu, że taka taktyka ma wielką przyszłość. Proszę sobie to wszystko rozważyć na spokojnie, a dojdzie pan do wniosku, że mam rację.

– To logiczne, co pan mówi, ale bądźmy dobrej myśli. W czasie ofensywy Tet na początku roku zginął mój przyjaciel Henry Lodger. – Martin spojrzał na pułkownika, którego twarz pozostała niewzruszona. – Dołożę zatem starań, aby zakończyć to zabijanie. To była bardzo pożyteczna wymiana poglądów i cieszę się, że do niej doszło.

– Ja też, panie Van Vert. W razie potrzeby jestem do dyspozycji – odpowiedział pułkownik Tran Minh i wyciągnął rękę na pożegnanie.

– Zabiłaś Henry'ego Lodgera? – zapytał prostu z mostu Dominik, gdy spotkał się na kolacji z Janą.

Siedzieli w niewielkiej rodzinnej knajpce i czekali na wino.

– Nie. Wietkong go zabił, a ja nie widziałam powodu, aby temu zapobiec. – Pułkownik KGB opowiedziała mu pokrótce całe zdarzenie. – Został nam jedynie Martin Van Vert, ale jego przecież nie zabijemy.

– Z tego, co ci zrelacjonował Tran Minh, wynika, że Van Vertom niezwykle zależy na wygranej Nixona. Jak sądzisz, wygra? – Dominik nie wątpił, że Jana ma lepszy od niego wgląd w sprawy amerykańskie.

– Odkąd zabito Roberta Kennedy'ego, jego szanse znacznie wzrosły. A jak zapewnił mnie Tran Minh, w rozmowach paryskich aż do wyborów nie będzie żadnego przełomu. Zatem obstawiam wygraną Nixona – odpowiedziała. – W Święto Dziękczynienia dowiemy się, jakie plany pomnożenia majątku i potęgi swojego rodu ma Victor Van Vert...

– Rozumiem, że Maria nie musi za wszelką cenę znaleźć się w gronie słuchaczy Victora? – upewnił się Dominik.

– Nie musi. Van Vertowie to męski klan, który nie zwykł dopuszczać kobiet. Gdyby się starała uczestniczyć w spotkaniu, mogłoby się to wydać podejrzane – oceniła. – Ona, jak uzgodniliśmy, ma inne zadania.

Przemytnik przyznał jej rację, zadumał się, po czym całkowicie zmienił temat.

– Zwróciłaś uwagę na to, co się wydarzyło w marcu w Polsce?

– Wydarzyło się to, co zostało przez kogoś zaplanowane. Na razie nie wiem do końca, czy głównymi animatorami byli moi przełożeni, czy też przełożeni Dolores. Musimy spotkać się we troje, bo bez jej udziału i litra bimbru *woprosa nikak nie rozbieriosz* – zaśmiała się Jana.

6 listopada

Jednym z głównych powodów, dla których kwatera ekipy prezydenta elekta znajdowała się w hotelu Pierre, była odległość zaledwie jednej przecznicy od nowojorskiego apartamentu Richarda Nixona przy Piątej Alei 810. Przyszły prezydent nabył go w 1963 roku od Nelsona Rockefellera, zostając przy okazji jego sąsiadem. Apartamenty pod tym adresem miały na ogół prawie pięćset metrów kwadratowych powierzchni, cztery sypialnie, pokoje dla służby, salon, bibliotekę i wspaniały widok na Central Park.

Nixon wraz z żoną i córkami Tricią i Julie przyleciał do Nowego Jorku poprzedniego dnia około osiemnastej i prosto z lotniska Newark udał się do hotelu Waldorf Astoria, gdzie na trzydziestym piątym piętrze wynajęto dla niego apartament. Tu oczekiwał na wynik wyborów. Miał nadzieję, że w odróżnieniu od pojedynku z Johnem Kennedym w 1960 roku nie będzie musiał czekać na wyniki całą noc czy wręcz całą dobę.

Nie po raz pierwszy w życiu się omylił.

Mimo że przez pierwsze kilka godzin tego wieczoru prowadził w wyścigu prezydenckim z kandydatem demokratów, to o północy Hubert Humphrey go wyprzedził. Pół godziny później zdobył przewagę sześciuset tysięcy głosów.

Dopiero nadejście wyników ze stanów Ohio i Kalifornia zmieniło stan rzeczy. O trzeciej nad ranem szóstego listopada Richard Nixon uwierzył, że wygrał wybory prezydenckie 1968 roku. Podobnie jak w 1960 roku do samego końca były kłopoty z liczeniem głosów w Chicago, gdzie uparty burmistrz Daley nie zamierzał pójść Nixonowi na rękę i ujawnić rezultatów wcześniej, niż absolutnie musiał.

Niepewność republikanów trwała mniej więcej do dziesiątej trzydzieści, gdy główne stacje telewizyjne NBC i CBS ogłosiły Richarda Nixona zwycięzcą, a rozwiała się całkowicie o jedenastej trzydzieści, kiedy zadzwonił Hubert Humphrey, by osobiście pogratulować kontrkandydatowi zwycięstwa. Natychmiast po przyjęciu tych gratulacji prezydent elekt udał się z całą rodziną do sali balowej hotelu na spotkanie ze swoimi zwolennikami, by podziękować im za nocne czuwanie i wygłosić krótkie przemówienie.

Zrelaksował się dopiero w apartamencie na Piątej Alei, gdzie zjadł coś z żoną i córkami i nastawił ulubioną muzykę. Z przyjemnością rozmyślał o czekających ich kilkudniowych wakacjach w rodzinnej posiadłości w Key Biscayne na Florydzie. Ale przed wylotem miał jeszcze jedno spotkanie, którego nie chciał odkładać, tym bardziej że nie spodziewał się, aby mogło być absorbujące.

Niebawem służący Manolo wprowadził gościa do biblioteki.

Martin Van Vert już od progu wyciągnął ramiona.

– Panie prezydencie, serdecznie gratuluję wygranej! Spełnił pan swoje i nasze marzenia. Ojciec prosił o przekazanie wyrazów podziwu i uznania. Jak zawsze zaprasza na kolację z okazji Święta Dziękczynienia. W tym roku będzie ona niezwykła, bo musimy podziękować za niezwykłą łaskę bożą.

Uścisnęli się. Obaj byli w doskonałych humorach. Usiedli w fotelach, a Manolo podał po kieliszku szampana i wyszedł.

– Podziękuj serdecznie Victorowi. Jego wiara we mnie przez te lata jest częścią naszego zwycięstwa, choć bardzo niewiele brakowało, a mogło być inaczej. Z danych mojego sztabu wynika, że wygrałem zaledwie jednym procentem głosów – zwierzył się rozluźniony prezydent elekt. – Tym bardziej dziękuję ci za to, co załatwiłeś z północnymi Wietnamczykami w Paryżu.

Przyszło mu też do głowy, że gdyby kandydatem demokratów na urząd prezydenta nie był Hubert Humphrey, lecz zamordowany pięć miesięcy wcześniej Robert Kennedy, to wyniki tych wyborów byłyby inne. Ale nie widział potrzeby, żeby dzielić się tą refleksją z gościem. Wiedział, że członek rodu Van Vertów musi mieć pełną tego świadomość...

– Kto będzie pamiętał o różnicy procenta?! Zwycięzca jest zawsze jeden! Pan nim jest i przejdzie do historii jako trzydziesty siódmy prezydent, reszta się nie liczy. – Martin uniósł kieliszek. – Wypijmy za ten sukces!

– Chciałbym cię z kimś poznać, Martinie – oznajmił Richard Nixon, z lubością spełniwszy toast. – Za chwilę wpadnie tu Bob Haldeman...

Nie dokończył zdania, gdy rozległo się pukanie i do biblioteki wszedł wysoki, prawie po wojskowemu ostrzyżony, ale już lekko łysiejący na czubku głowy mężczyzna o zdecydowanym wyrazie twarzy. Miał na sobie szary garnitur, białą koszulę, ciemny krawat i czarne buty.

– Pozwolą panowie, że dokonam prezentacji – rzekł Nixon, po czym przedstawił Martina nowo przybyłemu, jego zaś Martinowi. – Bob Haldeman będzie moim szefem sztabu w Białym Domu. Pokieruje przepływem dokumentów, informacji oraz, co najważniejsze, ludzi do Gabinetu Owalnego. Nie pozwoli, abym utonął w powodzi spraw nieistotnych, a mój czas marnowali osobnicy, którzy nie mają nic do powiedzenia.

– Miło cię poznać, Bob. Teraz już wiem, kto w Białym Domu jest najważniejszy po prezydencie... – odezwał się Martin poważnym tonem, gdyż nie chciał, aby jego wypowiedź została odebrana jako żart.

– Otóż to! Bob będzie moim alter ego czuwającym nad powodzeniem tej prezydentury. A klucz do sukcesu każdej prezydentury tkwi w prawidłowym procesie podejmowania decyzji. Na biurko prezydenta mogą trafiać jedynie te kwestie, których nie da się rozstrzygnąć na niższym szczeblu – odpowiedział Nixon. – Bob rzeczywiście będzie najważniejszym administratorem w Białym Domu. Dlatego życzyłbym sobie, abyście dobrze się poznali. Pamiętaj, Bob, że Martin Van Vert zawsze ma wstęp do Gabinetu Owalnego. A teraz wybaczcie, moi drodzy, muszę przygotować siebie i dziewczyny do podróży do Key Biscayne. Wy tymczasem sobie pogadajcie.

Dwaj mężczyźni pożegnali się z prezydentem elektem, zjechali do wyłożonego marmurem holu w stylu włoskiego renesansu, z bogato rzeźbionym sufitem, i wyszli na ulicę. Postanowili mówić sobie po imieniu.

– Jeżeli idziesz do waszej kwatery w hotelu Pierre, to chętnie cię odprowadzę – zasugerował Martin nowemu znajomemu. – Mam tam apartament, w którym możemy pogawędzić.

Haldeman z przyjemnością na to przystał. Od dwunastu lat był politycznie związany z Richardem Nixonem i doskonale się orientował, kto jest kim wśród jego zwolenników i jaki ma ciężar gatunkowy. Ród Van Vertów zajmował w tej konstelacji unikatową pozycję.

12 listopada

Nixonowie nie zabawili w Key Biscayne dłużej aniżeli pięć dni. W drodze powrotnej do Nowego Jorku zahaczyli o Waszyngton, gdzie prezydent elekt spotkał się ze swoim poprzednikiem. Podczas gdy Lady Bird oprowadzała Pat Nixon po pokojach Białego Domu, odchodzący prezydent zaprosił gościa na spotkanie, którego głównym tematem była wojna w Wietnamie. Stawili się sekretarz stanu, sekretarz obrony, szef połączonych szefów sztabów, doradca do spraw bezpieczeństwa narodowego i szef CIA. Ludzie większość swojego czasu poświęcający wojnie, której nie potrafili wygrać.

Słuchając ich, Richard Nixon uświadomił sobie nagle, że nie może pozwolić, aby Wietnam stał się jego obsesją i zniszczył jego administrację, tak jak zniszczył prezydenturę Johnsona, doprowadzając do sytuacji, w której prezydent bał się wychylić nosa z Białego Domu. Trzeba skończyć tę pieprzoną wojnę i zabrać się za wielkie sprawy – postanowił w myślach.

Przez następne kilka dni przez hotel Pierre przewinęło się mnóstwo ludzi, spośród których Nixon zamierzał wybrać pracowników swojej administracji. Wyrazy uszanowania złożył mu także dyrektor FBI, Edgar J. Hoover, który pełnił swój urząd od prawie czterdziestu lat i nie wątpił, że nadal na nim pozostanie, bo wiedział prawie wszystko o prawie wszystkich.

Nie przyszedł więc o nic prosić, tylko poinformował prezydenta elekta, że jego poprzednik, Lyndon Johnson, kazał zainstalować w Gabinecie Owalnym system do nagrywania wszystkich rozmów, który włączał i wyłączał przełącznikiem zainstalowanym pod biurkiem. Dodał, że John Kennedy i jego poprzednicy również podsłuchiwali ludzi, o czym on jako odwieczny szef FBI wiedział najlepiej. Ale to nie było wszystko, co Hoover miał do powiedzenia tego dnia nowo wybranemu prezydentowi Stanów Zjednoczonych.

– W końcówce kampanii wyborczej Lyndon Johnson był już tak zdesperowany, że kazał nam zainstalować podsłuchy wokół pana, między innymi w samolocie, którego używaliście podczas kampanii wyborczej – relacjonował dyrektor FBI z profesjonalnym spokojem. – Uzasadniał to względami bezpieczeństwa narodowego, co zawsze stanowi wygodny pretekst i praktycznie uniemożliwia nam odmowę.

– Bardzo interesujące, dyrektorze, chociaż nie do końca rozumiem, jakie informacje spodziewał się w ten sposób uzyskać. Liczył, że podsłuchując mnie, doprowadzi do zwycięstwa demokratów? I tak o wszystkim decydują wyborcy – zauważył prezydent elekt, wyraźnie zachęcając swojego niecodziennego rozmówcę do dalszych wynurzeń.

– Prezydent Johnson kazał też objąć podsłuchem telefon madame Chennault, pańskiej wielbicielki… – zaczął wyjaśniać Hoover.

– Czy to możliwe?! Anna Chennault to legenda, wdowa po bohaterze wojennym, który odniósł dla Ameryki wielkie zasługi, walcząc z Japończykami… – wszedł mu w słowo zdenerwowany tą informacją Richard Nixon. – Dlaczego to zlecił? O co mu chodziło?

– Był przekonany, że madame Chennault namawia prezydenta Wietnamu Południowego Nguyena Van Thieu i jego zastępcę Nguyena Cao Ky do sabotowania paryskich rozmów pokojowych, na które prezydent Johnson bardzo liczył jako na wsparcie kampanii wyborczej demokratów – kontynuował dyrektor FBI. – Miała ich przekonywać, że pan zapewniłby im znacznie lepszą pozycję i warunki w negocjacjach z komunistami z Północy aniżeli Hubert Humphrey, gdyby został prezydentem, bo cały pana życiorys to walka z komunizmem. Thieu i Ky zawsze bardzo ją szanowali i chyba w końcu uwierzyli, że to pan wygra wybory, bo jak inaczej wytłumaczyć ich obstrukcję w Paryżu… Johnson nie miał wprawdzie żadnych podstaw, aby sądzić, że jest pan osobiście zaangażowany w te działania, ale ta bardzo bogata dama stała się jego obsesją.

– Mam nadzieję, że te podsłuchy już nie funkcjonują, panie dyrektorze? – zapytał retorycznie Nixon.

– To zrozumiałe samo przez się, panie prezydencie – zapewnił Edgar Hoover. – Bardzo dziękuję za rozmowę i pozostaję do pana dyspozycji.

Dyrektor FBI pożegnał się i odprowadzony do drzwi przez Richarda Nixona opuścił apartament zajmowany przez ekipę prezydenta elekta.

Bob Haldeman, który na prośbę szefa uczestniczył w spotkaniu, uśmiechnął się ironicznie pod nosem.

– Stary, przebiegły lis. Przyszedł wkupić się w łaski nowego lokatora Białego Domu i wybadać, jak stoją jego akcje. Oczywiście zostawisz go na stanowisku?

– Oczywiście. Wolę mieć Edgara w swoim namiocie sikającego na zewnątrz, aniżeli miałby stać poza nim i sikać do środka – odpowiedział Richard Nixon z właściwą sobie umiejętnością komponowania obrazowych porównań.

28 listopada

Podobnie jak w poprzednich latach kolacja z okazji Święta Dziękczynienia została zaplanowana w ścisłym gronie rodzinnym, a jej gośćmi honorowymi mieli być Pat i Richard Nixonowie. W tym roku jednak gości przywiózł nie czarny rolls-royce Van Vertów, ale pojazdy tajnych służb prezydenta elekta.

Victor Van Vert czekał na parę prezydencką w drzwiach wejściowych.

– Panie prezydencie, gratuluję zwycięstwa i witam serdecznie w moim domu. – Nestor rodu uścisnął rękę Richarda Nixona.

– Dziękuję, Victorze, stary przyjacielu. To nasze wspólne zwycięstwo, a udział w nim twojego rodu jest nie do przecenienia – zripostował prezydent elekt, obiema dłońmi odwzajemniając uścisk gospodarza.

Victor przywitał się z Pat Nixon i poprowadził gości do salonu, gdzie byli już Maria, Martin, Frederick, Vick oraz dzieci Martina, Rose i Fred. Gdy wszyscy przywitali się z parą prezydencką, kamerdyner James i służba podali zebranym przedobiednie drinki. Spotkanie upływało w lekkiej atmosferze i było widać, że Nixon upaja się jeszcze zwycięstwem wyborczym. Do dwudziestego stycznia, przewidzianej prawem daty oficjalnej inauguracji każdego nowo wybranego prezydenta, pozostało jeszcze prawie dwa miesiące. W tym czasie mógł on odpocząć po trudach kampanii wyborczej bez konieczności zajmowania się oficjalnymi obowiązkami, z wyjątkiem kompletowania składu osobowego przyszłej administracji, ale do tego Richard Nixon był dobrze przygotowany.

Menu kolacji nie odbiegało tego roku od menu z lat poprzednich i szybko uporano się z posiłkiem, zwłaszcza że męski trzon rodu Van Vertów z niecierpliwością oczekiwał rozmowy z nowym prezydentem przy kawie, koniaku i cygarach. Gdy zatem Pat, Maria i dorastające już dzieci Martina udały się na basen, zgromadzeni w bibliotece mężczyźni przystąpili do wymiany poglądów.

– Panie prezydencie – pierwszy przemówił Victor Van Vert. – Proszę uchylić nam rąbka tajemnicy co do priorytetów politycznych pańskiej administracji, przede wszystkim w polityce zagranicznej.

– Cieszę się, Victorze, że pytasz właśnie o nią, bo polityka zagraniczna stanie się nicią przewodnią mojej prezydentury – odpowiedział prezydent elekt i rozwinął myśl: – Jak słusznie zauważył kiedyś w tym domu Martin, aby wygrać wojnę w Wietnamie, musielibyśmy wysłać do Indochin milion żołnierzy, a na to nie ma przyzwolenia Amerykanów. Jedyna opcja to wycofać się z honorem, o czym wtedy wspomniałem, a dziś powiem, jak chcę to zrobić. Z jednej strony zamierzam kontynuować paryskie rozmowy pokojowe z północnymi Wietnamczykami i Wietkongiem, prowadząc ostre negocjacje, a z drugiej – nie przerywać bombardowania. Ich przywódcy muszą uwierzyć, że jeżeli nie pójdą na kompromis, to amerykańskie bomby sprowadzą ich do epoki kamienia łupanego. W tym kontekście wymyśliłem pewne zagranie, które nazwałbym „Madman Theory", czyli teorią nieprzewidywalnego wariata. Ho Chi Minh i inni muszą być przekonani, że mam obsesję na tym punkcie i zbombarduję w ich kraju wszystko, co wystaje ponad powierzchnię ziemi, jeżeli zmuszą mnie do tego, nie godząc się na pokój z honorem w moim rozumieniu. Jestem znawcą komunizmu i uważam, że komuniści to na ogół pragmatycy, z którymi można się dogadać, wypracowując właściwe warunki rozmowy. Twoje ostatnie paryskie doświadczenie, Martinie, chyba to potwierdza?

– Jak najbardziej, panie prezydencie – odpowiedział były oficer CIA. – Odniosłem wrażenie, że mój wietnamski rozmówca, pułkownik Tran Minh, nie miał cienia wątpliwości, że układanie się z przegranym politykiem, jakim był Lyndon Johnson, jest bez sensu. Jeżeli grać o pokój, to wyłącznie ze zwycięzcą. Dlatego poszli nam na rękę i demokraci nie odnieśli w Paryżu przedwyborczego sukcesu.

– Otóż to! Ale rozmowy z samymi Wietnamczykami z Północy mogą nam nie zapewnić pożądanego efektu, a sukces w wygaszaniu tej wojny w mojej pierwszej kadencji prezydenckiej to *conditio sine qua non* wygrania drugiej – kontynuował Richard Nixon. – Dlatego w dalszej perspektywie równoległym priorytetem mojej polityki zagranicznej będzie stopniowe ocieplanie stosunków z Rosjanami. Nazywam to „détente". Możemy ze sobą rywalizować, ale mamy wspólną odpowiedzialność wobec ludzkości: nie pozabijać się w wyniku wojny atomowej. Z kolei powodzenie tego priorytetu zapewni zrewidowanie całej naszej polityki wobec Chin i dokonanie wielkiego amerykańskiego otwarcia na ten kraj. W sytuacji konfliktu pomiędzy tymi komunistycznymi molochami bylibyśmy lekkomyślni, nie starając się go wykorzystać na naszą korzyść. Abstrahując od tego, że zarówno Związek Radziecki, jak i Chiny mają wielki wpływ na polityczne i militarne poczynania swoich sojuszników, komunistów z Wietnamu.

W bibliotece zaległa cisza. Nikt z obecnych nie spodziewał się, że Richard Nixon, polityk mający reputację jednego z najbardziej zagorzałych antykomunistów w Ameryce, zechce wystąpić z takimi inicjatywami. Zaskoczenie było kompletne, czego zresztą prezydent elekt się spodziewał.

Pierwszy przerwał ciszę Martin.

– To genialnie odważna koncepcja, panie prezydencie. Zaskoczy pan wszystkich, tak jak nas dzisiaj. Rosjanie i Chińczycy nie będą mogli zbojkotować pańskiej inicjatywy dla dobra ludzkości. Ma pan szansę zawładnąć wyobraźnią światowej opinii publicznej – zachwycał się były oficer CIA, który w lot pojął potencjał polityczny i wizerunkowy zamierzeń nowego amerykańskiego prezydenta. Może dlatego nie zwrócił uwagi, że ojciec zachowuje uprzejme, powściągliwe milczenie.

– Dziękuję, Martinie, bardzo dobrze, że tak to oceniasz. Realizację zamierzam powierzyć Henry'emu Kissingerowi, który właśnie zgodził się być moim doradcą i przewodniczyć Narodowej Radzie Bezpieczeństwa. To pierwszej klasy intelekt, profesor z Harvardu – wyjaśnił prezydent elekt. – Działania te będą wymagały wielkiej dyskrecji i umiejętności poruszania się w tak zwanym świecie równoległym. Dlatego mając na uwadze twoje doświadczenie w wywiadzie, chciałbym, Martinie, abyś włączył się w ten proces i pomagał Henry'emu z pozycji doradcy zewnętrznego, niewidocznego dla reszty świata, a zwłaszcza dla mediów. Przedwczesne ujawnienie mych zamierzeń mogłoby wszystko zepsuć. Co ty na to?

– Jestem do dyspozycji, panie prezydencie. Zapowiada się niezła akcja, że się tak wyrażę – natychmiast odparł szczerze uradowany propozycją Martin.

– Nie obawia się pan, panie prezydencie, że takie otwarcie na rosyjskich i chińskich komunistów może ich za bardzo wzmocnić i legitymizować? – odezwał się w końcu Victor Van Vert, starając się jak najoględniej sformułować wątpliwości, które go naszły. – Czy nie lepiej byłoby ich wykończyć wyścigiem zbrojeń?

– Nie, Victorze. Moim zamiarem jest wzmacnianie nie ich, ale nas. To my jesteśmy główną potęgą gospodarczą świata i trzymając przeciwników blisko przy piersi, będziemy mieli większą możliwość wpływania na ich politykę i kształtowania poczynań – wytłumaczył Richard Nixon. – Za żelazną kurtyną jest mnóstwo ludzi, którzy gdy tylko lepiej poznają nasz sposób życia, zamarzą o tym, żeby go naśladować…

– Nie muszę zapewniać, że nasz ród będzie pana wspierał – odpowiedział Victor krótko, ale z pełną kurtuazją. – Jestem przekonany, że Martin świetnie upora się z każdym zadaniem, jakie pan prezydent uzna za stosowne mu powierzyć.

– Dziękuję, panowie. Niestety, na Pat i na mnie już czas – oznajmił prezydent elekt, widząc, że młodzież i kobiety pojawiły się w salonie.

Odprowadzeni przez wszystkich Van Vertów goście odjechali w kawalkadzie pojazdów tajnych służb na Piątą Aleję

810. Zaraz potem czarny rolls-royce odwiózł Marię, Freda i Rose do apartamentu nad hotelem Pierre. Dochodziła dwudziesta trzecia. Victor, jego brat i synowie powrócili do biblioteki, gdzie czekały już na nich drinki przygotowane przez kamerdynera Jamesa. Nestor rodu podziękował mu za trud włożony w organizację tego wieczoru i pozwolił udać się na spoczynek. Klan Van Vertów pozostał sam.

– Pozwolicie, że zanim zaczniemy rozmawiać, coś sprawdzę – odezwał się nagle Martin i jak przystało na fachowca, zaczął zaglądać pod fotele, krzesła, biurko, stoliki i za półki z książkami. Widząc osłupienie malujące się na twarzach pozostałych członków rodu, wyjaśnił: – Przed tak ważną rozmową już wcześniej przeprowadziłem porządną inspekcję, więc teraz sprawdzam tylko dla porządku. Wszystko wydaje się okej.

– Niby kto miałby nas podsłuchiwać? – zainteresował się nieco rozbawiony Frederick. – Chyba nie podejrzewasz naszego Jamesa?

– Oczywiście, że nie, ale w tym domu kręci się mnóstwo służby i lepiej mieć pewność, że jest czysto – odpowiedział były oficer CIA.

– To dobrze, że myślisz o takich sprawach, synu. – Victorowi nigdy nie przyszłoby do głowy, że ktoś mógłby zainstalować podsłuch w jego własnym domu. Teraz jednak, gdy Martin podniósł tę kwestię, zgodził się, że lepiej dmuchać na zimne. – Jeżeli już się upewniłeś, to przejdę do meritum.

Spojrzenia Fredericka, Martina i Vicka spoczęły na Victorze. Wszyscy trzej zajęli miejsca w fotelach, czekając na spełnienie obietnicy sprzed roku – ujawnienie planu zwielokrotnienia stanu posiadania, a tym samym potęgi rodu Van Vertów. Gospodarz domu na Long Island doskonale zdawał sobie sprawę z ich zniecierpliwienia, ale w wypowiedziach prezydenta elekta coś na tyle go zaniepokoiło, że poruszył zupełnie inny, wręcz nieistotny w ocenie pozostałych członków rodu temat.

– Najpierw jednak chcę się z wami podzielić pewnym spostrzeżeniem z dzisiejszego wieczoru. Oględnie mówiąc, Nixonowskie plany wchodzenia w jakąś komitywę z Rosjanami i Chińczykami wcale mi się nie podobają. Powinniśmy wykorzystać naszą potęgę gospodarczą i przewagę ekonomiczną i osiągnąć taki poziom uzbrojenia, który rzuci ich na kolana, gdy nie sprostają narzuconemu przez nas wyścigowi zbrojeń. Tymczasem odniosłem dzisiaj wrażenie, że Richard Nixon wymięka w pryncypialnej postawie wobec komunizmu. Co wy o tym sądzicie? Może się mylę?

– Czy trochę nie za wcześnie na tak surową ocenę? – zapytał Frederick, którego wieloletnie doświadczenie parlamentarne z Izby Reprezentantów przyzwyczaiło do niewyciągania pochopnych wniosków i preferowania rozwiązań kompromisowych. – Umiejętne rozgrywanie wzajemnych animozji między Rosjanami a Chińczykami to klasyka stosunków międzynarodowych. Trzeba po prostu dopilnować, aby było to robione po naszej myśli. A skoro sam Nixon zaprosił Martina do udziału w tych międzynarodowych rozgrywkach, to nie wątpię, że nasze interesy nie zostaną narażone na szwank. Jeżeli dojdziemy do wniosku, że Nixon nie spełnia naszych wyobrażeń o idealnej prezydenturze, to cóż… Nikt nie powiedział, że musi mieszkać w Białym Domu przez osiem lat.

– Zgadzam się z Frederickiem – oznajmił Martin. Uświadomił sobie, że ojciec zbyt rzadko bywa na ulicach, by wiedzieć, co się na nich dzieje. – Musimy zakończyć wojnę w Wietnamie, zanim podzieli naród na dwie zwalczające się frakcje. – I żeby nieco uspokoić ojca, dodał: – Tak jak powiedział Frederick, będę trzymał rękę na pulsie i pilnował naszych interesów.

– No dobrze, może rzeczywiście jestem przewrażliwiony – zgodził się Victor i przeszedł do meritum. – Rok temu obiecałem wam ujawnienie planu, który pozwoli uczynić nasz ród praktycznie niezwyciężonym. Musiałem zachować go w tajemnicy, bo jego istotnymi elementami były zwycięstwo wyborcze Nixona, określony rozwój wydarzeń w Wietnamie i w samych Stanach Zjednoczonych. Gdyby, nie daj Boże, prezydentem został demokrata Hubert Humphrey, to cały mój plan najprawdopodobniej spaliłby na panewce. Nie mogłem sobie pozwolić na zaniedbanie najmniejszej nawet szansy na zwycięstwo. Dlatego w ostatniej chwili wysłałem Martina do Paryża. Opłaciło się, bo, jak zauważyliście, niewiele brakowało…

– Powiedziałbym nawet, że to cud. Gdyby opatrzność w swej mądrości nie wykreśliła z kampanii wyborczej kolejnego Kennedy'ego, to dzisiaj mielibyśmy nieco inne miny – odezwał się Frederick, wywołując uśmiech na twarzy Victora. – A teraz, moi drodzy, cisza. Oddajmy głos nestorowi naszego rodu.

– Plan, o którym chcę wam powiedzieć, składa się z trzech faz. Zadaniem każdej jest napędzanie następnej. Faza pierwsza już trwa: to wojna w Wietnamie. Jej koszt jest horrendalny, czyli dokładnie taki, jaki miał być, a jesteśmy dopiero w połowie drogi do jej zakończenia. Według najostrożniejszych wyliczeń wydamy na nią pięćset miliardów dolarów. Maksymaliści zaś uważają, że może to być nawet dwa razy tyle. Wszystko zależy od tego, z jakim rozmachem Richard Nixon będzie chciał zakończyć wojnę i jak długo wypadnie mu bombardować Wietnam Północny.

– Możemy chyba mieć na to jakiś wpływ – wtrącił się Frederick. – Pan prezydent wie, komu zawdzięcza swój urząd…

– Bez wątpienia, Fredericku – odpowiedział Victor i kontynuował swój monolog: – Poprosiłem Vicka, aby z grubsza wyliczył, ile na tej wojnie zarobią dla nas na czysto firmy zbrojeniowe, w których mamy większościowe i mniejszościowe pakiety akcji lub które są naszą całkowitą własnością. Oświeć nas, synu.

– Posługiwałem się całą gamą skomplikowanych wyliczeń – oznajmił Vick wyrwany do odpowiedzi – ale żeby uprościć przekaz, powiem tylko, że cały nasz konglomerat zbrojeniowy da nam zarobić około pięciu procent tego, co Stany Zjednoczone już wydały i wydadzą w najbliższych latach na tę wojnę. Mieści się to w przedziale między dwudziestoma pięcioma a pięćdziesięcioma miliardami dolarów. Mając na uwadze, że dzisiaj za jednego dolara można w McDonaldzie kupić sześć hamburgerów i coca-colę, a przeciętna płaca miesięczna wynosi niecałe siedemset dolarów, to całkiem przyzwoity wynik. Tyle z grubsza zarobimy przez dziesięć lat.

W bibliotece zapadło milczenie. Victor wodził wzrokiem po twarzach członków rodu, sycąc się wyrazem pełnej zaskoczenia radości graniczącej z niedowierzaniem. Martin, Frederick i zwłaszcza Vick doskonale rozumieli, jak wielkie są to pieniądze, ale świadomość, jaką potęgę mogą zagwarantować ich rodowi, docierała do nich powoli.

– Powinniśmy obchodzić Święto Dziękczynienia częściej! To gigantyczne pieniądze – zauważył Martin. Zdał sobie sprawę, że jego zaangażowanie w bieżące sprawy Instytutu Erudycji i ślub z Marią oderwały go od kwestii rodzinnych finansów, które, jak życie pokazało, znajdowały się w bardzo kompetentnych rękach. – Takie wydatki na wojnę muszą mieć jakieś konsekwencje. Skąd rząd na to bierze? Przecież nie podnosi podatków...

– Drukuje – odparł Vick, od lat uważny obserwator wszystkiego, co się dzieje w amerykańskiej i światowej gospodarce. – Powiem więcej: nie nadąża z drukowaniem! Finansuje przecież nie tylko wojnę w Wietnamie, ale też całą masę programów socjalnych. Nie wchodząc w nudne szczegóły, podam tylko jeden, za to wszystko mówiący wskaźnik. W styczniu sześćdziesiątego pierwszego roku, gdy odchodził Eisenhower, a następował Kennedy, inflacja wynosiła półtora procent. Dzisiaj wynosi cztery i siedem dziesiątych. Trzykrotny wzrost w ciągu siedmiu lat! To jeszcze nie Niemcy w czasach Republiki Weimarskiej, ale wielkimi krokami zmierzamy w dobrym kierunku...

– Wiele zrobiliśmy, aby wojna w Wietnamie osiągnęła obecny stopień natężenia, i rzeczywiście zarabiamy na niej krocie. Czy jednak sytuacja ekonomiczna Ameryki, a więc i świata, o której mówi Vick, nie odbije nam się czkawką? – zauważył Frederick, wyrażając zarazem wątpliwości, jakie naszły Martina. – Przecież rząd federalny będzie musiał coś z tym zrobić. Nie można drukować dolarów w nieskończoność!

Oczy członków klanu ponownie spoczęły na uśmiechającym się pod nosem Victorze. Wydawało się, że dozowanie napięcia w ujawnianiu planu sprawia nestorowi rodu niemal dziecięcą radość.

– Powiadasz, Fredericku, czkawką? Wręcz odwrotnie! Te wydatki na wojnę, które pozwalają nam osiągnąć bajeczny zysk, i wynikająca z nich nieunikniona inflacja stanowią część mojego planu – odpowiedział z prawie mesjanistycznym przekonaniem Victor Van Vert. – Przechodzę zatem do drugiej fazy. Przy obecnie istniejącym systemie finansowym, ustanowionym dla całego świata tuż po wojnie w Bretton Woods, nie da się nad tymi wydatkami zapanować ani ich pokryć. Spoiwem tego systemu jest wymienialność dolara amerykańskiego na złoto przy sztywnym kursie trzydziestu pięciu dolarów za uncję. Rezerwy złota rządu federalnego to równowartość około trzydziestu miliardów dolarów...

– Ojcze, chyba nie myślisz o wywróceniu do góry nogami systemu z Bretton Woods i odejściu od... – Vick, któremu biegłość w kwestiach finansowych pozwoliła najszybciej zrozumieć, do czego zmierza ojciec, miał niedowierzanie w oczach.

– Dokładnie o tym myślę, synu, a co więcej, zamierzam przeprowadzić. Po to właśnie z takim trudem wybraliśmy Richarda Nixona na prezydenta Stanów Zjednoczonych, aby zniósł wymienialność dolara na złoto i uwolnił ceny kruszcu – oznajmił Victor Van Vert, wodząc po zebranych triumfalnym spojrzeniem.

Czekał spokojnie, aż waga tego, co powiedział, wsiąknie wystarczająco głęboko w świadomość jego rozmówców.

– Zniesienie wymienialności dolara i uwolnienie cen złota – kontynuował – spowoduje, że cena złota poszybuje w górę. Ten, kto wyprzedzając innych, skupi go tyle, ile się da, po trzydzieści pięć dolarów za uncję, wzbogaci się wielokrotnie – zakończył, podsumowując drugą fazę planu.

– To jest genialne w swojej prostocie, ojcze! – wykrzyknął Vick. – Uwolniona cena złota może iść tylko w górę. Jedyną niewiadomą jest, czy będzie to skok dwu-, pięcio- czy dziesięciokrotny. To nie może się nie udać. Nikt na to nie wpadł, bo nikomu się nie śniło obalanie systemu z Bretton Woods! Ojcze, jesteś geniuszem!

– Co konkretnie, bracie, miałeś na myśli, mówiąc „wielokrotnie"? – zapytał Frederick, którego początkowy sceptycyzm zaczął ustępować miejsca coraz większej ciekawości i uznaniu.

– W perspektywie paru lat to może być, powiedzmy, trzykrotny skok cen, a w perspektywie dziesięciu… nawet piętnastokrotny. Może nawet większy. Nie musimy przecież stać bezczynnie. Możemy ten wzrost wspomagać na różne sposoby. Każda przyszła wojna będzie pompować cenę złota, a ekspertami od wojen jesteśmy my… – odpowiedział Victor.

– Jeżeli zatem teraz zainwestujemy w złoto dziesięć miliardów dolarów, to w ciągu dziesięciu lat przy dziesięciokrotnym skoku cen zrobi się z tego sto miliardów. Sto procent rocznie! W biznesie to wręcz niespotykany zwrot zainwestowanego kapitału – ocenił Vick. – Bez kosztów, bez ryzyka i całej chmary upierdliwych pracowników i ich problemów. Leżymy i patrzymy, jak inwestycja niemal sama rośnie. To piękne!

– Dokładnie taką sumę, dziesięć miliardów dolarów, zamierzam zainwestować w złoto przed uwolnieniem jego ceny – przyznał Victor Van Vert.

Martin, usłyszawszy rzuconą przez Vicka kwotę, usiadł przy biurku, wziął papier, ołówek i zaczął liczyć.

– To rzeczywiście genialne, bracie! – stwierdził Frederick. – Zawsze doceniałem twój intelekt i doświadczenie życiowe, ale w tym przypadku przeszedłeś sam siebie. Jedyna uwaga, jaka mi się nasuwa, to czy w stosownej chwili Nixon podejmie decyzję o uwolnieniu cen złota. Wspominałeś mu o tym, ojcze?

– Oczywiście. Richard tkwi w polityce od wielu lat i dobrze rozumie mechanizmy polityczne i gospodarcze. Ponadto sytuacja finansowa państwa nabrzmieje do tego stopnia, że nie będzie miał wyboru. Przemyślałem to wszystko. Zadbamy, aby odpowiedni zespół doradców zachęcił go do takiej decyzji i pomógł uzasadnić ją całemu światu, bo to przecież będzie operacja globalna – odpowiedział ze spokojem Victor. – Nie martwiłbym się zatem o trafność decyzji prezydenta w tym względzie…

– Jeżeli pozwolicie… – włączył się do dyskusji Martin. – Dokonałem pewnych wyliczeń, które są niezwykle ciekawe, ale i trochę niepokojące. Za dziesięć miliardów dolarów można dziś, przy cenie trzydziestu pięciu dolarów za uncję, kupić dwieście osiemdziesiąt pięć milionów siedemset czternaście tysięcy dwieście osiemdziesiąt pięć uncji złota. To przekłada się na dziewięć milionów pięćset dwadzieścia trzy tysiące osiemset dziewięć kilogramów, czyli dziewięć tysięcy pięćset dwadzieścia trzy tony złota w sztabkach. Powiem wprost, że to cholernie dużo złota. Znakomita większość państw ma kilkadziesiąt lub w najlepszym wypadku kilkaset ton rezerwy złota. Zatem zakup takiej ilości to nade wszystko nie lada przedsięwzięcie logistyczne, a dopiero w drugiej kolejności finansowe. Ale znając cię, ojcze, nie wątpię, że doskonale o tym wiesz i również ten problem przemyślałeś na wiele sposobów...

– Nie mylisz się, drogi chłopcze – odpowiedział bez emocji Victor. – Największą rezerwę złota Stany Zjednoczone posiadały w tysiąc dziewięćset pięćdziesiątym drugim roku i wynosiła ona wtedy dwadzieścia tysięcy sześćset sześćdziesiąt trzy tony. W tym roku spadła poniżej dziesięciu tysięcy ton. Dlatego w największej tajemnicy powołałem do życia spółkę, która od lat skupuje nie tylko samo złoto, ale także kopalnie, tereny złotodajne i udziały w firmach, które są jego hurtownikami. Spółka ma siedzibę w Zurychu, niedaleko naszej posiadłości, i skupiła do tej pory złoto za pięć miliardów dolarów, przetrzymywane w jednym z banków szwajcarskich. Musicie mi wybaczyć, moi drodzy, że dopiero teraz ujawniam wam tę fazę swojego planu, ale sami rozumiecie, że jakikolwiek przeciek byłby w tym przypadku wielkim zagrożeniem.

– Wyrażę chyba opinię wszystkich, jeżeli powiem, że nie tylko nie musisz nas przepraszać, ale masz też nasz głęboki podziw i szacunek – odpowiedział Frederick, podczas gdy Martin i Vick z entuzjazmem potakiwali głowami. – Nie przypuszczałem, że na starość będziemy się zajmowali handlem złotem...

– Mam znacznie większe ambicje, Fredericku – zapewnił Victor. – Samo skupowanie złota gdzie się da nie wystarczy. Musimy też opanować cały łańcuch produkcji: od wyrobiska w kopalni czy zakupu od indywidualnych dostawców grudek lub złotego piasku, poprzez proces kilku rafinacji wstępnych, aż do rafinacji finalnej w jednej z rafinerii na terenie Europy, w tym w Szwajcarii, i odlania sztabek złota. Pozwoli to nam pełniej wpływać na cenę złota.

– Ale co zastąpi stabilizacyjną rolę złota względem dolara? – zapytał nagle Martin. – Nie czeka nas jakaś panika na rynkach?

– Parytet złota to przeżytek. Nic go nie musi zastępować, bo to coś już istnieje. To potęga naszej gospodarki, nasza moc militarna i sam dolar. Dolar całkowicie zastąpi złoto jako jedyna waluta światowa. Uwalniając dolara od złota, można go będzie drukować prawie bez ograniczeń, bo wszyscy będą chcieli go mieć jeszcze bardziej niż dotychczas. No i wszyscy będą musieli zapłacić za to nieco większą inflacją, ale mniej lub bardziej chętnie to zrobią, bo nie damy im wyboru.

Widać było, że Victor długo i pieczołowicie przygotowywał swój plan i jego prezentację.

– Przez ostatnie dwadzieścia lat ilość dolarów w obiegu wzrosła o jakieś pięćdziesiąt pięć procent – odezwał się Vick. – Jaki wzrost podaży dolara przewidujesz, ojcze, po zniesieniu jego wymienialności?

– Czyli ile dolarów dodrukujemy? Trudno powiedzieć, ale tak na zdrowy rozsądek… jeżeli cena złota wzrośnie dziesięciokrotnie, to dlaczego identycznie ma nie wzrosnąć ilość dolarów w obiegu? Można będzie z tego finansować nie tylko wojnę w Wietnamie, ale też wszystkie wojny, jakie okażą się konieczne, i uzbrojenie na najwyższym poziomie. A wracając do twojego pytania, Fredericku… Jeżeli zostanie zniesiona wymienialność dolara na złoto, praktycznie nie widzę powodu, aby nie drukować naszej waluty w nieskończoność...

– Mogą zacząć rosnąć ceny innych surowców... – zauważył Martin i nim w pełni się zorientował, jak ważną poczynił uwagę, wszedł mu w słowo nestor rodu.

– Brawo, synu! I tu dochodzimy do trzeciej i potencjalnie najbardziej intratnej fazy mojego planu. Ceny ropy! Jeżeli cena złota poszybuje w górę podobnie jak wolumen dolarów w obiegu, to nie ma możliwości, aby nie wpłynęło to na rynkową wartość ropy, bo przecież baryłka czarnego, nomen omen, złota liczona jest w dolarach. Przewiduję zatem, że nasi sojusznicy w Arabii Saudyjskiej, Iranie oraz pomniejsi producenci wpadną we wściekłość, jeżeli przyjdzie im sprzedawać czarne złoto za coraz mniej wartościowego dolara. Zgodnie więc ze skokiem ceny złota podniosę cenę najpierw trzy- lub czterokrotnie, a w dalszej perspektywie... Bóg raczy wiedzieć – rzekł Victor. – Dlatego musimy inwestować nie tylko we wszystko, co jest związane ze złotem, ale także we wszystko, co jest związane z ropą naftową. Nawet jeżeli będziemy musieli pożyczać, to przez najbliższe lata powinniśmy inwestować w złoto i ropę każdego dolara, bo zyski będą niewyobrażalne...

– Dzisiaj baryłka ropy kosztuje trzy dolary dwadzieścia centów – odezwał się niezastąpiony w swej wiedzy ekonomicznej Vick. – Jeżeli cena wzrośnie na przykład do dwunastu dolarów, to co Arabowie zrobią z tą forsą?

– Jak to co? Kupią od nas broń, żeby bić się z Żydami w wojnie, którą w każdej chwili możemy im sprokurować, a gdy ją przegrają, to kupią jeszcze więcej, by odegrać się

w następnej – odpowiedział z uśmiechem Victor Van Vert.
– Na tym polega piękno mojego planu. Zatacza on wielkie koło i wraca do naszego macierzystego biznesu, czyli do zbrojeń, kryjąc nas po drodze z każdej strony i pozwalając ze wszystkiego wyciągnąć zysk.

– Ale jeżeli Arabowie zarobią na zwyżkach cen ropy, to zarobią także Rosjanie, bo są największym jej producentem na świecie. Nie martwi cię to, ojcze? – zapytał Martin. – Oni też wydadzą te pieniądze na broń, ale nie kupią jej od nas, tylko będą zbroić się sami...

– Dlaczego miałoby mnie to martwić? Wręcz odwrotnie, synu. Niech się zbroją aż po zęby, ba, po czubek głowy. Mają moje błogosławieństwo – odpowiadał wyraźnie rozbawiony Victor. – Im bardziej będzie się zbroił Związek Radziecki i ich sojusznicy, tym bardziej będą się też zbroiły Stany Zjednoczone i nasi sojusznicy. Ci pierwsi, niestety, uzbroją się sami, ale drudzy kupią broń od naszego konglomeratu za pieniądze, jakie Rezerwa Federalna – po uwolnieniu dolara od tych archaicznych związków ze złotem – będzie mogła drukować w każdej ilości.

– Nie obawiasz się, że tak wielkie zbrojenia doprowadzą w końcu do kolejnej wojny światowej? – zapytał na wszelki wypadek były oficer CIA.

– Jakoś dziwnie się nie obawiam. Przecież pan prezydent, który jest znawcą komunistów, powiedział dzisiaj, że to ludzie pragmatyczni. A ludzie pragmatyczni nie zabijają się nawzajem w wojnach atomowych. W Paryżu rozmawiałeś, Martinie, z przedstawicielem komunistów z Wietnamu Północnego, i to pułkownikiem ich sił zbrojnych, czyli rzekomo najbardziej ortodoksyjnym produktem systemu.

Jednak z twojej relacji wynikało, że pułkownik okazał się bardzo racjonalnym człowiekiem. Każdy chce żyć, komuniści też, przeto nie obawiam się, że wyścig zbrojeń spowoduje zagładę ludzkości. Jakąś wojnę tu i tam, owszem, co leży w naszym interesie, ale nie konflikt globalny. Zresztą po to właśnie jest Liga Rodów, żeby w wyniku nieoficjalnych rozmów i kontaktów z pragmatykami zza żelaznej kurtyny nie dopuścić do takiej wojny – odpowiedział Victor Van Vert.

– Czy zamierzasz, Victorze, ujawnić swój plan innym rodom? – zapytał Frederick z wyczuwalnym niepokojem w głosie.

– Prawdę mówiąc, tej kwestii nie przemyślałem jeszcze do końca. Ale na razie nie widzę takiej konieczności. Zaraz cały świat by się dowiedział, a przecież na tym nam nie zależy. Ścisła tajemnica jest gwarantem powodzenia…

– Kamień spadł mi z serca, drogi bracie! – przyznał z ulgą Frederick, który inne rody zawsze traktował jako zło konieczne, a w planie brata natychmiast dostrzegł niepowtarzalną szansę na osiągnięcie absolutnie dominującej pozycji w Lidze.

Rozmowa skończyła się grubo po północy i następnego dnia wszyscy Van Vertowie spali do późna. Nie mogli więc zauważyć, że o świcie do biblioteki wszedł kamerdyner James. Nocą na żywo słuchał rozmowy Van Vertów przez odbiornik, leżąc na łóżku w swoim pokoju. Dreszcz przebiegł mu po plecach, gdy Martin zaczął wyjaśniać pozostałym, czego szuka. Teraz James wyjął z kieszeni śrubokręt, lekko trzęsącymi się rękami rozmontował jeden z kontaktów w bibliotece i usunął z niego urządzenie podsłuchowe nowej generacji, zasilane z sieci elektrycznej, niezwykle trudno wykrywalne i skuteczniejsze od tych, które do niedawna umieszczał pod meblami. Po raz kolejny tej doby podziękował Bogu, że usłuchał nalegań Gladys i zainstalował podsłuch stacjonarny w kontakcie. Schował niewielkie urządzenie do kieszeni, a potem oddalił się do swoich codziennych obowiązków. Pomyślał, że jest pierwszym obcym człowiekiem, który poznał świetlaną przyszłość rodu Van Vertów...

1969
20 stycznia

Dzień był zimny, szary i pochmurny, ale nowemu prezydentowi wydawało się, że świeci słońce.

Po ceremonii zaprzysiężenia podszedł do Lyndona Johnsona i zapytał:

– Co czułeś, gdy mówiłem: „Tak mi dopomóż Bóg"? Nie było ci przykro?

– Nie. Poczułem ogromną ulgę, że już nie odpowiadam za losy świata – odparł z uśmiechem były prezydent.

Obecny na uroczystości inauguracyjnej Victor Van Vert, złożywszy serdeczne gratulacje nowemu gospodarzowi Białego Domu i uścisnąwszy dłoń jego poprzednikowi, podszedł do szefa CIA Richarda Helmsa, którego karierę od lat śledził i wspierał. Mimo dzielącej ich różnicy wieku mieli ze sobą wiele wspólnego. Każdy z nich osiągnął w swoim życiu to, do czego dążył. Obaj wywodzili się z elitarnych środowisk Wschodniego Wybrzeża i – wyniośli, o arystokratycznych manierach – byli ich wcieleniem.

Chroniąc się przed chłodnym powietrzem, weszli do budynku Kapitolu.

– No jak, Richardzie? – zagaił nestor rodu Van Vertów. – Czego się spodziewasz po naszym nowym prezydencie?

– Nasze relacje będą zależeć od dobrej woli pana prezydenta – odpowiedział Helms – ale nie byłbym tu wielkim optymistą.

Victor Van Vert popatrzył na niego ze zdumieniem.

– Mam na myśli sprawę sprzed lat, z okresu przygotowań do operacji w Zatoce Świń – pospieszył z wyjaśnieniem dyrektor CIA. – Nixon był wtedy wiceprezydentem i wiedział, że emigranci kubańscy szkolą się w Ameryce Środkowej. Był wręcz jednym z pomysłodawców i głównych architektów tej operacji. Gdy w kampanii wyborczej roku sześćdziesiątego Jack Kennedy został kandydatem demokratów na prezydenta, ówczesny szef CIA, Allen Dulles, poinformował go o trwających przygotowaniach. I w czasie debaty telewizyjnej z Nixonem Kennedy, nawiązując do kwestii kubańskiej, wykorzystał to, co usłyszał od Dullesa. Nixon musiał zaprzeczyć, że trwają jakiekolwiek szkolenia. Uważał zapewne, że ma obowiązek chronić uczestniczących w nich ludzi, ale sprawił przez to wrażenie człowieka niewiele wiedzącego i nieprzygotowanego do debaty. Gdy później Dulles zaprzeczył, jakoby informował Kennedy'ego o planach inwazji, Nixon poczuł się zdradzony. A fiasko operacji utrwaliło w nim przekonanie, że na dodatek Agencja jest niekompetentna.

– Z tego, co pamiętam, to Kennedy ponosi największą winę za to, co się wtedy wydarzyło w Zatoce Świń. Przecież odwołał zgodę na osłonę operacji przez nasze lotnictwo i na wsparcie ze strony marynarki wojennej – zauważył Victor.

– Dobrze pamiętasz, ale nie zmienia to faktu, że była to operacja CIA – odpowiedział Helms. – Teraz Nixon pewno zażąda ode mnie wszystkich teczek i dokumentów związanych z tą operacją, choćby po to, by się dowiedzieć, czy Dulles rzeczywiście poinformował o niej Kennedy'ego, umożliwiając mu ośmieszenie rywala podczas debaty i ostateczne wygranie kampanii. Ja zaś będę musiał odmówić, bo CIA nikomu, nawet prezydentowi, nie może udostępniać materiałów operacyjnych, w których zawarte są dane osobowe agentów czy informacje o głowach państw udzielających nam wówczas pomocy. Nie wiemy przecież, w jaki sposób ta wiedza może zostać wykorzystana, a mnie nie wolno dopuścić do ręcznego sterowania Agencją przez głównego lokatora Białego Domu.

– Tak, to jest zarzewie potencjalnego konfliktu – przyznał Victor. – Mnie natomiast niepokoi wielkie otwarcie na Rosjan i Chińczyków, jakie deklaruje pan prezydent, twierdząc, że jego obowiązkiem wobec ludzkości jest nie dopuścić do wybuchu wojny atomowej. Uważam, że komunistów najłatwiej i najszybciej można wykończyć wyścigiem zbrojeń, a do wojny atomowej i tak nie dojdzie, bo wszyscy doskonale zdają sobie sprawę, co by to oznaczało…

– Zgadzam się z tobą. Nixon potrzebuje Rosjan i Chińczyków przede wszystkim po to, aby zakończyć wojnę w Wietnamie. Bez tego nie może marzyć o drugiej kadencji – odpowiedział dyrektor CIA. – Zresztą już w połowie grudnia Henry Kissinger spotkał się z radzieckim dyplomatą z ich misji przy ONZ. Ten Rosjanin to oficer wywiadu działający pod przykryciem dyplomatycznym. Zakładam, że Nixon chce w ten sposób nawiązać kanały komunikacji z kierownictwem radzieckim poza strukturami Departamentu Stanu czy Agencji. To, niestety, nawyk, któremu hołduje większość prezydentów.

– Musimy, Richardzie, dokładnie śledzić ten proces i regularnie wymieniać się poglądami – zasugerował Victor.

– Każdy prezydent chciałby przejść do historii jako zbawca ludzkości, ale też żaden z nich nie jest niezastąpiony. Nawet mój przyjaciel Richard Nixon.

– Niezmiernie się cieszę z tej wymiany poglądów, Victorze – odparł oficer amerykańskiego wywiadu. Instynkt podpowiadał mu, że właśnie pozyskał potężnego sojusznika w ewentualnym starciu z prezydentem.

W tym samym czasie w innym z licznych pomieszczeń Kapitolu swoją pierwszą rozmowę toczyli Henry Kissinger i Martin Van Vert, których tego rana przedstawił sobie Bob Haldeman, szef sztabu Białego Domu.

– Pan prezydent bardzo cię chwalił, Martinie, za twoją akcję w Paryżu – mówił z charakterystycznym, ciężkim niemieckim akcentem doradca do spraw bezpieczeństwa narodowego. – Nasza nowa polityka wobec Rosjan i Chińczyków będzie wymagała właśnie takich zakulisowych i bardzo dyskretnych działań. Twoje doświadczenie z OSS i CIA powinno się tu okazać bardzo pomocne. Będziesz realizował zadania poza strukturami rządowymi, co pozwoli ukryć cię przed wszędobylskimi dziennikarzami. Musimy dopracować taki system kontaktów, aby wiedza o tym, że nam pomagasz, pozostała tajna. Pomyślisz nad jakimś rozwiązaniem?

– Oczywiście, Henry. Nie będzie z tym problemu – zapewnił Martin. – Chyba znam kogoś, kto dobrze się sprawdzi w roli naszego łącznika.

Wiedział, że już za kilka dni przedstawi Kissingerowi swojego zaufanego człowieka w Białym Domu, Harry'ego Adamsa, rekomendując go jako doświadczonego i dyskretnego urzędnika.

15 lutego

Tego ranka lord Grey gościł w salonie swojego paryskiego apartamentu przy rue Caulaincourt pułkownik Jekatierinę Iwanową, Dominika i Dolores, która przybyła tam kilka dni wcześniej.

– Jak to jest, że w Moskwie poranna kawa smakuje zupełnie inaczej niż w Paryżu czy w Rzymie? – rzuciła mimochodem pułkownik KGB, rozkoszując się pierwszymi łykami aromatycznego napoju.

Wszyscy pozostali spojrzeli po sobie i wybuchnęli śmiechem.

– Nie przejmuj się, Jano. Mnie też kawa najlepiej smakuje w Rzymie, zwłaszcza we właściwym towarzystwie – odpowiedziała Dolores.

– Jak przebiegła kolacja z okazji Święta Dziękczynienia w rezydencji Van Vertów? – zapytał wreszcie Dominik. W jego głosie nie było zniecierpliwienia, ale na wszelki wypadek dodał: – Nie ukrywam, że trawi mnie ciekawość, co wymyślił stary Van Vert.

– Mów, Jano – podchwycił Malcolm. – Przyznam się, że cały rok myślałem o tej kwestii. Musi to być nie lada plan, skoro w okresie przygotowań zginęło aż dwóch Kennedych. Nie wątpię, że jakimś jego elementem jest też wojna w Wietnamie…

– Tak, Malcolmie, ale nie najważniejszym. Prostota planu was zadziwi... – odpowiedziała Jana, po czym zaczęła relacjonować słowo po słowie przebieg rozmowy zarejestrowanej przez Jamesa.

Taśmę z nagraniem Gladys przekazała do antykwariatu w Greenwich Village, a kurier pionu nielegałów wywiadu KGB dostarczył do centrali w Moskwie, z przeznaczeniem do rąk własnych pułkownik Iwanowej. Wymogi operacyjne sprawiły, że zajęło to trochę czasu i Jana otrzymała przesyłkę dopiero na początku drugiego tygodnia lutego.

Gdy skończyła, nikt ze słuchaczy długo nic nie mówił. Na twarzach Dolores, Dominika i Malcolma rysowały się różne odczucia, ale ich wspólnym mianownikiem była głęboka powaga.

Pierwszy zabrał głos Brytyjczyk.

– To niezwykle cyniczny, ale rzeczywiście genialny w swej prostocie plan, który przeorze całą gospodarkę światową. To najstarszy sposób bogacenia się elit: zepsuć pieniądz, opodatkowując tym samym pozostałych zjadaczy chleba. Historycznie rzecz ujmując, robili to wszyscy rządzący i możni tego świata. W perspektywie paru dekad plan Victora musi doprowadzić do drastycznego spadku wartości dolara i jego siły nabywczej. Ale z punktu widzenia rodu Van Vertów to nie będzie miało najmniejszego znaczenia. Słabego pieniądza trzeba mieć po prostu odpowiednio więcej... Mnie najbardziej zaintrygowała końcówka rozmowy, gdy Victor i Frederick dochodzą do wniosku, że nie będą się swoim planem z nikim dzielić.

– Bo też nie są filantropami – ocenił krótko Dominik.

– Kwestią jest, co my zrobimy z tą wiedzą, i wywiad KGB,

który też ją chyba zdobył... Ta wiedza warta jest fortunę! Tym większą, im mniej jest wtajemniczonych.

Spojrzenia zebranych skierowały się na pułkownik KGB, która uśmiechnęła się i zapaliła papierosa. Siedziała tak przez chwilę, z tajemniczą miną, jakby zastanawiając się, co powinna powiedzieć współkonspiratorom.

– KGB na razie nic nie zrobi z tą wiedzą, bo jej nie ma – odparła. – Nie będę wam tłumaczyć zawiłości mechanizmów operacyjnych radzieckiego wywiadu, ale w tej chwili jestem jedynym posiadaczem tej wiedzy i tylko ja znam źródła, które ją uzyskały. Mogę przekazać zwierzchnikom całość informacji, mogę pewne ważne dla nas elementy zataić lub zmienić, mogę też nic im nie powiedzieć, ale wtedy musiałabym się ewakuować z KGB i wyeliminować źródła. Nie sądzę jednak, abym była gotowa na takie rozwiązanie ani że jest ono konieczne.

– Nie jest konieczne – zabrał głos Dominik. – Najlepiej będzie, jeżeli pani pułkownik zasugeruje maksymalne zawężenie rozdzielnika, tak aby informacja trafiła jedynie do kilku najważniejszych osób. Niech one same zadecydują, komu jeszcze ją ujawnić.

– Szef wywiadu sam to zaproponuje, gdy pozna wagę informacji – zgodziła się Jana. – Dla ZSRR to jak dar niebios. To w końcu Rosja ma największe złoża złota i ropy, których cena będzie rosła, i może najbardziej skorzystać na planie Victora Van Verta. Zatem nic nie musi robić, a wywiad KGB tym bardziej. To nie są nasi konkurenci w tej sprawie.

– W gruncie rzeczy to my w ogóle nie mamy konkurentów. Nawet Van Vertowie nimi nie są – odezwał się Malcolm. – Dzisiaj o planie wiedzą oni i my, ale oni nie wiedzą, że my wiemy. Jana poinformuje swoich przełożonych, bo musi. Ale ci przecież nie upublicznią tej informacji. Dlatego nadarza się nam okazja życia: możemy nieźle się wzbogacić na pomysłowości Victora. Musimy robić dokładnie to co Van Vertowie, zacząć inwestować wszystko, co mamy, w złoto i ropę.

– Zgadzam się z Malcolmem, że nie musimy się martwić o konkurencję – rzekł Dominik. – Przypomnę natomiast, że mamy potencjalnego sojusznika, z którym jesteśmy związani pewnymi ustaleniami i który od czterech lat całkiem nieźle finansuje nasze poczynania wymierzone w Van Vertów, niewiele na razie otrzymując w zamian...

– Edyta Amschel i jej ród bankierów... – weszła mu w słowo pułkownik Jana. – Tak, ona jest potężnym sojusznikiem, ale może się okazać wielkim wrogiem, jeśli nie zasłużymy na jej zaufanie. Chyba nie zamierzamy zataić naszej wiedzy przed moją koleżanką z Auschwitz?

Na kilka sekund zaległa cisza, którą przerwał Dominik, zrywając się na nogi i pukając w czoło.

– Ależ to genialne! Jak mogłem wcześniej na to nie wpaść?! Oczywiście, że powiemy o wszystkim pani Amschel. Jano, idziesz ze mną na to spotkanie.

– Jesteś pewien, że chcesz ujawnić panią pułkownik wobec osób trzecich? – zapytała nagle Dolores, która od dłuższego czasu wydawała się zagubiona we własnych myślach.

– No tak. Koleżanki z obozu... – rzekł Malcolm z niepewnym uśmiechem. – Dominik nie musi nikogo dekonspirować. Po prostu zabierze na negocjacje mocniejszego partnera...

– Ja tu czegoś nie rozumiem... – odezwała się oficer izraelskiego wywiadu, do której dopiero po chwili dotarło, o co chodzi przemytnikowi. – Chcesz jakoś wykorzystać fakt, że obie były w obozie śmierci? Jak możesz…?! Jano, powiedz coś!

– Nie pierdol, mała! Nie takie rzeczy robiliśmy – odparł Dominik twardym, ale spokojnym głosem. – Nie umawiam się z panią Amschel na randkę, ale na twarde negocjacje biznesowe. Za ujawnienie planu Victora należy się nam wszystkim prowizja, tak z nią uzgodniłem, natomiast o wysokość tej prowizji trzeba będzie ostro się potargować. Jeżeli pani Amschel zdecyduje się zainwestować w złoto i ropę tyle co Van Vertowie, to każdy najmniejszy promil tej kwoty będzie superkasą! Dlatego, z całym szacunkiem, nie wyjeżdżaj mi tu z jakimiś hamulcami moralnymi! Ja też nie jestem do końca ich pozbawiony. Ale to gra w pieniądze, a nie w kulki na angielskim trawniku. Bez obrazy, Malcolmie.

Malcolm uśmiechnął się i machnął ręką, dając do zrozumienia, że nie czuje się w żaden sposób dotknięty. Dolores jednak nadal siedziała z naburmuszoną miną, wpatrując się w Janę.

– To dobry pomysł – odezwała się w końcu pułkownik KGB. – Pójdę z Dominikiem na spotkanie z panią Amschel. Nie mam nic przeciwko wykorzystaniu faktu, że obie przeszłyśmy przez Auschwitz. Kto wie, może się rozpoznamy, jeżeli nasze ścieżki gdzieś się w tym piekle przecięły. Przypominam, że jeden procent od dziesięciu miliardów dolarów to sto milionów zielonych, co oznacza, że na każdego z nas przypadłoby dwadzieścia milionów. Dla takich pieniędzy warto zastosować różne sztuczki negocjacyjne…

– Dziękuję ci, Jano, za zrozumienie – powiedział Dominik. – Tym bardziej że za ujawnienie naszej wiedzy zamierzam zaproponować pani Amschel nie jeden procent prowizji, ale... dziesięć.

Malcolm wstał gwałtownie, ale nie potrafił wydusić z siebie słowa, Jana uśmiechnęła się, kiwając z uznaniem głową, a Dolores, wyrwana z zadumy, przyglądała się Dominikowi, jakby wątpiąc w jego poczytalność. Ten zaś, świadomy wrażenia, jakie wywołał, beztrosko popijał kawę w oczekiwaniu na komentarze. Nie spodziewał się, że pierwszy padnie z ust człowieka, który już kilka minut wcześniej otworzył wytrychem drzwi do apartamentu, a teraz stał w przedpokoju, przysłuchując się ściśle tajnej rozmowie przyjaciół.

– Ambitny zamiar, ale do odważnych świat należy.

– Cewi! – Jana podbiegła i rzuciła się odzyskanemu kochankowi na szyję. Pocałowali się czule, nie zważając na pozostałych, jakby chcieli nadrobić stracone lata rozłąki. – Nie mogłeś mi sprawić większej niespodzianki!

– Dobrze, że się zjawiłeś, Cewi, bo Dominikowi chyba rozum odjęło – zaczął szybko mówić lord Grey. – Chce wytargować od pani Amschel miliard dolarów...

– ...i zabrać ze sobą Janę, żeby zmiękczyła tamtą wspólnymi wspomnieniami z obozu – dodała z wyrzutem Dolores. – To mi się nie podoba...

– Słyszałem, słyszałem – uspokoił ich Cewi. – Stoję tu już wystarczająco długo. W tym gronie to Dominik jest ekspertem od robienia interesów i ja mu ufam.

– Nareszcie jakiś głos rozsądku – wszedł mu w słowo przemytnik. – Miliard dolarów prowizji, o który mam zamiar wystąpić, to bardzo względna suma. To wprawdzie dziesięć procent od sumy dziesięciu miliardów dolarów, jaką zgodnie z naszym założeniem miałaby zainwestować Edyta Amschel, ale jeżeli zwrot na tym kapitale będzie dziesięciokrotny, a tak to widzi Vick Van Vert, to zrobi się z tego sto miliardów dolarów. Wtedy jeden miliard naszej prowizji to nie dziesięć, lecz jeden procent! Diabelna różnica, prawda, moi drodzy?

– To rzeczywiście zmienia postać rzeczy – przyznał Malcolm, znacząco uspokojony argumentacją Dominika. – Z tej perspektywy twoja propozycja wydaje się wręcz skromna...

– Pozwólcie, że dokończę swoją poprzednią myśl – odezwał się Cewi, po czym zwrócił się do Dominika. – Nie mam nic przeciwko udziałowi Jany w negocjacjach z panią Amschel, ale wydaje mi się on raczej niepotrzebny.

– Co chcesz przez to powiedzieć, Cewi? – zapytała oficer izraelskiego wywiadu. – Jestem dziś chyba w kiepskiej formie, bo nie nadążam...

– Dominik zrobił na Edycie Amschel na tyle mocne wrażenie, że będzie najlepiej dla sprawy, jeżeli spotkają się sami. Jestem przekonany, że nasz przyjaciel znakomicie sobie poradzi. Co ty na to, Dominiku?

– A niech mnie! Nie da się ukryć, Dominik może się jeszcze podobać... – zauważyła Dolores, przyglądając mu się uważnie.

Przemytnik ocknął się wreszcie z zamyślenia.

– No cóż, Cewi, to ty jesteś ekspertem od madame Amschel, niech więc będzie tak, jak mówisz. Tym bardziej że przyszedł mi do głowy pewien szatański pomysł, którego realizacja wymagałaby znacznie bliższej znajomości, ba, wręcz zażyłości, Jany i Edyty Amschel. Przy odrobinie szczęścia moglibyśmy się dowiedzieć, co Rosjanie zamierzają zrobić z wiedzą o planie Victora Van Verta, którą wkrótce im przekaże pułkownik Jekatierina Iwanowa.

Dolores popatrzyła na niego podejrzliwie.

– Co knujesz? – zapytała.

– Pani Amschel powinna zostać doradcą człowieka, który rządzi Związkiem Radzieckim, Leonida Breżniewa. To najlepiej pozwoli jej wykorzystać wiedzę wynikającą z planu Victora i jeszcze na niej zarobić. Za sprawą stosownej prowizji, ma się rozumieć. – Dominik rozejrzał się po zebranych, ciekaw ich reakcji.

Dolores zatkało, Malcolm ukrył twarz w dłoniach, a Jana uniosła brwi.

Cewi w zamyśleniu zaczął gładzić się ręką po brodzie.

– Celowość takiego działania nie podlega dyskusji – rzekł w końcu. – Przekazując informację o planie Victora przełożonym, Jana automatycznie wypada z dalszej gry. Natomiast dzięki doradczej roli pani Amschel pozostaje na boisku, a my kontrolujemy sytuację. Jednak gra na takim poziomie jest wyjątkowo niebezpieczna. Równie łatwo można osiągnąć sukces, jak zostać kozłem ofiarnym. Co pani pułkownik o tym myśli?

– Jak zwykle diabeł tkwi w szczegółach – oceniła Jana. – Od początku istnienia Kraju Rad jego kierownictwo miało swoich zachodnich doradców czy też życzliwych admiratorów. Wielu z nich zresztą nieźle na tym zarobiło. Zatem tego typu doradztwo ze strony postaci legendarnej w kręgach międzynarodowej finansjery nie byłoby czymś niezwykłym. Mogłoby się okazać wręcz pożądane. Ale jak mam to zasugerować swoim? Po pierwsze, skąd pani Amschel dowiedziała się o zamiarach Van Vertów. Po drugie, jak się poznałyśmy i zgadałyśmy o ich planie. Ktoś ma jakąś podpowiedź? Pan pomysłodawca?

– To proste. Mosad ujawnił ci parę szczegółów – odparł jakby nigdy nic Dominik, po raz kolejny tego dnia zaskakując wszystkich. – Podczas następnego przyjacielskiego spotkania Jany z Dolores… – zaczął wyjaśniać, ale oficer izraelskiego wywiadu nie dała mu dokończyć.

Zerwała się z sofy, na której siedziała obok Malcolma, i żywo gestykulując, wrzasnęła:

– Kurwa mać, Dominik, co za pojebany szatan dzisiaj cię opętał! Mógłbyś mnie nie mieszać do swoich popierdolonych planów?!

Brytyjczyk nie odrywał od niej oczu, zachwycony jej temperamentem i urodą.

– Dolores, proszę, daj człowiekowi dokończyć – rzekł uprzejmie Cewi, ale ton jego wypowiedzi wskazywał, że to raczej polecenie niż prośba. – Albo się skompromituje, albo zadziwi nas czymś sensownym.

Spojrzała na przełożonego złym wzrokiem, ale uspokoiła się i usiadła na swoim miejscu.

Dominik kontynuował:

– Pamiętajmy, że pułkownik Jekatierina Iwanowa uratowała w Kairze życie naszej małej awanturnicy, a ludzie na ogół bywają wdzięczni za takie przysługi. Kierownictwo wywiadu KGB, które przecież nie zna paskudnego charakteru słodkiej Dolores, z pewnością nie wątpi, że jest ona wdzięczna pani pułkownik…

– Dominik! – ostrzegła Dolores, podnosząc się powoli z sofy.

Przytrzymał ją jednak Malcolm, który postanowił wkroczyć do akcji z pozycji gospodarza tego spotkania szpiegowskiej międzynarodówki.

– Czy mogę prosić o minimum obycia towarzyskiego w tych progach? – zapytał. – Mów, Dominiku, powstrzymując się od niemerytorycznych wtrętów, a ty, moja panno, racz wysłuchać w milczeniu.

– Nie widzę zatem powodu – kontynuował niespeszony Dominik – aby w ramach takiej wdzięczności Dolores nie miała wspomnieć swojej wybawczyni, że administracja Nixona planuje z czasem znieść wymienialność dolara na złoto i uwolnić jego ceny, co w sposób oczywisty przysłuży się jej krajowi. Dla pułkownik KGB stanie się oczywiste, że brzmi to jak element planu Victora, i zmusi ją do próby ustalenia, skąd Mosad ma taką wiedzę i czy jest ona pewna, bo to oznacza, że jeszcze ktoś zna plan Van Vertów. Wyjdzie na to, że wiedza pochodzi od elity elit międzynarodowej finansjery, a jaka finansowa elita elit dzieli się takimi wrażliwymi informacjami z Mosadem? Ano nie bankierzy protestanccy, tylko żydowscy! Nazwisko Edyty Amschel nigdy nie padnie, bo paść nie może, ale to, co zostanie powiedziane, pozwoli pułkownik Iwanowej wytypować ją jako najbardziej prawdopodobne źródło informacji Mosadu, a jeżeli sprawdzenie wypadnie pozytywnie – zasugerować pozyskanie jej do współpracy jako doradcy. Kto zaś lepiej pozyska do takiej współpracy byłą więźniarkę Auschwitz niż inna towarzyszka niedoli?

– A jeśli pani Amschel nie zgodzi się na takie doradztwo? – wyraziła swoją wątpliwość Dolores.

Jej pytanie przyjęto salwą śmiechu.

– Nie wyobrażam sobie finansisty z czołowego rodu bankierów, który nie chciałby doradzać kierownictwu Związku Radzieckiego – powiedział Cewi, gdy zebrani ucichli. – To przepustka do wielkich możliwości i okazji biznesowych. Jeżeli zatem jesteśmy przekonani co do celowości operacji z udziałem pani Amschel, to bierzmy się do dzieła.

Dominik podszedł do sofy, usiadł obok Dolores, objął ją ramieniem i przytulił. Następnie spojrzał jej w oczy i zapytał:

– Co cię gryzie, Dolores? Dawno nie widziałem cię tak wkurwionej – mówił cicho, żeby nie stawiać jej w niezręcznej sytuacji wobec pozostałych, lecz Malcolm, Cewi i Jana otoczyli ich kręgiem, też zaniepokojeni stanem emocjonalnym przyjaciółki, a zarazem ciekawi jej odpowiedzi.

Dolores uśmiechnęła się do nich i odetchnęła głęboko.

– Nie daje mi spokoju śmierć Johna Kennedy'ego, a następnie jego brata Roberta. Wiem, że stoi za tym Victor Van Vert i że nie poniesie z tego powodu żadnych konsekwencji. Nie potrafię wytłumaczyć, dlaczego mnie to męczy i wkurwia, ale tak jest. – W miarę jak się zwierzała, jej głos stawał się coraz bardziej zrelaksowany, a trapiące ją myśli wydawały się ulatniać.

– To pomyśl o Stalinie. Ten dopiero miałby się z czego rozliczać! Polityka to inny świat i nawet nie staraj się go zrozumieć – odezwała się pułkownik KGB. – Victor ponosi konsekwencje swoich czynów, odkąd zawiązała się nasza grupa. Jeszcze sobie tego w pełni nie uświadamia, ale mam nadzieję, że zanim umrze, będziemy mogli mu ten stan rzeczy przybliżyć. I zrozumie to, tak jak zrozumiał Henry Lodger…

16 lutego

Pięć minut przed umówioną godziną Dominik wszedł do westybulu luksusowego hotelu George V i schodami udał się do apartamentu, którego salon był repliką Pokoju Milionowego z pałacu Schönbrunn.

Drzwi otworzyła Edyta Amschel.

– Witam, madame – rzekł po polsku Dominik, wręczając kobiecie tuzin długich czerwonych róż i rozglądając się po unikatowym pomieszczeniu.

– *Bonsoir*, Rolandzie – odpowiedziała pani Amschel, przyjmując kwiaty i zwracając się do niego imieniem, na jakie się umówili. Dopasowując się do gościa, kontynuowała już po polsku: – Proszę mi mówić po imieniu, jak ustaliliśmy. Napijemy się szampana?

– Z przyjemnością. A czy jest jakaś szczególna okazja? – zapytał Dominik, patrząc, jak gospodyni rozpakowuje kwiaty i wkłada je do wielkiego kryształowego wazonu napełnionego wodą.

Wiedziała, że przyniosę kwiaty i napiję się z nią szampana – pomyślał. Co jeszcze bierze za pewnik i kto tu na kogo poluje?

– Ależ oczywiście, Rolandzie, nasze powtórne spotkanie – odrzekła, podając mu pełny już kieliszek i zaglądając w oczy śmiałym spojrzeniem na pograniczu kokieterii, które trwało znacznie dłużej, aniżeli dopuszczał to savoir-vivre.

– *À la vôtre!*

Dominik znał takie spojrzenia, będące z reguły zaproszeniem do odrzucenia barier i utartych konwenansów. Ale miał do czynienia z osobą nietuzinkową, w której przypadku wszelkie analogie mogły się okazać nieuprawnione. *Business before pleasure* – przypomniał sobie starą brytyjską maksymę, którą z upodobaniem cytował jego przyjaciel, lord Grey.

– Znakomity trunek. Nigdy nie piłem tak dobrych bąbelków – zauważył Dominik po pierwszych dwóch łykach.

– *Naturellement.* To produkt jednej z naszych winnic, wyłącznie do użytku rodziny i przyjaciół. Tysiąc butelek rocznie, nie więcej. *For your eyes only.* Tak chyba mówi się w twojej branży. Wpadłeś do mnie towarzysko czy w interesach? – zapytała się z ledwo wyczuwalną zalotnością Edyta Amschel.

– *Les deux…* Na początek mam dla ciebie straszną bajkę o pewnym złym staruchu. – Usiadł obok pani Amschel na dwuosobowej sofie w rogu salonu, przed którą stał bogato rzeźbiony, pozłacany stolik z jasnym marmurowym blatem.

– Świetnie, uwielbiam straszne bajki. Czy zły staruch ma na imię Victor? – zapytała, ale w jej głosie nie było już tej zalotności co przed chwilą.

– Zgadłaś – odpowiedział i przedstawił jej uknuty przez Victora plan zwielokrotnienia potęgi rodu Van Vertów.

Słuchała z uwagą, a gdy Dominik doszedł do miejsca, w którym Victor i Frederick postanawiają nie ujawniać planu innym rodom, uśmiechnęła się do siebie, unikając jednak jakiegokolwiek komentarza.

Dominik skończył relację, napił się szampana i popatrzył na interlokutorkę, ciekaw jej reakcji. Upłynęła krótka chwilka, zanim pani Amschel uporała się z analizą tego, co usłyszała. Uśmiechnęła się pogodnie.

– Przede wszystkim, zanim pomówimy o twojej prowizji, chciałam ci podziękować za te informacje. Pozwalają zrekonstruować strategię biznesową moich firm i stosownie przygotować się do decyzji, którą podejmie amerykański prezydent w odniesieniu do dolara. Z tego punktu widzenia są bezcenne i warto było czekać na nie pięć lat. Znając ostrożność Victora Van Verta, umieram z ciekawości, jak udało się je zdobyć, choć nie liczę na odpowiedź – powiedziała Edyta Amschel.

– Łańcuszek ludzi dobrej woli stanął na wysokości zadania. – Dominik nie mógł się przyznać, że sam do końca nie wiedział, jakim sposobem pułkownik Jana weszła w posiadanie planu Victora, więc postanowił zmienić wątek. – Ja natomiast ciekaw jestem, co taki ekspert od finansów jak ty myśli o planie Victora i jego konsekwencjach?

– To genialny w swej prostocie plan, który pozwoli Van Vertom oraz tym szczęściarzom, którzy go poznali, zarobić krocie – oceniła. – Victor Van Vert skończy w tym roku osiemdziesiąt dziewięć lat i plan, który wymyślił, to efekt jego wielkiego doświadczenia życiowego, a także zwyczaju nieliczenia się z nikim i z niczym. Najlepszym tego dowodem jest śmierć braci Kennedych. Cóż znaczą te dwa zabójstwa wobec kilkuset miliardów dolarów zysku, jaki Victor sobie zaplanował?

– Na koniec za wszystko i tak zapłaci frajer z ulicy. To chyba zawsze było jedną z naczelnych dewiz Victora Van

Verta – podsumował Dominik, choć od pewnego momentu swojego życia sam starał się robić wszystko, aby nie być tym szarym człowiekiem. Dodał więc z nutą samokrytyki: – Dewiza, której zresztą hołdujemy i ty, i ja...

– Obawiam się, że na tym polega historia ludzkości, ale tego nie zmienimy, więc szkoda czasu na roztrząsanie problemu – skwitowała jego uwagę pani Amschel i przeszła do meritum. – Jak się zapewne domyślasz, zamierzam zainwestować co najmniej tyle samo co Victor w złoto, ropę czy inne przynoszące zysk opcje i dorównać jego zarobkom lub je przekroczyć. Wiesz, o jakie sumy chodzi, zatem mam świadomość, że procent czy suma prowizji, jakiej zechcesz za przekazaną wiedzę i dalszą współpracę, raczej nie zmieści się w portfelu w tylnej kieszeni spodni... Jaka jest twoja propozycja?

– Miliard dolarów. Połowa natychmiast po decyzji Nixona o skasowaniu wymienialności dolara na złoto i uwolnieniu jego ceny. Druga połowa w miarę realizacji zysków z zainwestowanego kapitału, ale w okresie nie dłuższym niż dziesięć lat. Uważam, że prezydent musi podjąć taką decyzję przed końcem kadencji. Victor nie może ryzykować przegranej Nixona w następnych wyborach. Po co zresztą czekać?

– Miliard dolarów to bajońska suma i brzmi pięknie – odrzekła z uśmiechem pani Amschel, uważnie obserwując twarz rozmówcy.

Nie okazywała zaskoczenia ani żadnej innej emocji, która pozwoliłaby przemytnikowi ocenić, jakie wrażenie wywołała jego propozycja. Tak jak pięć lat temu, nie uzasadniał, dlaczego wymienił taką, a nie inną kwotę, tylko spokojnie czekał na ostateczną decyzję pani Amschel.

– To rozsądna propozycja. Jeżeli zarobię sto miliardów dolarów, to wprawdzie twoja prowizja wyniesie tylko jeden procent, ale całe ryzyko inwestycyjne jest po mojej stronie. Zgoda. – Uścisnęła przemytnikowi dłoń i na znak dobicia targu lekko ją przytrzymała. – Przez najbliższe lata będziemy współpracować, obserwując poczynania Van Vertów.

– Współpraca z tobą to rzadka przyjemność – odparł Dominik, całując kobietę w rękę. – Ale to nie koniec moich propozycji. Mam jeszcze jedną, która powinna cię zainteresować.

– Sypiesz dziś niespodziankami jak z rękawa. Pozwolisz, że naleję szampana, i zamieniam się w słuch. – Podeszła do komody, na której stała otwarta butelka, i napełniła kieliszki.

– Wiedzę, którą ci właśnie przekazałem, wkrótce otrzyma również główny lokator Kremla... – zagaił Dominik.

17 lutego

Z hotelu George V wyszedł nad ranem. Wsiadł do stojącej przed głównym wejściem taksówki i kazał się zawieźć w okolice Montmartre'u – do hotelu, w którym się zatrzymał. Wziął szybki prysznic i położył się, mając na ustach smak czerwonego wina i szminki pani Amschel.

Obudził się o ósmej. Kilkanaście przecznic, jakie dzieliły jego hotel od rue Caulaincourt, postanowił pokonać na piechotę. Zimowe powietrze było nad wyraz orzeźwiające i pobudzało głód. Kupił więc croissanty i bagietki, na wypadek gdyby gospodarz okazał się nie dość zapobiegliwy. Zapach świeżo parzonej kawy unosił się już przed drzwiami apartamentu, a gdy Dominik przekroczył próg, napotkał zaciekawione spojrzenia Dolores, Jany, Cewiego i Malcolma.

– *Bonjour.* Przyniosłem pieczywo – rzucił na powitanie, doskonale wiedząc, że nie na to czekają zebrani, ale nie mógł sobie odmówić małej zabawy w kotka i myszkę. – Ktoś ma ochotę? Dostanę kawy?

– Dostaniesz, jak zaczniesz mówić – oznajmił gospodarz, a Dolores nalała do filiżanki kawy z ekspresu.

– Jak się miewa madame Amschel? – zapytał Cewi.

– Miewa się na tyle dobrze, że zgodziła się na miliard dolarów prowizji za nasz trud. Zamierza też spotkać się z tobą i przedyskutować, czy powinna doradzać towarzyszom na Kremlu... – odpowiedział Dominik z błyskiem w oku.

– O kurwa! – Dolores z wrażenia rozlała kawę na stolik. Odstawiła ekspres i usiadła na sofie, patrząc z niedowierzaniem na przemytnika.

– Drogi przyjacielu, usiądź sobie wygodnie, napij się kawy i opowiadaj... – zaproponował gospodarz.

Dominik skorzystał z zaproszenia i szczegółowo zrelacjonował przebieg rozmowy z panią Amschel, dyskretnie pomijając niektóre epizody spotkania, a zwłaszcza jego finał w godzinach przedrannych. Nikt ze słuchających nie przerywał, nikt nie zadawał pytań. Chłonęli każde słowo.

– Pozwolicie, że podsumuję – powiedział na koniec Dominik. – Jeżeli wszystko pójdzie zgodnie z planem, to przez najbliższe dziesięć lat każde z nas zarobi na starciu madame Amschel z rodem Van Vertów dwieście milionów dolarów. Pozostaje jeszcze nasz udział w prowizji, jaką dostanie ona od Kremla za doradztwo. Nie wykluczam, że będzie to kolejny miliard do podziału. Poza tym dzięki Victorowi każde z nas może już dziś zacząć indywidualnie inwestować w złoto, ropę i co tam jeszcze takie środki, jakimi dysponuje. To by z grubsza było tyle.

– Czy zdajecie sobie sprawę, jacy będziemy... co tam będziemy!... jacy jesteśmy bogaci?! – zauważył Malcolm nieco podniesionym głosem, nie tracąc jednak fasonu angielskiego arystokraty. – Nixon rzeczywiście musi podjąć decyzję w sprawie złota przed końcem pierwszej kadencji. W mojej ocenie najpóźniej wczesną jesienią siedemdziesiątego pierwszego roku, bo na przełomie roku zacznie się kampania wyborcza, w której będzie walczył o drugą kadencję. Taka decyzja zaś nie może być elementem kampanii. Oznacza to, że za dwa i pół roku pani Amschel wypłaci nam pierwsze pół miliarda prowizji i każde z nas będzie bogatsze o sto milionów dolarów. Boję się nawet spekulować, co nam może przynieść zwyżka ceny złota... Czyżby kończyła się nasza przygoda z wywiadem, a zaczynała z biznesem?

– Jedno da się znakomicie pogodzić z drugim. Należy tylko zachować właściwe proporcje – zapewnił Dominik, jednocześnie zauważając, że Cewi, Dolores i Jana milczą, jakby zapowiedź rychłego bogactwa nie całkiem dotarła do ich świadomości.

– Ja w każdym razie nie zamierzam rozstawać się z wywiadem. Chciałabym jeszcze zrobić to i owo – odezwała się w końcu Dolores.

– Dolores, Jana i ja jesteśmy zawodowymi oficerami wywiadu – włączył się do rozmowy Cewi. – Nasze odejście ze służby, zwłaszcza odejście Jany, musi być przygotowane w sensowny sposób i uzasadnione. Co o tym myślisz, Jano?

– Chciałabym spacerować z tobą brzegiem Sekwany czy myszkować po via Veneto w Rzymie, a potem wpaść na wino do jakiejś knajpki. Ale dopóki jesteśmy czynnymi oficerami Mosadu i KGB, nie możemy pokazywać się razem publicznie. Dlatego nie mam ambicji umrzeć na stanowisku pracy i tobie, Dolores, również poddaję tę myśl pod rozwagę – wyznała zaskakująco szczerze pułkownik Jekatierina Iwanowa. – Sądzę, że wyprowadzenie sprawy Van Vertów na w miarę czyste wody zajmie nam jeszcze co najmniej pięć lat i do tego czasu musimy pozostać w naszych służbach, żeby dysponować jak najszerszą gamą możliwości. Bez tego nie wyobrażam sobie dalszych kontaktów z panią Amschel.

A potem ocenimy sytuację i zobaczymy. Chodźmy, Cewi, do kuchni. Zastanowimy się, jak marzenia przekuć w realne plany...

– Zanim, Jano, znikniecie tam na dobre, wróćmy na chwilę do naszej rozmowy na temat tego, co się wydarzyło rok temu w Polsce... – zagadnął Dominik. – Ciekawi mnie to jako obserwatora historii.

– Marzec sześćdziesiątego ósmego, przygrywka do czystki Żydów. Odpowiem tak: i wywiad KGB, i Mosad odegrały w tej sprawie rolę katalizatora. Inspirowaliśmy pewne wydarzenia i nie przeszkadzaliśmy w rozwoju sytuacji. Nie wiem, co powiedzą Cewi i Dolores, ale Mosad robił dokładnie to samo co my. Im tak samo zależało na exodusie tych Żydów z Polski, choć z innych powodów niż nam. Uważaliśmy, żeby nie wchodzić sobie nawzajem w drogę – zakończyła.

– Potwierdzam to, co mówi Jana – włączył się do rozmowy Cewi. – Dodam jedynie, że twoi rodacy, Dominiku, po wszystkich stronach tej rozgrywki byli tak napaleni, że inspiracja zewnętrzna nie musiała być zbyt skomplikowana ani pracochłonna. Wy, Polacy, kochacie się kłócić nie mniej niż my, Żydzi.

– To pewnie wynik kilkuset lat kohabitacji... – zauważył Dominik, odprowadzając wzrokiem parę szpiegów znikających za kuchennymi drzwiami.

– Żeby już zamknąć ten wątek – odezwała się Dolores – powiem ci tylko, że pierwsi polscy oficerowie żydowskiego pochodzenia zdążyli już dotrzeć do Izraela i są przydzielani do różnych jednostek naszej armii i do służb. Gdy po raz pierwszy usłyszałam od ciebie o takiej możliwości, wydawało mi się to mało realne.

– Życie jest niekiedy bogatsze od wyobraźni – zauważył filozoficznie Dominik i zmienił temat. – W głosie Jany wyczuwam zmęczenie. Mam nadzieję, że nie popełnią z Cewim błędu sprzed lat i nie dojdzie znów do rozstania.

– Nie ma takiej opcji – odparła Dolores i nieoczekiwanie zapytała: – A co słychać u Maxa i Andrégo? Dawno ich nie widziałam. Jakie masz plany? Dokąd chcesz ich wysłać na studia?

– André skończy w czerwcu liceum Saint-Gilles, a Max zostanie dopuszczony do matury rok wcześniej niż jego rówieśnicy, bo jest prymusem. André zamierza poczekać na niego przez rok, trenując sztuki walki, a potem razem wyjadą na studia – odpowiedział Dominik. – Dobrze się wzajemnie uzupełniają. Max chyba pójdzie na fizykę, a André ostatnio bardzo się zainteresował historią sztuki…

– Pochwalam z całego serca – podchwycił Malcolm. – To bardzo przydatne w życiu, zwłaszcza jeżeli ktoś jest bogaty z domu i niekoniecznie musi zarabiać w tym zawodzie na wikt i opierunek…

– Nie powiedziałeś, jaką uczelnię dla nich wybrałeś – ponowiła pytanie oficer izraelskiego wywiadu.

– Tę, na której będą studiować dzieci Martina Van Verta, Fred i Rose. Ty zatem mnie poinformujesz, dokąd się wybierają, gdy dowiesz się tego od Marii…

– Nie odpuszczasz. Czy jesteś do końca przekonany, że mieszanie ich w tę sprawę to dobry pomysł? – zapytała Dolores, choć była pewna, że Dominik podjął już decyzję.

– To Martin Van Vert wszystkich nas w to wmieszał. Nowe pokolenie też. Przemyślałem sprawę, wierz mi. Za wcześnie jeszcze na szczegóły, ale wiem, co robię.

18 lutego

Kiedy Dominik przybył do swojej rezydencji pod Wiedniem, Gerard akurat skończył trening walki ulicznej z Andrém. Kibicował im Max, zachęcając obu do większego wysiłku.

– Jeszcze trochę i André mnie prześcignie – oznajmił były esesman, gdy po prysznicu zasiadł z Dominikiem w bibliotece. – Na przełomie lat dwudziestych i trzydziestych w Hamburgu byłby najlepszy z naszej bojówki.

Dominik już miał na końcu języka ripostę, że nie żałuje, iż to szczęście ominęło Andrégo, ale w ostatniej chwili się powstrzymał. Nie zależało mu na zwyczajowej utarczce słownej z przyjacielem, bo chciał z nim omówić ważniejszą sprawę. Wyraził więc tylko uznanie dla mistrza i ucznia, po czym przeszedł do meritum.

– Coś mi mówi, że od siedemdziesiątego drugiego roku Amerykanie zaczną wielkie drukowanie dolarów. Przydałoby się, żeby do tego czasu także nasza prywatna drukarnia zielonych była gotowa do pracy. W powodzi banknotów oficjalnych łatwiej będzie rozprowadzać nasze znakomite, mam nadzieję, fałszywki. Początkowo myślałem, że tę operację zlokalizujemy za granicą, na przykład u naszego przyjaciela Konrada w pięknej Brazylii, ale nie jestem pewien, czy starczy nam czasu na niezbędną logistykę związaną z dostawami papieru, farby, maszyn, specjalistów...

– Jeżeli twoje „coś" jest dobrze poinformowane, to nie możemy przegapić okazji – odpowiedział były esesman, nie wnikając, skąd Dominik ma takie informacje. – Proponowałbym zakupić odludną farmę w Tyrolu i tam wszystko zorganizować. Ustaliłem dwóch kolegów z mojej starej formacji, którzy byli związani z tym projektem w Sachsenhausen. Pomoc organizacyjna z ich strony byłaby bezcenna i znacznie by skróciła okres przygotowawczy.

– Nie wysypią nas komuś? Wybacz pytanie, ale to wrażliwa i potencjalnie bardzo dochodowa operacja. Szkoda byłoby ją przedwcześnie zakończyć...

– Wziąłem to pod uwagę. Dlatego z grona uczestniczących w operacji „Bernhard" wybrałem akurat tych dwóch. Po wojnie Amerykanie i Brytyjczycy ostro ich maglowali i na pewien czas nawet objęli nadzorem. Obaj powiedzieli przesłuchującym absolutnie tyle, ile musieli, żeby wyjść na wolność. Zachowali się więc zgodnie z zasadami naszej formacji. – W głosie Gerarda słychać było dumę.

– Rozumiem, że nie bierzesz pod uwagę ewentualnego dokooptowania więźniów, którzy pracowali przy „Bernhardzie"?

– Odpowiem ci tak... Z grubsza wiem, co drzemie w głowach starych esesmanów. Nie mogę jednak powiedzieć tego samego o dawnych więźniach obozów koncentracyjnych, nawet jeśli byli tak dobrze traktowani jak ci z „Bernharda". Wolę więc nie ryzykować – podsumował Gerard. – Ale jeśli któryś z moich dwóch *Kameraden* zarekomenduje jakiegoś więźnia do ewentualnej współpracy, to wtedy sprawę poważnie rozważymy.

– Niech tak będzie. Zaczynamy nową przygodę.

21 lutego

Jak tylko pułkownik Jekatierina Iwanowa wróciła do Moskwy, natychmiast przystąpiła do pracy. Przede wszystkim opracowała i przygotowała dla kierownictwa wywiadu KGB informację, jaką kurier pionu nielegałów uzyskał od Gladys. Następnie zasiadła do pisania raportu ze spotkania z Dolores, bo pod taką legendą przebywała w Paryżu. Rozmowę określiła jako rutynową, z jednym wszakże wyjątkiem: otóż oficer izraelskiego wywiadu ujawniła, że jej służba uzyskała informację, jakoby nowa amerykańska administracja myślała o uwolnieniu ceny złota, ale mimo dodatkowych pytań Izraelka nie była w stanie bardziej tego skonkretyzować. Obiecała jednak – zapewne kierując się wdzięcznością za wyrwanie z rąk grupy Skorzenego w Kairze – że przed kolejnym spotkaniem postara się dowiedzieć czegoś więcej.

We wnioskach pułkownik Iwanowa napisała, że sygnalna informacja Dolores na temat uwolnienia ceny złota wydaje się potwierdzać dane zdobyte w rezydencji Van Vertów i że należałoby jak najszybciej, ale w granicach rozsądku, wywołać kolejne spotkanie w celu ustalenia źródła, z którego Mosad zaczerpnął tę wiedzę, oraz określenia, jak szeroki może być krąg osób, którym jest ona znana. Oba raporty złożyła w sekretariacie dyrektora wywiadu w specjalnej teczce „do rąk własnych" i czekała na reakcję.

Po dwóch dniach szef wywiadu poprosił ją na rozmowę. Lecz ku zdziwieniu pułkownik Iwanowej spotkanie miało się odbyć nie w siedzibie wywiadu, lecz w należącej do niego okazałej willi w starej części Moskwy. W godzinach wieczornych limuzyna zabrała Janę z domu i zawiozła ją na miejsce. Spotkania oficerów z kierownictwem służby w willach należących do wywiadu zagranicznego KGB nie zdarzały się często. Z reguły oznaczało to, że sprawy prowadzone przez tak wyróżnionych oficerów traktowane są wyjątkowo poważnie, więc należy je omówić spokojnie, z dala od codziennego zgiełku kwatery głównej, poświęcając na to tyle czasu, ile okaże się konieczne.

Czyżby moje informacje narobiły takiego fermentu? – pomyślała Jana.

Generał Aleksander Sacharowski, szef wywiadu zagranicznego, czekał na gościa w wyłożonym marmurem holu willi.

Nie będziemy sami. Inaczej czekałby na górze, a tutaj powitałby mnie jego adiutant – wnioskowała na bieżąco, zdejmując futro z norek i zimową czapę z soboli. Ciekawe, kto zaszczyci nas swoją obecnością…

Stanęła na baczność.

– Towarzyszu dyrektorze, pułkownik Iwanowa melduje się zgodnie z poleceniem.

Jej ciekawość została szybko zaspokojona.

– Spocznijcie, towarzyszko pułkownik. Miło cię widzieć, Jano. – Mocnym uściskiem dłoni szef wywiadu przywitał się z podwładną, którą znał od dwudziestu lat, i zaczął wyjaśniać ściszonym głosem: – Na górze czeka przewodniczący KGB Jurij Andropow. Gdy zapoznałem go z informacją o planie Victora Van Verta, pogratulował nam jej uzyskania i poprosił o spotkanie z tobą. Rozumiem, że chce ci osobiście podziękować.

Generał armii Andropow słynął z zamiłowania do świata kina i teatru, co częściowo można było wytłumaczyć faktem, że już w wieku szesnastu lat pracował jako kinooperator. Miał też słabość do twórczości Oscara Wilde'a i do amerykańskiego jazzu. Znał angielski i fiński. Dla pułkownik Jekatieriny Iwanowej był przede wszystkim człowiekiem, który podjął się trudu modernizacji zaśniedziałego aparatu KGB, czym zyskał sobie jej szacunek.

– Witam, towarzyszko pułkownik – rzekł Andropow, gdy szef wywiadu i jego podwładna przepisowo się zameldowali, po czym zaproponował: – Siadajcie wygodnie. Napijemy się koniaku i porozmawiamy.

Wskazał swoim rozmówcom napełnione już kieliszki na stoliku kawowym. Obok stała butelka rémy martina, ulubionego francuskiego koniaku generała.

Usiedli w stylowych fotelach i Andropow z życzliwym uśmiechem zwrócił się do Jekatieriny Iwanowej:

– Pozwólcie, towarzyszko pułkownik, że podziękuję wam za dostarczony materiał. Mister Victor Van Vert to arcyciekawy dżentelmen, o czym świadczy plan, który przygotował. To taka emanacja jego cudownie cynicznego charakteru. Wprowadzenie tych zamierzeń w życie nieźle przemebluje światowe stosunki gospodarcze. A wszyscy uważają, że to politycy rządzą światem! Chcę was prosić o bardzo wnikliwe obserwowanie poczynań rodu Van Vertów. Jego relacje z nową administracją Richarda Nixona są dla mnie niezwykle interesujące. Pan prezydent zaczyna wykazywać godną podziwu odwagę twórczą w polityce zagranicznej. Zobaczymy, jak daleko będzie mu dane posunąć się na tej drodze. – I patrząc na Sacharowskiego, dodał: – Niech pułkownik Iwanowa pełni w tej sprawie wiodącą rolę.

– Tak jest! – natychmiast odpowiedział szef wywiadu, co było równoznaczne z uznaniem prośby generała za rozkaz.

– Proszę też koniecznie kontynuować, towarzyszko pułkownik, spotkania z tą izraelską oficer o pięknym imieniu Dolores, które utkwiło mi w pamięci – kontynuował przewodniczący KGB. – Podoba mi się formuła tych spotkań, odbywanych za wiedzą i zgodą kierownictwa, ale nie tak do końca sformalizowanych. Musicie ustalić, towarzyszko Iwanowa, czy to oznacza, że nasi żydowscy koledzy po fachu znają plan Van Vertów, a jeśli tak, to skąd. Warto się zorientować, kto jeszcze o nim wie, bo to pozwoli go rozegrać z maksymalną korzyścią dla naszego państwa. Czy uda wam się pozyskać tę wiedzę od Dolores bez narażania charakteru waszych rozmów?

– Tak jest, towarzyszu generale – odpowiedziała pułkownik Iwanowa. – Formuła naszych spotkań wynika z tego, co zaszło swego czasu w Kairze.

– Obie spisałyście się wtedy znakomicie. Ich operacja i nasza, która się na nią nałożyła, będą opisywane w podręcznikach wywiadu, a finał ze Skorzenym to był majstersztyk – pochwalił generał Andropow. – Jeśli mieć na względzie wasze obozowe doświadczenia, to cud, że stary esesman przeżył to spotkanie. Cieszę się, że mogłem was poznać, pułkownik Iwanowa.

Jana odmeldowała się obu przełożonym, jak nakazywał regulamin. Zeszła na dół, ubrała się i opuściła willę, odprowadzona do furtki przez ochronę. Mroźne moskiewskie powietrze działało orzeźwiająco, więc Jana postanowiła wrócić do swojego mieszkania w okolicach Kremla na piechotę.

Po jej wyjściu generał Andropow dolał szefowi wywiadu i sobie koniaku, po czym się zamyślił.

– Powinniśmy przyznać mister Van Vertowi tytuł Bohatera Związku Radzieckiego – odezwał się po chwili. – Wielokrotny wzrost cen złota i ropy pozwoli naszej gospodarce jeszcze przez wiele lat ścigać się z Amerykanami i wymyślać coraz to nowe systemy uzbrojenia. Chyba że zrobimy coś naprawdę głupiego…

Szef wywiadu słuchał, nie komentując, bo nie bardzo wiedział, co jego przełożony ma na myśli. Nie wyobrażał sobie, co mogłoby wstrząsnąć posadami radzieckiego imperium, gdy tak pięknie zapowiadał się wzrost wartości jego bazy surowcowej…

28 marca

W jadalni prywatnych apartamentów prezydenta trwała kolacja, na którą pierwsza para Ameryki zaprosiła braci Van Vertów, Victora i Fredericka, oraz Martina z małżonką. Kuchnia Białego Domu, która na potrzeby licznych gości i personelu przygotowywała i wydawała setki posiłków dziennie, bez trudu uporała się z tym dodatkowym przyjęciem.

Pat Nixon zabrała Marię Van Vert na zwiedzanie Białego Domu, a mężczyźni przeszli do Salonu Lincolna. Właśnie tu prezydent najbardziej lubił pracować wieczorami. Stary fotel wybity brązowym aksamitem i podnóżek polecił sprowadzić z apartamentu w Nowym Jorku.

– Miałem kilka interesujących rozmów z Lyndonem Johnsonem – zwierzył się, pociągając łyk whisky. – Zżyma się, że wydano miliardy dolarów na całą serię programów federalnych dla biednych Amerykanów, ale nie za bardzo widać pozytywne skutki. Wygląda na to, że niewiele z tych pieniędzy dociera do potrzebujących, bo lwia część idzie na płace i utrzymanie machiny biurokratycznej. Mam zamiar to zmienić!

– Walka z waszyngtońską biurokracją federalną to wielkie wyzwanie, panie prezydencie, i należy być bardzo czujnym, aby nie nadszarpnęła ona pańskiej administracji – rzekł

Frederick, dla którego polityczny Waszyngton nie miał tajemnic. – Tym miastem faktycznie rządzi niewidoczny układ
władzy. Nazwałbym go żelaznym trójkątem. Składa się z lob-
bystów oblegających Kongres, parlamentarzystów będących
członkami komisji i podkomisji, ludzi z ich sztabów robo-
czych oraz urzędników departamentów federalnych i agencji.
Ludzie ci znają się i współdziałają od lat. Prezydenci i ich ad-
ministracje przychodzą i odchodzą, a oni trwają. W znakomitej większości to nieprzychylni nam demokraci i liberałowie,
wspierani ponadto przez liberalne media, z którymi znakomicie się uzupełniają. W obronie swoich partykularnych interesów najczęściej stosują przecieki do prasy. To prawdziwa
zakała każdej prezydentury...

– Mam tego świadomość, Fredericku. Pełniąc urząd wiceprezydenta, widziałem, jak ten system działa. Dlatego
poleciłem członkom mojego gabinetu, aby jak najszybciej
pozbyli się demokratów z poprzedniej administracji, zajmujących kluczowe stanowiska w podległych im resortach –
odpowiedział Richard Nixon z przebiegłym uśmiechem, dla
którego złośliwi krytycy nadali mu przydomek „Tricky Dicky". – Skorzystałem również z kolejnej rady Johnsona, zachowując Edgara Hoovera na stanowisku szefa FBI. Lyndon
twierdzi, że tylko jemu mogę tak naprawdę zaufać i tylko na
nim mogę polegać w sprawach bezpieczeństwa państwa.

– Jestem skłonny zgodzić się z tą opinią – rzekł Frederick. – Największą miłością starego Edgara jest FBI. Pełnie-
nie funkcji dyrektora to praktycznie wszystko, czego mu
potrzeba do szczęścia. Hoover nie ma niezdrowych ambicji
i gotów jest wiernie służyć każdemu prezydentowi, który za-
gwarantuje mu trwanie na tym stanowisku. A zatem podjął

pan słuszną decyzję, bo Hoover wie wszystko o wszystkich, zwłaszcza w Waszyngtonie, i chętnie podzieli się tą wiedzą z głową państwa.

– Mam natomiast pewien problem z CIA, a raczej z jej szefem – kontynuował Nixon. – Zażądałem od Agencji, żeby udostępniła mi do wglądu całą swoją dokumentację związaną z operacją w Zatoce Świń i Helms mi odmówił, zasłaniając się przepisami o wieczystej ochronie tożsamości agentów wywiadu. To niesłychane! Nie wykonać polecenia naczelnego dowódcy! Na dobrą sprawę powinienem go natychmiast zwolnić, ale nie chcę działać zbyt pochopnie – przyznał się prezydent. – Wolę zasięgnąć rady mądrych ludzi.

Gestem ręki Victor Van Vert dał bratu i synowi znak, że to on chce zabrać głos w tej sprawie. Ma jaja ten Helms! – pomyślał zarazem.

– Słusznie, panie prezydencie, życzliwa rada w takiej sprawie może okazać się przydatna. Ameryka prowadzi wojnę w Indochinach, bo nasze działania wykraczają już poza Wietnam. To nie jest dobry czas na zwalnianie szefa naszej społeczności wywiadowczej. Opinia publiczna mogłaby opacznie zrozumieć taki krok albo nie zrozumieć go w ogóle, co jest bardziej prawdopodobne. Waszyngtońskie media też nie byłyby tu pomocne, o czym zdążył już wspomnieć Frederick. Naraziłby się pan na burzę spekulacji, domysłów i zwykłych plotek. Wywiad to bardzo specyficzna instytucja, niezwykle mocno przywiązana do swoich tajemnic i ludzi, którzy je dla nich zdobywają. Ochrona tych tajemnic to dla nich takie symboliczne „być albo nie być". A dla pana to zaledwie jedna z setek spraw przemykających przez pańskie biurko. Nie warto wszczynać wojny na samym początku kadencji. CIA przyda się do rozwiązania wielu spraw. A Helmsa zdąży pan zwolnić w drugiej kadencji. Sugeruję zachować sprawę w pamięci, ale dzisiaj przejść nad nią do porządku – zakończył nestor rodu Van Vertów.

– Dziękuję, Victorze. To dobra rada i zapewne z niej skorzystam – odpowiedział prezydent. – Tym bardziej – dodał – że miesiąc temu pan Dobrynin, ambasador Związku Radzieckiego, przekazał mi kilkustronicową notę od ich kierownictwa. Wynika z niej, że Rosjanie gotowi są z nami rozmawiać na liczne tematy. Począwszy od Bliskiego Wschodu i Europy Wschodniej, poprzez Wietnam, do kontroli zbrojeń. Informacje CIA i profesjonalizm, którego nikt nie może Helmsowi odmówić, będą niezbędne do skutecznego prowadzenia takich rozmów. W negocjacjach z Rosjanami zamierzam uzależnić postęp w jednej sprawie od postępu w kolejnej. Chcą mieć progres w kwestii rozbrojenia i mniej wydawać na broń? Okej, zgoda, ale niech mi pomogą zakończyć wojnę w Wietnamie. A potem zaskoczę ich Chinami… Mam w tej sprawie poparcie prezydenta de Gaulle'a.

– Świetny pomysł, panie prezydencie. Coś za coś to podstawa negocjacji. – Martin zareagował znacznie bardziej entuzjastycznie, niż życzyłby sobie jego ojciec.

Tymczasem w Gabinecie Owalnym Maria podziwiała zmiany i przeróbki dokonane przez nową pierwszą damę. Położono doskonałej jakości niebiesko-złoty dywan. W kolorze złota były też sofy i firanki.

– Moim zamiarem było ocieplić to pomieszczenie kolorami, ale ono zawsze będzie miało oficjalny charakter – tłumaczyła Pat Nixon. – Dlatego z myślą o Dicku urządziłam bardziej nieformalny gabinet w starym Executive

Office Building. Półki wypełniłam jego ulubionymi książkami, zdjęciami rodzinnymi i pamiątkami. Kustosz Clement Conger pomaga mi wynajdywać ciekawe obrazy i zabytkowe przedmioty, od lat zapomniane w magazynach federalnych. Zamierzamy ożywić Biały Dom i uczynić go bardziej dostępnym. Niepełnosprawni weterani wojenni będą mogli korzystać z ramp dla wózków inwalidzkich… Ale powiedz, co u ciebie i Martina. Jak Fred i Rose?

– Prowadzę trochę bajkowe i beztroskie życie, malując i bywając z Martinem na imprezach towarzyskich. Czasami mam wyrzuty sumienia, gdy pomyślę o dzieciństwie i koleżankach, które miały mniej szczęścia ode mnie – odrzekła Maria. – Fred lada chwila skończy liceum i Martin koniecznie chce go posłać na Uniwersytet Harvarda w Cambridge. Rose poszłaby tam do liceum z internatem. Byłby to dla niej najlepszy kurs przygotowawczy.

– Moim zdaniem Harvard to bardzo dobre miejsce do studiowania, choć Richard ma nieco inną opinię na temat uczelni Ivy League – zauważyła Pat Nixon. – Co się tyczy twoich wyrzutów sumienia, to wspaniale, że je w ogóle masz. W Waszyngtonie i Nowym Jorku to rzadkość. Mam pomysł, jak ich się pozbyć. Będziesz mi pomagać w działalności charytatywnej. Dick i ja rozumiemy biedę, bo w naszych domach rodzinnych nigdy się nie przelewało, a ponieważ ty też rozumiesz biednych i mniej szczęśliwych, to bardzo mi się przydasz. Co powiesz na taką propozycję?

– Tak jest, pierwsza damo! – odparła z entuzjazmem Brazylijka, wywołując żywiołowy śmiech pani na Białym Domu.

*

Po skończonej kolacji bracia Van Vertowie wracali do rezydencji na Long Island czarnym rolls-royce'em. Prowadził go kamerdyner James, który nie mógł sobie odmówić przyjemności wzięcia udziału w tej wizycie i wjazdu na parking Białego Domu. Victor, zatopiony w myślach, odezwał się do brata dopiero w połowie drogi.

– Musimy przyspieszyć naszą akcję, aby prezydent mógł jak najszybciej podjąć decyzję o zniesieniu parytetu dolara i uwolnieniu ceny złota. Dopóki tego nie zrobi, nie mogę go antagonizować, próbując mu wybić z głowy to dogadywanie się z Rosjanami i Chińczykami. Bardzo mnie to denerwuje.

– Część rodów uważa, że takie otwarcie na Chiny to dobry pomysł, bo pozwoli nam wejść na ich rynek i być może osiągnąć ogromne zyski... – zaczął ostrożnie tłumaczyć Frederick, zdając sobie sprawę, że to, co mówi, raczej nie spotka się z uznaniem starszego brata. Nie pomylił się.

– Ja mam gdzieś, co w tej sprawie uważają inne rody. Gdy mój plan nabierze tempa, staniemy się tak potężni, że opinia innych rodów przestanie mieć dla nas jakiekolwiek znaczenie. Na dobrą sprawę można będzie całą tę Ligę Rodów rozwiązać albo doprowadzić do jej naturalnej śmierci. Lord Grey i ci żydowscy bankierzy z Europy będą mogli sobie mleć te swoje idee o dobru ludzkości w nieskończoność – odpowiedział Victor ze złośliwą zawziętością, która nieco zaskoczyła Fredericka. – My zaś wykończymy komunistów wyścigiem zbrojeń. Jeżeli Nixon nie będzie chciał brać w tym udziału, to go wymienimy na kogoś innego.

Nestor rodu Van Vertów po raz pierwszy wypowiedział się tak kategorycznie o przyszłości człowieka, którego w dużej mierze wyniósł do prezydentury. Frederick nic nie odpowiedział, wiedząc, że nie zmieni to w żaden sposób postanowień brata. Długa kariera polityczna w Kongresie przyzwyczaiła go do tego, że prezydenci przychodzili i odchodzili, więc taki czy inny los Richarda Nixona nie spędzał mu snu z powiek. Był natomiast przywiązany do idei Ligi Rodów. Z jej członkami czy przedstawicielami spotykał się od dawna i miał wśród nich wielu dobrych znajomych i paru przyjaciół. Ale tego wieczoru nie zamierzał kłócić się z Victorem. Wolał wyjść z założenia, że napastliwe wypowiedzi brata są konsekwencją dopadającej go starości i poczucia bezsilności wobec tego, co ona nieuchronnie niesie...

Maria i Martin doszli pieszo do Pennsylvania Avenue, złapali taksówkę i kazali się zawieźć na Broadway, do jednej z licznych otwartych non stop restauracyjek, serwujących późne kolacje publiczności teatrów, music-halli i kin. Usiedli przy stoliku, zamówili butelkę czerwonego wina i popijając, dzielili się wrażeniami z wizyty u prezydenta. Maria opowiedziała mężowi o propozycji pierwszej damy.

– Część obrazów i kopii, które maluję, mogłabym przeznaczać do sprzedaży na aukcjach charytatywnych. Co o tym myślisz, Martinie?

Odpowiedź, jaka padła z ust byłego oficera CIA, zupełnie ją zaskoczyła.

– Niedługo prezydent Nixon podejmie decyzję, która uczyni nasz ród najpotężniejszym na świecie, i będziesz mogła przeznaczać na cele charytatywne, ile tylko zapragniesz. Żeby nie zapeszać, na razie nic więcej nie powiem, ale gdy decyzja będzie już nieodwracalna, wytłumaczę ci szczegóły.

– Umieram z ciekawości. To brzmi niezwykle tajemniczo. – Czuła jednak, że nie powinna zbyt nachalnie drążyć tematu. Pozwoliła sobie tylko na mały żart. – Czy prezydent da nam w dzierżawę Fort Knox?

– Co to znaczy kobieca intuicja! – niemal wykrzyknął Martin. – Sprawa rzeczywiście dotyczy złota, choć nie tego w Fort Knox. Musisz uzbroić się w cierpliwość.

– Nie ma problemu. Będę cierpliwa jak wąż boa na polowaniu – odparła pogodnie Brazylijka.

Była przekonana, że jej przyjaciółka i zarazem prowadząca, Nemo, potrafi ustalić, jaką decyzję w sprawie złota podejmie wkrótce prezydent Nixon, przysparzając rodowi Van Vertów dodatkowej potęgi.

30 maja

W piątkowe przedpołudnie Stephansplatz w Wiedniu zalany był słońcem. Tłum turystów zwiedzał najstarszą część miasta. Oficer izraelskiego wywiadu i pułkownik KGB odnalazły się we wnętrzu katedry Świętego Szczepana, tak jak to ustalono, punkt dziesiąta. Dolores podała Janie adres wynajętego mieszkania i natychmiast się tam udała.

Pułkownik KGB zadzwoniła do drzwi dwadzieścia minut później. Otworzył jej Dominik.

– Witam! Dawno cię nie widziałem, Jano – zażartował. – Czyżby twoi szefowie połknęli haczyk z naszą przynętą?

– Cześć. Powiem ci wszystko za filiżankę dobrej wiedeńskiej kawy.

– Już się robi! – krzyknęła z kuchni Dolores i po chwili wniosła do salonu tacę z trzema filiżankami kawy i trzema sporymi kieliszkami bimbru ze śliwek i suszonych rodzynek. – To premia za sprawność operacyjną, koleżanko – dodała.

Jana opowiedziała współkonspiratorom o rozmowie w moskiewskiej willi KGB i poleceniach generała Andropowa.

– Świetnie. Pierwszy etap naszego planu zaskoczył – ocenił Dominik. – Teraz zastanówmy się, co mogłaś w tej sprawie uzyskać od Dolores na dzisiejszym spotkaniu. W granicach rozsądku, oczywiście. Dolores, co byś powiedziała pani pułkownik KGB z wdzięczności za uratowanie życia w Kairze?

– Powiedziałabym „dziękuję". – Oficer wywiadu izraelskiego testowała poczucie humoru Dominika, szybko jednak oceniła, że w tej sprawie nie może na nie liczyć, i przeszła do meritum. – Na tym etapie o planie Van Vertów nie wolno wspominać. Dociekliwej koleżance z KGB mogę jedynie ujawnić, że wiedzę o zamiarach Amerykanów Mosad zawdzięcza najsilniejszym kręgom finansjery naszych współbraci w wierze. Nie podam szczegółów, ale średnio inteligentni znawcy tematu wiedzą, że chodzi o stare rody bankierskie – Warburgów, Rothschildów, Schiffów, Amschelów i inne. Na koniec dodam, że z niektórymi ich przedstawicielami Jana znalazłaby wspólny temat z przeszłości, i wymownie rzucę okiem na jej przedramię z numerem obozowym. W moim odczuciu tyle mogę dopowiedzieć z czystym sumieniem. To i tak dużo i absolutnie powinno wystarczyć.

– Zgadzam się. Moi przełożeni, a zwłaszcza Andropow, doskonale wiedzą, że w naszym fachu nie możemy przesadzać z wdzięcznością – analizowała pułkownik KGB. – Wodzom w Moskwie przekażę to, co dzisiaj uzgodniliśmy. Że źródłem informacji Mosadu jest najprawdopodobniej żydowski finansista z najwyższej półki, z obozową przeszłością. Generał Andropow wrzuci tę wiedzę w tryby naszej machiny·wywiadowczej i będzie czekał na wynik. Szybki wynik. Da na to nie więcej niż dwa miesiące. Mnie oczywiście też zobowiąże, bym szperała, korzystając z własnych kanałów. Nie będę jednak pchać się przed szereg i poczekam, co ustali wywiad KGB. Jeżeli będzie im szło opornie, to zastanowię się, czy nie naprowadzić ich na trop madame Amschel. Ale to w absolutnej ostateczności.

– Brzmi obiecująco – rzekł Dominik. – Gdy już ustalicie, że najbardziej prawdopodobnym źródłem wiedzy Mosadu jest wspomniana madame i że w związku z tym należałoby z nią porozmawiać, jak zagwarantujesz, że to właśnie ciebie Andropow wytypuje do takiej rozmowy?

– Tak działa nasz wywiad. To logiczne. Skoro jestem oficerem prowadzącym, który najwięcej wie o sprawie, to powinnam realizować jej najbardziej newralgiczny wycinek – odpowiedziała Jana bez cienia wahania czy wątpliwości.

– A gdyby jednak tak się nie stało i rozmowę zlecono by komuś innemu?

– To wtedy poprosisz swoją przyjaciółkę z hotelu George V, aby z kimś takim nie rozmawiała. – Z dwuznacznym uśmiechem osoby znającej życie Jana zakończyła dyskusję. – Przykro mi, że nie możemy wszyscy razem iść na lunch, więc pozwolicie, że się odmelduję.

Uścisnęli się i Dominik odprowadził Janę do drzwi. Ale zanim je otworzył, podzielił się z nią myślą, która od rana nie dawała mu spokoju.

– Bądź ostrożna, Jano. Prowadzimy grę z dużymi chłopcami. Nie ma tu miejsca na błędy. Ale jesteśmy na ostatniej prostej i daleko na horyzoncie widać już metę. Za nią zaś widzę całkiem fajne życie.

Pułkownik Jana uśmiechnęła się i skinęła mu głową. Pomyślała o Cewim.

31 maja

W samo południe Dolores i Maria wypatrzyły się w tłumie turystów wypełniających katedrę Świętego Szczepana. Maria przyleciała do Wiednia poprzedniego wieczoru i jak przystało na panią Van Vert, zatrzymała się w hotelu Sacher. Oficjalnym powodem jej podróży nad Dunaj było zapoznanie się z twórczością artystyczną tygla narodów, jakim była monarchia austro-węgierska. A to wymagało zwiedzenia wiedeńskich muzeów, galerii i zabytkowych budowli.

Zgodnie z instrukcjami nowojorskiego rabina, który służył obu kobietom za skrzynkę kontaktową, po wzajemnej wymianie spojrzeń Maria podążyła za swoją prowadzącą w odległości kilkudziesięciu metrów. Po kilkunastu minutach dotarły do domu w uliczce na tyłach katedry. W wynajętym przez ludzi Dominika mieszkaniu serdecznie się uściskały, po czym przeszły do kuchni, by przygotować kawę.

– Bardzo dawno cię nie widziałam, Nemo, i mam ci mnóstwo do opowiedzenia. – Brazylijka całym ciałem wyrażała radość ze spotkania.

– Trzy lata minęły jak z bicza trzasł, ale rabin regularnie przekazywał mi relacje z waszych spotkań. Jesteś już panią Van Vert, należysz do światowej elity towarzyskiej i wyglądasz jak milion dolarów – odparła oficer wywiadu. – Chętnie wysłucham, jakie to uczucie. Przejdźmy do salonu.

Usadowiły się wygodnie na sofie i popijając kawę, Maria opowiedziała o swoim ślubie, życiu z Martinem i niedawnej kolacji w Białym Domu. Wspomniała też o tajemniczej decyzji, którą ma podjąć prezydent Nixon, a która uczyni ród Van Vertów najpotężniejszym na świecie…

– Martin nie ujawnił szczegółów, ale sprawa na pewno dotyczy złota. Nie chciałam za mocno go cisnąć – wyjaśniła Brazylijka. – Pomyślałam, że z tych skrawków informacji możesz coś wysnuć.

– Bardzo dobrze zrobiłaś i nie pomyliłaś się. – Dolores wytłumaczyła Marii, jaką to decyzję może podjąć amerykański prezydent w sprawie złota i jakie mogą być jej skutki. Nie wspomniała jednak ani słowem, że wszystko to zostało zaplanowane przez Victora Van Verta. – Potwierdziłaś, że Van Vertowie wiedzą o nadchodzącej decyzji i bardzo na nią liczą, bo rzeczywiście mogą zbić na niej fortunę. Staniesz się niewyobrażalnie bogata…

– To oni staną się niewyobrażalnie bogaci, choć przyznam, że to przyjemne uczucie móc sobie pozwolić na wszystko. Choćby na wypad do Wiednia i oglądanie obrazów – odpowiedziała Maria.

– Bogactwo Van Vertów jest w tej chwili także twoim bogactwem. Jesteś już częścią ich rodu i jeśli zdecydujesz się kiedyś z nimi rozstać, to na pewno nie odejdziesz w samej bieliźnie – uświadomiła jej oficer wywiadu.

– Nie kocham Martina, choć to miły facet, i nie jestem już pewna, czy chcę mieć z nim dzieci, ale jak niedawno powiedziałam pani Nixon, prowadzę bajkowe życie i jestem gotowa jeszcze trochę się pomęczyć. – Maria puściła oko do Dolores i obie zaniosły się śmiechem.

– I dobrze, że nie kochasz Martina. To nie było punktem naszej umowy. Wystarczy, że on kocha ciebie – podsumowała Dolores. – Na razie zaprzyjaźnij się z Pat Nixon. Instynkt mi podpowiada, że ona lubi cię i szanuje, bo nie jesteś jedną z tych napuszonych laleczek ze Wschodniego Wybrzeża i wiesz, co to prawdziwe życie. Nie tylko Van Vertowie rządzą Ameryką i światem. Żona prezydenta pozna cię z innymi wpływowymi ludźmi, a to zapewni ci mocną, niezależną pozycję w towarzystwie.

– Wiesz, Nemo, bardzo mi się podoba słowo „niezależność". – Brazylijka nagle się wyprostowała, jakby coś ją olśniło. – A może pomyślimy o konkretnym planie wybicia się na niezależność, z kawałkiem majątku Van Vertów?

Dolores baczniej przyjrzała się swojej agentce, którą prowadziła już pięć lat. Maria w tym czasie z dziewczyny przemieniła się w kobietę i coraz lepiej wiedziała, czego chce. Jej uroda zdawała się promieniować, przyciągając wzrok mężczyzn i kobiet.

Łowca z instynktem drapieżnika – pomyślała oficer wywiadu.

– Dlaczego z kawałkiem? Może warto zawalczyć o całość?! – odpowiedziała pytaniem na pytanie, po czym zmieniła temat. – Syn Martina chyba niedługo kończy liceum, prawda? Dokąd wybiera się na studia?

– Na Harvard, oczywiście.

1 kwietnia

– Generał Andropow zapoznał się z twoim raportem, Jano
– powiedział szef wywiadu po przywitaniu się z podwładną
w centrali w Moskwie. – Dobrze ocenił spotkanie z koleżanką z Mosadu i to, co udało się od niej dowiedzieć. W trakcie
lektury naszła go pewna refleksja. Czy Dolores, wskazując
wzrokiem na numer obozowy na twoim przedramieniu, nie
zasugerowała czasem, że ich źródłem może być kobieta?
Była więźniarka, tak jak ty? Co o tym myślisz?

Tego się nie spodziewałam. Bystry gość! – pomyślała Jana.

– Błyskotliwie logiczne skojarzenie – odparła, zdając sobie sprawę, że musi to wykorzystać. – Może zatem najpierw
skoncentrujemy się na żeńskich członkach starych żydow-
skich rodów bankierskich. To znacznie skróci typowanie
potencjalnego źródła, bo wielkie finanse to raczej męski
świat. Proszę przekazać ode mnie wyrazy uznania dla inteligencji skojarzeniowej towarzysza przewodniczącego...

– Nie omieszkam tego zrobić przy pierwszej okazji
i przekażę również twoją sugestię – zapewnił szef wywiadu.

– Ty tymczasem się zastanów, jak nawiązać dialog z osobą,
którą ustalimy...

– Chcesz mnie osadzić w roli werbownika? – zapytała. –
Nie za wcześnie?

– Myślę, że zadecyduje o tym generał Andropow, ale jeżeli źródłem wiedzy Mosadu okaże się była więźniarka Auschwitz, to kto będzie lepszym rozmówcą? – zauważył Sacharowski. – Kto wie, może się tam poznałyście...

– To był bardzo duży obóz – odparła pułkownik Iwanowa, choć i jej taka myśl zaświtała w głowie.

– Nie wątpię. Ale świat jest mały... – zauważył filozoficznie szef wywiadu.

2 sierpnia

Jana wstała jak zwykle o szóstej rano, zrobiła poranną gimnastykę składającą się z elementów jogi oraz karate, wzięła prysznic i przygotowała sobie śniadanie. Zapowiadała się piękna pogoda, więc postanowiła iść pieszo. Włożyła niebieską garsonkę, szpilki w takim samym kolorze, białą bluzkę i ruszyła na spotkanie przeznaczenia.

W holu willi wywiadu zagranicznego KGB czekał na nią szef wywiadu i powitał ją jeszcze wylewniej niż zwykle.

– Generał Andropow zreferował plan Victora Van Verta samemu towarzyszowi Breżniewowi, który jest pod wrażeniem. Kazał śledzić rozwój sytuacji i regularnie mu meldować. Zresztą sam generał o wszystkim ci powie – mówił szybko Sacharowski, idąc obok Jany po schodach. – Dla ciebie oznacza to zakończenie misji nad Nilem w ekspresowym tempie…

Kiedy weszli do gabinetu przewodniczącego KGB, ten uścisnął nowo przybyłej rękę na powitanie i uśmiechnął się szeroko.

– Jak znam życie – powiedział, gdy usiedli – to szef wywiadu pewnie zdążył wam szepnąć, że zapoznałem z waszą informacją towarzysza sekretarza generalnego, który bardzo wysoko ją ocenił. Jej kompleksowemu pogłębieniu nadaliśmy absolutny priorytet, bo sprawa dotyczy podstawowych i najbardziej żywotnych interesów naszej ojczyzny. Staniecie, pułkownik Iwanowa, na czele komórki ad hoc do ścisłego monitorowania wszystkich aspektów rozwoju planu mister Van Verta i poczynań administracji prezydenta Nixona. Będziecie podlegać bezpośrednio generałowi Sacharowskiemu, który da wam do dyspozycji wszelkie niezbędne siły i środki. Macie całkowitą swobodę w doborze personelu. Otrzymacie też pełny dostęp do informacji prosto z Białego Domu, ze źródła prowadzonego przez wywiad polski. Czy jesteście gotowi przyjąć to zadanie, towarzyszko pułkownik?

– Tak jest, towarzyszu przewodniczący, jestem gotowa! – odparła zdecydowanym głosem.

– No to ciężar spadł mi z serca! – rzekł z udawaną powagą generał armii Andropow i puścił oko do swoich rozmówców, śmiejąc się z zadowoleniem. Jana i szef wywiadu wymienili szybkie spojrzenia i zaczęli mu wtórować. – Wybaczcie, moi drodzy, ale mój lekarz ciągle mi przypomina, że poczucie humoru to podstawa zdrowia. Generale Sacharowski, proszę zreferować towarzyszce pułkownik ustalenia wywiadu dotyczące potencjalnego źródła Mosadu.

– Tak jest, towarzyszu przewodniczący – odpowiedział przełożony Jany, zabierając głos. – Kierując się refleksją towarzysza przewodniczącego i naszymi uzgodnieniami, doszliśmy do wniosku, że najbardziej liczącą się kobietą w kręgach wielkiej finansjery żydowskiej jest Edyta Amschel, która trafiła do Auschwitz jako nastolatka. Rodzina nie zdążyła ewakuować jej z Paryża przed wkroczeniem Niemców. Dziewczynka ukrywała się przez dwa–trzy lata, ale w końcu ją dopadli. Dziś prowadzi akcje charytatywne wśród byłych więźniów, podkreślając, że przeżyła to piekło dzięki pewnej polskiej rodzinie. Szczegółów nie znamy. Podobno jakimś cudem udało jej się ujść z rampy selekcyjnej. Rozpracowujemy jeszcze dwóch mężczyzn, ale potwierdzenie ich obozowej przeszłości zajmie trochę czasu...

– Co wam podpowiada instynkt operacyjny, pułkownik Iwanowa? – wszedł podwładnemu w słowo Andropow, patrząc z uśmiechem na kobietę, jakby wiedział, co usłyszy.

– Melduję, że instynkt operacyjny nakazuje mi zrobić podejście do pani Amschel. Jeżeli to ona jest źródłem Mosadu i ma jakąś wiedzę o planie Van Verta, to zaoszczędzimy mnóstwo czasu. Jeżeli nie, będziemy typować dalej... – odparła.

– Dokładnie to chciałem usłyszeć i takiej odpowiedzi się spodziewałem! – Andropow z zadowoleniem klepnął dłonią w stolik do kawy. – Kiedy i jak chcecie to podejście zrobić?

– Gdy tylko wywiad ustali, w jakich miejscach pani Amschel bywa i gdzie najłatwiej ją znaleźć – odparła pułkownik Iwanowa. – Podejście najlepiej zrobić na jakimś spotkaniu towarzyskim. Poradzę sobie, towarzyszu przewodniczący.

– Nie mam najmniejszej wątpliwości, pułkownik Jekatierino – odpowiedział generał Andropow.

Nie bez powodu posłużył się jej imieniem. Najbliżsi współpracownicy doskonale wiedzieli, że w jego ustach było to oznaką życzliwości i szacunku.

3 września

W środę rano Jana zjadła angielskie śniadanie i zajęła miejsce w hotelowym westybulu, zagłębiając się w lekturę angielskiego wydania magazynu „Vogue".

Podróżowała na paszporcie dyplomatycznym wysokiego urzędnika radzieckiego Ministerstwa Finansów i w hotelu George V zameldowała się dwa dni wcześniej.

Ekipa wywiadu KGB, której powierzono misję zebrania wszelkich informacji o nawykach madame Amschel, ustaliła, że w każdy piątek przed południem odwiedza ona najsłynniejsze muzeum świata, zawsze zatrzymując się przed portretem Mony Lisy i posągiem Wenus z Milo. Nagromadzenie ludzkiego geniuszu i piękna w monumentalnym budynku nad Sekwaną zapewniało jej intelektualne oczyszczenie po tygodniu spędzonym w sferach wielkiej finansjery i przywracało wiarę w człowieka.

Jana nie była sztywno przywiązana do koncepcji podejścia do madame Amschel w piątek w Luwrze. Tego typu obiekty podlegały szczególnej ochronie i dyskretnej obserwacji różnych służb, dlatego ten pomysł traktowała raczej jako ostatnią deskę ratunku. Pobyt w hotelu, w którym jej cel bywał codziennie, dawał możliwość elastycznego działania z marszu i kontrolowanej improwizacji, uwielbianej przez doświadczonych pracowników operacyjnych.

O słuszności swojego rozumowania Jana przekonała się już pierwszego dnia, gdy zauważyła Edytę Amschel idącą przez hol i dołożyła wszelkich starań, aby znaleźć się z nią w jednej windzie. Nie były, niestety, same i nawiązanie dialogu nie wchodziło w grę. Pułkownik KGB odniosła natomiast wrażenie, że właścicielka hotelu bardzo uważnie jej się przypatruje. Zbyt uważnie jak na rutynowe zainteresowanie. Kobiety też lubi czy co? – przeszło jej przez myśl, gdy przypomniała sobie, jaki zadowolony wrócił Dominik z ostatniego, długiego spotkania z bankierką.

– *Excusez-moi, madame. Parlez-vous français?*

Pułkownik Iwanowa szybko uniosła głowę znad stronic „Vogue'a" i w kobiecie, która zadała jej to pytanie, natychmiast rozpoznała Edytę Amschel. Ta zaś, rzuciwszy okiem na magazyn, zorientowała się, że to wydanie angielskie, i przeszła na ten język.

– Nazywam się Edyta Amschel i jestem właścicielką tego hotelu. Proszę wybaczyć moją impertynencję, ale czy mogę zająć pani dosłownie chwilę?

– *Be my guest!* – odpowiedziała z cierpkim humorem pułkownik KGB, która błyskawicznie ochłonęła z pierwszego zaskoczenia, nieco rozbawiona faktem, że to cel pierwszy wykonał podejście do niej, a nie odwrotnie.

Rutynowo omiotła wzrokiem hol, ale nie rzuciło jej się w oczy nic, co nie pasowałoby do codziennego rytmu tego miejsca. Ogarnęła ją za to przemożna ciekawość, co usłyszy od właścicielki George V, która usiadła obok niej i z życzliwą przenikliwością wpatrywała się w jej twarz.

– Czy w czasie wojny była pani więźniem Auschwitz? – wydusiła z siebie jednym tchem Edyta Amschel i zamarła, wyczekując odpowiedzi.

Pułkownik Iwanowa nie spodziewała się tego pytania. Przeszło jej przez myśl, czy to aby nie jakaś gra Cewiego albo Dominika, lecz natychmiast odrzuciła taką możliwość. Mów prawdę i nie kombinuj – podpowiadał jej instynkt.

– Tak. Spędziłam w tym piekle trzy lata – odpowiedziała pułkownik Iwanowa, bezskutecznie starając się sobie przypomnieć, czy gdzieś już widziała twarz tej kobiety.

– A czy latem czterdziestego trzeciego roku dowodziła pani Sonderkommando remontującym rampę kolejową, przy której prowadzono selekcję do gazu nowo przybyłych transportów? – pytała coraz bardziej podekscytowana madame Amschel.

– Dowodziłam. A może pani uchylić mi rąbka tajemnicy, o co chodzi? – W głosie pułkownik Jany dało się wyczuć lekkie zniecierpliwienie.

– Ja wiem, że to absolutny brak wychowania z mojej strony zasypywać panią takimi pytaniami, ale dla mnie to szalenie ważne. Ostatnie pytanie, obiecuję! Czy wtedy wydarzyło się coś, co wbiło się pani w pamięć? – Była więźniarka wypowiedziała te słowa tonem pełnym nadziei.

– Popełniłam dobry uczynek. Na tory, które remontowaliśmy, spadła z rampy dziewczynka i straciła przytomność. Nikt tego nie zauważył w tumulcie selekcji. Zgarnęłam ją z torów i ocuciłam, a potem schowałam wśród kobiet komanda, które pomogły mi ją stamtąd wyprowadzić. Zanim trafiłam do obozu, byłam w partyzantce, więc kobiety mnie słuchały. Dziewczynkę oddałam Polakom, którzy się nią zaopiekowali. Więcej już jej nie widziałam, bo przeniesiono mnie do jednego z podobozów. – Mówiąc to, pułkownik KGB uważnie obserwowała twarz interlokutorki. – To jakaś pani krewna?

– Ja byłam tą dziewczynką! – wyszeptała Edyta Amschel głosem pełnym wzruszenia, nie odrywając wzroku od Jany. – Nie poznaje mnie pani, bo byłam wtedy wychudzoną nastolatką, ale pani twarz pozostała w mojej pamięci na zawsze... i imię. Kobiety z komanda mówiły do pani Jana.

Pułkownik Jekatierina Iwanowa była przekonana, że żaden zbieg okoliczności nie jest w stanie jej zaskoczyć. Ale po wyznaniu, które przed chwilą usłyszała, dosłownie ją zamurowało. Cel planowanej operacji został przez nią uratowany od niechybnej śmierci ćwierć wieku temu! Tylko samo życie mogło w taki sposób spleść ze sobą losy dwojga ludzi! Przyjrzała się pani Amschel jeszcze uważniej. Nigdy nie skojarzyłaby tej pięknej i dystyngowanej kobiety z tamtą chudą, śmiertelnie przerażoną dziewczynką. Doświadczenie wywiadowcze kazało jej jednak przeanalizować sytuację także od innej strony. Co za ogromny potencjał operacyjny! Ale także destrukcyjny, jeśli Edyta Amschel uzna, że dawna wybawczyni chce z premedytacją wykorzystać jej poczucie wdzięczności. Na początek więc Jana postanowiła po prostu okazać skromność.

– I jak tu nie wierzyć w cuda! Cieszę się, że byłam wtedy we właściwym miejscu we właściwym czasie. Opatrzność zaplanowała sobie, aby mała dziewczynka stała się piękną księżniczką. Nigdy bym pani nie poznała!

– Jest pani bardzo skromna. Opatrzność nie ma z tym nic wspólnego lub bardzo niewiele – zaprotestowała madame

Amschel. – Wykazała się pani wielką odwagą i sercem. Mogłybyście wszystkie zginąć, gdyby Niemcy mnie u was odkryli. – Westchnęła, po czym wyrzuciła z siebie z wielką determinacją: – Nie wiem, co pani robi w Paryżu i jakie plany ma na dzisiaj, ale musi mi pani poświęcić kilka godzin. Bardzo proszę! Wręcz nalegam! Na górze mam prywatne apartamenty. Przejdźmy tam i porozmawiajmy. Musimy się lepiej poznać. Tyle lat z wdzięcznością myślałam o tym, jak pani mi wtedy pomogła! I tak mnie męczyła świadomość, że nie mogę się za to zrewanżować! Chodźmy, pani Jano.

– To w rzeczy samej dosyć niezwykła sytuacja. Nie mogę odmówić. Dobrze, pani Edyto, idziemy! – odpowiedziała z uśmiechem oficer wywiadu.

Wstała i razem z właścicielką hotelu ruszyła do windy, zastanawiając się, czy trafi do repliki Pokoju Milionowego, czy Vieux-Laque. Po kilku minutach znalazła się w tym ostatnim.

Usiadły, a kiedy służąca postawiła przed nimi dwie filiżanki kawy po turecku i wyszła, Edyta Amschel podjęła wątek zaskakującego spotkania, cały czas wpatrując się w Janę.

– Gdy ujrzałam panią w windzie, serce mi zamarło, ale byłam prawie pewna, że to pani. Nie zmieniła się pani za bardzo, biorąc pod uwagę, że minęło dwadzieścia sześć lat. Zawołałam dyrektora hotelu i kazałam mu ustalić, czy jest pani naszym gościem. Powiedział mi, że sądząc po paszporcie dyplomatycznym, którym posłużyła się pani przy meldunku, jest pani Rosjanką. To mnie tylko mocniej utwierdziło w przekonaniu, że prawidłowo panią rozpoznałam, i gdy podeszłam do pani w holu, nie miałam już wątpliwości. Nie chcę być natrętna, ale czy powie mi pani coś o sobie…

– Przede wszystkim przejdźmy na ty, co proponuję jako starsza z nas dwóch. Znajomi mówią na mnie właśnie Jana. Jestem Polką z ówczesnych Kresów Wschodnich. Trafiłam do Auschwitz, gdy oddział partyzancki, w którym walczyłam, rozbili Niemcy, a ja zostałam ogłuszona wybuchem pocisku artyleryjskiego. – Jana opowiedziała, jak uniknęła gwałtu i śmierci i zamiast tego dostała się do obozu. – Kiedy oswobodzili nas Rosjanie, zaciągnęłam się do Armii Czerwonej, bo chęć zemsty była silniejsza od strachu czy jakiegokolwiek innego uczucia. W pewnej chwili przestałam liczyć zabitych Niemców. W ten sposób zostałam Rosjanką.

– Mówmy zatem po polsku, Jano – zaproponowała madame Amschel i opowiedziała, co się z nią działo, gdy została zabrana z torów, i jak dzięki Polakom przeżyła obóz. – Wtedy nie wiedziałam, że ty też jesteś Polką. Mam więc podwójny dług wdzięczności wobec was, Polaków. Ale teraz musisz być ważną osobą, skoro podróżujesz na paszporcie dyplomatycznym… Przepraszam, wiem, że nie mam prawa wypytywać o twoje sprawy osobiste, ale bardzo chcę ci się odwdzięczyć za uratowanie życia… Nie zrozum tego źle, ale stać mnie na wiele!

– Nie ma takiej potrzeby, wierz mi. Tam, w Auschwitz, ratowałam małą dziewczynkę, a nie panią Amschel, właścicielkę George V – odpowiedziała pułkownik Jana. – Radzę sobie całkiem dobrze. Cieszę się, że przeżyłaś.

Ale jej rozmówczyni nie dała za wygraną.

– Nie zapominaj, że jestem upartą Żydówką, która przeszła przez Auschwitz. Zacznijmy więc od innej strony… Zakładam, że skoro korzystasz z paszportu dyplomatycznego, to nie przyjechałaś do Paryża na wakacje. Mogę być bardzo pomocna w załatwieniu różnych oficjalnych spraw. Potrafię otworzyć niejedne drzwi i przekonać nieprzekonanych...

Pułkownik Iwanowa uznała, że nadszedł moment, w którym musi przejść do realizacji zadania, z jakim tu przyjechała. Mów tyle prawdy, ile możesz, i nie kombinuj – ponownie podpowiedział jej instynkt.

– Nie przyjechałam w oficjalnej sprawie do żadnej francuskiej instytucji. Raczej aby potwierdzić lub zdementować pewną plotkę, a może informację, która podobno krąży w sferach wielkiej międzynarodowej finansjery – zaczęła ostrożnie wyjaśniać. – Mówi się mianowicie, że nowa administracja amerykańska ma pewne plany co do zniesienia parytetu dolara i że taki manewr może być fragmentem większej całości...

– Co jeszcze się mówi? – zapytała madame Amschel, natychmiast się orientując, że ma przed sobą wysłannika Kremla, którego zapowiadał Dominik.

Ale w najśmielszych snach – pomyślała – nie przyszłoby mu do głowy, co może nas łączyć. Mnie zresztą też.

– Przyznam się, że jestem w bardzo niezręcznej sytuacji. Powiem więc prosto z mostu, bo tak niekiedy bywa najlepiej. Po dłuższej analizie różnych materiałów moi przełożeni doszli do wniosku, że ty możesz być jedną z osób mających wiedzę na ten temat, i wysłali mnie do Paryża, żebym to potwierdziła – oznajmiła pułkownik Jana z rozbrajającą szczerością. – Nie miałam jednak pojęcia, że okażesz się dziewczynką z rampy, i nie chciałabym, abyś powzięła choćby cień podejrzenia, że zaplanowałam nasze spotkanie, wykorzystując to, co się stało ćwierć wieku temu.

– Kiedy z tobą rozmawiałam, odniosłam wrażenie, że byłaś moim odkryciem zaskoczona jeszcze bardziej ode mnie. Tego nie sposób było zaplanować, jestem absolutnie pewna. Tylko życie płata takie figle. Czasem dobre, czasem złe. Z mojego punktu widzenia nie mogło wymyślić niczego lepszego, co chyba oznacza, że jesteśmy skazane na siebie – odpowiedziała Edyta Amschel i zreferowała plan Victora Van Verta zgodnie z tym, co usłyszała z ust Dominika.

Ponieważ jego wiedza pochodziła od źródła pułkownik Jany, koło zostało zamknięte i można było złożyć propozycję doradztwa.

– Mamy zatem identyczną wiedzę. Moim przełożonym zależało na ustaleniu kręgu osób, którym jest ona znana. Nie pytam, skąd ją masz, a tobie musi wystarczyć, że jestem wysokim urzędnikiem Ministerstwa Finansów – podsumowała pułkownik Jana, puszczając prawie niezauważalnie oko.

– Ależ oczywiście! – odparła madame Amschel. – To przecież logiczne. Teraz obie wiemy, że posiadamy wiedzę o nieprawdopodobnym potencjale finansowym i ekonomicznym. Krąg wtajemniczonych jest niezwykle wąski, wierz mi. Dlatego jest ona taka cenna. Co robimy dalej, skoro wiemy, że należymy do tego kręgu?

– Szczęśliwy los zrządził, że wobec ciebie czuję się zwolniona z obowiązku owijania w bawełnę tego, co mi chodzi po głowie. Ty wiesz, jak wielki potencjał ma nasza wiedza. Niestety, w kierownictwie Związku Radzieckiego nie musi to być regułą. Są tam jednak ludzie zdeterminowani nie zmarnować szansy, jaką ta wiedza daje, zwłaszcza przy naszych zasobach złota i ropy. Chciałabym tym ludziom zaproponować ciebie jako doradcę, aby tę szansę jak najlepiej wykorzystać.

Dlaczego to Van Vertowie mają zarobić na swoim planie, a nie my? Przypuszczam, że podjęcie się takiej roli może zaowocować ciekawymi przeżyciami – zakończyła pułkownik KGB.

– Doradzanie wielkim, zarówno państwom, jak i korporacjom, to tradycja i niejako znak firmowy mojego rodu. Wymaga to wzajemnego zaufania, ale jest ono w znacznym stopniu zagwarantowane przez wspólny interes, jakim jest osiągnięcie sukcesu finansowego. – Edyta Amschel zadumała się na chwilę. – Nie jestem jednak pewna, czy twoi przełożeni muszą wiedzieć o tym, co połączyło nas przed laty. Może powinno to pozostać tylko naszą tajemnicą…

– Myślę, że masz rację – odparła Jana bez namysłu. – Rządy lubią mieć przewagę nad swoimi interlokutorami. Jakiś biurokrata na Kremlu mógłby uznać zdarzenie na rampie za pretekst do wywierania na ciebie wpływu. Ja natomiast nie życzyłabym sobie, aby ktokolwiek wykorzystywał naszą relację, bo stanowi ona wyłącznie moją prywatną sprawę. Tak, zachowajmy to w tajemnicy. Ale musi ona obowiązywać także naszych bliskich. Przynajmniej w okresie doradztwa.

– Cieszę się, że podzielasz moją opinię – zapewniła madame Amschel i nie mogła się powstrzymać od kilku uwag merytorycznych. – Gdybym doszła do porozumienia z twoimi przełożonymi, to poradziłabym im wykorzystać cały potencjał Związku Radzieckiego do blokowania działań Victora Van Verta, tym bardziej że będzie on chciał kupować również wasze złoto. Jestem przekonana, że przy odrobinie sensownej koordynacji waszych i moich możliwości możemy zmniejszyć jego ambicję nabywczą co najmniej o połowę. A tę połowę ja chętnie kupię, w całości lub części, zależnie od tego, jak się dogadam z Kremlem.

Edyta Amschel chciała dodać, że jeszcze chętniej podzieli się zyskiem z Janą, ale w ostatniej chwili ugryzła się w język, nie będąc pewna, czy nie urazi jej tą propozycją. Przyjdzie na to czas – doszła do wniosku.

– Bardzo mi odpowiada twój tok rozumowania – oceniła pułkownik Jana – i wyjdę z siebie, abyś została doradcą naszych kremlowskich decydentów.

Wiedziała, że nic nie zaboli Victora Van Verta bardziej niż utrata możliwości zarobienia miliardów dolarów i stopniowo narastające podejrzenie, że ktoś mógł poznać jego plan i potajemnie go wykorzystać.

– Sądzisz, że ona naprawdę jest z Ministerstwa Finansów? – zapytała madame Amschel Dominika, gdy wieczorem spotkali się na drinku w Pokoju Milionowym.

– Będąc skromnym polskim biznesmenem, mogę, niestety, tylko pomarzyć o doborze wysłanników Kremla – odparł przemytnik, niewiele mijając się z prawdą. – Myślę jednak, że Rosjanie, prześwietliwszy twoją przeszłość, nieprzypadkowo wysłali do ciebie byłą więźniarkę Auschwitz. Zresztą gdyby ktoś sprawdził, czy pani Iwanow pracuje w radzieckim Ministerstwie Finansów, to pewnie by się okazało, że rzeczywiście tak jest. Oni traktują cię poważnie i starają się stworzyć dla ciebie komfortową sytuację, a to dobrze rokuje naszym planom.

– To interesujące i logiczne, co mówisz. Odniosłam podobne wrażenie. Mam nadzieję, że Kreml łaskawie rozważy moją kandydaturę. – Ciekawość jednak nie dawała jej spokoju. – A może jeszcze zapytam Cewiego o tę kobietę?

– Zrobisz, co zechcesz. Ale jeśli usłyszysz od niego, że to oficer radzieckiego wywiadu, to czy ta wiedza coś zmieni i uczyni cię szczęśliwszą lub postawi w jeszcze bardziej komfortowej sytuacji? W pewnych relacjach warto mieć to, co Amerykanie nazywają *plausible deniability*, możliwość wiarygodnego zaprzeczenia – cierpliwie tłumaczył Dominik. – Nie odbieraj sobie tego komfortu.

– No cóż, masz rację – przyznała Edyta Amschel po chwili zastanowienia. – Pozwólmy życiu toczyć się swoim torem... Coś drobnego do jedzenia i trochę czerwonego wina przed snem?

Od śmierci Inez Dominik nie związał się z żadną kobietą. Swoje potrzeby zaspokajał w przeznaczonych do tego przybytkach, a w Wiedniu było ich pod dostatkiem. Miał kilka mniej lub bardziej stałych partnerek, z którymi się tam widywał, i to w zupełności mu wystarczało. Spotkania z madame Amschel wykraczały poza te wygodne ramy. Ta niezwykła kobieta coraz bardziej go pociągała, a jej towarzystwo sprawiało mu coraz większą przyjemność. Trochę go to niepokoiło...

4 września

Sacharowski wprost tryskał znakomitym humorem.

– Na Łubiankę! – rzucił w stronę kierowcy wielkiej czarnej limuzyny Ził, po czym zwrócił się do pułkownik Iwanowej. – Generał kazał ci pogratulować powrotu z tarczą.

– To miłe – odpowiedziała. – Ale dziś nad ranem coś jeszcze przyszło mi do głowy. Pani Amschel wie chyba wszystko o międzynarodowych finansach. Zastanawiam się, czy nie warto byłoby jakoś tego wykorzystać w naszym interesie. Może, gdyby ją poprosić, zechciałaby doradzić to i owo…

– Świetna myśl! Powinniśmy wycisnąć z planu Van Verta co się da – ocenił szef wywiadu. – Koniecznie wspomnij o tym przewodniczącemu, bo to gra warta świeczki.

– Zróbmy to razem. Ja przygotuję przedpole, a ty rzuć pomysł. W końcu sugestia szefa wywiadu ma inny ciężar gatunkowy niż nieśmiała wzmianka skromnej pułkownik…

Generał Andropow wysłuchał relacji Jany i uwag Sacharowskiego w całkowitym milczeniu, jedynie od czasu do czasu coś notując.

– Proste, jasne i profesjonalne wykonanie potencjalnie bardzo skomplikowanej operacji. Gratuluję, towarzyszko Iwanowa, i oczekuję od waszego szefa wniosku o awans – podsumował, gdy podwładni skończyli referować. – Mamy jasność, jak wąskie jest grono osób znających plan Van Verta. Sądzę, że nawet Mosad nie zna go w pełni. I tak powinno pozostać. Dlatego panią Amschel należy pozyskać do współpracy…

Co powiedziawszy, zawiesił głos, uniósł brwi i patrząc na kamienne twarze siedzących przed nim oficerów wywiadu… cichutko zachichotał.

– Wybaczcie, towarzysze, ale to wina mojego lekarza i jego zalecania w kwestii poczucia humoru – wyjaśnił. – Rzecz jasna, nie mam na myśli werbunku pani Amschel w charakterze agenta. Boże broń! Należy jej zaproponować, tak jak sugeruje Sacharowski, rolę doradcy. Jak oceniacie, towarzyszko Iwanowa, zgodzi się?

– Doradzanie rządom wielkich mocarstw to przeznaczenie jej rodu. Biorę na siebie uzyskanie zgody – odpowiedziała formalnie pułkownik Iwanowa, w duchu zacierając ręce z zadowolenia. Moskiewski etap planu właśnie zakończył się sukcesem.

22 listopada

Piątka konspiratorów znów zebrała się w wynajętym mieszkaniu na tyłach katedry Świętego Szczepana w Wiedniu.

Pierwszy zabrał głos Cewi.

– *Madame le général!* W imieniu zebranych składam najserdeczniejsze gratulacje w związku z awansem na stopień generalski. W dowód uznania przekazuję ci ten drobny upominek. – Wręczył Janie litrową butelkę bimbru ze śliwek i suszonych rodzynek prosto z izraelskiego kibucu.

Wszyscy wycałowali świeżo upieczoną panią generał, po czym Cewi wziął się do otwierania butelki, a Dolores poszła do kuchni po kieliszki. Kiedy zostały napełnione, Jana wzniosła toast.

– Proponuję wypić za zdrowie Edyty Amschel.

– Właściwie to możemy ją traktować jak szóstego kompana, choć ona sama o tym nie wie – zauważył Malcolm.

Po spełnieniu toastu Cewi udał się do usytuowanego dwie ulice dalej mieszkania. Gdy wyszedł, generał Iwanowa podeszła do Dominika.

– Od sierpnia – powiedziała jakby mimochodem – mam dostęp do bardzo ciekawych informacji od źródła ulokowanego, jak wszystko wskazuje, w Białym Domu. Regularnie przewijają się w nich Van Vertowie, zwłaszcza Martin.

Otrzymujemy je od polskiego wywiadu. Pomyślałam, że byłoby dobrze, gdybyś o tym wiedział.

– Bardzo dziękuję, *madame le général*. To dobra wiadomość. Życie w swej mądrości zatoczyło koło. Cieszę się, że właśnie ciebie wybrało na ostatnie ogniwo. – Popatrzył w oczy Jany. Wyczytał w nich, że nic więcej nie musi mówić.

Ponownie napełnił kieliszki bimbrem i wypili w milczeniu.

Generał Iwanowa podeszła do Dolores i Malcolma, żeby się pożegnać. Dominik z zadowoleniem odnotował, że mowa jej ciała wyraża rzadką beztroskę i poczucie... chyba szczęścia.

Kilkanaście minut później Jana dołączyła do Cewiego. Dominik uznał, że klucze od wynajętego mieszkania będą najlepszym prezentem z okazji jej generalskiego awansu. A widząc minę Cewiego, stwierdził, że ani trochę się nie pomylił.

Dolores i Malcolm ruszyli spacerem do hotelu Sacher, w którym każde miało osobny pokój. Zawodowe nawyki nie pozwalały oficer izraelskiego wywiadu zameldować się z mężczyzną pod jednym numerem. Noc spędzili w apartamencie lorda Greya, złożonym z kilku pomieszczeń.

Dominik zamierzał się przespać w wynajmowanym mieszkaniu. Nie opłacało mu się wracać do rezydencji w Schönbrunnie, bo mniej więcej o tej porze w Warszawie jego brat wsiadał do nocnego pociągu do Wiednia.

23 listopada

Około ósmej rano, pokonawszy na piechotę trasę z dworca, pułkownik Adam Szulc zaczął się przechadzać po placu przed katedrą Świętego Szczepana. Wkrótce bracia nawiązali kontakt wzrokowy i oficer polskiego wywiadu ruszył za Dominikiem. Przywitali się dopiero w wynajętym mieszkaniu.

Niebawem po kuchni rozszedł się zapach smażonego na żeliwnej patelni boczku, do którego gospodarz dorzucił kilka skrojonych w kostkę szalotek, a chwilę później także plasterki pomidorów. Następnie wbił kilkanaście jajek, posypał pieprzem, solą i zaczął wszystko mieszać drewnianą łyżką. W tosterze obok rumieniły się grzanki, a na gazie terkotał metalowy ekspres do kawy, której aromatyczna woń konkurowała z zapachem jajecznicy. Gdy gość, odświeżony po podróży, wszedł do kuchni, Dominik właśnie kończył układać na talerzach posmarowane masłem grzanki, a na nich jajecznicę. Do filiżanek rozlał kawę, a obok postawił dzbanuszek z mlekiem. Bracia zasiedli przy kuchennym stole. Gdy zaspokoili pierwszy głód, Dominik uznał, że nadszedł czas zaspokoić również ciekawość.

– Co sprowadza cię w trybie pilnym do Wiednia? – zapytał. Nie pamiętał już, kiedy ostatnio brat wywołał go na spotkanie nadzwyczajne.

– Musiałem się z tobą spotkać, zanim wyrzucą mnie z wywiadu i w ogóle nie będę mógł wyjeżdżać z Polski – odpowiedział pułkownik Szulc, wprawiając rozmówcę w osłupienie.

– Co się stało? – Dominik odłożył sztućce. Tego się nie spodziewał. Błyskawicznie dokonał rachunku sumienia: czy mógł popełnić jakiś błąd we wzajemnych kontaktach? Nic nie przychodziło mu do głowy. Na wszelki wypadek zapytał:

– Coś nabroiłem?

– Sprawa na szczęście nie ma żadnego związku z naszymi relacjami – uspokoił go brat, po czym z pewnym zakłopotaniem dodał: – To pokłosie marca zeszłego roku.

– A co ty masz wspólnego z Marcem? Nie mów mi, że rozrabiałeś na przedstawieniu *Dziadów*. – Dominik starał się przemycić odrobinę humoru do dialogu, który wcale nie zapowiadał się wesoło.

– *Dziady* nigdy nie były moją ulubioną lekturą – odpowiedział oficer wywiadu z lekką ironią. – Odmówiłem udziału w antyżydowskiej czystce w Ministerstwie Spraw Wewnętrznych i w samym departamencie wywiadu.

– Postąpiłeś odważnie, choć nieco lekkomyślnie – zauważył Dominik. – Zdajesz sobie przecież sprawę, że te czystki i exodus polskich Żydów, zwłaszcza z resortów siłowych, zostały zaplanowane przez mocniejszych od ciebie.

– Oczywiście, sam ci przecież wspominałem już parę lat temu, że taka konfrontacja wisi w powietrzu – odpowiedział pułkownik. – Ale gdy w końcu do niej doszło, uświadomiłem sobie, że nie mogę postąpić inaczej. Nie po to zapierdalałem w konspiracji przebrany w mundur oficera SS, aby dwadzieścia pięć lat później brać udział w czystce antyżydowskiej. To jakbym zaprzeczał temu, o co walczyłem w czasie wojny, nie sądzisz? Ponadto wielu z nich to bardzo dobrzy oficerowie i moi przyjaciele. Jeślibym się ich wyparł, to tak, jakbym kazał im nosić żółtą gwiazdę, mówiąc, że już nie są Polakami. Takiego postępowania nie mogę zaakceptować.

– Przyznaję, bracie, że masz jaja. – Dominik z podziwem pokiwał głową. – To komu podpadłeś najbardziej? Może ktoś dybie na twoje stanowisko…

– Jakbyś zgadł! – przyznał Szulc. – Najbardziej podpadłem generałowi Moczarowi, do niedawna ministrowi spraw wewnętrznych, a obecnie sekretarzowi Komitetu Centralnego. On i jego ludzie czyszczą Polskę z Żydów, więc facet, który nie chce brać w tym udziału, jest z gruntu podejrzany. Jeszcze rok temu byłem pewniakiem na stanowisko wicedyrektora wywiadu, a wielu towarzyszy miało na nie chrapkę. Désintéressement, jakie okazywałem wobec nagonki na plemię mojżeszowe, bardzo się przyczyniło do utrącenia mojej kandydatury. Na domiar złego nieliczni życzliwi mi ludzie ostrzegają, że nie brak też chętnych na stanowisko szefa pionu niemieckiego. Moje dni w wywiadzie są już zapewne policzone. Dlatego uznałem, że dobrze byłoby osobiście cię o tym poinformować. Dopóki mam taką możliwość.

– Słusznie zrobiłeś. Co cię czeka, bo to jest dla mnie najważniejsze, i jakiej pomocy się po mnie spodziewasz? W każdej chwili mogę cię przemycić z całą rodziną na Zachód – zasugerował Dominik. – Paszporty nie będą potrzebne.

– Nie zamierzam uciekać z Polski, bo to dopiero byłoby na rękę moim przeciwnikom, a takiej satysfakcji im nie dam. Mówi się, że Moczar ma ambicję zostać pierwszym sekretarzem i rządzić Polską. Ale droga do tego zaszczytu jest długa i niebezpieczna. Łatwo się na niej potknąć i przewrócić. Wytrwam do tego momentu – odpowiedział pułkownik. – Co mnie czeka? Nie bardzo mogą całkiem wyrzucić mnie z pracy, moja przeszłość okupacyjna na to nie pozwala. Przez najbliższe parę lat będę więc przypuszczalnie siedział w domu, w dyspozycji kadr. Taka pseudoemerytura. Dużo czasu na spacery i czytanie książek.

– À propos potykania. Jak człowiek zacznie się potykać, to na samym końcu wystarczy malutki kamyczek, by doszło do ostatecznego upadku – zauważył filozoficznie Dominik i przeszedł do konkretów. – Od kilku lat z Berlina Zachodniego do Warszawy płynie strumień dolarów i marek niemieckich przemycanych przez ludzi waszego kontrwywiadu. Skala tej operacji jest taka, że ktoś w MSW musi to kryć, czerpiąc określone korzyści. Działo się tak już wtedy, gdy ministrem był Moczar. Politycznie więc on odpowiada za ten proceder. Jeżeli uznasz za stosowne, mogę ustalić trochę nazwisk i zebrać znacznie więcej szczegółów na temat tego kanału. Kto wie, kiedy i komu przyda się taki kamyk, który będzie można rzucić pod nogi Moczarowi kroczącemu do władzy.

– To ciekawe, co mówisz. Słyszałem, że wywiad ma na terenie Niemiec grupę do... hm... pozyskiwania kosztowności, z którą nigdy nie chciałem mieć nic wspólnego. Ale o kanale kontrwywiadu nie słyszałem – odpowiedział Szulc.

– Jasne, zrób takie ustalenia, mogą się przydać...

– Masz załatwione. Swoją drogą to ciekawe, że nie tylko CIA i Martin Van Vert potrzebują czarnej kasy – zauważył Dominik. – Musimy się przygotować na twoje uziemienie w Polsce. Po pierwsze, ustalić, czy mam kontynuować współpracę z wywiadem, jeśli ciebie z niego wywalą. Po drugie, zbudować dla nas nowy, prywatny system łączności. Zarówno regularny, jak i awaryjny.

– To istotny problem, zwłaszcza w kontekście materiałów wywiadowczych, które dostarczasz z Białego Domu. Znakomita większość trafia do Moskwy, a stamtąd płynie do twoich rąk wcale niemała kasa. Oczywiście nasz wywiad zawsze dokładał niezłą marżę z tytułu różnych kosztów. Nie będzie informacji, nie będzie kasy. Co najwyżej wkurwieni Rosjanie, ale to już nie mój kłopot – odpowiedział pułkownik Szulc.

– Moje źródło i ja przeżyjemy bez tych rosyjskich pieniędzy, wierz mi. Chodzi raczej o to, czy kontynuacja współpracy może nam się do czegoś przydać – wyjaśnił Dominik.

– Gdy cię usuną z wywiadu, to na kolejne spotkanie przyjedzie twój podwładny... Darski czy jak mu tam... a ja mu powiem, że życzę sobie kontaktów wyłącznie z tobą. Albo dadzą ci kontynuować sprawę, albo będą musieli ją zamrozić. Nie zmuszą mnie do współpracy z nikim innym, bo wiedzą, że potrafię się odgryźć.

– To wiedzą na pewno, więc żadnego szantażu wobec ciebie nie będzie. Gdyby to zależało wyłącznie od dyrektora wywiadu, rozwiązanie, o którym mówisz, pewnie byłoby możliwe. Ale w tym antysemickim chaosie powstaje wiele nowych zależności, za którymi trudno nadążyć. Możesz spróbować postawić Darskiemu ultimatum, o jakim mówisz, ale nie mogę ręczyć za skutek. W czasach pogardy ludzie bardzo się zmieniają.

– Nigdy nie miałem złudzeń co do natury znakomitej większości przedstawicieli naszego gatunku – odpowiedział Dominik. – A gdyby przyjaciele Rosjanie, finalni odbiorcy tych skarbów wywiadowczych z Białego Domu, odpowiednio mocno nacisnęli na twoich przełożonych, wyjaśniając, że zamrożenie tego kanału nie wchodzi w grę? Jeżeli płacą za te informacje tak duże pieniądze, to muszą je dobrze oceniać i pewnie zależy im na stabilnej kontynuacji.

– To zależy, jak mocno by nacisnęli i na jakim poziomie.

– Adam się zamyślił. – Gdy informacje przestaną płynąć, to Rosjanie zapytają, co się stało. Zrobią to na poziomie departamentu wywiadu i jego dyrektor zamelduje gdzie trzeba, że Moskwa nie kryje zaniepokojenia wyschnięciem kanału informacyjnego. Moczar machnie na to ręką, każąc dyrektorowi nawciskać Ruskim, że sytuacja kontrwywiadowcza w otoczeniu źródła się pogorszyła i czasowe zamrożenie podyktowane jest względami bezpieczeństwa. Wywiad KGB przyjmie to do wiadomości, bo nie może ingerować w prowadzenie naszego w końcu źródła. Nie ma takiego zwyczaju. Za pół roku przyjdą zapytać, co ze sprawą, i usłyszą, że nic się nie zmieniło. Wtedy dadzą sobie spokój.

– Rozumiem. A gdyby przyjacielskiej interwencji dokonał sam przewodniczący KGB, generał armii Andropow, tłumacząc Moczarowi, że wiedza z tego kanału zasila większą operację Rosjan? – zasugerował niespodziewanie Dominik, obserwując twarz brata. – Co by się wtedy stało?

Pułkownik Szulc właśnie skończył jeść, odłożył sztućce i odwzajemnił spojrzenie. Odpowiedział po dłuższej chwili namysłu.

– To wtedy Mietek Moczar nie miałby wyboru. Jeżeli chce rządzić Polską, nie może odmówić takiej prośbie Andropowa, bo przewodniczący KGB to potencjalnie wielki sojusznik w każdej rozgrywce o władzę. Przypuszczalnie będę już w dyspozycji kadr, więc dyrektor wywiadu przyśle do mnie Darskiego, który grzecznie poprosi, bym dalej się z tobą spotykał i utrzymał cenny kanał informacyjny. A ja się zgodzę, ku chwale ojczyzny – zakończył szef pionu niemieckiego.

Był zbyt wytrawnym oficerem wywiadu, aby pytać, jak brat zamierza spowodować interwencję przewodniczącego KGB w tak, zdawałoby się, błahej sprawie. Ale błahe z pozoru sprawy, zlekceważone i niedocenione, nierzadko przeradzają się w wielki kłopot. Nie wątpił, że jego przełożeni mają tego świadomość.

– Cieszy mnie twoja opinia. Będziemy postępować w zależności od rozwoju sytuacji. A teraz ustalmy nasz własny system łączności – zasugerował Dominik.

Pułkownik Szulc otrzymał adres jednego z wynajmowanych w Wiedniu mieszkań, żeby w razie potrzeby mógł wysłać z Poczty Głównej w Warszawie list z niewinną informacją, co porabia. Ustalili szereg kodów do wykorzystania w korespondencji oraz sposób wywołania na spotkanie nadzwyczajne w Warszawie, na które przyjechałby ktoś z organizacji Dominika.

– Nigdy nie sądziłem, że będę musiał się w ten sposób konspirować przed swoimi – skonstatował ze smutkiem Adam.

– Życie bywa przewrotne, pułkowniku – zauważył Dominik. Miał świadomość, że bratu niełatwo przyjdzie się pogodzić z losem. – Ale przypomnę ci na pocieszenie, że przewrotność życia dotyczy wszystkich w równej mierze. Także twoich obecnych przełożonych. Rozgość się tutaj albo zrób sobie spacer po mieście. Wrócę za godzinę lub dwie. W razie czego telefony do mnie masz.

Przed wyjściem zadzwonił do mieszkania, w którym przebywali Jana i Cewi, uprzedzając panią generał, że wpadnie na chwilę, by zamienić parę słów.

Kiedy się zjawił, Cewi robił drobne zakupy na mieście, założywszy, że to, co mają sobie do powiedzenia przemytnik i Jana, tym razem może go nie dotyczyć.

– Kanał informacyjny z Warszawy, o którym wspomniałaś, może lada chwila ulec zamrożeniu. Będzie to konsekwencją typowych polskich przepychanek, a nie rzeczywistej sytuacji operacyjnej związanej ze sprawą – poinformował Dominik oficer KGB. – Pomyślałem, że powinnaś o tym wiedzieć.

– Można temu jakoś zaradzić? – zapytała generał Iwanowa, nie wnikając w przyczyny tego stanu rzeczy ani inne szczegóły operacyjne.

– Można. W stosownym czasie przewodniczący Andropow musiałby wykonać telefon do generała Moczara i poprosić o udrożnienie kanału – odpowiedział. – Jeżeli zrobicie to na niższym poziomie, to was oszukają. Można też rozważyć wyeliminowanie ogniwa polskiego, ale to ostateczność, która wymagałaby najpierw naszych wspólnych uzgodnień.

– No dobrze. Gdy informacje przestaną płynąć, będę wiedziała, co robić. – Jana odprowadziła Dominika do drzwi i pocałowała go w policzek. – Jestem ci bardzo wdzięczna, że pomyślałeś o tym mieszkaniu. Planujemy z Cewim nową przyszłość, której nie mogę się doczekać.

Nic nie odpowiedział, bo słowa nie były potrzebne. Uśmiechnął się i opuścił mieszkanie.

Tego samego ranka, gdy Dominik gościł brata w mieszkaniu na tyłach katedry Świętego Szczepana, Gerard i André żegnali się z lokatorkami pewnego przybytku usytuowanego przy Ringu niedaleko Südbahnhof. Świadczył on dokładnie te same usługi co willa Kurta w Rio de Janeiro, a ich poziom nie odbiegał od tamtych wysokich standardów. Były esesman już kilka dobrych miesięcy temu doszedł do wniosku, że zauważalne postępy chłopaka w sztukach walki winny iść w parze z nauką prawdziwego życia. W jego zaś szkole życia wizyty w takich właśnie przybytkach były gwarantem przyszłych umiejętności postępowania z płcią przeciwną.

André, który już miał wielkie powodzenie u kobiet w różnym wieku, nie widział najmniejszego powodu, by się opierać tym dydaktycznym zapędom Gerarda. Uzgodnili, że nie powinni tak banalnymi kwestiami zawracać głowy Dominikowi, ponieważ już samo zarządzanie organizacją przysparzało mu wystarczającej ilości problemów. Gdy zatem nadarzała się odpowiednia okazja, mistrz i uczeń brylowali po ucieszniej stronie miasta.

W drodze powrotnej do rezydencji w Schönbrunnie André usłyszał od siedzącego za kierownicą mercedesa Gerarda zapowiedź spełnienia obietnicy sprzed ponad dziesięciu lat.

– Niedługo dowiesz się, kto zabił twojego ojca i Inez. Dominik i ja zaproponujemy ci też drogę zemsty, a ty sam będziesz musiał zdecydować, czy na nią wkroczyć, czy nie. Jeżeli wybierzesz tę pierwszą możliwość, to wspólnie się zastanowimy, kiedy i czy w ogóle wciągnąć do sprawy Maxa.

– Moją decyzję możesz poznać już w tej chwili. Podjąłem ją dziesięć lat temu, gdy potwierdziłeś, że nie żyją. Wymieniliśmy się wtedy obietnicami. Nic się nie zmieniło. Jestem gotów do działania. Reszta to szczegóły – odpowiedział André bez emocji, głosem zimnym i opanowanym.

25 listopada

Kiedy pułkownik Szulc zjawił się w pracy rankiem pierwszego dnia po powrocie z Wiednia, naczelnik wydziału kadr czekał już na niego w sekretariacie. Szulc znał tego oficera od lat i ich relacje zawsze były poprawne, nie widział zatem powodu, aby teraz miało się to zmienić. Sekretarce kazał podać kawę do gabinetu.

– Załatwmy najpierw formalności, bo pewnie wiesz, z czym przychodzę – zaproponował naczelnik. – Do pierwszego grudnia musisz zdać pion niemiecki jednemu ze swoich zastępców i od tej chwili będziesz w dyspozycji kadr. Tu mam rozkaz dyrektora. Podpisz z boku, że widziałeś, i schowam go do twojej teczki personalnej.

– Dużo się nachodziłeś przez ostatni rok w takich sprawach – zauważył z uśmiechem pułkownik, podpisując rozkaz, po czym oddał go rozmówcy. Przy okazji dostrzegł, że jego teczka wciąż zawiera dwie fotografie, na których figuruje w mundurze SS. Przy każdej była adnotacja ówczesnych przełożonych, że realizował zadania na polecenie organizacji podziemnej.

Nie uszło to uwagi kadrowca.

– Zapisałeś piękną kartę w tym mundurze, Adam. Zawsze byłeś odważny i wiedziałem, że przy okazji tej czystki będą z tobą kłopoty. Przykro mi.

Uścisnęli sobie ręce i pułkownik został sam w gabinecie. Podszedł do szafy i nalał sobie kieliszek koniaku Rémy Martin, prezent od jednego z rezydentów wywiadu w Niemczech. Usiadł przy biurku i zaczął powoli sączyć trunek.

Więc tak ma wyglądać moje odejście – pomyślał. Żadnych pożegnań, żadnych podziękowań, że nie wspomnę o medalach. Ale przynajmniej nie rozstrzelają mnie ani nie ześlą do łagru. Należy się cieszyć, że to nie Moskwa w latach trzydziestych.

Podniesiony na duchu tą optymistyczną konstatacją, dopił koniak, otworzył drzwi i polecił sekretarce, aby poprosiła do jego gabinetu zastępcę, któremu miał przekazać pion niemiecki. Oficer był już poinformowany przez dyrektora wywiadu, że tego dnia zacznie przejmować pion. Zresztą od wielu miesięcy doskonale zdawał sobie sprawę, że nad głową nieprzejednanego pułkownika Szulca gromadzą się czarne chmury. Zameldowawszy się w gabinecie przełożonego, bezradnie rozłożył ręce. Pułkownik poklepał go po ramieniu i przeszedł do meritum tego niecodziennego spotkania.

– Jeżeli nie masz nic ważniejszego do roboty, to zostańmy po godzinach. Do północy powinniśmy się ze wszystkim uporać.

26 grudnia

Major Darski w końcu przestał się łudzić, że już ponaddwutygodniowy brak kontaktu z organizacją Dominika jest dziełem przypadku, i pomimo świątecznej pory postanowił natychmiast udać się do swojego pokoju w gmachu MSW. Uświadomił sobie, że w tej chwili tylko i wyłącznie on odpowiada za tę operację i jej uzysk informacyjny, którego głównym konsumentem i płatnikiem jest wywiad KGB.

Ósmego grudnia wrócił z Berlina Zachodniego łącznik pionu niemieckiego i zameldował, że kurier Dominika z materiałami wywiadowczymi od jego amerykańskiego źródła nie wyszedł na umówione spotkanie. Nie pojawił się także na spotkaniu zapasowym w tym samym miejscu sześć godzin później. Ustalonym systemem łączności major Darski wysłał na jeden z adresów kontaktowych organizacji Dominika informację o tym zdarzeniu z zapytaniem, co się stało, i prośbą o jak najszybsze podanie terminu kolejnego odbioru materiałów. Nie otrzymał jednak żadnej odpowiedzi. Po tygodniu więc ponowił korespondencję, nadając jej charakter monitu, ale również tym razem nie było odzewu. Po dwóch dniach ustalonym systemem łączności wywołał Dominika na rutynowe spotkanie w Wiedniu. To też pozostało bez echa. Podobnie jak wywołanie Dominika na spotkanie nadzwyczajne. Taka jednostronna korespondencja potrwała do Wigilii i zaniepokoiła majora Darskiego nie na żarty. Jeżeli druga strona nie podejmowała kontaktu, to wyłącznie dlatego, że go nie chciała.

W opustoszałym budynku na Rakowieckiej czuł się nieswojo. Usiadł przy biurku, otworzył szufladę, wyjął z niej butelkę szkockiej whisky i niewielką szklaneczkę. Pociągnął spory łyk. Następnie podszedł do szafy pancernej, w której była teczka pracy sprawy Dominika. Pamiętał, że na spotkaniach przejmował od niego niewielkie koperty zaadresowane na pułkownika Szulca z dopiskiem „do rąk własnych", które kurierzy przewozili z resztą materiałów do centrali wywiadu. Pułkownik nigdy nie zapoznał go z zawartością tych kopert, ale major zakładał, że musi to być jakaś szczególnie tajna korespondencja. Postanowił ją odnaleźć, wychodząc z założenia, że może zawierać klucz lub jakieś wskazówki co do nagłego milczenia Dominika i jego organizacji. Niczego jednak nie znalazł i przeszło mu przez myśl, że jego były przełożony mógł każdorazowo niszczyć tę korespondencję po przeczytaniu.

Dopił szklaneczkę whisky i nalał sobie następną.

Z innej szuflady wyjął kilka kartek papieru maszynowego, a z szafy pancernej maszynę do pisania. O zaistniałej sytuacji musiał powiadomić raportem dyrektora wywiadu, bo to on bezpośrednio nadzorował sprawę. Pomyślał, że zanim to zrobi, mógłby po prostu wpaść do mieszkania pułkownika Szulca na Polną i poprosić go o pomoc w podjęciu kontaktu z Dominikiem. Ale okoliczności odejścia Szulca nie sprzyjały temu najprostszemu, zdawałoby się, rozwiązaniu. Pułkownik mógł być przecież pod obserwacją! Major

Darski poczuł, że znalazł się w pułapce, i zebrało mu się na wymioty. Powstrzymał je, wychyliwszy duszkiem drugą szklaneczkę whisky.

Zaczął się zastanawiać nad filozofią tego raportu. Czy powinien zawierać wyłącznie suche przedstawienie faktów, czy też stanowić oskarżenie byłego przełożonego o doprowadzenie do impasu? Zdał sobie sprawę, że ta druga opcja nie wchodzi w grę, bo ewentualna analiza dokumentacji wykazałaby, że sprawa była prowadzona wzorowo.

Co robić?

Sam nie był w stanie reaktywować operacji i wkrótce mógł się spodziewać, że główny odbiorca informacji, wywiad KGB, zapyta, dlaczego źródło wyschło, i nie da się zbyć byle czym, skoro dotąd zainwestował w tę sprawę duże pieniądze. Jedno było pewne: bez Szulca ani rusz.

Będę musiał z nim znowu współpracować – pomyślał Darski. Może nawet jako jego podwładny. Kurwa mać, za wcześnie go olałem! Trzeba będzie to jakoś naprawić i udobruchać starego wilka.

Wkręcił papier do maszyny i zaczął adresować raport do dyrektora wywiadu.

1970
16 stycznia

Sacharowski mocno się zdenerwował, gdy usłyszał od generał Iwanowej, że świetnie funkcjonujący do tej pory kanał Polaków, dostarczający wysokiej klasy informacji wywiadowczych z samego serca waszyngtońskiej administracji, nagle zamarł. Ponieważ część tych informacji dotyczyła Van Vertów, jego reaktywacja była nieodzowna. Inaczej nie zrealizują zadań, które zlecił im generał Andropow.

– Próbowałaś wyjaśnić sprawę? Co mówi polski wywiad?

– Odpowiedzieli, że to chwilowa przerwa i że nad tym pracują. Ale oprócz wysłania oficjalnego zapytania poprosiłam naszego łącznika, aby trochę pomyszkował wokół sprawy. Ustalił jeden znaczący fakt: oficer, który prowadził operację od samego początku, został zwolniony ze służby.

– Zatem Polacy nas zbywają. Jeżeli zmienili prowadzącego i nagle urwał się dopływ informacji, to znaczy, że ktoś nie chce współpracować z jego następcą. Klasyczna sytuacja – analizował szef wywiadu KGB ku zadowoleniu generał Iwanowej. – Za co zwolniono tego oficera ze służby? Sprawa karna czy jakieś wewnętrzne porachunki?

– Z plotek wynika, że zwolniony nie palił się do udziału w niedawnej czystce antyżydowskiej – odpowiedziała Jana

125

zgodnie z prawdą, bo taką informację otrzymała od misji łącznikowej przy polskim wywiadzie.

– Sprawa ma zatem podłoże osobiste i pewnie ambicjonalne – doszedł do wniosku przełożony. – Będą się z nami bawić w kotka i myszkę, byle nie przyznać się do błędu, a tymczasem całą sprawę trafi szlag. Masz jakiś pomysł?

– W mojej ocenie reaktywacja sprawy wymaga przywrócenia do niej poprzedniego prowadzącego. Nie powinniśmy wnikać w zawiłości relacji w obrębie polskiego wywiadu, bo się zagrzebiemy po szyję i nie wiadomo, co osiągniemy – odpowiedziała generał Iwanowa. – Nie należy tego węzła gordyjskiego rozwiązywać, tylko go przeciąć. Potrzebny nam jest Aleksander Wielki.

– Rozumiem, że masz na myśli przewodniczącego Andropowa. Co powinien zrobić?

– Zadzwonić do swojego odpowiednika w Polsce i poprosić go o interwencję w polskim wywiadzie – odpowiedziała Jana. – Zajmie mu to pół godziny, a nam ułatwi życie. Pogadaj z nim.

– Dobrze, pogadam – zgodził się szef wywiadu KGB. – Będzie musiał porozmawiać z Moczarem.

1 grudnia

Dwugodzinny trening dziesięcioosobowej grupy zaawansowanej brązowych i zielonych pasów dobiegał końca. Prowadzący sensei zarządził ostatnią serię ćwiczeń. Na początek po pięćdziesiąt pompek. Następnie młodzi adepci stanowiący mieszankę różnych narodowości usiedli w kółeczko, spletli się nogami i każdy, po kolei, zaczął odliczać po trzydzieści skłonów tułowia. Ćwiczący ze wszystkimi sensei pilnował, aby skłony były pełne, a czoła podopiecznych niemal dotykały podłogi. Wreszcie pozwolił na odpoczynek, ale nie wydał komendy do powstania. Zamiast tego zarządził kolejną rundę skłonów, tym razem po dwadzieścia.

Ruchy ćwiczących stawały się coraz wolniejsze, a odliczanie cichsze. Jedynie wysoki, przystojny blondyn o barczystej sylwetce wykonał i odliczył ostatnie skłony z taką samą lekkością i precyzją jak pierwsze. Krople potu spływały z jego twarzy tak jak z twarzy pozostałych adeptów sztuk walk, ale nie było po nim widać takiego samego zmęczenia. Sensei wydał komendę „powstań" i zarządził medytacje w pozycji siedzącej, które zamykały każdą dwugodzinną sesję ćwiczeń.

Po zakończonym treningu wysoki blondyn nie opuścił sali. Rozwiązał brązowy pas i zdjął górną część czarnego kimona, pozostając w samych spodniach. Podszedł do jednego z wielkich worków bokserskich zwisających na łańcuchu i stanął przed nim w pozycji hachiji-dachi: wyprostowany tułów, nogi lekko rozstawione na szerokości ramion, zrelaksowana sylwetka, ręce po bokach nieco do przodu, dłonie złożone w pięści, ale nie zaciśnięte.

W okamgnieniu przyjął postawę atakującą zenkutsu-dachi i błyskawicznie wyprowadził prawą nogą kopnięcie boczne mawashi-geri na wysokość głowy potencjalnego przeciwnika, ściągnął nogę na podłogę jak sprężynę i w tym samym momencie wyprowadził lewą nogą kopnięcie tylne ushiro-geri-kekomi. Uderzony z wielką siłą worek bokserski, mimo dużych rozmiarów i ciężaru, poszybował w powietrze. Blondyn powtarzał tę sekwencję raz za razem. Gdyby na sali był sensei, uznałby te wyprowadzane techniki nożne za doskonałe.

Obserwujący ćwiczącego zza uchylonych drzwi sali młody człowiek w białym kimonie i zielonym pasie kiwał głową z podziwem, zastanawiając się, kiedy sam dojdzie do takiej sprawności i perfekcji. Blondyn przyjął postawę hachiji-dachi i nie oglądając się, powiedział:

– Jeżeli chcesz zrobić to samo, musisz tu podejść. Worek bokserski nie przyjdzie do ciebie. – Co powiedziawszy, odwrócił się do stojącego w drzwiach adepta.

– Jestem Fred Van Vert. – Chłopak wyciągnął rękę. Stojąc blisko blondyna, który przewyższał go co najmniej o pół głowy, mógł w pełni docenić jego mocarną sylwetkę. – Pokażesz mi, jak należy prawidłowo wykonać sekwencję mawashi-geri i kopnięcia tylnego, którego nazwy nie pamiętam?

– André Vol – przedstawił się blondyn. – Chętnie. Podstawa to zachowanie równowagi przy dużej szybkości ćwiczenia.

No i wykonanie sekwencji z tysiąc razy. Później będzie znacznie łatwiej.

Roześmieli się i przystąpili do ćwiczeń. Po półgodzinie wzięli szybki prysznic i w mroźnym powietrzu ruszyli w stronę zabudowań Uniwersytetu Harvarda. Rozstali się na dziedzińcu głównym i każdy udał się do swojego miejsca zamieszkania. Fred do wygodnego domu jednorodzinnego, który wynajmował wraz z siostrą Rose, położonego na obrzeżach kampusu, a André do niewielkiego pokoju w jednym z akademików, ze wspólną łazienką.

André, syn Jana Ratza, zrealizował tego wieczoru pierwszy etap misji, z którą został wysłany przez Dominika na tę samą uczelnię, na której studiowały dzieci Martina Van Verta. Nie było więc dziełem przypadku, że uczęszczał na ten sam trening karate co syn Martina.

Nazwiskiem Vol posługiwał się od momentu, gdy Gerard przywiózł jego i Maxa z Londynu i zaszła potrzeba zatarcia po nich wszelkich śladów. Znajomi Dominika i sympatycy Trzeciej Rzeszy – nadal licznie reprezentowani w austriackiej administracji państwowej – wśród których Gerard miał wielu wielbicieli gotowych wyświadczyć mu każdą przysługę, okazali się nadal pomocni w stworzeniu nowego życiorysu syna Ratza, sieroty okresu powojennego. Kształcenie w najlepszych szkołach szwajcarskich umożliwiały mu stypendia z założonej jeszcze przez rodziców – zmarłych tragicznie po wojnie – fundacji rodzinnej, którą do chwili osiągnięcia przez beneficjenta pełnoletności zarządzała renomowana firma prawnicza z Zurychu. Dzięki temu André był niezależny finansowo. A ponieważ prawo szwajcarskie wykluczało ustalenie pochodzenia pieniędzy fundacji rodzinnej, nad którą pieczę sprawuje firma prawnicza, miał legendę doskonałą.

Wciąż wracał myślą do tego dnia, w którym Dominik i Gerard opowiedzieli mu o okolicznościach śmierci jego ojca i roli, jaką odegrał w całej sprawie ród Van Vertów. To, co wówczas usłyszał, jedynie wzmocniło w nim chęć zemsty. Zrozumiał, że już najwyższy czas, aby i on włączył się do akcji.

Przypomniał sobie toast, jaki wzniósł wtedy Dominik.

Za następne pokolenie!

1971
6 lutego

Nocny pociąg z Warszawy przybył punktualnie o siódmej rano. Pułkownik Szulc poczekał w wagonie sypialnym kilka minut, aż wszyscy pasażerowie opuszczą skład, po czym bez pośpiechu przemieścił się do wyjścia.

– Powodzenia! – rzucił na pożegnanie konduktor i zamknął za nim ciężkie drzwi.

Świeciło słońce i stolica Austrii wydawała się uśmiechać przyjaźnie. Oficer wywiadu szedł opracowaną wcześniej trasą sprawdzeniową w kierunku Stephansplatz, gdzie miał go podjąć Dominik. Dokładnie pamiętał nazwę mijanej po drodze kawiarni. Brat wyznaczył w niej punkt kontrobserwacji, aby być pewnym, że nikt Adama nie śledzi.

Pułkownik przypomniał sobie chwile, gdy w mundurze oficera SS swobodnie prowadził dyskusje w najczystszym języku Goethego z ludźmi w takich samych mundurach, realizując zadania organizacji podziemnej w okupowanej Polsce i w samej Rzeszy. Powódź adrenaliny, którą wtedy wydzielał jego organizm, nie dała się w żaden sposób porównać ze smętnymi kroplami kapiącymi teraz od niechcenia.

Może czas zająć się czymś poza wywiadem? – pomyślał i obiecał sobie porozmawiać o tym z bratem.

Dominik siedział twarzą do okna, popijając cappuccino, i obserwował, jak brat mija kawiarnię. O tej porze dnia Adam Szulc był jednym z nielicznych ludzi na ulicy. Nikt za nim nie szedł ani nie zwracał na niego uwagi. Dominik dopił kawę, wyszedł na zewnątrz i ruszył za pułkownikiem, trzymając się w odległości jakichś stu metrów od niego i obserwując otoczenie. Upewniwszy się, że wszystko jest w porządku, skręcił w boczną uliczkę i dotarł do swojego samochodu. Podjechał nim na tyły placu, tam zaparkował, po czym wszedł do katedry, w której niebawem pojawił się brat. Kiedy nawiązali kontakt wzrokowy, Dominik zawrócił do samochodu, prowadząc pułkownika za sobą. Poczekał na niego przy pojeździe, a gdy już obaj wsiedli i podali sobie ręce, uruchomił silnik.

– Dokąd jedziemy? – zapytał Adam, spodziewając się spotkania w tym samym mieszkaniu co poprzednim razem.

– Do mojego domu. Twój status uległ zmianie, więc co mamy do stracenia? Dałem wszystkim domownikom wolny weekend i będziemy sami.

Kiedy zatrzymali się przed posiadłością w Schönbrunnie, dwóch ochraniarzy otworzyło bramę.

– Pięknie tu – zauważył pułkownik Szulc, gdy stanęli przed rezydencją.

Po raz pierwszy zawitał do domu brata i przez następne piętnaście minut z coraz większym zachwytem podziwiał wnętrze. Na koniec zeszli do ogromnej kuchni, w której Dominik zaczął przyrządzać jajecznicę na boczku i parzyć kawę.

– Jesteś już prawie cywilem, Adamie. Jeżeli kiedyś wywiad przestanie cię interesować, to w mojej organizacji znajdzie się dla ciebie zajęcie – powiedział, jakby odgadując myśli brata. – W pobliżu jest kilka domków do kupienia. Skromniejszych od tego, ale nader zacnych. Przemyśl to. W razie potrzeby pożyczę ci pieniędzy.

– Dziękuję, mam trochę własnych. Jeszcze niedawno odrzuciłbym taką propozycję z marszu. Ale dzisiaj... kto wie? Punkt siedzenia określa punkt widzenia. – Były szef pionu niemieckiego wydawał się rozważać ofertę.

Dominik wyrwał go z zadumy, nieoczekiwanie zmieniając temat.

– Co się stało w grudniu na Wybrzeżu? – zapytał. – Trzeba było strzelać do robotników, aby pozbyć się Gomułki?

– Na to wygląda – odpowiedział Adam. – Podwyżka cen tuż przed świętami to oczywiste proszenie się o kłopoty. Nie wiem tylko do końca, który z bonzów za tym stał. Poznań pięćdziesiąt sześć wyniósł „Wiesława" do władzy, a Wybrzeże siedemdziesiąt go obaliło. Mam nadzieję, że nie przekształci się to w jakąś prawidłowość historyczną przy zmianie kolejnych ekip.

– Nowa władza to zawsze trzęsienie ziemi w ministerstwach – zauważył Dominik, rozlewając kawę do filiżanek. – Wymiana Gomułki na Gierka jakoś wpłynie na twoją sytuację?

– Hm, niewykluczone. Gierek rzeczywiście wyznaczył nowego ministra spraw wewnętrznych – odparł pułkownik. – To Franek Szlachcic, chłopak z okolic Jaworzna, gdzie grasowaliśmy w czasie wojny. Wtedy go poznałem, a po wojnie cały czas pozostawaliśmy w kontakcie. Franek nie lubi Moczara i wieść niesie, że w wywiadzie zajdą nie byle jakie zmiany.

– No proszę, jak to historia kołem się toczy! – rzucił filozoficznie Dominik, nakładając jajecznicę na talerze. – Może mianuje cię szefem wywiadu?

– Nie sądzę. Zresztą nie jestem pewien, czy byłbym za-interesowany. – Pułkownik delektował się wypełniającym kuchnię zapachem. – Ale nie wątpię, że spotkamy się przy kawie i pogwarzymy o różnych kwestiach.

Po śniadaniu bracia poszli na długi spacer. Gdy wrócili, Dominik napalił w kominku i otworzył butelkę amarone. Pili w bibliotece czerwone wino, trochę rozmawiali, trochę mil-czeli, ale przede wszystkim cieszyli się swoim towarzystwem.

Weekend minął im zdecydowanie za szybko, jak wszyst-ko co dobre.

15 lipca

Punktualnie o dwudziestej drugiej prezydent Richard Nixon odczytał przed kamerami telewizji NBC precyzyjnie zredagowany komunikat. Wynikało z niego, że od dziewiątego do jedenastego lipca Henry Kissinger przebywał w Pekinie, prowadząc rozmowy z chińskim premierem Zhou Enlaiem. W efekcie tych rozmów strona chińska zaprosiła prezydenta Nixona do złożenia oficjalnej wizyty w Chinach w stosownym terminie przed majem 1972 roku. Prezydent Nixon poinformował rodaków, że zaproszenie zostało przez niego przyjęte, a wizyta ma służyć normalizacji stosunków pomiędzy obydwoma państwami.

Efekt zaskoczenia, na który tak liczyli Nixon i Kissinger, został osiągnięty w nadmiarze. Nie tylko Ameryka, ale i cały świat dosłownie przeżył szok. Dla jednych był to szok pełen entuzjazmu, dla innych – zupełnie odwrotnie. Do tych ostatnich należeli Victor Van Vert i jego brat, którzy postanowili tego wieczoru wysłuchać wystąpienia prezydenta. Gdy obecni w studiu dziennikarze ochłonęli z wrażenia i na wyścigi zaczęli zadawać pytania, Frederick wyłączył telewizor.

Victor Van Vert kiwnął głową na znak, że docenia ten gest. Patrzył przed siebie i milczał. Zaciśnięte szczęki i napięte mięśnie twarzy świadczyły, że targają nim silne emocje.

Zakrył twarz dłońmi i trwał tak bez ruchu minutę albo dwie. Frederick bardzo dawno nie widział brata w takim stanie i zaczął się trochę niepokoić. Ale Victor powoli opuścił ręce, chrząknął i parę razy odetchnął głęboko, wciągając powietrze nosem i wypuszczając ustami.

– Nalej, bracie, trochę lagavulin – odezwał się w końcu.

Frederick natychmiast spełnił jego życzenie. A gdy stuknęli się szklaneczkami szlachetnej whisky, Victor ponownie zabrał głos.

– Z przykrością muszę przyznać – zwierzył się bratu – że srodze się zawiodłem na Richardzie Nixonie. Wizyta, którą planuje w Chinach, doprowadzi do pełnej legitymizacji reżimu chińskich komunistów. Cały zachodni świat rzuci się zarabiać na rynku liczącym prawie miliard ludzi, a większość naszych rodów będzie na czele tego stada. Kapitaliści wyciągną chińskich komunistów z zacofania. To brak instynktu samozachowawczego. Musimy przyspieszyć decyzję o zniesieniu parytetu dolara do złota i uwolnieniu ceny kruszcu, a następnie pomyśleć, jak się pozbyć pana Nixona. Może jeszcze nie jest za późno. Masz jakiś pomysł na przyspieszenie decyzji w sprawie ceny złota?

– Mam raczej pomysł na jej wymuszenie, ale skutek powinien być ten sam – odrzekł Frederick, przyciągając zaintrygowane spojrzenie Victora. – A co by się stało, gdyby przedstawiciel jakiegoś państwa zapowiedział administracji Nixona chęć wymiany na złoto odpowiednio wielkiej sumy dolarów? Tak wielkiej, że gdyby wieść o takim zamiarze się upubliczniła, to inne państwa poszłyby tym śladem, sądząc, że to początek jakiegoś kryzysu walutowego.

– To ciekawa myśl. Doradcy ekonomiczni pana prezydenta z pewnością by go przekonali, że lepiej przyspieszyć decyzję w sprawie zniesienia wymiany złota na dolary niż być zmuszonym znacznie uszczuplić jego zapasy – ocenił nestor rodu Van Vertów. – Mogę liczyć na to, że popracujesz nad tym zagadnieniem?

– Oczywiście, Victorze. Lubię takie zakulisowe kreowanie sytuacji, zwłaszcza na szczeblu prezydenckim – odpowiedział Frederick, uśmiechając się porozumiewawczo.

– Chyba obaj to lubimy – przyznał Victor i pomyślał o prezydencie Johnie Kennedym i jego bracie Robercie.

15 sierpnia

W niedzielne popołudnie prezydent kazał się połączyć z Victorem Van Vertem, aby osobiście go powiadomić, że tego wieczoru zamierza wygłosić przemówienie telewizyjne, w którym poinformuje Amerykę i świat o zniesieniu wymienialności dolara na złoto i upłynnieniu jego kursu.

Victor nie krył zdziwienia.

– Czy nie będzie grubiaństwem z mojej strony, jeśli spytam, co skłoniło pana prezydenta do podjęcia tej decyzji?

– Ależ skąd, drogi przyjacielu! – odparł Nixon. – Półtora tygodnia temu brytyjski ambasador złożył wizytę mojemu sekretarzowi skarbu i poprosił o wymianę trzech miliardów dolarów na złoto. Connally był tym zupełnie zaskoczony, więc poprosił ambasadora o czas do namysłu, a o całej sprawie natychmiast poinformował mnie. Usiedliśmy w Gabinecie Owalnym i spytałem go, jakie mamy opcje.

– Domyślam się, że nie było ich wiele – wtrącił dyskretnie Van Vert.

– Niestety. Connally doszedł do wniosku, że jeśli dokonamy wymiany zgodnie z życzeniem Anglików, to natychmiast pojawią się inni chętni. Zwęszą jakieś problemy i będą chcieli się przed nimi zabezpieczyć, wymieniając dolary na złoto. Odmawiając, sami się przyznamy, że nie jesteśmy w stanie sprostać każdemu takiemu żądaniu, i w ten sposób podważymy międzynarodową pozycję gospodarczą Stanów Zjednoczonych. Zwołałem naradę ekspertów gospodarczych, ale oni tylko potwierdzili, że nie mamy wyboru: musimy zamknąć „złote okno" wymienialności dolara na złoto.

Nestor rodu Van Vertów przyznał, że w tej sytuacji była to jedyna słuszna decyzja.

Odkładając słuchawkę, uśmiechał się ironicznie. No to kolejny punkt planu mamy z głowy!

W niczym to jednak nie zmieniło jego przekonania, że polityka otwarcia na Chiny jest całkowicie błędna, a jej powstrzymanie wymaga odejścia głównego architekta ze stanowiska prezydenta.

23 sierpnia

– Myślę, Richardzie, że już najwyższy czas, abyśmy zrewidowali nasze poparcie dla twojego imiennika w Białym Domu – zagaił Victor. – Nie zamierzam dalej tolerować wzmacniania reżimu komunistów w Chinach. Chciałbym, żebyśmy się zastanowili, jak konkretnie możemy temu przeciwdziałać.

Rozmawiali w lokalu konspiracyjnym CIA nieopodal siedziby ONZ. Helms miał już przygotowaną analizę sytuacji.

– Problemem jest nie tylko samo otwarcie na Chiny – zaczął – ale także, a nawet przede wszystkim to, kto kontroluje sytuację i ciągnie z niej największe korzyści. Może pierwotny pomysł otwarcia wyszedł od Nixona, ale z różnych naszych informacji wynika, że to Chińczycy powoli przejmują inicjatywę, bo chcą mieć Amerykę bliżej siebie jako przeciwwagę wobec Rosjan. Przynajmniej ci ostatni nie mają co do tego żadnych złudzeń. W marcu chiński premier odwiedził Wietnam Północny, by poinformować jego kierownictwo, że interwencja Chin w Wietnamie nie będzie potrzebna, gdyż Amerykanie wycofują się z Indochin. Kiedy to nastąpi, reżim południowowietnamski natychmiast się załamie... Masz zatem rację, że nadszedł czas na działanie. Każdy z nas ma wystarczająco dobre powody.

– Nadzwyczajne okoliczności zwykle uzasadniają podjęcie nadzwyczajnych działań w imię większego dobra – odpowiedział Victor. – Na pewno masz jakieś pomysły.

– Jak pewnie pamiętasz, w czerwcu „New York Times" zaczął publikować artykuły oparte na zawartości tysięcy stron tajnych i ściśle tajnych dokumentów Pentagonu dotyczących historii amerykańskiego zaangażowania w Wietnamie, a ujawnionych przez niejakiego Daniela Ellsberga. Potwornie to zdenerwowało pana prezydenta, który nagle zdał sobie sprawę, że tego typu przecieki prasowe mogą mocno zaszkodzić jego polityce chińskiej i koncepcji zakończenia wojny w Wietnamie.

– Tak, pamiętam, słynne Pentagon Papers – potwierdził Victor i skomentował na swój sposób: – Swoją drogą to skandal, że ktoś kradnie tajne dokumenty, a prasa je drukuje. Świat robi się dziwny.

– Zawsze był dziwny – zgodził się Helms. – Ale ad rem. Otóż prezydent kazał powołać w Białym Domu zespół do spraw zapobiegania przeciekom prasowym. W zespole są moi ludzie, byli pracownicy Agencji, a inni, niekoniecznie byli, wspierają jego wysiłki poza Białym Domem. Obiło mi się o uszy, że chłopcy planują we wrześniu włamanie do psychiatry Daniela Ellsberga, licząc na znalezienie jakiegoś kompromitującego materiału.

Victor Van Vert spojrzał z niedowierzaniem na szefa CIA, w lot chwytając wagę tego, co przed chwilą usłyszał.

– Nie jestem wprawdzie prawnikiem, ale to chyba nielegalne działanie? Czy pan prezydent ma świadomość, jakimi metodami powołany przez niego zespół zamierza walczyć z plagą przecieków? – podchwycił wątek.

– A czy musimy w ogóle w to wnikać, drogi Victorze? – Helms odpowiedział pytaniem na pytanie. – Szczerze mówiąc, mnie wystarczy założenie, że pan prezydent winien wiedzieć, co się dzieje na jego własnym podwórku, i zdawać sobie sprawę, że ponosi za to wszystko odpowiedzialność polityczną.

– Nic dodać, nic ująć! Pomyślałem tylko, że jeśli ktoś włamie się do jednego miejsca, aby zdobyć jakieś informacje, to może wejść mu to w krew i skłonić go do kolejnych włamań, do jeszcze ciekawszych miejsc. Ale zgodnie z teorią prawdopodobieństwa w pewnym momencie musi opuścić go szczęście, a wtedy zrodzi się nielichy problem – teoretyzował Victor. – Dziennikarze zapewne chętnie pochyliliby się nad taką wpadką specjalistów od zatykania przecieków prasowych...

– Bez wątpienia. Sam nawet znam kilku takich – odparł Richard Helms i spojrzał na rozmówcę z pewnością siebie człowieka, który przemyślał wiele opcji.

Po opuszczeniu lokalu CIA Victor wsiadł do czekającego nań czarnego rolls-royce'a i kazał się zawieźć kilka ulic dalej na Park Avenue, do Instytutu Erudycji.

– Cóż za miła niespodzianka, ojcze! – przywitał go Martin, wychodząc zza biurka. – Napijesz się czegoś?

– Nie, synu, dziękuję. Mam krótką sprawę. O ile pamiętam, twój człowiek w Białym Domu to były oficer CIA, prawda?

– Tak, ojcze. Harry Adams. Użyteczny i skuteczny. Pomógł mi storpedować nadzieje demokratów na jakikolwiek sukces w rozmowach pokojowych w Paryżu.

– No właśnie. W Białym Domu powołano zespół do zapobiegania przeciekom prasowym. W jego skład wchodzą też byli ludzie CIA. Byłoby dobrze, gdyby pan Adams uczestniczył w pracach tego zespołu, najlepiej jako doradca. Może mógłby podpowiedzieć jakieś pożyteczne rozwiązanie albo zaproponować tajną akcję w celu pozyskania informacji?

– Do czego zmierzasz, ojcze? – zapytał Martin, nie do końca pewien, że nadąża za rozumowaniem Victora.

– Ludziom nadzorującym takie zespoły bardzo zależy na rezultatach, które znalazłyby uznanie w oczach ich przełożonych, zwłaszcza pana prezydenta. Za rok mamy kolejne wybory prezydenckie i cały Biały Dom będzie gorliwie pracował na reelekcję Richarda Nixona. Nietrudno wtedy o błąd popełniony przez pełnych dobrych chęci nadgorliwców. Błąd zasadniczy i nie do naprawienia. Trzeba być we właściwym miejscu i czasie, aby taki błąd odpowiednio wykorzystać. Rozumiemy się?

– Chcesz się pozbyć prezydenta? – zapytał wprost Martin Van Vert, ale nie otrzymał od ojca żadnej odpowiedzi prócz szerokiego uśmiechu i klepnięcia po plecach.

23 października

Kiedy samolot Air France z Paryża wylądował w Moskwie, madame Amschel wyjrzała z ciekawością przez okienko. Jej uwagę przykuła olbrzymia czarna limuzyna stojąca kilkanaście metrów od schodów, które właśnie podjechały pod drzwi samolotu. Z chwilą gdy je zamocowano, z limuzyny wysiadła kobieta w futrze oraz pięknej czapie i zaczęła po nich wchodzić. Równocześnie do Francuzki podeszła stewardesa i poprosiła ją, by przygotowała się do wyjścia jako pierwsza.

– Witam w Moskwie, madame – odezwała się kobieta w futrze, kiedy Edyta podeszła do otwartych już drzwi samolotu.

– Pani Iwanowa, co za spotkanie! – rzuciła żartobliwie finansistka i kobiety uściskały się serdecznie.

– Zapraszam do samochodu. Podjedziemy do salonu dla VIP-ów, poczekamy na twój bagaż i ruszymy do miasta. Proszę za mną – zakomenderowała generał i skierowała się do pojazdu.

W jednym z pomieszczeń salonu, do którego weszły, na stole przykrytym śnieżnobiałym obrusem czekał na nie czarny kawior w kryształowej misie, a obok półmisek z blinami. Była też przygotowana kryształowa karafka mocno zmrożonej wódki.

– Siądźmy i napijmy się, aby uczynić zadość tradycyjnej rosyjskiej gościnności – zaproponowała generał Iwanowa, nalewając wódkę do kryształowych kieliszków.

– Wypijmy za nasze spotkanie – odparła madame Amschel, delikatnie puszczając oko do interlokutorki, która bezbłędnie odgadła, że wcale nie chodzi o obecne spotkanie.

– Na zdrowie.

Do pomieszczenia wszedł młody, bardzo przystojny mężczyzna o wysportowanej sylwetce i poinformował generał Iwanową, że wszystkie formalności paszportowe i bagażowe związane z przylotem madame Amschel zostały załatwione. Mówiąc to, wręczył Edycie jej paszport i cofnął się dwa kroki, wyprężony jak struna, jakby czekając na dyspozycje.

– To jest Aleksander Wozniesieński – przedstawiła go Edycie Jana. – Pomaga mi w sprawach związanych z naszym przedsięwzięciem i zna całe jego kulisy. Poznajcie się i polubcie, bo może się tak zdarzyć, że Aleksander będzie pełnił rolę łącznika pomiędzy nami.

– Edyta Amschel, bardzo mi miło. – Bankierka wyciągnęła rękę.

Uścisk młodego człowieka był jak ze stali. Ponieważ jej uścisk był podobny, od razu poczuła do Aleksandra sympatię, tym bardziej że przypominał jej pewnego starego znajomego.

Wielka czarna limuzyna mknęła ulicami, kierując się w stronę starej Moskwy, by w końcu zatrzymać się przed okazałą willą. Siedzący z przodu czajki Wozniesieński wysiadł, otworzył tylne drzwi i kobiety udały się w stronę posesji. Przy metalowej furtce stało dwóch ochroniarzy, którzy na widok generał Iwanowej wyprostowali się niemal na baczność, choć mieli polecenie, żeby tego nie robić. Jeden z nich wpuścił nowo przybyłe, a drugi poprowadził je do willi.

– To będzie twój dom na czas pobytu w Moskwie – wyjaśniła Jana, gdy znalazły się w marmurowym holu. – Twoja walizka już jest w pokoju na górze. Rozpakuj się, skorzystaj z łazienki, a potem przekąsimy coś przed snem. I wypijemy.

Kilkanaście minut później spotkały się w wielkiej jadalni przy stole mogącym pomieścić tuzin biesiadników. Królował na nim czarny i czerwony kawior oraz mnogość przystawek z ryb – marynowanych, w oleju, wędzonych i gotowanych, podanych na zimno w różnych sosach.

– Skosztuj rosyjskiego szampana – zaproponowała generał Iwanowa, nalewając złocisty trunek do wysmukłych kieliszków.

– Niezły, a nawet bardzo dobry! – oceniła madame Amschel. – Jaki jest program pobytu? Z kim mam się spotkać?

– Z bardzo wpływowym człowiekiem, który w Związku Radzieckim odpowiada za bezpieczeństwo państwa. Z Jurijem Andropowem, przewodniczącym KGB – odpowiedziała generał Iwanowa. – On zna mechanizmy rządzące światem, więc to dobry rozmówca. Nie trzeba mu nic tłumaczyć dwa razy.

– Słyszałam o nim. Na Zachodzie ma opinię człowieka światowego. To powinna być interesująca rozmowa.

– Odbędzie się w języku angielskim. W razie potrzeby będę pełnić rolę tłumacza – dodała Jana. Nie musiała wyjaśniać, że posługiwanie się na Kremlu językiem polskim, który obie dobrze znały, nie byłoby wskazane.

24 października

Edyta Amschel dobrze spała tej nocy. Wstała około szóstej, zrobiła gimnastykę rozciągającą i wzięła kąpiel. Włożyła granatową garsonkę i błękitną bluzkę. O ósmej zeszła na śniadanie, ale francuskim zwyczajem wypiła jedynie kawę i zjadła kawałek chałki. Nie przygotowała taktyki rozmowy, wychodząc z założenia, że jej doświadczenie negocjacyjne i znajomość międzynarodowych finansów całkowicie wystarczą.

Wstała od stołu i przeszła do salonu obok, który był zarazem biblioteką. Z niejakim zdumieniem odkryła, że część książek jest w języku angielskim. Wśród nich wypatrzyła pamiętniki Winstona Churchilla z czasów drugiej wojny światowej. Wzięła do ręki pierwszy tom, *Nadciągająca burza*, i zaczęła przeglądać. Z tą lekturą w ręku zastała ją Jana, kiedy weszła do salonu.

– Dzień dobry, Edyto. Czyżby tytuł adekwatny do tematu naszej dzisiejszej rozmowy z przewodniczącym Andropowem?

– Owszem. „Nadciągająca burza" może się okazać właściwym określeniem tego, co wyniknie z planu Victora Van Verta.

– Raczej tego, co go czeka. O ile pamiętam, ostatni tom pamiętników nosi tytuł *Triumf i tragedia* – skorygowała

147

generał Jekatierina Iwanowa, wywołując uśmiech na twarzy madame Amschel.

Przejazd na Kreml, gdzie zaplanowano spotkanie z Andropowem, zajął niewiele ponad pół godziny. Czarna czajka wjechała na teren kompleksu kremlowskiego główną bramą, zatrzymując się przy dowódcy warty dosłownie na kilkanaście sekund w celu okazania dokumentów, i skierowała się w stronę Wielkiego Pałacu Kremlowskiego. Przed wejściem czekał Aleksander Wozniesieński. Otworzył tylne drzwi limuzyny i przywitał się z kobietami.

– Drogie panie pozwolą, że poprowadzę na spotkanie najkrótszą drogą. Płaszcze możemy zostawić w szatni przy drzwiach wejściowych.

Mimo że Edyta Amschel znała wiele reprezentacyjnych pałaców w Europie i na całym świecie, monumentalna budowla zrobiła na niej wrażenie. Zgodnie z obietnicą przewodnika zaledwie po kilku minutach zatrzymali się przed wejściem do jednego z niezliczonych gabinetów.

– Przewodniczący Andropow czeka za tymi drzwiami. Życzę owocnego spotkania – oświadczył Wozniesieński, po czym się oddalił.

Generał Iwanowa wprowadziła gościa do niezwykle przestronnego gabinetu, którego centralnym punktem było olbrzymie ciężkie biurko z dębowego drewna. Przed nim stał przewodniczący KGB, generał armii Jurij Andropow.

– Pragnę przedstawić panią Edytę Amschel – dokonała prezentacji.

Jak uzgodniono wcześniej, Jana nie meldowała się, a przewodniczący nie posługiwał się jej stopniem wojskowym.

Legenda Jekatieriny Iwanowej jako urzędnika Ministerstwa Finansów musiała być zachowana.

– Jurij Andropow. Bardzo miło panią poznać – przedstawił się przewodniczący KGB całkiem znośnym angielskim i poprowadził kobiety w stronę skórzanej sofy i kilku foteli.

Zanim zdążyli usiąść, pojawił się kelner w czarnym stroju, oczekując na zamówienie. Cała trójka zgodnie poprosiła o herbatę, którą natychmiast podano.

– Jekatierina Iwanowa opowiedziała mi o pani dużo dobrego, że nie wspomnę o renomie rodu, z którego pani się wywodzi. Okazało się ponadto, że łączy nas pewna szczególna wiedza znana niezwykle wąskiemu gronu.

Madame Amschel od razu przeszła do rzeczy.

– Jak pan wie, w połowie sierpnia prezydent Nixon zadecydował o końcu wymienialności dolara na złoto, uwalniając ceny kruszcu. Lada dzień ta cena się podwoi i poszybuje dalej w górę. Podobnie jak cena ropy. Można to wykorzystać lepiej lub gorzej.

– My chcemy wykorzystać możliwie najlepiej. Dlatego proponuję pani wspólne działania. A konkretnie: chcę, aby doradzała pani naszemu rządowi, jak na tej wiedzy zarobić, a nie stracić.

– Nie widzę przeszkód. Na waszym miejscu natychmiast nałożyłabym dziesięcioletnie embargo na sprzedaż rosyjskiego złota za granicę i skoncentrowała się na jego skupie. Przez najbliższe dziesięć lat jego cena może iść jedynie w górę. – Edyta Amschel nie owijała w bawełnę. – Im więcej i szybciej uda się go skupić teraz, tym większy zysk w przyszłości. Konkurencja już zaczęła działać, nie ma więc czasu do stracenia.

– Ma pani na myśli Victora Van Verta i jego plan – raczej stwierdził, aniżeli zapytał, przewodniczący KGB. – Pani zna go osobiście. Przyznam, że trochę mnie fascynuje. Co to za człowiek?

– To budowniczy imperium, zarówno w najlepszym, jak i w najgorszym tego słowa znaczeniu. Czasami przypomina Piotra Wielkiego, który położył podwaliny pod imperium rosyjskie, a czasami Tamerlana, który chciał sobie podporządkować każdego, kogo spotkał na swej drodze. Buduje imperium amerykańskie, a przynajmniej tak mu się wydaje, i własne imperium, jedno utożsamiając z drugim. Urodził się jeszcze w dziewiętnastym wieku i sądzi, że wszystko widział i wszystko wie. Jego ród zbił fortunę w przemyśle zbrojeniowym i Victor uważa, że to najlepszy sposób zarabiania pieniędzy. Jego plan, którego elementem jest uwolnienie ceny złota, to taka wariacja zbrojeniówki. Gdyby nie horrendalne wydatki na wojnę w Wietnamie, dolar mógłby przypuszczalnie jeszcze długo być wymienialny na złoto. Van Vert jest głęboko przekonany, że on i jemu podobni w innych krajach odpowiadają za losy świata, a politycy są jedynie narzędziem w ich rękach. Ciekawy typ – podsumowała swoją charakterystykę.

– Ciekawy i niebezpieczny. Dochodzą nas słuchy, że sprzeciwia się nowej amerykańskiej polityce otwarcia na Chiny i że pan Nixon już nie jest jego ulubionym politykiem. My wprawdzie też nie jesteśmy zachwyceni tym nowym kursem, traktując go jako skierowaną na Związek Radziecki formę nacisku, ale dostrzegamy też pozytywne strony. Otwarcie na jednych znacznie ułatwia otwarcie na drugich, czyli na nas, a to zawsze obniża ryzyko konfliktu.

– Jeżeli prezydent Nixon traci poparcie Victora, to może mieć kłopoty. Tak jak niektórzy jego poprzednicy – oceniła finansistka, nie rozwijając jednak tej myśli.

– Propozycję embarga na sprzedaż złota jeszcze dziś poddam pod rozwagę naszym ekspertom. Cieszę się, że pani już nam doradza, ale domyślam się, że to tylko jedna z sugestii.

– Nie myli się pan. W ciągu dwóch, trzech tygodni przygotuję szczegółową propozycję biznesowego wykorzystania planu naszego przyjaciela Victora. Będzie to wymagało przyblokowania jego działań w kilku miejscach, ale przy potencjale pańskiego kraju nie powinno to stanowić problemu.

– Zaczynamy ciekawą grę. Czuję się jak kapitalista – zażartował Andropow i już zupełnie poważnie dodał: – Ta wspomniana przez panią szczegółowa propozycja powinna też określić wysokość wynagrodzenia za doradztwo. Przecież my, kapitaliści, nie zwykliśmy pracować za darmo.

– To prawda, panie przewodniczący. Ale chciwość rzadko popłaca. Znacznie lepiej jest zainwestować w dobre relacje.

– Jest pani mądrą kobietą, co dobrze wróży naszym relacjom. Pozwoli pani, że zanim odprowadzę was obie do samochodu, zwiedzimy miejsce, w którym żył i pracował twórca naszego imperium. Zapraszam do gabinetu, a obecnie muzeum Lenina.

Przeszli we troje do dawnego budynku Senatu, gdzie w stanie nienaruszonym mieścił się gabinet Lenina.

– Proszę usiąść za biurkiem w fotelu wodza rewolucji, madame Amschel – zachęcił generał armii i nie mogąc powstrzymać się od żartu, dodał: – Może spłynie na panią inspiracja do podobnie wielkich czynów.

Edyta Amschel chętnie skorzystała z okazji, wychodząc z założenia, że prywatna wycieczka po gabinecie Lenina z przewodniczącym KGB w charakterze przewodnika to niepowtarzalne przeżycie. Siedząc w fotelu Władimira Iljicza Uljanowa i widząc przez okno Kreml, wielowiekową siedzibę carów, pomyślała, że nie ma rzeczy niemożliwych.

25 października

Rano generał Iwanowa odwiozła Edytę Amschel na lotnisko, gdzie dopilnowała wszelkich formalności paszportowych. Zanim się pożegnały, uzgodniły termin kolejnego spotkania, które miało się odbyć za kilka tygodni.

Prosto z lotniska udała się na spotkanie z przewodniczącym KGB, o które poprosiła jeszcze poprzedniego wieczoru.

– Co was sprowadza, *madame le général*? – Jurij Andropow był w doskonałym humorze. – Jakieś refleksje po wczorajszym spotkaniu?

– W rzeczy samej, towarzyszu przewodniczący. Pani Amschel, mówiąc, że wkrótce cena złota pójdzie w górę, dodała: „Podobnie jak cena ropy". Przyszła mi do głowy pewna myśl, którą chciałam się z wami podzielić. Będzie to stanowić nasz autorski wkład w plan Victora Van Verta.

Generał Andropow usiadł na fotelu naprzeciwko podwładnej i z wyczuwalnym zainteresowaniem oczekiwał, czym zostanie zaskoczony. Generał Iwanowa nigdy nie prosiła o spotkania w sprawach błahych czy oczywistych.

– Teoretycznie – kontynuowała Jana – o cenie ropy na świecie powinna decydować zasada popytu i podaży kształtowana przez wolny rynek. W praktyce jednak decyduje o niej siedem największych koncernów amerykańskich i brytyjskich zajmujących się wydobyciem ropy naftowej i obrotem nią w zachodnim świecie. W dwudziestym ósmym roku te Siedem Sióstr zawiązało w Szkocji poufne stowarzyszenie, którego celem było zasadnicze złagodzenie dzikiej do tej pory konkurencji. Ponieważ firmy te zarządzają kilkudziesięcioma procentami wszystkich zasobów ropy poza naszym obszarem, praktycznie mogą robić z jej ceną, co tylko chcą. Tym bardziej że w razie potrzeby mają wsparcie swoich rządów i służb specjalnych.

– De facto narzucają cenę ropy również nam, bo nie jesteśmy w stanie sprzedawać drożej od nich – wtrącił Andropow. – Słyszałem o tym kartelu, ale nigdy nie poświęcałem sprawie głębszej uwagi. W takiej sytuacji każda zewnętrzna próba wpływania na cenę ropy spotka się z natychmiastową reakcją Siedmiu Sióstr. Wysoko ustawiacie sobie poprzeczkę, generał Iwanowa. Jak zamierzacie ją przeskoczyć?

– W sześćdziesiątym roku w Bagdadzie utworzono organizację OPEC, która skupia największych, oprócz nas, producentów ropy, w tym wiele państw arabskich i muzułmańskich. Stosując różne metody i instrumenty, kartel Siedmiu Sióstr oplótł państwa producentów istną pajęczyną zależności, których wam, towarzyszu przewodniczący, nie muszę opisywać, bo świetnie je sobie wyobrażacie. OPEC zatem niewiele dzisiaj znaczy i jeszcze mniej może. Ale w mojej ocenie jest jak drzemiący olbrzym, a nawet wulkan. Kryje w sobie ogromną moc i potencjał. Obudzony i doprowadzony do wściekłości czy wrzenia, może okazać się nieobliczalny i przeciwstawić dyktatowi Siedmiu Sióstr i rządów państw, z których się wywodzą.

– Wasz wywód, *madame le général*, zaczyna być niezwykle intrygujący. Historycznie rzecz ujmując, gniew producentów jest zawsze niebezpieczny dla pośredników, którzy najwięcej korzystają z ich bogactw. Masy chłopskie wytwarzające za półdarmo zboże mogą wywołać rewolucję i znacjonalizować uprawę. Państwa, które są producentami ropy, mogą zrobić to tym bardziej. Ale potrzebny jest mocny wstrząs.

W tym momencie rozległo się pukanie i do gabinetu wszedł adiutant, żeby przypomnieć generałowi armii o wizycie u lekarza. Tego samego, który zalecał śmiech i poczucie humoru jako najlepszą terapię.

– Przełóżcie na jutro, kapitanie – zarządził Andropow. – Generał Iwanowa i ja doskonale się tu bawimy, a mam przeczucie, że najlepsze chyba dopiero przed nami.

– Wasza analiza gniewu producentów z pozycji dialektyki marksistowskiej jest bez zarzutu, towarzyszu przewodniczący. – Jana prawie niedostrzegalnie puściła oko do rozmówcy, wywołując uśmiech na jego twarzy. – Rzeczywiście potrzebny jest wstrząs tak silny, żeby aż zagotowała się krew Arabów na Bliskim Wschodzie i muzułmanów na całym świecie. Niezbędna jest kolejna wojna z Izraelem! Świat anglosaski będzie zmuszony poprzeć Żydów, czym zasłuży sobie na słuszny gniew arabskich producentów ropy, którzy przebudzą się niczym śpiący olbrzym. A naszą rolą będzie uzmysłowić arabskim braciom, jaką dysponują bronią.

Przewodniczący KGB patrzył zafascynowany na generał Iwanową, błyskawicznie rozważając konsekwencje jej propozycji.

– Broń naftowa! To chcecie mi powiedzieć? Ależ to jest genialne! – niemal wykrzyknął, wstając z fotela. – Embargo na ropę. Albo, jeszcze lepiej, nacjonalizacja. Jeżeli zrobi to większość arabskich i muzułmańskich producentów, to Zachód i Siedem Sióstr będą bezbronne. Na nic zda się siła militarna czy próby obalenia władzy w wyniku operacji wywiadowczych. Wielu producentów działających zgodnie i w porozumieniu nie da się tak potraktować. Oj, widzę, że towarzyszka generał nie marnowała czasu, kierując rezydenturą w Kairze! Tak, wojna to byłby wystarczająco mocny wstrząs, aby pobudzić Arabów do działania. Jak wyobrażacie sobie jej przebieg?

– Nie może to być dla Arabów wojna zwycięska, bo nie chodzi nam o to, by upoili się sukcesem militarnym, lecz żeby odczuli wielkie rozgoryczenie porażką. Niezasłużoną porażką. Izrael powinien tę wojnę ostatecznie wygrać dzięki wsparciu Zachodu, a zwłaszcza Stanów Zjednoczonych. Zresztą kolejna wojna na Bliskim Wschodzie jest kwestią czasu bez względu na to, co my sobie dziś zaplanujemy. Następca Nasera, Anwar Sadat, nie podaruje Izraelczykom upokorzenia z sześćdziesiątego siódmego roku. Jeżeli zatem wojna i tak ma być, to lepiej, żeby rozegrała się według naszego scenariusza i osiągnęła cel, który przysporzy nam korzyści.

– Tak się składa – zauważył Andropow – że właśnie podpisaliśmy z Egiptem kilka porozumień wydatnie zwiększających jego obronność i zaczęły się już dostawy naszego sprzętu dla armii egipskiej. Za półtora roku będzie uzbrojona po zęby. Macie rację, nie oprą się pokusie zaatakowania Izraela i wzięcia odwetu, a przecież to Egipt będzie na czele każdego sojuszu państw arabskich w wojnie z Żydami.

– Wmówić Sadatowi, że ma wielką historyczną szansę zapisania się w dziejach jako pogromca Izraela, nie będzie zbyt trudno – wtrąciła generał Iwanowa. – Co więcej, jestem głęboko przekonana, że gdyby Arabowie zaatakowali z pełnego zaskoczenia, opierając się na sensownych planach skonsultowanych z naszymi wojskowymi, to mogliby wygrać następną wojnę.

– Ale przecież nie możemy do tego dopuścić! Co by powiedziała nasza droga pani Amschel? Wasza koncepcja niemal pewnego zwycięstwa Arabów, które w ostatniej chwili zostanie im odebrane w wyniku wsparcia Zachodu dla Izraela, jest znakomita. To jest ten wstrząs, który obudzi i rozgniewa śpiącego olbrzyma. Nic tak nie denerwuje jak przegrana wojna. Nasze działania inspiracyjne podpowiedzą Arabom, jak się zemścić na wiarołomnym Zachodzie.

– Może trzeba będzie też podrzucić jakąś informację o nadchodzącej wojnie Amerykanom, aby mogli pomyśleć o udzieleniu pomocy Izraelowi w stosownym momencie – zasugerowała Jana.

– To dobra myśl. Zwłaszcza że dysponujemy paroma kanałami, którymi możemy przesłać taki sygnał. – Andropow na chwilę się zamyślił, po czym wrócił do tematu, który szczególnie go interesował. – Jak bardzo może skoczyć cena ropy w wyniku wojny na Bliskim Wschodzie i ewentualnego embarga ze strony arabskich państw OPEC? Rozumiem, że to trudne pytanie, ale podywagujmy.

– Takiej analizy dokonał w pewnym sensie Victor Van Vert, gdy przedstawiał swój plan członkom rodu. Pamiętajmy, że główne założenie, czyli uwolnienie ceny złota, już zostało zrealizowane. Obstawiam więc, że w ciągu paru lat cena za baryłkę ropy może wzrosnąć nawet dziesięciokrotnie! W dużej mierze zależy to od finezji i skuteczności, z jaką poprowadzimy tę grę z naszymi arabskimi i izraelskimi przyjaciółmi.

– Nieprawdopodobne! Dziesięciokrotny wzrost ceny naszego głównego towaru eksportowego! – zachwycił się przewodniczący KGB. – Nie muszę wam tłumaczyć, *madame le général*, jakie by to miało znaczenie dla naszej gospodarki. Na nas dwoje nakłada to jednak olbrzymią odpowiedzialność za dopilnowanie pełnego sukcesu tego, co właśnie zaplanowaliśmy. Jeszcze dzisiaj poinformuję szefa wywiadu, że do odwołania podlegacie bezpośrednio mnie. Zaraz każę adiutantowi przydzielić wam pokój niedaleko mojego gabinetu. Musicie jak najszybciej przygotować raport dotyczący naszych przyszłych poczynań, w tym sposobów, w jakie będziemy inspirować Arabów, Izraelczyków i Amerykanów. Gdy raport będzie gotowy, przedstawię go sekretarzowi generalnemu Breżniewowi. Trudno mi sobie wyobrazić, aby nie zaakceptował on naszego zaiste genialnego planu. Czy macie jakieś uwagi, generał Iwanowa?

– Nie sądzicie, towarzyszu przewodniczący, że byłoby jednak dobrze, gdybym nadal mogła nadzorować w wywiadzie swój zespół zajmujący się sprawami, które wynikają z planu Van Verta? Są one bowiem ściśle powiązane z tym, co planujemy na Bliskim Wschodzie w kontekście ceny ropy. Oceniam, że zajmując się obydwoma zagadnieniami, uzyskam znakomity efekt synergii – odpowiedziała Jana, którą początkowo zmroziła wizja całkowitego podlegania bezpośredniej kontroli przewodniczącego KGB i możliwość utraty swobody operacyjnej, do jakiej się przyzwyczaiła.

– Macie rację. Wasz zespół w wywiadzie jest dobrze wprowadzony w sprawę. Musicie mieć do pomocy kogoś, kto będzie jedną nogą u mnie, a drugą nadal w wywiadzie. W ten sposób nie urazimy waszego przełożonego, szefa wywiadu. Muszę przyznać, generał Iwanowa, że dawno nie byłem tak zadowolony z rozmowy z podległym mi oficerem. Napijmy się koniaku na dobry początek naszych knowań!

Andropow podszedł do wielkiej dębowej biblioteki. Z jej bocznej części wyjął butelkę rémy martina i dwie lampki do koniaku. Napełnił je i jedną podał podwładnej.

– Sugerując pobudzenie cen ropy, madame Amschel już zarobiła na swoje utrzymanie, że się tak kolokwialnie wyrażę. Wam gratuluję twórczego podjęcia tej sugestii i przekucia w pomysł, który zrealizujemy. Wypijmy zatem za *intelligence*!

1972
1 lutego

– André i Chalil, do sparingu! Półkontakt! – wydał polecenie sensei. – Reszta, patrzeć i uczyć się!

Chalil Malichar był Afgańczykiem i dołączył do grupy treningowej kilka tygodni wcześniej. Szybko dał się poznać jako twardy zawodnik. Miał brązowy pas i pomimo masywnej sylwetki zapaśnika był niesłychanie szybki. Błąkający się po jego twarzy uśmiech sprawiał wrażenie pewności siebie. Aczkolwiek André przerastał sparingpartnera o głowę, nie lekceważył go jako przeciwnika. Wyczuwał w nim atawistyczną miłość do walki i spodziewał się wszystkiego.

Po niespełna minucie wymiany kopnięć i ciosów krępy Afgańczyk zorientował się, że nie pokona gardy walczącego z nim mocarnego blondyna i nie wyprowadzi decydującego uderzenia ręką lub nogą. Za to stosunkowa łatwość, z jaką André blokował jego techniki, uświadomiła mu, że jest tylko kwestią czasu, kiedy otrzyma trafienie, które wyeliminuje go ze sparingu. Pochodził ze starej, bogatej rodziny afgańskich wojowników i duma nie pozwalała mu dopuścić do takiej sytuacji.

Postanowił więc przejść do kontrataku, wykorzystując technikę z arsenału ulubionej sztuki walki – zapasów. Żeby zmylić przeciwnika, wyprowadził na jego twarz jeden po drugim wysokie ciosy age-zuki. Gdy zostały łatwo odbite, ułożył ramiona w kształcie litery „U", udając, że szykuje się do zadania ciosu yama-zuki obydwiema pięściami, po czym, już pochylony, błyskawicznie rzucił się na przeciwnika, próbując złapać go rękami za obie nogi, obalić na plecy, opleść udami i założyć mu dźwignię na tchawicę.

Blondyn jakby czytał w myślach Afgańczyka. W ułamku sekundy cofnął prawą nogę, uniemożliwiając w ten sposób próbę obalenia. Równocześnie wstrzymał impet ataku oburęczną blokadą na głowę sparingpartnera i prawym kolanem kopnął go w czoło. W walce ulicznej André mierzyłby w nos, żeby zalać krwią twarz przeciwnika, ale teraz był na treningu, którym rządzą inne zasady.

Kopnięcie kolanem wyprostowało i oszołomiło Chalila. Z półobrotu André podciął prawą nogę Afgańczyka i zanim ten zdążył upaść, założył mu od tyłu duszenie na szyję prawą ręką, dociskając jego głowę lewą i powoli doprowadzając pozbawionego powietrza chłopaka do pozycji siedzącej.

– *Break!* – wydał komendę sensei, a chwilę później, gdy odczuwający jeszcze skutki duszenia Chalil podniósł się i stanął obok Andrégo, wskazał na tego ostatniego jako na zwycięzcę.

Siedząca ze skrzyżowanymi nogami pod jedną ze ścian dojo dziewczyna złożyła ręce do klaskania, ale powstrzymała się w ostatniej chwili, przypominając sobie, że została tu wpuszczona pod warunkiem zachowania kompletnej ciszy. Miała około dwudziestu lat i była ładną, postawną blondynką o regularnych rysach. W dojo znalazła się po raz pierwszy i podczas sparingu z zachwytem śledziła każdy ruch Andrégo.

Sensei zwyczajowo zarządził serię ćwiczeń siłowych, a następnie krótką medytację jako zwieńczenie treningu.

Gdy jego uczestnicy zaczęli się rozchodzić, André i Fred Van Vert podeszli do dziewczyny.

– Witaj, Rose. Nie wiedziałem, że interesujesz się karate. Jak się tu dostałaś? – zagaił barczysty blondyn.

– Ona nie interesuje się karate, tylko tobą. Ubłagała mnie, abym ją tu wprowadził – odpowiedział za siostrę Fred, ściągając na siebie jej wściekłe spojrzenie.

Rose poznała Andrégo rok wcześniej, gdy brat przyprowadził go do domu, który wynajmowali, i przedstawił jako kolegę z treningów. Starszy o parę lat blondyn spodobał jej się od pierwszego wejrzenia. Tego roku Rose kończyła ostatnią klasę liceum i przygotowywała się do testów, które miały umożliwić jej przyjęcie na Uniwersytet Harvarda. Nie mogła więc zainteresować się Andrém Volem w takim stopniu, w jakim by chciała, ani poświęcić na to wystarczającej ilości czasu.

Sytuacja zmieniła się diametralnie, gdy Rose została studentką pierwszego roku na kierunku literatury angielskiej. Wtedy zauważyła, że wysoki blondyn studiujący historię sztuki podoba jej się coraz bardziej. Początkowo nie miała pomysłu, jak zwrócić na siebie jego uwagę, a nie bardzo jej wypadało pierwszej zaproponować randkę, choć zasady rządzące relacjami damsko-męskimi na kampusie w Cambridge nie wykluczały takich inicjatyw, a nawet jeszcze śmielszych. W końcu wpadła na pomysł kibicowania bratu i Andrému na treningu karate, wychodząc z założenia, że na pewno da mu to do myślenia. I nie pomyliła się.

– To miłe z twojej strony, Rose, że tu przyszłaś. Może kiedyś gdzieś pójdziemy i porozmawiamy o sztuce? – zaproponował André i jako dobrze wychowany młody człowiek zapytał na wszelki wypadek: – Nie masz nic przeciwko temu, Fred?

– Oczywiście, że nie ma! – odpowiedziała Rose, zanim brat zdążył nawet otworzyć usta. – Jesteśmy przecież dorośli. Zadzwoń, kiedy tylko będziesz miał czas i ochotę.

Rozpromieniona odwróciła się na pięcie, zmierzając do wyjścia z dojo, szczęśliwa z osiągniętego celu. Po drodze minęła się z Chalilem Malicharem, który podszedł do Andrégo z wyciągniętą ręką.

– Gratuluję zwycięstwa i dziękuję za walkę. Nie doceniłem cię i Allah słusznie ukarał moją pychę.

– Wszyscy błądzimy. Sztuką jest błądzić jak najkrócej – odpowiedział André, ściskając dłoń Afgańczyka.

– Ładny gest, Chalil – pochwalił Fred. – Umieram z pragnienia, panowie. Zapraszam na piwo i coś na ząb.

Cała trójka szybko przemieściła się do ciągle czynnej stołówki, w której serwowano jasne piwo z beczki w olbrzymich schłodzonych kuflach. Pili złocisty napój i posilali się kanapkami z tuńczykiem. Chalil należał do tej grupy wyzwolonych muzułmanów, którzy umiarkowane spożywanie alkoholu godzili z wiarą.

8 lutego

Siostra Freda Van Verta okazała się inteligentną, dowcipną osobą, w której towarzystwie czas szybko płynął. Umówili się w jednym z pubów usytuowanych wokół kampusu i André opowiedział jej trochę o sobie zgodnie z legendą ustaloną z Dominikiem i Gerardem, wzbudzając współczucie swoim sierocym losem. Zrewanżowała się, mówiąc o odejściu matki, z którą niewiele już ją łączyło, i wychwalając pod niebiosa ojca, z którym dla odmiany wydawało się łączyć ją wszystko. André z zainteresowaniem odnotował, z jaką miłością i przywiązaniem Rose wyraża się o Martinie Van Vercie.

– Jesteście ze sobą blisko? – zapytał jakby dla potwierdzenia, zastanawiając się, jak dalej kształtować znajomość z córką miliardera odpowiedzialnego za śmierć jego ojca.

– Tak! To fantastyczny człowiek i mam nadzieję, że kiedyś się poznacie – odrzekła z entuzjazmem Rose.

André już miał odpowiedzieć, że z największą chęcią pozna pana Martina Van Verta, gdy ich rozmowę przerwało wesołe towarzystwo złożone z kilkunastu osób, wśród których rej wodzili Fred i jego dziewczyna Verna. Wszyscy byli lekko wstawieni i popalali skręty, podając je sobie z ręki do ręki. Szczególną uwagę zwracał czarnoskóry chłopak w świecącym garniturze, raz po raz popatrujący na Vernę. Zaskoczeni Rose i André wstali od baru, witając się z intruzami.

– Rose, kochana, cieszę się, że cię widzę! – Fred darł się na cały ogromny pub. – Ciebie też, André. Przemieszczamy się do Bostonu. Jest tam superdisco z muzyką soul. Musicie iść razem z nami!

– Koniecznie! Zabawimy się na całego – wtórowała Verna, stając tyłem do Andrégo i ocierając się jędrną pupą o jego lewe udo w sposób niewidoczny dla pozostałych. Powoli odwróciła się i rzuciła mu spojrzenie zarazem wyzywające i zapraszające, takie jakim na ogół obdarowywały go kobiety mające ochotę na seks.

Niezłe ziółko – pomyślał. Mogą być z nią kłopoty.

– Nigdzie nie idziemy! Jest nam tu bardzo dobrze. – Rose wkroczyła do akcji w sposób zdecydowany. Nie po to tak długo kręciła się wokół tego przystojnego blondyna, żeby teraz ktoś rujnował ich pierwszą randkę.

– Następnym razem. Dzisiaj pijemy z Rose piwko w pubie – poparł partnerkę André, wyczuwając jej nastrój.

– No dobra, dziś wam odpuścimy, ale następnym razem już nie! – odpowiedział Fred zbity z tropu stanowczością siostry i przyjaciela.

– Ale ja ci nie odpuszczę, przystojniaku – szepnęła na odchodnym Verna do Andrégo, patrząc mu w oczy i lubieżnie oblizując pełne wargi.

Wesołe, lekko podpite i naćpane towarzystwo zniknęło tak samo szybko, jak się pojawiło.

– Przepraszam cię za to najście. Byłam przekonana, że już pojechali do dyskoteki Black Soul w Bostonie. Ta zwariowana Verna zna tam paru Murzynów grających soul, ale nie wiem, czy jest to do końca bezpieczne miejsce. Ten czarnoskóry z nimi to Billy Ray, muzyk, ale bardziej mi wygląda na dilera narkotyków – tłumaczyła Rose.

– Nic się nie stało i nie musisz za nic przepraszać – rzekł André i delikatnie pocałował ją w policzek.

Obdarzyła go uśmiechem spełnionego marzenia.

4 kwietnia

Było już po lunchowym szczycie. Martin i Harry pozostali w sali restauracyjnej Oyster Bar na nowojorskim Grand Central niemal sami. Skonsumowali właśnie porcję przegrzebków smażonych na klarowanym maśle z czosnkiem, papryczkami chili i młodą cebulką. Popijali chablis z jednej z winnic stanu Nowy Jork i czekali na drugie danie, którym miały być legendarne kraby z łowisk Maine.

– Co się dzieje w Białym Domu? – zapytał Martin, dodając w charakterze usprawiedliwienia: – Jestem tak zajęty sprawami wietnamskimi i próbami zorganizowania tajnych spotkań Kissingera z północnymi Wietnamczykami, że nie mam czasu śledzić dokładnie innych wydarzeń.

– Totalna euforia po lutowej wizycie Nixona i Kissingera w Chinach. Mówi się tylko o niej. „Epokowa", „przełomowa", „przejaw geniuszu", takie tam… Henryczek jest dumny z siebie niczym paw. Pan prezydent zresztą nie mniej – odpowiedział Harry i poczuł się w obowiązku dodać: – Obiektywnie rzecz ujmując, w amerykańskim życiu politycznym Chińska Republika Ludowa zaczyna być traktowana z taką samą dozą szacunku jak każde inne państwo. Nixon uważa nawet, że ta wizyta znacznie ułatwi mu wygraną w tegorocznych wyborach prezydenckich.

– Kilka dni temu cztery dywizje armii północnowietnamskiej przedarły się przez strefę zdemilitaryzowaną i dokonały inwazji Wietnamu Południowego – zauważył z goryczą Martin Van Vert. – Czy nie wygląda ci to na podwójną grę ze strony komunistów? Z jednej strony Chińczycy mamią nas wielkim otwarciem, a z drugiej ich kreatura Wietnam Północny bezczelnie nas atakuje. I to w czasie, gdy próbujemy ustalić termin rozpoczęcia poważnych rozmów w sprawie zakończenia wojny. Nixon i Kissinger dają się nabijać w butelkę. À propos, co porabia zespół do spraw blokowania przecieków w Białym Domu?

– Doradzam mu tak, jak prosiłeś. Potocznie nazywa się ich „hydraulikami", bo mają te przecieki uszczelniać i zatykać. Moja agencyjna przeszłość jest w tym przypadku nieoceniona. Znaleźliśmy wspólny język. Trzon zespołu to ludzie CIA, którym przewodzą Howard Hunt i niejaki Gordon Liddy z FBI.

– „Ludzie CIA"? Chcesz powiedzieć, że część „hydraulików" nadal formalnie współpracuje z Agencją? – zapytał z niedowierzaniem Martin.

– Nie inaczej. To nie Biały Dom dyryguje tą grupą, tylko CIA. Taka jest moja ocena. Ale dzięki temu są bardziej skłonni przyjmować moje rady. Ostatnio zasugerowałem Huntowi włamanie do siedziby Narodowego Komitetu Wyborczego Partii Demokratycznej i założenie tam podsłuchu. Że niby trzeba ustalić, jaką mają taktykę w wyborach prezydenckich... Chyba kupił pomysł, bo lubi, jak coś się dzieje...

– Gdzie ten komitet ma siedzibę? – zapytał Martin, czując, że rozmówca przechodzi do najistotniejszej części swojej relacji.

– W kompleksie mieszkalno-biurowym Watergate w Waszyngtonie. Jeżeli chłopcy się tam włamią, tak jak stosunkowo niedawno włamali się do biura psychiatry niejakiego Daniela Ellsberga... tego, który ujawnił dokumenty Pentagonu... to będzie można ich na tym nakryć. A z takiej akcji dałoby się zrobić niezły pasztet. W końcu nici poprowadzą do samego Białego Domu, bo „hydraulicy" należą do jego personelu albo do komitetu reelekcyjnego Nixon. O ile pamiętam, liberalne media waszyngtońskie nie przepadają za prezydentem...

– Harry, wiedziałem, że jesteś zawodowcem, ale tym razem przeszedłeś sam siebie! Znakomity pomysł! Przyłapanie „hydraulików" przez policję na gorącym uczynku to byłby majstersztyk. Ludzie Richarda Nixona z Białego Domu przeszukują główną kwaterę wyborczą przeciwników! Już widzę nagłówki gazet i serwisów telewizyjnych. Przy odrobinie zachęty z naszej strony media mogłyby rozszarpać pana prezydenta. Ale zanim zaczniemy świętować, powiedz, Harry, jak realnie oceniasz możliwość przeprowadzenia takiej operacji.

Praca w wywiadzie nauczyła Martina mocno stąpać po ziemi. Nie miał najmniejszych wątpliwości, że pomysł Harry'ego Adamsa bardzo spodoba się ojcu. Nie chciał jednak przedstawiać mu czegoś, co mogło być zaledwie mrzonką.

– Tak jak powiedziałem – odparł Harry – Hunt kupił sugestię włamania. Może ktoś z CIA powinien szepnąć słówko któremuś z ich „hydraulików", że to dobry pomysł. Jeżeli są takie możliwości, oczywiście... – Zawiesił głos, wiedząc doskonale, że ród Van Vertów je ma.

– Okej, Harry. Zrób wszystko, aby poprowadzić pana Hunta i jego kolegów za rączkę do Watergate, a ja zajmę się logistyką działań, które przyczynią się do nakrycia grupy. Jeżeli wszystko pójdzie zgodnie z planem, dostaniesz premię specjalną w wysokości miliona dolarów. – Martin popatrzył wymownie na rozmówcę.

– Nie dajesz mi zatem wyboru. Operacja musi zakończyć się sukcesem.

Harry doszedł też do wniosku, że najwyższy czas na osobiste spotkanie z Dominikiem gdzieś w Europie. Zastanawiał się, ile dla przemytnika i jego odbiorców będzie warta informacja, że ród Van Vertów zamierza pozbawić urzędu prezydenta Stanów Zjednoczonych.

Może kolejny milion dolarów? – przyszło mu na myśl i uśmiechnął się bezwiednie do Martina.

Bez słowa wznieśli kieliszki i napili się chablis. W tym momencie podano grillowane kraby z Maine.

Z Grand Central Harry udał się prosto na lotnisko, by złapać najbliższy samolot do Waszyngtonu. Zamierzał ostro powalczyć o premię obiecaną przez Martina Van Verta, a to oznaczało konieczność trzymania ręki na pulsie planowanego przez „hydraulików" włamania.

Życie jest piękne! – myślał jak zawsze, gdy podejmowane przezeń czynności gwarantowały deszcz dolarów.

18 czerwca

Kamerdyner James otworzył dwie butelki szampana Dom Pérignon i opuścił bibliotekę rezydencji na Long Island.

Głos zabrał Martin.

– Jak już wiemy, wczoraj w Waszyngtonie między drugą a trzecią nad ranem policja zatrzymała pięciu mężczyzn, którzy włamywali się do biur Narodowego Komitetu Wyborczego Partii Demokratycznej. Większość z nich to Amerykanie pochodzenia kubańskiego, mocno powiązani z CIA. Jeden z zatrzymanych nazywa się James McCord. To były oficer Agencji, a obecnie etatowy pracownik komitetu reelekcyjnego Nixona. U zatrzymanych znaleziono sporo dolarów w gotówce. Wiemy też, że z hotelu naprzeciwko kompleksu Watergate operację nadzorował Howard Hunt, także były oficer CIA, zatrudniony do końca marca w Białym Domu w charakterze konsultanta Chucka Colsona, jednego z najbliższych doradców prezydenta.

– Moje gratulacje, Martin. Widać fachowe podejście – ocenił Frederick Van Vert, jak przystało na wytrawnego wyjadacza politycznego.

– Nareszcie czuję, że znowu jesteśmy panami sytuacji – dorzucił Victor. – Z naszego punktu widzenia pan Nixon zrobił swoje i może odejść. Rok temu podjął stosowną decyzję w sprawie złota. Nie wiem, co go opętało z tym otwarciem na Chiny, ale pozostawiając go na stanowisku do końca kadencji, nie zdołamy przewidzieć, co jeszcze wywinie. Jeśli zakończy drugą kadencję w glorii, będzie po wiek wieków legitymizował tę swoją nową politykę chińską, jeżdżąc po świecie i wygłaszając prelekcje. Jeżeli natomiast odejdzie w niesławie, na co od wczoraj jest wielka szansa, to część tej niesławy spadnie także na jego bezsensowne pomysły.

– Sądzę, że „Washington Post" i „New York Times" mu nie odpuszczą – powiedział Frederick. – Wiedzą, że taka okazja już się nie powtórzy. Należy przekonać opinię publiczną, że prezydent wiedział o włamaniu i po cichu je akceptował, a przynajmniej – że po włamaniu mataczył w sprawie zaangażowania Białego Domu. Jeżeli to się uda, w stosownym momencie będzie można postawić wniosek o wszczęcie procedury impeachmentu. Gdyby to się udało, miejsce Nixona automatycznie zająłby wiceprezydent Spiro Agnew.

– A co to za człowiek, Fredericku? – zainteresował się Victor i poprosił Vicka o rozlanie szampana do kieliszków.

– Jest tak skorumpowany, że ponoć każe sobie przynosić koperty z łapówkami do Białego Domu. Jeśli się na czymś nie poślizgnie, będzie tylko prezydentem przejściowym, ale mogę zagwarantować, że w tym czasie słuchanie naszych rad wejdzie mu w krew.

– To dobrze, aczkolwiek nie ma to już takiego znaczenia, gdy realizacja naszego planu jest w toku. Wypijmy, moi drodzy, za ród Van Vertów i jego potęgę. – Victor wzniósł kieliszek z szampanem.

22 czerwca

Greg Carson, były szef biura FBI w Nowym Jorku, a obecnie jeden z zastępców pełniącego obowiązki szefa FBI Patricka Graya, nie miał już najmniejszych wątpliwości, że sprawa Watergate zaczyna nabierać tempa, a kierunek, w jakim się rozwija, nie wróży Białemu Domowi nic dobrego. Biuro przejęło od policji dochodzenie w sprawie włamania w Watergate, gdy tylko się zorientowało, jaki polityczny potencjał w niej drzemie. Powierzenie nadzoru nad śledztwem Gregowi Carsonowi nie było dziełem przypadku. Szef uważał go za najbardziej doświadczonego i inteligentnego ze swoich zastępców.

Carson zaczął od zaproszenia na lunch do dobrej polinezyjskiej restauracji jednego z zastępców dyrektora CIA, byłego szefa stacji CIA w Nowym Jorku, którego poznał wiele lat wcześniej, gdy ten był nowojorskim policjantem.

– Powiedz, przyjacielu, jak to możliwe, że starzy wyjadacze z CIA, weterani akcji w Zatoce Świń, dają się nakryć w trakcie włamania strażnikowi zatrudnionemu w Watergate i zatrzymać policji, a ślady prowadzą do Białego Domu – zagaił Carson już przy drinkach, zanim podano żeberka po polinezyjsku, główne danie lunchu.

– Dobre pytanie, Greg. Sam się nad tym zastanawiałem i doszedłem do wniosku, że ktoś mógł na kogoś zastawić pułapkę.

– Słyszałem, że twój szef, Richard Helms, nie lubi pana prezydenta. Czyżby aż tak? – ostrożnie sondował wicedyrektor FBI.

– Istotnie nie lubi. Ale stworzenie w Białym Domu zespołu „hydraulików" od zatykania przecieków do prasy to nie był pomysł Helmsa, tylko skutek fobii Nixona. Jak doskonale wiesz, fobie niekiedy łatwo odwrócić przeciwko tym, którzy na nie cierpią. Do wpadki w kompleksie Watergate mogło dojść przypadkiem albo nie. Czas pokaże.

– Pamiętasz tę sprawę sprzed lat, gdy pewien młody człowiek rozjechał w Nowym Jorku śmieciarką kobietę i mężczyznę? Niby też przypadek, a zaczęli znikać i ginąć ludzie, którzy jakoś się o to otarli – zauważył Carson, który mimo formalnego zakończenia śledztwa w sprawie zdarzenia przed hotelem Algonquin obserwował losy związanych z nią osób, kierowany zawodową ciekawością.

– Pamiętam, i właśnie zmierzam do podobnego wniosku. Watergate to polityczny dynamit. Zobaczymy, kogo wysadzi ze stanowiska. I wówczas będziemy mogli ocenić, czy zatrzymanie sprawców było przypadkiem, czy nie.

24 czerwca

Pukanie do drzwi szybko przeszło w głośny łomot i dopiero wtedy André się obudził. Ale upłynęły jeszcze dwie, trzy sekundy, zanim w pełni zdał sobie sprawę, że znajduje się w akademiku w Ameryce, a nie w swoim pokoju w rezydencji w Schönbrunnie. Zerwał się z łóżka i otworzył drzwi. Stał w nich Fred. Wtoczył się do środka i natychmiast zaczął mówić trzęsącym się głosem.

– Rose dzwoniła z disco Black Soul cała zapłakana i błagała, abym ją stamtąd zabrał…

– Uspokój się i opowiedz, co się stało – rzekł André opanowanym głosem, jednocześnie szybko się ubierając.

– Wczoraj wieczorem pokłóciłem się z Verną i ta wariatka namówiła Rose na eskapadę do Bostonu, a teraz ktoś nie chce ich wypuścić z dyskoteki. Rose szlochała coś o narkotykach. Nie jest dobrze, André. Nigdy nie słyszałem jej tak przerażonej. Trzeba tam jechać, musisz mi pomóc!

– Nie ma sprawy, jestem gotów. Dzwoniłeś na policję? – André włożył do kieszeni skórzanej kurtki kilka przedmiotów, niezbędnych, zgodnie z naukami Gerarda, w razie poważnej zadymy. Z szafy wyjął podkute buty z cholewami do połowy łydki i wciągnął je na nogi.

– Nie miałem czasu. Zadzwoniłem do domu. Jedźmy! – błagał Fred.

Wybiegli z akademika i już chwilę później pędzili samochodem Freda w kierunku Bostonu. Przejazd pustymi o tej porze ulicami zajął im jedną trzecią tego czasu co zwykle. Z dyskoteki wysypywali się powoli ostatni bywalcy, gdy zajechał pod nią ford mustang Freda i zatrzymał się z piskiem opon. Jego dwaj pasażerowie ruszyli biegiem do drzwi wejściowych.

– Fred! – krzyknęła jedna z wychodzących z Black Soul dziewczyn, koleżanka Verny. – Prowadzą Rose i Vernę do samochodów na zapleczu tej budy. Twierdzą, że są im winne kasę za narkotyki. Zaraz je gdzieś wywiozą. Spiesz się!

– Do wozu i blokujemy tyły! – zakomenderował André.

Wskoczyli do mustanga i błyskawicznie przemieścili się na podwórko na tyłach budynku, oświetlając je długimi światłami. Samochodem całkowicie zablokowali wąską uliczkę dojazdową i wybiegli na zewnątrz.

W głębi podwórka stał chevrolet impala, a obok niego stary, zdezelowany cadillac. Na jego tylne siedzenie trzech czarnoskórych mężczyzn właśnie wpychało Rose i półnagą Vernę, z której posiniaczonych ramion smętnie zwisały strzępy poszarpanej bluzki. Czterech innych stało obok impali.

Mocne światła forda mustanga zaskoczyły i zdezorientowały napastników. Ale tylko na chwilę. Czwórka przy impali szybko się zorientowała, że ma do czynienia tylko z dwoma intruzami, i ruszyła w ich stronę.

– Ratuj, André! – wykrzyknęła Rose, która kątem oka zauważyła samochód brata i wyłaniającą się z niego barczystą sylwetkę. Brutalnie wepchnięta na tylne siedzenie cadillaca obok półprzytomnej Verny, mogła jedynie z przerażeniem i zapartym tchem śledzić rozwój sytuacji.

– Czego tu chcecie, białasy? – zapytał jeden z czarnoskórych, podchodząc do Freda i Andrégo. W prawym ręku trzymał kij bejsbolowy, który zdążył wyciągnąć z tylnego siedzenia impali.

– Przyjechaliśmy po dziewczyny – odparł spokojnie Fred. W zbliżającym się facecie rozpoznał jednego z muzyków soul, którymi jeszcze tak niedawno zachwycała się Verna.

– Są nam winne kasę za towar, którego się naćpały. – Napastnik z bejsbolem uśmiechał się bezczelnie. Najwyraźniej dobrze się bawił.

– Nie ma sprawy, ureguluję dług dziewczyn. Ile? – Fred gotów był zakończyć na tym zajście.

– Super. Dziesięć tysięcy dolców. Masz przy sobie tyle gotówki, białasie? Bo czeków i zaliczek nie przyjmujemy.

– Dostaniesz forsę za godzinę. Załatwmy to biznesowo, w cywilizowany sposób. – Fred próbował jeszcze ratować sytuację.

– Powiem ci, co zrobimy. Pobawimy się trochę z dziewczynkami. Jak się napierdolimy za dziesięć tysięcy, to je nawet grzecznościowo podrzucimy do Cambridge. Umowa stoi? – Rozbawiony Murzyn z obleśnym wyrazem twarzy puścił oko do swoich kompanów.

– A rozjebać ci ten czarny ryj, zawszona małpo? – odezwał się znienacka André.

Doszedł do wniosku, że bez walki nie uwolni Rose i Verny. Zamierzał zatem maksymalnie sprowokować przeciwnika, wychodząc z założenia, że wściekłość odbierze mu umiejętność realnej oceny sytuacji. Stał z rękami w kieszeniach zapiętej po szyję skórzanej kurtki, z drwiącym uśmiechem lustrując „bejsbolistę" od stóp do głów.

Tak jak przewidział, z ust czarnoskórego wyrwał się ryk wściekłości. Napastnik chwycił oburącz kij i uniósłszy go gwałtownie, zamierzał spuścić go z całą siłą na głowę bezczelnego blondyna. W tym samym momencie André wyjął ręce z kieszeni. Na lewą dłoń miał założony potężnych rozmiarów stalowy kastet, a w prawej trzymał krótki nóż komandosów. Grube, dziesięciocentymetrowe ostrze osadzone było prostopadle w metalowej, pomalowanej na zielono rękojeści, ukształtowanej tak, by szczelnie wypełniała dłoń, praktycznie uniemożliwiając upuszczenie noża. Ostrze wyłaniało się z zaciśniętej w pięści dłoni między drugim a trzecim palcem, pozwalając zarówno na pchnięcie w ciało przeciwnika, jak i na cięcie.

André sparował cios kija trzymanym w lewej ręce kastetem, a następnie wbił ostrze noża w udo przeciwnika, przecinając tętnicę. Przez ułamek sekundy patrzył w jego oczy wyrażające bezgraniczne zdumienie obrotem sytuacji. Z rany buchnął czerwony gejzer, a z ust rannego dobyło się wycie. Kij wypadł mu z rąk, które obejmując udo, próbowały bezskutecznie zatamować upływ krwi. Szybkość działania blondyna i wycie rannego na moment sparaliżowały pozostałych napastników, ale nie Andrégo. Potężnym lewym sierpowym zaatakował głowę najbliżej stojącego łobuza. Niczym taran kastet zmiażdżył prawą stronę jego twarzy, zalewając ją krwią. Towarzyszący temu krzyk bólu wyrwał z odrętwienia Freda, który kopnął w krocze trzeciego Murzyna i zgiętego wpół powalił na dobre kolejnym kopniakiem, tym razem w twarz.

Czwarty przeciwnik, patrząc z niedowierzaniem na ociekające krwią kastet i nóż Andrégo, powoli zaczął się cofać w stronę starego cadillaca, w którym siedziały uwięzione dziewczyny pilnowane przez pozostałą trójkę. Ale zanim zdążył się gdziekolwiek schronić, dopadł go André, tnąc na odlew ostrzem po wykrzywionej strachem twarzy. Gdy krzyczący z bólu facet złapał się za nią obydwiema rękami, André podkutym butem wymierzył potężne kopnięcie w zewnętrzną stronę jego prawego kolana, łamiąc mu nogę jak zapałkę.

Widząc, co się dzieje, trzech gości przy cadillacu ruszyło na pomoc kompanom. Jeden z czarnoskórych był uzbrojony w bejsbola, a dwóch pozostałych w noże. Fred podniósł leżący na ziemi kij pierwszego napastnika i stanął obok Andrégo.

– Ty bierz faceta z kijem, a ja zajmę się nożownikami – zarządził André beznamiętnym, ale stanowczym głosem.

Patrzył na twarze trzech czarnych i widział w nich paraliżujący strach.

Mam was! – pomyślał, szykując się do ataku.

Zanim jednak zdążył wykonać jakiś ruch, z tylnych drzwi dyskoteki wysypało się jeszcze czterech Murzynów, w tym jeden uzbrojony w rewolwer kalibru 38, którym wymachiwał jak szalony, celując to w Andrégo, to we Freda i krzycząc, że ich zabije. Było oczywiste, że jest pod wpływem narkotyków. Trzech przestraszonych do tej pory drani nabrało nowej pewności siebie, gdy obok nich stanęła czwórka kolegów. André zdał sobie sprawę, że jeżeli chce przeżyć, to najpierw musi wyeliminować „rewolwerowca" i odebrać mu broń. Ten był jednak szybszy. Nie mierząc precyzyjnie, oddał strzał w kierunku blondyna, który wiedziony nadludzkim instynktem błyskawicznie się uchylił. Czuł, jak pocisk ze świstem przelatuje kilka centymetrów od jego prawego ucha. Był już pewien, że dopadnie strzelca, zanim ten się zorientuje, że nie trafił, i ponownie wyceluje. Ostrzem noża mierzył w jego tchawicę.

Padł kolejny, znacznie głośniejszy niż poprzednio strzał i głowa Murzyna z rewolwerem gwałtownie odskoczyła do tyłu. Pocisk dużego kalibru, który trafił go w środek czoła, wyleciał z tyłu, wyrywając znaczny fragment czaszki i powalając martwe już ciało na bruk. Dopiero wtedy André spostrzegł, że obok niego, cofnięty pół kroku, stoi mężczyzna o wyglądzie wojskowym.

– Pomyślałem, że wyrównam szanse. Ale rób swoje, mną się nie przejmuj – rzekł flegmatycznie nieznajomy, mierząc w kolejnego napastnika.

Skumulowane w Andrém strach i napięcie spowodowały, że ruszył do przodu niczym wystrzelony z procy, wbijając nóż w tchawicę najbliżej stojącego przeciwnika. Wyrwał ostrze spod brody charczącego Murzyna i już rozglądał się za następną ofiarą. Kątem oka zauważył, jak zza jego pleców wyłania się masywna postać i z ogromnym impetem wbija się w kolejnego napastnika, powalając go w okamgnieniu. Z wściekłym okrzykiem Fred zaatakował stojącego przed nim czarnoskórego i rozbił mu głowę kijem bejsbolowym. Trzej pozostali napastnicy rzucili się do ucieczki, kierując się w stronę tylnych drzwi dyskoteki, lecz zanim zdążyli do nich dobiec, „wojskowy" oddał dwa kolejne celne strzały. Ostatni z bandy zatrzymał się jak wryty, podniósł ręce wysoko do góry i padł na kolana, trzęsąc się niczym liść na wietrze.

Zaległa cisza. Chalil Malichar, który znokautował swojego przeciwnika, szybko się podniósł, gotów do dalszej walki. André i Fred przyglądali mu się zaskoczeni. „Wojskowy" i dwóch jego ludzi, którzy pojawili się ni stąd, ni zowąd, sprawdzało, czy leżący na ziemi napastnicy nie stanowią już zagrożenia. Trzeci stał za klęczącym Murzynem, z kałasznikowem przyłożonym do jego głowy.

– Co cię tu przywiało, Chalil? – zapytał André, ruszając w kierunku starego cadillaca i zamkniętych w nim dziewczyn.

– Wpadłem przez przypadek na wystraszoną koleżankę Verny. Powiedziała, że kroi się tu zadyma. Ale nie mówiła, że będzie jatka. Niczym rzeź baranów w Afganistanie.

– Samochód jest zamknięty! – krzyknął Fred, który pierwszy dotarł do cadillaca i szarpał się z kolejnymi drzwiami, nie mogąc ich otworzyć.

Potężnym ciosem uzbrojonej w kastet lewej ręki André rozbił w pył prawą przednią szybę i szybko przystąpił do otwierania od wewnątrz wszystkich drzwi. Fred wspomagany przez Chalila zaczął wyprowadzać dziewczyny z tylnego siedzenia samochodu. Rose, cała roztrzęsiona, ledwo trzymała się na nogach. Ujrzawszy Andrégo, rzuciła mu się na szyję z niekontrolowanym szlochem, po czym straciła przytomność i zaczęła osuwać się na ziemię. „Wojskowy" podbiegł, żeby pomóc podtrzymać dziewczynę.

– Jest w szoku – ocenił profesjonalnie. – Trzeba ją zabrać do szpitala. Tę drugą też. Karetki są w drodze.

Jakby na dowód tego dał się słyszeć odgłos syren i wąską uliczką zaczęły wjeżdżać na podwórko karetki i wozy policyjne. Ford mustang Freda, do tej pory blokujący wjazd,

został wyprowadzony przez nieoczekiwanych sprzymie-
rzeńców na główną ulicę. Załoga pierwszej karetki natychmiast zajęła się Rose i Verną. W ciągu paru minut obie
dziewczyny ułożono na leżankach i przystąpiono do udzie-
lania pierwszej pomocy. Działaniom sanitariuszy asystował
niezwykle przejęty Fred.

Mężczyzna o wyglądzie wojskowego przyglądał się Andrému z widocznym zainteresowaniem, zanim do niego
podszedł.

– Nazywam się Morgan i pracuję dla rodziny Van Vertów – przedstawił się. – Bardzo dobrze sobie radzisz na ulicy,
młody człowieku. Fred sam by się nie uporał z tymi bydlaka-
mi. Ocaliłeś dzieci Martina Van Verta. Pozwolę sobie podziękować w jego imieniu, choć nie wątpię, że będzie mu bardzo
zależało, aby zrobić to osobiście.

– André Vol. Dziękuję za pomoc. Cieszę się, że tak szybko pan się tu znalazł. To do pana Fred zadzwonił?

– Mów mi Morgan, André. Moi chłopcy i ja akurat prze-
latywaliśmy helikopterem niedaleko Bostonu, gdy dosta-
liśmy sygnał od Freda. Ale gdybyście nie powstrzymali tej
czarnej hołoty, zanim się zjawiliśmy, toby wywieźli dziewczyny nie wiadomo dokąd i Bóg raczy wiedzieć, w jakim
byłyby teraz stanie. Czarnuch, którego pchnąłeś nożem ko-
mandoskim w udo, wykrwawił się na śmierć, a ten, którego
dziabnąłeś w grdykę, też zszedł. Masz dobry sprzęt ulicz-
ny. Gratuluję, dwóch śmieci mniej. Ja rozwaliłem trzech,
więc pięciu to niezły wynik jak na jeden wieczór. Zaraz tu
się zjawi szef bostońskiej policji lub jakiś jego zastępca. Ty
nic nie mów, ja się wszystkim zajmę. Moi ludzie wynajęli
apartamenty w hotelu Langham w mieście. Odpocznij tam

razem z Fredem i Afgańczykiem, a jak pogadam z policją, to do was przyjdę i powiem, co jest grane. – Morgan fachowo ustawiał plan działania na najbliższe godziny, nadal obserwując Andrégo. Najwidoczniej doszedł do wniosku, że ten czegoś potrzebuje, bo wyjął z kieszeni kurtki metalową piersiówkę. – Napij się koniaku. To cię odpręży, przyjacielu.

André pociągnął spory łyk. Po paru sekundach poczuł, jak po ciele rozchodzi mu się ciepło i opuszcza go napięcie. Napił się ponownie i oddał piersiówkę właścicielowi.

– Hennessy? – zauważył mimowolnie. – Dobre. Dziękuję.

– Hennessy – potwierdził Morgan. Widząc, że zbliża się do nich Chalil, przywołał ruchem ręki jednego ze swoich ludzi i zaczął wydawać polecenia: – Ty, André, i Afgańczyk do samochodu, migiem. Mój człowiek odwiezie was do hotelu. Nie ma potrzeby, abyście na tym etapie rozmawiali z policją. Fred jedzie do szpitala z dziewczynami i później do was dołączy.

– Spokojnie, Morgan. Twoi ludzie mają co robić. Ktoś i tak musi zabrać stąd mustanga Freda. Zajmę się tym i pojedziemy z Chalilem do hotelu – zaproponował André. – Jesteśmy dużymi chłopcami, damy sobie radę.

Morgan zatrzymał się w pół kroku i zawahał, zaskoczony racjonalnością tych słów. Spojrzał na młodego mężczyznę i chciał go zapytać, czy czuje się na siłach, ale wyraz jego twarzy kazał mu uznać to pytanie za zbędne.

Twardy typ! – pomyślał z zadowoleniem i nic nie mówiąc, kiwnął głową na znak zgody.

25 czerwca

Hotel Langham należał do najstarszych, najbardziej szacownych i luksusowych w mieście. Miał stałą, wierną klientelę. Bardzo dbano, aby gośćmi byli jedynie ludzie określonej klasy, najlepiej wywodzący się z górnych warstw społecznych. Bez względu na kolor skóry.

Gdy ford mustang wtoczył się na podjazd przed frontowymi drzwiami, André zdał sobie nagle sprawę, że odjeżdżając z Chalilem z miejsca bójki, nie zapytał Morgana, na kogo ma się powołać w hotelowej recepcji. Tym bardziej że pobrudzone gdzieniegdzie krwią kurtka i spodnie utrudniały zaliczenie go do ulubionej kategorii gości hotelu Langham.

Ale gdy tylko wszedł do holu, spotkała go miła niespodzianka.

– *Monsieur André Vol, I presume* – bardziej oznajmił, aniżeli zapytał, elegancki mężczyzna w ciemnym garniturze, białej koszuli i bordowym krawacie. U jego boku stał potężny odźwierny w liberii. – Nazywam się Carter i jestem tu dyrektorem. Mam przyjemność powitać pana i kolegę w progach naszego sławnego hotelu. Odźwierny zajmie się samochodem, a panowie pozwolą za mną.

Stylowe wnętrze urządzone było z niezwykłym smakiem, na co André, student historii sztuki wychowany w pięknej rezydencji Dominika, natychmiast zwrócił uwagę.

– Wspaniały wystrój, panie Carter. To musi być miłe pracować w takim otoczeniu – zwrócił się André do dyrektora, nauczony przez Dominika i Gerarda, że bezinteresowne zjednywanie sobie takich osób zawsze procentuje.

– Dziękuję, panie Vol. Bardzo pan uprzejmy. Rzeczywiście, to sympatyczne doświadczenie – odrzekł zaskoczony dyrektor, który zlustrowawszy na podjeździe barczystego blondyna w zakrwawionym ubraniu, nie oczekiwał odeń najmniejszych oznak wyrafinowania. Ale zawód, który wybrał, nauczył go, że należy być przygotowanym na wszystko. Postanowił docenić uprzejmość blondyna i wyjść poza rutynową grzeczność, jaką okazywał innym gościom. – Ominiemy recepcję, bo formalności są już załatwione, i udamy się od razu na najwyższe piętro do apartamentu prezydenckiego, w którym będą panowie mogli odpocząć i nieco się ogarnąć. Do panów dyspozycji są restauracje, bary, basen i butiki. Na rachunek apartamentu, rzecz jasna. Licząc na pana dyskrecję, zdradzę też małą tajemnicę. Za parę godzin zjawi się tu pan Martin Van Vert i zamieszka w apartamencie obok.

– *Merci beaucoup*, panie Carter. Już nie pamiętam źródła tej informacji – zapewnił André, uśmiechając się pod nosem.

Zbieg okoliczności czy przeznaczenie? – pomyślał.

Liczący ponad dwieście metrów kwadratowych apartament prezydencki składał się z wielkiego salonu, biblioteki i trzech sypialni z przylegającymi do nich łazienkami. Umeblowany był w stylu art déco, przełamanym gdzieniegdzie zabytkowymi meblami i dziełami sztuki, z podłogami wyłożonymi jasną wykładziną. Carter oprowadził gości po apartamencie, pokazując, jak jest wyposażony i gdzie znajduje się dobrze zaopatrzony bar.

– Pozwolą panowie, że się oddalę. Po kąpieli proszę zadzwonić do recepcji, zjawią się subiekci z butiku z wyborem garniturów i dodatków. To, co mają panowie na sobie, jest poplamione i niektórym gościom hotelowym mogłoby się… nieodpowiednio kojarzyć – zakończył dyskretnie dyrektor.

Kąpiel i dopasowanie garniturów zajęło niespełna dwie godziny, choć przysadzista, masywna sylwetka Chalila stanowiła dla pracowników butiku nie lada wyzwanie, któremu jednak sprostali. Ciemny garnitur w jasne prążki prezentował się doskonale na barczystej sylwetce Andrégo, podobnie jak ciemnogranatowy na Afgańczyku.

– Wyglądasz jak model z dodatku odzieżowego dla dżentelmenów „New York Timesa" – zauważył Chalil, gdy zostali w salonie sami. – A mówią, że nie szata zdobi człowieka. Gówno prawda!

– Dzięki za komplement. Sam wyglądasz jak właściciel banku. Ale teraz bardziej mnie interesuje coś do żarcia. Jestem wściekle głodny.

– Ja też, skoro już o tym wspomniałeś. Nic dziwnego, dochodzi dziewiąta, a my od środka nocy pracujemy… – rzucił z humorem Afgańczyk. – No to biegnijmy do knajpy na dole, bo zanim nam podadzą do apartamentu, zdechniemy z głodu.

André otworzył drzwi i lekko się kłaniając, szarmanckim ruchem prawej ręki zaprosił Chalila do wyjścia. Ten odkłonił się elegancko, ale ledwo przekroczył próg, oznajmił:

– Mamy gości, *mon ami*. Żarcie musi poczekać.

Środkiem korytarza kroczył dyrektor Carter w jeszcze bardziej eleganckim niż poprzednio ciemnym garniturze, błękitnej koszuli i granatowym krawacie w mikroskopijne białe kropeczki. Za nim szedł Fred, a obok niego przystojny mężczyzna w średnim wieku, ubrany w jasne popelinowe spodnie, białą koszulę button-down, beżową zamszową kurtkę i takież mokasyny. Jego znaczące podobieństwo do Freda nie pozostawiało najmniejszej wątpliwości, że korytarzem za dyrektorem hotelu kroczą ojciec i syn. Ten niewielki pochód zamykało dwóch rosłych mężczyzn w czarnych garniturach i czarnych golfach.

Zanim Carter zdążył cokolwiek powiedzieć, Fred podbiegł do wychodzących z apartamentu przyjaciół i bez słowa uścisnął Andrégo, a następnie Afgańczyka. Z oczu ciekły mu łzy. Widać było, że wydarzenia ostatnich kilku godzin dogłębnie nim wstrząsnęły.

– Co z Rose? – zapytał odruchowo André, trzymając Freda za ramiona i patrząc mu w oczy, ale młody Van Vert nie był w stanie wydusić z siebie słowa.

– Nadal jest w szoku – odpowiedział za niego mężczyzna w zamszowej kurtce. – Dostała środki uspokajające i śpi. Nie jest dobrze, ale mogło być znacznie gorzej. – Wyciągnął do Andrégo rękę. – Nazywam się Martin Van Vert i jestem ojcem Rose i Freda. Pan, jak przypuszczam, nazywa się André Vol, a pana kolega to Chalil Malichar. Wejdźmy na chwilę do apartamentu, a potem zapraszam na śniadanie. Chyba wszyscy jesteśmy pieruńsko głodni.

– Udam się do restauracji, żeby dopilnować przygotowania stołu i potraw na śniadanie – oznajmił Carter z właściwym sobie wyczuciem sytuacji, wychodząc z założenia, że jego obecność nie jest już niezbędna.

– Dziękuję, Carter. Jak zawsze niezawodny. Zejdziemy za kilkanaście minut. – Słowa byłego oficera CIA wywołały uśmiech głębokiego zadowolenia na twarzy dyrektora, który czym prędzej się oddalił.

Dwaj ochroniarze zaciągnęli wartę na korytarzu przed drzwiami apartamentu, a pozostała czwórka weszła do środka. Martin Van Vert rozejrzał się po salonie, jakby sprawdzając, czy jest wystarczająco dobry dla jego gości. Następnie podszedł do Andrégo i Chalila.

– Chciałem panom podziękować, a zwłaszcza panu, panie Vol, za pomoc, jakiej bez wahania udzielił pan mojemu synowi, ratując przy tym Rose przed Bóg wie jakim losem. Fred i Morgan opowiedzieli mi wszystko ze szczegółami. Jestem pańskim dłużnikiem. Podobnie jak i pańskim, panie Malichar. Postąpiliście jak prawdziwi wojownicy.

– Dziękujemy, panie Van Vert, ale naprawdę pan nas przecenia. Wiele osób tak by się zachowało – odparł André.

– Nie sądzę, a jeśli nawet, to na pewno nie z takim skutkiem. Ale dosyć formalności. Idziemy coś zjeść?

– Zaraz dołączę do was na dole, tato, tylko trochę się odświeżę – powiedział Fred i zniknął w trzeciej sypialni apartamentu.

– A co z Verną? – zapytał André, gdy już wyszli na korytarz. – Na wszelki wypadek wolałem nie wspominać o niej przy Fredzie, w końcu to jego dziewczyna.

– I słusznie pan zrobił, gratuluję wyczucia. Niestety, kilku tych bydlaków zdążyło ją zgwałcić. Może dlatego w samej dyskotece upiekło się mojej córce. Ale tym bardziej wiemy, co by ją spotkało, gdyby odjechali. Jeżeli kiedyś będzie pan ojcem córki, zrozumie pan moją wdzięczność. Ale ta hołota dostała za swoje. Tymi, co przeżyli, zajmiemy się w swoim czasie, równie troskliwie. Na razie Morgan załatwił z policją wszystko co trzeba. Być może za kilka dni zgłoszą się do was moi prawnicy i złożycie w ich obecności zeznania na policji. To ludzie doświadczeni i godni całkowitego zaufania. Fred ich zna. Zresztą nad wszystkim będę czuwał osobiście. Morgan też.

– Proszę jeszcze raz podziękować Morganowi. W pewnym momencie było krucho. Rzekłbym, że jego interwencja to był strzał w dziesiątkę. Dosłownie – dodał z uśmiechem André, mając na myśli dziurę w czole czarnoskórego.

Martin nagrodził tę uwagę głośnym śmiechem.

– Zgrabnie powiedziane, panie Vol. To dobrze, że nie opuszcza pana poczucie humoru – wyznał szczerze.

Jak na faceta, który sprzątnął dwóch napastników, trzyma się rewelacyjnie – pomyślał.

Przed restauracją niecierpliwie kręcił się dyrektor Carter, wydając polecenia. Gdy tylko zauważył wychodzących z windy trzech mężczyzn, szybkim krokiem podszedł do Martina Van Verta i poinformował go ściszonym głosem:

– Gubernator stanu i burmistrz Bostonu chcieliby złożyć panu wyrazy uszanowania. Czekają w moim biurze. Zaprowadzić pana?

– Nie ma takiej potrzeby, drogi dyrektorze, trafię. Jeśli mogę prosić, to niech pan dopieści moich gości – odrzekł Martin i udał się do dyrektorskiego biura, w którym nieraz już toczył rozmowy poza zasięgiem wzroku i słuchu ciekawskich.

Carter, dla którego prośba Martina Van Verta była rozkazem, spojrzał na Andrégo i Afgańczyka, skinął głową, wskazując drzwi restauracji, i ruszył przed siebie niczym dowódca na czele oddziału. W drzwiach czekał już maître d'hôtel, który poprowadził całą trójkę do pokaźnych rozmiarów osobnej sali, gdzie pośrodku ustawiono duży stół nakryty na cztery osoby. Pod jedną ze ścian stał wielki bufet pełen zimnych przekąsek – pokrojonych w plastry różnych gatunków szynki, żółtych serów, łososi, piklingów, rozmaitych białych serów i twarogów, chleba i pieczywa tostowego, masła, dżemów i marmolad – oraz dymiących srebrnych pojemników z kawą i herbatą. Obok dyżurowała trójka kelnerów, gotowa przyjąć każde zamówienie i spełnić każdą kulinarną zachciankę.

– Drodzy panowie! – Carter zwrócił się do Andrégo i Chalila. – Proszę zająć miejsca przy stole i dać się rozpieszczać maître'owi i jego ludziom. Możecie zamówić dowolne danie na ciepło. Jajecznicę, jajka sadzone, po wiedeńsku, na twardo, ale też stek z polędwicy lub, gdyby ktoś miał taką zachciankę, szaszłyk z wybornej jagnięciny. Pan Van Vert zjawi się za parę minut, ale prosił, abyście nie czekali z posiłkiem. Obowiązki wzywają, do zobaczenia później. *Bon appétit!*

Na pytanie maître'a, czy wolałby kawę, czy herbatę, André poprosił o duże jasne piwo.

– Jakaś szczególna marka, sir? – zapytał maître d'hôtel, nie mrugnąwszy okiem, mimo że goście hotelu Langham rzadko zamawiali piwo do śniadania. Ale przyjaciołom Martina Van Verta wolno było prawie wszystko, o czym szef kelnerów doskonale wiedział.

– Pilsner Urquell, jeżeli jest.

– Doskonały wybór doskonałego czeskiego piwa, jeżeli wolno mi tak powiedzieć, sir! Jest, a nawet gdyby go nie było, toby się znalazło. Coś na ciepło do piwa?

– Trzy jajka sadzone na bekonie podane na grzankach ze smażonymi pomidorami i pieczarkami oraz stek z polędwicy średnio wysmażony, a później zobaczymy. Aha, ketchup Heinza. I to wszystko na jednym talerzu – wyrecytował blondyn, jakby takie śniadania zamawiał codziennie, po czym dodał: – Stek może być duży.

– Naturalnie, sir, jakżeby inaczej? – odparł maître d'hôtel z uśmiechem, bo lubił klientów, którzy wiedzą, czego chcą.

Nie zawiódł się też na Afgańczyku, który zamówił jajecznicę z sześciu jaj na maśle z pomidorami i cebulą oraz trzy szaszłyki z jagnięciny, a do tego dzbanek czarnej herbaty.

Kuchnia uwinęła się z zamówieniem w tempie świadczącym o osobistej trosce maître'a o dobre samopoczucie tych specjalnych gości.

Gdy po kilkunastu minutach w zamkniętej sali zjawili się Martin Van Vert i jego syn, André i Chalil zdążyli już zaspokoić pierwszy głód.

Maître d'hôtel natychmiast podszedł do nowo przybyłych, by przyjąć zamówienie. Kiedy się oddalił, Martin zrelacjonował najnowsze wiadomości.

– Wszystko jest pod kontrolą. Nadzór nad śledztwem tutejszej policji obejmie FBI. Okazuje się, że dyskotekę Black Soul już od paru miesięcy mieli na oku ze względu na międzystanowy obrót narkotykami. Ponieważ w bójce czarni użyli broni, policja rutynowo przeszukała lokal i znalazła kilkadziesiąt kilogramów różnego toksycznego świństwa. To znacznie ułatwi FBI rozpracowanie tego środowiska i popchnie śledztwo do przodu. Powinni być wam wdzięczni. – Miał już na końcu języka pytanie do syna, jak mógł dopuścić, aby młodsza siostra znalazła się w takim miejscu praktycznie sama, ale jedno spojrzenie na Freda, przypominającego zbitego psa, zamknęło mu usta.

Widocznie jednak synowska intuicja podpowiedziała chłopakowi, co kłębi się w głowie ojca, a poczucie winy dopełniło reszty, bo Fred odezwał się ledwo słyszalnym głosem:

– Wybacz, ojcze, że cię zawiodłem. Rose nie powinna była się znaleźć w tej ohydnej dziurze. To moja wina, że nie potrafiłem tego dopilnować. – I zwracając się do kolegów, dodał: – Fred, Chalil, przepraszam, że naraziłem was na niebezpieczeństwo.

– Odpowiedzialność, Fred. Za siebie i za bliskich. Zapamiętaj to sobie. A z wydarzeń tej nocy wyciągnij stosowne wnioski. Okej, przeprosiny przyjęte, sprawa zamknięta, przynajmniej jeżeli chodzi o mnie. Nie wiem jak wy, panowie… – Były oficer CIA popatrzył na blondyna i Afgańczyka, którzy słuchając tej wymiany zdań między ojcem a synem, przestali pałaszować śniadanie.

– *No offense taken*, Fred. Mnie nie musisz za nic przepraszać, wręcz odwrotnie. Było to doświadczenie życiowe, którego za nic na świecie nie chciałbym przegapić. Poza tym przyjaciół poznaje się w biedzie, a Rose potrzebowała pomocy. Nie ma o czym mówić, panie Van Vert. Może pan być dumny z syna, że tak dzielnie i bez wahania stanął w obronie siostry! – André przeniósł wzrok z syna na ojca.

– *Same here!* – zapewnił krótko Chalil Malichar, patrząc nie bez niecierpliwości na stygnącą jagnięcinę.

– Masz wyjątkowo porządnych przyjaciół, Fred. To rzadkość, dbaj o nich! – podsumował Martin Van Vert, któremu dojrzała wypowiedź syna ewidentnie poprawiła samopoczucie. Podobnie jak olbrzymie talerze, które dwaj kelnerzy dowodzeni przez maître'a postawili przed ojcem i synem: z jajkami sadzonymi na bekonie, podpiekanymi na patelni ziemniakami, pieczarkami i pomidorami.

Poproszony o wybranie napoju, Martin rzucił okiem na stojące przed blondynem piwo.

– A czym to pan się raczy, panie Vol? – W rubasznym tonie głosu byłego oficera wywiadu nie było już śladu napięcia czy zdenerwowania.

– Czeskim jasnym, panie Van Vert. Moim skromnym zdaniem to najlepsze piwo świata. Polecam, zwłaszcza do jajek sadzonych na bekonie. Tobie też, Fred.

Maître d'hôtel bezbłędnie odgadł wymowę spojrzenia Martina. Kelner szybko ustawił na bufecie kilka butelek piwa i napełnił wprawnie dwie wysokie szklanki, które postawił przed Van Vertami. Martin wypił prawie połowę szklanki, pokiwał z uznaniem głową i patrząc na Andrégo, uniósł kciuk prawej ręki. Gdy już wszyscy czterej kończyli śniadanie, do sali wszedł Morgan i zaproszony gestem ręki pracodawcy zajął miejsce przy stole. Jeden z kelnerów natychmiast postawił przed nowym gościem talerz i ułożył sztućce.

– Witam szanowne towarzystwo. Jutro przyjedzie do miasta jeden z wicedyrektorów FBI, któremu zlecono nadzór nad śledztwem. Będzie chciał rozmawiać z uczestnikami zajścia, pro forma, jak sądzę, ale taki ma obowiązek – poinformował zebranych Morgan.

– Pójdą z wami nasi bostońscy prawnicy – zarządził Martin, po czym zapytał: – Jak pan wicedyrektor się nazywa?

– Jeszcze nie wiem. Chyba dopiero ustalają, który ma przyjechać. Natomiast co do prawników, to proponuję, jeśli mi wolno, na tym etapie jeszcze ich sobie odpuścić. Nikt z nas nie zrobił nic złego, nie mamy co ukrywać, a obecność papug zawsze sugeruje glinom, że coś mogło być nie tak, wkurwia ich i deprymuje, zwłaszcza gdy złotouści chcą się wykazać. Gliny z Bostonu, z którymi rozmawiałem, nie mają najmniejszych wątpliwości co do przebiegu zdarzeń, wręcz dają do zrozumienia, że są wdzięczni za wysłanie na tamten świat kilku bydlaków, bo z tą dyskoteką zawsze mieli same kłopoty, a teraz będą mogli skutecznie wystąpić o jej zamknięcie, sir – zameldował zwięźle Morgan, lustrując jednocześnie bufet, bo przypomniał sobie, że od poprzedniego dnia nic nie jadł.

– Zgadzam się co do prawników, słusznie rozumujesz. Cieszę się, że bostońska policja współpracuje jak należy. Zawsze wiedziałem, że mundurowi mają do ciebie słabość – zażartował Martin, zupełnie już zrelaksowany. – Wrzuć coś na ruszt, Morgan, i napij się piwa, które poleca pan Vol.

Morgan nie dał się dwa razy prosić, a ponieważ nie przepadał za jajkami w żadnej postaci, podszedł do bufetu, wziął największy talerz, jaki mógł znaleźć, i począł sukcesywnie nakładać sobie wszystko, co się tam znajdowało. Obserwujący go maître d'hôtel natychmiast posłał kelnera po kolejne butelki piwa. W tej samej chwili do sali wkroczył dyrektor Carter, energicznym krokiem podszedł do Martina i przez chwilę szeptał mu coś na ucho.

– Rose obudziła się po środkach uspokajających. Będzie nas potrzebowała. Jedziemy, Fred. Was, chłopcy, też zapraszam – rzucił Martin, zrywając się od stołu.

André, podobnie jak Afgańczyk, zamierzał skorzystać z zaproszenia, ale w ostatniej chwili dostrzegł, że Morgan się w niego wpatruje, kręcąc głową. Postanowił zdać się na wyczucie byłego wojskowego.

– Dziękuję, panie Van Vert, doceniamy to. Ale pierwsza wizyta po takiej traumie to sprawa rodzinna. Myślę, że powinniście iść we dwóch, a jak Rose będzie czuła się na siłach, to Chalil i ja odwiedzimy ją jutro.

– Mądry chłopak, tak zrobimy! – zdecydował Martin, opuszczając salę wraz z synem i biegnącym za nimi dyrektorem hotelu.

Morgan usiadł przy stole, postawił przed sobą kopiasty talerz i powoli zaczął się posilać, popijając od czasu do czasu pilsnera. Po chwili, gdy przeżuł kolejny kęs, odezwał się do czekających cierpliwie współbiesiadników:

– Wybaczcie, że was powstrzymałem, ale Rose nic nie pomożecie, za to mnie chyba się na coś przydacie. Policja ostro wzięła się do czarnuchów, których nie wykończyliśmy na podwórku, i bractwa z dyskoteki. Ja zaś zrobiłem przesłuchanie pola walki... czyli informacja za życie... czarnuchowi, który padł na kolana. Powiedział mi, że prowodyrem akcji z dziewczynami był niejaki Billy Ray. Potwierdzili to policjanci, opierając się na wynikach swoich przesłuchań. Jego samochód stał na głównej ulicy, przed dyskoteką. To nazwisko coś wam mówi?

– To muzyk z Black Soul, który ślinił się na widok Verny. Widziałem go raz – odpowiedział bez wahania André, przeczuwając, że Morgan musi mieć konkretny powód, aby im o tym mówić i zadać takie pytanie.

– To właśnie chciałem usłyszeć, André. Po zajściu skurwiel zaszył się w jednym ze swoich bostońskich mieszkań. Wiem w którym, mam adres. To jakaś nora na przedmieściach w postindustrialnej dzielnicy. Stary dom. Ale nie chciałbym puknąć niewłaściwego czarnucha...

– Kiedy jedziemy? – zapytał rzeczowo André, zanim Morgan zdążył skończyć. – Wskażę go bez trudu. Zapamiętałem pysk.

– Pan, panie Vol, jest człowiekiem w moim typie! – skonstatował Morgan, kiwając z zadowoleniem głową. – Nie ma pośpiechu, moi ludzie dopiero co ustalili adres i prowadzą obserwację, ale mają jedynie starą fotografię z jego biura w dyskotece. Możemy spokojnie skończyć śniadanie i dopić to świetne piwo.

– Wybaczcie retoryczne pytanie, drodzy panowie, ale rozumiem, że nie jesteśmy zainteresowani, aby Billy'ego Raya zdjęła policja? – włączył się do rozmowy Chalil.

– Ani my, ani oni. Dla nich to tylko kłopot. Martwy Ray to najprostsze rozwiązanie, zwłaszcza gdy ktoś to zrobi za nich. Ale widzę, że to rozumiesz.

– Tam, skąd pochodzę, zemsta jest wyłącznie prywatną sprawą klanu i jego przyjaciół. To kiedy jedziemy?

Przed hotelem Langham czekały gotowe do drogi trzy czarne cadillaki. W pierwszym siedział tylko kierowca i Morgan zajął miejsce obok niego, a André i Afgańczyk rozlokowali się z tyłu. W dwóch pozostałych siedziało po czterech ludzi.

– Cel jest w mieszkaniu z kobietą – zaczął meldować kierowca. – Właśnie zrobiła zakupy, w tym alkoholu, a przy okazji ewidentny obchód okolicy, sprawdzając, czy ktoś ich nie namierza. Ale my nie stoimy na ulicy, tylko mamy punkt zakryty po przekątnej od ich nory, w opuszczonym budynku. Nasi ludzie robią tam za bezdomnych. Wsparcie jest kilka ulic dalej w furgonetce wodociągów miejskich, czterech ludzi. Teraz zbliża się południe. Czy czekamy z realizacją do nocy?

– Realizujemy z marszu, natychmiast! – zarządził Morgan i wyjaśnił: – Panowie z tyłu i ja nie mamy czasu zajmować się cały dzień jednym czarnuchem i jego dupencją. Robimy tak… Dwóch ludzi z furgonetki wodociągów dobije do naszych „bezdomnych" w punkcie zakrytym. Niech wezmą broń maszynową. Gdy dojedziemy na miejsce, panowie i ja przemieścimy się do furgonetki, a ona podwiezie nas pod samo wejście do domu, w którym zamelinował się Billy Ray. Czwórka z punktu zakrytego, jak tylko zobaczy nasz podjazd, wedrze się do chałupy celu i obezwładni czarnucha i jego sukę. Wolałbym mieć ich żywych, chyba że zagrożą życiu kogoś z naszych. Chłopcy i ja będziemy w drugim rzucie z pozostałą dwójką z furgonetki. Jej kierowca trzyma silnik na chodzie. Dwa cadillaki za nami obstawiają okolicę i w razie czego nas wspierają. Jasne? Przekaż plan działania ludziom i w drogę.

Kierowca odpalił silnik i włączył się do ruchu, a tuż za nim podążyły dwa pozostałe pojazdy. Następnie uruchomił radiostację i zaczął przekazywać instrukcje wszystkim ekipom.

Morgan odwrócił się do pasażerów z tyłu i z przekornym uśmiechem zagaił:

– Jest jeszcze czas się wycofać…

W odpowiedzi André zaczął podnosić prawą rękę z palcem środkowym wystawionym w powszechnie znanym znaku *fuck*, aby ostatecznie poprawić sobie włosy.

– Okej, rozumiem, nie mam już więcej uwag – podsumował Morgan. – Na wszelki wypadek powinniście mieć przy sobie jakieś klamki. Wolicie rewolwery czy pistolety?

– Kolt M19 i tak dalej, zero czterdzieści pięć, jeśli można prosić – odpowiedział André.

Poznał tę broń, gdy pewnego dnia Gerard postanowił nauczyć go strzelać. Miał wprawdzie większą słabość do parabellum P08 Lugera, ale ze względu na jednoznaczne kojarzenie tej broni z siłami zbrojnymi Trzeciej Rzeszy wolał jej nie wymieniać.

Chalil przytaknął.

Dojazd do furgonetki zajął kolumnie cadillaców pół godziny, a przemieszczenie się do niej Morgana i jego gości – kilka sekund. Z informacji kierowcy, który pełnił rolę koordynatora akcji na miejscu, wynikało, że Billy Ray i kobieta nie ruszali się z domu. Morgan otworzył zieloną wojskową skrzynkę na broń i dobył z niej dwa kolty M1911. Wyjął z nich magazynki, sprawdził, czy są prawidłowo załadowane, wsunął z powrotem i podał broń chłopakom.

– Jest szansa, że nawalili się prochami albo gorzałą, a może jednym i drugim, i chrapią... czarne lesery. Ruszaj pod ich norę, ale powoli – zakomenderował Morgan.

Furgonetka zaczęła powoli toczyć się ku swemu przeznaczeniu. Jednocześnie kierowca zarządził przez radiostację gotowość bojową ekipy w punkcie zakrytym. W chwili gdy furgonetka znalazła się w odległości około trzydziestu metrów od domu, czwórka „bezdomnych" wysunęła się z punktu zakrytego i tyralierą, szybkim krokiem przeszła przez ulicę, by znaleźć się na ganku starego domu w tym samym momencie, w którym zatrzymał się przed nim pojazd. Jeden z czwórki wytrychem otworzył drzwi i wpuścił resztę do środka.

– Idziemy. Dwójka moich przodem, ja za nimi, a wy, chłopcy, za mną i bez szaleństw. – Morgan wydał to polecenie jednym tchem i cały zespół w okamgnieniu znalazł się na ganku i wszedł do środka.

Z odbezpieczoną bronią „bezdomni" dokonali już przeszukania parteru i nie znalazłszy nikogo, szykowali się do wejścia na piętro, gdzie najprawdopodobniej mieściły się sypialnie. Stare, połatane drewniane schody gwarantowały potężne skrzypienie przy każdym, najlżejszym nawet kroku. Dowódca „bezdomnych" językiem migowym sił specjalnych dał Morganowi znak, że zamierza dokonać błyskawicznego wejścia na piętro, i gdy tylko ten skinieniem głowy wyraził zgodę, wszyscy czterej kilkoma susami, przy akompaniamencie potwornego trzeszczenia sfatygowanych schodów, znaleźli się na górze. Drzwi dwóch usytuowanych na piętrze sypialni wyleciały z zawiasów, wybite kopniakami dobranych w dwie pary członków ekipy.

Znajdujący się w jednej z sypialni Billy Ray w pełni się obudził, gdy ujrzał mierzących w niego czterech ludzi. Leżąca obok partnerka pewnie więcej wypiła lub zażyła większą dawkę narkotyków, bo dalej pochrapywała. Czarnoskóry w ułamku sekundy wylądował na podłodze, a już w następnej chwili klęczał z rękami związanymi na plecach. Jego partnerka też. Oboje byli nadzy. Dopiero wtedy dowódca „bezdomnych" wyszedł na schody i dał Morganowi sygnał *all clear*.

– Wy zabezpieczacie dół – polecił Morgan dwójce z furgonetki. – Panowie studenci i ja idziemy na górę przywitać się z gospodarzami.

Szybko pokonawszy trzeszczące schody, Morgan, André i Chalil weszli do sypialni. André bez trudu rozpoznał Billy'ego Raya i powiedział o tym Morganowi. Dowódca

„bezdomnych" podał przełożonemu rewolwer Murzyna znaleziony pod poduszką.

– No, czarnuchu, opowiedz nam od początku, jak sobie zaplanowałeś pogrywanie z tymi dwiema białymi dziewczynami. Kiedy i gdzie zgwałciłeś Vernę? – zwrócił się Morgan do Billy'ego Raya.

W odpowiedzi usłyszał, aby sobie poszedł do diabła.

– Mnie się tam jeszcze nie spieszy, czarnuchu. Ale wiesz co? Poślę tam twoją sukę! – Mówiąc to, strzelił w skroń partnerce Murzyna z jego własnej broni i spokojnie schował ją do kieszeni spodni.

Kobieta upadła przed siebie, a z boku jej głowy trysnęła fontanna krwi.

Billy Ray krzyknął przerażony i próbował zerwać się na nogi, ale kopnięcie w krocze ponownie sprowadziło go na kolana.

– Widzisz, co narobiłeś? Zabiłeś swoją lalunię. Zacznijmy od początku. Policzę do trzech, a potem będę cię po kawałku ćwiartować, zaczynając od fiuta, bo tam, dokąd cię wyprawię, nie będzie ci potrzebny. Ale jak wszystko ładnie wyśpiewasz, to cię nie zabiję. – Morgan skinął głową na dowódcę „bezdomnych", który bez słowa podał mu długi nóż wojskowy z ostrzem ukształtowanym z jednej strony w piłę.

Może sprawiła to obietnica przeżycia, a może strach przed tym, co za chwilę miało go spotkać, w każdym razie Billy Ray nie czekał, aż Morgan przystąpi do liczenia, tylko zaczął opowiadać. O tym, jak Verna opętała go swoją urodą i seksapilem. Jak zgwałcił ją w dyskotece, gdy mimo odurzenia narkotykowego odepchnęła jego nachalne zaloty. Jak potem sprawy wymknęły się spod kontroli, gdy pod wpływem narkotyków i alkoholu on i jego kompani postanowili wywieźć obie dziewczyny w ustronne miejsce i tam bez przeszkód się z nimi zabawić. Słuchając tej opowieści, André czuł, jak rośnie w nim wściekłość, a jego prawa ręka zaciska się na rękojeści krótkiego noża komandosów, który miał w bocznej kieszeni marynarki. Zdjęcie z ostrza skórzanej pochwy i wbicie go w czarną szyję zajęłoby mu nie więcej niż trzy sekundy... Ale w tym momencie Billy Ray skończył mówić.

– No widzisz, panie Ray, nie było to takie trudne – rzekł pojednawczo Morgan i trzymanym w ręku nożem przeciął więzy, którymi tamten był skrępowany.

Wywołało to zdziwienie zebranych, ale nie na długo. Morgan bowiem rzucił nóż na łóżko, z kieszeni spodni wyjął rewolwer Murzyna i strzelił mu w prawą skroń. Dokładnie tak samo jak nieco wcześniej jego partnerce. Martwy Billy Ray osunął się na podłogę, z której dopiero co zdążył wstać. Dowódca „bezdomnych" uśmiechnął się pod nosem, kiwając głową.

– Przecież nie mógł zastrzelić swojej suki i popełnić samobójstwa z rękami związanymi na plecach! – Morgan niby to tłumaczył się przed swoimi ludźmi, wywołując ogólną wesołość.

– A mówił szef, że go nie zabije... – odezwał się z udawanym wyrzutem dowódca „bezdomnych", puszczając oko do swoich ludzi, którzy bawili się tą wymianą zdań niczym najlepszym skeczem w kabarecie.

– Okej, kłamałem! Pobiegnę się wyspowiadać. Zadowoleni? – Morgan parsknął śmiechem, natychmiast podchwyconym przez jego ludzi. Bacznie przy tym obserwował twarze Andrégo i Chalila, lecz nie dostrzegł na nich najmniejszego śladu dezaprobaty.

Rewolwer Billy'ego Raya podał jednemu z „bezdomnych", który dokładnie starł odciski palców szefa, po czym umieścił broń pieczołowicie w prawej dłoni trupa. Następnie rozciął więzy na przegubach zabitej Murzynki i schował sznur do kieszeni. To samo zrobił z więzami Murzyna leżącymi obok jego ciała.

– Ewakuujemy się, panowie. Podpalcie tę budę, żeby zatrzeć nasze ślady. Ma wyglądać na to, że gdy Billy Ray przeniósł się na tamten świat, zostawiony przez niego tlący się papieros spowodował pożar. – Morgan wydawał ostatnie polecenia, schodząc na dół. – Po podpaleniu „bezdomni" spadają pieszo do dwóch cadillaców kilka przecznic stąd, a reszta furgonetką wodociągów do trzeciego.

Gdy już się do niego przesiadali, André zagaił:

– Powiedz mi, Morgan. Tu, w Ameryce, wolno tak rozwalać ludzi? Pytam z ciekawości, jako historyk sztuki.

– Niestety, nie mam takiej licencji rządu federalnego. Ale Ameryka to wspaniały kraj wielkich możliwości, z których po prostu trzeba umieć korzystać. Nasza konstytucja mówi, że wszyscy są równi wobec prawa i jeden względem drugiego. Jednak, jak wszędzie na świecie, są równi i równiejsi. *Primus inter pares*, najrówniejsi z równych, to w Ameryce ród Van Vertów. Mają najwięcej kasy, a co za tym idzie – najwięcej władzy. Kiedy rozwalam w ich imieniu, ta kasa i władza mnie chronią, tak jak chronią już i ciebie, gdy ratując Rose, rozwaliłeś tych czarnuchów. Van Vertowie to potężny klan, który nie lubi mieć długów wdzięczności, ale tego, co dla nich zrobiłeś, nie mogą opędzić byle czym. Dam ci radę. Rozegraj tę sytuację z godnością i wyczuciem, nie dając im odczuć ciężaru tego zobowiązania. Potrafią okazywać wdzięczność, ale niech im się wydaje, że cię ożłacają z własnej, nieprzymuszonej woli – odpowiedział Morgan, puszczając po szelmowsku oko.

W ciągu godziny odwiózł Andrégo i Chalila do hotelu Langham. Na tylnym siedzeniu cadillaca zostawili kolty, które im wcześniej wręczył, a następnie cała trójka weszła do recepcji.

– Tu się na razie pożegnamy. Ponownie dziękuję za pomoc, panowie. Dobrze się z wami pracowało. Fred jest już chyba w apartamencie – rzekł Morgan, mocno ściskając ręce obu młodych mężczyzn.

– Miło było cię poznać. – André odwzajemnił uścisk. – Jesteś zawodowcem w każdym calu i dzięki za radę, której mi udzieliłeś. W razie potrzeby jestem do usług.

– *Same here!* – dodał Afgańczyk i dwaj przyjaciele udali się windą do apartamentu prezydenckiego.

Po drodze wypatrzył ich czujny dyrektor Carter i zaczął wypytywać, czy czegoś nie potrzebują, ale uprzejmie go uspokoili, że wszystko jest w jak najlepszym porządku.

Kiedy weszli do apartamentu, Fred zerwał się z fotela w salonie. W ręku trzymał szklaneczkę whisky.

– André, Chalil, cieszę się, że was widzę. Gdzie się podziewaliście?

– Byliśmy na pożegnaniu z Billym Rayem – rzekł enigmatycznie André, siadając na sofie naprzeciwko. – Jak się czują Rose i Verna?

– Fizycznie Rose jest okej, ale psychicznie nie najlepiej. Nadal pozostaje w lekkim szoku i według lekarzy będzie potrzebowała kilku miesięcy terapii, żeby z tego wyjść. To już Verna trzyma się lepiej, mimo że, jak pewnie wiecie, została zgwałcona. Była jednak tak naćpana, że może tego nie pamiętać... Ale mówcie, co z tym pojebanym muzykiem – ponaglił Fred, nalewając Andrému whisky, a Chalilowi sok pomarańczowy.

– Morgan wysłał go do diabła. – André szczegółowo zrelacjonował przebieg wydarzeń w dzielnicy postindustrialnej, pomijając jedynie radę, jakiej udzielił mu Morgan.

Młody Van Vert chłonął opowieść kolegi z nieskrywaną atencją, coraz częściej sięgając po szklaneczkę. Kiedy André doszedł do momentu, w którym Morgan zastrzelił czarnego muzyka, odstawił ją i zaczął bić brawo, a jego twarz przybrała wyraz zaciętej satysfakcji.

– Dobrze tak skurwielowi. Teraz wie, z kim zadarł. Niech się smaży w swoim czarnym piekle razem z tą suką! – wykrztusił, pociągając kolejny łyk trunku. Był już nieco wstawiony i być może dlatego bezwiednie zapytał: – Jak to jest zabić człowieka, André? Co czułeś, gdy wbiłeś nóż w szyję tego Murzyna? Masz wyrzuty sumienia? Wybacz brak taktu i niezdrową ciekawość, ale muszę wiedzieć!

– To była walka, Fred. Nic nie czułem, bo byłem cały naładowany adrenaliną. Miałem prostą świadomość, że albo ja ich dopadnę, albo oni mnie. Być szybszym i bardziej skutecznym – ta myśl mną kierowała, nic więcej. Co czułem, gdy Morgan odstrzelił Billy'ego Raya i jego kobietę? Wyobraziłem sobie, jak się dobierał do Verny i byłby się dobierał do Rose. Przypomniała mi się pradawna zasada „oko za oko, ząb za ząb". Kulka mu się należała jak ślepemu psu pojebać. Jego kobieta to *collateral damage*, miała pecha akurat z nim się bzykać, gdy tam weszliśmy. Wyrzuty sumienia nie mają z tym nic wspólnego. Każdy z nas musi żyć z tym, co robi, i z konsekwencjami swoich czynów. Jeżeli chcesz wiedzieć, czy zrobiłbym to jeszcze raz, to odpowiedź brzmi: tak.

Fred słuchał zafascynowany. Chętnie zadałby przyjacielowi jeszcze kilka pytań, gdyby nie powstrzymał go głos Martina Van Verta, który niespostrzeżenie wszedł do apartamentu i w skupieniu przysłuchiwał się wynurzeniom blondyna. Powrócił myślami do akcji w OSS, gdy on sam po raz pierwszy zabił człowieka. Nie dawało mu to wtedy spokoju przez parę tygodni. Widocznie psychika Andrégo była inaczej skonstruowana i bardziej odporna na takie przeżycia.

– Wystarczy tych pytań, synu. Myślę, że bardzo realistyczna opowieść pana Vola wyczerpała ciekawość nas wszystkich. Nalej ojcu nieco whisky i porozmawiajmy o tym, co was czeka jutro. – Martin zajął miejsce na sofie obok Andrégo, wziął do ręki szklaneczkę z whisky i kontynuował: – Będziecie przesłuchiwani w charakterze świadków, w związku z czym powinniście zeznawać, jak było, ale nie musicie mówić rzeczy, które mogłyby was w jakiś sposób obciążyć. Zwłaszcza pan, panie Vol, wyprawiając na tamten świat dwóch napastników, działał wyłącznie w obronie własnej i w celu udaremnienia porwania…

26 czerwca

Przesłuchania Freda i Chalila miały wybitnie rutynowy charakter. Więcej czasu zajęły rozmowy agentów FBI z Morganem i Andrém, bo funkcjonariuszom zależało na skrupulatnym uzasadnieniu prawa do obrony.

André zauważył, że w rogu gabinetu, w którym zeznawał, siedzi mężczyzna w sile wieku i bacznie mu się przygląda. Musiał być ważny, bo agenci FBI zwracali się do niego z widocznym szacunkiem. Od czasu do czasu czynił uwagi, które usprawniały przesłuchania i przyspieszały ich bieg. Kiedy André skończył odpowiadać na pytania i wyszedł na korytarz, mężczyzna podążył za nim.

– Nazywam się Greg Carson i jestem zastępcą dyrektora FBI – przedstawił się, wręczając wizytówkę. – Przykro mi z powodu przygody, jaka pana spotkała, gdy gości pan w Ameryce. Ten wątek w śledztwie zamkniemy dzisiaj, bo kwestia obrony koniecznej nie podlega dyskusji. Ale dzięki waszej interwencji w Black Soul udało nam się rozbić gang narkotykowy, za co chciałem osobiście podziękować. A tak na marginesie, czy myśmy się już gdzieś nie spotkali? Pana twarz wygląda znajomo. Kogoś mi pan przypomina. Bywa pan w Waszyngtonie lub Nowym Jorku?

– Niestety, panie Carson, od przyjazdu do Stanów Zjednoczonych praktycznie nie wytykam nosa z Cambridge. Ta fatalna eskapada do Bostonu to pierwsza wycieczka poza teren uczelni i proszę zobaczyć, jak się skończyła. Na pewno się nie spotkaliśmy, bo gdybym poznał wiceszefa FBI, raczej bym to zapamiętał, nieprawdaż?

– Żelazna logika. Pewnie pana z kimś mylę. Jest pan wprawdzie w dobrych rękach… mam na myśli ród Van Vertów… ale gdyby pan czegoś potrzebował, to proszę się odezwać. Wszystkiego dobrego!

Morgan obserwował całą scenkę z głębi korytarza.

– Czego chciał ten tajniak? – zapytał po odejściu Carsona.

– Podziękował mi za pomoc w wygarnięciu robactwa z Black Soul. Miły facet. – Intuicja podpowiedziała Andrému, by nie dzielił się z Morganem drugim wątkiem rozmowy.

W godzinę po przesłuchaniach Fred, André i Chalil byli już w apartamencie prezydenckim, gdzie oczekiwał ich Martin Van Vert z dwiema butelkami najstarszego szampana Dom Pérignon, jakie na polecenie dyrektora Cartera wygrzebał w przepastnych piwnicach hotelu Langham jego naczelny sommelier. Przygotowano też bufet z całą gamą kanapek, a na ciepło przysmak bostoński clam chowder – gęstą zupę ze skorupiaków. Nie zabrakło też baterii butelek czeskiego pilsnera.

– Moi drodzy, Bogu dziękować, że to koszmarne wydarzenie powoli odchodzi w przeszłość. Panie Vol, panie Malichar, proszę przyjąć zaproszenie do siedziby naszego rodu na Long Island. Mój ojciec Victor Van Vert chciałby was poznać. Proponujemy zatem, byście zasiedli razem z nami do kolacji w najbliższe Święto Dziękczynienia. Odmów nie przyjmujemy – zażartował były oficer wywiadu, wznosząc kieliszek. – Za odwagę!

– To godny toast. Allah miłosierny mi wybaczy, gdy spełnię go razem z wami – oznajmił Afgańczyk, sięgając po szampana, do którego zresztą miał wielką słabość.

27 czerwca

Tego ranka André miał razem z Fredem odwiedzić Rose w szpitalu, ale ponieważ przyjaciel zaspał, postanowił jechać sam hotelową limuzyną, którą oddał do jego dyspozycji uczynny dyrektor Carter. W recepcji szpitala upewniono się, czy jego nazwisko widnieje na liście uprawnionych do odwiedzin, i skierowano go do właściwej sali. Siedziało przed nią dwóch uzbrojonych ludzi Morgana. Jeden z nich brał udział w bójce na tyłach dyskoteki i natychmiast poznał Andrégo. Ukłonił mu się z szacunkiem i wpuścił do pokoju Rose.

Dziewczyna spała, a na jej twarzy rysował się łagodny uśmiech. André usiadł na jednym z krzeseł obok łóżka. Bił się z myślami, czy powinien ją obudzić, ale doszedł do wniosku, że w jej stanie sen jest najlepszym lekarstwem. Wstał więc po cichutku. Nim jednak zdążył podejść do drzwi, te otworzyły się i do pokoju weszła… najpiękniejsza kobieta, jaką kiedykolwiek zdarzyło mu się widzieć. Dojrzała południowa uroda twarzy i idealna figura nie pozwalały mu oderwać od nieznajomej wzroku. Uprzedzona przez ochroniarza, ale mimo to lekko zaskoczona jego obecnością, kobieta wpatrywała się w blondyna, jakby chciała przejrzeć go na wylot. Potem przeniosła wzrok na łóżko i zorientowała się, że Rose śpi. André wskazał głową drzwi i oboje opuścili pomieszczenie, po czym odeszli kilka kroków w głąb korytarza.

– Maria Van Vert – przedstawiła się piękność, podając Andrému rękę i cały czas mu się przyglądając. – Jestem żoną Martina, a pan to zapewne André Vol, wybawca tej młodej damy. Cieszę się, że mogę pana poznać. Martin tyle o panu opowiadał, zaraz tu będzie.

André trzymał rękę kobiety, czując jej fizyczną obecność, zapach perfum i spojrzenie, które odwzajemniał. Ocknął się po chwili i puścił jej dłoń.

– Tak, jestem André Vol. – Próbował nie wpatrywać się nachalnie w rozmówczynię. – Bardzo mi miło. Pomyślałem, że nie powinienem budzić Rose.

– Słuszna decyzja. Sen to najlepsze lekarstwo – odparła Maria, jakby czytając w jego myślach.

Uśmiechnął się do niej.

– Ma pan ładny uśmiech – oceniła.

Chciał jej powiedzieć coś równie miłego, ale otworzyły się drzwi windy i wyszedł z niej Martin Van Vert.

– Mario! Panie Vol! Świetnie, że się poznaliście! – wykrzyknął na ich widok. – Co tak stoicie na korytarzu?

– Rose śpi i pan Vol nie chciał jej budzić – odpowiedziała jego żona i zwracając się do blondyna, dodała: – Martin i ja pewnie tu poczekamy…

– Wrócę do hotelu. Wpadniemy do Rose później, Fred i ja – obiecał André i pożegnawszy się, zbiegł na dół po schodach.

– Prawdziwy mężczyzna – stwierdził Martin. – Nie zdążyłem ci powiedzieć, kochanie, że wczoraj zaprosiłem go na tegoroczne Święto Dziękczynienia na Long Island. Aprobujesz?

– Ależ oczywiście, mój drogi! Znakomity pomysł! – odparła Maria i ruszyła przodem, kierując się do sali Rose.

Idący za nią Martin nie mógł więc dostrzec uśmiechu głębokiego zadowolenia, jaki rozlał się na twarzy żony.

Tymczasem André wracał limuzyną do hotelu. Zapach kobiety, którą przed chwilą poznał, nie dawał mu spokoju.

1 sierpnia

Po sutym obiedzie Dolores, Max, André, Gerard i Dominik siedzieli w salonie rezydencji w Schönbrunnie i popijali porto. Kilka minut wcześniej André skończył relacjonować swoje bostońskie przygody. Max, który pod czujnym okiem Dolores od dwóch lat studiował matematykę na Uniwersytecie Tel Awiwu, słuchał opowieści przybranego brata z wypiekami na twarzy. Dobrze pamiętał, jak ten obronił go kiedyś przed Wernerem i jego kumplami.

– Wykorzystałem w walce umiejętności, których nauczył mnie Gerard. Gdyby nie one, to nie mógłbym tu dzisiaj siedzieć w jednym kawałku – podsumował André. – Dziękuję, drogi mistrzu!

– To tylko część prawdy, przyjacielu. Masz instynkt i talent do walki, a moje nauki to zaledwie dodatek – odrzekł stary esesman, dumny jak paw ze swojego ucznia.

– Cokolwiek by to było, możliwości, jakie teraz się rysują, są fascynujące – włączyła się do rozmowy Dolores. – Van Vertowie nie zapraszają na Święto Dziękczynienia byle kogo, a zwłaszcza obcych. Kilka razy gościli Richarda Nixona, ale to dlatego, że był potrzebny do realizacji ich celów. Ciebie i Afgańczyka zapraszają, by zacząć spłacać dług wdzięczności. Zastosuj się w tym względzie do rady pana

Morgana, bo on zna Van Vertów jak mało kto, a jak widać, polubił cię i podziwia za odwagę oraz... – Zawahała się na chwilę.

– Chciałaś powiedzieć „bezwzględność"? – dokończył za nią Dominik. – To niekiedy przydatna cecha i nie należy jej się wstydzić. André przeżył w tamtym starciu, bo wykazał odpowiednią bezwzględność, ratując przy okazji dzieci Martina Van Verta. Uważaj natomiast, chłopcze, na Morgana, to bardzo niebezpieczny człowiek... i całkowicie oddany Van Vertom.

– To prawda – podchwycił Gerard. – Ale wiem z doświadczenia, że niebezpiecznych ludzi ciągnie do młodych urwisów. Zaprzyjaźnij się z nim, André, o ile to jest możliwe, bo tacy jak Morgan rzadko potrzebują przyjaciół. Czasem jednak lubią dzielić się tym, co potrafią. Spróbuj go zatem potraktować jako mentora, takie przedłużenie mojej skromnej osoby, i trzymać blisko przy piersi, tak jak powinno się trzymać potencjalnych wrogów. Kto wie, może jego wiedza na temat Van Vertów okaże się kiedyś nieoceniona...

Max, który nie był do końca wprowadzony w misję Andrégo w Cambridge, wyciągnął go na spacer po terenie rezydencji. Koniecznie chciał mu opowiedzieć o pewnej znajomości, która mogła przerodzić się w coś więcej, a że sprawa dotyczyła koleżanki z roku, zależało mu na opinii kogoś bardziej doświadczonego.

– Podjęliśmy dobrą decyzję, rozdzielając chłopców i posyłając Maxa do Izraela – oceniła Dolores, gdy już wyszli. – Ta rozróba za dyskoteką to był majstersztyk i André ma szansę wejść w ród Van Vertów jak w masło. Może rozkochać w sobie Rose, kiedy tylko zechce. Gdyby Max też był w Cambridge, to André zanadto by się o niego troszczył i nie mógłby się skoncentrować w stu procentach na swoim głównym zadaniu.

– To po pierwsze, a po drugie, trudniej byłoby legendować taki wysyp sierot – przyznał jej rację Dominik. – Nie mam najmniejszej wątpliwości, że teraz Martin zleci Morganowi drobiazgowe ustalenie, kim jest André. I jego legenda się obroni. Gdyby towarzyszył mu Max, ryzyko byłoby znacznie większe.

23 listopada

André i Fred wyruszyli fordem mustangiem z Cambridge do Nowego Jorku. Mający im towarzyszyć Chalil parę dni wcześniej zwichnął na treningu karate bark, co odebrało mu ochotę na jakiekolwiek spotkania, nawet w tak zacnym gronie jak ród Van Vertów. Nie było z nimi również Rose, która po przeżyciach w Black Soul wciąż nie mogła dojść do siebie i Martin postanowił wysłać ją na miesiąc do sanatorium specjalizującego się w opiece nad osobami po traumatycznych przeżyciach.

Fred układał rozkład zajęć:

– Zadekujemy się w hotelu Pierre, wpadniemy do ojca kilka pięter wyżej, a później limuzyna dziadka zabierze nas na Long Island. Weekend możemy spędzić w Nowym Jorku.

Gdy podeszli do stanowiska recepcji i powiedzieli, kim są, po minucie pojawił się dyrektor Stewart. Przywitał się i osobiście dopilnował, żeby przydzielono im jeden z najlepszych apartamentów, a przywołany przez niego *concierge* zadbał, by goście i ich bagaż jak najszybciej tam trafili.

Z apartamentu Fred zadzwonił do mieszkania ojca.

– Już pojechał na Long Island – oznajmił – a Maria zaprasza na drinka. Przebierzmy się od razu i biegnijmy na górę.

Wypożyczony specjalnie na tę okazję czarny smoking leżał na barczystej sylwetce Andrégo jak szyty na miarę, co nie uszło uwagi Freda.

– Wyglądasz, jakbyś się w nim urodził, przyjacielu. James Bond blednie przy tobie. Muszę cię przedstawić kilku dobrze urodzonym panienkom ze stosownymi posagami. Padną z wrażenia.

Drzwi do mieszkania otworzyła Maria ubrana w ciemną suknię do połowy łydki. Na szyi miała sznur pereł. Uroda kobiety zrobiła na Andrém jeszcze większe wrażenie niż za pierwszym razem, gdy zobaczył ją w szpitalu. Z trudem przyszło mu oderwać od niej wzrok, czego wymagały nie tylko podstawowe kanony dobrego wychowania, ale i konieczność ukrycia fascynacji przed Fredem.

– Dzień dobry, Fred. Panie Vol. Bardzo się cieszę, że wpadliście. – Maria uświadomiła sobie nagle, że z niecierpliwością oczekiwała na okazję ponownego ujrzenia blondyna. – Kieliszek szampana przed wyjazdem na Long Island?

– Świetny pomysł, ale nalegam, żebyście zaczęli sobie mówić po imieniu, bo znajomość z Andrém będzie długa i bliska – zasugerował Fred.

– André, mów mi Maria. – Pani domu skwapliwie skorzystała z oferty pasierba, nalała szampana do kieliszków i wzniosła toast. – Wypijmy za zdrowie Rose i nas wszystkich.

– Nie zdążyłem ci chyba powiedzieć, Mario, że nasz przyjaciel studiuje historię sztuki – zagaił Fred, spełniwszy toast. – A tobie, André, nie zdążyłem powiedzieć, że Maria nie tylko maluje piękne obrazy, ale też świetnie zna się na sztuce. Łączą was zatem wspólne zainteresowania.

– Cóż za wspaniały zbieg okoliczności! – wykrzyknęła spontanicznie Maria. – To koniecznie musimy udać się do mojego ulubionego Muzeum Guggenheima i podyskutować o malarstwie. Chyba zostaniecie na weekend?

– Oczywiście, że zostaniemy – zapewnił Fred, który już kilka tygodni wcześniej umówił się w mieście z jedną ze swoich licznych przyjaciółek z dobrego domu. – Nowy Jork jest znacznie ciekawszy niż Cambridge, zwłaszcza w weekend.

Zadzwonił telefon. Na dole czekał już czarny rolls-royce gotów zawieźć towarzystwo na kolację z okazji Święta Dziękczynienia.

W bibliotece rezydencji na Long Island zebrał się męski trzon rodu, aby przed przybyciem gości omówić najistotniejsze sprawy.

– Złoto osiągnęło niedawno cenę siedemdziesięciu dolarów za uncję. Pięć miliardów dolarów, które już w nie zainwestowaliśmy, to dzisiaj dziesięć miliardów – relacjonował Vick, główny ekonomista rodu. – Jeszcze raz, ojcze, chylę czoło przed tobą i twoim planem.

– A jaka jest prognoza na przyszły rok? – zapytał Frederick, którego interesowały jedynie liczby finalne, a nie zawiły sposób, w jaki do nich dochodzono.

– W przyszłym roku cena uncji złota winna oscylować w granicach stu dwudziestu dolarów. A prognozy na kolejne lata są wyłącznie zwyżkowe.

– To wszystko brzmi zbyt pięknie. Nie napotkamy żadnych trudności? No, Vick, mów szczerze! – nie ustępował pragmatyczny do bólu Frederick. Długie lata politycznych rozgrywek ugruntowały w nim przekonanie, że nie ma planów idealnych i nawet te najlepsze prędzej czy później wpadają na rafy niesprzyjających okoliczności lub czyjegoś przeciwdziałania.

– Twoja przenikliwość jest legendarna, stryju. Zaplanowany przez nas skup złota, terenów złotonośnych i kopalni nie idzie tak szybko i gładko, jak moglibyśmy sobie tego życzyć. Zaczynam nawet odnosić wrażenie, że ścigamy się w tym przedsięwzięciu z jakąś mocną konkurencją, która czasem wyprzedza nasze inicjatywy biznesowe, a czasem zdaje się nam deptać po piętach. Skoro poruszyliśmy ten temat, to może warto, aby pochyliły się nad nim struktury wywiadowcze Ligi...

– A czy fakt, że nasz przyjaciel, prezydent Stanów Zjednoczonych, odniósł piękne zwycięstwo wyborcze i może nami rządzić jeszcze przez cztery lata drugiej kadencji, ma tu jakieś znaczenie? – zapytał Martin, który wciąż nie mógł sobie darować, że nie udało mu się uniemożliwić takiego rozwoju sytuacji.

– Pan prezydent nie będzie nami rządził kolejne cztery lata, tylko znacznie krócej – włączył się do rozmowy Victor. – Po Nowym Roku sprawa włamania do Watergate nabierze nowego impetu politycznego, a zatem i medialnego. Co nie znaczy, że nie należy pogratulować mu zwycięstwa wyborczego, jeśli znajdzie czas, by zaszczycić nas dzisiaj swoją obecnością.

– Nie powinien odchodzić zbyt szybko, bo może nie być komu go zastąpić – zauważył Frederick. – Wiceprezydent Spiro Agnew ma poważne kłopoty z prawem. Kto wie, czy FBI nie dobierze mu się do dupy za branie łapówek. Nie wykluczam, że to śledztwo może inspirować ktoś z otoczenia prezydenta, bo Agnew wypowiada się publicznie przeciwko jego polityce chińskiej.

– W takim razie byłoby go szkoda, ale sam mówiłeś, że to człowiek do cna skorumpowany. Musimy jednak wziąć pod uwagę, że po odejściu Nixona najprawdopodobniej zostanie prezydentem. Powinien być nam posłuszny – odpowiedział bratu Victor.

– Mam idealnego zapasowego kandydata, ale pozwólcie, że na razie nie ujawnię wam jego tożsamości – tajemniczo odparł Frederick.

Do biblioteki wszedł kamerdyner James i oznajmił, że na teren posiadłości wjechała kawalkada pojazdów Białego Domu, a forpoczta funkcjonariuszy tajnych służb zajmuje pozycje w rezydencji.

– O wilku mowa! – oznajmił z humorem Victor Van Vert, rozśmieszając członków rodu. – Udajmy się, panowie, do holu przywitać prezydenta.

Opancerzona limuzyna głowy państwa powoli wtoczyła się na podjazd i zatrzymała przed głównym wejściem do rezydencji, a jeden z agentów tajnych służb wysiadł i otworzył tylne drzwi. Richard Nixon stanął na podjeździe, czekając, aż dołączy do niego żona. Wzięła go pod rękę i oboje sprężystym krokiem ruszyli na powitanie gospodarzy. Twarz prezydenta promieniała optymizmem i radością, a z całej sylwetki biła pewność siebie, podbudowana bez wątpienia rekordową wygraną wyborczą szóstego listopada.

– Victorze, drogi przyjacielu. Miło was wszystkich widzieć. – Nixon był w znakomitym humorze. – Wpadliśmy dosłownie na chwilę, by podtrzymać tradycję naszych spotkań w ten dzień.

– Szanowny panie prezydencie, droga Pat! Jakże się cieszę, że znaleźliście trochę czasu, żeby nas odwiedzić. Serdecznie gratuluję zwycięstwa wyborczego w pięknym stylu! – Nestor rodu Van Vertów kolejny raz zadziwił Martina umiejętnością manipulowania nawet wielkimi tego świata.

Czarny rolls-royce wjechał na podjazd rezydencji kilkanaście minut po przybyciu prezydenckiego orszaku i stanął tuż za samochodem głowy państwa.

– Nienaganne wyczucie czasu. Przywitamy się z panem prezydentem – uprzedziła współpasażerów Maria, wysiadając.

Gdy cała trójka weszła do holu, Nixon i jego małżonka akurat żegnali się z gospodarzami. Maria i Fred przywitali się z parą prezydencką jak starzy znajomi, a następnie Martin przedstawił Andrégo.

– To jest, panie prezydencie, André Vol, o którym wspomniałem, opowiadając o wstrząsających przeżyciach Rose. Śmiem powiedzieć, że ten młody człowiek i mój syn wykazali się odwagą godną żołnierzy na polu bitwy.

– Macie, chłopcy, mój głęboki podziw. – Prezydent uścisnął rękę blondyna, bacznie mu się przyglądając. Odniósł wrażenie, że spokój w jego oczach skrywa bardziej drapieżną naturę. Tak jak u wysokich rangą żołnierzy, których wysyłał na wojnę w Azji. – Wygląda mi pan na człowieka, który daleko zajdzie.

– Taki mam zamiar, panie prezydencie! – odpowiedział André pewnym głosem, wywołując uśmiech aprobaty Nixona, który cenił ludzi wiedzących, czego chcą. Takich jak on sam.

Kiedy kolumna pojazdów Białego Domu ruszyła w drogę powrotną, do Andrégo podszedł nestor rodu.

– Jestem Victor Van Vert i cieszę się, że mogę pana u siebie gościć. Fred szczegółowo opowiedział mi o całym zajściu i wygląda na to, że ocalił pan moje wnuki. Jestem niezwykle panu wdzięczny, panie Vol.

– Fred i ja nawzajem się wspieraliśmy, a gdyby nie pomoc Morgana, to kto wie, jak by się ta przygoda skończyła. Nie chciałbym, aby mój udział w niej był przeceniany.

– Odważny, a do tego skromny! Klasyczna kombinacja minionych epok, rzadko dziś spotykana. Pan pozwoli, że przedstawię swojego brata i drugiego syna – rzekł Victor, wskazując na Fredericka i Vicka. Na koniec zażartował: – Prezydenta pan już poznał, więc można uznać, że ceremoniom powitalnym stało się zadość. Chodźmy zatem czegoś się napić i coś zjeść! Tego roku doprawdy jest za co dziękować opatrzności!

Nastrój kolacji był weselszy niż zwykle, ale też bardziej refleksyjny. Wszyscy bowiem doskonale zdawali sobie sprawę, że niewiele brakowało, a to Święto Dziękczynienia mogło zamienić się w stypę. Spojrzenia Marii i Andrégo krzyżowały się raz po raz, lecz szybko uciekały gdzieś na bok niczym spłoszona zwierzyna.

Gdy posiłek dobiegł końca, Victor, który z toczonej przy stole konwersacji dowiedział się, na jakim kierunku studiuje André, zabrał młodego gościa, by pokazać mu swoją kolekcję obrazów. Lecz nie był to jedyny powód inicjatywy nestora rodu, którego dzień wcześniej brat poinformował, że sprawdzenie krótkiego życiorysu Andrégo Vola nie wykazało nic podejrzanego.

– Nasz ród posiada rozległe interesy na całym świecie, panie Vol. Wymagają one nieustannej opieki i czuwania nad nimi przez ludzi o różnych kwalifikacjach. Nie wiem, jakie plany życiowe ma pan po studiach, ale przydałby się nam taki człowiek jak pan. My potrafimy spłacać nasze długi.

– Nie macie wobec mnie żadnych długów i nie znam się na interesach, panie Van Vert. Nie wiem, czy historyk sztuki mógłby im się przysłużyć.

– A kto by przypuszczał, że historyk sztuki tak się przysłuży moim wnukom na tyłach jakiejś tancbudy? – błyskawicznie zripostował Victor, unosząc znacząco brwi. – Nam nie są potrzebni kolejni ekonomiści, księgowi czy menadżerowie. Tych jest zatrzęsienie, a Ivy League każdego roku produkuje ich coraz więcej. Nam są potrzebni przywódcy, z odwagą i charakterem. Niech pan sobie o tym spokojnie pomyśli, bez pośpiechu.

Mówiąc to, Victor zatrzymał się przed kopiami obrazów, które André bez trudu rozpoznał jako dzieła Edouarda Maneta.

– Te kopie namalowała nasza Maria. Są doskonałe. Ona też ma odwagę i charakter. Tak jak pan. Dlatego nigdy nie miałem wątpliwości, że będzie pasowała do rodu Van Vertów.

24 listopada

W piątkowy ranek Martin niespodziewanie musiał udać się do Waszyngtonu. Maria postanowiła zatem spełnić swoją obietnicę i urządzić młodym mężczyznom duchową ucztę w Muzeum Guggenheima. Jednak w trakcie wspólnego śniadania Fred odebrał telefon z recepcji i z szerokim uśmiechem na twarzy, bezradnie rozkładając ręce, oznajmił, że musi zbierać się do wyjścia.

– Wybaczcie, moi drodzy, ale w holu czeka na mnie przyjaciółka. Uwielbiam wasze towarzystwo i muzea, ale zew Matki Natury jest silniejszy od potrzeb intelektu. Nie czekajcie na mnie z obiadem, kolacją, a być może nawet z jutrzejszym śniadaniem... Zostawiam cię, Mario, pod kompetentną opieką mojego przyjaciela. Obroni cię przed każdym niebezpieczeństwem! – Co powiedziawszy, wyszedł, zatrzaskując drzwi mieszkania.

Maria i André parsknęli śmiechem, ubawieni zachowaniem Freda, a następnie spojrzeli na siebie. Chłopak poczuł mocny zapach jej perfum zmieszany z naturalnym zapachem śniadej skóry. Miał przemożną chęć pocałować siedzącą obok niego Brazylijkę. Gdyby mógł odgadnąć jej myśli, wiedziałby, że ona walczy z identyczną pokusą.

Nie w mieszkaniu Martina! – postanowiła.

– Wygląda na to, że jesteśmy skazani na siebie, André.

– Uświadomiła sobie, że zabrzmiało to jak przepowiednia. Przeszedł ją dreszcz emocji i pożądania. Doszła do wniosku, że powinni jak najszybciej opuścić hotel Pierre. – Gotowy do odkrywania skarbów tego miasta?

– A jest ich jeszcze więcej? – zapytał przekornie, patrząc jej w oczy.

Na twarzy Marii pojawił się filuterny uśmiech.

– O tak! Jest ich całe mnóstwo, ale żeby je odkryć, musimy stąd wyjść i ich poszukać.

André dosłyszał w tym obietnicę spełnienia targających nim od rana marzeń. Wstał więc natychmiast od stołu i skierował się w stronę drzwi wejściowych, podkreślając swoją gotowość do rozpoczęcia tych poszukiwań. Czarne dżinsy i czarny podkoszulek wyszczuplały jego sylwetkę, uwydatniając zarazem muskulaturę. W przedpokoju włożył ciemnobrązową kurtkę lotniczą z dużym białym kołnierzem i czekał. Obcisłe dżinsy i dopasowana biała koszula podkreślały wszystkie zaokrąglenia figury Brazylijki. Stanęła przed nim, muskając czubkami piersi umięśniony tors. Czuł jej oddech na twarzy i zapach, który nie dawał mu spokoju od pierwszego spotkania.

– Gotowy?

Zanim zdążył odpowiedzieć, Maria zarzuciła na siebie futro z soboli i wyszła z mieszkania, kierując się do windy. Zatrzasnął drzwi i podążył za nią.

Piękna para! – pomyślał dyrektor Stewart, obserwując ich idących przez hotelowy westybul.

Widocznie nie był odosobniony w tej opinii, bo kilka osób obejrzało się za nimi. *Concierge* przywołał jedną z taksówek stojących przed hotelem i życzył miłego dnia. Po kilkunastu minutach jazdy byli na miejscu.

– To jest moje imperium piękna, André, przystań i ostoja – powiedziała Maria, gdy wkraczali do Muzeum Guggenheima. – Mogłabym tu żyć i umrzeć!

Przez parę godzin chodzili po salach, popisując się przed sobą wiedzą, oceniając wystawione dzieła i wymieniając opinie. Spotykali znajomych Marii, która nie kryjąc dumy, przedstawiała im przystojnego kolegę pasierba. Dyrektor Jameson był zachwycony, że André studiuje historię sztuki na Uniwersytecie Harvarda – uczelni, z której wywodzili się liczni sponsorzy muzeum.

W pewnym momencie Maria spojrzała na zegarek.

– Muszę gdzieś wpaść. Guggenheim nie ucieknie – rzekła i pociągnęła André za sobą do wyjścia.

Wsiedli do jednej z taksówek, które nieustannie przywoziły i odwoziły zwiedzających. Maria podała kierowcy adres i po kilkunastu minutach jazdy zatrzymali się przed budynkiem ogromnie podobnym do tego, w którym kiedyś wynajmowała pracownię, tyle że usytuowanym kilka ulic dalej. Wręczyła taksówkarzowi dwudziestodolarowy banknot, każąc zatrzymać resztę.

– Idziemy na samą górę – powiedziała, gdy weszli na klatkę schodową.

Na najwyższym piętrze otworzyła drzwi do mieszkania i André znalazł się w przestronnym pomieszczeniu bez ścian działowych. Na czterech sztalugach ustawione były niedokończone obrazy, obok leżały palety z farbami i ramy z naciągniętym niezamalowanym płótnem. Pod jedną ze ścian stała wielka bordowa sofa, a pod przeciwległą

– imponujących rozmiarów łoże, z którego wylewała się biała pościel. Wszędzie były doniczki z roślinami.

– To pracownia mojej przyjaciółki, która podróżuje po Europie. Opiekuję się chatą i podlewam kwiatki – wyjaśniła jednym tchem Brazylijka, z trudem kryjąc zmieszanie. Porwała z podłogi niewielką konewkę i podbiegła do malutkiego aneksu kuchennego, żeby nabrać wody. Równie szybko wróciła, nachyliła się i roztrzęsioną ręką zaczęła podlewać pierwszą z brzegu roślinkę, zachlapując przy tym podłogę.

Do dzieła, młody człowieku! – André był niemal pewien, że słyszy głos Gerarda. Ta młoda dama, przyprowadzając cię tu, pokazała, że ma *cojones*. Kolej na ciebie, bo ta chwila się nie powtórzy!

Podszedł do niej, klęknął obok, wyjął z jej ręki prawie pustą już konewkę i odstawił na mokrą podłogę. Położył dłonie na ramionach Marii i oboje się wyprostowali, patrząc sobie w oczy. Delikatnie musnął wargami jej usta i objąwszy ją w talii, poczuł, jak gorące jest przylegające do niego ciało. Zarzuciła mu ręce na szyję i przywarła ustami do jego warg, rozchylając je językiem w dzikim pocałunku. Całowali się bez opamiętania, spleceni w uścisku, który łączył ich ciała w jedną całość.

André puścił talię kobiety, błyskawicznie rozpiął jej białą koszulę, ściągnął z niej i cisnął na łóżko. Zerwał z siebie czarny podkoszulek, zdjął jej stanik i przywarł całym ciałem do rozpalonych nagich piersi, namiętnie całując rozchylone usta. Czuł podniecenie kobiety i jej twardniejące sutki. Opuścił głowę i zaczął pieścić je ustami i językiem, raz jedną, raz drugą. Słyszał jej coraz szybszy oddech i ciche pojękiwanie. Uniósł Marię do góry, a ona objęła nogami jego talię. Podszedł do łoża, położył ją na plecach, rozpiął guzik, a potem suwak jej dżinsów i zdjął je wraz z figami. Śniade ciało Brazylijki mocno kontrastowało z bielą pościeli, tworząc doskonały akt. Oddychała głęboko, wyciągając do niego rękę. Zrzucił z siebie pozostałe części ubrania, przyklęknął na podłodze przed leżącą kobietą i przyciągnął ją do siebie. Delikatnie całował wewnętrzną stronę jej ud, przesuwając się do góry. Lekko uniósł jej nogi, po czym zaczął pieścić językiem wargi sromowe i łechtaczkę, czując ciepłą wilgoć.

Gdy powoli w nią wchodził, Maria położyła mu ręce na ramionach, dopasowując się do coraz szybszych ruchów jego ciała. Zaczęła krzyczeć, gdy w tym samym momencie osiągnęli szczyt rozkoszy. Długo leżeli przytuleni do siebie, chłonąc wzajemne ciepło i zapach rozgrzanych ciał. Całowali się i patrzyli sobie w oczy. Maria chciała coś powiedzieć, ale on ją uprzedził, jakby odgadując jej myśli.

– Ja też się w tobie zakochałem.

Roześmiali się, pocałowali i mocno przytulili, leżąc tak obok siebie jeszcze kilkanaście minut. Następnie wzięli wspólny prysznic, ubrali się i usiedli na sofie w salonie. Popijali piwo prosto z butelek, które Maria znalazła w lodówce.

– Nie mogłam się oprzeć – zaczęła tłumaczyć. – Musiałam cię tu zwabić, to było silniejsze od…

Zamknął jej usta pocałunkiem.

– Ode mnie też było silniejsze! – dokończył po chwili. – Myślę, że oboje chcemy dalej się spotykać, ale musimy być czujni i ostrożni. Igramy z ogniem i nie zamierzam pozwolić ci w nim spłonąć.

– Jestem tego świadoma i cieszę się, że ty też. Szczęśliwym zrządzeniem losu wszyscy wiedzą, że łączy nas zainteresowanie sztuką. To znakomity pretekst do spotkań w całym mieście, a Nowy Jork jest pełen galerii z dziełami najlepszych twórców – odpowiedziała, dziękując w myślach Bogu, że została wyszkolona przez Dolores i rabina w tajnikach pracy operacyjnej.

– Umieram z ciekawości, aby to wszystko zobaczyć, ale jeżeli szybko czegoś nie zjem, to wcześniej umrę z głodu.

Roześmiała się.

Dochodziła szesnasta. Kochankowie uznali, że najroztropniej będzie zjeść późny lunch w hotelu Pierre, na oczach personelu, aby ewentualne rozliczanie wspólnie spędzonego czasu było jak najprostsze i nie budziło najmniejszych podejrzeń. Była to słuszna, jak się okazało, i przewidująca decyzja. Zaledwie bowiem maître d'hôtel zaprowadził ich do stołu w restauracji i ustalił, jaki podać aperitif, zjawił się *concierge* i poprosił Marię do telefonu w recepcji.

– Dzwonił Martin – powiedziała z łobuzerskim uśmiechem, ponownie zajmując miejsce przy stole. Na chwilę zawiesiła głos i obserwowała wyraz twarzy Andrégo. – Wróci dopiero jutro wieczorem… – oznajmiła wreszcie. – Fred tak samo, zostawił wiadomość.

– Gdybym wierzył w teorie spiskowe, pomyślałbym, że działają w zmowie – zauważył. – Musimy zatem godnie ich powitać jutro wieczorem, a cały dzień wykorzystać na zwiedzanie muzeów.

– Czytasz w moich myślach, André. Wypijmy za to! – Wzniosła kieliszek czerwonego dubonneta, a gdy skosztowali aperitifu, skinęła na kelnera i poprosiła o podanie mięsa homara i polędwicy z Kobe dla dwóch osób oraz dobranie stosownego wina. – To obowiązkowe pożywienie dla wielbicieli muzeów – wyjaśniła.

Późny lunch, który powoli zamieniał się w kolację, zakończyli paroma kieliszkami cointreau, po czym, kierując się rozsądkiem, a nie pożądaniem, udali się do swoich apartamentów, by niecierpliwie oczekiwać kolejnego dnia.

25 listopada

Spotkali się o dziewiątej rano w holu nieopodal recepcji i hotelową limuzyną udali się kilka przecznic w górę Piątej Alei do Metropolitan Museum of Art. W miarę jednak upływu czasu z coraz większym trudem przychodziło im się koncentrować na wspaniałych zbiorach i już w samo południe kochali się w wielkim łożu w pracowni przyjaciółki Marii. Niebawem zrobiła się czternasta.

– Dobrze mi z tobą, André – wyznała Maria, przytulając się i całując jego usta. – Kiedy się znowu zobaczymy? Jak często będziesz mógł przyjeżdżać do Nowego Jorku?

– Mogę przyjeżdżać w każdy weekend i najchętniej bym tak robił, ale to najpewniejszy sposób, aby ktoś odkrył nasz związek. Dlatego przyjadę za miesiąc – odpowiedział po krótkim namyśle. – Możesz dzwonić do mojego pokoju w akademiku, ale nie rób tego z mieszkania. Nie chcemy, żeby na jakichś rachunkach telefonicznych widniał trwały ślad takich połączeń...

– Absolutnie nie chcemy. Martin spędza dużo czasu w Waszyngtonie, co powinno nam ułatwić spotkania.

Układając scenariusze przyszłych kontaktów, zaczęli się ubierać. Maria uporządkowała pracownię, zacierając ślady jakiejkolwiek intymności. Przed wyjściem pocałowali się długo i czule. Na ulicy złapali taksówkę i zamówili kurs do Metropolitan Museum. Weszli tam na piętnaście minut, a potem wsiedli do kolejnej taksówki i ta dopiero zawiozła ich do hotelu Pierre.

– Musimy uczyć się konspiracji – wyjaśniła Maria, gdy wchodzili do westybulu, co André przyjął z pełną aprobatą.

W recepcji czekała wiadomość od Martina, że zjawi się około osiemnastej. Fred nie dawał znaku życia.

Rozstali się, machając do siebie jak para zaprzyjaźnionych osób.

W apartamencie André wziął długi prysznic, puszczając to zimną wodę, to gorącą. Ledwo usadowił się na sofie w salonie ze szklaneczką whisky, gdy wkroczył Fred z miną człowieka głęboko spełnionego. Idąc za przykładem kolegi, nalał sobie whisky i usiadł w fotelu naprzeciw niego, z na wpół przymkniętymi oczyma rozkoszując się trunkiem. Sprawiał wrażenie marzącego na jawie.

– Przyjacielu, będziemy często bywać w Nowym Jorku – oznajmił po chwili. – Chyba znalazłem kobietę moich marzeń… Ma na imię Carla.

– Gratuluję, takie odkrycie to zawsze radosny moment. Chętnie będę ci towarzyszył. Nowojorskie muzea i galerie mają niewyczerpane zasoby, z którymi można się zapoznawać latami – zadeklarował André bez chwili wahania. – Poznałem dyrektora Jamesona. Wydaje mi się, że traktuje Marię z wielkim poważaniem.

– Bardzo mnie cieszy perspektywa naszych wspólnych podróży. A Maria to kopalnia wiedzy o skarbach naszego miasta. Nie znam lepszego od niej przewodnika. Wiesz, jak po raz pierwszy trafiła do Muzeum Guggenheima? – I Fred zaczął opowiadać.

André chłonął w milczeniu każde słowo przyjaciela. Intuicyjnie nasunęła mu się myśl, że Maria znalazła się na drodze życiowej Martina Van Verta w sposób zarazem naturalny, jak i niezwykle pomyślny dla sieroty z Brazylii. Zapisał to sobie w pamięci.

– Podsumowując, przyznam ci się szczerze, a nigdy nikomu tego nie powiedziałem, że wolę taką macochę jak Maria niż taką matkę jak Lisa. Może nie brzmi to najlepiej, ale nic na to nie poradzę.

Punktualnie o osiemnastej z Waszyngtonu wrócił Martin.

Godzinę później całe towarzystwo spożywało kolację w hotelowej restauracji. Były oficer CIA z atencją słuchał relacji Andrégo, odnotowując przy okazji wysoki poziom jego wiedzy na temat historii sztuki.

– Muszę koniecznie poprosić Jamesona – powiedział – aby następnym razem udostępnił wam zbiory, które zazdrośnie chowa w przepastnych magazynach swojego muzeum. Zasługuje pan na to... że nie wspomnę o swojej małżonce.

– Bardzo słuszna inicjatywa, ojcze – poparł go Fred. – Tym bardziej że André i ja postanowiliśmy częściej bywać w Nowym Jorku. To interesujące miasto, no i wy, moi drodzy, zasługujecie na to, by was dopieszczać. Możemy nocować w tym samym apartamencie co teraz...

– To wspaniałomyślne poświęcenie z twojej strony. Dziękuję w imieniu Marii i swoim. – Co powiedziawszy, popatrzył przenikliwie na syna. – No... to jak ona ma na imię?

To pytanie wzbudziło ogólną wesołość.

26 listopada

W niedzielę po sutym śniadaniu André i Fred ruszyli w drogę powrotną do Cambridge. Gdy tylko tam dotarli, pierwsze kroki skierowali do akademika Chalila, ciekawi, czy już wyleczył się z kontuzji.

– Jest dobrze, nie ma o czym gadać, są ważniejsze tematy do omówienia – powiedział Afgańczyk i z błyskiem w oku oznajmił: – Mam dla was propozycję… Po zakończeniu roku akademickiego zapraszam na wycieczkę do Afganistanu. Kto się pisze?

Obaj byli tak zaskoczeni, że aż zaniemówili z wrażenia. Fredowi nic nie przychodziło do głowy, więc zadał najprostsze pytanie, jakie mu się nasunęło.

– Wybacz, drogi przyjacielu, pozorny brak ogłady, ale co właściwie można robić w Afganistanie?

André próbował ratować sytuację.

– Można kroczyć śladami armii Aleksandra Wielkiego i podróżników Jedwabnego Szlaku – powiedział – a jakby tego było za mało, to także szlakiem krwawego odwrotu armii brytyjskiej z Kabulu podczas pierwszej wojny afgańskiej. Możemy też udawać aktorów Wielkiej Gry…

– Słuchaj i ucz się od naszego przyjaciela, bo jego wiedza wydaje się wielka – rzekł do Freda Afgańczyk teatralnym tonem. – A oprócz tego będziemy jeździć konno, polować i od czasu do czasu popalać haszysz. Poznacie ciekawych ludzi i odkryjecie świat, o jakim nie macie pojęcia. To wam mogę obiecać.

– Ja się piszę na sto procent, a Freda możemy zabrać ze sobą jako lokaja… – André bez trudu uchylił się przed ciosem młodego Van Verta. – Powiedz nam coś o swojej ojczyźnie, jaka jest?

Przez następną godzinę Chalil opowiadał im o Afganistanie, jego skomplikowanych podziałach plemiennych i klanowych oraz rządzących nimi twardych zasadach odwiecznego niepisanego prawa zwyczajowego. Jawiła im się ziemia dzika i surowa, w większości zamieszkana przez wojowników z innej epoki, niechętnych nakazom rządu centralnego lub zgoła mających je za nic. Im dłużej mówił, tym bardziej jego przyjaciele nabierali ochoty na tę egzotyczną podróż.

2 grudnia

W kolejny weekend Fred i André wybrali się odwiedzić Rose w sanatorium, w którym nadal przebywała. Przez pierwsze kilkanaście minut mieli wrażenie, że zachowuje się normalnie i wszystko jest na dobrej drodze. Ale były to tylko pozory. Im dłużej trwała wizyta, tym częściej dziewczyna popadała w coraz dłuższe okresy zamyślenia czy wręcz odrętwienia, wyłączając się z otaczającej ją rzeczywistości.

Zakończyli więc odwiedziny znacznie szybciej, niż planowali, a następnie długo rozmawiali z opiekującym się Rose lekarzem. W jego ocenie symptomy jej zachowania były podobne do reakcji żołnierzy wracających z Wietnamu i cierpiących na syndrom stresu pourazowego.

– Nie może wyrzucić z pamięci przeżyć i obrazów, których była świadkiem. Ponadto towarzyszy jej podświadome uczucie zagrożenia. Są dni, gdy wydaje się, że wszystko już jest dobrze, a zaraz potem mamy nawrót cierpienia. To bardzo podstępna dolegliwość. Miałem przypadki, gdy przypominała o sobie po latach – wyjaśniał doktor. – Nawet bardzo twardzi, zdawałoby się, żołnierze niezbyt sobie z nią radzą. Potrzebny jest czas i trochę szczęścia, aby pokonać tego wroga.

– Pomógłbym Morganowi zabić Billy'ego Raya i resztę tych bydlaków jeszcze raz, gdyby to miało uleczyć Rose – powiedział André, gdy już wyszli z gabinetu lekarza.

Młody Van Vert bez słowa poklepał przyjaciela po ramieniu.

1973
5 maja

Harry Adams marzył o zamieszkaniu w położonym naprzeciwko Opery Państwowej wiedeńskim hotelu Sacher, odkąd przeczytał o nim w przewodniku, który przypadkowo wpadł mu w ręce tuż po wojnie, w zamierzchłych czasach służby żołnierskiej w Niemczech. Po dwudziestu paru latach doszedł wreszcie do wniosku, że stać go na ziszczenie tego marzenia. Tym bardziej że gdy w Watergate zatrzymano włamywaczy, Martin Van Vert zapłacił mu obiecaną premię w wysokości miliona dolarów.

Nie spieszył się zatem ze spożywaniem śniadania w luksusowej restauracji najbardziej wykwintnego hotelu w mieście. Ba, wręcz je celebrował! Maczał grzanki w żółtkach dwóch jajek po wiedeńsku zagotowanych w stojącym przed nim szklanym naczyniu, popijając najbardziej aromatyczną kawą, jaką od dawna zdarzyło mu się skosztować. Kawa serwowana w Białym Domu czy Executive Office Building była zaiste daleką i ubogą krewną napoju podawanego w hotelu Sacher – skonstatował ze smutkiem. Dokończył jajka, posmarował kolejną grzankę marmoladą z pomarańczy i zamówił jeszcze jedną filiżankę kawy.

Zbliżała się dziesiąta. O jedenastej umówiony był na Stephansplatz z Dominikiem. Od roku dążył do tego spotkania, ale nawał zajęć zmuszał go do ciągłego przekładania terminu. Skrupulatnie więc przekazywał kurierem informacje wywiadowcze, mając pełną świadomość ich wagi. Nie mógł się doczekać spotkania z Dominikiem i jego osobistej oceny zawieruchy narastającej wokół prezydenta Stanów Zjednoczonych.

Wyszedł z hotelu i udał się na miejsce spotkania. Odległość była tak niewielka, że mógł ją bez pośpiechu pokonać pieszo. Słoneczna pogoda zachęcała do zwiedzania miasta i po placu kręciło się już sporo ludzi. Nie było jeszcze wśród nich Dominika, więc Harry postanowił pobieżnie zwiedzić katedrę. Tam też znalazł go przemytnik. Nawiązali kontakt wzrokowy i Harry ruszył za swoim prowadzącym. Po kilkunastu minutach byli już w kolejnym mieszkaniu wynajmowanym przez organizację Dominika na tyłach katedry.

Uścisnęli się serdecznie.

– Stęskniłem się za tobą, Harry – rzekł przemytnik bynajmniej nie kurtuazyjnie, bo rzeczywiście dawno się nie widzieli.

– *Long time no see!* Świetnie wyglądasz! – odpowiedział agent.

Usiedli na fotelach w salonie i Dominik zamienił się w słuch, z niedowierzaniem chłonąc opowieść o zmierzającej do nieodległego finału tragedii życiowej Richarda Nixona i misternych poczynaniach ludzi, którzy do niej doprowadzili.

– Tydzień temu pan prezydent musiał zwolnić swoich najbliższych współpracowników, Boba Haldemana i Johna Ehrlichmana, „pruski mur", jak ich nazywano, bo zawsze bronili do niego dostępu. Oskarża się ich o zainspirowanie włamania do Komitetu Wyborczego Partii Demokratycznej w Watergate, a następnie tuszowanie całej sprawy. Nixon ma nadzieję, że ich dymisja zamknie aferę i odsunie jakiekolwiek podejrzenia od jego osoby, a nadzieja, jak wiemy, umiera ostatnia. Na ostatnią dekadę tego miesiąca szykuje bezprecedensowe jak na prezydenta Stanów Zjednoczonych oświadczenie, w którym stwierdzi, że nigdy nie miał wyprzedzającej wiedzy o włamaniu, co akurat jest zgodne z prawdą, i nie brał udziału w wyciszaniu sprawy ani o tym nie wiedział, co już zgodne z prawdą nie jest. Pogrąża się biedaczek, nie wiedząc do końca, mimo swojej inteligencji, że pada ofiarą manipulacji. Swoją drogą to fascynująca lekcja Realpolitik.

– Służby specjalne, liberalne media Wschodniego Wybrzeża, demokraci w Kongresie i ich ludzie w całej waszyngtońskiej biurokracji federalnej, a do tego wszędobylskie macki i aktywa Van Vertów, że nie wspomnę o twojej skromnej osobie, Harry. Siła złego na jednego. Mam wrażenie, że nawet George Washington nie poradziłby sobie z taką koalicją. – Dominik pogrążył się w zadumie, przywołując na myśl znacznie mniej potężną kabałę, która zmiotła z posady jego brata. – Pan Nixon płaci bardzo wysoką cenę za swoje odważne otwarcie na Chiny…

– To tylko jeden z powodów, choć najbardziej istotny z punktu widzenia Victora Van Verta. Osobiście uważam, że zbiegło to się z czymś jeszcze ważniejszym. W swej drugiej kadencji Nixon miał zamiar dokonać gruntownej reorganizacji i przewietrzenia całej waszyngtońskiej biurokracji federalnej, nie wyłączając wiecznie skłóconych służb specjalnych, które nie współpracują ze sobą ani nie koordynują swoich działań, a tym samym nie wypełniają podstawowej misji, jaką jest informowanie Białego Domu o zagrożeniach zewnętrznych i wewnętrznych. Prezydent chciał wyrzucić większość biurokratów zasiedziałych na szczeblach decyzyjnych we wszystkich departamentach i agencjach, głównie liberalnych demokratów, i zastąpić ich swoimi ludźmi, których przygotował i wyszkolił w pierwszej kadencji. Umożliwiłoby mu to podporządkowanie całej machiny federalnej celom politycznym Białego Domu. Nominowani przez niego ludzie w biurokracji waszyngtońskiej mieli podlegać ośmiu wyższym urzędnikom administracji odpowiedzialnym bezpośrednio przed samym prezydentem. Wyobrażasz sobie, jaki strach padł na urzędasów, którzy od dekad kręcili swoje lody, nie bardzo się przejmując kolejnymi przychodzącymi i odchodzącymi prezydentami i ich ambicjami politycznymi?

– Ciekawe, co mówisz. Taki plan ma ogromny potencjał mobilizacyjny wśród zagrożonych biurokratów i ich przyjaciół w służbach specjalnych. Na tej ogromnej fali niezadowolenia Van Vertowie mogą uprawiać każdy rodzaj surfingu politycznego przeciwko Nixonowi, nie rzucając się za bardzo w oczy. Sprytne. Jeżeli uda się wyeliminować Nixona, to następny prezydent pomyśli dwa razy, zanim zacznie podskakiwać określonym siłom.

– To system hamulców i równowagi w praktycznym działaniu, przyjacielu – zaśmiał się Amerykanin. – A odejście Nixona to jedynie kwestia czasu, wierz mi. Śmiało możesz przekazywać tę informację zainteresowanym jako pewnik.

– Tak zrobię, Harry, i z góry zażądam dla ciebie wielkiej premii, powiedzmy miliona dolarów, gdy się sprawdzi – zapewnił przemytnik. – Zobaczymy, czy omnipotencja Van Vertów ma swoje granice, czy nie.

– Ma, przyjacielu, zapewniam cię. By to odkryć, nie musimy czekać na odejście Richarda Nixona. – Harry opowiedział o zdarzeniu na tyłach dyskoteki Black Soul w Bostonie z satysfakcją człowieka, którego cieszy nawet drobne niepowodzenie wielkich tego świata. – Gdyby nie ten młody człowiek z Europy, to całą potęgę Van Vertów można by o kant dupy rozbić.

– To ród musi być mu wdzięczny – ocenił Dominik z udawaną obojętnością, choć ta relacja napawała go nie mniejszą dumą niż wtedy, gdy słuchał jej po raz pierwszy z ust Andrégo. – Zawsze uważałem, że najważniejsze to znaleźć się we właściwym czasie we właściwym miejscu.

– To prawda. A ród jest temu chłopakowi szczerze wdzięczny, zwłaszcza ojciec i brat Rose, ale także Victor. Znajdą sposób, by się odwdzięczyć.

Rozmawiali jeszcze przez dwie godziny, dopracowując system łączności kurierskiej i awaryjnej. Pod koniec Harry się rozmarzył.

– Chciałbym popracować jako twój człowiek w Stanach Zjednoczonych jeszcze z pięć lat i przejść na emeryturę – powiedział. – Najchętniej osiadłbym w małej, sympatycznej miejscowości w Szwajcarii, niedaleko granicy z Włochami, i wiódł spokojny żywot rentiera. Od czasu do czasu zleciłbyś mi jakąś operację specjalną, abym nie zardzewiał i nie wyszedł z wprawy. Co o tym myślisz?

– Piękny plan na jesień życia zawodowca. Masz rację, jeszcze z pięć lat i mam nadzieję, że można będzie nieco wyluzować, cieszyć się życiem. Będziemy się odwiedzać i popijać dobre trunki, grzejąc się w słońcu.

Uścisnęli się na pożegnanie.

Harry wrócił do hotelu Sacher, żeby posilić się lekkim lunchem, a na deser równie słynnym co hotel tortem czekoladowym noszącym jego nazwę. Na wieczór zarezerwował lożę w Operze Wiedeńskiej, wychodząc z założenia, że najwyższy czas zacząć przyzwyczajać się do światowego życia Starego Kontynentu.

Dominik wykonał telefon, zamknął mieszkanie i przeszedł do zaparkowanego kilka przecznic dalej samochodu. Nie pojechał jednak do rezydencji w Schönbrunnie, tylko skierował się na trasę wiodącą do północnego Tyrolu. Celem podróży była duża posiadłość wiejska, którą kupił Gerard, realizując uzgodniony cztery lata wcześniej plan druku dolarów.

Działając bez pośpiechu, precyzyjnie, a nade wszystko ostrożnie, były esesman pozyskał dokładnie tych ludzi, na których mu zależało, i przy ich pomocy stworzył pierwszorzędną drukarnię zielonej waluty amerykańskiej, praktycznie nieróżniącej się niczym od banknotów oryginalnych. Drukowano około piętnastu milionów dolarów rocznie w banknotach stu- i dwudziestodolarowych, część puszczając w obieg i piorąc przy okazji, a część składując w kilku bezpiecznych miejscach. W obu przypadkach ściśle przestrzegano wypróbowanych zasad konspiracji. Działalność tę prowadziła dwutorowo cała organizacja Dominika, zarówno pod jego osobistą kontrolą, jak i pod kontrolą Gerarda, bo każdy z nich dysponował specyficznymi dla siebie możliwościami. O tym, że rozprowadzane banknoty są fałszywe, wiedziało jedynie wąskie grono najbardziej zaufanych członków organizacji.

Po paru godzinach jazdy Dominik zatrzymał się przed zamkniętą bramą gospodarstwa, na które składały się z cztery budynki wzniesione z kamienia i ogrodzone takim samym kamiennym murem. Uprzedzony telefonicznie o wizycie przyjaciela, Gerard osobiście otworzył ciężką żeliwną bramę i wpuścił samochód na dziedziniec.

Przywitali się i weszli do dużego budynku mieszkalnego, kierując się do kuchni.

– Dochodzi osiemnasta, więc domyślam się, że musisz być głodny – powiedział Gerard. – W piekarniku opieka się kilka golonek z ziemniaczkami, a w lodówce czeka zapasik miejscowego piwa. Mniemam, że trafiłem w gust podróżnika?

– Ze snajperską dokładnością, panie kierowniku drukarni papierów wartościowych – odparł pogodnie Dominik, rozkoszując się zapachem.

Gerard zgasił piekarnik, wyjął z niego duże żeliwne naczynie z dochodzącą już golonką w sosie piwnym i umieścił je na kamiennej podstawce, którą następnie postawił na drewnianym stole kuchennym. Z werwą wzięli się do jedzenia.

– Naprawdę smakowita potrawa, Gerardzie. Wyrazy najwyższego uznania – skomplementował gospodarza Dominik, skończywszy konsumować pierwszą, średnich rozmiarów, ale dzięki temu jędrniejszą golonkę. – A jak postępuje u ciebie dystrybucja banknotów? O ile wiem, to jeszcze nikt nie zgłosił wykrycia fałszywki.

– Nie było takiego przypadku i, *inszallah*, nie będzie. Jak uzgodniliśmy swego czasu, kilkanaście milionów dolarów wyekspediowałem do Brazylii, gdzie organizacja Konrada pierze je w całej Ameryce Południowej. Tylko on wie, że to fałszywe banknoty. Twierdzi, że nigdy nie widział tak dobrze podrobionych dolarów, nawet w Trzeciej Rzeszy. Prosi o kolejne kilkanaście milionów do rozprowadzenia.

– Jaką prowizję ostatecznie z nim uzgodniłeś? Przyszedł mi do głowy pewien pomysł i nie chciałbym przeszarżować.

– Konrad uznał, że wystarczy mu dwadzieścia pięć procent, aby wyprane siedemdziesiąt pięć procent banknotów zwrócić nam. Uważam, że to bardzo przyzwoita oferta.

– Absolutnie. Rzekłbym wręcz, że należy mu się premia. Inna sprawa, że Brazylią rządzi w tej chwili junta wojskowa, która Konrada hołubi. Łatwiej więc mu robić wielkie interesy na rynku nieruchomości czy w handlu hurtowym i prać nasze fałszywki. Nawet gdyby doszło do jakiejś niespodziewanej wpadki, to przypuszczalnie wyjdzie z niej cało. Dlatego ta prowizja jest stosunkowo niewielka. Na innym, trudniejszym, ale większym rynku musiałaby być wyższa... – Dominik potarł brodę w zamyśleniu, natychmiast wzbudzając ciekawość rozmówcy.

– Wiedziałem, że coś ci chodzi po głowie! Jaki rynek masz na myśli, przyjacielu? – zapytał Niemiec, pociągając spory łyk piwa.

– Zgadnij, *Herr Oberst*! – padła riposta, jakiej były esesman, znając Dominika, się spodziewał. Dlatego wystarczyła jedynie krótka chwila, aby pokusić się o odpowiedź.

– Stany Zjednoczone! Myślisz o rynku amerykańskim, ale północnym. Wielkim i chłonnym, o nieskończonych możliwościach, kolebce kapitalizmu i ojczyźnie dolara. Bardzo to ryzykowne. Tam najłatwiej wpaść z naszymi fałszywkami. A Amerykanie nie odpuszczą, dopóki nie ustalą producenta. To nie Brazylia, nie przekupisz ich. Mocno się zastanów nad tą inicjatywą. Jest tyle innych, łatwiejszych rynków, na których jeszcze nas nie ma.

– Dobrze mnie znasz, Gerardzie! – przyznał Dominik, tylko nieznacznie zaskoczony trafnością analizy przyjaciela. – Biorę pod uwagę wszystko, co mówisz, bo jest w tym dużo racji. Ale pamiętaj, że po uwolnieniu ceny złota amerykańska Rezerwa Federalna drukuje coraz więcej dolarów, w których zalewie łatwiej ukryć naszą produkcję. Wejście na rynek północnoamerykański pozwoliłoby nam ją zwielokrotnić. Nie wkroczymy tam pochopnie, lecz *with all deliberate speed*. Może oprowadzisz mnie znowu po naszej drukarni, co? Widok rodzących się dolarów pobudza moją wyobraźnię i pomysłowość.

Patrząc na sterty wydrukowanych i gotowych do rozprowadzenia banknotów, doszedł do wniosku, że powinien jak najszybciej spotkać się z Dolores i Janą. Wiedział z doświadczenia, że kobiecy punkt widzenia na trudne sprawy często bywa zaskakująco racjonalny.

8 maja

– Andropow cały czas nie wierzy, że afera Watergate może wykończyć prezydenta Stanów Zjednoczonych, choć ta niewiara nie jest już tak silna jak jeszcze parę miesięcy temu – powiedziała generał Iwanowa, wysłuchawszy relacji Dominika. – To idealny czas, aby przekazać mu tę informację jako pewnik i poprosić o milion dolarów premii. Przewodniczący ma w sobie żyłkę ryzykanta i zgodzi się na taki układ. Poinformuje natychmiast Breżniewa, żeby biorąc pod uwagę taki rozwój sytuacji, można było przygotować alternatywną linię postępowania względem Amerykanów. Co więcej, w razie odejścia prezydenta, zwłaszcza wiedząc, że w sprawie maczają palce Van Vertowie, wypłaci te pieniądze. Mogę ci tylko za to podziękować.

– Drobnostka. Jak sobie radzi Edyta Amschel, doradzając waszemu rządowi?

– To profesjonalistka w każdym calu, więc obie strony są zadowolone. Mam natomiast sygnał, że Van Vertowie odnieśli wrażenie, iż ich akcja skupu złota napotyka na świecie różne blokady...

– Czyli wszystko idzie zgodnie z planem. Mam jeszcze do ciebie prośbę o radę w pewnej sprawie, *madame le général*. Otóż dysponuję i w dającej się przewidzieć przyszłości dysponować będę dużą ilością znakomicie podrobionych dolarów amerykańskich. Zastanawiam się, jak najlepiej je wyprać w Stanach Zjednoczonych. To wielki i obiecujący rynek. Masz jakieś pomysły? Może chodzić o dziesiątki milionów. – Dominik nie ujawnił Janie szczegółów realizowanego przedsięwzięcia, ponieważ wiedza ta po prostu nie była jej na obecnym etapie do niczego potrzebna, a przestrzeganie zasady *need to know* pomagało przetrwać w ich fachu.

Zamyśliła się na chwilę, zanim przeszła do rzeczy.

– Tak trudną i niebezpieczną operację musi poprzedzić rozpoznanie walką. Nie radzę jednak robić go w Stanach. Przeprowadź je w Wietnamie Południowym, *mon ami*. Jest tam cały czas mnóstwo Amerykanów, a dolar rządzi gospodarką państwa. Towarzysze z Północy z dziką radością i praktycznie za darmo udostępnią ci swoje rozległe możliwości na Południu, traktując to jako element wojny. Mają też niezłe wejścia w Laosie i Kambodży, więc twoja kasa może zalać całą Azję Południowo-Wschodnią. KGB zaś chętnie będzie pośredniczyć między tobą a nimi za naprawdę niewielką prowizję. Niech te fałszywe dolary najpierw trafią do Ameryki z Wietnamu Południowego. Jeżeli wszystko pójdzie bez wpadki i przyjmą się na rynku amerykańskim, to będziesz mógł je przerzucać już bezpośrednio do, powiedzmy, Nowego Jorku. Nawet gdyby kiedyś zidentyfikowano fałszywkę, trop zaprowadziłby amerykańskich śledczych do Wietnamu Południowego. Wtedy naturalnie winą obarczą towarzyszy z Północy, ale oni mają takie oskarżenia głęboko w dupie, a wręcz są z nich dumni. A co najważniejsze, będziesz niewidoczny dla Amerykanów. Tak jak lubisz.

– Nie dziwię się, że przewodniczący Andropow mianował cię generałem, Jano. To znakomity pomysł. Prosty, bezpieczny, skuteczny. Jesteś genialna. Kiedy możemy brać się do roboty?

– Wrócę z Wiednia do Moskwy, uzyskam zgodę Andropowa i szefa wywiadu na pranie twoich fałszywek i do boju. Nie przewiduję wahań z ich strony, bo Amerykanie i my lubimy wbijać sobie takie szpilki w różne części ciała. Wtedy wpadnę tu z Andriejem Wozniesieńskim, moją prawą ręką. Chcę, abyś z nim pracował, bo zamierzam scedować na niego bieżące prowadzenie kilku spraw. To człowiek godny najwyższego zaufania. Podsumowując: powinieneś być gotowy z pierwszą wysyłką, powiedzmy dwudziestu milionów dolarów, do pierwszego września, bo w połowie tego miesiąca wybieram się na tydzień lub dwa do Nowego Jorku na sesję ONZ jako przedstawiciel Ministerstwa Finansów. Moi przełożeni uważają, że utrwalanie tej legendy będzie przydatne w dalszych kontaktach z madame Amschel.

– Przecież po Kairze cały świat wywiadowczy wie, że jesteś z KGB. Żadne legendowanie tego nie zatrze.

– To prawda, ale oficerowie wywiadu niekiedy odchodzą ze służby do innych zajęć. O tym świat wywiadowczy też wie i to go nie dziwi, bo taka jest powszechna praktyka. Zresztą skoro przełożeni sugerują wyjazd, to ja nie będę się z nimi kłócić. Nie mówiąc już o tym, że nigdy dotąd nie byłam w Nowym Jorku… Daj mi kilka swoich podrobionych banknotów. Niech nasi eksperci w Moskwie je ocenią.

– Nowy Jork ci się spodoba. Cały czas coś się w nim dzieje. To istna mekka szpiegów. – Dominik wręczył jej kopertę z banknotami, którą zapobiegliwie przyniósł na spotkanie.

9 maja

Dolores długo oglądała banknoty studolarowe, które Dominik wyjął z kieszeni marynarki, gdy rozmawiali w jego rezydencji. Gniotła i polewała je wodą sodową, długo nie mogąc wyjść z osłupienia, w jakie ją wprawiła jego najnowsza inicjatywa.

– Dobre te podróbki, bardzo dobre. Nie przestajesz mnie zadziwiać, Dominiku. Skąd wpadłeś na pomysł założenia fabryki dolarów? Czyżby to było pokłosie tego, co Niemcy robili w czasie wojny? O ile mnie jednak pamięć nie myli, to oni drukowali funty. Tak to przynajmniej pamiętam z filmu *Kryptonim „Cicero"* z Jamesem Masonem.

– Rzeczywiście świetny film, ale z konieczności nie mógł poruszyć wszystkich wątków niemieckiej operacji „Bernhard". Jak zwykle, moja droga, podążasz właściwym tropem. Domyślasz się zapewne, że inicjatorem przedsięwzięcia był Gerard, a wcielenie pomysłu w życie umożliwiły jego stare kontakty w SS. Reszta to na razie tajemnica handlowa.

– *Need to know*, to zrozumiałe. Powiem ci szczerze, że dla tego jednego projektu warto było przez te wszystkie lata hołubić naszych przyjaciół z SS, a przecież nie tylko przy tej okazji wykazali swoją przydatność. Jako Żydówka i oficer wywiadu izraelskiego nigdy nie sądziłam, że podobne słowa przejdą mi kiedyś przez gardło. Ale dosyć filozofowania! Wiem, że nie opowiadasz mi tego, by ujrzeć podziw w moich oczach. W jakiej roli mam wystąpić w twojej operacji walutowej?

Dominik przedstawił jej koncepcję generał Iwanowej.

– Azja Południowo-Wschodnia to jedynie poligon doświadczalny i tylne drzwi do Stanów. Ciebie chciałbym prosić o pomoc w bezpośrednim wejściu na rynek amerykański, poczynając od Nowego Jorku. Na pewno masz jakieś kontakty.

– Pomysł Jany jest rzeczywiście przedni, miej jednak na uwadze, że dla niej Ameryka to przeciwnik, a dla mojego wywiadu – coraz lepszy sojusznik. Ponadto pierwszego stycznia przyszłego roku mam zostać wicedyrektorem Mosadu, o czym dowiedziałam się kilka dni temu. Wszystko to nieco ogranicza swobodę moich ruchów w tej sprawie.

– No, gratuluję, *madame le directeur*! To stanowisko należało ci się od dawna jak psu kość. Ale w tej sytuacji zapomnij o mojej prośbie. Nie możemy ryzykować…

– Spokojnie, przyjacielu, spokojnie. Sam mnie uczyłeś, że zawsze jest jakieś wyjście. Masz już tam wspólnika, z którym prowadzisz operację narkotykową, Abrahama Lankera. Chętnie z nim porozmawiam o nowej operacji walutowej. Na pewno będzie zainteresowany.

– O taką właśnie pierwszą rozmowę chciałem cię prosić. Masz dobry kontakt z szefem mafii żydowskiej w Nowym Jorku. Powiedz mu, że jestem gotów rozważyć zakończenie operacji narkotykowej, aby cały wysiłek naszych organizacji skupić na tym nowym przedsięwzięciu. Rozsądniej jest produkować banknoty aniżeli narkotyki. Jeżeli w rozmowie

z tobą Lanker wyrazi zgodę na moją propozycję, to szczegóły operacji sam z nim dogadam. W Nowym Jorku albo tu,
w Wiedniu. Niech określi, jaką sumę miesięcznie mógłby
lokować w Ameryce. Jestem w stanie mu dostarczyć praktycznie każdą ilość dolarów.

– Masz załatwione, przyjacielu. Pojadę do Nowego Jorku i przy okazji spotkam się z Marią. Gdy niedawno rozmawiałam z nią w Wiedniu, odniosłam wrażenie, że jest pod
urokiem Andrégo. Wolałabym wiedzieć, czy to chwilowa fascynacja, czy coś więcej. Może trzeba będzie interweniować?

– Maria to piękna kobieta, a André jest przystojnym
mężczyzną, więc nie ma się czemu dziwić… – Dominik
uśmiechnął się pod nosem, jakby ta sytuacja nie stanowiła
dla niego żadnego zaskoczenia.

– Gdy zostanę wicedyrektorem w swoim wywiadzie, to
nie będę mogła już tak swobodnie śmigać po świecie jak do
tej pory – zauważyła Dolores. – Musimy pomyśleć o alter-
natywnym sposobie obsługi Marii.

– Wyszkoliłaś ją na agentkę z prawdziwego zdarzenia.
Sądzę, że jest bardziej samodzielna, niż ci się wydaje, i nie
potrzebuje już prowadzenia za rękę. Wystarczy spotkanie
raz do roku w Europie. Mogę to wziąć na siebie. Poza tym
nie jest już sama w świecie Van Vertów. André będzie czuwał. Na początku października zorganizuję tu, w Wiedniu,
spotkanie naszej piątki. Zastanowimy się wtedy, co robimy
dalej.

16 lipca

Zamieszkana przez dyplomatów i bogate rodziny afgańskie Wazir Akbar Chan uchodziła za najbardziej ekskluzywną i najbogatszą dzielnicę Kabulu. Otoczone murami, na ogół dwupiętrowe wille tonęły w zieleni.

Posiadłość Malicharów składała się z trzech dużych budynków, z których każdy spełniał ściśle określoną rolę. W największym mieszkała rodzina Malicharów: Chalil, jego dwie młodsze siostry oraz przedwcześnie owdowiały ojciec, oficer armii afgańskiej w stopniu pułkownika. Wyszkolony w Wielkiej Brytanii, służył w czasie drugiej wojny światowej w siłach brytyjskich w Azji, walcząc z Japończykami. Może dlatego nie hołdował zwyczajowi posiadania kilku żon, a po śmierci tej jednej nie zdecydował się na powtórny ożenek. Druga willa służyła podejmowaniu gości wystawnymi ucztami. W trzeciej zaś, pełnej wszelkich wygód, zostali zakwaterowani André i Fred.

W stolicy Afganistanu przebywali od kilku dni i powoli przyzwyczajali się do tego, że kraj ten zaskakuje ich niemal na każdym kroku. Odkąd wylądowali w Kabulu boeingiem 707 należącym do cieszących się znakomitą reputacją afgańskich linii lotniczych Ariana, odkrywali nieoczekiwanie europejski charakter miasta widoczny w ubiorze wielu jego mieszkańców, w tym uśmiechniętych pięknych kobiet.

Nie tak wyobrażali sobie kraj Trzeciego Świata i przy śniadaniu nie omieszkali podzielić się swoimi wrażeniami z Chalilem. Ku ich zaskoczeniu gospodarz uśmiechnął się smutno.

– Moja ojczyzna to kraj pełen kontrastów, o czym zdążycie się jeszcze przekonać – wyjaśnił. – Bardzo bym sobie życzył, aby linie Ariana i Kabul stanowiły odbicie całego Afganistanu, ale, niestety, tak nie jest. Rząd centralny jest słaby, a w prowincjach tak naprawdę władzę sprawują plemiona i klany. Upłynie wiele lat, zanim to się zmieni. Po śniadaniu udamy się na teren uniwersytetu i politechniki, to kawałek drogi stąd, ale pójdziemy na piechotę. Umówiłem się tam z przyjacielem. To ciekawy człowiek i chcę, abyście go poznali. Jego ojciec też jest oficerem naszej armii – zakończył tajemniczo.

Spacer w porannym słońcu zakurzonymi o tej porze roku kabulskimi ulicami uwidocznił cudzoziemcom kontrasty, o których wspominał ich przyjaciel. Najnowsze pojazdy wszystkich marek mijały się z rozklekotanymi taksówkami i obładowanymi do granic możliwości osiołkami. Zakryte od stóp do głów żeńskie postacie mieszały się z Afgankami ubranymi według wskazań najnowszej mody, z kruczoczarnymi włosami upiętymi w wymyślne fryzury. Rosły blondyn przyciągał niejedno odważne kobiece spojrzenie, co wywoływało uśmiech na twarzy Chalila.

– Podobasz się tutejszym pięknościom, André. Pamiętaj jednak, przyjacielu, że w odróżnieniu od Ameryki czy Europy ta adoracja nie może wychodzić poza spojrzenia, a i to nie zawsze. Honoru każdej takiej dzierlatki broni męska część rodu, gotowa poderżnąć ci gardło za każde prawdziwe lub domniemane uchybienie.

– Będę miał to na uwadze – zapewnił André i w ostatniej chwili ugryzł się w język, bo już chciał zapytać Afgańczyka, czy dlatego nie przedstawił im dotąd swoich sióstr.

Weszli na tereny uczelniane. Przemierzali je we wszystkie strony młodzi ludzie, często zawzięcie ze sobą dyskutując. Inni siedzieli na ławkach lub niskich murkach, z nosem w książce lub gazecie. Andrégo uderzyła duża liczba kobiet w białych bluzkach i szarych lub ciemnych spódnicach. Kampus kabulskich uczelni niewiele różnił się od podobnych instytucji w większości państw.

Na jednej z ławek siedział młody człowiek i czytał książkę. Zauważył Chalila i jego przyjaciół, dopiero gdy się przed nim zatrzymali. Spojrzał na nich, uśmiechnął się i powoli wstał. Był średniego wzrostu, szczupły, ale o mocnej budowie ciała i gęstych włosach. W jego twarzy o regularnych rysach było coś zarazem szlachetnego i władczego.

Uścisnął się serdecznie z Chalilem, który zaprezentował nieznajomego.

– Poznajcie Ahmada Szaha Masuda, mojego przyjaciela od zawsze. Ahmad skończył francuskie Lycée Esteqlal, więc możemy porozumiewać się w języku Woltera. Teraz studiuje na politechnice.

– André Vol. – Blondyn przedstawił się płynną francuszczyzną doprowadzoną do perfekcji w szwajcarskich szkołach. – A to Fred Van Vert. Czytasz święty Koran?

– Znasz świętą księgę islamu? – zainteresował się Afgańczyk, bacznie przyglądając się rozmówcy.

– Nikt nie zna świętej księgi oprócz jedynego Boga i jego Proroka. Wszyscy ją czytamy i nieudolnie staramy się interpretować. Ja też, ale im więcej czytam, tym więcej mam wątpliwości – odparł André, ważąc każde słowo i obserwując reakcję Masuda.

– Mój przyjaciel Chalil wspomniał, że na dzisiejsze spotkanie przyprowadzi wojownika, ale nie powiedział, że będzie nim światły człowiek otwarty na prawdziwą wiedzę i wiarę. Odwaga i wiedza to rzadkie połączenie, tym bardziej godne szacunku. Przejdźmy się kawałek, chciałbym przedstawić cię swoim nauczycielom. Chalil ich zna.

Nie czekając na odpowiedź, Masud wziął do ręki Koran, obrócił się na pięcie i ruszył w kierunku budynku mieszczącego wydział prawa islamskiego. Chalil skinął głową i wszyscy trzej udali się śladem studenta politechniki.

– Zmroziło mnie, gdy zacząłeś mówić o Koranie, ale sam bym tego lepiej nie ujął. *Chapeau bas!* Pogwarzę z Ahmadem – rzucił Chalil, mijając Andrégo, i dołączył do idącego przodem Afgańczyka.

– Naprawdę przeczytałeś Koran przed tą wycieczką? – zapytał z niedowierzaniem Fred.

– Oczywiście, i nie tylko. A ty nie? – odparł André, którego Dominik zawsze uczył, że należy znać kulturę, obyczaje i wierzenia ludzi, z którymi się przestaje.

Fred nie zdążył odpowiedzieć, bo weszli do budynku, a następnie do niewielkiej sali na parterze. Wyłożona była dywanami, a wzdłuż ścian – olbrzymimi poduchami do siedzenia. W jednym z rogów siedziało na nich dwóch mężczyzn w tradycyjnych strojach afgańskich, prowadząc ożywioną dyskusję. Starszy mógł mieć trzydzieści kilka lat, młodszy niewiele przewyższał wiekiem nowo przybyłych. Na ich widok przerwali rozmowę i z zaciekawieniem wysłuchali Masuda, który najpierw szeptał im coś na ucho, rzucając wzrokiem na blondyna, a następnie przedstawił ich po francusku obcokrajowcom.

– To jest profesor islamistyki Burhanuddin Rabbani – wskazał na starszego – który skończył nasz Uniwersytet Kabulski, a obecnie tu naucza. Niedawno powrócił z Kairu, gdzie w medresie Al-Azhar zgłębiał nauki islamistyczne i zrobił doktorat. Jego rozmówca to Abdurrab Rasul Sajjaf, który również doktoryzował się w Al-Azharze.

– Miło mi powitać w Kabulu gości naszego Chalila – rzekł w dari profesor islamistyki, a Chalil natychmiast przetłumaczył jego słowa na angielski. Rabbani przyjaźnie spojrzał na Andrégo i kontynuował: – Mądry jest człowiek, który stara się poznać kulturę innych nacji, a ten, który zgłębia ich religię, wykazuje światłość i pokorę. Bo czymże jesteśmy wobec Najwyższego, jeśli nie przelotnym pyłem?

– „Słońce jest świeczką, a świat lampą, my zaś jedynie cieniami, które w niej się obracają" – odrzekł André, wprawiając w osłupienie Chalila i wywołując błogi uśmiech na twarzy Rabbaniego.

– Omar Chajjam. Uczony sufi z Balchu, człowiek o afgańskich korzeniach. „Wędrujący palec pisze i napisawszy, rusza dalej…" Nie wiem, co jest pisane tobie, młody człowieku, ale wierzę, że przeznaczenie zwiąże cię z naszą ziemią. Nasz kraj czekają wielkie wstrząsy i wszyscy będziemy świadkami historii – rzekł tajemniczo profesor islamistyki. – Spotkajmy się jeszcze za kilka dni i porozmawiajmy.

Chalil i jego goście pożegnali się i wyszli na zalaną słońcem uliczkę prowadzącą do bram uczelni. Minęło południe i postanowili udać się w drogę powrotną do gościnnej willi w Wazir Akbar Chan.

– Zrobiłeś, André, spore wrażenie na profesorze i jego koledze, że nie wspomnę swojego przyjaciela Masuda. Nie znam cudzoziemca, który cytowałby Omara Chajjama i czytał Koran, oni chyba też nie – skomentował Chalil. – Nasi rozmówcy należą do Organizacji Młodych Muzułmanów. Rabbani jest jej przewodniczącym, Sajjaf wiceprzewodniczącym, a Masud jednym z najgorętszych adherentów. Wyznają poglądy Sajjida Kutba, radykała islamskiego, który chciał zabić Nasera, więc siedem lat temu Egipcjanie skrócili go o głowę. Ale przedtem zdążył wydać manifest, w tłumaczeniu angielskim zatytułowany *Signposts*, w którym uzasadniał walkę zbrojną przeciwko niewiernym i zachęcał do radykalnych działań w celu zdobycia władzy politycznej. Takie leninowskie podejście do rewolucji islamskiej. Profesor Rabbani przetłumaczył manifest Kutba na dari.

– Czy to tutejsza wersja Czarnych Panter? – zapytał Fred. – Są uzbrojeni?

– Nie zdziwiłbym się, w Afganistanie nietrudno o broń. Na prowincji to wręcz część męskiego ubioru... – Chalil jakby się zawahał, czy mówić dalej.

– Twoi znajomi to bardzo ciekawi ludzie. – André wyczuł niepewność Afgańczyka. – Odniosłem wrażenie, że profesor Rabbani mówił o wstrząsach, których świadkami będziemy w najbliższym czasie, może nawet za kilka dni. Coś o tym wiesz, Chalil?

– Po mieście krążą różne plotki. Pytałem ojca, ale nie chciał mi nic powiedzieć. – Afgańczyk westchnął i zmienił temat. – Po drodze jest hotel Intercontinetal. Podają tam schłodzone piwo.

I już kilka minut później, popijając heinekena, siedzieli na tarasie położonego na wzgórzu hotelu, skąd rozciągał się majestatyczny widok na te części miasta, których nie zasłaniały pozostałe kabulskie wzgórza.

– Mój przyjaciel Masud zaprosił nas na wyprawę do Doliny Pandższeru, czyli Pięciu Lwów. To kilkadziesiąt kilometrów od Kabulu. Tam się urodził i jego rodzina ma tam dom. Moja zresztą też. Dolina ciągnie się przez ponad sto kilometrów, a jej środkiem płynie górska rzeka o zimnej i krystalicznie czystej wodzie. Kto może, wyjeżdża latem ze stolicy i chroni się tam przed upałem.

– Czyli jeździcie do tej doliny na weekendy jak nowojorczycy do Catskill – zauważył pragmatycznie Fred. – Jakie tam są rozrywki? Sądząc po zainteresowaniach twoich znajomych, dziewczyny i whisky odpadają. Nie ma sprawy, mogę chodzić po górach i kąpać się w rzece. Chyba że masz inne propozycje.

– Przekonasz się na miejscu. Dobrze, że jeździcie konno, ta umiejętność może się przydać nie tylko podczas wycieczek krajoznawczych.

Zamówili kolejne piwa, szybko je wypili i po godzinie marszu przez miasto znaleźli się w domostwie Chalila, gdzie w pokoju jadalnym czekał na nich suty afgański obiad. Miejscowym zwyczajem usiedli ze skrzyżowanymi nogami na grubych dywanach wokół rozłożonego przed nimi białego płótna, na którym służba ustawiała kolejne dania.

Na wielkich półmiskach piętrzyły się góry gotowanego w rosole ryżu z bakaliami i baraniną oraz wołowiną, kilka rodzajów mielonego mięsa w różnych sosach, gulasz, drób, szaszłyki z jagnięciny, gotowane warzywa i surówki, kilka rodzajów chleba. Dalej stały półmiski z pokrojonym melonem i kolejne z winogronami. Na widok tych kulinarnych wspaniałości młodzi mężczyźni poczuli dojmujący głód. Przez pierwsze kilkanaście minut jedli w milczeniu, popijając pepsi z puszek.

– Doskonałą kuchnię macie w Afganistanie. Nie za ostrą, wszystko jest doprawione w sam raz. Kolejny obiad i coś nowego. *My compliments* – odezwał się w końcu André, przełykając kawałek delikatnej, rozpływającej się w ustach jagnięciny.

Fred, z ustami pełnymi jedzenia, przytakiwał entuzjastycznie.

– Pewnie marzy wam się do tego mięsiwa buteleczka lub dwie czerwonego wina, ale to haram – rzekł Chalil. – Szkoda, bo w tym kraju wszędzie rosną setki odmian winogron. Wnet byśmy konkurowali z Francją i Włochami.

– W Koranie napisano, że picie wina to grzech większy niż płynące z jego konsumpcji korzyści. To trunek Szatana – odpowiedział André. – Ale picie wina nie jest haram, czynem zakazanym, jak spożywanie wieprzowiny, ale jedynie makruh, czynem niedozwolonym.

– Brawo, młody człowieku! Twój przyjaciel, mój synu, wydaje się lepszym znawcą świętej księgi niż ty – zabrzmiał od progu głos pułkownika Malichara. Ubrany w mundur armii afgańskiej gospodarz przysiadł się do biesiadników, nie pozwalając im wstać.

Chalil opowiedział mu o spotkaniach na uniwersytecie.

– Profesor Rabbani to tęgi umysł, ale pobyt w Al-Azhar trochę go zradykalizował. I wcale mnie to nie dziwi, bo ta medresa to siedlisko Bractwa Muzułmańskiego. Ahmad został wychowany przez ojca, mojego przyjaciela pułkownika Masuda, w surowej wierze muzułmańskiej, którą Rabbani w nim podsyca. Ukończył liceum francuskie z tak dobrymi ocenami i znajomością języka, że otrzymał stypendium na dalsze studia uniwersyteckie we Francji. Świat stanął przed nim otworem. Ale ku zdumieniu nas wszystkich Ahmad zrezygnował z tych możliwości. Złożył podanie do akademii wojskowej, bo chciał zostać oficerem naszej armii. Mimo koneksji ojca i moich nie przyjęto go, a szkoda. Widocznie potrzebne były miejsca dla jakichś miernot. Wylądował więc na Politechnice Kabulskiej. Ale tego młodzieńca pcha do przodu jakaś wizja. Sam jestem ciekaw jego przeznaczenia.

– Odniosłem wrażenie, że kieruje nim głęboka wiara, która daje mu ogromny spokój, opanowanie i pewność, że to, co robi, jest słuszne – zauważył André.

– Znakomicie powiedziane, *young man*! Niekiedy postronny obserwator z dalekiego kraju widzi więcej niż my wszyscy – rzekł z uznaniem pułkownik, racząc się winogronami, po czym przeszedł do zasadniczego celu swojej wizyty w pokoju jadalnym. – Mam do was, panowie, wielką prośbę. Pragnąłbym, abyście jutrzejszy dzień spędzili w domu, nie wychodząc do miasta. Nie musicie wprawdzie od rana do wieczora czytać Koranu, ale kilka godzin nie zaszkodzi…

Pułkownik wstał, pożegnał się i wyszedł. Nikt nie uznał za stosowne prosić o wyjaśnienia ani zadawać mu pytań. Młodzi ludzie najwyraźniej wyczuwali powagę chwili i tego, co może przynieść niedaleka przyszłość…

17 lipca

Trójka przyjaciół zastosowała się do prośby pułkownika i spędziła poranek w salonie willi dla gości na głośnym czytaniu wersetów Koranu i dyskusji nad ich interpretacją. Nawet sceptycznie z początku nastawiony Fred po godzinie doszedł do wniosku, że to nie byle jakie wyzwanie intelektualne, i aktywnie przyłączył się do lektury.

Późnym popołudniem Chalil odebrał telefon od Ahmada Szaha Masuda. W miarę jak rozmawiali, na jego twarzy zaczął się rysować z lekka ironiczny uśmiech.

– W moim kraju właśnie dokonano zamachu stanu. Mohammad Daud, królewski kuzyn, obalił monarchię miłościwie panującego Zahera Szaha, który łaskaw jest akurat bawić we Włoszech na leczeniu oczu. Radio podaje, że zamach odbył się bez jednego wystrzału i ofiar, a w mieście panuje spokój. Masud zaprasza na wiec na uczelni. Umówiłem się z nim na jutro, bo nie chcę łamać danego ojcu słowa, że dziś nigdzie nie wyjedziemy.

– I słusznie, słowo to słowo. Co to za gostek ten Daud? I co ten *coup d'état* oznacza? – dopytywał się zaciekawiony Fred.

– To syn brata poprzedniego króla, erudyta wykształcony we Francji. Były minister obrony i premier od pięćdziesiątego trzeciego do sześćdziesiątego trzeciego roku. Król

Zaher Szah zmusił go do rezygnacji, bo prawie doprowadził do wojny z Pakistanem i zamknięcia granicy. Od tamtego czasu Daud stał się wrogiem króla i poprzysiągł mu zemstę.

– No to król miał szczęście, że akurat wybrał się do Europy. Mógłby zostać skrócony o głowę? Dlaczego zamach się udał? – nie ustępował Fred.

– Zamach się udał, bo od trzech lat w Afganistanie panuje niesamowita susza. Nie widać tego za bardzo w Kabulu, ale na prowincji zmarło z głodu i wycieńczenia ponad osiemdziesiąt tysięcy ludzi i winą za to obarczano monarchię. Daud ma stopień generała i dogadał się z komunistami z partii Parczam, że ich ludzie w armii go poprą. No i zamach gotowy. Czy król by przeżył? Nie wiem. Ale gdyby był na miejscu, to z pewnością opór byłby większy. Możliwe, że zakończyłoby się to śmiercią króla. Daud wolał sprawny zamach pod jego nieobecność niż krwawą zemstę i ryzyko niepowodzenia.

Do salonu niespodziewanie wszedł pułkownik Malichar i przysiadł się do trzech młodych mężczyzn. Z jego twarzy biła powaga, ale nie zatroskanie. Czuł na sobie pytające spojrzenia syna i jego gości. Chrząknął i zaczął mówić swoją doskonałą angielszczyzną wyniesioną ze służby w armii brytyjskiej.

– Przede wszystkim dziękuję, że spełniliście moją prośbę i mogłem was tu zastać. Wiecie, jak mniemam, co się dzisiaj wydarzyło, i pewnie czekacie na mój komentarz. Trzon armii, w tym ja, nie poparł króla i nie wystąpił zbrojnie przeciwko Daudowi, bo wolimy, żeby on stanął na czele nowej republiki, którą właśnie proklamowano, niż jakiś komunista z Parczamu podatny na wpływy Moskwy. Susza w kraju spowodowała, że sytuacja zaczęła wymykać się spod kontroli. Jeszcze trochę, a komuniści nie potrzebowaliby Dauda. Sami przejęliby władzę, wsparci gniewem zwykłych ludzi. Przykro to mówić, ale nasz monarcha nie stanął na wysokości zadania.

– Mam wrażenie – odezwał się André – że Wielka Gra, jaką od dekad toczyły w Afganistanie dwa imperia, brytyjskie i rosyjskie, wciąż trwa. Anglików zastąpili Amerykanie, a carów pierwsi sekretarze. Oni są jednak bliżej i nie są zajęci wojną w Wietnamie jak prezydenci amerykańscy. Czy bez poparcia tych ostatnich Mohammad Daud przetrwa? – zapytał bez cienia nieśmiałości, patrząc pułkownikowi w oczy, czym wywołał zdumienie i niepokój na twarzy Freda i Chalila.

– Ponownie mnie zadziwiasz, młody człowieku. To dobra analiza i jeszcze lepsze pytanie. Nie znam odpowiedzi. Pragnąłbym wierzyć, że Daud przetrwa, wyciągnie mój kraj z zacofania i wprowadzi go w nową epokę, ale po prostu nie wiem, czy tak będzie.

Zaległo milczenie. Po chwili pułkownik wstał i bez słowa wyszedł.

18 lipca

Po śniadaniu udali się na uniwersytet, by spotkać się z Ahmadem Masudem. Towarzyszył mu postawny młody mężczyzna. Nazywał się Gulbuddin Hekmatjar i niedawno wyszedł z więzienia, gdzie siedział zamieszany w morderstwo innego studenta. Tyle Chalil zdążył szepnąć swoim gościom.

– Będziemy walczyć z rządem Dauda. Jest wspierany przez komunistów i trzeba go obalić – zadeklarował Masud, jak tylko się z nimi przywitał. – Zdobędziemy broń i poszukamy sojuszników w armii.

– A nie sądzisz, że jeśli zabraknie Dauda, to jego miejsce zajmie jakiś komunista? – zapytał Chalil, nawiązując do wypowiedzi ojca.

– Gdy będziemy przejmować władzę, zabijemy komunistów – zapewnił Hekmatjar.

Dyskutowali tak jeszcze godzinę, dopóki dwaj młodzi spiskowcy nie udali się na zebranie Organizacji Młodych Muzułmanów. Zapraszali rozmówców, by poszli z nimi, ale Chalil wykręcił się od udziału w spotkaniu.

– Profesor Rabbani ma rację. Afganistan czekają wstrząsy, a jego młodzi muzułmanie znacznie się do nich przyczynią. Nie uznałem za stosowne iść z nimi, bo zakładam, że ich organizację już infiltrują służby specjalne, i nie chcę, by nasza trójka znalazła się w kręgu ich zainteresowania. Poza tym Gulbuddin Hekmatjar to awanturnik, od którego lepiej trzymać się z daleka – wyjaśnił swoim gościom Chalil. – Z Ahmadem Masudem spotkamy się za kilka dni w Dolinie Pandższeru. Może tamtejsze rześkie powietrze ochłodzi jego gorącą głowę i wojownicze zapędy.

21 lipca

W sobotni ranek kierowany przez Chalila terenowy land-
-rover przecinał równinę Szomali, zostawiając po prawej
stronie starożytną miejscowość Bagram z niedawno wybu-
dowanym lotniskiem i kierując się na Gulbahar leżący u wejścia do doliny. Kiedy do niej wjechali, Andrému i Fredowi
z wrażenia odebrało mowę. Przez paręset metrów posuwali
się wąską kamienistą drogą, z trudem wymijając obładowa-
ne wszelkimi towarami osiołki. Po lewej stronie wyrastała
pionowa, wysoka na kilkaset metrów ściana skalna, po prawej zaś płynęła wzburzona rzeka Pandższer, w niektórych
miejscach szeroka nawet na dwieście metrów. Przylegała do
niej druga ściana, tak samo wysoka i stroma jak ta pierwsza.

– Przypomina mi to greckie Termopile. Łatwe do obrony, trudne do sforsowania – zauważył siedzący obok kierowcy André, nie mogąc oderwać oczu od dzikiego krajobrazu.

– Ciekawa i słuszna uwaga. Jeszcze kilkadziesiąt kilometrów i będziemy na miejscu. Czuć już chłód od rzeki.

Sforsowawszy wąskie wrota, jechali coraz szerszą i coraz
bardziej zieloną doliną. W pewnym momencie wąska droga
rozpoczęła stromą wspinaczkę, zmuszając pojazd do pełza-
nia z prędkością dwudziestu kilometrów na godzinę. Ale na
szczycie wzgórza podróżnych czekała zasłużona nagroda.

Przed nimi roztaczał się zapierający dech w piersi baśniowy krajobraz. W tym miejscu Dolina Pięciu Lwów była szeroka na parę kilometrów, po obu stronach otoczona majestatycznymi górami, z leniwie płynącą rzeką pośrodku. Do podnóża gór rozciągały się zielone pola uprawne, poprzetykane domostwami i obejściami z jasnobrązowej gliny, nierzadko ogrodzonymi glinianym lub kamiennym murem. Intensywna zieleń pól silnie kontrastowała z przezroczystą wodą rzeki i wszelkimi odcieniami szarości kamieni spoczywających w jej łożysku i wzdłuż brzegów. Gdzieniegdzie pola ułożone były w kilkupiętrowe terasy, co nadawało im uporządkowany i schludny wygląd. Dolina ciągnęła się przez wiele kilometrów, gubiąc się w kolejnych zakrętach.

Po blisko godzinie niespiesznej jazdy zawitali do miejscowości Dżangalak leżącej prawie dokładnie w połowie długości doliny. Rzeka była tu szeroka i wyjątkowo spokojna, a przylegające pola bardziej zielone niż gdzie indziej.

– Tu znajduje się dom rodzinny Ahmada Szaha Masuda. Przystaniemy na chwilę i powiemy mu, że jesteśmy – oznajmił Chalil i zjechał na wielką polanę.

Przeszli na drugą stronę drogi i ruszyli ku zbudowanej z glinianych cegieł posiadłości. Ahmad wyszedł im naprzeciw.

– Witajcie w Dolinie Pandższeru, przyjaciele. Zapraszam na herbatę. Napijemy się w ogrodzie – mówił, ściskając podróżnym ręce i prowadząc ich na tyły domu.

Na rozciągniętym na trawniku dywanie leżały ogromne pufy. Usiedli na nich, a służba błyskawicznie podała dzbanki z czarną i zieloną herbatą.

– Jak wam się podoba Dolina Pięciu Lwów? – zapytał gospodarz.

– Jest jak z baśni tysiąca i jednej nocy, piękna w swoim majestacie – odparł André ku widocznemu zadowoleniu Ahmada i zaproponował: – Opowiem ci o innej pięknej górzystej krainie, o europejskich Alpach.

Pili herbatę i jeszcze z godzinę rozmawiali o górach i przyrodzie. Z dala od swoich politycznych przyjaciół i ich problemów Masud sprawiał wrażenie całkowicie zrelaksowanego.

Następnie trzej podróżnicy wrócili do land-rovera i podjechali kilka kilometrów w górę doliny, by zatrzymać się przed domem Chalila. Dwupiętrowy, zbudowany z kamienia i gliny, był niezwykle przestronny jak na afgańskie warunki. Służba zagotowała wodę do mycia i zaczęła przyrządzać posiłek w osobnym aneksie kuchennym, korzystając z opalanych drewnem pieców i palenisk.

– Jak zauważyliście, w Pandższerze nie ma elektrowni i prądu. Ci, których na to stać, czerpią go z generatorów na ropę lub benzynę – wyjaśniał Chalil, oprowadzając gości po budynku. – W zimie ogrzewamy się żelaznymi piecami na drewno i węgiel, które widzicie w każdym pomieszczeniu. Nie ma więc w zasadzie wody bieżącej, kiedy nie pracuje generator. W toaletach są dzbanki z wodą…

– Nie mieszkałem jeszcze w domu bez prądu i bieżącej wody– przyznał Fred. – To może być interesujące.

Po zakwaterowaniu się i umyciu w gorącej wodzie zasiedli na pufach w pokoju jadalnym. Posiłek nie był tak wystawny i obfity jak w kabulskiej willi Malicharów, ale niewiele mu ustępował. Natomiast bez porównania piękniejszy był widok za dużymi oknami. Rwąca rzeka po drugiej stronie drogi i otaczające ich zewsząd góry tworzyły niepowtarzalną kombinację.

– Jutro wybierzemy się w rejon wiosek Kendż i Mikeni – zasygnalizował gospodarz. – Leżą na wysokości kilku tysięcy metrów ponad poziomem morza. Nad nimi, w górach, miejscowi poszukują szmaragdów. Legendy o pandższerskich zielonych kamieniach krążyły od zawsze. To je wydobywano, to zapominano o nich na wieki. Teraz zainteresowanie nimi znowu rośnie. Pojedziemy konno.

22 lipca

Po długim dniu pełnym wrażeń podróżnicy spali jak zabici. Wydawało im się, że ledwo przyłożyli głowy do poduszek, a już nastał czas pobudki. Szybko zjedli śniadanie i wyszli przed dom, gdzie czekały na nich konie. Jednego z nich dosiadał Ahmad Masud ubrany w bordowy kaftan do połowy ud i długie skórzane buty. W takie same przed wyjściem z domu Chalil zaopatrzył swoich gości.

– *Subh bachajer* – przywitał się w dari Masud i już po francusku dodał: – Mam nadzieję, że noc minęła spokojnie.

– *Wa alejkum salam* – odpowiedział André arabskim pozdrowieniem. – Czyste powietrze doliny działa lepiej niż jakakolwiek tabletka nasenna.

Tętent koni w porannym słońcu przyciągał wzrok mijanych po drodze mieszkańców Doliny Pięciu Lwów. Większość przyjaźnie pozdrawiała jeźdźców, a zwłaszcza jadącego przodem Masuda, którego rodzina osiedliła się tu na początku wieku i cieszyła dużym szacunkiem.

Po dwóch godzinach jazdy osiągnęli pierwszy cel podróży – wioskę Kendż. W zaprzyjaźnionym obejściu zostawili konie i prowadzeni przez swojego rówieśnika, najstarszego syna gospodarza, rozpoczęli wspinaczkę. Pragnienie, które wzmagał lejący się z nieba żar, gasili w potokach krystalicznie czystej wody spływających do rzeki w dolinie.

Fred i André ze zdumieniem odkryli, że suchość powietrza nie wyciska z nich ostatnich potów, tylko zaledwie parę kropli na czole i pod pachami. Po trzech godzinach marszu zatrzymali się przed wejściem do niewielkiej pieczary. Ich przewodnik wyciągnął ukryte za kamieniami dwie lampy oliwne, zapalił je i weszli do środka, oświetlając sobie drogę. Jaskinia nie była naturalnym dziełem przyrody, lecz, jak się miało okazać, wykutym w skale wyrobiskiem górniczym, owocem pracy ludzkich rąk. Szli schyleni, nie mogąc się w pełni wyprostować. Po przejściu około dwudziestu metrów dotarli do końca groty i zatrzymali się przed ścianą.

Ahmad Masud uniósł do góry lampę i przybliżył ją do kwarcowej ściany usianej kawałkami szmaragdów w odcieniu matowej zieleni. Niektóre ciągnęły się w skale na długość kilku lub kilkunastu centymetrów niczym żyły nieziemskich istot. Inne, krótsze i znacznie grubsze, jakby prosiły, aby je wyłuskać.

– To są skarby gór Pandższeru – oznajmił Masud z fascynacją w głosie. – Leżą tu od milionów lat i czekają, by służyć swojemu ludowi.

– Niesamowite! – rzekł Fred poprawną francuszczyzną, której opanowanie kosztowało go wiele wysiłku. W jego głosie pobrzmiewała taka sama fascynacja jak w głosie Masuda. – Sezamie, otwórz się! Jak wy tu wydobywacie? Dużo jest takich jaskiń? Kto prowadzi marketing?

– Spokojnie, Fred, wszystkiego się dowiesz, jak wyjdziemy na świeże powietrze. Na razie nasyć oczy tym widokiem

– odpowiedział ze śmiechem Chalil. – Pewnie nieprędko tu wrócisz, *mon ami*.

Po kilkunastu minutach oglądania surowych szmaragdów w ich naturalnym otoczeniu wyszli z jaskini, mrużąc oczy w promieniach słońca. Usiedli na skałach przed wyrobiskiem i Chalil poczęstował wszystkich płaskim chlebem, który przezornie zapakował do niewielkiego plecaka.

– Dopiero rok czy dwa lata temu przypomnieliśmy sobie o pandższerskich szmaragdach i zaczęliśmy odszukiwać stare wyrobiska, takie jak to tutaj – wyjaśniał Fredowi Ahmad Masud. – Trudno więc teraz mówić o wydobyciu na skalę, która wymagałaby marketingu. To wszystko jeszcze przed nami. Ale z pewnością nie jest to jedyne miejsce w tej dolinie, w którym Allah łaskawie zdeponował szmaragdy.

– Szmaragdy to minerał jak diamenty, złoto czy węgiel, owoc ruchów tektonicznych Ziemi. O ile dobrze pamiętam z geografii, minerały układają się głębszymi lub płytszymi pokładami albo szerszymi lub węższymi żyłami. Jeżeli zatem są w tym wyrobisku, to muszą być w całej okolicy Kendżu i Mikeni – zauważył André.

– *Inszallah*, módlmy się o to. Czas wracać, przyjaciele – podsumował Chalil i ruszyli w drogę powrotną.

Kąpiel w rzece sprawiła, że do domu dotarli dopiero po dziewiętnastej, głodni jak wilki. Zanim zdążyli umyć ręce i napić się ciepłej herbaty, sprawna służba podała gorącą kolację, której danie główne stanowiły szaszłyki z polędwicy wołowej przekładanej cebulą i papryką.

– Mam prezent dla naszych gości… – zaczął mówić Chalil, wyjmując spod jednej z poduch w pokoju jadalnym butelkę czerwonego chianti i korkociąg. Jedno i drugie podał niewierzącemu własnym oczom Fredowi. – Pomyśleliśmy, że będzie wam smakowało do mięsa...

– Według Koranu wino nie jest haram... – uzupełnił Ahmad Szah Masud, puszczając oko do biesiadników.

– Słusznie, jest tylko makruh... – podchwycił Amerykanin.

Wszyscy obecni wybuchnęli śmiechem.

23 lipca

Po śniadaniu z jajecznicy na baraninie z pomidorami czterej młodzi mężczyźni dosiedli koni i ruszyli w górę doliny jak poprzedniego dnia. Po półgodzinie dojechali do brodu i sforsowali rzekę. Posuwali się tak drugim brzegiem jeszcze przez trzydzieści minut, aż dotarli do wzniesienia nad rozległą otwartą przestrzenią, na której zgromadził się już spory tłum. Zwracała uwagę znaczna liczba jeźdźców galopujących wzdłuż dużego, prowizorycznego boiska. Podróżni zatrzymali się, obserwując konne harce na dole.

– Za chwilę rozpocznie się turniej narodowego sportu afgańskiego, buzkaszi – oznajmił cudzoziemcom Chalil. – Możemy go obejrzeć z tego wzniesienia.

Zsiedli z koni i usadowili się na okolicznych kamieniach. Pęczniejący z każdą chwilą tłum na dole zaczął w pewnym momencie karnie ustawiać się wzdłuż boiska. Jeźdźcy przestali galopować i rozpoczęli przegrupowywanie.

Po chwili naprzeciwko siebie stanęły dwie drużyny jeźdźców na mocnych, średniej wielkości koniach afgańskich. Każdy zawodnik, mimo letniej pory, miał na sobie gruby kaftan, wysokie buty z cholewami, a w ręku nieodzowną szpicrutę. Służyła zarówno do mobilizacji własnego wierzchowca, jak też do okładania rywali i ich koni. Jedni zawodnicy ubrani byli w bordowe kaftany, inni w czarne.

Na środku boiska, pomiędzy dwiema gotowymi do walki grupami jeźdźców, w zakreślonym kręgu leżał trup kozła. Najwidoczniej zamiast piłki. Na znak jeźdźca, który przypuszczalnie pełnił rolę sędziego, drużyny natarły na siebie wokół koźlęcego truchła. W mieszaninie ludzi i koni rosły jeździec w bordowym kaftanie pochylił się gwałtownie, chwycił martwe zwierzę i przytroczywszy je do siodła, popędził co koń wyskoczy w stronę linii brzegowej pola przeciwnika, osłaniany przez innych zawodników własnej drużyny. Natychmiast zajechało im drogę kilku jeźdźców w czarnych kaftanach, blokując swoimi wierzchowcami konie przeciwników i okładając się szpicrutami. W nieprawdopodobnym zgiełku i zamęcie tej sportowej walki jeden z czarnych zdołał wyrwać przytroczonego do siodła kozła. Spiął konia, odwracając go w przeciwną stronę, i popędził na pole przeciwnika, a za nim pognały wymieszane ze sobą czarne i bordowe kaftany jeźdźców usiłujących przejąć truchło.

Jeszcze przez dobrą godzinę zawodnicy nacierali na siebie, zajeżdżali sobie drogę, wyrywali ciało zwierzęcia i zmieniali kierunek. W kłębowisku ludzi i koni zdarzały się złamania nóg i rąk, a twarze zawodników z wolna pokrywały się czerwonymi pręgami od szpicrut.

Publiczność dosłownie szalała, dopingując obie drużyny. Emocje osiągały szczyt, gdy któremuś z jeźdźców udało się odebrać zdechłe zwierzę konkurentowi, a następnie przemierzyć galopem pole przeciwnika i złożyć ścierwo kozła na linii brzegowej. Wielu widzów robiło zakłady, stawiając na swoich faworytów często duże pieniądze. Gdy przewidziany na rozgrywkę czas dobiegł końca, sędzia, który w jej trakcie praktycznie nie interweniował, ogłosił finał, wskazując bordowe kaftany jako zwycięzców.

Wynik przyjęto bez szemrania, a jeźdźcy przeciwnych drużyn zaczęli poklepywać się po plecach, żartować z pręg na twarzach i wymieniać się uwagami, łapczywie pijąc wodę i herbatę podawane przez członków ich rodzin i klanów tudzież licznych sympatyków. Widzowie, którzy poczynili zakłady, rozliczali się między sobą, starając się utargować, co tylko było możliwe.

André i Fred obserwowali te zapasy koni i ludzi jak zahipnotyzowani, dopingując raz jedną, raz drugą drużynę. Bordowy kaftan Ahmada Masuda nie pozostawiał wątpliwości, na kogo ten stawia. Jeźdźcy na boisku pozsiadali z koni, doglądali siodeł, popręgów i odpoczywali, ale bynajmniej nie zamierzali się rozejść.

– Co będzie teraz? – zapytał niecierpliwie André, instynktownie wyczuwając, że jeszcze nie koniec tego niezwykłego widowiska. Czuł, jak w jego organizmie rośnie poziom adrenaliny.

– Teraz, *mon ami*, nastąpi seria walk wszystkich ze wszystkimi. Wygrają najsilniejsi i najlepsi jeźdźcy, którzy złożą trupa zwierzęcia w wyznaczonym przez sędziego miejscu na boisku. W tym turnieju czynione są największe zakłady, a z rąk do rąk przechodzą duże pieniądze – wyjaśnił Ahmad Masud. – Niejeden ubogi afgański jeździec stał się zamożnym człowiekiem, biorąc udział w tej fazie buzkaszi, bo wystartować może każdy.

– To ile postawicie na Freda i na mnie? – zapytał André z błyskiem w oku, ciekaw reakcji obu Afgańczyków.

Chalil patrzył w osłupieniu na swoich gości

– Chyba Allah odebrał ci rozum! Fred, pomóż mi powstrzymać tego szaleńca! I ty, Ahmadzie! – zawołał w końcu zdesperowany.

Ale Ahmad Masud jedynie uśmiechał się pod nosem.

– Nie widzę, by nasz amerykański przyjaciel odrzucał pomysł Andrégo. To dorośli ludzie w wolnym kraju i *inszallah* wyjdą z turnieju zwycięsko – odparł spokojnie i zarządził: – Zjedźmy w dół.

Dosiedli koni i w kilka minut znaleźli się wśród tłumu, przyciągając zaciekawione spojrzenia. Masud podjechał do sędziego i zaczął coś do niego mówić. Na twarzy starszego mężczyzny początkowo odmalowało się zdumienie, ale wnet rozkwitł na niej uśmiech. Spojrzał na dwóch cudzoziemców, przyjaźnie pomachał ręką i zaczął przemawiać do zebranych. Po chwili wszystkie oczy skierowały się na Andrégo i Freda. Na niektórych twarzach rysowało się zdumienie zmieszane z podziwem, na innych – drwiące uśmiechy połączone z lekceważeniem.

Powrócił Masud. Przez siodło miał przewieszone dwa kaftany – jeden bordowy, drugi czarny. Na nich leżały szpicruty i dwie pary skórzanych rękawic.

– Bordowy jest dla Andrégo, bo to największy, jaki mogłem znaleźć, a czarny dla Freda. Zasady tej fazy buzkaszi są takie... Wszyscy jeźdźcy ustawiają się na końcu boiska. Dwadzieścia metrów przed nimi sędzia zrzuci świeży trup kozła albo cielaka, bo z poprzedniego ścierwa zostały już tylko strzępy. Wtedy każdy będzie chciał go dopaść i dowieźć na drugi koniec boiska. Ten, komu to się uda, wygra i zgarnie całą pulę zakładów. Moja rada jest taka: stawajcie mężnie. Ale nikt nie powie złego słowa, jak nagrody nie zdobędziecie. To mimo wszystko tylko sport, przyjaciele. *Bonne chance!*

Na jednym z końców boiska zaczęło ustawiać się około dwudziestu jeźdźców, przepychając się między sobą w walce o miejsce, które każdemu wydawało się najlepsze. Sędzia, z przewieszonym przez siodło bezgłowym trupem małego cielaka, podjechał, żeby się upewnić, że wszyscy zawodnicy stoją poza linią boiska. Następnie skierował konia ku środkowi boiska i ujechawszy około dwudziestu metrów, znienacka zrzucił martwe zwierzę na murawę.

Manewr sędziego miał efekt wystrzału z pistoletu startowego. Ustawieni w tyralierę zawodnicy spięli konie i ruszyli do przodu. Najszybszy jednak okazał się Fred, który tylko sobie znanym sposobem zmusił swojego wierzchowca do natychmiastowego galopu, wyprzedzając pozostałych o całą długość. Z wielką wprawą przylgnął do prawego boku konia, wyciągniętą prawą ręką niemal zamiatając powierzchnię boiska, lewą zaś mocno trzymając się siodła. Z mistrzowską precyzją chwycił najbardziej wystającą przednią nogę cielaka i poderwał truchło do góry, pomagając sobie w ostatniej chwili lewą ręką, by przewiesić je przez siodło. Gnał przed siebie jak oszalały, kładąc się na szyi rumaka, jakby człowiek i koń tworzyli jedną całość. W kilkanaście sekund znaleźli się po drugiej stronie boiska i przekroczyli jego linię. Fred zrzucił ścierwo z siodła, zeskoczył z konia, po czym w spontanicznym odruchu padł na kolana i ucałował murawę. Pozostali jeźdźcy wyhamowali galop swoich rumaków i otoczyli Amerykanina obszernym kołem, bijąc brawo.

Zaskoczona widownia, która zamarła z wrażenia, obserwując popisową jazdę cudzoziemca oraz płynne zgarnięcie truchła z murawy, zaczęła krzyczeć z zachwytu. Do stojącego przy koniu Freda podjechał sędzia i wskazał go jako zwycięzcę, zarządzając zarazem piętnastominutową przerwę.

– Gratuluję, Fred. Dałeś ognia ze wszystkich luf – winszował André. Zeskoczył z konia i uścisnął rękę przyjaciela.

– To dopiero! Nie słyszałem, żeby w Ameryce uprawiano buzkaszi – komentował na gorąco Chalil, gratulując wraz z Ahmadem zwycięzcy.

– To stare sztuczki kowbojskie z Dzikiego Zachodu. Mój ród ma ranczo w Teksasie, niedaleko Houston. Bywam tam regularnie od dziesięciu lat. Galop z miejsca to zawsze była moja specjalność – wyjaśniał ze śmiechem Fred. – A poza tym czy widzieliście kowboja, który nie umie obchodzić się z krowami i cielakami?

– Postawiłem na ciebie równowartość dwudziestu dolarów. Koran wprawdzie nie pochwala hazardu, ale zrobiłem to w zbożnym celu, tym bardziej że przebicie było jak sto pięćdziesiąt do jednego, bo przecież nikt nie wierzył w twoją wygraną – rzekł Ahmad Masud, zaskakując wszystkich. – Zaraz przyniosą tu równowartość trzech tysięcy dolarów. To twoja wygrana i możesz z nią zrobić, co zechcesz…

Amerykanin zaniemówił na chwilę i spoważniał, czując na sobie wzrok trzech towarzyszy. Chciał w starym teksaskim stylu zażartować z wygranej, ale instynkt podpowiedział mu, że nie tego oczekuje człowiek, który postawił na niego pieniądze. Swoje pieniądze, w zbożnym celu.

– Dobry Bóg poprowadził mnie do zwycięstwa. Nie wiem, czy to był mój Bóg, czy twój, może jeden i drugi. Ale znajdujemy się w twoim kraju, więc przeznaczmy wygraną na zbożny cel tu i teraz. W dolinie z pewnością jest meczet, który zrobi z tych pieniędzy dobry użytek. Niech to będzie twój wybór.

Ahmad Masud nic nie powiedział. Uśmiechnął się pod nosem, uścisnął rękę Amerykanina i zniknął w tłumie. Tak samo postąpił Chalil.

– To, co przed chwilą zrobiłeś, było prawdziwym zwycięstwem. Jestem z ciebie dumny, Fred. – André klepnął go w ramię. – Idę po swoje. Powiedz Masudowi, żeby postawił na mnie w ostatniej gonitwie, kiedy każdy już uzna, że jestem do niczego. Wygrana będzie sowita – obiecał i wskoczył na konia.

Przez następne dwie rundy buzkaszi André udawał, że nie do końca radzi sobie z koniem i nacierającymi na niego jeźdźcami. Sprawiał wrażenie bardziej lękającego się szpicrut niż zainteresowanego zwycięstwem. Niekiedy wywoływał nawet lekceważący śmiech i drwiny innych zawodników. Ahmad Masud wysłuchiwał ich bez komentarza, uśmiechając się półgębkiem i wodząc wzrokiem za jedynym na boisku blondynem. Przed ostatnią rundą zniknął wśród stawiających największe zakłady.

Do ostatniej gonitwy stanęło dziesięciu najbardziej wytrzymałych jeźdźców. Upór cudzoziemca, który do nich dołączył, budził rozbawienie jednej części widowni i zawodników, a cichy podziw drugiej. Przystępując do tej rozgrywki, André dokładnie wiedział, na co stać poszczególnych zawodników i jaką stosują taktykę. Wytypował rosłego jeźdźca, który wygrał już jedną gonitwę, jako najgroźniejszego przeciwnika. Zawodnik w czarnym kaftanie dosiadał dorodnego wierzchowca sprawiającego wrażenie większego i mocniejszego niż konie konkurentów.

Sędzia dał znak jeźdźcom, by byli gotowi, i ruszył przed siebie z truchłem świeżo zabitego kozła przy siodle, by tak jak poprzednio zrzucić je na murawę około dwudziestu metrów od tyraliery niecierpliwych uczestników gonitwy. Rosły Afgańczyk bez trudu wysforował się do przodu i pierwszy dopadł kozła. Pochylił się, zwalniając nieco galop, by prawą ręką bez widocznego wysiłku poderwać trupa do góry. Ale dokładnie w tym momencie André zrównał się z nim w pełnym galopie. Puścił cugle konia i przechylając się, obydwoma rękoma gwałtownym szarpnięciem wyrwał kozła z ręki czarnego jeźdźca i natychmiast odskoczył w bok, przywiązując martwe zwierzę rzemieniem za przednie nogi do siodła. Błyskawicznie ochłonąwszy ze zdumienia, Afgańczyk pogalopował za blondynem, podobnie jak reszta jeźdźców. Mając jednak obie ręce wolne, a w każdej z nich szpicrutę, André odpędzał napastników, niemiłosiernie ich okładając. A ponieważ zasięg jego rąk był najdłuższy na boisku, razy skutecznie docierały do celu. Jeźdźca, który podjechał zbyt blisko, wysadził z siodła uderzeniem pięści w środek klatki piersiowej. Widownia zawyła z zachwytu, coraz głośniej dopingując galopującego do mety cudzoziemca.

Rosły Afgańczyk w czarnym kaftanie, rozsierdzony wykradzeniem mu pewnego zwycięstwa, nie zamierzał jednak dać za wygraną. Zrównał się z niewiernym około dwudziestu metrów przed metą z jego lewej strony i oceniwszy, że nie będzie w stanie odebrać mu kozła, z trzonka nahajki wyciągnął ukryte w niej długie ostrze i ciął na odlew prawą ręką. Kątem oka André dostrzegł nadchodzący atak, ale nie zdążył całkiem się uchylić. Poczuł, jak przebiwszy kaftan, ostrze rozcina mu lewe ramię. Wyprzedzając kolejny cios, stanął w strzemionach i wyprowadził potężne uderzenie z góry prawą pięścią w wykrzywioną złością twarz napastnika. Afgańczyk, zwiotczały, opadł w siodle i w tym momencie obaj jeźdźcy przetoczyli się przez linię boiska, a za nimi reszta zawodników. Widzowie zareagowali oszałamiającym aplauzem.

André odwiązał truchło kozła, rzucił je na murawę i zeskoczył z konia. Zdjął zakrwawiony kaftan i przyjrzał się ranie. Była długa na dziesięć centymetrów, ale nie głęboka. Krwawiła umiarkowanie, bo pierwsza krew zdążyła wsiąknąć w kaftan. Otoczyli go widzowie i część zawodników. Jak spod ziemi wyrośli obok niego Fred i afgańscy przyjaciele oraz felczer z torbą lekarską. André łapczywie pił wodę podaną przez Amerykanina.

– *Haram! Szarm!* – krzyczał Ahmad Masud, podnosząc wysoko do góry ukryte w nahajce ostrze, które wypadło z ręki rosłego Afgańczyka, gdy ogłuszyło go uderzenie przeciwnika.

– *Szarm! Szarm!* Wstyd! – zaczął skandować tłum, przez który z największym trudem przeciskał się sędzia, by w końcu stanąć obok Andrégo i Masuda.

– W ostatnim biegu zwyciężył cudzoziemiec o płowych włosach – oznajmił. – Ale został zaatakowany w niegodny i podstępny sposób przez tego psa, który okrył hańbą nas wszystkich i naszą gościnną Dolinę Pięciu Lwów. Naszym obowiązkiem jest go osądzić, zanim się rozejdziemy. Niech zdrajca w czarnym kaftanie poniesie zasłużoną karę. Dawać go tu!

Rosły Afgańczyk sam wyłonił się z tłumu i ze spuszczoną głową stanął przed sędzią, wiedząc doskonale, że próba ucieczki i uniknięcia sądu doprowadzi jedynie do pościgu i znacznego zaostrzenia kary. Podniósł głowę, wyprostował się, spojrzał na Andrégo i bez hardości w głosie, ale też nie uniżenie, przemówił:

– Szatan musiał mnie opętać i rozum odebrać, bo nie wiedziałem, co czynię w gniewie. Moje postępowanie nie licuje z godnością wojownika i poddaję się osądowi braci.

– Wybaczam. Sąd nie będzie potrzebny – rzekł szybko André, ubiegając czyjąkolwiek wypowiedź. – Czyż Koran nie naucza, by nie odpowiadać złem na zło?

Gdy Chalil tłumaczył jego słowa z angielskiego na dari, André wyciągnął rękę do zdradzieckiego przeciwnika, który skwapliwie ją uścisnął. Sędzia początkowo wydawał się zdziwiony obrotem sprawy, ale już po chwili radośnie się uśmiechnął. Z zadowoleniem i uznaniem poklepał blondyna po szerokich plecach, a cisnący się tłum zaczął bić brawo i wiwatować.

– Akt przebaczenia ze strony poszkodowanego kończy sprawę – oznajmił sędzia, po czym zwrócił się do sprawcy incydentu, grożąc palcem. – Tym razem ci się upiekło…

– Przyjmij moje przeprosiny i podziękowania za wspaniałomyślność. Jestem Naim – odezwał się łamaną angielszczyzną rosły Afgańczyk. – Jak ręka?

– Drobnostka. Mam na imię André. Dobrze jeździsz. Musimy to kiedyś powtórzyć… Jego ostatnim słowom zawtórował serdeczny śmiech Naima.

Z niezwykłą sprawnością świadczącą o wielkim doświadczeniu felczer zszył ranę, posmarował ją jakąś maścią i zabandażował. Tłum zaczął się powoli rozchodzić. Czwórka przyjaciół odeszła ze swoimi wierzchowcami na bok i usiadła na trawie.

– Piękna wygrana, *mon ami*, i piękny gest wobec Naima. To w sumie dobry człowiek, ale zapalczywy. Musi nad sobą pracować. – Widząc zdumienie, jakie wywołały te słowa, Ahmad Masud wyjaśnił: – W Pandższerze wszyscy się znamy, a taką gorącą głowę jak Naim trudno przeoczyć. Ale do rzeczy. Zgodnie z twoją wolą, André, postawiłem na ciebie w ostatniej gonitwie. Pięćset dolarów. Byłem jedynym, który cię obstawił, ale się opłaciło. W swojej szczodrości Allah zamienił to w... dziesięć tysięcy wygranej. To twoje pieniądze i ty zdecydujesz o ich przeznaczeniu.

Obecnych zamurowało. W jednym z najbiedniejszych krajów świata była to niewyobrażalna suma, za którą przeciętny Afgańczyk utrzymałby się do końca życia.

André odchrząknął.

– Wykazując taką wspaniałomyślność, dobry Bóg musiał mieć jakiś zamysł. To chyba wystarczająca suma, by wznieść pomnik ku Jego czci. Coś, z czego skorzystają mieszkańcy Pandższeru i co będzie im się kojarzyło z miłosierdziem. Szpital?

– Genialny pomysł! – wykrzyknął Masud. – Wystarczy na budowę, wyposażenie i zapewnienie funkcjonowania przez kilka lat. Felczer, który zszywał ci ranę, oszaleje z radości. To prawie lekarz, do skończenia studiów medycznych zabrakło mu roku.

– Dużo bogatych hazardzistów macie w Dolinie Pięciu Lwów, skoro są w stanie dać nam taką wygraną – zauważył Fred z właściwym sobie pragmatyzmem.

– Mówiłem wam, że Afganistan to kraj kontrastów. Wielka bieda zawsze mieszała się tu z wielkim bogactwem. Natomiast buzkaszi działa na znakomitą większość naszych rodaków niczym haszysz, którym zresztą raczą się obficie, oglądając to widowisko – tłumaczył cierpliwie Chalil. – Zdrowy rozsądek i przezorność idą na bok, a władzę nad rozumem przejmuje demon hazardu i chciwości. Obstawiają zarówno ci, których stać, jak i biedacy w nadziei na wygraną.

– Tym bardziej pieniądze te należy przeznaczyć na zbożny cel – podsumował dyskusję Ahmad Masud.

4 sierpnia

Cewi i Jana spożywali śniadanie na skąpanym w promieniach porannego słońca tarasie niewielkiego pensjonatu w Menaggio nad jeziorem Como, podziwiając otaczający ich widok. Od kilku dni zwiedzali pogranicze szwajcarsko-włoskie, starając się znaleźć miejsce, w którym za kilka lat mogliby osiąść, by spędzić razem resztę życia. Wybór nie był łatwy.

– Optuję za okolicami Locarno. Wszyscy mówią po włosku, więc jest swojsko i luzacko, ale mimo wszystko to uporządkowana Szwajcaria. Sto trzydzieści pięć kilometrów do Zurychu i solidnego banku, w którym spoczną nasze coraz większe oszczędności – argumentowała Jana.

– Jasne. Będziesz mogła wpadać do szwajcarskiej rezydencji Van Vertów z pokłonami – przekomarzał się Cewi.

– Ty i ja nie istniejemy dla Van Vertów. Nigdy o nas nie słyszeli, nigdy nas nie widzieli. To po pierwsze, a po drugie, mamy ich całkiem dobrze rozpracowanych i kto wie, co z nich zostanie, gdy z nimi skończymy. Gdyby o nas wiedzieli, tobym o tym wiedziała.

– Nie bądź taka *sieriozna*, przecież żartowałem. Powiem ci szczerze, kochanie, że jest mi wszystko jedno, gdzie zamieszkamy, byle w końcu razem. Chcesz Locarno i Szwajcarię, niech tak będzie. Kiedy się znowu zobaczymy?

– W połowie września lecę do Nowego Jorku i posiedzę tam kilka tygodni. Piętnastego października umówiłam się z madame Amschel w Paryżu. Stamtąd wracam do Moskwy, a w sobotę dwudziestego siódmego października cała nasza piątka ma się spotkać w Wiedniu, w jednym z mieszkań Dominika na tyłach Stephansplatz, o czym na jego prośbę niniejszym cię informuję, kochanie. Wtedy się zobaczymy.

– Prawie trzy miesiące. Chętnie poleciałbym z tobą do Nowego Jorku i oprowadził cię po mieście, poznał z paru ciekawymi ludźmi…

– Dla mnie ty jesteś najciekawszym człowiekiem. Innych naoglądałam się tyle, że wystarczy mi do końca życia.

20 października

Od dwóch tygodni generał Andropow z uwagą śledził rozwijający się na Bliskim Wschodzie dramat wojenny. Początkowe sukcesy armii egipskiej i innych państw arabskich wojska izraelskie zdążyły już zamienić w niemal całkowitą klęskę.

– No to wszystko idzie zgodnie z planem, jak przewidziała generał Iwanowa. Izraelski przyczółek zamknie w pułapce Trzecią Armię egipską i będzie pozamiatane – powiedział tego ranka Andropow do Sacharowskiego, którego jak co dzień gościł w swoim gabinecie. – Amerykanie uruchomili most powietrzny z zaopatrzeniem wojskowym dla Izraela i w odpowiedzi Saudyjczycy mają dziś ogłosić uruchomienie broni naftowej przeciwko Zachodowi. Ceny ropy poszybują w górę. Kissinger jest teraz w Moskwie, więc ta piękna niespodzianka zastanie go we właściwym miejscu. Kiedy generał Iwanowa wraca z Ameryki? Brakuje mi jej chłodnej oceny tego, co może przynieść przyszłość. Nie wątpię, że pobyt w Nowym Jorku pozwoli jej na pełniejszy ogląd sytuacji, w tym z perspektywy naszego głównego przeciwnika. Tak, to będzie ciekawy koniec roku.

Szef wywiadu spojrzał na przełożonego, kręcąc się na krześle, jakby szukał właściwych słów, by odpowiedzieć na jego pytanie.

– Nie chciałbym być źle zrozumiany, towarzyszu przewodniczący, ale spodziewaliśmy się powrotu generał Iwanowej już parę dni temu. Piętnastego miała spotkać się w Paryżu z madame Amschel, a następnie przylecieć do Moskwy. Ale do spotkania w Paryżu nie doszło. Według madame Amschel, z którą kontaktował się telefonicznie Aleksander Wozniesieński... dyskretnie, rzecz jasna... generał Iwanowa nie pojawiła się w umówionym miejscu. Ale co najważniejsze, według naszej rezydentury w Nowym Jorku chyba w ogóle nie wyleciała ze Stanów. Bilet powrotny, który zdeponowała u rezydenta, nadal tam na nią czeka...

– Sacharowski, mówiąc to, doskonale zdawał sobie sprawę, jakie wrażenie wywrą jego słowa. – Rezydent ma rozkaz nie wszczynać na razie żadnego alarmu.

Przewodniczący KGB patrzył na podwładnego zza okularów, nie wierząc własnym uszom. Waga tego, co przed chwilą usłyszał, zaczęła właśnie docierać do niego w całej pełni. Gonitwa myśli nie pozwoliła mu w pierwszej chwili na wyrażenie jakiejkolwiek sensownej oceny. Szybko jednak się opanował.

– Dobrze zaczęliście, towarzyszu. Tu nie ma miejsca na najmniejsze choćby złe rozumienie czy interpretowanie. Jeżeli generał Iwanowa rozpłynęła się w Nowym Jorku, to niewątpliwie jest jakieś logiczne wytłumaczenie tego faktu. To najprostsze, które zawsze się nasuwa w takich sytuacjach, czyli zdrada i przejście na stronę Amerykanów, w jej przypadku uważam za najmniej realne, choć i tego nie można wykluczyć. Byłbym jednak niezmiernie zdziwiony i niepocieszony, gdyby generał Jekatierina Iwanowa wybrała „wolność" w Stanach Zjednoczonych.

– Zapewniam, że ja także, towarzyszu przewodniczący. Cały jej dotychczasowy życiorys operacyjny świadczy przeciwko takiej ewentualności.

– Postępujcie więc zgodnie z procedurami. Powołajcie zespół roboczy do wyjaśnienia tej sprawy i stańcie na jego czele. Ma w nim być Wozniesieński. Uruchomcie wszystkie nasze amerykańskie aktywa agenturalne, zwłaszcza te w CIA i innych służbach specjalnych. To pozwoli nam potwierdzić lub wykluczyć zdradę. Jeśli naszym amerykańskim kolegom udało się pozyskać generał Iwanową do współpracy, to jak ich znam, stanie się to zaraz tajemnicą poliszynela. To byłby zbyt wielki sukces, aby ktoś nie zaczął się nim chełpić i wypinać pierś do orderów. Zacznijcie działać, towarzyszu generale, a ja spokojnie się zastanowię, jak dalej procedować w tej sprawie. Jedynie dla porządku podkreślę, że wszelkie czynności wokół zniknięcia generał Iwanowej należy utrzymać w najściślejszej tajemnicy. Zwłaszcza stawianie zadań agentom w tej sprawie musi się odbywać pod odpowiednimi legendami. Ma być stosowana zasada domniemania niewinności generał Iwanowej, dopóki nie okaże się na dwieście procent, że jest inaczej. Niech natychmiast zameduje się u mnie Aleksander Wozniesieński.

Generał Andropow pogrążył się w zadumie. Zniknięcie podwładnej następowało w najmniej dogodnym momencie, gdy rozpoczęte przez nią sprawy zaczęły iść do przodu pełną parą.

Na ogół jednak jak coś się wali, to w najmniej oczekiwanym momencie – pomyślał. Po to są tacy jak ja, aby temu zaradzać.

W gabinecie zameldował się młody współpracownik Iwanowej.

– Siadajcie – powiedział Andropow. – Ciekaw jestem waszej opinii w sprawie zniknięcia przełożonej. Mówcie śmiało i bez ogródek, bo obaj chcemy jak najszybciej dojść do prawdy – zachęcił.

– Jestem głęboko przekonany, że nie ma to nic wspólnego z ewentualną zdradą i przejściem na stronę Amerykanów, choć taki wniosek może automatycznie się nasuwać. Znam jednak generał Iwanową na tyle dobrze, aby go odrzucić. Zresztą gdyby pracowała dla Amerykanów, to dlaczego mieliby ją wycofywać właśnie teraz, gdy zdobyła samodzielną pozycję w centrali naszego wywiadu i bezpośredni dostęp do was, towarzyszu przewodniczący? Nie wykazywała jakichkolwiek oznak załamania psychicznego, więc jaki wywiad przy zdrowych zmysłach odwołałby tak uplasowanego agenta? Przecież Richard Helms to wybitny fachowiec, a nie jakiś wariat. Przyczyna zniknięcia musi być związana z tym, co generał Iwanowa robiła przez ostatnie lata.

– Ja również nie wierzę w jej zdradę. Wasza analiza jest słuszna. Gdybym był szefem CIA, to zrobiłbym wszystko, aby zachować takiego agenta w centrali przeciwnika. W razie zmęczenia źródła dałbym mu urlop na rok czy dwa i potem powrócił do współpracy. A jak zauważyliście, towarzysz generał nie miała problemów z psychiką. Rzekłbym, że wręcz odwrotnie, była w znakomitej formie. Czy jesteście na tyle dobrze wtajemniczeni w sprawy, które prowadziła, aby samodzielnie pociągnąć je dalej?

– Tak jest, towarzyszu przewodniczący – odpowiedział bez wahania Wozniesieński. – Sprawę Van Vertów znam od podszewki. Panią Amschel przedstawiono mi już jakiś czas temu, a ostatnio w Wiedniu poznałem również człowieka, którego lewe dolary umieszczamy w Wietnamie Południowym. To piękna operacja i bardzo interesujący dżentelmen o pseudonimie „Roland".

– No właśnie, to świetna i dosyć zabawna operacja. Czy oficer wywiadu, jakiegokolwiek wywiadu, montujący takie przedsięwzięcie nagle znika, by przejść na stronę wroga, w którego jest ono wymierzone? Mało prawdopodobne, nie sądzicie?

– Nieprawdopodobne, powiedziałbym. A przecież to był dopiero początek tej operacji i nie tylko tej. Towarzyszu przewodniczący, czy gdyby generał Iwanowa była amerykańskim agentem, to dążyłaby do obecnej wojny na Bliskim Wschodzie, żeby doprowadzić w jej konsekwencji do zwyżki cen ropy? Przecież miałaby instrukcje od CIA, by wszelkimi sposobami wojnie zapobiec. Stany Zjednoczone i ich sojusznicy nie są zainteresowane wysokimi cenami ropy. My jesteśmy.

– Celna uwaga oparta na żelaznej logice. Tak, generał Iwanowa nie była amerykańskim agentem. Macie rację, to nieprawdopodobne! Zrobimy tak. Pojedziecie do Wiednia i spotkacie się z dżentelmenem od fałszywych dolarów. Z prezentacji dokonanej przez generał Iwanową wysnułem wniosek, że to bardzo dobrze poinformowany jegomość. Porozmawiajcie z nim w miarę szczerze i jeżeli uznacie za stosowne, poproście o pomoc. Z Wiednia skierujecie się do Paryża i spotkacie z madame Amschel. Uspokoicie ją, że to, co uzgodniliśmy, jest aktualne, i przeprosicie, że nie doszło do spotkania piętnastego. Wymyślicie stosowne usprawiedliwienie. Na razie nie ma potrzeby, aby dowiedziała się od nas, że generał Iwanowa zniknęła. Dziękuję wam za interesującą rozmowę. Możecie się odmeldować.

Gdy oficer wyszedł, przewodniczący KGB pomyślał, że wiele by dał, aby się dowiedzieć, co się w tej chwili dzieje z Jekatieriną Iwanową.

Kolejna parszywa sprawa, której finał może być fatalny – skonstatował ze smutkiem.

27 października

Od kilkunastu minut Dominik otwierał drzwi kolejnym gościom.

Ostatni zjawił się Cewi.

– Pani generał zaspała? – zażartował, omiatając wzrokiem salon i jednocześnie zdejmując czarny płaszcz.

– To raczej ty powinieneś wiedzieć, panie zastępco szefa wywiadu – rzekł Malcolm i żeby rozśmieszyć Dolores, teatralnie uniósł brwi.

– Siadajcie, musimy poważnie porozmawiać – odezwał się znienacka Dominik, uprzedzając ewentualną ripostę Cewiego.

Śmiertelnie poważny wyraz twarzy przemytnika sprawił, że wszystkim odechciało się żartów. Zajęli miejsca, ciekawi, co ma im do powiedzenia.

– Od dwóch dni spotykam się z Aleksandrem Wozniesieńskim, prawą ręką generał Iwanowej. Przybył tu specjalnie z Moskwy. Wygląda na to, że Jana nie wyleciała z Nowego Jorku na spotkanie z madame Amschel. Nie wiadomo dlaczego. Kontakt się urwał. Zniknęła...

Niedowierzanie na twarzach wszystkich obecnych zaczęło ustępować miejsca głębokiemu zaniepokojeniu. Zapadło milczenie.

Pierwszy przerwał je Cewi.

– Widzieliśmy się na początku sierpnia i planowaliśmy wspólną przyszłość – powiedział cichym, grobowym głosem. – Mogę zagwarantować, że jej zniknięcie nie ma żadnego związku z jakąkolwiek pracą dla Amerykanów. Po co miałaby to robić? Dla pieniędzy? Mamy ich w bród. Ze względów ideologicznych? Nie ma takiej możliwości. Szantaż? Czym Ami mogliby ją szantażować? Związkiem ze mną? Powiedziałaby mi o tym i wspólnie znaleźlibyśmy panaceum. Nie, za tym stoi ktoś inny.

– Kto w Nowym Jorku odważyłby się podnieść rękę na generał KGB z paszportem dyplomatycznym? – zapytała Dolores. – Amerykanie? CIA?

– Na pewno nie FBI. CIA? Wątpię, czy Richard Helms zezwoliłby na coś takiego. Stare SS? – Cewi spojrzał na Dominika.

– Od zakończenia wojny Jana dała im się we znaki, to prawda. Zawsze jej nienawidzili i zarazem się bali. Oczywiście wykonam odpowiednie sprawdzenia, ale szczyt swoich możliwości mają już za sobą. Nie chce mi się wierzyć, by szarpnęli się na nią w Nowym Jorku czy innej części Stanów.

– Van Vertowie? – podsunęła Dolores.

– Mówiliśmy o tym w sierpniu. Odpada. Ani o niej, ani o nas nigdy nie słyszeli. Nie wiedzą, że istniejemy. Jana była przekonana, że w przeciwnym razie by o tym wiedziała – odparł Cewi. – Co robimy?

– Ty i ja pójdziemy spotkać się z Wozniesieńskim, który czeka w innym mieszkaniu ulicę stąd. Pogadamy z nim i wrócimy tu za jakieś dwie godziny – zdecydował Dominik. – Może będziemy wtedy mądrzejsi i ustalimy plan działania.

Ubrali się i wyszli, pozostawiając Dolores i Malcolma zatopionych w niewesołych myślach.

W ciągu kilkunastu minut znaleźli się w lokalu, w którym oczekiwał ich Rosjanin. Dominik przedstawił sobie obu mężczyzn. Młodszy z widocznym zainteresowaniem przypatrywał się starszemu, ściskając jego rękę.

– Przyprowadziłem cię tu, Cewi, na prośbę pana Wozniesieńskiego. Ma coś dla ciebie. Może okaże się to pomocne w rozwiązaniu zagadki, przed którą postawiło nas życie – powiedział Dominik, kompletnie zaskakując zastępcę szefa Mosadu.

– Mam dla pana list od generał Iwanowej – odezwał się Rosjanin. – Napisała go jakiś czas temu, mówiąc, że trafiła na starego znajomego. Powiedziała, że pan Roland pomoże mi nawiązać z panem kontakt i wyjaśni, czym się pan zajmuje.

Cewi stał nieruchomo, patrząc na kopertę, którą młody człowiek trzymał w wyciągniętej ręce. Wyglądało na to, że boi się ją odebrać i zapoznać z jej zawartością. Po kilkunastu sekundach wziął przesyłkę do ręki i usiadł na sofie w salonie. Patrzył na kopertę, na której dobrze znanym mu pismem Jana skreśliła jego imię. Podniósł wzrok na dwóch mężczyzn siedzących naprzeciw niego. Na jego twarzy rysowała się niepewność i strach. Wyjął list z koperty i zaczął czytać.

Najdroższy!

Gdy będziesz czytał ten list, mnie najprawdopodobniej nie będzie już na tym świecie. Zabierze mnie równoległy świat wywiadu. Aleksander, doręczyciel listu,

jest naszym synem. To dobry chłopak. Gdy postano-
wiliśmy się rozstać, nie wiedziałam, że noszę go pod
sercem, a później życie nie dało mi szansy powiedzieć
Ci o jego istnieniu. Nie dało też teraz. Widocznie tak
musiało być. Kim jest, musi dowiedzieć się od Ciebie,
choć sądziłam, że niedługo dowie się tego od nas. Za-
wsze Cię kochałam i jeżeli jest życie po życiu, to ko-
cham nadal. Pomyśl, że patrzę na Ciebie w tej chwili
i się uśmiecham.

Jana

Cewi błędnym wzrokiem rozejrzał się po pokoju. Nie mógł powstrzymać szlochu, list wypadł mu z ręki. Ukrył twarz w dłoniach, a jego ciałem wstrząsnęły spazmy.

Dominik pierwszy wyrwał się z odrętwienia spowodowanego niespodziewanym widokiem, podniósł list z podłogi i przeczytał go w okamgnieniu. Następnie spojrzał na Rosjanina i podał mu go bez słowa. Aleksander błyskawicznie uporał się z tekstem. Odłożył list na stolik do kawy i w milczeniu patrzył nieruchomo przed siebie.

Dominik rozumiał, że treść listu była dla obu mężczyzn szokiem.

I to ja będę ich musiał z niego wyleczyć. A wydawało mi się, że już wszystko widziałem i nic nie jest mnie w stanie zaskoczyć – pomyślał. Ale co można powiedzieć w takiej chwili?

Niespodziewanie wyręczył go młody Rosjanin.

– Ilekroć ją pytałem, co się stało z ojcem, nigdy nie odpowiedziała, że zginął. Zawsze mówiła, że odszedł, walcząc. Jakby chciała dać mi do zrozumienia, że żyje gdzieś obok nas. Teraz już wiem, dlaczego nie spotkaliśmy się wcześniej. Równoległy świat wywiadu chyba nie przewidział takich sytuacji.

– Wrócę za chwilę… – wymamrotał Cewi.

Wstał z sofy i ciężko powłócząc nogami, udał się do toalety.

Gdy po kilku minutach z niej wyszedł, jego twarz jakby się postarzała o parę lat, ale nie było już na niej śladu załamania, jakie przed chwilą przeżywał. Była pełna determinacji i drapieżności.

Dominik odetchnął z ulgą.

Stary szpieg wrócił do normy, znowu jest zastępcą szefa Mosadu – skonstatował.

– Upłynie trochę czasu, zanim przyzwyczaję się mówić do ciebie „synu", ale chyba powinniśmy zwracać się do siebie po imieniu – zaproponował Cewi, przyglądając się z nowym zainteresowaniem młodemu Rosjaninowi, i przeszedł do meritum. – Widziałem Janę prawie trzy miesiące temu. Czy w tym czasie sprawiała wrażenie czymś zaniepokojonej, wyrażała jakąś troskę o swoje bezpieczeństwo?

– Wręcz odwrotnie, była pełna humoru i radości życia, jakby wszystko co najlepsze dopiero miało ją spotkać. Niemal zapomniałem o tym liście, który miałem wręczyć ci wyłącznie w sytuacji, gdyby… jej zabrakło – odpowiedział Aleksander.

– Niestety, stało się inaczej. Cokolwiek ją spotkało, było niespodziewane, ale wyjaśnimy to. Przysięgam na jej głowę. Klucz do tej zagadki znajduje się w Nowym Jorku. Udam się tam, ale najpierw pojadę do Moskwy, żeby spotkać się z przewodniczącym Andropowem.

Dominik i Aleksander spojrzeli na siebie znacząco. Wizyty zastępców szefa Mosadu u przewodniczącego KGB nie zdarzały się często.

– Gdy wrócisz do Moskwy – kontynuował Cewi – powiesz generałowi Andropowowi, że ludzie, z którymi kazał ci rozmawiać, a którzy dobrze poznali generał Iwanową, wykluczają jej współpracę z Amerykanami. Nie przeszła na ich stronę. Mnie nie zapowiadaj, sam to zrobię. Nasza wzajemna relacja musi pozostać tajemnicą. Kontakt będziemy utrzymywać przez Rolanda. Cieszę się, że jesteś.

Oficer wywiadu izraelskiego uścisnął na pożegnanie nowo odnalezionego syna, podał rękę Dominikowi, schował list Jany do kieszeni i opuścił lokal. Po kilku minutach to samo zrobił Aleksander Wozniesieński, do którego dopiero zaczynało w pełni docierać, że najprawdopodobniej stracił matkę, ale na pewno odzyskał ojca.

Dominik starannie zamknął drzwi i wrócił do pierwszego mieszkania.

Gdy pół godziny później skończył opowiadać o tym, czego był właśnie świadkiem, Dolores i Malcolm w pierwszej chwili zaniemówili.

– Kurwa mać! Co za popierdolony świat! Ledwo ją odzyskał, a już stracił. – Grymas wściekłości wykrzywił piękną twarz kobiety. – Biedny Cewi! Ile jeden człowiek może wycierpieć?

– Dużo, zapewniam cię – odrzekł spokojnie Dominik, myśląc o Inez. – Niech każde z nas się zastanowi, jakie może uruchomić kontakty, żeby zacząć węszyć wokół tej sprawy. Trzeba to robić dyskretnie i bardzo spokojnie. Pośpiech nie jest tu wskazany.

10 listopada

Gdy rezydent wywiadu izraelskiego w Paryżu poprosił swojego radzieckiego odpowiednika o zaaranżowanie spotkania zastępcy szefa Mosadu z generałem Andropowem, zgoda tego ostatniego nadeszła w ciągu dwudziestu czterech godzin. Skoro Mosad uznał za stosowne wydelegować do Moskwy oficera takiej rangi, to widocznie miał coś istotnego do zakomunikowania.

Andropow kazał podać herbatę w swoim gabinecie i osobiście nalał filiżankę gościowi.

– Co sprowadza pana w nasze skromne progi? – zapytał po rosyjsku, gdyż zdążył już sprawdzić, że Izraelczyk był kiedyś oficerem Armii Czerwonej.

– Doszły nas słuchy, że pewna wasza oficer nie daje znaku życia. Chcemy pomóc, bo generał Jekatierina Iwanowa uratowała kiedyś życie naszej oficer – odpowiedział Cewi, nie tracąc czasu na owijanie w bawełnę. – Może uda nam się spłacić dług wdzięczności.

Te słowa nieco zaskoczyły przewodniczącego. Spodziewał się raczej nawiązania do niedawnej wojny na Bliskim Wschodzie. O sprawie generał Iwanowej sam zamierzał delikatnie napomknąć w stosownym momencie.

Tym lepiej – pomyślał – sprawni są.

– Nie będę ukrywał – powiedział głośno – że mamy pewien problem związany z generał Iwanową i każda pomoc byłaby mile widziana. Dodam, że wykluczyliśmy zdradę i przejście na stronę naszych amerykańskich przyjaciół, i przyznam się, że trochę jesteśmy w kropce. Szukamy jakiegoś punktu zaczepienia, ale Nowy Jork to duża metropolia. Co by pan sugerował?

– Skoro wykluczyliście zdradę, to proszę rozważyć dyskretne zwrócenie się o pomoc do Amerykanów. To w końcu ich teren i odpowiadają za bezpieczeństwo obcych dyplomatów, a ich możliwości w Nowym Jorku są nieporównywalne z naszymi. Kiedyś przecież sami ustalą, że generał Iwanowa gdzieś się u nich rozpłynęła.

– Zdaje pan sobie sprawę, jak niezręcznie jest prosić w takiej sytuacji o pomoc. Powiemy, że zgubiliśmy u nich oficera w stopniu generała? – Przewodniczący KGB wzdragał się na samą myśl o czymś takim, mimo to dodał: – Jak pan to sobie wyobraża w praktyce?

– Doskonale rozumiem rozterki pana przewodniczącego, ale ambasador Dobrynin reprezentuje wasz kraj w Waszyngtonie już prawie dwanaście lat i może przedstawić sprawę w cztery oczy prezydentowi Nixonowi.

– Oczywiście, że może. Pan prezydent Nixon i jego doradca do spraw bezpieczeństwa narodowego niemal ubóstwiają Dobrynina. Dlatego tak długo go tam trzymamy. Problem polega na tym, że trwa niezwykle delikatny proces kończenia tej cholernej wojny w Wietnamie. Jeżeli pójdziemy do Amerykanów z taką sprawą, to zechcą pewnie w jakiś sposób wykorzystać to jako kartę przetargową w negocjacjach wietnamskich. Nie wątpię, że na swoim terenie

Amerykanie szybciej mogą coś ustalić niż Mosad i KGB, ale chciałbym w tej chwili uniknąć dawania im do ręki nawet małego atutu. Jak tu obejść ten cholerny problem? – zamyślił się generał, pocierając brodę.

Cewi rozumiał, że interesy państwa, każdego państwa, na ogół brały górę nad interesami jednostki, nawet tak zasłużonej jak generał Iwanowa. Ale nie zamierzał przejść nad tym do porządku.

– Jest sposób. My porozmawiamy z Amerykanami. Powiemy im, na czym polega nasz dług wdzięczności wobec generał Iwanowej, i stanie się dla nich jasne, dlaczego Mosad angażuje się w tę sprawę. Zresztą ich ambasador w Kairze był świadkiem kłopotów naszej oficer i wie, że gdyby nie pani rezydent KGB, to kto wie, jaki los spotkałby Dolores. Jak znam Amerykanów, to natychmiast zaczną szukać generał Iwanowej, bo to pragmatyczni ludzie i lubią mieć u siebie porządek, a i ciekawość nie pozwoli im spocząć. Gdy coś znajdą, przypuszczalnie zgłoszą się do nas lub do was, a nawet jeżeli tego nie zrobią, to prędzej czy później i tak się dowiemy, co ustalili. W ten sposób zachowacie twarz.

– Chylę czoło, to świetny plan. Będę panu osobiście wdzięczny za jego realizację. Tak z profesjonalnej ciekawości… do kogo podejdziecie w Waszyngtonie w tej sprawie?

– Myślę, że najlepiej będzie porozmawiać z doktorem Kissingerem. To niezwykle inteligentny człowiek i nie będzie mu trzeba niczego tłumaczyć. Poza tym jest jednym z nas, co ułatwia relacje. Rozumie, że my, Izraelczycy, bardzo poważnie podchodzimy do spraw bezpieczeństwa, a zasługi generał Iwanowej w tej mierze są niezaprzeczalne. Nie zdziwi się zatem, że przychodzimy do niego z tą sprawą. Pomoże nam, jestem tego pewien.

– Przedstawię panu za chwilę oficera, który był prawą ręką generał Iwanowej – powiedział w pełni już zadowolony generał Andropow. – Nazywa się Aleksander Wozniesieński i pragnąłbym, aby był łącznikiem pomiędzy nami. Będzie pan mógł się z nim skontaktować o każdej porze dnia i nocy.

21 listopada

Ciągnące się od wielu miesięcy śledztwo w sprawie włamania do kompleksu Watergate i towarzysząca mu wrzawa medialna, w większości nieprzychylna prezydentowi, zaczynały się odbijać na jego samopoczuciu i zdrowiu.

Spotkania z Henrym Kissingerem i dyskusja o polityce międzynarodowej stanowiły zatem dla głównego lokatora Białego Domu swoistą odskocznię od coraz trudniejszych problemów wewnętrznych.

– Gratuluję ci, Henry – powiedział Nixon, wysłuchawszy relacji swojego doradcy z jego niedawnej podróży po Bliskim Wschodzie. – Wznowienie stosunków dyplomatycznych z Egiptem po sześciu latach wrogości to prawdziwy majstersztyk. Także otwarcie na Chiny nabrało nowej dynamiki po niedawnej rezygnacji mojego skorumpowanego wice, który starał się je blokować. Praktycznie zakończyliśmy wojnę w Wietnamie. Same sukcesy. Ameryka pełną parą sunie do przodu. Niczym zwycięski jacht w America's Cup. Wprawdzie zwyżka cen ropy związana z tym cholernym embargiem arabskim uderzy nas po kieszeni, ale poradzimy sobie. Rosjanie za to się cofają.

– Skoro mowa o Rosjanach, panie prezydencie... Wygląda na to, że w Nowym Jorku zaginęła im generał KGB – zagaił Kissinger, wprawiając prezydenta w osłupienie.

Opowiedział o swojej niedawnej rozmowie z Mordechajem Szalewem, chargé d'affaires ambasady Izraela, i prośbie Izraelczyków o pomoc w ustaleniu, co się przytrafiło generał Iwanowej.

– Nieprawdopodobna historia! Pani generał musiała oddać Izraelczykom niezłe przysługi, skoro interweniują w jej sprawie.

– Generał Iwanowa była więźniem Auschwitz, a dla Żydów to już wystarczający powód, by chcieć pomóc. Wiem, że sprawa znana jest premier Goldzie Meir, więc uważam, że trzeba spełnić tę prośbę. No i, *last but not least*, widzę w tym niezły potencjał do ewentualnej rozgrywki z Rosjanami, ale najpierw musimy ustalić, co się stało. Zresztą nie możemy tolerować wsiąkania generałów KGB na naszym terenie...

– Boże broń! Rozumiem, że nie jest to sprawka CIA? Nie zawerbowali jej i nie trzymają w jednym ze swoich bezpiecznych lokali?

– Nie, panie prezydencie. Dyskretnie wysondowałem Helmsa. On oczywiście wie, kim jest generał Iwanowa, ale po jego minie było widać, że na pewno do nich nie dołączyła, niestety – odpowiedział Kissinger i bardziej z obowiązku niż z ciekawości zapytał: – Coś nowego w sprawie Watergate?

– Wczoraj okazało się, że na taśmach z Gabinetu Owalnego, na których nagrywano moje robocze spotkania, jest osiemnastoipółminutowa luka. Prasa już wyje o wdrożenie procedury impeachmentu, żądając mojej rezygnacji. Parszywe hieny. Ale nie zamierzam na razie dać im tej satysfakcji. Jak widzisz, Henry, wszystko w normie – rzekł z goryczą Richard Nixon. – Natychmiast zajmę się sprawą generał Iwanowej.

Zaraz po wyjściu doradcy kazał połączyć się z szefem FBI i poprosił go o przysłanie tego z zastępców, który najlepiej zna rzeczywistość operacyjną Nowego Jorku.

Po południu w Gabinecie Owalnym zameldował się Greg Carson. Nigdy wcześniej nie miał okazji przebywać w Białym Domu ani rozmawiać z którymkolwiek prezydentem, więc trochę się denerwował. Kiedy jednak podczas rozmowy w cztery oczy usłyszał, o co chodzi, całkowicie się uspokoił.

– Jak pan ocenia, panie Carson, jest realna szansa na ustalenie, co się stało z tą kobietą? Muszę to wiedzieć ze względu na pewne zawiłości o charakterze międzynarodowym, że nie wspomnę o przynależności organizacyjnej i kraju pochodzenia generał Iwanowej.

– Jeżeli zaginęła na terenie Nowego Jorku, a jest to na razie założenie hipotetyczne, to ustalenie stanu faktycznego wydaje się bardzo prawdopodobne. Być może to tylko kwestia czasu. Muszę jednak mieć zapewnioną pełną współpracę różnych agend federalnych, w tym CIA. Zainstaluję się w biurze FBI w Nowym Jorku i wezmę do roboty, panie prezydencie. Znam to miasto jak własną kieszeń.

– Dokładnie to chciałem usłyszeć. Lubię takie podejście, *no-nonsense*! Dostanie pan stosowne pełnomocnictwa i numer telefonu do szefa sztabu Białego Domu. Gdyby ktoś rzucał panu kłody pod nogi, proszę natychmiast dzwonić. *Good luck!*

Z Białego Domu Greg Carson wyszedł uzbrojony w dokument, który zobowiązywał wszystkie instytucje, urzędy federalne i stanowe oraz ich personel do udzielenia jego posiadaczowi każdej możliwej pomocy.

7 grudnia

Greg Carson nie miał wątpliwości, że bez dokumentu podpisanego przez prezydenta Stanów Zjednoczonych nie udałoby się wydobyć z archiwum CIA bogatego dossier, jakie amerykański wywiad zgromadził na temat generał Iwanowej.

Skoro CIA ją fotografowała, to FBI tym bardziej – natychmiast przyszło mu na myśl.

Nie pomylił się. Od momentu przyjazdu Iwanowej na sesję ONZ we wrześniu Biuro objęło ją rutynowym rozpracowaniem. Prowadzono obserwację fizyczną kilkoma ekipami doświadczonych pracowników oraz z punktów zakrytych rozmieszczonych wokół gmachu ONZ i stałego przedstawicielstwa ZSRR. Jak jednak wynikało z raportów operacyjnych, nie stwierdzono, aby nadmiernie się sprawdzała czy prowadziła działalność wywiadowczą. Generał Iwanowa nie była trudnym celem. Poruszała się na piechotę między budynkiem misji radzieckiej, w którym mieszkała, a siedzibą ONZ. Kilka razy odwiedziła dom towarowy Bloomingdale's i najbardziej znane muzea nowojorskie. Dlatego po pierwszych dziesięciu dniach obserwację przerwano, by zająć się bardziej kłopotliwymi „dyplomatami" z bloku wschodniego.

Im dłużej Carson przeglądał bogaty materiał fotograficzny i filmowy, tym bardziej utwierdzał się w przeświadczeniu,

że twarz generał Iwanowej nie jest mu całkowicie obca...
Ale nie mógł jeszcze jej umiejscowić w żadnej akcji ze swojej bogatej przeszłości.

Może zbyt bogatej – pomyślał. Łapał się niekiedy na tym, że twarze figurantów wydają mu się znajome. Chyba się starzeję – uznał.

Odkrycie, jakiego dokonał w ten piątkowy wieczór w materiale filmowym FBI z inwigilacji generał Iwanowej, zadało jednak kłam tej konstatacji i głęboko nim wstrząsnęło. Z szuflady biurka, przy którym pracował, wyjął szkło powiększające. Nie, nie było pomyłki...

Do diabła, tego się nie spodziewałem!

Odruchowo wsunął do kieszeni marynarki kilka zdjęć. Pozostałe materiały operacyjne FBI, nad którymi pracował, zamknął w szafie pancernej. Wiedział, że musi spokojnie przemyśleć, co robić dalej.

Najlepiej przy drinku – dodał w duchu.

Klucze od szafy pancernej i od pokoju schował do kieszeni spodni, po czym opuścił siedzibę nowojorskiego biura FBI. Na ulicy złapał taksówkę i kazał się zawieźć do hotelu Algonquin, w którym się zatrzymał. Usiadł przy barze, zamówił szklaneczkę whisky Lagavulin i zaczął myśleć.

Po dwóch godzinach i kilku drinkach dokładnie już wiedział, co powinien zrobić.

8 grudnia

Malcolm Grey zamierzał spędzić ten weekend w wiejskiej rezydencji jednego z przyjaciół, lecz tuż po północy zadzwonił do niego sir James Gibbons i poprosił o wieczorne spotkanie. Malcolmowi nawet przez myśl nie przeszło pytać, czy to coś ważnego albo czy nie można by tego przełożyć. Skoro stary brytyjski dżentelmen pozwalał sobie na telefon o takiej porze, to było oczywiste, że chodzi o sprawę wielkiej wagi.

Teraz Malcolm siedział wraz z ojcem w salonie, słuchając, jak należący od wieków do rodu Greyów zegar wybija osiemnastą. W tej samej chwili do salonu wszedł kamerdyner i zaanonsował sir Jamesa. Oficer brytyjskiego wywiadu nie był sam.

– Pragnąłbym wam przedstawić, drodzy przyjaciele, starego znajomego. Oto pan Greg Carson, obecnie jeden z zastępców szefa FBI, a wcześniej szef jego nowojorskiego biura. Pan Carson już nas kiedyś odwiedził…

– Tak, pamiętam. Edgar Hoover był łaskaw przysłać pana z raportem dotyczącym śledztwa w sprawie incydentu przed hotelem Algonquin. Cieszę się, że widzę pana w dobrym zdrowiu. – Lord Grey powitał niespodziewanego gościa, uważnie mu się przyglądając. – Szklaneczkę whisky?

– Dobry wieczór, milordzie. – Carson uścisnął rękę gospodarza, a następnie przywitał się z jego synem. – Nie odmówię. Swego czasu sir James odkrył przede mną zalety lagavulin i stałem się wielbicielem tego zacnego trunku...

Malcolm natychmiast ruszył do biurka, żeby przygotować drinki dla wszystkich. Wejście Carsona całkowicie go zaskoczyło, ale i obudziło trudne do określenia odczucie... Czyżby?

Greg Carson wziął do ręki napełnioną szklaneczkę, zajął miejsce w fotelu naprzeciwko starego lorda Greya i omiótł zebranych spojrzeniem. Niemal fizycznie czuł rosnące w salonie napięcie.

– Muszę wyjaśnić na wstępie, że nie jestem tu oficjalnie i wszystko, co zostanie dziś powiedziane, powinno bezwzględnie zostać naszą tajemnicą. Gdyby moi przełożeni... Nie sądzę, abym musiał kończyć.

– Ma pan oficerskie słowo honoru nas wszystkich, że nie przysporzymy panu żadnych kłopotów – zastrzegł lord Grey.

– Zatem ad rem. Niedawno sam prezydent Stanów Zjednoczonych zlecił mi poufną misję. Na przełomie września i października zniknęła w Nowym Jorku pewna osoba, nietuzinowa, można powiedzieć... – zaczął ostrożnie zastępca szefa FBI, lustrując jednocześnie twarze Brytyjczyków i starając się zorientować, czy już wiedzą, o kogo chodzi. Daremnie jednak, bo żaden z nich nie dawał po sobie niczego poznać. Wszyscy słuchali gościa w nieprzeniknionym skupieniu. – Nazywała się Jekatierina Iwanowa i była oficerem wywiadu KGB w randze generała. Dodam dla porządku, że nie przeszła, niestety, na naszą stronę, by teraz gdzieś siedzieć wygodnie i opowiadać nam wszystko, co wie. Po prostu wyparowała.

Najwyższym wysiłkiem woli Malcolm powstrzymał się od zarzucenia Amerykanina pytaniami.

Cierpliwości, panie Grey, cierpliwości – dyscyplinował się w myślach – może nareszcie jakiś przełom w tej cholernej sprawie.

– Dobry Boże, to niesłychane! – wyrwało się sir Jamesowi. – Może Rosjanie potajemnie ściągnęli ją do Moskwy, bojąc się takiej właśnie ewentualności?

– Nie, sir, nie tym razem. To nie dezinformacja. Bardzo im zależy na ustaleniu, co się stało. Zresztą nie tylko im – odparł Carson.

– Czy słusznie rozumuję, że odkrył pan coś, co sprowadziło pana do nas? – zapytał znienacka lord Grey, wywołując na twarzy agenta FBI uśmiech podziwu.

– Gratuluję przenikliwości, milordzie! – Carson wyjął z kieszeni kilka fotek z materiału operacyjnego FBI i rozłożył na niewielkim stoliku obok fotela. – To zdjęcia pani generał z inwigilacji w Nowym Jorku. Są z dwóch różnych dni. W tle widoczni są ci sami dwaj mężczyźni. Proszę zerknąć.

Malcolm wziął do ręki jedno ze zdjęć i… zamarł. Za wszelką cenę starał się zapanować nad emocjami i drżeniem rąk. Ogarnęły go jak najgorsze przeczucia.

– Wiem, kim jest jeden z tych ludzi. Kiedyś uratował… – wymamrotał w końcu ku zdumieniu ojca i sir Jamesa, ale nie mógł dokończyć.

– Ja zaś znam ich obu. Ten z lewej strony to Morgan, człowiek rodu Van Vertów, spec od brudnej roboty. Drugi to jeden z jego pomagierów. Miałem wątpliwą przyjemność ich poznać latem ubiegłego roku w Bostonie, gdy próbowano porwać i zgwałcić córkę Martina Van Verta. Morgan to typ urodzonego mordercy, dla którego zabić kogoś to tyle co splunąć. Jeżeli znajduje się na zdjęciach operacyjnych z różnych dni, nie może to być przypadek. On i jego człowiek łazili za generał Iwanową, bo czegoś od niej chcieli. Z przykrością wnioskuję, że muszą odpowiadać za jej zniknięcie, a to rokuje fatalnie...

W salonie zaległa cisza. Nazwisko Van Vertów zmroziło Brytyjczyków, zwłaszcza Malcolma. Czyżby się dowiedzieli, kim jest Jekatierina Iwanowa? Jak to możliwe? Skoro ją porwali, to najpewniej poddali też torturom. A jeżeli wydusili z niej wiedzę o nas wszystkich? Nie, nie powiedziałaby! Ale jak długo można wytrzymać przesłuchanie trzeciego stopnia, zwłaszcza gdy prowadzi je facet pokroju Morgana? Tak, tego człowieka stać na wszystko. Uświadomił sobie, że jak najszybciej musi spotkać się z Dolores, Dominikiem i... Cewim. Boże, jak ja mu to powiem? Opanuj się, do cholery! Musisz dokończyć to spotkanie!

Nieznośną już ciszę przerwał lord Grey.

– Co wiedzą pańscy przełożeni, jeżeli wolno mi spytać?

– Na razie nic nie wiedzą i dlatego tu jestem. Jeżeli za zniknięciem generał Iwanowej stoją Van Vertowie, bo przecież Morgan nie podjąłby się takiego działania na własną rękę, to czego ja mogę oczekiwać od prezydenta Nixona? Te zdjęcia to żaden twardy dowód. W sądzie nie utrzymałyby się przez pięć sekund. Morgan natychmiast by powiedział, że to zwykły zbieg okoliczności i że nie ma pojęcia, kim jest kobieta na fotografiach, a ja w żaden sposób nie mógłbym udowodnić, że jest inaczej. Richard Nixon jest od lat związany z Van Vertami i zawsze był ich kandydatem na prezydenta. Pokazując mu te zdjęcia i mówiąc o swoich podejrzeniach, doprowadziłbym jedynie do tego, że raz na zawsze umorzyłby to śledztwo. A tego zrobić nie chcę i nie mogę, bo honor starego policjanta mi na to nie pozwala.

– Zawsze wiedziałem, że jest pan porządnym człowiekiem, panie Carson. Nasze dzisiejsze spotkanie tylko to potwierdza – rzekł wzruszony sir James i mocno uścisnął rękę agenta FBI.

– Dziękuję, sir, to miłe z pana strony. Ponadto mam wyrobioną opinię na temat rodu Van Vertów – odpowiedział Carson i z pełną determinacją rozwinął wątek, jakby realizował określony plan. – Wiele lat temu zaprosił mnie do siebie pan Robert Kennedy i dał mi do przeczytania pewien dokument, prosząc o ocenę jego wiarygodności. Był to anonim dotyczący nielegalnego obrotu narkotykami prowadzonego przez CIA w Ameryce Południowej pod wodzą Martina Van Verta, kilku jego kolegów i, niestety, syna mojego przyjaciela z FBI. Sprowadzili chłopaka na złą drogę i wszystko wskazuje na to, że źle skończył. Brat prezydenta zapoznał mnie z tym dokumentem, bo wiedział, że nadzorowałem kiedyś inne śledztwo, w które Denis Fargo był zamieszany, a które jest nam wszystkim aż nadto dobrze znane. Zatem wiarygodność tego dokumentu nie budziła wątpliwości. Ktoś zadał sobie dużo trudu, aby dokonać opisanych w anonimie ustaleń… Wiem zatem, na co stać ród Van Vertów i jaką opinię na ich temat mieli Robert Kennedy i jego brat. Niestety, gdy obu zamordowano, anonim trafił w niebyt.

Brytyjczycy wymienili szybkie spojrzenia, ale żaden nie zamierzał nawiązywać do tego, o czym mówił Amerykanin.

– Jeszcze nieco lagavulin? – zapytał tylko z troską w głosie Malcolm i nie czekając na odpowiedź, uzupełnił szklaneczkę Carsona.

– Może teraz lepiej zrozumiecie, dlaczego tu jestem. Nie była to łatwa decyzja, ale musiałem o swoim odkryciu i podejrzeniach powiedzieć godnym najwyższego zaufania ludziom, którym być może posłużą one do rozwikłania tej zagadki. Ja mam związane ręce. Mogę jedynie zapewnić, tak jak kiedyś, że FBI nie ma nic wspólnego ze zniknięciem generał Iwanowej. Wywiad amerykański też nie. Zdjęcia muszę zwrócić do akt, ale przypuszczam, że przydadzą wam się kopie...

Malcolm bez słowa zebrał zdjęcia ze stolika i opuścił rezydencję. Z najbliższej budki telefonicznej zadzwonił do rezydencji Dominika w Schönbrunnie.

– Ściągnij wszystkich. Jak najszybciej. Jest twardy trop w sprawie naszej zguby – przekazał, gdy usłyszał w słuchawce jego głos.

– Jest szansa, że ją odzyskamy? – zapytał ostrożnie Dominik.

– Nie wiem, lecz nie wygląda to dobrze – odpowiedział Malcolm po dłuższej chwili i od razu się rozłączył.

Gdy skopiował fotografie i wrócił do rezydencji, podawano już kolację. Polędwica à la Wellington prezentowała się wybornie, podobnie jak zestaw czerwonych win, który jej towarzyszył.

Tę noc Carson spędził w domu Greyów.

– Trudno mi nawet wyrazić olbrzymią wdzięczność za to, że uznał pan za stosowne podzielić się z nami swoją wiedzą – powiedział Malcolm, prowadząc Amerykanina do jego pokoju.

– Nie wątpię, że zostanie należycie spożytkowana, lordzie Grey. Pozostaję do usług.

Ów brak wątpliwości wynikał z obserwacji, jakie poczynił, studiując dossier CIA i materiały operacyjne FBI. Zwrócił uwagę na łudzące podobieństwo generał Jekatieriny Iwanowej do młodego Polaka, który poniósł śmierć w incydencie przed hotelem Algonquin. Natomiast w archiwum amerykańskiego wywiadu natrafił na zdjęcie izraelskiej oficer wywiadu uratowanej kiedyś w Kairze przez ówczesną rezydent KGB. Izraelka wydawała się odbiciem młodej kobiety, która zginęła wtedy wraz z Polakiem.

Chyba miała na imię Inez – przypomniał sobie.

Nie uznał za stosowne podzielić się tymi wrażeniami z Brytyjczykami, bo niczemu by to nie służyło.

A poza tym zawsze mogę się mylić... – pomyślał, wyciągnąwszy się na łóżku w rezydencji rodu Greyów.

Nie wiedział, jak zakończy się jego śledztwo ani co powie prezydentowi, ale wiedział, że Richard Nixon nie otrzyma żadnego anonimu w tej sprawie jak ongiś jeden z jego poprzedników.

A może nic nie będę musiał mówić Nixonowi, bo nie dotrwa do końca kadencji... – naszła go refleksja i z sympatią pomyślał o dwóch dziennikarzach „Washington Post”, którzy tak pieczołowicie ujawniali kolejne tajemnice Białego Domu związane z aferą Watergate.

13 grudnia

Dolores pojawiła się w rezydencji Dominika pierwsza. Godzinę później przybył Cewi, a kilkanaście minut po nim – Malcolm. Wyjął z kieszeni kopie zdjęć operacyjnych FBI. Gdy już wszyscy je obejrzeli, w bibliotece zapadła cisza jak makiem zasiał. Cewi ukrył twarz w dłoniach i ciężko oddychał. Ale nie trwało to dłużej niż minutę. Odchrząknął i zaczął bez pośpiechu analizować sytuację.

– Van Vertowie najwidoczniej ustalili, że Jana dysponuje informacjami, które mogą ich dotyczyć. Musimy więc założyć, że Morgan i jego ludzie ją porwali i albo zamęczyli na śmierć, albo sama się zabiła, żeby nic im nie powiedzieć. Tak czy inaczej nie wyjawiła niczego, co mogłoby ich naprowadzić na trop naszej grupy. W przeciwnym wypadku mieli trzy miesiące, by w nas uderzyć. Najłatwiejszym celem byłby Malcolm. W każdej chwili mogliby go zwabić do Stanów lub dopaść w Londynie. Skoro tego nie zrobili, to znaczy, że nic nie wiedzą, bo Jana nas nie wsypała. Koło się zamyka.

– Nie zrozum mnie źle, Cewi. To bardzo logiczne, co mówisz, ale pod wpływem tortur każdy człowiek może się załamać… – zaryzykował Brytyjczyk.

– „Może" – powtórzył Cewi. – I Jana nie była „każdym". W jej przypadku „człowiek" brzmiało dumnie. Trudno to zrozumieć wszystkim, którzy nie widzieli Auschwitz, jakim zostawili je Niemcy, gdy wojna dobiegała końca. Jana zżyła się tam z bólem i śmiercią i nigdy już nie były jej straszne. Dlatego nie mogła się załamać, prędzej by się dla nas poświęciła. Wykonałeś, Malcolmie, kawał porządnej roboty, dając nam ten trop. Jestem wdzięczny.

Brytyjczyk nic nie odpowiedział. Pokiwał ze smutkiem głową, podszedł do baru, machinalnie nalał sobie lampkę koniaku i wypił jednym haustem. Inicjatywa Malcolma wyrwała z odrętwienia Dominika, który wziął do ręki butelkę koniaku i rozlał go do czterech kieliszków, a kiedy wypili w milczeniu, zabrał głos.

– Ty, Cewi, jesteś wśród nas najwyższym rangą oficerem wywiadu i wiemy, kim dla ciebie była Jana. Czeka nas operacja wywiadowcza i jestem przekonany, że wyrażę opinię nas wszystkich, prosząc, abyś ją poprowadził i rozporządzał nami, jak uznasz za stosowne.

– Dziękuję wam, przyjaciele, to dla mnie zaszczyt. Kluczem do rozwiązania sprawy jest ustalenie, w jaki sposób Van Vertowie wyszli na Janę lub kto ich na nią naprowadził i dlaczego. Odpowiedź na to pytanie kryje się w Nowym Jorku. Dlatego Dolores i ja niezwłocznie się tam udamy i zaczniemy szperać, profesjonalnie i bez emocji. Parafrazując Prousta, „musimy widzieć jasno w rozpaczy".

– To piękne słowa i podzielam ich przesłanie, ale czy nie powinniśmy porozmawiać z Morganem? – zapytał Dominik. – Gerard i ja chętnie się tym zajmiemy... Gwarantujemy skuteczność!

Cewi, który doskonale wiedział, kim był Gerard, i nie wątpił w dar przekonywania właściwy jego kolegom z formacji trupich czaszek, zamyślił się. Z jednej strony dzika żądza zemsty pchała go do jak najszybszej konfrontacji z człowiekiem, który według wszelkiego prawdopodobieństwa odpowiadał za zniknięcie Jany, z drugiej zaś chłodna kalkulacja operacyjna nakazywała mu zdobyć informacje, które by takie spotkanie ułatwiły.

– Przyjdzie czas na rozmowę z Morganem, i nie tylko. Ani on, ani Van Vertowie nam nie uciekną. Ale musimy zdobyć szczyptę wiedzy, która da nam przewagę w rozmowie z tymi panami. Nie miej jednak wątpliwości, że przygotujemy grunt pod takie tête-à-tête.

– A co ja mam robić? Przecież nie mogę siedzieć bezczynnie, gdy wy wszyscy działacie – odezwał się Malcolm.

– Ty już zrobiłeś bardzo wiele, kochanie – pocieszyła go Dolores. – Poza tym kto wie, do czego nam się przyda pan Carson z FBI, a tylko ty znasz instrukcję obsługi tego dżentelmena.

Zanim zasiedli do kolacji, Cewi zadzwonił do rabina w Nowym Jorku. Na koniec rozmowy poprosił go o przygotowanie ceremonii kadisz, modlitwy za zmarłych.

16 grudnia

– A to podły skurwysyn! – wykrzyknęła Maria, oglądając w przytulnym apartamencie synagogi kopie zdjęć operacyjnych FBI. – Damski bokser! Znowu chce zaatakować kobietę. Tchórz pojebany! Czy na to ścierwo nie ma żadnego sposobu?

Dolores wprawdzie słynęła z niewyparzonej gęby, ale po Marii takiego doboru słów się nie spodziewała. Wcześniej – zgodnie z sugestią Cewiego – tyle jej powiedziała na temat zaginionej, że młoda kobieta najwyraźniej doceniła powagę sprawy i poczuła się zmotywowana do jak największego wysiłku.

– Moi przyjaciele i ja ostro nad tym pracujemy, zapewniam cię! – odpowiedziała Dolores i z nadzieją w oczach zapytała: – Czy w ciągu ostatnich kilku miesięcy Martin lub ktokolwiek z rodu nie poruszył, choćby najbardziej zdawkowo, jakiegoś wątku rosyjskiego? Wymienił imię, nazwisko, nawiązał do sytuacji, sprawy... czegokolwiek?

Brazylijka nie wahała się ani chwili.

– Owszem, poruszył, i to wcale nie zdawkowo.

– Kiedy? O co chodziło? – Dolores modliła się do archanioła czuwającego nad szpiegami, aby obdarzył ją tego dnia odrobiną szczęścia.

– Dokładną datę mogę ci podać, jak zerknę do kalendarza, ale było to gdzieś tak w połowie października, może

319

trochę wcześniej. Martin wrócił któregoś dnia do domu bardzo podminowany, chyba nawet przestraszony. Po raz pierwszy widziałam go w takim stanie. Spytałam więc grzecznie, o co chodzi. Z początku mnie zbywał, ale później zaczął strasznie pomstować na grubego Ruska i Morgana. Naprawdę strasznie!

– A co mówił?

– Mówił, że Morgan potwornie spierdolił sprawę, w którą władował ich ten tłusty Rusek. Przepraszam za język, jedynie cytuję.

– Co to za tłusty Rusek? Chodzi o kogoś konkretnego? Wiesz o kogo? Co spierdolił Morgan? Każdy okruszek informacji ma tu wielkie znaczenie, Mario!

– Kiedyś w lecie wpadłam odwiedzić Martina w Instytucie Erudycji na Park Avenue i otarłam się o wychodzącego z biura faceta wielkości szafy... nie, dwóch szaf. Strasznie zapoconego i śmierdzącego. Rzucam więc kochanemu mężowi żartem, że ma ciekawych i eleganckich interesantów. A on odpowiada ze śmiechem, że gość może nie jest z żurnala, ale przyniósł mu istną perełkę wiedzy. Nie pytałam jaką, bo w takich przypadkach zawsze czekam, aż powie z własnej inicjatywy. Tak jak mnie uczyłaś. Ale nie powiedział. Nie wiem zatem, o co chodziło ani jaką sprawę spierdolił Morgan.

– A możesz opisać tego tłustego Ruska?

W miarę jak piękna Brazylijka mówiła, napięta twarz Dolores łagodniała, aż w końcu zagościł na niej uśmiech triumfu.

– Spisałaś się na medal, kochana Mario. Nawet nie wiesz, ile osób będzie ci wdzięcznych za to, co mi dzisiaj powiedziałaś. Bardzo ważnych osób.

– Cieszę się, że mogłam pomóc. Znasz tego Ruska? – zapytała Maria ze zdziwieniem, choć wiedziała, że to wbrew zasadom.

– O tak! Sądzę, że nie ma dwóch takich... A jak się miewa pan André Vol, który zrobił na tobie takie wrażenie? – zmieniła temat oficer wywiadu.

– Chyba się w nim zakochałam! – wyszeptała Maria i z błyskiem w oku opowiedziała Dolores o rozwijającym się romansie, jak tylko kobieta może opowiedzieć drugiej kobiecie, której bezgranicznie ufa.

Dolores słuchała cierpliwie, z uśmiechem na twarzy, instynktownie rozumiejąc, jak wielką potrzebę zwierzeń odczuwa Maria. Wiedziała też, że Brazylijka szuka aprobaty dla tej miłości, i nie zamierzała jej potępiać.

– Cieszę się twoim szczęściem, Mario, i życzę ci jak najlepiej. Z miłością nie należy walczyć. Kto wie, może będę ci mogła pomóc znaleźć jakieś dobre rozwiązanie... Ale musicie być bardzo ostrożni. Pamiętaj o wszystkim, czego cię nauczyłam o naszym fachu i świecie równoległym.

Na pożegnanie objęła serdecznie Marię i pocałowała ją w policzek, po czym przeszła do innej części synagogi, gdzie w niewielkim pokoju rozmawiali rabin i zastępca szefa Mosadu.

– Coś wiesz! – Cewiemu wystarczyło rzucić okiem na rozpromienioną twarz podwładnej.

– Mamy drugi twardy trop. Martin Van Vert kręci sznur na własną pierdoloną szyję. Wybacz, rabinie, że klnę w Domu Bożym – zmitygowała się oficer wywiadu i przekazała najnowsze informacje.

– Chyba dobry Bóg cię wysłuchał i okazał nam wielką łaskę. Jak bardzo możesz być pewna, że tłusty Rusek to ten tłusty Rusek? – zapytał dociekliwie Cewi.

– Jestem pewna. Jeszcze czuję jego pot i widzę potężną sylwetkę. Nie mylę się – zapewniła bez wahania.

– Wierzę ci, ale zróbmy to porządnie. – Cewi zamyślił się na chwilę. – Ściągniesz tu natychmiast Malcolma. Niech przyjedzie razem z sir Jamesem, bo szkoda czasu. Musi go wyekspediować do pana Carsona, bo sam nie ma należytej legendy, by udać się do zastępcy szefa FBI, za to ten stary szpieg brytyjski ma. Greg Carson musi nam wyświadczyć jeszcze jedną przysługę, a my za jakiś czas opowiemy mu prawdę o zniknięciu Jany. Tak, piękna Maria zasłużyła stokrotnie na naszą wdzięczność i spłacimy ten dług, jak zawsze. A teraz, moja droga, jedziemy do naszego przyjaciela Abrahama Lankera na Lower East Side. Klocki zaczynają się układać w logiczną całość. To jeden z tych momentów w operacji wywiadu, które najbardziej lubię.

Wieczorem szef mafii żydowskiej w Nowym Jorku zaprosił swoich gości do ulubionej knajpy na dolnym Manhattanie. Kiedy zasiedli do stołu w pustej sali, przedstawił im byłą węgierską milicjantkę.

– Sprawą generał Iwanowej zajmuje się Marika. Ta sama, która kiedyś uratowała z opresji twoją podopieczną, piękna pani – zwrócił się do Dolores.

– Jestem pani za to ogromnie wdzięczny, bo dzisiaj Maria wyświadczyła nam wielką przysługę. Ale od początku… – Cewi rozłożył na stole kopie zdjęć operacyjnych FBI. Nie mówił, skąd je ma, ani niczego nie komentował. Czekał na reakcję.

– O kurwa! – wyrwało się natychmiast Węgierce. – Ten skurwiel Morgan i jeden z jego bydlaków śledzi generał Iwanową. Znam z widzenia obu. Porwali ją, nie ma innej możliwości, jak wtedy Marię.

Zamilkła nagle, bo zdała sobie sprawę, co oznaczają jej słowa. Jeżeli ją porwali trzy miesiące temu, to już nie żyje – przyszło jej na myśl. Ale nie była w stanie powiedzieć tego głośno. Zrelacjonowała więc, co udało jej się ustalić przez ostatnie kilka tygodni.

– Gdy Abe postawił mi zadanie, uruchomiłam dyskretnie wszystkie swoje oczy w mieście, pokazując zdjęcie generał Iwanowej. Parę dni temu rozpoznał ją bezdomny urzędujący na ulicy nieopodal siedziby ONZ. Zapamiętał jej twarz, bo miała taki hardy wyraz, jaki rzadko widuje się u kobiety. Ta pani musiała dużo przejść, powiedział. Widział ją także jego kolega. Mówił mu, że pewnego dnia było wokół niej jakieś zamieszanie, ale obaj byli pijani i mój bezdomny nie potrafił sobie przypomnieć i sprecyzować, o co tamtemu chodziło. Szukamy go teraz, ale gdzieś wsiąkł. Może trafił do więzienia albo przytułku. Jeżeli żyje, to go znajdziemy. Wiecie, jak to jest… łut szczęścia.

– Wiemy, Mariko. My mieliśmy je dzisiaj i oby opatrzność pozwoliła ci mieć je jutro – podsumował Cewi.

– Czekają specjały kuchni żydowskiej, przyjaciele – rzekł Abraham Lanker i zarządził, by podawano kolację.

Zaczęli od kieliszka śliwowicy paschalnej. Pili w milczeniu. Toast „na zdrowie” nie wchodził w grę, a na „poległych” lub „pohybel” nie nadeszła jeszcze pora.

21 grudnia

W piątek wieczorem Carson zaprosił sir Jamesa Gibbonsa na drinka do baru hotelu Algonquin. Agent FBI siedział już w fotelu klubowym przy niewielkim stoliku, na którym leżał tygodnik „Time". Ruchem ręki wskazał fotel naprzeciwko. Kelner natychmiast podał dwie szklaneczki lagavulin.

– Pozwoliłem sobie zamówić nasz ulubiony trunek bez konsultacji z panem, sir James. Między stronami magazynu jest brązowa koperta, a w niej kopia dokumentacji, o której łaskaw był pan wspomnieć. Szczęśliwym trafem okazało się, że moi dzielni nowojorscy podwładni trochę chodzili za dużym Rosjaninem. W Instytucie Erudycji przebywał dwie godziny, jest data i dokładny czas. Następnego dnia rano, nieopodal Muzeum Guggenheima, zajął tylne siedzenie w czarnym cadillacu z szoferem. Po półgodzinnej jeździe po Central Parku wysiadł na Piątej Alei przy Metropolitan Museum. W ręku trzymał bardzo solidną teczkę, której nie miał, wsiadając. To też udokumentowano. Złapał taksówkę i pojechał do banku, a tam wynajął skrytkę. Oczywiście ustaliliśmy, kto przemieszczał się czarnym cadillakiem...

– Niech zgadnę. Martin Van Vert. Grubas sprzedał mu jakąś informację i dostał za to pieniądze. Dużo pieniędzy, sądząc po opisie teczki.

– Ująłbym to dosadniej, sir. Grubas sprzedał generał Jekatierinę Iwanową.

22 grudnia

Rano Cewi i Dolores znów udali się na spotkanie z Abrahamem Lankerem w jego ulubionej knajpie. Tym razem zabrali także Malcolma. Wypili po kieliszku śliwowicy i pokazali szefowi mafii żydowskiej najnowszą zdobycz informacyjną.

– Piękna dokumentacja, piękna. Tylko FBI robi ją tak profesjonalnie, oprócz nas, oczywiście – zaśmiał się stary gangster. – No to macie skurwysyna, że się tak wyrażę. Świetny materiał pomocniczy do ewentualnej rozmowy. Gratuluję. Za chwilę będzie tu Marika. Przyniesie ostatni element układanki. Sam jeszcze go nie znam.

Powtórzyli kolejkę. Nie odstawili jeszcze pustych kieliszków, gdy zjawiła się Węgierka. Miała ponury wyraz twarzy i wyglądała na zmęczoną. Usiadła przy stole i poprosiła o kieliszek alkoholu. Dolores natychmiast jej nalała. Marika wypiła jednym haustem i otarła usta wierzchem dłoni. Wszystkie spojrzenia były skierowane na nią. Sama nalała sobie kolejny kieliszek, wypiła i zaczęła referować.

– Znalazłam drugiego bezdomnego. Pokazałam mu zdjęcia generał Iwanowej. Rozpoznał ją bez trudu. To weteran z Wietnamu, któremu nie poszczęściło się w życiu. Śpi na ulicy, na kratkach wentylacyjnych z ciepłym powietrzem. Generał zostawiła mu kiedyś całą pizzę, więc ją zapamiętał. Innym razem kanapkę. Nigdy pieniędzy. Widocznie wiedziała, że przepije. Gdy widział ją ostatni raz, biła się z jakimiś mężczyznami, którzy ją napadli. Pokazałam mu zdjęcia operacyjne FBI. Rozpoznał na bank Morgana i tego drugiego. W pewnym momencie padł mocno przytłumiony strzał, generał osunęła się, a tamci wrzucili ją do ciężarówki do przewozu mebli. Wszystko trwało kilkanaście sekund. Były żołnierz przysięga, że strzelano z broni z tłumikiem. Używał takiej w Wietnamie, więc zna ten odgłos. Jak rozmawialiśmy, był trzeźwy od paru dni, bo wyciągnęłam go z komisariatu. Jestem przekonana, że Morgan chciał porwać generał tak jak kiedyś Marię. Stawiła opór, więc wyciągnęli spluwy, by ją nastraszyć. Ale się nie przestraszyła. Wtedy ją zastrzelili albo to był wypadek. Stawiam na to drugie. Przykro mi, że jestem posłańcem takich wieści.

Dolores wzięła butelkę i napełniła wszystkie kieliszki. Wypili w milczeniu. Każdy czekał na to, co powie Cewi. Jego głos był opanowany i pewny siebie jak na odprawie operacyjnej wywiadu.

– A zatem nie żyje. Dziękuję ci, Mariko, za wspaniałą pracę, którą wykonałaś. Niczym moi najlepsi ludzie. Zgadzam się, że to mógł być wypadek, ale prawdę powie nam tylko Morgan. Mam więc, Abrahamie, prośbę...

– Załatwione, bracie. Marika i jej ludzie ustalą o Morganie i tym drugim, co tylko się da. Gdzie mieszkają, żrą, srają, pieprzą się, *the works*. O grubym Ruskim też. I będziemy czekać na twój sygnał...

– Dziękuję ci, Abe. Rozumiemy się bez słów. Nie oszczędzaj na niczym. Dobrzy ludzie pokryją wszelkie koszty. Będziemy w kontakcie.

*

Niemal natychmiast postanowili lecieć do Wiednia i spotkać się z Dominikiem. Czuli potrzebę bycia razem. Pojechali na lotnisko, kupili bilety w pierwszej klasie Pan American i udali się do salonu dla VIP-ów. Malcolm poprosił o podanie butelki bollingera i rozlał szampan do kieliszków.

– Wypijmy za Janę. Jaką była i jaką będziemy ją pamiętać – zaproponował Cewi, zaskakując swoich towarzyszy podróży, bo wskazywało to na pogodzenie się z jej śmiercią. – Będziemy ją opłakiwać później. Teraz jest czas działania, a żałoba temu nie służy.

– ...i czas zemsty – dopowiedziała Dolores. – Na zimno, tak jak uczył mnie Abe, kiedy zabili Inez i Ratza. Jaki jest dalszy plan działania, Cewi?

– Pogadamy z Dominikiem i polecę do Moskwy spotkać się z generałem Andropowem. Wiemy już prawie wszystko, a jego pomoc będzie niezbędna, żeby dojść do samego dna tej sprawy. Wtedy posypią się głowy.

Na wiedeńskim lotnisku czekał na nich Dominik. Zanim je opuścili, Cewi zadzwonił z poczty do Aleksandra Wozniesieńskiego, zapowiadając się w Moskwie na następny dzień. Potem wsiedli do czterodrzwiowego mercedesa 280 i ruszyli do rezydencji w Schönbrunnie. Podczas jazdy nie rozmawiali o zniknięciu generał Iwanowej.

Dopiero gdy zasiedli w bibliotece, a gospodarz przyniósł dobrze schłodzoną butelkę żubrówki i napełnił kieliszki, Cewi przystąpił do relacjonowania tego, co udało im się ustalić w Nowym Jorku. Mówił powoli i precyzyjnie, bez szczypty emocji, jakby wcielał się w rolę, którą przyjdzie mu jeszcze nieraz odegrać.

Dominik długo oglądał materiał operacyjny FBI i z niedowierzaniem kiwał głową.

– Pan Carson to istny czarodziej. Sir James też. Komitywa, jaką nawiązali przy okazji incydentu przed hotelem Algonquin, procentuje niczym najlepsza lokata. W tym przynajmniej kontekście śmierć Inez i Ratza nie poszła na marne. Nie mogli się lepiej zemścić zza grobu. Podziwiam odwagę Carsona, że udostępnił te materiały.

– Greg Carson to dobry glina i porządny Amerykanin. Może nie wiecie, ale większość tej nacji jest taka – podsumował Malcolm.

– Mam nadzieję. Bo gdyby była jak Van Vertowie, to wykończyłaby własny kraj – odpowiedział Dominik i zmienił temat: – Przewodniczący Andropow będzie pod wrażeniem naszych ustaleń. Ale to dopiero połowa roboty, teraz przejdziemy do części praktycznej…

– Jak słusznie zauważyłeś – wtrącił Cewi – za nami część wywiadowczo-analityczna. W trzy miesiące uporaliśmy się z czymś, co nawet KGB i Mosadowi łącznie zajęłoby trzy lata. Teraz czas na operacje specjalne. I żeby w pełni się im poświęcić, po powrocie do Izraela zamierzam zrezygnować z funkcji zastępcy szefa Mosadu. Dolores, która i tak po Nowym Roku zostanie zastępcą, świetnie uzupełni tę lukę i będzie nas wspomagać.

Jeszcze kilka miesięcy temu Dolores ostro oprotestowałaby taką zapowiedź wykluczenia z operacji specjalnych. Dzisiaj nie odezwała się ani słowem.

– Nie powiem, Cewi, że nie spodziewałem się takiej decyzji. Każdy z nas ją rozumie, to twoja operacja – rzekł Dominik i z uśmiechem dodał: – Dolores też to rozumie, bo się nie awanturuje. Ale w takiej sytuacji proponuję, abyś zabrał ją na spotkanie z Andropowem, z różnych względów. Taka znajomość już na samym początku wzmocni jej pozycję świeżo upieczonego zastępcy szefa Mosadu, to raz. Dwa, to ją uratowała generał Iwanowa i Andropow zrozumie, dlaczego Mosad tak zaangażował się w sprawę zaginionej oficer KGB. Nie przyjdzie mu już do głowy szukać jakichś twoich motywacji. Trzy, dar przekonywania i oddziaływania pięknej kobiety jest, jak wszyscy wiemy, w wywiadzie nieoceniony.

– Skłamałbym, gdybym powiedział, że właśnie o tym myślałem, bo nie myślałem, a powinienem był. Chyba się starzeję. Doskonała propozycja! – podchwycił Cewi. – Jestem za, a pani oficer wywiadu?

Uśmiech dziecka obdarowanego wymarzoną zabawką, który wykwitł na twarzy Dolores, wystarczył za najbardziej entuzjastyczną odpowiedź.

– I znowu ja zostaję na lodzie – zaprotestował młody lord Grey. – Ja również chciałbym się pobawić…

– Kochanie, jak będziesz grzeczny, to może ściągniemy cię do Moskwy – odpowiedziała Dolores.

Słysząc to, Cewi się uśmiechnął. I o to jej chodziło.

– Nie chcę przerywać tej sielanki – zagaił Dominik – ale zastanówcie się, czy na pewnym etapie nie warto byłoby wciągnąć do działań Gerarda i spółki. Ja rozumiem, że to delikatna sprawa ze względu na…

– Prowadziłem kiedyś agenta, byłego esesmana – wszedł mu w słowo Cewi. – Nie mam z tym najmniejszego problemu. Ja wiedziałem, kim on był, a on wiedział, że jestem Żydem. Realizowaliśmy wspólne cele, aczkolwiek kierowała nami zupełnie inna motywacja. Nawiasem mówiąc, trudno byłoby wam uwierzyć, jakie egzystencjalno-filozoficzne dyskusje prowadziliśmy, ale to temat na inne opowiadanie. Gerard zatem również nie stanowi dla mnie problemu, wręcz przeciwnie, może się okazać zaskakująco użyteczny. Sądzę, że gdy Dolores i ja wrócimy z Moskwy mądrzejsi o ustalenia dokonane z Andropowem, łatwiej nam przyjdzie zdecydować, jak wykorzystać Gerarda, jego kolegów i ich możliwości. Nie zapomniałem, jaką rolę odegrali w sprawie Inez i Ratza.

– No to postanowione – zrekapitulował Dominik. – A teraz zapraszam na kolację.

23 grudnia

Aleksander Wozniesieński odebrał Cewiego i Dolores z płyty lotniska. Czarna limuzyna czekała przy ruchomych schodach prowadzących z samolotu, więc Izraelczycy nie odczuli nawet chłodu rosyjskiej zimy. Opuścili lotnisko przez boczną bramę, bez zatrzymywania się i żadnej kontroli dokumentów, i w godzinę zajechali przed okazałą willę KGB w centrum Moskwy.

W holu przechadzał się już generał Andropow.

– Witam ponownie w Moskwie. Miło mi poznać legendarną Dolores. Generał Iwanowa zawsze ciepło o pani mówiła. Zapraszam na piętro do salonu. Tam nikt nam nie będzie przeszkadzał. Nie mogę się doczekać waszej relacji.

Usiedli na fotelach wokół dużego stołu do kawy. Na prośbę przewodniczącego KGB Wozniesieński nalał z dymiącego samowara herbatę dla wszystkich i podał konfitury z wiśni. Postawił też butelkę rémy martina i cztery kieliszki do koniaku. Dolores wyjęła z torby podróżnej dwie brązowe koperty z dokumentacją fotograficzną i położyła na stole przed sobą. Cewi swoim zwyczajem odchrząknął i zaczął referować.

– Jak wszyscy wiemy, szefem ochrony waszego stałego przedstawicielstwa przy ONZ w Nowym Jorku jest od paru lat były ochroniarz generał Iwanowej, Kola Macenow. W lecie ubiegłego roku odwiedził budynek na Park Avenue, w którym znajduje się obiekt o nazwie Instytut Erudycji. Pracuje w nim Martin Van Vert. Oto dokumentacja fotograficzna z naniesioną dokładną datą i godziną, pokazująca, jak Macenow wchodzi do budynku i później go opuszcza. – Mówiąc to, Cewi wyjął z jednej z kopert odpowiednie zdjęcia i wręczył generałowi, który po chwili dał je do wglądu Wozniesieńskiemu. – Dolores natychmiast go rozpoznała, bo zetknęli się w Kairze kilka lat temu.

– Tak, to Macenow. Świetna dokumentacja wykluczająca pomyłkę – ocenił przewodniczący i z profesjonalnej ciekawości, choć nie wyłącznie, zapytał: – Wy to robiliście?

– To dokumentacja FBI zebrana w trakcie rutynowej inwigilacji Macenowa z punktu zakrytego. Nie wątpię, że możecie to jakoś sprawdzić. Zatem nieczysta gra z naszej strony wobec KGB nie wchodzi w rachubę. – Cewi opowiedział o wizycie Macenowa w siedzibie Instytutu Erudycji, przejażdżce czarnym cadillakiem po Central Parku i o dużej teczce, przedstawiając rozmówcom stosowny materiał fotograficzny.

– No cóż, na pewno nie odebrał od Van Verta wypranych koszul. Wszyscy się domyślamy, że w tej teczce są pieniądze. Gdy pan skończy referować, zastanowimy się wspólnie, za co je dostał. Rozumiem, że to też jest dokumentacja FBI. Zainteresowało ich, co Kola kombinuje z Van Vertem, i kolejnego dnia objęli go ścisłą inwigilacją. Nawet się specjalnie nie sprawdzał – zauważył Andropow.

– A po co miałby to robić? Musiał sobie ustalić, kim są Van Vertowie i że nikt im nie podskoczy. Myślę, że dobrze się przygotował do spotkania z Martinem Van Vertem.

– Cewi wyjął z kolejnej koperty kopie zdjęć generał Iwanowej z Morganem i jego człowiekiem w tle. – Macenow musiał powiedzieć Martinowi na temat generał Iwanowej coś na tyle istotnego, że ten zlecił swoim ludziom jej inwigilację.

– Sprzedał Van Vertom jakąś wiedzę o generał Iwanowej? A to zdrajca! Całą swoją karierę jej zawdzięczał! – uniósł się Andropow, ale natychmiast się zreflektował. – Proszę wybaczyć, niech pan kontynuuje.

– Niestety, ta historia nie ma happy endu, panie generale – powiedział ze smutkiem zastępca szefa izraelskiego wywiadu i zrelacjonował ustalenia Mariki. – Nie wiemy, dlaczego zastrzelili generał Iwanową. Na razie możemy jedynie się domyślać.

Andropow patrzył na Cewiego, jakby nie wierzył własnym uszom.

Aleksander Wozniesieński utkwił wzrok w jakimś punkcie na przeciwległej ścianie. Już wcześniej się dowiedział, że matka nie żyje, bo Cewi nie chciał, by syn usłyszał o śmierci Jany podczas spotkania u przewodniczącego KGB, i wplótł w rozmowę telefoniczną z lotniska ustalony kod. W przeciwnym razie Aleksander mógłby zareagować w sposób budzący podejrzenia.

Generał Andropow wziął do ręki butelkę koniaku, metodycznie usunął folię wokół korka, wyjął go i bez pośpiechu napełnił wszystkie kieliszki. Upił niewielki łyk, delektując się trunkiem, a następnie zaczął analizować to, co usłyszał.

– To nie był *the hit*, jak to mówią nasi amerykańscy przyjaciele, zabójstwo na zlecenie. To była próba porwania, która wymknęła się spod kontroli ze względu na reakcję generał Iwanowej. Chcieli ją porwać i przesłuchać na okoliczność czegoś, co ujawnił im Kola Macenow. Cóż zainteresowało Martina Van Verta do tego stopnia, że zlecił porwanie generał KGB w centrum Nowego Jorku w biały dzień? Wozniesieński, czy coś wam przychodzi do głowy? Jekatierina Iwanowa była wprawdzie moją podwładną, ale też waszą przełożoną...

Cewi uniósł nieznacznie brwi, oczekując na słowa syna. Ale wywołany do tablicy oficer wywiadu KGB wolał na razie nie spekulować głośno, bo nie był pewny, czy matka dzieliła się z Andropowem i Sacharowskim wszystkimi swoimi ustaleniami. Chciał najpierw skonsultować rzecz z ojcem. W cztery oczy.

– Muszę spokojnie pomyśleć, towarzyszu przewodniczący – odpowiedział. – W tej chwili pamiętam jedynie uzyskaną przez nasze źródła informację, że w połowie października potrojono ochronę rezydencji Van Vertów, Instytutu Erudycji oraz samego Martina Van Verta. Niby ze względu na jego pracę dla Białego Domu...

Generał Andropow pociągnął kolejny, tym razem większy łyk koniaku i energicznie odstawił kieliszek. Można było odnieść wrażenie, że podjął jakąś decyzję.

– Wróć, jak mówią w wojsku. Wybaczcie, towarzyszu Wozniesieński, zapomnijcie o tym pytaniu. Nie było najmądrzejsze. My nie jesteśmy od przypuszczania i gdybania, ale od zdobywania konkretnych, wiarygodnych i niepodważalnych informacji. Dlaczego doszło do zamordowania generał Iwanowej? Krąg osób, które znają odpowiedź, jest niewielki. Należy z nimi porozmawiać i im postawić właściwe pytania, a nie sobie nawzajem. Jeszcze raz wybaczcie, Wozniesieński. KGB musi zacząć od Koli Macenowa, bo to zdrajca i nasze procedury są w takich sytuacjach jednoznaczne. Ściągniemy go tu i pogadamy z nim jak czekista z czekistą. – Głos przewodniczącego zabrzmiał złowieszczo. – Ale to nie wystarczy. Równolegle należy przepytać pana Morgana i jego człowieka ze zdjęcia. Martina Van Verta zostawimy sobie na deser. Ciekawa ta informacja o potrojeniu ochrony, potwierdza to, co dzisiaj usłyszałem, i winę tego rodu za śmierć generał Iwanowej. Wozniesieński, jutro z samego rana ma się u mnie zameldować dowódca specnazu KGB. Uprzedź go, żeby dobrał ludzi do realizacji zadania w Nowym Jorku…

Dolores i Cewi wymienili zaniepokojone spojrzenia, co nie umknęło bystremu oku przewodniczącego. Być może pomyślał, że popełnił niezręczność, nie konsultując działań specjalnych z ludźmi, którym zawdzięcza tak szybkie dojście do prawdy, albo uznał, że mogą mu podpowiedzieć jakieś inne, lepsze rozwiązanie, bo pociągnąwszy łyk koniaku, uśmiechnął się jowialnie.

– Wybaczcie, koledzy oficerowie. Jeżeli coś was niepokoi, to proszę śmiało. To, co robimy, uważam za naszą wspólną operację, ale gwarantuję, że specnaz KGB nie takie akcje przeprowadzał, i to na znacznie trudniejszym terenie. To bardzo dobrzy specjaliści, ręczę za nich.

– Ani Dolores, ani ja nie mamy co do tego najmniejszej wątpliwości. Lecz my mamy nasz własny specnaz w Nowym Jorku – odpowiedział Cewi, mając na myśli Marikę i jej ludzi. – A przyzna pan, generale, że specnaz miejscowy zawsze mniej rzuca się w oczy niż przyjezdny. Najlepiej będzie, jeśli połączymy siły jednego i drugiego. W granicach rozsądku, oczywiście. Absolutnie zgadzam się, że należy zacząć od Macenowa, ponieważ on nam powie, dlaczego doszło do próby porwania generał Iwanowej. Martin i Morgan nawet nie zauważą jego zniknięcia, bo poruszają się w innym świecie.

– Wprawdzie Macenow to nasza bolączka, ale nie odmówię pomocy waszych miejscowych specjalistów, tak bowiem nakazuje rozsądek operacyjny. Miejscowi to miejscowi, ich znajomości i wyczucia terenu nie da się zastąpić. Bardzo mi się podoba wizja takiego izraelsko-radzieckiego wywiadowczego joint venture. Macenowa proponuję rozegrać w następujący sposób... – Generał Andropow przedstawił koncepcję wyłuskania z Nowego Jorku byłego ochroniarza generał Iwanowej. Za realizację ze strony KGB miał odpowiadać Aleksander Wozniesieński. – Mogę uruchomić odpowiednie działania w ciągu kilku dni, jeżeli akceptujecie przedstawiony plan.

Cewi spojrzał na Dolores, która lekko kiwnęła głową.

– Jest bardzo dobry, nie mamy żadnych zastrzeżeń. Tylko jedną prośbę... – Cewi wzdragał się przed użyciem słowa „warunek". – Zaangażowaliśmy się tak mocno w sprawę zniknięcia generał Iwanowej, ponieważ zależy nam na spłaceniu długu wdzięczności, jaki u niej zaciągnęliśmy...

– Domyślam się, że chcecie być obecni przy przesłuchaniu Macenowa. Jesteśmy partnerami, zatem wyrażam zgodę. Wozniesieński świadkiem...

– O przenikliwości i inteligencji towarzysza przewodniczącego krążą legendy – Dolores pozwoliła sobie na niecodzienne wyznanie – a tymczasem to najczystsza prawda...

– Niektórzy towarzysze partyjni nawet mówią, że w związku z tym muszę być... Żydem! – dokończył generał i zaczął cicho chichotać.

Oficerowie izraelskiego wywiadu docenili ten subtelny komplement, nagradzając go żywiołowym śmiechem.

Andropow osobiście sprowadził gości do holu willi. Z kurtuazją pomógł Dolores przywdziać płaszcz.

– Kierujcie się w tych działaniach chłodną głową i gorącym sercem, jak mawiał Feliks Dzierżyński, polski szlachcic i pierwszy czekista – rzekł na pożegnanie. – Do rychłego, jak mniemam, zobaczenia.

1974
5 stycznia

Pierwszą rzeczą, którą zrobił Aleksander Wozniesieński po przywitaniu się z rezydentem w jego nowojorskim gabinecie, było wręczenie listu stanowiącego część poczty dyplomatycznej przywiezionej przez jednego z towarzyszących mu ludzi. W liście z podpisem przewodniczącego KGB Jurija Andropowa było napisane, że Kola Macenow zdradził swoją ojczyznę i służbę, a rolą dostarczyciela przesyłki jest odesłanie go do kraju zgodnie z decyzją i rozkazem autora. Szczegóły należało omówić w kabinie ciszy.

– Poważna sprawa, towarzyszu Wozniesieński, skoro sam przewodniczący nadzoruje operację – zauważył rezydent. – Kierując się dyspozycją zawartą w szyfrogramie od szefa wywiadu, zmieniłem grafik dyżurów tak, aby dziś i jutro Macenow nie miał tu po co przychodzić. Zjawi się dopiero w poniedziałek rano. Proszę za mną.

Wszystkie większe rezydentury szanujących się wywiadów miały kabiny lub strefy ciszy, w których można było bezpiecznie prowadzić rozmowy, nie obawiając się jakiegokolwiek podsłuchu. Na ogół były to kabiny z przezroczystego plastiku, zlokalizowane w specjalnie przystosowanych, wyciszonych i ekranowanych pomieszczeniach. Wchodziło się do nich bez butów, marynarek i takich części garderoby, które umożliwiały ukrycie sprzętu nagrywającego czy podsłuchu. Po zamknięciu drzwi obsługa kabiny włączała dodatkowe urządzenia zakłócające. W takiej właśnie kabinie zasiedli rezydent i jego gość.

Wozniesieński zaczął przedstawiać swój plan. Nie tłumaczył, na czym polegała zdrada Koli Macenowa, o co go oskarżano czy podejrzewano, a tym bardziej – z jaką inną sprawą mogło to mieć związek. Rezydent usłyszał jedynie, co ma zrobić, aby zapewnić realizowanej misji maksymalną skuteczność i bezpieczeństwo.

– Rozumiem, towarzyszu. Będzie dokładnie tak, jak uzgodniliśmy przed chwilą – odpowiedział rezydent, usłyszawszy, czego wymaga od niego młody oficer. Nie próbował nawet o nic się dopytywać.

Wieloletnie doświadczenie podpowiadało mu, że operacja jest priorytetowa i będzie z niej rozliczony w zależności od tego, jak sumiennie wypełni wszelkie prośby i sugestie. Wiedział też, że rozliczającym będzie sam przewodniczący Andropow, a referentem przebiegu akcji – Wozniesieński.

Rób dokładnie, co ci ten młody człowiek każe, nie improwizuj, a wszystko będzie dobrze – pomyślał.

7 stycznia

Odkąd Kola Macenow usłyszał od rezydenta KGB, któremu podlegał jako szef ochrony, że jego pobyt zostaje przedłużony na dodatkowy rok, nie posiadał się ze szczęścia. Był to wyraźny sygnał, że wszystko jest w porządku. Co prawda nagłe zniknięcie generał Iwanowej nieco go zdziwiło, ale skoro rezydent nie wszczynał żadnego alarmu, to widocznie wcześniej odleciała do Moskwy...

Tego poniedziałkowego ranka był w doskonałym humorze i gdy koło południa zadzwonił rezydent, zapraszając go do swojego gabinetu, Kola stawił się tam w podskokach, oczekując nowych zadań.

Kocham to miasto! – pomyślał. Może zostanę tu na dłużej...

Drzwi do gabinetu rezydenta były zawsze zamknięte. Odpowiednio zainstalowana kamera pozwalała gospodarzowi widzieć, jaki interesant go nawiedza, choć nieczęsto ktoś przychodził bez zaproszenia, bo rutynę operacyjną załatwiało jego dwóch zastępców. Przycisk przy biurku otwierał podwoje.

Tym razem jednak drzwi otworzył sam rezydent, uprzejmym gestem zapraszając Kolę do środka.

– Wchodźcie, towarzyszu Macenow, miło was widzieć! Jest sprawa do obgadania – rzekł z uśmiechem na ustach, puszczając gościa przodem.

W gabinecie zawsze panował półmrok. Bez względu na porę dnia czy nocy rezydent miał nawyk pracować przy wielkiej, wiecznie zapalonej lampie, która stała na pokaźnym biurku. Dlatego dopiero po chwili szef ochrony dostrzegł, że w pomieszczeniu jest jeszcze ktoś. I szybko się zorientował, że zna tego człowieka. Był to najbliższy współpracownik jego byłej przełożonej, Aleksander... – starał się przypomnieć sobie jego nazwisko.

Co on tu robi? – zastanowił się i poczuł trochę nieswojo. Przestał się uśmiechać. Dobry humor opuścił go zupełnie, gdy w prawym ręku Wozniesieńskiego ujrzał broń. Ale nie wyglądała na zwykły pistolet, a na tych znał się wyjątkowo dobrze... Owładnięty potwornym strachem Macenow zastygł w bezruchu, zdając sobie sprawę, że właśnie znalazł się w pułapce.

Pierwszy pocisk wypalony z pistoletu trafił go w szyję, drugi w potężny tors. Wystrzałom nie towarzyszył jednak huk, a tam, gdzie trafiły pociski, nie polała się krew. Macenow poczuł natomiast, jak całe jego ciało ogarnia paraliż, i wydało mu się, że zaraz zemdleje. Oparł się o ścianę i spojrzał bezradnie na twarz rezydenta. Jej kontury zaczęły się coraz szybciej rozmywać i opadł na dywan, ciężko oddychając.

Boże miłosierny! – pomyślał resztką sił. Czyżby coś wiedzieli?

– Amunicja na grubego zwierza. Piękne strzały. Gratuluję, towarzyszu Wozniesieński. – Rezydent przejął broń i schował ją do szuflady.

Pistolet był przystosowany do strzelania pociskami usypiającymi i stanowił etatowe wyposażenie rezydentury wywiadu KGB w Nowym Jorku i nie tylko.

Przez niedomknięte drzwi weszli do gabinetu dwaj eksperci, którzy przylecieli wraz z Wozniesieńskim i ubezpieczali akcję. Byli to doświadczeni żołnierze specnazu KGB, realizujący skomplikowane działania specjalne na całym świecie. Misję w Nowym Jorku traktowali jako rozrywkę i przerywnik od stresu akcji na tyłach uzbrojonego po zęby wroga, gotowego zabić bez mrugnięcia okiem.

Posturą i siłą niewiele ustępowali nieprzytomnemu szefowi ochrony, więc bez trudu zapakowali bezwładne ciało do czarnego brezentowego worka z niewielkimi otworami. Wynieśli swój pakunek z gabinetu, usadowili na dwukołowym wózku do przewożenia mebli i pobliską windą zwieźli do garażu. Tam ułożyli go z tyłu dużego bagażowego chevroleta kombi i przykryli kocem. Sami zajęli miejsce z przodu, czekając na dalsze rozkazy.

Aleksander Wozniesieński tymczasem podziękował rezydentowi za pomoc.

– Dalsze działania po zmroku, zgodnie z ustaleniami. Miło mi się z wami współpracowało, o czym z przyjemnością doniosę towarzyszowi przewodniczącemu. Nie zabieram więcej czasu. Odmeldowuję się! – Uścisnął rękę rozmówcy i powoli udał się do garażu.

Po drodze kupił w restauracji stałego przedstawicielstwa kanapki z tuńczykiem i szynką oraz kilka piw. Jadł ze swoimi ludźmi w milczeniu, oczekując wczesnego o tej porze roku zmierzchu. Człowiek w brezentowym worku nie dawał znaku życia, ale mierzony od czasu do czasu przez jednego z żołnierzy specnazu puls wykazywał, że jest inaczej.

O zmroku, który akurat zbiegał się z końcem dnia roboczego, ze stałego przedstawicielstwa wyjechały dziesiątki samochodów na numerach dyplomatycznych, a wśród nich chevrolet kombi. Taka liczba pojazdów w jednym czasie była oczywiście nie do upilnowania przez żadną obserwację i FBI nawet nie podejmowało takiego wysiłku, nie mając konkretnej informacji, na co powinno zwracać uwagę.

Pojazd z Wozniesieńskim, jego ludźmi i ich pasażerem skierował się w stronę Lower East Side – w miejsce, które Cewi wskazał na spotkaniu w Moskwie. W jednej z uliczek nieopodal portu o oznaczonej porze czekała obudowana półciężarówka ubezpieczana przez dwa samochody osobowe, w których siedziało po trzech ludzi z bronią, jako że dzielnica nie cieszyła się dobrą sławą. Gdy kombi zaczęło ustawiać się tyłem do tylnych drzwi półciężarówki, z jej szoferki wyskoczyła Marika. Z chevroleta wysiadł Wozniesieński i ruszył jej na spotkanie. Rozpoznali się bez trudu, bo dzień wcześniej Cewi dyskretnie ich sobie wskazał, kiedy mijali się w foyer Metropolitan Museum.

– Punktualny jesteś – rzekła po angielsku Marika, przyglądając się z zainteresowaniem mężczyźnie, który bardzo jej się podobał. – Jeżeli macie przesyłkę, to możemy ją przepakować do mojej fury…

Na znak Wozniesieńskiego żołnierze specnazu migiem znaleźli się przy tylnych drzwiach kombi. Jednocześnie Marika załomotała pięścią w tylne drzwi półciężarówki. Otworzyły się natychmiast i z samochodu wyskoczyło dwóch rosłych mężczyzn. Wspólnymi siłami czterech ludzi przeładunek ciała Macenowa zajął kilka sekund, pozamykano drzwi pojazdów, a pomocnicy zajęli w nich swoje miejsca.

– Miło się z tobą pracowało. Cenię zawodowców. Chyba się jeszcze spotkamy. – Oficer wywiadu podał Marice rękę.

– Pozdrów Cewiego.

– Następnym razem oprowadzę cię po mieście… – odpowiedziała, przytrzymując jego dłoń o sekundę dłużej, niż wymagał tego dobry obyczaj.

– *You've got a deal* – rzekł z uśmiechem Wozniesieński i wsiadł do kombi, które natychmiast ruszyło.

Półciężarówka minęła kilkanaście przecznic i wjechała do jednego z niezliczonych w dzielnicy portowej magazynów. Ubezpieczające ją pojazdy pozostały na zewnątrz. Brezentowy worek z ciałem Macenowa wyładowano i otwarto. Ciągle nieprzytomnego Rosjanina zbadał lekarz. Kiwnął Marice głową, że wszystko jest w porządku, i zrobił mu zastrzyk. Worek zasznurowano i ułożono w dużej drewnianej skrzyni, której wieko natychmiast zabito gwoździami.

Podnośnik załadował ją na półciężarówkę, a ta, poprzedzana przez jeden z samochodów osobowych, skierowała się ku nabrzeżu, gdzie od paru dni dokował frachtowiec o dźwięcznej nazwie „Eliria", pływający pod panamską banderą, choć jego załoga składała się z Rosjan i Ukraińców. Statek sukcesywnie przyjmował ładunek maszyn rolniczych przeznaczonych dla Jugosławii. Dokonywano właśnie ostatnich załadunków i powoli przygotowywano się do wyjścia na pełne morze. Załoga była w komplecie, gotowa do rejsu. Dwie kabiny pasażerskie, zarezerwowane, czekały na podróżnych. Spodziewano się ich tuż przed rzuceniem cum.

Ta część portu, a zwłaszcza nabrzeże, przy którym zacumował frachtowiec, kontrolowana była przez żydowską mafię Abrahama Lankera. Jego ludzie wiedzieli o wszystkim, co się tutaj działo – jakie statki przybijały, jakie odbijały i jakie towary przywoziły i wywoziły. Mieli – podobnie jak w innych częściach portu Włosi, Irlandczycy czy Grecy – przekupionych urzędników portowych i straży granicznej. Od ich współpracy zależała drożność obsługiwanych przez mafię kanałów przemytniczych.

To tu organizacja Dominika dostarczała narkotyki z Brazylii, których część mafia Lankera rozprowadzała w Stanach Zjednoczonych, a resztę wysyłała do Europy. W całym porcie między poszczególnymi mafiami panowało niepisane porozumienie o współpracy, podszyte równowagą strachu i przekonaniem, że pokój buduje i daje zarabiać, a wojna niszczy i dużo kosztuje.

Ludzie siedzący w pojeździe pilotującym półciężarówkę Mariki znali tu każdego, kogo trzeba, a ich szef otrzymał osobiste polecenie Lankera, by zadanie wykonać szybko i sprawnie. Węgierka nie dziwiła się zatem, że wszystkie szlabany po drodze podnosiły się jakby same i nikt nie zwracał na nich najmniejszej uwagi. Od przybycia półciężarówki do załadunku przywiezionej skrzyni upłynęło zaledwie dziesięć minut.

Wkrótce obok zatrzymał się drugi z pojazdów osobowych, które wcześniej ubezpieczały ich przy przeładunku Koli Macenowa. Wysiadł z niego Cewi i podszedł do Mariki. W ręku trzymał niewielką torbę podróżną.

– Wszystko zgodnie z planem – zameldowała Węgierka. – Przesyłka na pokładzie, gotowa do rejsu. Życzę owocnej podróży i do zobaczenia.

– Dziękuję za profesjonalną robotę, Mariko. Wrócę tu niedługo i zajmiemy się twoim ulubieńcem. – Uścisnął ją mocno na pożegnanie i wszedł na pokład frachtowca.

Byłego już szefa Mosadu zaprowadzono na mostek kapitański, gdzie czekali nań kapitan, pierwszy oficer oraz lekarz, który badał Macenowa. Obaj oficerowie zasalutowali z widocznym szacunkiem, a lekarz się ukłonił. Cewi przywitał się, podając każdemu rękę.

– Kapitan Riepin wita pana na pokładzie „Elirii". To jest pierwszy oficer Riazow, a dżentelmen obok to nasz lekarz. Załadunek zakończony. Jeżeli nie ma przeciwwskazań, odpływamy.

– Dziękuję, kapitanie. Przeciwwskazań nie ma. Im szybciej opuścimy gościnny Nowy Jork, tym lepiej – odrzekł Cewi po rosyjsku, dostosowując się do rozmówcy. Nie przedstawił się, bo nie było takiej potrzeby.

Frachtowiec „Eliria" i jego załoga z kapitanem na czele tworzyli grupę operacyjną specnazu KGB, której zadaniem było załadować i wywieźć z nowojorskiego portu Kolę Macenowa, dostarczonego przez ludzi Lankera działających na zlecenie Mosadu. Na tym polegało joint venture wywiadów, które zasugerował w Moskwie przewodniczący Andropow. Kapitan Riepin, w rzeczywistości pułkownik specnazu o wielu interesujących specjalizacjach, wiedział, że operacja odbywa się pod bezpośrednim nadzorem Andropowa, i nie zamierzał spieprzyć nawet najdrobniejszego jej elementu. Wydał więc pierwszemu oficerowi stosowne komendy do opuszczenia portu i zajął się swoim gościem. Dochodziła dwudziesta pierwsza.

– Zaprowadzę pana do kabiny. Proszę się odświeżyć i odpocząć lub wpaść do nas na mostek. Jak wpłyniemy na wody międzynarodowe, zapraszam na kolację. Przesyłka obudzi się dopiero rano, dba o nią lekarz. Pozwolę sobie powiedzieć, że pańscy znajomi z nabrzeża są bardzo sprawni. To zawsze pomaga w takich przedsięwzięciach.

– Dziękuję, kapitanie. I jeśli wolno mi zauważyć, panowie też nie wypadliście sroce spod ogona. Podoba mi się wasza legenda!

Szybko umył ręce i dołączył do oficerów na mostku. Niebawem znaleźli się na wodach międzynarodowych i Cewi zszedł wraz z kapitanem do jego kabiny, dokąd kucharz przyniósł kolację – najprawdziwszą bouillabaisse, zupę rybną w wersji marsylskiej. Kapitan wyjął z szafki butelkę czerwonego wina i rozlał je do kieliszków. Zupa była wyśmienita. Na koniec posiłku kapitan wyjął kolejną butelkę.

– Przewodniczący Andropow koniecznie kazał pana poczęstować. Bimber ze śliwek – wyjaśnił pułkownik specnazu, wprawiając swojego gościa w całkowite osłupienie.

– No to zdrowie przewodniczącego – zaproponował Cewi, podnosząc kieliszek.

Jak on to robi, że pamięta o takich drobnostkach? – pomyślał.

Wypili.

– Jutro rano przystąpimy do rozmowy z przesyłką. Mam specjalistów. Nawykły pan do takich sesji? – upewnił się na wszelki wypadek Riepin, ale potakujące skinienie głową całkowicie go uspokoiło.

Wypili jeszcze po kieliszku i Cewi udał się do swojej kabiny. Zastanawiał się, co usłyszy jutro od byłego ochroniarza generał Iwanowej, kobiety, z którą jeszcze niedawno zamierzał spędzić resztę życia. Zaczęła ogarniać go wściekłość, ale rozsądek szybko ją wyciszył. W tym momencie nie można było sobie pozwolić na luksus takich emocji. Nadchodzący dzień przypuszczalnie miał zdecydować, jak w najbliższym czasie może potoczyć się jego życie. Zresztą nie tylko jego. Cewi musiał być dobrze przygotowany i w pełni kontrolować wszystkie zmysły. Wyciągnął się na koi i szybko zasnął.

8 stycznia

O piątej rano był już na nogach. Włożył dres i wyszedł na pokład. Mroźne powietrze natychmiast go otrzeźwiło. Przez pół godziny wykonywał różne ćwiczenia gimnastyczne. Wrócił pod pokład, wziął szybki prysznic i mimo wczesnej pory udał się na mostek kapitański.

– Witam pana – odezwał się na jego widok kapitan Riepin, a pierwszy oficer skinął głową. – Zapraszam na kawę. Śniadanie będzie za kilkanaście minut.

Tymczasem pod pokładem, w jednej z ładowni, Kola Macenow odzyskał przytomność. Potwornie bolała go głowa i nic nie widział. Żeby przetrzeć oczy, podniósł prawą rękę i natychmiast rozległ się szczęk łańcucha, którym była przykuta do ściany. Lewa także. Leżał na metalowej, zimnej podłodze. Otaczała go zupełna ciemność. Pochylił głowę tak, by sięgnąć prawej ręki. Udało mu się i wreszcie przetarł oczy. Nic to jednak nie pomogło, ciemność pozostała nieprzenikniona.

Usiłował sobie przypomnieć, co się stało. Jak i dlaczego znalazł się w tej sytuacji. Ból głowy stopniowo ustępował i powracały skrawki pamięci.

Ostatnią osobą, jaką widziałem, był rezydent. Zaprosił mnie do swojego gabinetu, uprzejmy i bardzo miły... Ależ nie! Był tam jeszcze ktoś...

Nagle niezwykle wyraźnie stanęła mu przed oczyma postać Aleksandra Wozniesieńskiego, prawej ręki generał Iwanowej. Równie wyraźnie dojrzał broń, z której młody oficer wywiadu do niego celował... Przypomniał sobie ból trafiających go pocisków i powolną utratę przytomności...

Porwali mnie! – uświadomił sobie z przerażeniem.

Doskonale wiedział, co to oznacza.

Porwali, a nie zabili, bo chcą wiedzieć, co zrobiłem. Będą pytać, aż im powiem.

Na samą myśl przeszedł go dreszcz, bo sam niejednokrotnie zadawał pytania ludziom, z których chciał wyciągnąć informacje. A gdy nie odpowiadali... Znał metody perswazji KGB i był pewny, że długo im się nie oprze. Prawie każdy w końcu pękał i mówił.

A co z moją córką i żoną?! – zaniepokoił się, przypominając sobie, że ma przecież rodzinę.

Zaczął układać sobie w głowie taktykę rozmowy z tymi, którzy tu do niego przyjdą, kimkolwiek mieliby się okazać...

Jak mogłem władować się w takie szambo?

Zmęczony tymi dywagacjami i działaniem resztek substancji z pocisków, przysnął. Śniły mu się piramidy, pejzaż pustyni i wody szerokiego Nilu o brzegach porośniętych palmami i przykurzoną zielenią. Prawie czuł ciepło afrykańskiego słońca... Wydawało mu się, że idylliczny obraz trwa zaledwie minutę czy dwie, gdy ze snu wyrwał go łoskot otwieranych drzwi i czyjeś ciężkie kroki na metalowej podłodze. Ciepło słońca prysło w jednej chwili i Macenow poczuł, że jest mu bardzo zimno.

Oślepiło go znienacka ostre światło reflektora, który ktoś wycelował w jego twarz, sprawiając mu niemal fizyczny ból.

Upłynęła dobra minuta, zanim oczy przyzwyczaiły się do nowej sytuacji. Na ścianie pomieszczenia paliła się lampa, rzucając dokoła żółtawe światło. Dopiero teraz odczuł lekkie kołysanie i uświadomił sobie, że prawdopodobnie znajduje się w ładowni jakiegoś statku...

– Pobudka, towarzyszu Macenow. Witamy na rosyjskiej ziemi, a przynajmniej na pokładzie – odezwał się czyjś głos.

Reflektor był osadzony na trójnogu, a za nim, jak zdołał się doliczyć, stało pięciu mężczyzn. Głos, który go powitał, wydał mu się znajomy. Mocne światło nagle zgasło i Macenow ujrzał w półmroku twarze stojących naprzeciw niego ludzi. Jednego z nich rzeczywiście znał. Pamiętał go jako wyższego oficera specnazu KGB, prowadzącego specjalny kurs przetrwania na tyłach wroga, na który go kiedyś skierowano. Postura i ogolone głowy kolejnych dwóch mężczyzn jednoznacznie określały ich jako żołnierzy tej samej formacji. Dwóch pozostałych nie znał, ale zaciętość, z jaką patrzył na niego ten starszy i krępy, nie wróżyła nic dobrego. Kola westchnął i czekał na inicjatywę gospodarzy. Znał procedury i wiedział, że nikt nie odpowie na jego pytania czy protesty, a jeżeli – to kopniakiem, pięścią lub uderzeniem czymś znacznie twardszym.

– No, Kola! Wpierdoliłeś się w samo bagno aż po dziurki nosa. Widzę po twoich wystraszonych oczkach, że mnie sobie przypominasz – zaczął melodyjnym głosem pułkownik Riepin. – To świetnie, bo wiesz, że jesteś wśród swoich, w dobrych rękach. Dwaj ostrzyżeni chłopcy to moi żołnierze, jak się domyślasz. Najlepsi! Kolejny pan to lekarz. A krępy dżentelmen najwięcej wie o sprawie, w związku z którą cię tu zaprosiliśmy, i będzie zadawał pytania.

Kątem oka Macenow zauważył, że jeden z żołnierzy wyjął z dużej torby i pieczołowicie ułożył na brezentowej płachcie cały zestaw młotków. Lekarz zaś ustawiał na niewielkim stoliku słoiczki z jakimiś płynami i kładł strzykawki. Były ochroniarz miał pełną świadomość, czemu te przygotowania mają służyć.

– Na pewno nie zapomniałeś, Kola, że jednym z przedmiotów na kursie, który ukończyłeś pod moim czujnym okiem, było przesłuchanie pola walki. Szybkie i brutalne, czasami śmiertelnie niebezpieczne dla delikwenta – kontynuował pułkownik. – Na szczęście my tutaj mamy mnóstwo czasu i tylko od ciebie zależy przebieg przesłuchania i jego zakończenie. Radzę ci zatem po przyjacielsku: odpowiadaj na pytania szczerze, nie kombinuj, a wszystkim nam zaoszczędzisz krwi, potu i łez, jak mawiał brytyjski polityk. Aha, jeszcze jedna sprawa, która na pewno cię zainteresuje. Twoja żona i córka są już na pokładzie samolotu Aerofłotu w drodze do Moskwy, gdzie będą pod dobrą opieką. Pomyślałem, że chciałbyś wiedzieć…

– Muszę do toalety, towarzyszu pułkowniku – rzekł nagle Macenow, jakby nie słysząc, co mówi do niego oficer specnazu.

– Chłopcy, wysadzić kolegę. Niech mu ulży. – Pułkownik puścił oko do swoich żołnierzy. – A ty, Kola, nie próbuj żadnych sztuczek.

Jeden z żołnierzy skuł nogi Macenowa grubym łańcuchem, a drugi udał się do tylnej części ładowni, skąd przyniósł dwie metalowe tyczki o długości dwóch i pół metra każda, zwieńczone kolczatkami. Wzdłuż jednej z nich biegł na całej długości kabel elektryczny z przełącznikiem, o kilkanaście metrów od niej dłuższy i zakończony wtyczką. Pierwszy żołnierz wetknął ją do gniazdka, po czym obaj założyli na szyję Macenowa kolczatki i zapięli je na specjalne zatrzaski. Chwycili za końce tyczek i dopiero wtedy rozkuli ręce byłego ochroniarza. W ten sposób zaczęli go prowadzić do mobilnej toalety ustawionej w rogu ładowni.

– Bądź grzeczny, Kola, bo inaczej puszczę prąd i do końca życia nie zapomnisz kopa, jakiego dostaniesz – tłumaczył żołnierz trzymający tyczkę z kablem. – Odlej się i zrób kupkę, a niedługo dostaniesz papu.

Kola ocenił, że mimo wolnych rąk szanse powodzenia jakiegokolwiek oporu czy próby ucieczki są znikome.

Jeżeli nawet wytrzymam uderzenie prądu, to mnie po prostu zastrzelą – skonstatował z rezygnacją.

Skorzystał więc z toalety, po czym dał się z powrotem przykuć za ręce do ściany ładowni i usadzić na metalowym krześle.

– Opowiedz nam o swoim spotkaniu z Martinem Van Vertem – zasugerował Cewi. – O czym rozmawialiście przez dwie godziny?

Kolę zamurowało. A więc coś wiedzą! Ale znał zasady takich przesłuchań i był pewny, że zanim zaczną się tortury, przesłuchujący, by nie brudzić sobie rąk, będą się starali wydobyć z niego informacje argumentacją słowną. Nie miał pojęcia, co wie krępy mężczyzna, i chciał go zmusić do ujawnienia stanu posiadanej wiedzy. Nie zamierzał przyznawać się do niczego, co nie zostanie mu niezbicie udowodnione.

A potem zobaczymy, jak będzie – pomyślał, szykując się na trudy czekającej go rozgrywki.

– Przyjrzyj się tym zdjęciom, Kola – kontynuował Cewi.
– Zostały zrobione na Park Avenue przed budynkiem,
w którym pracuje Martin Van Vert. Na jednych widać, jak
wchodzisz do budynku, na innych – jak z niego wychodzisz.
Na wszystkich jest data i godzina. To tak na wszelki wypadek, byś nie myślał, że błądzę w tej sprawie po omacku.

– Wszedłem do tego budynku przez pomyłkę, a skoro
już się tam znalazłem, to z ciekawości obejrzałem hol – odpowiedział po dłuższej chwili Macenow, popatrzywszy na
zdjęcia. – Usiadłem, przeczytałem gazetę i napiłem się kawy.

– No dobrze. A do czarnego cadillaca też wsiadłeś z ciekawości czy może ktoś cię wepchnął wbrew twojej woli? –
Cewi pokazał byłemu ochroniarzowi kolejne fotografie.

W tym momencie Macenow uświadomił sobie, że nie
wyłga się byle czym z sytuacji, w którą wpakowała go chciwość.

Jeżeli mają zdjęcie, jak wsiadam do tego cholernego samochodu, to muszą też mieć, jak wysiadam, ale już z teczką
– pomyślał. Doskonale wiedzą, co w niej może być…

– Masz prosty wybór, Kola – włączył się pułkownik specnazu. – Albo sam wyjawisz, co powiedziałeś Martinowi,
albo pan doktor zrobi ci zastrzyk na prawdomówność. Jeżeli to nie pomoże, moi chłopcy i ja wybijemy z ciebie prawdę tymi młotkami, prądem i wszystkim, co jeszcze okaże się
niezbędne. Wiesz, jak to wygląda. Prędzej czy później zaczniesz mówić.

Macenow nie miał wątpliwości, że pułkownik zrobi dokładnie to, co zapowiedział. Nie był pewny, czy jest w stanie
wytrzymać ból i nic nie powiedzieć. Wiedział natomiast, że
może wyjść z takiego przesłuchania trwale okaleczony.

Potem wyślą mnie do łagru i będę tam kaleką na łasce innych więźniów – przyszło mu na myśl. Każdy *wor* będzie mógł się nade mną pastwić...

Postanowił nie zgrywać bohatera.

– Na początku sześćdziesiątego ósmego roku – zaczął – byłem z generał Iwanową w Wietnamie. Polowała tam na pewnego oficera CIA o nazwisku Henry Lodger. Mówiła, że ma porachunki z nim i jego kolegami. Wywiad Wietnamu Północnego pomógł nam go zlokalizować i pojmać. Byłem świadkiem ich rozmowy. Stałem wprawdzie kilka metrów od nich, ale nie na tyle daleko, by nie słyszeć tego i owego. W Kairze podszkoliłem się z angielskiego i rozumiałem, o czym mówią. Wynikało z tego, że generał zleciła już zabójstwo w Wietnamie jednego oficera CIA, niejakiego Sanmartina. Pozostali jej jeszcze Lodger i Martin Van Vert. Wiedziałem, że Lodger nie wyjdzie z tego spotkania żywy. Generał zawczasu wydała precyzyjne rozkazy...

Zaczął kaszleć. Nagła suchość w gardle uniemożliwiała mu dalszą spowiedź. Poprosił o wodę. Jeden z podwładnych pułkownika napoił go z żelaznego kubka, a następnie pułkownik nalał tam trochę koniaku. Macenow wypił duszkiem i od razu poczuł się lepiej.

– Rozwaliliśmy wtedy Henry'ego Lodgera i utkwiło mi w głowie, że kolejną ofiarą ma być Martin Van Vert. Gdy wysłano mnie do Nowego Jorku, poświęciłem trochę czasu, by ustalić, kim jest ten człowiek. Zorientowałem się, że pochodzi z bardzo bogatej rodziny. Pewnie chciałby wiedzieć, że jest na liście do odstrzału, i w zamian za taką wiedzę byłby gotów podzielić się swoim majątkiem... Tak sobie wtedy pomyślałem.

– Duża teczka, z którą wysiadłeś z cadillaca… – Cewi pokazał mu ostatnie zdjęcia. – Ile dostałeś i co powiedziałeś?

Macenow rzucił okiem na fotki i uśmiechnął się gorzko pod nosem.

Nie myliłem się, prowadzili mnie cały czas – skonstatował. Ale jak się zorientowali? Czyżby mieli wtykę przy Martinie Van Vercie? W takim razie wiedzą wszystko…

– Opowiedziałem Van Vertowi o epizodzie wietnamskim, o tym, co spotkało Henry'ego Lodgera, a przedtem Sanmartina, i że on zamyka krótką listę generał Iwanowej. Dostałem milion dolarów…

– Nieźle! Wystawiłeś ją, gdy przyjechała do Nowego Jorku? – zapytał Cewi bez emocji. Zależało mu na wyjaśnieniu tej sprawy do samego końca.

– Jako szef ochrony wiedziałem z wyprzedzeniem, że przyjedzie na sesję plenarną ONZ. Poinformowałem o tym Van Verta, aby miał się na baczności. Pytał, dlaczego generał Iwanowa zabiła jego kolegów i z nim zamierza zrobić to samo, ale nie potrafiłem mu tego wyjaśnić. To wszystko. Później, gdy generał nagle zniknęła, nie wiedziałem, co się stało, i do tej pory nie wiem… Czy ona…?

– Nie zgrywaj się, skurwielu! Masz nas za debili?! Wystawiłeś ją i udajesz, że nie wiesz, co się z nią stało? – Pułkownik specnazu przyskoczył do Macenowa i gdyby nie Cewi, który go w ostatniej chwili powstrzymał, wymierzyłby więźniowi potężnego kopniaka w krocze.

Kola machinalnie skulił swoją potężną postać, jakby chciał się osłonić przed spodziewanym ciosem.

– Kim są mężczyźni na tym zdjęciu, ci na drugim planie? – zapytał spokojnie Izraelczyk, podsuwając mu pod nos kolejną fotkę.

– Poznałem tego. – Macenow wskazał Morgana. – Był w Instytucie Erudycji, gdy się tam zjawiłem, szukając Martina Van Verta. Przypuszczalnie odpowiada za ochronę, bo następnego dnia prowadził czarnego cadillaca. Drugiego nie kojarzę. Wierzcie mi, nie chciałem, żeby generał Iwanową spotkało coś złego... Nie mogłem wiedzieć, że się odważą na jakąś akcję...

– To już nie ma znaczenia, Kola. Jak znam życie, będziesz się tłumaczył przed prokuratorem. Chciałeś przygarnąć parę groszy, a doprowadziłeś do nieszczęścia. Generał Iwanową, siebie, nas wszystkich – podsumował z rezygnacją i smutkiem w głosie Cewi. – Domyślam się, że kluczyk na złotym łańcuszku, zawieszony na twojej szyi, pasuje do skrytki bankowej, w której schowałeś kasę od Van Verta. Jest jeszcze hasło?

– Tak, to kluczyk do tych przeklętych pieniędzy. Hasłem jest moje imię wspak – odpowiedział Macenow, podał adres banku na Manhattanie, a potem się rozpłakał.

Nie starał się nawet zapanować nad coraz silniejszymi spazmami, które wstrząsały jego wielkim ciałem. Wyglądał jak duże, bezbronne dziecko, które nabroiło i odreagowuje złe zachowanie. Riepin z pogardą i obrzydzeniem splunął na metalową podłogę ładowni. Obracał się w świecie twardych ludzi nawykłych do brania odpowiedzialności za swoje czyny. Kola Macenow srodze go zawiódł i gdyby decyzja należała do niego, to kazałby go wyrzucić za burtę z dwudziestokilowym odważnikiem u stóp. Ale miał zgoła inne, jednoznaczne rozkazy, których nie mógł złamać.

– Niech pan mu zrobi zastrzyk na uspokojenie, doktorze. A potem, chłopcy, zabrać to ścierwo do celi! – Następnie zwrócił się do Cewiego. – A pana zapraszam do swojej kajuty. Musimy spłukać odór tego tchórza.

Wyszli na świeże powietrze i kilka razy odetchnęli głęboko. Pokład frachtowca skąpany był w promieniach zimowego słońca. Zbliżała się trzynasta. W kajucie pułkownik Riepin nalał do kieliszków bimber ze śliwek. Natychmiast wypili i oficer specnazu powtórzył kolejkę.

– Gratuluję dobrej roboty – powiedział. – Szybko poszło z tą gnidą. Przewodniczący Andropow powinien być zadowolony. Jeszcze dzisiaj wyślę szyfrem meldunek wstępny.

Wychylili kieliszki i udali się do mesy na obiad.

15 lutego

Maria leżała obok Andrégo, naga, rozleniwiona i mile wyczerpana. Przez ostatnią godzinę nie mogli się od siebie oderwać.

Poprzedniego dnia odprowadziła męża na lotnisko, skąd miał odbyć rejsowy lot do Waszyngtonu, a tam przesiąść się na samolot wojskowy lecący do Sajgonu. Rano otrzymała wiadomość, że Martin szczęśliwie dotarł do celu. Chciała krzyczeć z radości na myśl o całym wolnym weekendzie...

Z Andrém spotykali się regularnie już dobrze ponad rok. Zdawali sobie sprawę, że są w sobie zakochani, i nie zamierzali się rozstawać. Nie zastanawiali się jeszcze poważnie, co będzie dalej, ale tego popołudnia Maria czuła, że musi poruszyć ten temat.

– Kochanie, nie bardzo wiem, jak to ująć, więc powiem szczerze i wprost. Jestem w ciąży, w drugim miesiącu, a co więcej, jestem przekonana, że to twoje dziecko. – Powiedziała to powoli, z niepokojem patrząc na kochanka wyrwanego nagle z błogiego półsnu, w który właśnie zapadał. – Nie wiem, co zdecydujesz, ale ja... ja jestem przygotowana na każde rozwiązanie.

Młody mężczyzna usiadł wyprostowany na łóżku. Wprawdzie wiadomość go zaskoczyła, ale nie mógłby zaprzeczyć, że nie brał pod uwagę takiego obrotu sprawy. Wiedział też, że wiele w ich związku będzie zależało od tego, co teraz powie i zrobi. Rzekł więc z mocą:

– Nie wiem, jakie rozwiązanie masz na myśli, ale ja widzę tylko jedno. Za siedem miesięcy przyjdzie na świat nasz syn… lub córka.

Maria, choć zdążyła już nieźle poznać Andrégo, absolutnie nie wiedziała, jakiej reakcji powinna się spodziewać, przynosząc taką nowinę. Usłyszawszy jego słowa, objęła go ramionami i mocno się przytuliła.

– Dziękuję ci, André. Jak zwykle zachowujesz się jak mężczyzna. Wyjaśnię ci, dlaczego jestem przekonana, że to nasze dziecko. Co najmniej od dwóch miesięcy Martin i ja nie współżyjemy ze sobą. Od połowy października ubiegłego roku jest strasznie poirytowany i nie do życia. Trapi go jakiś bardzo poważny problem, ale skoro sam o tym nie mówi, to go nie pytam. Taką mam zasadę. Raz tylko mu się wymsknęło, że to przez jakiegoś grubego Ruska, ale nie wiem, co to oznacza. Mam wrażenie, że aby uciec od tego problemu, ciągle podróżuje do Wietnamu i praktycznie nie ma go w domu. Mnie to oczywiście nie przeszkadza… – Nawet jemu nie mogła ujawnić, że wie o zaginięciu generał Iwanowej i że właśnie ta sprawa trapi Martina.

– Teraz już w ogóle nie musisz z nim współżyć. Ciąża to najlepszy pretekst, aby trzymać go z dala od siebie. Dopóki dziecko się nie urodzi, należy udawać, że to jego. Problem może powstać, jeśli się okaże za bardzo podobne do mnie. Ale tym będziemy się martwić później. Coś wykombinuję, nie przejmuj się. Myśl wyłącznie o zdrowiu swoim i maleństwa. Ale w takiej sytuacji my chyba też musimy skończyć te miłosne harce…

– Jeszcze tylko dzisiaj, kochanie, *pretty please!* Już nie musisz uważać, możemy szaleć do samego końca…

– No dobrze, jeszcze tylko dzisiaj – powtórzył. – A jak damy dziecku na imię? Chyba nie Victor?

– Później pomyślimy.

Maria niecierpliwie wpiła się ustami w jego usta, drżąc z emocji i pożądania.

26 lutego

Dolores z wielkim trudem udało się wyrwać z centrali wywiadu i niekończącej się powodzi obowiązków jednego z zastępców szefa Mosadu. Powoli przyzwyczajała się do nowej funkcji, ale jeszcze każdego dnia czuła, że dopada ją nostalgia za pracą operacyjną.

Po chuj ja się na to zgodziłam? – regularnie zadawała sobie to pytanie, nie znajdując jednak dobrej odpowiedzi.

Dzień po przylocie do Nowego Jorku spotkała się z Marią w przytulnym apartamencie w synagodze. Z młodej kobiety dosłownie biła radość życia, która powoli zaczęła się udzielać oficer wywiadu.

Chyba muszę się spotkać z Malcolmem i narozrabiać – uśmiechnęła się Dolores. Swoją drogą gagatek z tego Andrégo!

– Promieniejesz i jesteś szczęśliwa, widać to na odległość – powiedziała do swojej agentki. – Cieszę się razem z tobą i o nic się nie martw. Ja i ludzie, którym na tobie zależy, bo są ci wdzięczni za wszystko, co dla nich przez te lata zrobiłaś, pomożemy tobie i twojemu dziecku. Zresztą jego ojciec wygląda mi na prawdziwego faceta, więc tym bardziej o nic się nie martw i słuchaj go. Będzie dobrze, zapewniam cię, Mario.

– Byłam pewna, że tak właśnie się zachowasz, Nemo. Doceniam to i dziękuję – rzekła Maria i zmieniła temat. – Sprawa zniknięcia generał Iwanowej drąży psychikę Martina jak wiertło skałę. Mam wrażenie, że on się autentycznie boi, a nigdy wcześniej mu się to nie zdarzało. Nie tylko zresztą on, Morgan chyba również. Jestem też przekonana, że Martin nie podzielił się swoimi kłopotami z pozostałymi członkami rodu, bo ciągle by o tym dyskutowali, a tu cisza. Natomiast podwoił czy nawet potroił ochronę wokół różnych obiektów związanych z rodem. Uzasadnia to swoją pracą w Białym Domu nad projektami kluczowymi dla bezpieczeństwa państwa…

– Wnioskuję zatem, że Martin jest w kiepskiej formie psychicznej. A gdyby musiał stawić czoło kolejnemu kryzysowi związanemu z jego osobą? – zapytała nowa zastępczyni szefa Mosadu. – Takiemu poważnemu, który miałby wzięcie medialne i mógłby go publicznie skompromitować?

Maria domyśliła się, że w głowie Nemo zaczyna kiełkować jakiś nowy pomysł.

– To ciekawe pytanie. Już teraz wielu starych znajomych się od niego odwraca, bo staje się nieznośny. Sądzę, że gdyby musiał się zmierzyć z aferą podobnej rangi co zniknięcie generał Iwanowej, to mógłby się załamać psychicznie. Zwłaszcza jeśli sprawę rozdmuchałyby media i musiałby się oficjalnie bronić, bo tak naprawdę on gardzi opinią publiczną. Dla niego to hołota, co najwyżej do instrumentalnego wykorzystania. Ród próbowałby rzecz wyciszać, ale przecież nie wszystkie środki masowego przekazu są kontrolowane przez Van Vertów. Wiem na bank, że znaczna część należy do osób niekoniecznie im życzliwych. Martin i inni członkowie rodu trochę mi mówili o swoich wrogach. Z jednych się naśmiewali, z innych nie. Tak, Nemo, kolejny kryzys by go załamał, jestem tego pewna.

– To analiza o wielkiej wartości, Mario, może nawet nieoceniona. Rozumiem, że nie wypłakiwałabyś oczu, gdyby
tak się stało…

– A ty? – zapytała rezolutnie Brazylijka, która po prawie
dziesięciu latach współpracy doskonale rozumiała, jak za-
ciekłymi i potężnymi wrogami Van Vertów są ludzie stojący
za Nemo.

– *No comments.* Chciałam ci za chwilę przedstawić człowieka, który jest moim przyjacielem i mentorem. Kiedyś
uczył mnie fachu jak ja ciebie. Oczywiście nie zniknę z twojego życia i będziemy się widywać, ale w ciągu najbliższych
kilkunastu miesięcy mogą zaistnieć sytuacje wymagające
natychmiastowego kontaktu. Zarówno z twojej, jak i naszej
strony. Mój przyjaciel Verne zapewni taki kontakt. Ma też
przyjaciół, którzy w razie konieczności zadbają o twoje bezpieczeństwo. Jeżeli będzie tego wymagała sytuacja, to pomogą ci odejść od Martina.

– Kochana Nemo, myślisz o wszystkim! – zareagowa-
ła żywiołowo Brazylijka, obejmując i całując Dolores. – Już
czuję się bezpieczna. Ale nie zapomnisz o mnie?

– Nie ma takiej możliwości. Muszę przecież być dobrą
ciocią dla twojego dziecka. Pójdę po Verne'a.

Dolores udała się do pokoju, w którym Cewi i rabin prowadzili ożywioną dyskusję.

– Maria jest w ciąży z Andrém, panie Verne! – oznajmiła z promiennym uśmiechem, patrząc na Cewiego.

– Z panem Andrém Volem? – upewnił się, a otrzymaw-
szy potwierdzenie, jedynie uśmiechnął się pod nosem.

1 marca

Morgan obudził się dwie godziny wcześniej i za nic nie mógł powtórnie zasnąć. Od października zeszłego roku, gdy jakiś zły los postawił na jego drodze kobietę w randze generała KGB, tak wyglądała co druga lub trzecia noc. Zamiast snu nawiedzały go niewesołe myśli i złe przeczucia. Po raz pierwszy w życiu przeżywał w taki sposób pokłosie akcji, w której brał udział. Bardzo go to irytowało.

W listopadzie zrezygnował z wynajmowanego luksusowego apartamentu w mieście i przeniósł się do dwóch pokoi z łazienką usytuowanych na tym samym piętrze co Instytut Erudycji. Zasugerował mu to Martin Van Vert, a Morgan przyklasnął pomysłowi. I wcale nie chodziło mu o bliskość miejsca pracy. Po prostu uważał, że ochrona budynku i piętra spełnia najwyższe standardy.

Na prośbę Martina wziął udział w zasadniczej części rozmowy z wielkim Rosjaninem, kiedy ten w cztery oczy wyjaśnił byłemu oficerowi CIA, o co chodzi. Morgan natychmiast się zorientował, że Macenow nie konfabuluje. Instynkt i lata doświadczenia podpowiadały mu, że każde słowo byłego ochroniarza generał Iwanowej niesie ze sobą coraz większe ryzyko potencjalnych kłopotów. Gdy Rosjanin opuścił Instytut i zostali sami, jego najgorsze obawy zaczęły się urzeczywistniać.

– Sam słyszałeś, Morgan – powiedział Martin ze złowieszczym uśmiechem. – Nie mamy wyboru, musimy pogadać z tą Rosjanką i dowiedzieć się, o co jej chodzi i kim naprawdę jest. KGB nie zabija oficerów CIA tylko dlatego, że ich nie lubi, a ostatnio w ogóle ich nie zabija, zresztą z naszą życzliwą wzajemnością. Więc albo to nowa polityka Sowietów dopasowana do Wietnamu, albo jakaś zemsta. Wykombinuj na jutro milion dolarów dla naszego nowego przyjaciela. Kola dostanie kasę, a my dokładne namiary na panią generał.

Następnego dnia, po odebraniu dużej teczki pełnej dolarów, Rosjanin kompletnie zaskoczył swoich rozmówców, informując ich, że generał Iwanowa przebywa właśnie w Nowym Jorku, na wyciągnięcie ręki. Mieszkała w stałym przedstawicielstwie ZSRR przy Sześćdziesiątej Siódmej Ulicy i codziennie przemieszczała się do siedziby ONZ przy Czterdziestej Drugiej i z powrotem. Na ogół na piechotę, rzadko samochodem. Do informacji Macenow dołączył kilka zdjęć Iwanowej. Zanim wysiadł z czarnego cadillaca, w którym toczyła się rozmowa, zaznaczył, że chętnie sprzeda inne informacje o swojej firmie, jeśli będą nimi zainteresowani…

– Łut operacyjnego szczęścia nam sprzyja, Morgan. To wyraźny znak od Pana Boga, że chce, abyśmy porozmawiali z generał Iwanową. Dlatego raczył zesłać ją na nasz próg, nie każąc szukać jej po całym świecie – oznajmił Martin z niemal mesjanistycznym natchnieniem. – Bierz się do roboty, przyjacielu. Siądź na nią, ustal grafik zajęć i rozkład dnia i nie spuszczaj jej z oka. Działaj ostrożnie, to dużej klasy zawodowiec. A potem zastanowimy się, co robić dalej.

Starannie zaplanowany następny krok zakończył się tragicznie, najgorzej jak mógł, i od tamtego czasu Morgan utracił spokój ducha. Jego szef również. Nie mieli wątpliwości, że wcześniej czy później KGB zacznie szukać zaginionej generał i nie spocznie, dopóki czegoś nie ustali. Martin wiedział aż nadto dobrze, jak w takich sytuacjach postępują wywiady, i wiedza ta fatalnie wpływała na jego samopoczucie.

Uzgodnili, że jedyne, co im pozostaje, to zachować sprawę w absolutnej tajemnicy. Dlatego nigdy nie skorzystali z propozycji Macenowa i nie kupili od niego kolejnych informacji o KGB, choć dla Martina jako koordynatora struktur amerykańskich Ligi taka wiedza byłaby bezcenna.

Morgan całkowicie podzielał rozumowanie szefa.

– Nie ma kontaktu z grubasem, nie ma pytań. Nie ma pytań, nie ma wiedzy. Im bardziej będzie wystraszony i niepewny, tym lepiej się przyczai i nikomu nic nie powie – ocenił.

Tak jak my – dorzucił w myśli.

Przez pierwsze kilka miesięcy opracowali system codziennego kontaktu i starali się jak najwięcej czasu przebywać razem, co nie było trudne ze względu na zadania Morgana w Instytucie Erudycji. Dotyczyło to także prawej ręki Morgana, Eda, który feralnego dnia był razem z nim i jako jeden z trzech wiedział, co się stało z generał Iwanową. Wychodzili z założenia, że trzymając się razem, zapewnią sobie najskuteczniejszy system wzajemnego wczesnego ostrzegania. To bowiem, co miałoby spotkać jednego z nich, niechybnie byłoby przeznaczeniem pozostałych…

Po upływie prawie pół roku od incydentu samo życie wymusiło poluzowanie tych rygorów. Dotyczyło to zwłaszcza Martina, którego funkcja w Instytucie Erudycji wymagała wielu spotkań w cztery oczy z wpływowymi ludźmi. Ale odbywały się one na ogół w miejscach dobrze chronionych, do których osoby postronne miały bardzo ograniczony dostęp. Apartament w hotelu Pierre, sam Instytut czy rezydencja rodowa na Long Island, pilnowane przez wzmocnioną ochronę, dawały Martinowi komfort niemalże pełnego bezpieczeństwa. Natomiast Morgan i Ed stali się, o ile to było możliwe, nierozłączni.

Pierwszy dzień marca tego roku był iście wiosenny, ciepły, napawał optymizmem i pogodą ducha. Ten nastrój udzielił się nawet trójce mężczyzn jadących czarnym cadillakiem na lotnisko La Guardia. Martin Van Vert udawał się do Waszyngtonu, a stamtąd w kolejną, tym razem krótką podróż do Sajgonu. Cieszył się, że choć na kilka dni oderwie się od nowojorskiej codzienności, a jeszcze bardziej – z towarzystwa Harry'ego Adamsa, którego udało mu się przekonać do ponownego wspólnego lotu.

Kto by pomyślał, że polubię tego faceta! – nie mógł się nadziwić.

Mieli wiele wspólnych tematów do dyskusji, a będąc oficerami wywiadu, rozumieli się w mig. Wspólnie spędzony czas działał na Martina kojąco.

– W drodze powrotnej z lotniska wpadnijcie, chłopcy, do Muzeum Guggenheima. W sekretariacie dyrektora jest do odbioru obraz dla mojej żony. Podrzućcie go do apartamentu w Pierre. Dam znać, kiedy będę wracał – powiedział na pożegnanie i z rzadkim ostatnio poczuciem humoru dodał: – Bądźcie grzeczni...

Morgan i Ed wykonali polecenie Martina. Wpadli do muzeum, włożyli szczelnie zapakowane dzieło sztuki do bagażnika limuzyny i dokładnie go zamknąwszy, podeszli do pobliskiego stoiska z hot dogami. Zamówili po dwa z pełnym zestawem dodatków, musztardą i ketchupem tudzież podwójną porcją kiszonej kapusty, po czym usiedli na murku nieopodal, racząc się posiłkiem. Obserwowali przechodzące kobiety, którym wiosenna aura pozwoliła zrzucić zimowe stroje. Powabne figury podkreślone przez obcisłe dżinsy lub dopasowane sukienki zaczęły działać na męską wyobraźnię.

– Hej, Morgan, może jak odwieziemy te bohomazy, to skoczymy na Lexington Avenue coś bzyknąć – zasugerował Ed, stały bywalec tamtejszych seksbarów działających dwadzieścia cztery godziny na dobę.

– To nie jest zły pomysł, Ed. Idzie wiosna i czuję zew natury – odpowiedział Morgan, kończąc drugiego hot doga i wrzucając do kosza papierowe tacki oraz zużyte serwetki.

Nienawidził ludzi zaśmiecających chodnik i zawsze zwracał takim brudasom uwagę. Nie zdarzyło się, aby ktoś go nie posłuchał i grzecznie nie podniósł rzuconego byle gdzie papierka.

Piękny dzień sprawiał, że Morgan był w coraz lepszym humorze.

– Pojedziemy przez Central Park – rzucił zrelaksowanym tonem.

Usiadł za kierownicą czarnej limuzyny, odpalił potężny silnik i ruszył w stronę parku. Był uważnym i cierpliwym kierowcą, wyrozumiałym dla nieporadnych zawalidrogów, ale wlokący się przed nim od paru minut zdezelowany ford zaczynał działać mu na nerwy. Nie można go było wyminąć, bo zabraniała tego podwójna żółta linia. Morgan wiedział, że będzie się tak ciągnęła jeszcze milę, prawie do Piątej Alei. Postanowił jechać zgodnie z przepisami, ale gdy ford zwolnił jeszcze bardziej, tocząc się w tempie idących przez park ludzi – zmienił zdanie. Wrzucił kierunkowskaz i błyskawicznie wyprzedził marudera.

Z pełną irytacji ciekawością rzucił okiem, co za oferma może tak prowadzić pojazd, i natychmiast pożałował swojego braku opanowania. Za kierownicą siedział umundurowany policjant, przyjaźnie się do niego uśmiechając, a obok jego partner, który właśnie wystawiał na dach forda czerwonego koguta. Wnet rozległo się wycie policyjnej syreny, zdezelowany ford wyminął cadillaca z zadziwiającą szybkością, a jego kierowca przez uchyloną szybę dał ręką znak nakazujący zjazd na pobocze.

– Skurwysyn, takie pułapki powinny być zakazane – mamrotał pod nosem Morgan, wściekły na siebie, że dał się tak dziecinnie łatwo podejść, ale posłusznie zjechał na bok i czekał na policjanta. Kątem oka zerknął do lusterka i zauważył za limuzyną oznakowany radiowóz policyjny, który wyrósł jak spod ziemi. – Czy te kurwy mają tu dzisiaj jakiś zlot? – wyrwało mu się bezwiednie.

Z oznakowanego radiowozu wysiadł policjant i podszedł od strony kierowcy do czarnego cadillaca, podczas gdy partner ubezpieczał go od strony pasażera. Policjant prowadzący zdezelowanego forda stał przy otwartych drzwiach samochodu, obserwując przebieg interwencji.

– A gdzie to się panu kierowcy tak spieszy w ten piękny dzionek, że popełnia poważne wykroczenie, lekceważąc podwójną żółtą linię? Poproszę prawo jazdy i dokumenty tego pięknego pojazdu. To pański? – Potężnie zbudowany policjant zajrzał przez uchyloną szybę i niespodziewanie dodał: – Ale my się chyba znamy z panem kierowcą… Morgan, prawda? No, to ciut zmienia sytuację. Proszę powoli wysiąść i położyć rączki na dachu. Kolega również.

Mówiąc to, cofnął się dwa kroki, a jego dłoń spoczęła na rękojeści rewolweru. W tym samym momencie w rękach policjanta stojącego przy drzwiach forda pojawiła się broń długa. Dopiero teraz Morgan spojrzał na interweniującego funkcjonariusza i jęknął. Bez trudu rozpoznał sierżanta Seana Flannigana, który kiedyś uniemożliwił mu zaplanowaną rozmowę z Marią w ciężarówce do przewożenia mebli. Wiedział, że z tym Irlandczykiem nie ma żartów.

– Wysiadamy, Ed, bzykanie musi poczekać – rzekł zrezygnowany.

Zostawił kluczyki w stacyjce i wypełnił polecenie, stając w przepisowym rozkroku, jak wymagały tego procedury, które dobrze znał.

Sierżant Flannigan obszukał go z wielką wprawą. Z kabury pod pachą wyjął wojskowego kolta i włożył go sobie za pasek spodni. Te same czynności powtórzył jego partner Murphy, który zajął się Edem.

– Skoro macie, chłopcy, tyle broni, to musimy zrobić tak… – zarządził sierżant. – Pójdziecie grzecznie do mojego radiowozu i usiądziecie sobie wygodnie z tyłu, a my posprawdzamy w centrali, czy czegoś ostatnio nie nabroiliście. Chyba że wolicie jechać do komisariatu i spędzić tam resztę dzionka?

Postawiony przed takim wyborem, Morgan kiwnął głową na Eda i po chwili obaj zajęli miejsca na tylnym siedzeniu wozu patrolowego. Drzwi nie miały od wewnątrz klamek, a szyby były zablokowane na stałe. Od kierowcy oddzielała ich gruba plastikowa płyta, trwale zamocowana i nie do ruszenia. Byli uwięzieni, na łasce sierżanta i jego partnera.

Patrząc przed siebie, Morgan zauważył, że zdezelowany ford odjeżdża.

Jedzie łapać kolejnych frajerów – pomyślał z narastającą wściekłością.

Pięknie zapowiadający się dzień wydawał się rozpadać na kawałki.

Coś dokładnie przeciwnego myślał w tej chwili sierżant Flannigan. Dla niego ten dzień dopiero zaczynał nabierać rumieńców.

Odebraną zatrzymanym broń policjanci schowali w skrytce z przodu radiowozu. Zanim sierżant dokładnie zamknął przednie drzwi, przesunął palcem niewielki przełącznik zlokalizowany na podłodze obok siedzenia kierowcy. Uruchomił w ten sposób mechanizm, który za kilkadziesiąt sekund miał uwolnić w całym pojeździe gaz usypiający o błyskawicznym działaniu.

Nucąc pod nosem skoczną irlandzką melodyjkę, sierżant bez zniecierpliwienia spoglądał to na zegarek, to na siedzących z tyłu mężczyzn. Po raz pierwszy miał do czynienia z takim gazem i ciekaw był szybkości i skuteczności jego działania. Kilka dni wcześniej wręczyła mu go Marika wraz z sumą stanowiącą równowartość dwuletniej pensji jego i Murphy'ego z wszelkimi możliwymi dodatkami i premiami. Zapewniała wprawdzie, że gaz usypia bez pudła, ale sierżant i jego partner byli przygotowani na każdą ewentualność.

Z tylnego siedzenia Morgan spoglądał przez boczną szybę na obu policjantów i nie bardzo wiedział, na co czekają. Powinni siedzieć z przodu i komunikować się z centrum dowodzenia lub przynajmniej udawać, że to robią. Był głęboko przekonany, że sadzając ich z tyłu radiowozu i zabierając legalnie posiadaną broń, sierżant po prostu odgrywa się za poprzedni incydent w Central Parku, żeby pokazać, kto w tym mieście naprawdę rządzi. Morgan zrozumiał, że w tej sytuacji może jedynie cierpliwie czekać, aż policjantom znudzi się zabawa w kotka i myszkę. A ponieważ nie lubił występować w roli myszki, to poprzysiągł sobie, że jak tylko Martin wróci z Sajgonu, poprosi go o uruchomienie wszystkich kontaktów we władzach Nowego Jorku i gdziekolwiek jeszcze będzie trzeba, aby dobrać się Flanniganowi do jego irlandzkiej dupy...

Wtedy zobaczymy, kto ma rzeczywistą władzę w mieście, policyjny dupku! – pomyślał z satysfakcją.

– Co te skurwysyny kombinują?! – odezwał się Ed. – Albo robią sobie z nas jaja, albo coś jest nie tak. Możemy tu tak siedzieć do usranej śmierci. Coś syczy... Co tu się, kurwa, wydobywa? Jakiś dymek...

Morgan oderwał wzrok od policjantów na zewnątrz i spojrzał na przerażoną twarz Eda. Tył pojazdu zaczął się powoli wypełniać ledwo widzialną mgiełką wydobywającą się spod podłogi.

Gaz, kurwa mać! – uświadomił sobie były wojskowy.

Ponownie wyjrzał przez szybę i zobaczył ironicznie uśmiechniętą twarz sierżanta, który przyjaźnie machał do niego prawą ręką.

Boże, to niemożliwe, przecież jesteśmy w środku Nowego Jorku, nie mogą tego zrobić... – myślał rozpaczliwie Morgan ostatkiem sił, coraz bardziej oszołomiony, jakby za chwilę miał zemdleć.

– Kurwa, zrób coś, Morgan, porywają nas! Ja tak nie chcę... – Słabnący głos Eda był oszalały od strachu.

Po chwili obaj znieruchomieli, oparci jeden o drugiego.

Sierżant Flannigan i jego partner z rosnącym zainteresowaniem przyglądali się temu, co rozgrywało się na tylnym siedzeniu ich radiowozu. Wykrzywione strachem twarze zatrzymanych nie budziły najmniejszej litości. Dla obu policjantów Morgan i jego kolega byli takimi samymi zbirami jak zwykli przestępcy, z którymi mieli do czynienia na co dzień. Ale tacy jak oni byli poza zasięgiem policji, bo chroniły ich wielkie pieniądze i jeszcze większe wpływy ludzi, dla których świadczyli swoje wątpliwej legalności usługi. Aż do tego pięknego dnia…

– Działa! – oznajmił sierżant z miną eksperta. – Szybko i skutecznie, tak jak zapewniała nasza przyjaciółka. Mogliby jedynie popracować nad tą mgiełką. Byłoby lepiej, gdyby nie była widoczna. Można by go wtedy zastosować w miejscu publicznym. Koniecznie trzeba zwrócić na to uwagę… To do roboty, partnerze! Zaróbmy na chlebek z masełkiem i szyneczką!

Podeszli do samochodu i otworzyli na oścież przednie drzwi, a sierżant, wstrzymując oddech, uruchomił silnik i włączył klimatyzację. Następnie wyjął z kieszeni krótkofalówkę, którą dostał od Mariki specjalnie do tej akcji, i podał ustalone hasło.

Dwie minuty później podjechał czarny jeep, z którego wysiadła czarnowłosa młoda kobieta i rozejrzała się dokoła. Upewniwszy się, że nadająca krótkofalówka jest we właściwych rękach, kiwnęła głową. Z jeepa wysiadł mężczyzna i oboje przeszli do czarnego cadillaca. Kobieta przekręciła pozostawiony w stacyjce kluczyk i bez nadmiernego pośpiechu odjechali.

Sierżant Flannigan zajął miejsce za kierownicą radiowozu, z którego gaz usypiający zdążył się już całkowicie ulotnić.

– Spadamy, Murphy. Koniec patrolu w Central Parku.

Rzucił okiem na pasażerów z tyłu. Żaden nie dawał znaku życia, ale to nie uspokoiło sierżanta, który w swojej bogatej policyjnej karierze był świadkiem wielu niespodziewanych zwrotów.

– Wybacz, Murphy, że zawracam ci dupę, ale lepiej się poczuję, jak skujemy naszych gości.

– *No problem*, Sean – odparł Murphy, który zwykł polegać na instynkcie partnera, bo ten parokrotnie ocalił mu życie.

Wysiedli, skuli zatrzymanych i w poczuciu dobrze spełnionego obowiązku ruszyli w tym samym kierunku co czarny cadillac. Nie starali się go dogonić, bo wiedzieli dokładnie, dokąd zmierza.

Po czterdziestu minutach lawirowania w nowojorskim ruchu ulicznym dotarli do opuszczonego hangaru w zachodniej części dolnego Manhattanu. Nie była to jeszcze dzielnica portowa, ale blisko. Gdy tylko podjechali, ktoś otworzył od wewnątrz wielkie drzwi i zamknął je natychmiast po ich wjeździe.

– Witajcie, chłopcy. – Marika podeszła do radiowozu. – Miło, że policja troszczy się o bezpieczeństwo obywateli nawet w takim zapomnianym przez Boga miejscu.

– Taka praca, proszę pani – odpowiedział sierżant Flannigan, uścisnął rękę kobiety i pocałował ją w policzek. Tylko raz i z pełnym szacunkiem.

Murphy lekko się ukłonił i kiwnął głową na powitanie.

– Moją młodszą siostrę i brata już kiedyś mieliście okazję poznać. – Marika wskazała wzrokiem kobietę i mężczyznę stojących przy czarnym cadillacu zaparkowanym w głębi hangaru. – Tu nie ma przypadkowych ludzi, Sean, sami swoi. Jesteście zbyt cenni, żeby wszyscy was znali.

– Dlatego tak długo razem pracujemy, Mariko. Nasz profesjonalizm jest najlepszym zabezpieczeniem. Chłopcy Martina śpią jak susły. Nie wiem, kiedy i gdzie się obudzą, ale jestem pewien, że nie chciałbym tam wtedy być. Nawet jako obserwator. – Głos sierżanta brzmiał całkiem poważnie. – Gdzie ich wypakować?

– Po prostu zostawcie ich na posadzce. Dalej sobie poradzimy, a was na pewno wzywają obowiązki.

Policjanci w okamgnieniu wyciągnęli zatrzymanych z samochodu, zdjęli im kajdanki, pożegnali się z Mariką i jej rodzeństwem, po czym zniknęli w ulicznym ruchu.

Dziesięć minut później przed hangarem zatrzymał się wielki samochód ciężarowy z czterdziestostopowym kontenerem na lawecie, a za nim półciężarówka z drewnianą skrzynią na pace. Marika, upewniwszy się, że to jej ludzie siedzą za kierownicą, otworzyła drzwi i wpuściła oba pojazdy do hangaru.

Z szoferki półciężarówki, z miejsca dla pasażera, wyskoczył Cewi.

– Witaj, Mariko. Widzę, że przesyłka chrapie. Zaaplikuję im kolejną dawkę na przedłużenie błogiego snu.

Zrobił każdemu z mężczyzn zastrzyk, a następnie wspólnymi siłami obecnych w hangarze załadowali nieprzytomnych do drewnianej skrzyni na półciężarówce. Tak jak kilka tygodni wcześniej Kolę Macenowa.

Uporawszy się z pierwszym ładunkiem, przystąpili do kolejnego etapu operacji. Siostra Mariki wyjęła z bagażnika cadillaca zapakowany obraz i przeniosła go do swojego pojazdu. Prowadząc obserwację Morgana i Eda przed muzeum, dokładnie widziała, jak go tam chowają. Czarna limuzyna zmieściła się w kontenerze dosłownie na styk. Półciężarówka i pojazd z kontenerem ruszyły w stronę portu, a rodzeństwo Mariki zamknęło hangar i udało się na dolny Manhattan do ulubionej knajpy Abrahama Lankera.

Przy nabrzeżu, w części portu kontrolowanej przez mafię żydowską, poprzedniego dnia zacumował frachtowiec „Eliria" i tam właśnie transportowano nietypowe przesyłki. Dzięki odpowiednim koneksjom i układom załadunek drewnianej skrzyni i kontenera odbył się szybko i bez przeszkód. Czuwająca nad operacją Marika rozglądała się, wyraźnie kogoś szukając. Nie uszło to uwagi Cewiego, który przechadzał się wzdłuż burty statku, uśmiechając się pod nosem.

Węgierka dała już za wygraną, gdy u szczytu trapu wiodącego z pokładu frachtowca na nabrzeże pojawił się Aleksander Wozniesieński i powoli zaczął schodzić na ląd.

– Witaj, piękna pani. Znowu się spisałaś. – Uścisnął rękę Mariki i musnął ustami jej policzek w taki sposób, że trudno byłoby to zauważyć osobie postronnej.

– Chowasz się przede mną, przystojniaku? – zapytała bez ogródek. Wprawdzie z początku zamierzała udawać zaskoczoną jego widokiem, ale doszła do wniosku, że szkoda czasu na takie ceregiele. Zamiast tego z ledwie skrywanym wyrzutem przypomniała: – Miałam cię oprowadzić po mieście.

– Nic straconego. Sądzę, że niedługo tu wrócę i zwiedzę Nowy Jork w twoim towarzystwie. Nigdy bym sobie nie darował, gdybym nie skorzystał z takiej okazji… Przywiozłem ci drobny prezent. – Wręczył Marice malutki pakunek w złotym papierze.

– Dziękuję... nie spodziewałam się.

Kompletnie zaskoczona, machinalnie schowała prezent do kieszeni skórzanej kurtki, jakby chciała go ukryć przed ciekawskimi spojrzeniami, i zajrzała Aleksandrowi w oczy. Wydało jej się, że się do niej śmieją.

– I w tym właśnie kryje się sens prezentów. Muszę biec, dam znać... – Odwrócił się i nie oglądając za siebie, ruszył po trapie na pokład, odprowadzany jej wzrokiem.

Z rozmyślań wyrwał ją głos Cewiego.

– Winszuję kolejnej udanej operacji, Mariko. Była ważna. Dziękuję z całego serca. – Spojrzała z uśmiechem na stojącego obok mężczyznę i przez ulotną chwilę miała wrażenie, że dostrzega niemal nieuchwytne podobieństwo między nim a młodym Rosjaninem, który dopiero co ją pożegnał...

– Nie ma sprawy, czego się nie robi dla przyjaciół. Kiedy znowu tu zawitacie? – zapytała bynajmniej nie kurtuazyjnie.

– Wiele zależy od tego, co usłyszymy od Morgana i jego człowieka, ale nie skończyliśmy jeszcze pracy w tym mieście. Uzgodniłem z Abrahamem, że tymczasem rzucisz okiem, jak się prowadza Martin Van Vert.

– Jasne, zaopiekujemy się nim jak dzieckiem. Żałuję, że nie będę przy rozmowie z Morganem, ale w końcu nie można mieć wszystkiego. Nie odsyłaj go nam. Bezpiecznej podróży!

W ciągu kilku minut nabrzeże opustoszało, a załoga frachtowca rozpoczęła przygotowania do wyjścia z portu. Cewi poszedł na mostek kapitański, żeby się przywitać z dowódcą jednostki. Zastał tam już swojego syna.

– Witam starego znajomego! – wykrzyknął gromkim głosem kapitan Riepin na widok Izraelczyka. – Widzę, że pańska firma eksportowa działa na maksymalnych obrotach. Na pełnym morzu dokonamy inspekcji przesyłek. Potwierdzam kurs na południe.

– Wyrazy szacunku, kapitanie. Miło pana znowu widzieć. Tak jest, na południe!

– Jak długo potrwa rejs?

– Dziesięć dni, z grubsza. Ale to będzie zgoła odmienna podróż niż poprzednio. Zamiast przedzierać się zimą przez Atlantyk, popłyniemy przez słoneczne Karaiby, a następnie wzdłuż wybrzeża Ameryki Południowej. Będzie ciepło i przyjemnie. Znam na szlaku parę sympatycznych portów z bardzo przyjaznymi dziewczynami o wszystkich odcieniach skóry, ale, niestety, rozkazy nie pozwalają…

– Może w drodze powrotnej, gdy pozbędzie się pan ładunku. – Cewi uśmiechnął się do kapitana i Aleksandra.

Gdy znaleźli się na wodach międzynarodowych, ojciec i syn zeszli z mostka kapitańskiego i udali się do ładowni, w której stała drewniana skrzynia. Czekali już przy niej dwaj potężnie zbudowani żołnierze specnazu, którzy podczas ostatniej podróży brali udział w przesłuchaniu Macenowa, oraz lekarz z zestawem strzykawek, środków usypiających i narzędzi do badania pacjentów.

– Otwieramy, towarzyszu majorze? – zwrócił się do Wozniesieńskiego jeden z żołnierzy, podnosząc z podłogi łom, i uzyskawszy zgodę, przystąpił do wyważania pierwszej bocznej ściany. Robił to powoli i metodycznie, zaglądając raz po raz do wnętrza, by się upewnić, że lokatorzy nadal są nieprzytomni i nie szykują żadnej niespodzianki.

W tym czasie drugi żołnierz ubezpieczał go z nastawionym na ogień pojedynczym kałasznikowem z drewnianą kolbą.

Gaz usypiający, którego nałykali się Morgan i jego człowiek, oraz kolejna dawka usypiacza w zastrzykach, jakie zaaplikował im Cewi, musiały być przedniej jakości, bo delikwenci leżeli bez ruchu, miarowo oddychając. Uspokojeni żołnierze założyli im kajdanki na ręce i dłuższe łańcuchy na nogi, a lekarz przystąpił do badania więźniów. Zajęło mu to pięć minut i na koniec oględzin uniósł kciuk prawej ręki, sygnalizując, że wszystko jest w najlepszym porządku. Major KGB spojrzał z zadowoleniem na ojca i zaczął wydawać komendy.

– Pana Morgana weźcie, chłopcy, do ładowni, w której podczas poprzedniego rejsu był pan Macenow, i tak samo przykujcie go rączkami do ściany. Zgaście światło, bo szkoda prądu. Niech tam sobie dojrzewa. A jego kolegę odprowadzimy do pomieszczenia na dolnym pokładzie, poniżej linii zanurzenia.

Przygotowując w rezydencji pod Wiedniem taktykę rozmowy z Morganem i jego człowiekiem, Dominik, Cewi i Gerard doszli do zgodnego wniosku, że każdego z nich należy traktować odmiennie. Tak sugerowały portrety psychologiczne obu mężczyzn przygotowane przez ich grupę na bazie informacji ze wszystkich źródeł, jakie funkcjonowały w otoczeniu rodu Van Vertów. Dlatego Morgan trafił do namiastki lochu, jaką była ładownia, a Ed do namiastki kajuty, wyposażonej wprawdzie po spartańsku, ale znacznie wygodniejszej niż miejsce, w którym przebywał jego szef.

Cewi z synem ułożyli więźnia na metalowej koi z materacem, a łańcuch, który miał na nogach, zamocowali drugim, dłuższym łańcuchem do grubego filaru. Pozostawili przyćmione światło i starannie zamknęli za sobą żelazne drzwi.

Wyszli na pokład, żeby odetchnąć świeżym powietrzem. Pomyślny przebieg działań operacyjnych przeprowadzonych tego dnia oraz cudowna, słoneczna pogoda znacząco poprawiły ich samopoczucie. Major zdjął obszerną dżinsową kurtkę, wyjmując jednocześnie ze specjalnie wszytej wewnętrznej kieszeni dużą piersiówkę zamkniętą odkręcanym metalowym kieliszkiem. Nalał do niego trunku z butelki i podał ojcu, proponując toast.

– Bimber ze śliwek z ukłonami od przewodniczącego Andropowa. Wypijmy za jego i nasze zdrowie oraz za udany finał tej operacji.

Pociągnął potężny łyk z butelki, a Cewi wychylił kieliszek.

– Dzisiaj odpoczniemy – zarządził – a jutro zamienimy dwa słowa z Morganem i jego kolegą. To jeszcze po kielichu i może pan major postawi obiad…

Kiedy wiele godzin później Ed otworzył oczy, miał wrażenie, że głowa za chwilę pęknie mu na tysiąc bolących kawałków. Nigdy w życiu nie czuł się tak podle. Dopiero po dobrej chwili się zorientował, że jest skuty. Jęknął i zaczął się rozglądać po pogrążonej w półmroku ciasnej kajucie, w której się znajdował. Wreszcie znalazł to, czego szukał. Dzwoniąc łańcuchami, zwlókł się z koi, opuścił spodnie i usiadł na sedesie w rogu kajuty. Na podłodze zauważył rolkę papieru toaletowego.

Lekkie kołysanie natychmiast mu uświadomiło, że najprawdopodobniej przebywa na jakimś obiekcie pływającym.

Ze wszystkich sił wytężył pamięć: co się stało, zanim... Poczuł dojmujący głód i nagle przed oczyma stanęło mu stoisko z hot dogami pod Muzeum Guggenheima. Obraz był tak realistyczny, że poczuł smak parówek i dodatków. Oblizał usta. Po chwili w specjalnym uchwycie przy koi dostrzegł butelkę z wodą.

Kiedy zaspokoił pragnienie, usiadł, próbując zrekonstruować, co się wydarzyło, jak skończył jeść hot doga, i co robił w pobliżu muzeum. Przypomniał sobie, że nie był sam. Towarzyszył mu Morgan. Nagle sekwencja scen z przeszłości ruszyła jak na przyspieszonym niemym filmie...

Kto i dlaczego ich porwał? Przecież nowojorska policja nie działa na zlecenie KGB, więc nie mogło chodzić o sprawę tej ich generał. Kto jest taki odważny, żeby zadzierać z Van Vertami? I na tyle potężny, by zlecić porwanie sierżantowi policji i jego partnerowi? A jeżeli ktoś dybie na życie Martina i w ten sposób pozbawia go ochrony?

Przełykając ślinę, uświadomił sobie nagle, że funkcjonariusze w ogóle się nie kryli ani nie maskowali, a nawet pozwalali sobie na głupie żarty. Jakby się nie obawiali jakiejkolwiek przyszłej retorsji ze strony jego i Morgana. Wpadła mu do głowy straszna myśl: Nie obawiali się, bo byli pewni, że ani ja, ani Morgan już nigdy więcej ich nie zobaczymy! Nie ma innego wytłumaczenia!

W tym momencie Ed zaczął się bać nie na żarty.

Egipskie ciemności, jakie otaczały Morgana, nie nastrajały do zbyt głębokiej analizy sytuacji. Mimo panującej na zewnątrz niemal letniej aury poczuł w pewnej chwili dojmujący chłód i zorientował się, że ktoś zdjął z niego ubranie i ułożył go nagiego na żelaznej, lekko kołyszącej się podłodze. Ręce miał przykute łańcuchami do ściany, a nogi umocowane w czymś na kształt metalowych dybów.

Ale nie to trapiło go najbardziej. Uświadomił sobie, że jeżeli nikt nie przyjdzie i nie zaprowadzi go do toalety, to zaraz zsika się i wypróżni pod siebie. Nasłuchiwał więc kroków swoich prześladowców, nie mogąc się skupić na żadnych dywagacjach. Zagryzał zęby, licząc na to, że lada chwili ktoś się zjawi. Ale tak się nie stało i Morgan przestał w końcu walczyć z naturą... Natychmiast poczuł wielką ulgę, ale jednocześnie ostry fetor odchodów, w których się tarzał, nie będąc w stanie przesunąć przykutego ciała.

Pierdolone hot dogi ze wszystkimi dodatkami i kiszoną kapustą! Ktoś musi bardzo chcieć, abym w tym syfie leżał – przyszło mu na myśl.

Znał takie metody postępowania z więźniami i doskonale wiedział, że może to być jedynie wstęp do znacznie bardziej drastycznego traktowania. Zapowiadał się wyczerpujący weekend.

2 marca

Łagodne kołysanie i świeże powietrze spowodowały, że Cewi spał wyjątkowo dobrze. O szóstej był już na pokładzie, aplikując sobie poranną porcję gimnastyki. Wokół pokładu biegał major Wozniesieński i kilku żołnierzy specnazu, w tym dwóch potężnych specjalistów od przesłuchań.

Godzinę później, w towarzystwie kapitana Riepina, zasiedli w mesie do śniadania.

– Od którego z naszych gości rozpoczniecie obchód, towarzyszu majorze? – zapytał dowódca frachtowca.

– Od pana Morgana. Zakładam, towarzyszu pułkowniku, że to będzie krótka wizyta i jeszcze krótsza rozmowa. Myślę, że na tym etapie więcej czasu warto poświęcić Edowi. Nie wątpię, że analizował swoją sytuację i ma sporo przemyśleń, którymi zechce się z nami podzielić.

– Słuszny wybór. A pan jak sądzi? – Riepin zwrócił się do Cewiego, który zaimponował mu spokojną skutecznością podczas przesłuchania Koli Macenowa.

– Zgadzam się z waszą opinią. Dzisiaj Morgan każe nam się odpierdolić. Jest wkurzony, że w Nowym Jorku dał się złapać w pułapkę jak dziecko i że to nie on panuje nad sytuacją, tylko my. Będzie chciał pokazać, że nie do końca tak jest.

Zobaczymy, jak długo pociągnie. Pokażemy się mu i skoncentrujemy na Edzie.

– Koniecznie muszę usłyszeć, co on powie. Aż mnie korci, żeby się założyć. Po kieliszku wódki przed robotą? – zasugerował pułkownik specnazu.

Dokończyli śniadanie, wypili wódkę i całą piątką ruszyli w stronę ładowni. Przed wejściem jeden z żołnierzy specnazu porozdzielał maski przeciwgazowe. Drugi był już w środku z latarką, instalując trójnóg z reflektorem, który włączył natychmiast po wejściu pozostałych. W ładowni rzeczywiście było chłodno i Morgan trząsł się na całym ciele, leżąc w ekskrementach. Mrużył oczy, lecz nadaremnie starał się zlokalizować postacie za reflektorem. Jeden z żołnierzy wziął do ręki gumowy wąż, a drugi odkręcił kurek. Silny strumień wody spłukał cały brud do okratowanej studzienki pośrodku ładowni. Po kilku minutach żołnierze zakończyli tę osobliwą kąpiel. Cewi zdjął maskę i zastąpił ją czarnym kapturem z otworami na oczy i usta. Mimo wcześniejszych zabiegów higienicznych natychmiast poczuł ostry smród ludzkich odchodów.

– Wiesz, dlaczego tu jesteś, Morgan? – Nie zamierzał więźniowi niczego ujawniać, tłumaczyć ani ułatwiać. Był ciekaw, co mu podpowie szybki rachunek sumienia.

– Nie zapłaciłem mandatu? – odparł ironicznie więzień. Znał te metody i mimo trudnej sytuacji postanowił im nie ulegać.

– Nie zgadłeś. Nie będę cię namawiał, abyś spróbował jeszcze raz. Mam nadzieję, że przy porannej toalecie opiłeś się trochę wody, bo więcej nie dostaniesz. Żarcia też nie. To w trosce o ciebie, żebyś się nie utopił w nadmiarze własnego gówna i szczyn.

– Odpierdol się!

– Tobie też życzę miłego dnia. Wpadniemy pojutrze albo kiedy czas nam pozwoli. Nigdzie się nie ruszaj – odparł Cewi pewnym i spokojnym głosem.

Żołnierze dokładnie sprawdzili dyby, w których tkwiły nogi więźnia, i łańcuchy wokół jego rąk, upewniając się, że nic nie zostało naruszone. Zgasili światło i zamknęli ładownię. W tym czasie oficerowie wyszli na pokład, zachłystując się świeżą oceaniczną bryzą. Major Wozniesieński wyjął z dżinsowej kurtki piersiówkę z bimbrem. Napełnił metalowy kieliszek i podał Riepinowi, a gdy ten wypił – napełnił jeszcze raz i podał ojcu. Sam pociągnął na końcu.

– Rzeczywiście powiedział „odpierdol się". Twardy facet. Chylę czoło przed pana doświadczeniem – skomplementował Cewiego kapitan Riepin. – Dobrze, że się nie zakładałem. Co teraz?

– Teraz major i ja złożymy kameralną wizytę Edowi. W jego przypadku większy zespół nie jest potrzebny. Zabierzemy coś do żarcia i zobaczymy, w jakiej jest formie.

W mesie Cewi poprosił, żeby nalano mu do wojskowej menażki świeżo ugotowanego, bardzo gorącego barszczu ukraińskiego i naszykowano dwie kanapki z szynką. Tak zaopatrzeni udali się do kajuty na dolnym pokładzie. Założyli czarne kaptury, major otworzył kluczem drzwi i weszli do środka. Więzień zerwał się z koi, na której siedział, i stanął naprzeciwko wchodzących. W czarnych dżinsach, czarnym podkoszulku i brązowej skórzanej kurtce prezentował się znacznie lepiej niż jego kolega z ładowni, nie mówiąc już o zapachu.

– Witaj, Ed – odezwał się Cewi przyjaznym głosem. – Przynieśliśmy ci trochę żarcia, żebyś nam nie zszedł z głodu. Kanapki z szynką i barszcz ukraiński, specjalność tutejszego szefa kuchni. Jedz, nami się nie krępuj. Zdążymy pogadać.

Postawił jedzenie na koi, postąpił krok do tyłu i oparł się o ścianę. Widok kanapek z szynką spowodował natychmiastowy napływ śliny do ust i Ed chwycił pierwszą z brzegu, wgryzając się łapczywie. Kiedy już się z nią uporał, wziął menażkę i przymocowaną do niej łyżką spróbował zupy. Była bardzo dobra. Zjadł połowę i odstawił naczynie. Urodzony i wychowany w Nowym Jorku, nieraz jadł barszcz ukraiński i szybko sobie przypomniał, z jakiego rejonu świata pochodzi ta potrawa. To wytrąciło go z równowagi. Spojrzał z niepokojem na zakapturzonych mężczyzn.

– Kim jesteście i czego ode mnie chcecie? To statek?

– Szukamy naszej koleżanki, Ed. Kilka miesięcy temu zapodziała się w Nowym Jorku. Może wiesz coś na ten temat? – rzucił Cewi od niechcenia.

Ed zastygł w bezruchu i na chwilę serce przestało mu bić, by zaraz potem załomotać jak oszalałe. Poczuł, że nogi się pod nim uginają. Były jak z waty i musiał usiąść na koi, aby nie osunąć się na podłogę.

Boże, to Rosjanie! Jak to możliwe? A policja? Kupili ją?

Galop myśli utrudniał mu racjonalne rozumowanie. Mimo to Ed nie miał najmniejszych wątpliwości, że koleżanka, o którą pyta człowiek w czarnym kapturze, to generał Jekatierina Iwanowa. Nie miał pojęcia, co odpowiedzieć, ale wiedział, że nie powinien się do niczego przyznawać. Tak zawsze instruował go Morgan: „Nigdy do niczego się nie przyznawaj, wykorzystają to przeciwko tobie!".

– Nie wiem, panowie, o co chodzi. To pomyłka. Nie mam pojęcia, o jakiej koleżance mówicie.

– Nie umiesz kłamać, Ed, więc radzę ci nie próbować. Zresztą nas trudno jest okłamać. Powiem ci, co zrobimy. Wrócimy do ciebie za jakiś czas, a ty wszystko przemyśl i poukładaj sobie w głowie. Najlepiej by było, gdybyś sobie jednak przypomniał, co przytrafiło się naszej koleżance. To dobra rada! – zakończył Cewi niemal dobrodusznym tonem.

Zanim wyszli, major KGB rozkuł więźnia ze wszystkich łańcuchów i kajdanek.

Co ja mam zrobić? – nasunęło się Edowi na myśl, gdy został sam.

Na razie nie mógł za bardzo narzekać na warunki uwięzienia ani na traktowanie ze strony porywaczy. Szczególnie rozkucie uznał za gest dobrej woli. Ale to się mogło zmienić w każdej chwili, gdy tylko wyczerpie się ich cierpliwość…

5 marca

Krótka podróż do Sajgonu okazała się bardziej męcząca niż jakakolwiek poprzednia. Kiedy więc samolot zatrzymał się w wyznaczonym miejscu na płycie lotniska i wyłączył silniki, Martin z ulgą rozpiął pas. Po locie samolotem wojskowym z Wietnamu, z międzylądowaniem na Hawajach w celu zatankowania paliwa i przesiadką w Waszyngtonie, był w drodze większą część doby i z utęsknieniem myślał o długiej, gorącej kąpieli. Uwielbiał swój apartament w Pierre i za każdym razem, gdy tam wracał z podróży, zwłaszcza z takiego miejsca jak Wietnam, gratulował sobie, że zdecydował się na ten zakup. Dziękował wtedy Bogu, że urodził się w Ameryce...

To coraz lepsze samopoczucie rozprysło się w jednej chwili niczym chińska porcelana w zderzeniu z betonową podłogą. Na lotnisku bowiem zamiast Morgana powitał go Steve, jeden z jego zaufanych, w asyście jeszcze trzech rosłych kolegów, którzy profesjonalnie lustrowali mijających ich ludzi i najbliższe otoczenie.

– Morgan i Ed jakby zapadli się pod ziemię – zaczął wyjaśniać Steve. – Od piątku nie ma z nimi żadnego kontaktu. Widziano ich po raz ostatni, gdy odbierali obraz w Muzeum Guggenheima. Czarny cadillac też przepadł jak kamień w wodę. Szukaliśmy bez rezultatu w całym mieście.

Był oficer CIA słuchał w ponurym milczeniu, nic nie mówiąc. Siedząc z tyłu nowego czarnego cadillaca, rozmyślał nad niespodziewanym obrotem sytuacji. Instynkt operacyjny mówił mu – ba, wręcz krzyczał! – że zniknięcie jego ludzi musi mieć związek ze sprawą generał KGB. Skonstatował, że Morgan i Ed albo są martwi, albo znajdują się w rękach kolegów po fachu generał Iwanowej. Nikt inny nie odważyłby się podnieść na nich ręki i przeprowadzić takiej operacji w centrum miasta. Nie tracił czasu na rozważanie, w jaki sposób KGB wpadło na ich trop, bo wiedział z doświadczenia, że nigdy tego nie ustali. Zanotował wprawdzie w pamięci, aby zlecić sprawdzenie, czy Kola Macenow nadal jest w Nowym Jorku, ale uświadomił sobie, że grubas mógł opuścić miasto z tysiąca różnych powodów...

Bardziej trapiła go myśl, że skoro Rosjanie namierzyli jego ludzi, to on także musi być na ich celowniku. A może nawet cały jego ród! Jeżeli Morgan i Ed żyją, to będą przesłuchiwani. Nie miał wątpliwości, że prędzej czy później zaczną mówić. Częste podróże do Wietnamu na nowo mu uświadomiły, z jakim okrucieństwem mogą się traktować strony konfliktu. Jeżeli CIA torturowała ludzi, to KGB tym bardziej. Zdał sobie sprawę, że znalazł się w sytuacji bez wyjścia, parszywy catch 22. Skoro nikomu nie powiedział o incydencie z generał Iwanową i jego pokłosiu, to musiał być konsekwentny i nadal trzymać sprawę w tajemnicy, modląc się, by Morgan i Ed zginęli podczas uprowadzenia lub nie powiedzieli wszystkiego.

Niewiele to, lecz cóż mi pozostało? – pomyślał z rezygnacją.

Był wprawdzie człowiekiem religijnym, ale wiedział z doświadczenia, że Pan Bóg rzadko wysłuchuje próśb w sprawach operacyjnych, a jeszcze rzadziej je spełnia. Zastanowił się, co powinien robić, i doszedł do wniosku, że nic. Poczuł się bardzo samotny.

– Witaj w domu, Martin. Jak podróż? Nie wyglądasz dobrze – powitała go Maria w progu apartamentu. – Te wietnamskie wyjazdy chyba ci nie służą.

– *Mind your own business!* – wyrwało mu się znienacka i natychmiast pożałował tego przejawu irytacji. – Przepraszam, kochanie. Jak widać, masz rację. Wykąpię się i porozmawiamy. Może tymczasem przygotujesz martini?

Kąpiel, o której marzył, odświeżyła go i uspokoiła. Nabrał nowej ochoty do życia i przypomniał sobie, że ma piękną młodą żonę, z którą dawno się nie kochał... Włożył gruby szlafrok kąpielowy i wrócił do salonu.

– Siadaj, drogi mężu, i skosztuj drinka. Mam ci do zakomunikowania ważną nowinę – powiedziała tajemniczo Brazylijka, po czym na moment zawiesiła głos. – Jestem w trzecim miesiącu ciąży, będziemy mieli dziecko!

Słowa żony kompletnie go zaskoczyły. Nie wiedział, czy cieszyć się, czy martwić. Trzymał w ręku kieliszek martini, nie mogąc się zdecydować co z nim zrobić – wznieść toast czy wychylić do dna. Otrząsnął się szybko, postanawiając zrobić jedno i drugie.

– To wspaniała wiadomość, kochanie! Cieszę się i gratuluję nam obojgu. Co mówią lekarze? Dlaczego nie powiedziałaś mi wcześniej? Wypijmy toast za zdrowie potomka. Jedno martini chyba ci wolno?

Maria pociągnęła łyk, a Martin opróżnił kieliszek. Następnie objął i pocałował żonę. W innych okolicznościach skakałby ze szczęścia, ale sprawa generał Iwanowej odbierała mu radość życia. Mimo to robił, co mógł, aby nie dać po sobie poznać trapiących go myśli. Nie miał zamiaru obarczać nimi ciężarnej małżonki.

– No to seks musimy zawiesić na kołku? – starał się na wszelki wypadek upewnić, aczkolwiek bez wielkiej nadziei.

Potakujący ruch głowy żony rozwiał wszelkie wątpliwości, jakie mógł jeszcze żywić.

Zamknięty w kajucie bez okna i pozbawiony zegarka, Ed stracił rachubę czasu. Nie mógł odmierzać doby rytmem podawania posiłków, gdyż otrzymywał je nieregularnie. Starał się trochę gimnastykować, odmierzał kroki tam i z powrotem w ciasnym pomieszczeniu, ale głównie leżał na koi.

Kiedy drzwi ponownie otwarto i stanęli w nich ci sami co uprzednio zakapturzeni mężczyźni, nie potrafił powiedzieć, czy widział ich dzień, czy trzy dni wcześniej.

– Wstawaj, Ed. W nagrodę za dobre sprawowanie idziesz na mały spacer. Odwiedzimy twojego kumpla – oznajmił Cewi. – Wystaw rączki, założymy ci bransoletki, a na głowę kapturek.

Więzień pomyślał zrazu, że to żart, ale już po chwili był w kajdankach i w kapturze z otworem na wysokości ust. Serce zabiło mu szybciej.

Prowadzono go korytarzami o metalowej podłodze, ale niemal od razu stracił orientację, w jakim idą kierunku. Parę razy uprzedzano go, aby uniósł nogi, bo trzeba pokonać jakąś przeszkodę. Nie miał już żadnych wątpliwości, że są na statku, a przeszkody to wysokie progi drzwi będących zarazem śluzami.

Po kilkunastu minutach powolnej wędrówki kazali mu się zatrzymać. Otworzyli kolejne drzwi i jego nozdrza zaatakował potworny fetor. Ktoś ściągnął mu z głowy kaptur i Ed zamarł porażony tym, co zobaczył i co musiał wąchać. W świetle reflektora ledwo poznał skutego nagiego Morgana leżącego w olbrzymiej kałuży kału i uryny. Zorientował się, że trafił do ładowni. Otaczało go już czterech mężczyzn w maskach przeciwgazowych. Zaczęło mu się zbierać na wymioty i najchętniej sam by taką włożył. Jego szef wyglądał fatalnie. Zarośnięty i wychudzony, sprawiał wrażenie półżywego, a raczej półmartwego.

– Pobudka, Morgan! Czas na higienę! – zawołał spod maski Cewi, a jeden z żołnierzy specnazu zaczął polewać więźnia mocnym strumieniem wody, którą ów tyleż łapczywie co rozpaczliwie starał się chwytać w usta. – Wiesz już, dlaczego tu jesteś?

Morgan nic nie odpowiedział, patrząc na prześladowcę nienawistnym wzrokiem. Oślepiony światłem, nie mógł dojrzeć sparaliżowanego strachem, oniemiałego Eda. Mężczyźni w maskach zaczęli zbierać się do wyjścia, ale powstrzymały ich słowa więźnia.

– Jestem tu, bo mnie porwaliście…

– No proszę, jaki kulturalny człowiek. Może w nagrodę przeniesiemy cię w inne miejsce, ale musimy o tym jeszcze pomyśleć. – Cewi doszedł do wniosku, że Morganowi wciąż daleko do granicy życia lub śmierci. – Idziemy, chłopcy, na obiad. Świeża ryba i krewetki z rusztu.

Morgan poruszył się gwałtownie, aż zadzwoniły łańcuchy, ale jego głos utonął w szczęku zamykanych drzwi ładowni.

Edowi ponownie założono na głowę kaptur, a strażnicy z ulgą zdjęli maski przeciwgazowe. Więzień czuł, że jest prowadzony schodami w górę, aż w pewnym momencie, za kolejnymi drzwiami, znalazł się na świeżym powietrzu. Zdjęto mu kaptur oraz kajdanki i pozwolono chłonąć bryzę całym ciałem. Po fetorze ładowni zakręciło mu się w głowie. Byłby upadł, gdyby jeden z nadzorców nie podtrzymał go i nie posadził na składanym krześle. Obaj znowu mieli założone złowrogie czarne kaptury.

– Siadaj, Ed, bo wypadniesz nam za burtę, a możemy nie zdążyć przed rekinami – rzekł Cewi i zachęcił więźnia: – Porozglądaj się, jaki świat jest piękny, czysty i pachnący. Wyprostuj ciało i nogi, śmiało.

Ed posłusznie rozejrzał się dokoła, a potem z wolna wstał i zrobił parę kroków. Lekki wiaterek muskał ciepłym powietrzem jego twarz, tłocząc do nozdrzy zapach oceanu. W oddali rysowała się ledwie widoczna zielona kreska brzegu. Frachtowiec miał już za sobą czasy świetności, ale nie groziło mu jeszcze przerobienie na żyletki. Żaden ze strażników nie wykonał najmniejszego gestu. Nie zdziwiło to Eda. Mógł wprawdzie wyskoczyć za burtę, ale myśli samobójcze na razie go nie nachodziły. Oddychał głęboko i odreagowywał widok Morgana unurzanego we własnych ekskrementach. Wiedział, dlaczego został tam zaprowadzony. Lekcja poglądowa numer jeden: w każdej chwili możesz zająć jego miejsce!

Stojąc, rozejrzał się po pokładzie i nagle zobaczył... Nie mógł uwierzyć własnym oczom. W poprzek przedniego pokładu stał czarny cadillac. Ich czarny cadillac. Poznałby go wszędzie po układzie anten.

– To nie fatamorgana, nomen omen, lecz wasz wózek, Ed. Nie pozostawiamy po sobie śladów – rzekł Cewi z lekka złowieszczym tonem.

– Obiadek, kuchnia podaje obiadek – rozległ się melodyjny głos jednego z żołnierzy specnazu, niosącego przed sobą potężną tacę z półmiskami, na których piętrzyły się ryby i skorupiaki z rusztu. Za nim kroczył drugi, też zakapturzony, z wiadrem wypełnionym lodem i butelkami piwa. Postawił je na pokładzie, po czym wziął spod ściany rozkładany stolik i krzesła, przygotowując prowizoryczną jadalnię. Stojąca na stoliku taca dymiła jeszcze, wydzielając smakowite zapachy. Zrobiwszy swoje, żołnierze ulotnili się, a Cewi wskazał Edowi półmiski z morskimi przysmakami otoczonymi ćwiartkami cytryn.

– Do roboty, *amigo*, bo wystygnie. Jemy paluszkami, bo lepiej smakuje – rzekł, otwierając kilka butelek piwa i stawiając po jednej przed każdym z biesiadników. Podniósł dolną część kaptura, odsłaniając usta, i umocował zatrzaskami, by nie opadała. – Tutejszy wynalazek.

Ed domyślał się, że jest wykorzystywany w rozgrywce porywaczy pod nazwą „dobry i zły więzień". Nie bardzo jednak chciał zamienić się miejscami z Morganem, a to właśnie ryzykował, odmawiając udziału w biesiadzie. Ponadto nie zamierzał rezygnować z przyjemności zjedzenia tego wspaniałego posiłku. Nie wiedział, kiedy i czy w ogóle taka sposobność znów się trafi, a przecież nie ma nic gorszego od straconej okazji. Pierwszy łyk piwa wydał mu się niebiańskim nektarem, a krewetki ambrozją.

Mniej więcej w połowie niespodziewanej uczty odniósł wrażenie, że ktoś go obserwuje. Rozejrzał się i prawie wykrzyknął na widok twarzy Morgana przyklejonej czyjąś mocarną ręką do bulaja zaledwie metr od stołu. Zmrużył oczy i spojrzał powtórnie, ale twarzy już nie było. Postanowił dokończyć krewetki i wypić kolejną butelkę piwa, którą przed nim postawiono. Od dawna żaden posiłek tak mu nie smakował. Gdyby nie czarne kaptury współbiesiadników, mógłby zapomnieć, że jest w niewoli.

– Napijmy się czegoś na trawienie, Ed, a później kapitan zaprasza na mały pokaz – powiedział Cewi, a major wyjął z kubła z lodem piersiówkę bimbru ze śliwek, nalał go do metalowego kieliszka i postawił przed więźniem.

Ed umoczył usta i doszedł do wniosku, że to rodzaj śliwowicy, jaką nieraz mu serwowali liczni żydowscy kumple. Chciał pokazać, że wie, jak pije się takie trunki, i wychylił do dna. Cokolwiek wypił, było to piekielnie mocne, ale bardzo dobre.

– Brawo, Ed. To bimber ze śliwek. Pewnie domyślasz się skąd. – Nie czekając na odpowiedź, której się zresztą nie spodziewał, Cewi łyknął swoją kolejkę. – Zróbmy sobie mały spacer.

Kiedy stanęli na przednim pokładzie, czarny cadillac ukazał im się w pełnej krasie. Niewielkie zadrapanie na tylnym błotniku utwierdziło Eda w przekonaniu, że się nie pomylił. To był ich samochód. Rozejrzał się i zauważył, że po drugiej stronie pokładu stoi Morgan, pilnowany przez dwóch ludzi w czarnych kapturach. Był kompletnie nagi, jeżeli nie liczyć skuwających go łańcuchów. Spojrzenia więźniów na chwilę się skrzyżowały, ale Ed szybko odwrócił głowę. Doszedł do wniosku, że nie powinien się gapić na swojego szefa w tak żałosnym położeniu, bo w ten sposób tylko jeszcze bardziej go upokarza.

Morgan również nie miał wątpliwości, czyją własnością jest czarny cadillac. Głęboko oddychał świeżym oceanicznym powietrzem i pławił się w promieniach popołudniowego słońca. Nie miał już żadnych złudzeń, kim są porywacze, a przynajmniej – na czyje zlecenie pracują i w jakiej sprawie. Tylko wielka, bogata i bardzo zdeterminowana organizacja, prywatna czy państwowa, może prowadzić operację na taką skalę. Nikt mu wprawdzie jasno nie powiedział, dlaczego tu się znalazł, ale bardzo by się zdziwił, gdyby okazało się inaczej, niż założył.

Droczą się ze mną i rozmiękczają. A może wszystko już wiedzą… – pomyślał, patrząc ukradkiem na zdrowo wyglądającego Eda.

Niepokoiło go, że jego prawa ręka najwyraźniej jest w znakomitej komitywie z porywaczami. Bo jak inaczej interpretować niedawną scenę wspólnego posiłku i popijanie piwka? Rozumiał, że może to być technika nastawiania jednego przeciwko drugiemu i sugerowania, że któryś z nich zaczął już mówić, ale mimo wszystko nie dawało mu to spokoju. Fakt, że porywacze siedzący przy stole z Edem nadal mieli zasłonięte twarze, stanowił nikłe pocieszenie.

Czymś się musiał zasłużyć, skoro karmią go krewetkami z rusztu i poją alkoholem na świeżym powietrzu, zamiast trzymać pod pokładem we własnym gównie – przyszło mu na myśl. Parszywa sprawa, parszywy pech!

Do cadillaca podszedł strażnik w czarnym kapturze i otworzył drzwi od strony kierowcy. Wsiadł, uruchomił silnik i pochylił się na przednim siedzeniu, znikając z ich pola widzenia. Kiwnął głową na kolegę, który zaczął rozmontowywać ruchomy odcinek burty na wprost maski samochodu, a gdy skończył, pomachał ręką mężczyźnie za kierownicą. Ten wysiadł i zamknął drzwi, nie gasząc silnika. Przez otwartą przednią szybę wyprowadził na zewnątrz długą stalową linkę zakończoną drewnianym uchwytem. Jej drugi koniec przymocowany był do niewielkiej metalowej konstrukcji nałożonej na pedał gazu. W tym momencie obok zakapturzonego strażnika pojawił się kapitan Riepin. Zamienili parę słów, dowódca przejął linkę z uchwytem, a tamten otworzył przednie drzwi, przestawił automatyczną skrzynię biegów na „drive" i błyskawicznie je zamknął. Czarna limuzyna zaczęła powolutku toczyć się przed siebie. Kapitan Riepin z całej siły pociągnął linkę, maksymalnie wciskając gaz, i natychmiast puścił drewniany uchwyt.

Pchany do przodu potężnym silnikiem, czarny pojazd wystrzelił jak z procy, w kilka sekund przeskakując rozebraną burtę frachtowca. Majestatycznie, jak skoczek narciarski, pokonywał odległość dzielącą go od powierzchni oceanu, by uderzyć w nią z ogromnym impetem, rozbryzgując fale na wysokość pokładu. Kołysał się przez kilkanaście sekund, nabierając wody niczym uszkodzona łódź podwodna, aż w końcu zniknął na zawsze w odmętach.

Ed i Morgan obserwowali tę scenę jak zaczarowani, z trudem wierząc własnym oczom. Pierwszy otrząsnął się Morgan, aż nadto dobrze rozumiejąc symbolikę tego pokazu. Każdy z nich miał wiedzieć, że może skończyć dokładnie tak jak czarny cadillac.

Kątem oka Morgan zauważył, że zmierza ku niemu za-kapturzony mężczyzna, który jako jedyny do tej pory próbo-wał z nim rozmawiać. Przeszło mu przez myśl, że jeżeli powie coś, co jego prześladowcom się nie spodoba, to pewnie wylą-duje za burtą razem z łańcuchami, którymi był skuty.

Szkoda, że nie ma tu Martina Van Verta. Na pewno by nas efektownie wybawił z opresji – pomyślał, uśmiechając się z gorzką ironią.

– Szukają dla ciebie ubrania, Morgan. Później dostaniesz trochę rosołku, bo zjedliśmy wszystkie ryby i krewetki. Znajdziemy ci też nowe lokum – powiedział Cewi, lustrując więźnia w świetle dnia.

– Czy mogę się dowiedzieć, dlaczego właściwie się tu…

Silne i piekące jak ogień uderzenie otwartą ręką w twarz nie pozwoliło Morganowi dokończyć pytania, powalając go na pokład. Strażnicy chwycili więźnia za skute nogi i wy-wiesili za burtę głową w dół. Nie spodziewał się takiej reak-cji. Ogarnął go wręcz namacalny strach.

– Nie igraj ze mną, Morgan. Wiesz lepiej ode mnie, dla-czego tu jesteś, więc nie próbuj robić mnie w chuja, bo cię zabiję. – Cewi mówił powoli i wyraźnie, rozcierając dłoń. – Do lochu z nim!

– Nie! Nie róbcie tego! Źle mnie zrozumiałeś, wiem, dla-czego tu jestem…

Sama myśl o wylądowaniu na kolejne kilka dni w ładow-ni i własnych odchodach była ponad jego siły. Czuł, że jeże-li ma przeżyć, to musi się wzmocnić i przemyśleć sytuację. Ładownia na pewno się do tego nie nadawała.

– Pamiętaj, Morgan, jeszcze jeden taki tekst, a wpier-dolą cię rekiny. – Cewi metodycznie realizował swój plan zmiękczania więźnia. Uznał z satysfakcją, że przed chwilą osiągnął pierwszy niewielki sukces. – Zabierzcie go do kajuty i dajcie rosołku. Nie chcemy przedwczesnego zgonu na pokładzie.

Edowi nigdy nie przyszłoby do głowy, że kiedykolwiek zobaczy swojego szefa w takim stanie. Zawsze pewny siebie i bezwzględny, dziś sprawiał żałosne wrażenie. Ed uzmysłowił sobie, że porywacze mają nad nimi i ich życiem całkowitą władzę. Czekała go trudna walka o przetrwanie.

Kiedy już odprowadzono więźniów, major Wozniesieński usiadł na pokładowym krzesełku obok Cewiego i otworzył kolejne dwa piwa. Uśmiechnął się do ojca.

– Dobrze to rozegrałeś. Morgan najwyraźniej nie chciał wrócić do ładowni. Myślisz, że pęka i wkrótce zacznie mówić?

– Nie sądzę, aby był już gotów do szczerych wyznań. Nikt z nas nie chciałby wrócić do tej ładowni i Morgan nie jest wyjątkiem. Idę o zakład, że zagrał taktycznie, aby nabrać sił, bo wie, że zasadnicza rozmowa ze mną dopiero go czeka. Poszedłem na to, bo chcę go mieć żywego, kiedy do niej przystąpimy. Jeszcze kilka dni w ładowni mogłoby go wykończyć, a z trupem nie pogadasz…

12 marca

Po tygodniu spokojnego dryfowania po wodach międzynarodowych frachtowiec osiągnął wysokość Rio de Janeiro i radiotelegrafista zaczął wysyłać umówiony kod. Kapitan Riepin, Cewi i major Wozniesieński, uzbrojeni w potężne lornetki, lustrowali z przedniego pokładu powierzchnię oceanu. Major KGB pierwszy zwrócił uwagę na szybko poruszający się punkcik, który robił się coraz większy, mknąc z położonego w oddali portu w kierunku statku.

Kilkanaście minut później punkcik począł się przeobrażać w olbrzymią odsłoniętą motorówkę wyposażoną w dwa silniki wielkiej mocy. Znajdowało się na niej czterech mężczyzn. Cewi i jego syn bez trudu rozpoznali wśród nich Dominika i Gerarda. Podpłynąwszy do frachtowca, motorówka okrążyła go dwa razy. Upewniwszy się, że wszystko jest w porządku, jej załoga zaczęła manewrować wzdłuż burty statku, co ułatwiał wyjątkowo spokojny ocean. Pierwszy oficer nakazał zrzucić mocną sznurową drabinę i już wkrótce trzech członków załogi motorówki jęło piąć się na pokład. Pierwszy stanął na nim Dominik, następnie Gerard, a na końcu Konrad.

– Witamy na pokładzie przyjaciół naszych przyjaciół – rzekł po angielsku kapitan Riepin, ściskając ręce całej trójki.

– *My was toże pozdrawlajem, kapitan* – odpowiedział Dominik po rosyjsku, żeby ocieplić nastrój. Natychmiastową reakcją był uśmiech na twarzy pułkownika specnazu. – Jak podróż? Mam nadzieję, że dwójka pasażerów w dobrym zdrowiu i gotowa na spotkanie przeznaczenia. Nasz przyjaciel Konrad zadbał o szczegóły. Niedługo podpłynie transport po pana Morgana i jego przyjaciela. Nie zmieścimy się wszyscy w motorówce, a i wymogi bezpieczeństwa nakazują się rozdzielić.

– No to usiądźmy i wypijmy po piwie – zasugerował Cewi, a po pierwszych łykach opowiedział o swojej taktyce.

Pomysł odmiennego traktowania każdego z więźniów spodobał się gościom i postanowili dalej go realizować. Ledwie zdążyli wypić piwo, gdy kapitanowi zasygnalizowano, że do frachtowca zbliża się pomalowany w fantazyjne kolory kuter rybacki.

– To nasz transport dla więźniów – wyjaśnił Dominik. – Każdego umieścimy w osobnym pomieszczeniu, aby nie mogli się ze sobą kontaktować. W porcie rybackim opłaciliśmy kogo trzeba, więc z przemyceniem ich na brzeg nie powinno być problemów. Ale na wszelki wypadek na kuter przesiądą się Konrad i Gerard, a ty, Cewi, i Aleksander pojedziecie ze mną motorówką. Mam dla was obu kanadyjskie paszporty. W razie czego jesteście z pochodzenia Ukraińcami. Po drodze wytłumaczę wam, kim jest Konrad i pewien jego podwładny, którego niebawem poznacie.

Skutych więźniów z czarnymi kapturami na głowie opuszczono po kolei za pomocą specjalnych szelek na pokład kutra, który podpłynął pod samą burtę statku, i natychmiast zamknięto pod pokładem. Gerard i Konrad, pożegnawszy się z kapitanem Riepinem, opuścili frachtowiec po sznurowej drabinie. Chwilę potem to samo zrobili Dominik i jego goście, schodząc do motorówki. Zgodnie z rozkazami, jakie otrzymał kapitan Riepin, przez najbliższy tydzień frachtowiec miał krążyć wzdłuż brazylijskich wybrzeży.

Tnąc wodę niczym brzytwa, potężna motorówka pędziła w stronę Rio de Janeiro. Z każdą sekundą powiększała się niesamowita panorama miasta, które Cewi i Aleksander widzieli po raz pierwszy. Cokolwiek ich tam czekało, zbliżali się do ostatecznego rozwikłania zagadki zniknięcia generał Jekatieriny Iwanowej.

13 marca

Kiedy Morganowi zdjęto kaptur i pozwolono się rozejrzeć, natychmiast się zorientował, jakie jest przeznaczenie tego wyłożonego białymi kafelkami pomieszczenia, w którym go trzymano. Żeliwna wanna pełna wody i przedmioty ułożone na długim stole nie pozostawiały co do tego żadnych wątpliwości. Naprzeciw niego siedziało pięciu mężczyzn w czarnych kombinezonach i kapturach. Odkąd opuścił ładownię, spędził kilka dni w kajucie, na normalnym wikcie. Przez ten czas prawie doszedł do siebie, choć na pewno jeszcze nie odzyskał pełni sił. Nie czuł się dobrze.

– Program dnia jest następujący. Za chwilę kolega opowie ci, do czego służą znajdujące się tu przedmioty i jaki może z nich zrobić użytek. Następnie zadamy ci pytanie, na które lepiej, żebyś odpowiedział, bo w przeciwnym wypadku zrobi się nieprzyjemnie – wyjaśnił na wstępie Konrad płynną angielszczyzną, wprawiając Morgana w osłupienie.

Anglicy z Rosjanami? To niemożliwe! – przeszło mu przez myśl, tak jak kiedyś Denisowi Fargo w podobnej sytuacji w tym samym miejscu.

Nie miał jednak czasu na dalsze dywagacje, bo natychmiast podszedł do niego kwadratowy mężczyzna i zaczął mówić. Wykład Arnolda Holtza na temat zgromadzonych narzędzi tortur, jak zwykle metodyczny i precyzyjny, zajął jedynie kilkanaście minut. Był dopasowany do niewątpliwej wiedzy, jaką w tej materii już posiadał przesłuchiwany. Gdy dawny „inkwizytor SS" zakończył, stanął w gotowości obok Morgana.

– Pytanie, na które poszukujemy odpowiedzi, jest następujące: co się stało z generał KGB Jekatieriną Iwanową? – odezwał się Cewi, patrząc więźniowi w oczy.

Więc jednak o nią chodzi, nie myliłem się! – pomyślał Morgan.

Wiedział, że jeżeli nie chce zaszkodzić Van Vertom, musi zatrzymać prawdę dla siebie. W końcu to im zawdzięczał całą dotychczasową karierę i dobre życie. Postanowił zatem nic nie mówić i stawić czoło przesłuchaniu, jak tylko pozwolą mu na to siły. Nie wątpił, że kwadratowy mężczyzna jest ekspertem w swoim fachu.

– Nigdy nas sobie nie przedstawiono, więc trudno mi odpowiedzieć na to pytanie – odparł, mieszając prawdę z fałszem.

Konrad skinął głową na Arnolda, który pochwycił Morgana w swoje potężne ramiona i z pomocą Dominika i Gerarda przystąpił do podtapiania go w żeliwnej wannie. Po każdym zanurzeniu stawiali na podłodze żelazne krzesło z przywiązanym do niego i z trudem łapiącym powietrze mężczyzną, a Cewi ponawiał pytanie. Wciąż bez rezultatu. Po prawie dwóch godzinach Konrad zarządził krótką przerwę. Przesłuchiwanemu założono na głowę kaptur, a przesłuchujący zdjęli swoje i przeszli do innej części pomieszczenia, gdzie zasiedli wokół drugiej żeliwnej wanny, pełnej lodu i butelek z piwem. Arnold otwierał butelki i wręczał je pozostałym.

Ed, siedząc w swoim pomieszczeniu, w napięciu oglądał spektakl podtapiania na ekranie telewizora przemysłowego podłączonego kablem do kamery wycelowanej w Morgana. Raz po raz zadawał sobie pytanie, czy to, co widzi, dzieje się naprawdę. Był przerażony, a po twarzy ciurkiem ściekały mu krople potu.

– Napij się piwa, Ed – rzekł zakapturzony major KGB, podając więźniowi otwartą butelkę. – Zaraz twojego kolegę potraktują prądem, więc musisz się wzmocnić, bo widok podtapiania to przy tym nieszkodliwa zabawa.

Jak na komendę pijący piwo odstawili puste butelki i zajęli miejsca wokół Morgana. Założyli kaptury, a Arnold odsłonił głowę więźnia, zdarł zeń ubranie i zaczął podłączać do akumulatora różne części jego ciała. Skończywszy, stanął obok w gotowości.

– To samo pytanie, panie Morgan – odezwał się Konrad nienaganną angielszczyzną. – Odpowiadamy czy cierpimy?

Odczekał cierpliwie pół minuty i nie usłyszawszy żadnej odpowiedzi, skinął głową na Arnolda.

Z ust Morgana wyrwał się przeraźliwy okrzyk bólu, który po chwili przemienił się w przeciągły skowyt. Milkł, gdy kwadratowy były esesman wyłączał prąd, a ponawiał ze zdwojoną siłą w momencie uruchomienia akumulatora.

Po kilkunastu minutach oglądania i słuchania tego, co działo się z Morganem, Ed odwrócił wzrok i próbował zatkać uszy, ale nie był w stanie wygłuszyć wrzasku torturowanego. Trząsł się niczym liść na wietrze i major Wozniesieński doszedł do wniosku, że powinien wyłączyć telewizor i przejść do następnej fazy.

– Posłuchaj mnie uważnie, Ed. Za godzinę lub dwie przestaną łaskotać twojego kumpla prądem i wezmą się za niego na poważnie. Jeden z przesłuchujących zacznie powoli obdzierać go ze skóry, jak owcę. Morgan pewnie nic nie powie i wtedy ci faceci przyjdą po ciebie. Nie będę mógł cię ochronić i podzielisz jego los. Dlatego radzę ci ratować samego siebie i powiedzieć, co się przytrafiło generał Iwanowej. Spójrz na to. – Major pokazał Edowi kopię zdjęcia operacyjnego FBI. – Śledziliście ją. My już sporo wiemy, ale musisz nam pomóc powiązać kilka faktów. Co się wydarzyło przy wozie meblowym?

– Ten wariat Morgan postrzelił ją w głowę przy próbie porwania – wykrztusił Ed po chwili. – Ale ona żyje...

Syn generał Iwanowej znieruchomiał ze wzrokiem wbitym w Eda, jakby słowa, które przed chwilą padły, nie w pełni do niego dotarły.

Więzień przełknął ślinę i kontynuował:

– Po postrzale zapadła w śpiączkę i do tej pory się nie wybudziła. Ukryliśmy ją w jednym ze szpitali, gdzie jest podtrzymywana przy życiu... Powiem wam w którym, pod warunkiem że mnie nie zabijecie. – Ed postanowił zawalczyć.

– Jeżeli mówisz prawdę, to dobijemy targu. Po co nam twój trup, Ed? Pójdę po swoich kumpli i opowiesz nam wszystko od początku, jak na spowiedzi.

Cewi nie wstydził się emocji, gdy usłyszał od syna najnowszą informację. Odszedł na bok, żeby otrzeć łzy. Szybko jednak się ogarnął.

Torturujący Morgana zostawili go pod strażą Arnolda i poszli wysłuchać Eda, który w ciągu dwóch godzin potwierdził wszystko, co do tej pory usłyszeli od Koli Macenowa, po czym przeszedł do szczegółów decyzji Martina Van Verta o porwaniu generał Iwanowej.

– Martin był i jest przekonany, że generał wie o czymś, co może mieć istotne znaczenie dla jego bezpieczeństwa, a być może nawet dla bezpieczeństwa całego rodu. Chciał z nią o tym porozmawiać i wyjaśnić, dlaczego doprowadziła do śmierci Sanmartina i Lodgera, jak nam powiedział wielki Rosjanin. Żeby mieć jak najmniej świadków uprowadzenia, Morgan uparł się, że poradzimy sobie z nią we dwóch. Ale ona stawiła mocny opór, na co wyjął spluwę i przystawił jej do głowy. Myślał, że w ten sposób sparaliżuje ją strachem, ale broń wypaliła i pocisk utkwił w głowie Iwanowej. Kiedy osunęła się na ulicę, byliśmy przekonani, że nie żyje. Wrzuciliśmy ją do wozu meblowego i odjechaliśmy. Wtedy okazało się, że jednak żyje, i Martin załatwił umieszczenie jej w jednym ze szpitali. Mógł kazać ją dobić, ale nie chciał mieć na koncie zamordowania generał KGB. Od tamtego czasu nie zaznał chwili spokoju, wiedząc, że nie spoczniecie, póki nie wyjaśnicie sprawy do końca. I sądząc po mojej sytuacji, miał rację. Dziwię się, że jeszcze nie oszalał… To wszystko, co wiem, panowie. Nie mam zamiaru umrzeć za Martina Van Verta i arogancję Morgana. Zaprowadzę was do generał Iwanowej, jeśli w zamian darujecie mi życie.

– Kto jeszcze wie, gdzie ona się znajduje? – zapytał nagle major Wozniesieński, sprawiając wrażenie człowieka, który stara się coś sobie przypomnieć.

– Tylko nasza trójka. Martin, Morgan i ja. Martin nikomu nie powiedział o incydencie z generał. Ani członkom rodu, ani żonie… nikomu. Nigdy nie widziałem go w takiej panice i odkąd was poznałem, rozumiem dlaczego. Ale tylko Morgan i ja wiemy, w której sali leży generał Iwanowa. Martin nie zaprzątał sobie głowy takimi detalami. Dogadamy się?

– Musimy się naradzić, moi koledzy i ja. Poczekaj tu grzecznie. Niedługo wrócimy – rzekł major, sygnalizując w ten sposób pozostałym, że ma im coś do powiedzenia.

Zostawili Eda pod opieką ludzi Konrada i udali się do tej części magazynu, gdzie stała wanna z piwem. Zdjęli kaptury i każdy wziął po butelce. Oczy wszystkich skierowały się na majora KGB.

– Chyba mogę zgadnąć, gdzie ukryto generał Iwanową. Przez ostatnie kilka miesięcy Martina, Morgana i Eda widziano w pewnym szpitalu na Long Island. Co najmniej dwa razy byli tam we trójkę, częściej tylko Ed i Morgan. Szpital nazywa się Pilgrim Psychiatric Center i jest usytuowany w Brentwood. To moloch, jeden z największych takich obiektów w Ameryce. Gdy ma się układy w dyrekcji, ukrycie w nim pacjenta to pestka, a skoro szpital jest na Long Island, to Martin musi mieć dojście do jego szefów.

– Czy oczy, które widziały całą trójkę w szpitalu, są wiarygodne, a jeżeli tak, to czy mogą zlokalizować w nim generał Iwanową, nie budząc podejrzeń? – zapytał Cewi z ostrożną nadzieją w głosie.

– Potwierdzam w obu przypadkach – odpowiedział major KGB możliwie enigmatycznie. – Muszę zaraz udać się na frachtowiec i uruchomić mechanizmy weryfikujące.

Nawet ojcu nie mógł ujawnić, kim jest Gladys Stone i jakie ma możliwości na terenie szpitala. Pamiętał jednak dobrze rutynową informację, którą oficer pionu nielegałów przesłała do centrali, zaskoczona obecnością Martina i jego ludzi w jej miejscu pracy. Gdy wizyty się powtórzyły, meldowała o nich za każdym razem, uznając, że mogą one mieć jakieś znaczenie. Tak jej podpowiadał instynkt operacyjny i wiele lat doświadczenia.

– Jeżeli twoje przypuszczenie jest słuszne i generał Iwanową rzeczywiście ukryto w Pilgrim Psychiatric Center, to wprawdzie nie jesteśmy już całkowicie zdani na Eda, ale dopóki jej nie znajdziemy, nie możemy zrezygnować z jego oferty. To on gwarantuje najszybsze i najpewniejsze dotarcie do generał Iwanowej – analizował Cewi, patrząc na zebranych. – Trzeba bezzwłocznie płynąć do Nowego Jorku i udać się do tego szpitala. Eda weźmiemy ze sobą, więc podróż samolotem odpada, bo gotów nam umknąć. Musimy mu obiecać, że go puścimy, gdy doprowadzi nas do pokoju, w którym leży generał Iwanowa, bo tylko to się dla niego liczy. Ktoś ma inne zdanie?

– To jedyna słuszna opcja – przyznał Konrad. – Motorówka i kuter będą w gotowości, jak tylko przywołacie przez radio frachtowiec. Ale w takiej sytuacji Morgan nie jest wam już do niczego potrzebny...

– Osobiście wyrzucę go za burtę. Prawie zabił moją... – wyrwało się Cewiemu.

Dominik pospiesznie wszedł mu w słowo.

– Wyrzucenie za burtę to za mało dla tego skurwysyna. Zrobił krzywdę generał Iwanowej, ale targnął się też na Marię, podopieczną nas wszystkich, a zwłaszcza naszego przyjaciela Konrada. Wyczerpał w ten sposób limit draństwa i nie ma sensu targać go z powrotem na frachtowiec. Arnold i Gerard mają idealną okazję, by pozbyć się tego śmiecia raz na zawsze. Dobrze mówię, Gerardzie?

– Jak na kazaniu, przyjacielu. Czas nagli, Cewi, przeto powiem ci jedynie, że Morgana zjedzą żywcem piranie. Powoli i systematycznie.

Za pomocą przenośnej radiostacji Wozniesieński wywołał frachtowiec i zaczęto się sposobić do wyjazdu. Ed, poinformowany o przyjęciu jego oferty, odetchnął z ulgą i nie posiadając się z radości, dał sobie założyć kaptur i odprowadzić się do furgonetki.

– Co w takiej sytuacji stary Żyd może powiedzieć starym esesmanom? – Cewi stanął naprzeciwko Konrada, Gerarda i Arnolda. – Po prostu dziękuję.

Dominik wręczył wszystkim po lampce koniaku. Wypili i uścisnęli sobie ręce.

Dwie godziny później Ed, Cewi i jego syn byli już na pokładzie frachtowca. Wozniesieński nadał do centrali KGB długi raport przeznaczony wyłącznie dla przewodniczącego Andropowa. We wnioskach sugerował, aby jak najszybciej zlecono nielegalnej oficer Gladys Stone ustalenie miejsca pobytu generał Iwanowej na terenie Pilgrim Psychiatric Center.

Wróciwszy motorówką do portu, Konrad i Dominik postanowili spędzić resztę dnia w towarzystwie pięknych lokatorek willi Kurta. Zbliżał się wieczór, więc pora ku temu była odpowiednia. Zwłaszcza przed planowanym nazajutrz powrotem do Europy.

Gerard i Arnold, zszedłszy z kutra, którym odwieźli Eda na frachtowiec, wrócili do magazynu szalup ratunkowych, żeby napić się jeszcze trochę koniaku i pogwarzyć z Morganem. Były wojskowy nadal siedział przywiązany do krzesła, bez ubrania i z kapturem na głowie, pilnowany przez dwóch ludzi Konrada grających w karty i popijających piwo. W miejscach, gdzie Arnold podłączał przewody od akumulatora, na ciele więźnia widoczne były oparzenia.

– Dawno się nie widzieliśmy, panie Morgan – zagaił Gerard głosem niewróżącym nic dobrego. – Po co chodziłeś ze swoim szefem do Pilgrim Psychiatric Center? Znasz tam kogoś?

W tym momencie Morgan zdał sobie sprawę, że przesłuchujący już go nie potrzebują i jedynie się nim bawią. Postanowił do końca trzymać fason.

– Darujcie sobie tę grę. Nic wam nie powiem. Szpital jak szpital, zapytajcie Martina Van Verta.

– Nie omieszkamy, panie Morgan. Teraz, gdy już go nie chronisz, z pewnością będzie łatwiej – odpowiedział Gerard. – Byłeś jak wrzód na dupie, ale dzisiaj go przetniemy. Mamy dla ciebie niespodziankę. Zobaczysz na miejscu. Jedziemy nad jeziorko.

Dopiero gdy został zamknięty w metalowej klatce, a Gerard wrzucił do wody kawał surowego mięsa, Morgan zorientował się, co go czeka. Byli esesmani zanurzali klatkę bardzo powoli i wycie jej lokatora, żywcem zjadanego przez krwiożercze ryby, długo pobrzmiewało w okolicznej dżungli.

19 marca

Wyjątkowo spokojny ocean i kunszt załogi sprawiły, że „Eliria" w niecały tydzień znalazła się kilkadziesiąt mil morskich od portu przeznaczenia.

Cewi wciąż się martwił, że zniknięcie Morgana i Eda skłoni Martina Van Verta do próby ukrycia Jany w innym miejscu.

– To nie takie proste – próbował uspokajać ojca Aleksander. – Wierzę Edowi, że Martin nie interesował się szczegółami i nie wie, w jakiej sali ona leży, bo zawsze miał od tego ludzi. I absolutnie nie sądzę, by starał się to ustalić. Musiałby przecież zrobić to osobiście. Pod jakim pretekstem? Przypuszczam, że Morgan i Ed wymyślili dla niej jakieś fikcyjne nazwisko, którego Martin pewnie nawet nie zna. On załatwił sprawę na szczeblu zarządu szpitala i jego rola na tym się skończyła. Po zniknięciu swoich ludzi będzie się trzymał od sprawy możliwie najdalej, bo chciałby o niej jak najszybciej zapomnieć.

– Nie da się ukryć, że to, co mówisz, jest całkowicie logiczne. Mamy jednak do czynienia z ogarniętym paniką człowiekiem, który niekoniecznie musi kierować się rozumem. Uspokoję się, jak ją zobaczę…

Ich rozmowę przerwał kapitan Riepin. Pojawił się na pokładzie, trzymając w ręce kopertę. Wręczył ją Wozniesieńskiemu.

– Szyfrogram z centrali, pilny! – oznajmił. – Z biura głównego szefa.

Cała trójka spojrzała po sobie w napięciu, ale i z nadzieją. Przewodniczący KGB nie przesyłał w ten sposób jedynie pozdrowień.

Major wyjął z kieszeni spodni osobisty szyfr i rozpoczął deszyfraż. Zajęło mu to kilka minut. Po chwili spojrzał z uśmiechem na śledzących z zapartym tchem każdy jego ruch i puściwszy do nich oko, oznajmił triumfalnie:

– Wiemy, gdzie jest generał Iwanowa. Mamy namiar na salę, kontrolujemy sytuację. Nikt obcy nie pojawiał się przy niej od wielu dni...

Potężny uścisk, jaki Cewi zaaplikował majorowi, nie pozwolił mu dokończyć zdania.

– No, majorze, dobra robota! – rzekł pułkownik specnazu. – Każę swojej drużynie przygotować się do akcji... Odbijemy generał Iwanową!

– Z całym szacunkiem, pułkowniku Riepin, ale w tej sytuacji musimy działać niezwykle ostrożnie. Waszym głównym zadaniem będzie wywiezienie jej z Ameryki, a moim dostarczenie na pokład. Pomogą miejscowi przyjaciele. Jak pan zauważył, są sprawni i kontrolują teren. – Cewi już w pełni odzyskał kontrolę nad swoimi emocjami. – Dobijmy jak najszybciej do nabrzeża, a wszystko zorganizuję. Czy mogę z radiostacji wysłać sygnał na ląd?

– Oczywiście. Krótki sygnał przepadnie w eterze, nie namierzą go. Proszę działać według uznania. Frachtowiec będzie gotowy do wyjścia w morze. Niedaleko od nas, na wodach międzynarodowych, znajduje się jeden z naszych niszczycieli. Jego załodze dam znać, że może być potrzebny do przyjęcia pacjenta. Mamy na pokładzie niezły gabinet lekarski, ale ich jest znacznie lepszy. Nie wiemy, w jakim stanie będzie generał Iwanowa.

– No to postanowione! – Major Wozniesieński odetchnął z ulgą, bo animusz Riepina z lekka go przestraszył. – Co w takiej sytuacji robimy z Edem?

– Musi poczekać do naszego powrotu. Nie mamy całkowitej pewności, że już na nic się nam nie przyda – odpowiedział były zastępca szefa Mosadu.

Tym razem frachtowiec zacumował przy innym nabrzeżu, ale w tej samej części portu. Po kilku minutach przy burcie zatrzymał się czarny ford prowadzony przez Marikę. Cewi i Wozniesieński zeszli z pokładu i wsiedli do samochodu. Nie wdając się w szczegóły, wyjaśnili Węgierce, że udało się ustalić okoliczności zniknięcia generał Iwanowej i miejsce jej pobytu. To samo powtórzyli Lankerowi, gdy dotarli do jego ulubionej knajpy.

– Przede wszystkim, Cewi, przyjmij wyrazy współczucia, że właśnie ją musiało to spotkać – powiedział szef mafii żydowskiej. – Ale szczęście w nieszczęściu, że żyje. Wyciągniemy ją z tego szpitala, nie martw się. Moja organizacja też z niego korzysta, bo jest jak labirynt. Trudno kogokolwiek znaleźć, a łatwo ukryć. Mamy tam kilka kontaktów, zaraz je uruchomię. Marika je zna, więc zawiezie was do szpitala. Ja zorganizuję transport generał Iwanowej na frachtowiec. Na wszelki wypadek przygotujemy karetkę.

Przed wyjazdem do szpitala Cewi zadzwonił do rezydencji Dominika w Austrii, informując go ustalonymi kodami, co zaszło i dokąd się udają. Poprosił też o uprzedzenie

Malcolma Greya, żeby w każdej chwili gotów był przylecieć do Nowego Jorku.

Półtorej godziny później dwa samochody, którymi poruszała się czteroosobowa ekipa Mariki i jej goście, zajechały przed Pilgrim Psychiatric Center. Na parkingu czekał już znany Węgierce pracownik szpitala. Z kieszeni wyjął niezbędne przepustki.

– Kierowcy zostają przy pojazdach, reszta za mną. Prowadź do sali. – Marika szybko wydawała rozkazy, rozdzielając przepustki.

Kilometrowymi korytarzami przewodnik poprowadził całą grupę do sali, w której Cewi miał nadzieję nareszcie zobaczyć swoją ukochaną. Starał się nie myśleć, w jakim będzie stanie. Najważniejsze było ją odzyskać. Tuż przed drzwiami, za którymi miała leżeć, pracownik szpitala szepnął coś na ucho Marice i zniknął.

– Goście i ja wchodzimy do środka, a wy dwaj czuwacie na zewnątrz. Idziemy. – Węgierka wydała ostatnie polecenia i otworzyła drzwi do sali numer tysiąc.

Na masywnym łóżku szpitalnym, podpięta do skomplikowanej aparatury medycznej podtrzymującej funkcje życiowe, leżała generał Jekatierina Iwanowa. Na głowie miała niewielki opatrunek. Z zamkniętymi oczami i pogodnym wyrazem twarzy sprawiała wrażenie, jakby spała zwyczajnym zdrowym snem. Na fotelu obok łóżka siedziała pielęgniarka i czytała tomik poezji Williama Wordswortha. Na widok przybyłych wstała, ale nie odezwała się ani słowem. Podczas gdy Cewi i Marika podeszli do łóżka, Aleksander Wozniesieński zacytował szeptem fragment poezji:

– She was a Phantom of delight, when first she gleamed upon my sight...

Pielęgniarka uśmiechnęła się smutno. Dla majora tomik był znakiem rozpoznawczym, a cytat z wiersza Wordswortha hasłem.

– Nie jest dobrze – odezwała się szeptem. – Wprawdzie kulę wyjęto, ale naruszyła mózg. Prawda jest taka, że lekarze w każdej chwili obawiają się najgorszego. W mojej ocenie transport jest niemożliwy.

Cewi patrzył na nieruchomą twarz Jany i przypomniała mu się ich niedawna podróż do Szwajcarii w poszukiwaniu wspólnego domu. Wziął prawą dłoń ukochanej w swoje dłonie i delikatnie uścisnął. Był przekonany, że odwzajemniła uścisk, a na jej twarzy pojawił się cień uśmiechu i... tak pozostał. Jeden z miarowo do tej pory pracujących aparatów zaczął wydawać przeciągły dźwięk, a sinusoidalny wykres na ekranie przekształcił się w linię ciągłą. Do łóżka natychmiast podeszła pielęgniarka. Zaczęła mierzyć puls pacjentki i sprawdzać pozostałą aparaturę. Po dłuższej chwili odkaszlnęła i spojrzała na Cewiego i majora Wozniesieńskiego.

– Nie żyje – oznajmiła. – Bardzo mi przykro. Do rana pozostanie na terenie szpitala. Musicie już iść.

– Dziękuję, Gladys – odpowiedział major KGB i pocałował twarz matki.

To samo zrobił oficer Mosadu, kolejny raz rozstając się z Janą, tym razem na zawsze.

Czekała tylko na naszą wizytę – pomyślał.

Wyszli na korytarz. Jak spod ziemi pojawił się ich przewodnik i wyprowadził grupę na zewnątrz. Odkąd Cewi usłyszał, że Jana nie żyje, w ogóle się nie odzywał. Podobnie jak idący obok niego syn. Gdy znaleźli się na parkingu, milczenie przerwała Marika.

– Wiem, że była dla was ważna, i szczerze wam współczuję. Co robimy w takiej sytuacji? Możemy wynieść ciało ze szpitala i przemycić na pokład frachtowca.

– Nie ma takiej potrzeby – odpowiedział Cewi po chwili namysłu. – Chciałbym jak najszybciej dotrzeć do restauracji Abrahama i stamtąd zadzwonić w dwa miejsca.

– Za godzinę mamy być w knajpie na Lower East Side. – Marika rzuciła komendę kierowcy pierwszego pojazdu, wsiadając do niego wraz z oficerami wywiadu. Patrzyła ze współczuciem na Aleksandra Wozniesieńskiego, wiedząc, że szansa na wspólne zwiedzanie miasta właśnie wyparowała.

Malcolm Grey zadzwonił do gabinetu zastępcy szefa FBI i poprosił o połączenie z Gregiem Carsonem.

– Witam serdecznie, panie Carson. Będę jutro w Nowym Jorku i dobrze byłoby się spotkać. A tak na marginesie, ludzie dobrej woli mówią, że w Pilgrim Psychiatric Center w sali numer tysiąc zmarła właśnie kobieta, której pan poszukuje. Była pana koleżanką po fachu.

– Rozumiem. Bardzo przykro mi to słyszeć, ale jestem niezwykle wdzięczny za informację. Natychmiast się tam udam, jutro zaś jestem do pańskiej dyspozycji w swoim biurze, jak tylko pan wyląduje – odpowiedział Carson i wezwał sekretarkę. – Lecę do Big Apple, a ty zadzwoń do Białego Domu i postaraj się umówić spotkanie z prezydentem Nixonem za kilka dni. W cztery oczy.

Trzeba się spieszyć, zanim Tricky Dicky wyleci z roboty – pomyślał Carson, przypominając sobie, że nieco wcześniej tego dnia republikański senator James Buckley, do tej pory jeden z głównych sojuszników uwikłanego w aferę Watergate prezydenta, publicznie wezwał go, aby podał się do dymisji.

Spojrzał na zegarek. Zbliżała się dwudziesta druga.

Pierwszą osobą, która powitała Aleksandra i jego ojca na pokładzie „Elirii", był kapitan Riepin. W milczeniu wysłuchał ich opowieści, po czym wręczył Izraelczykowi swój służbowy pistolet – makarowa 9 mm.

Kiedy Cewi wszedł do kajuty Eda, ten spojrzał na niego z uśmiechem pełnym wyczekującej nadziei. Natychmiast jednak uświadomił sobie, że stojący przed nim człowiek nie ma kaptura na głowie, i uśmiech powoli zamarł na jego twarzy...

– Pilgrim Psychiatric Center, sala numer tysiąc. Nie żyje... Żegnaj, Ed! – rzekł Cewi.

Pocisk trafił Eda w środek czoła, zabijając go na miejscu.

Żołnierze specnazu błyskawicznie uprzątnęli zwłoki, a Riepin i dwaj oficerowie wywiadu udali się do kajuty kapitana, który wyjął butelkę bimbru ze śliwek i napełnił trzy kieliszki.

– Za poległych bohaterów!

Wypili i kapitan ponownie napełnił kieliszki, a Cewi przeszedł do omówienia dalszych działań.

– Wraz ze śmiercią generał Iwanowej misja „Elirii" w Nowym Jorku i wasza, panowie, dobiegła końca. Nie można nadużywać amerykańskiej cierpliwości. Ja zostanę w mieście i zajmę się najbliższą przyszłością Martina Van Verta. Dziękuję za profesjonalną współpracę, kapitanie Riepin, panu i pańskim ludziom. Bądź tak dobry, Aleksandrze, i odprowadź mnie do trapu.

Dochodziła północ i wokół panowała cisza jak makiem zasiał. Ojciec i syn oparli się o barierę pokładu i patrzyli na światła portu. Pierwszy odezwał się oficer Mosadu.

– Nie było nam dane się nią cieszyć. Los raz mi ją zabierał, raz oddawał, by znowu zabrać, ale dał mi ciebie, synu. Nie byłem dobrym ojcem, bo nie wiedziałem nawet, że istniejesz. Może życie pozwoli nam to nadrobić, jeżeli nie masz nic przeciwko temu...

– Oczywiście, że nie mam. Dla mnie ważne jest to, że matka kochała ciebie, a ty ją. Nigdy nie powiedziała o tobie złego słowa ani się nie skarżyła, że cię nie ma. Parę lat temu zauważyłem u niej widoczną zmianę. Zaczęła cieszyć się z życia, a nie żyć dla samej pracy. Teraz rozumiem dlaczego. Odżyła, gdy znowu się spotkaliście. Stała się inną kobietą. Często uśmiechała się sama do siebie, czego wcześniej nigdy nie robiła. Widziałem, że jest szczęśliwa. To dzięki tobie te jej ostatnie lata były takie. Zawsze będę ci za to wdzięczny, ojcze. Minione miesiące pozwoliły nam zbliżyć się do siebie. Z mojego punktu widzenia sprawdziłeś się w walce i jestem dumny, że mogłem brać w tym udział u twojego boku. – Major Wozniesieński objął ojca i mocno go uściskał, po czym z kieszeni kurtki wyjął piersiówkę bimbru i napili się z metalowego kieliszka. – Co zamierzasz?

– To, co z grubsza uzgodniliśmy z przewodniczącym Andropowem, zakładając, że Jana nie żyje. Przekaż mu wraz z raportem z ostatnich wydarzeń, że teraz wdrożymy ten plan. Jutro spotkam się z lordem Greyem, a on z panem Carsonem z FBI. Wtedy ruszy machina, która, *inszallah*, zetrze Martina Van Verta w proch, a my i liczne grono ludzi dobrej woli będziemy temu kibicować. Kontaktujemy się jak zwykle przez Dominika. Płyńcie spokojnie i nie zapomnijcie pozbyć się Eda po drodze.

Ponownie się uściskali i major odprowadził ojca do samochodu, w którym czekała Marika.

– Dziękuję za pomoc, jestem twoim dłużnikiem. A zwiedzania miasta ci nie odpuszczę. Jeżeli nie tego, to innego. – Oficer KGB pocałował ją na pożegnanie.

Na chwilę przytuliła się do niego bez słowa i pogładziła go po twarzy.

20 marca

Tej nocy Cewi nie mógł spać. Myślał o szczęśliwych chwilach, które w ciągu ostatnich kilku lat dane mu było spędzić z Janą. Zasnął dopiero o piątej nad ranem i obudził się po dwóch godzinach, zaskakująco wypoczęty i gotowy do działania. Śniadanie zjadł z Mariką na lotnisku, oczekując na przylot Malcolma Greya.

– Witam, milordzie. Limuzyna z pięknym szoferem czeka. – Cewi nie mógł sobie odmówić tej krzty humoru.

Jadąc do hotelu Waldorf Astoria, opowiedział brytyjskiemu arystokracie wszystko, co się w ostatnich tygodniach wydarzyło.

Reakcja lorda Greya jak zwykle świadczyła o jego wielkiej klasie.

– Składanie ci kondolencji w związku ze śmiercią Jany byłoby trywialne, zatem proponuję złożyć hołd jej pamięci czynem. Ja też od wczoraj nie próżnowałem. Za dwie, trzy godziny spotkam się z Gregiem Carsonem, który powinien być właśnie w drodze do miasta po nocy spędzonej w Pilgrim Psychiatric Center.

Z hotelu Malcolm zadzwonił do nowojorskiego biura FBI, a pół godziny później zajął miejsce na tylnym siedzeniu czarnej limuzyny, która zatrzymała się przed wejściem do hotelu.

Carson wyciągnął dłoń na powitanie.

– To przyjemność gościć pana w Ameryce, nawet w takich okolicznościach. Ogromnie dziękuję za wczorajszy telefon i informację. Wracam właśnie ze szpitala w Brentwood i przyznam się, że dawno nie byłem tak wstrząśnięty. I wściekły. KGB to wprawdzie nasz najważniejszy przeciwnik i moi ludzie codziennie tropią ich agentów, ale FBI stoi w tym państwie na straży prawa. Nie zamierzam tolerować zabijania ich oficerów pod moim nosem. Mamy piękny dzień i proponuję spacer po Central Parku. Nie wątpię, że to, co pan powie, jeszcze bardziej mnie, *pardonnez-moi*, wkurwi, więc świeże powietrze wpłynie kojąco na stan moich nerwów.

Podczas przechadzki twarz Grega Carsona posępniała coraz bardziej, w miarę jak opowieść lorda Greya zbliżała się do smutnego finału.

– No tak – westchnął zastępca szefa FBI. – Od czasu pewnej sprawy, którą zajmowałem się wiele lat temu, Martin Van Vert niczego się nie nauczył. Wtedy również przyczynił się do nikomu niepotrzebnej śmierci. Zginęło dwoje młodych ludzi. Jak pamiętam, zabity mężczyzna był panu bliski jak brat. Tym razem miarka się przebrała. Mam nadzieję, że już nie ujdzie to Van Vertowi na sucho.

– Kobieta, która wówczas zginęła, też była mi bliska. Jest pan inteligentnym człowiekiem, więc z pewnością domyśla się pan wielu rzeczy, opuszczając na nie zasłonę taktownego milczenia. Dziękuję.

– Niekiedy bywa tak, milordzie, że gorszy jest wróg w naszych własnych szeregach niż ten po drugiej stronie. Tak jest w tym przypadku i nie wolno pozwolić, by niesprawdzone domysły odciągały nas od istoty sprawy. Zaraz wracam do Waszyngtonu. Jeszcze dziś o wszystkim dowie się prezydent Stanów Zjednoczonych. Proszę serdecznie pozdrowić ojca i sir Jamesa Gibbonsa.

Czarna limuzyna odwiozła lorda Greya do hotelu.

Tym razem prezydent Nixon przyjął Grega Carsona w swoim ulubionym gabinecie w Executive Office Building. Tu najlepiej mu się prowadziło rozmowy wymagające szczególnej koncentracji. Z milczącym niedowierzaniem słuchał długiej relacji, w której raz po raz przewijało się nazwisko Van Vert. W jednej chwili kiwał głową, nie kryjąc zgorszenia, by w następnej z niecierpliwą irytacją wybijać takt na oparciu fotela. Swoją narrację Carson ilustrował zdjęciami operacyjnymi FBI, na których uwieczniono generał Iwanową, Morgana, Eda, Kolę Macenowa i czarnego cadillaca Martina Van Verta.

– Gdyby pan nie był wysokim urzędnikiem FBI o doskonałej reputacji, to byłbym przekonany, że słucham scenariusza filmu sensacyjnego. Wykonał pan kawał dobrej roboty, tak jak pan obiecał. Jestem pod wrażeniem pańskiego profesjonalizmu, ale zarazem porażony tym, co pan mówi. Czy Rosjanie mogli już dokonać podobnych ustaleń?

– Nie mogę tego wykluczyć, panie prezydencie. Ale przynajmniej wiedzieliby ponad wszelką wątpliwość, że żadne amerykańskie czynniki oficjalne nie mogły maczać palców w zniknięciu i śmierci generał Iwanowej. Wręcz przeciwnie, praprzyczyną incydentu była zdrada, jakiej dopuścił się ich człowiek. Notabene pan Macenow zniknął z Nowego Jorku w dosyć tajemniczych okolicznościach. Na pewno nie skorzystał z żadnego amerykańskiego portu lotniczego. Ludzi Van Vertów, Morgana i Eda, też od dawna nikt nie widział.

– Rozumiem, że ciało generał Iwanowej zostało odpowiednio zabezpieczone i że będziemy mogli wydać je Rosjanom z należnymi honorami? Tyle przynajmniej mogę zrobić w tej sprawie, zanim Watergate mnie dopadnie – zauważył ponuro prezydent.

4 kwietnia

Do centrali FBI w Waszyngtonie wpłynęła przesyłka zaadresowana do rąk własnych Grega Carsona, który uznał jej zawartość za wystarczająco ważną, by poprosić o kolejną audiencję u prezydenta Stanów Zjednoczonych. Udzielono mu jej niezwłocznie w gabinecie w Executive Office Building.

– Zaczynam się obawiać spotkań z panem, drogi panie Carson. – Richard Nixon pozwolił sobie na rzadki ostatnimi czasy przejaw dobrego humoru. – Co za hiobowa wieść sprowadza pana w moje progi tym razem?

– Nie musi okazać się hiobowa, panie prezydencie, przynajmniej dla pana. To taśma filmowa. Dobrze by było, abyśmy obejrzeli ją wspólnie, bo może wymagać pewnych wyjaśnień z mojej strony. Pozwoliłem sobie zatem rozporządzić w pana imieniu chłopcami z tajnych służb, aby przygotowali odpowiedni sprzęt.

Film zawierał wypowiedzi Denisa Fargo opisujące operacje narkotykowe w Ameryce Południowej, nadzorowane przez Martina Van Verta, a służące pozyskiwaniu czarnej kasy dla CIA. Młody człowiek na filmie wyglądał na wypoczętego i zrelaksowanego. Mówił dużo i chętnie, z jego twarzy bił optymizm. Na początku projekcji Carson precyzyjnie objaśnił, kim jest główny aktor i jaką pełnił rolę w operacji kierowanej przez Martina. Prezydent oglądał film w milczeniu, od czasu do czasu coś zapisując na żółtych stronach dużego notatnika. Po skończonym pokazie spojrzał pytająco na Carsona, jakby oczekując rady lub sugestii.

– Przesyłkę nadano na terenie Nowego Jorku. Ale nie jest to jedyna kopia. Do filmu załączono informację, że dalsze trzy kopie skierowano do największych stacji telewizyjnych – CBS, NBC i ABC, a czwartą i piątą do dzienników „Washington Post" i „New York Times". Mimo potęgi rodu Van Vertów któreś z tych mediów może zdecydować się na publikację. Słyszałem, że następca Helmsa w Agencji, James Schlesinger, zaczął tam ostre czystki. Wprawdzie nieco je przyhamował obecny dyrektor Colby, co nie dziwi, bo wywodzi się z CIA, ale ta taśma da panu niezły środek perswazji w stosunku do niego, a gdyby została upubliczniona, to Agencję czeka swoiste katharsis…

– Nie przysporzy mi to nieprzespanych nocy. Na dobrą sprawę to oni mnie wykończyli… Lecz nie tylko ich czeka katharsis. Rodowi Van Vertów też się przyda. – Prezydent na chwilę się zamyślił. – Dziękuję panu za ten film i wszystko, co pan ostatnio robił na moją prośbę. Bardzo mi się przydadzą pana ustalenia. Czym mogę się panu odwdzięczyć? Proszę śmiało, nalegam!

– Funkcja zastępcy szefa FBI już mnie trochę wyczerpała. Za parę miesięcy zwalnia się stanowisko łącznika FBI w Londynie ze służbami naszych brytyjskich kuzynów…

– Świetny pomysł, świetne miejsce. Trudno mi sobie wyobrazić lepszego kandydata, panie Carson. *You've got it made!*

5 kwietnia

Cewi udał się do Paryża na spotkanie z Edytą Amschel.

Podjęła go wykwintną wczesną kolacją w prywatnej salce restauracji hotelu George V i z zapartym tchem wysłuchała jego opowieści. Gdy doszedł do momentu, w którym ściskał rękę nieprzytomnej Jany w sali numer tysiąc Pilgrim Psychiatric Center, była więźniarka Auschwitz nie mogła powstrzymać łez. Przeprosiła i wyszła na chwilę do toalety. Wróciła uspokojona, z wyrazem determinacji na twarzy.

– Wykończmy tych skurwysynów Van Vertów. Sprawnie blokujemy plan Victora dążący do pomnażania majątku rodu, ale to za mało, aby pomścić Janę. Przynajmniej jeżeli chodzi o mnie. Co więcej mogę zrobić?

– Przywiozłem ci kopię filmu z udziałem Denisa Fargo. Od lat przechowywaliśmy te taśmy w nowojorskiej synagodze zaprzyjaźnionego rabina, a przedwczoraj wysłaliśmy je do najważniejszych amerykańskich mediów, które z pewnością weryfikują teraz materiał, dzwoniąc do CIA i do samego Martina. Ród zatem przypuszczalnie już wie, co się święci, i użyje całej swojej mocy, aby zablokować jakiekolwiek publikacje. Ale ty i twoi znajomi też macie udziały w tych mediach i możecie przeciwdziałać próbom Van Vertów. Powierzam twojej decyzji, co zrobisz z kopią, którą ci przekazałem.

– Kiedy skończymy kolację, obejrzymy film razem, bo mogę mieć pytania. Następnie zadzwonię przy tobie do swojej przyjaciółki Katharine Graham, właścicielki „Washington Post", i zapytam, czy widziała już ten film i kiedy zamierza opublikować coś na jego temat. Ojciec Kate był finansistą i pochodził z przyzwoitej żydowsko-austriackiej rodziny, którą mój ród dobrze znał. Poza tym trzy lata temu weszli na giełdę i jestem ich znaczącym udziałowcem. Dogadamy się. Potem wykonam identyczny telefon do Sulzbergerów z „New York Timesa". To mieszanka żydowskiej i szkockiej krwi, a zatem inteligentni i odważni. Co najważniejsze, nie lubią Victora Van Verta. A żeby mieć absolutną pewność, przekażę kopię naczelnemu „Le Monde". Gdy najbardziej poważana francuska gazeta… nawiasem mówiąc, jestem jej ukrytym właścicielem… zacznie pisać o dokonaniach Martina Van Verta, wątek podejmą wszyscy.

– Zwrócę na niego uwagę przewodniczącego Andropowa, do którego wkrótce się wybieram. Wprawdzie prasa radziecka nie jest synonimem wolności mediów, ale mocno oddziałuje na Trzeci Świat.

– Koniecznie. Politycy to osobny temat do obróbki. Sama zacznę rozmawiać z Valérym Giscardem d'Estaing, bo najprawdopodobniej to on wygra najbliższe wybory i będzie kolejnym prezydentem Francji. Każę wykonać kolejne kopie i udostępnię je starannie wybranym ludziom wielkiej międzynarodowej finansjery. Potępią Martina nie za pozyskiwanie dla CIA czarnej kasy z obrotu narkotykami, bo to się mieści w ich kanonach funkcjonowania biznesu, lecz za to, że cały świat zaraz się o tym dowie. Uważają, że wszystko uchodzi, dopóki człowiek nie da się na czymś przyłapać. To prawie jak u was w wywiadzie. Wielkie rody zaczną unikać Van Vertów. Sukcesy zapewniają tłumy przyjaciół, porażki prowadzą do ich topnienia.

– Cel jest prosty – podsumował Cewi. – Tak mocno osaczyć Martina Van Verta, aby odechciało mu się żyć. Wznieśmy za to zwyczajowy toast rodaków Jany. Na pohybel!

13 kwietnia

W tym dniu sondaż Harrisa po raz pierwszy wykazał, że nieznaczna większość ankietowanych Amerykanów, 43 do 41 procent, opowiada się za usunięciem Richarda Nixona z urzędu. Prezydent zdał sobie sprawę, że jeśli chce jeszcze załatwić coś ważnego, to powinien się z tym pospieszyć. Z tego powodu zaprosił na wieczór Victora Van Verta. Nie przywitał się wylewnie ze swoim gościem ani nie zaproponował mu żadnego poczęstunku. Bez zbędnego wstępu przeszedł do sedna sprawy.

– Twój syn Martin i jego ludzie uprowadzili i postrzelili generał KGB Jekatierinę Iwanową, która przebywała w Stanach Zjednoczonych na paszporcie dyplomatycznym i nie prowadziła przeciwko naszemu państwu żadnych działań w najmniejszym nawet stopniu wykraczających poza jej status. Zbrodnię tę... nie waham się użyć takiego sformułowania, ponieważ w konsekwencji postrzału ofiara zmarła... popełniono w centrum Nowego Jorku, niemalże na progu ONZ, w którego dorocznej sesji Iwanowa brała udział. FBI dokonało niebudzących wątpliwości ustaleń i kontynuuje śledztwo. Czy zdajesz sobie sprawę, że w każdej chwili przedstawiciel ZSRR może wyjść na mównicę Zgromadzenia Ogólnego Narodów Zjednoczonych i opowiedzieć o tym szokującym incydencie całemu światu, oskarżając moją administrację o morderstwo polityczne?

Victor Van Vert słyszał już o krążących w świecie mediów kopiach filmu, w którym ktoś opowiada o starych sprawkach Martina z okresu CIA oraz czarnej kasie wywiadu. Nie przywiązywał do tego zbytniej wagi i nie zależało mu specjalnie na obejrzeniu nagrania. Była to dla niego przebrzmiała sprawa, która poskutkowała odejściem Martina z Agencji, poprzedzonym upokarzającą rozmową z prezydentem Kennedym. Ilekroć wracał do niej pamięcią, czuł głęboką satysfakcję z tego, co się później wydarzyło...

Sądził zatem, że Nixon w imię starej przyjaźni zechce go uprzedzić o potencjalnych kłopotach związanych z filmem, podać jakieś szczegóły i ewentualnie zasugerować rozwiązanie. Był jednak całkowicie nieprzygotowany na to, co usłyszał przed chwilą. Uderzenie obuchem w głowę nie oszołomiłoby go bardziej. Miał wrażenie déjà vu. Inny prezydent w tym samym Gabinecie Owalnym raczył go przed laty lekturą pewnego anonimu. Podobnie jak obecnie, gwiazdą omawianych wydarzeń również był Martin. I dzisiaj, tak jak wtedy, nie było powodu wątpić, że gospodarz spotkania mówi prawdę.

Czy mój syn postradał rozum? – pomyślał Victor.

Postanowił dowiedzieć się jak najwięcej o tej niewiarygodnej sprawie, zanim usłyszy wersję Martina.

– Co Martin mógłby mieć wspólnego z jakąś generał KGB tyle lat po odejściu z CIA? – zapytał. – Przecież znasz go, realizuje dla twojej administracji ważne misje w Wietnamie, to rozsądny chłopak.

– Mądrzy ludzie mówią, że z wywiadu nigdy się nie odchodzi. Nie wiem, jakie porachunki z przeszłości Martin ma z KGB. Ustali to śledztwo FBI. Jako prezydent Stanów Zjednoczonych muszę traktować zamordowanie generał KGB w Nowym Jorku jako sabotowanie, delikatnie mówiąc, naszych relacji z Rosjanami i polityki détente. Nie wiem, co można by zrobić gorszego, aby tym stosunkom bardziej zaszkodzić.

– Taka interpretacja to nadużycie! Nie przeczę, że polityka otwarcia na Chińczyków i Rosjan nie znajduje mojej aprobaty, ale Martin nie ma z tym nic wspólnego. Tych spraw nie należy łączyć. Zapewniam, że mój syn…

– Gdybym nie miał pewności, co zrobił twój syn, tobym ci o tym nie mówił, Victorze. Doceń, że cię uprzedzam, zanim przyjdzie po niego FBI. Pomogłeś mi zostać prezydentem i byliśmy przyjaciółmi. Dzięki mojej decyzji w sprawie złota wielokrotnie zwiększyłeś swój majątek. Ale odwróciłeś się ode mnie i zacząłeś działać na moją zgubę, bo nie odpowiadała ci polityka chińska i détente. Urząd prezydenta daje ogromne możliwości i ustaliłem sobie wiele rzeczy. Uknuliście z Helmsem mój upadek, do którego pewnie dojdzie. Gdybyś rozumiał współczesny świat, to wiedziałbyś, że nie można z niego wykluczyć miliarda Chińczyków ani setek milionów ludzi za żelazną kurtyną. Należy ich przyciągać, pokazując nasz styl życia. Lecz nie zamierzam ci robić wykładu, na to jest za późno. Na stoliku przed tobą, w żółtej kopercie, jest kopia filmu z niejakim Denisem Fargo, byłym współpracownikiem Martina. Posłuchaj, co ma do powiedzenia na jego temat. Kilka kopii trafiło do czołowych mediów, zatem prędzej czy później opinia publiczna pozna treść filmu. Potraktuj tę rozmowę i taśmę jako prezent pożegnalny. Przykro mi, że nasza znajomość tak się kończy. Żegnaj, Victorze.

Prezydent nie kwapił się z podaniem ręki, więc jego gość wziął żółtą kopertę i nic nie mówiąc, opuścił Gabinet Owalny.

Kamerdyner James, który siedział za kierownicą czarnego rolls-royce'a wyposażonego w telefon, oczekując na swojego pracodawcę, odniósł wrażenie, że w czasie tej wizyty Victor Van Vert postarzał się o kilka lat. Zmierzał do samochodu mocno przygarbiony, powłócząc nogami. James, widząc to, opuścił miejsce za kierownicą, otworzył tylne drzwi i dopilnował, aby nestor rodu bezpiecznie zajął miejsce z tyłu. Victor Van Vert siedział tak przez dłuższą chwilę, trawiąc w myślach to, co kolejny prezydent powiedział mu na temat jego syna Martina. Nixon nie miał już nic do stracenia, a waga sprawy generał Iwanowej była nieporównywalna z zawartością anonimu sprzed lat.

– Bądź tak dobry, James, i połącz się z Martinem, Frederickiem i Vickiem. Niech natychmiast przybędą do rezydencji na Long Island. Żadnych wymówek, sprawa niecierpiąca zwłoki. My też tam jedźmy.

Kiedy Victor Van Vert skończył relacjonować swoją rozmowę z prezydentem Stanów Zjednoczonych, spojrzenia wszystkich obecnych spoczęły na Martinie. Podobnie jak jego ojciec parę godzin wcześniej, tak i syn nie był przygotowany na to, co usłyszał. Odkąd Morgan i Ed zniknęli, instynktownie czuł, że coś może się wydarzyć. Łudził się jednak, że może to też oznaczać koniec tej koszmarnej sprawy.

Gorszy scenariusz nie mógł mu przyjść do głowy. Prezydent, na którym Van Vertowie postawili krzyżyk, właśnie poinformował nestora rodu, że wkrótce FBI przyjdzie po jednego z jego członków.

– Ta suka odpowiadała za śmierć Sanmartina i Lodgera – zaczął się tłumaczyć Martin, z trudem znosząc brzemię potępiających go spojrzeń. – Zamierzałem z nią jedynie porozmawiać i dowiedzieć się, o co jej chodzi. Skąd mogłem przypuszczać, że Morgan i Ed tak spieprzą sprawę? Przecież nie chciałem tego!

– Nieważne, czego chciałeś, Martinie – zabrał głos Frederick. – Szesnaście lat temu też nie chciałeś, żeby zginął pewien młody Polak i towarzysząca mu piękna Żydówka, a mimo to tak się stało. W przeciwieństwie do was zdążyłem już obejrzeć film z panem Fargo, który dwanaście lat temu rozpłynął się w Brazylii. Sprawia wrażenie niezwykle wiarygodnego świadka, co tym bardziej cię kompromituje. To medialny dynamit, który Richard Nixon wykorzysta, aby uruchomić proces wypruwania flaków z CIA i z nas przy okazji. Nie wiem, jak długo utrzyma się jeszcze na stanowisku prezydenta, ale na pewno wystarczająco, by wyrządzić nam wiele zła. Trzeba zacząć myśleć racjonalnie i zastanowić się, jak ograniczyć straty.

– Musimy liczyć się z tym, że nie uda nam się zablokować emisji filmu w telewizji ani publikacji prasowych – odezwał się Victor, choć mówienie przychodziło mu z trudem. – Jak mi donoszą życzliwi jeszcze ludzie, zbyt dużo kopii trafiło do zbyt wielu mediów. Rodzina Sulzbergerów nas nie znosi, więc ich „New York Times" zacznie się nad nami pastwić. Gdyby Nixon był po naszej stronie, to na jego polecenie FBI mogłoby zgarnąć wszystkie kopie jako materiał dowodowy i w pięć minut uzyskać sądowy zakaz wszelkiej publikacji na czas trwania śledztwa. Niestety, nie jest po naszej stronie i tu widzę największe zagrożenie dla Martina.

A teraz, synku, opowiedz nam wszystko od początku, bo prezydent wyjawił mi jedynie to, co chciał, a my musimy znać całą prawdę. Jak to się wszystko zaczęło?

Opowieść zajęła byłemu oficerowi CIA prawie godzinę. Victor Van Vert słuchał go ze spuszczoną głową i z narastającym współczuciem, ale jego brat Frederick aż kipiał ze złości.

– Twoja lekkomyślność w tej sprawie dorównuje jedynie niekompetencji Morgana i Eda! Wspomniałeś, że ten Macenow też zniknął z miasta. Musimy założyć, że wpadł w ręce Rosjan i złożył im wyczerpujące zeznania, obciążając cię po same uszy. A żeby nie było żadnych wątpliwości, Moskwa z wielką radością pozwoli FBI przesłuchać Macenowa. Kto wie poza tym, co i komu powiedzieli Morgan i Ed. Do tego ta taśma z Denisem Fargo, którą zaraz pozna cała Ameryka, a potem reszta świata… Przykro mi to powiedzieć, Martinie, ale jesteś skończony. Muszę cię odwołać z funkcji koordynatora amerykańskich struktur Ligi. Jak znam życie, to nasz stary przyjaciel Richard Nixon dopilnuje, abyś stał się głównym podejrzanym w śledztwie FBI wyjaśniającym śmierć tej Iwanowej. Nie mogę dopuścić do tego, aby objęło ono Instytut Erudycji i struktury Ligi. Źle się stało, że Nixon nie jest już po naszej stronie, a jeszcze gorzej – że domyśla się lub nawet wie, komu zawdzięcza swój upadek.

– Nie zmienimy tego i szkoda czasu na roztrząsanie sprawy – wydusił z siebie ze złością Victor. – Lepiej się zastanówmy, co możemy zrobić, żeby Nixon jak najszybciej podał się do dymisji i zastąpił go wiceprezydent, nasz przyjaciel Gerald Ford…

*

Kiedy Martin opuścił rezydencję, przystanął, żeby przez chwilę pomyśleć, i zachłysnął się świeżym powietrzem. Postanowił udać się do apartamentu w hotelu Pierre i przygotować żonę na to, co miało nastąpić.

Opowiedział jej wszystko ze szczegółami, dodając, że nie jest w stanie przewidzieć do końca, co się z nim stanie.

Maria słuchała z coraz większym zdumieniem. Trudno jej było uwierzyć, że tak inteligentny i doświadczony człowiek jak jej mąż wmanewrował się w równie skomplikowaną sytuację, z której nie było dobrego wyjścia. Nie współczuła Martinowi, za to w pełni sobie uświadamiała, dlaczego zawarła z nim znajomość i została jego żoną.

Czyżbym miała za sobą kolejny etap życia? – przyszło jej na myśl zupełnie jak wtedy w Rio de Janeiro, kiedy patrzyła na martwego Denisa Fargo.

Z miłością pomyślała o swoim dziecku i jego ojcu. Przeprosiła męża i udała się na spoczynek.

Martin sięgnął po alkohol.

14 kwietnia

Kiedy o dziesiątej rano do drzwi apartamentu zapukał Greg Carson w asyście dwóch agentów FBI, były oficer CIA miał potężnego kaca. Mimo to natychmiast rozpoznał człowieka, który zręcznie i z wielkim wyczuciem prowadził dochodzenie w sprawie bójki na tyłach dyskoteki Black Soul.

– Przykro mi, panie Van Vert, że widzimy się ponownie w takich okolicznościach, ale będzie pan musiał udać się z nami do siedziby Biura, gdzie formalnie przedstawimy panu zarzuty związane ze śmiercią niejakiej Jekatieriny Iwanowej, generał KGB. Mam obowiązek poinformować pana, że od tej chwili wszystko, co pan powie, może być wykorzystane przeciwko panu. Ma pan prawo zadzwonić do adwokata, któremu wolno do nas dołączyć.

– Łeb mi pęka, panie Carson. Pozwoli pan, że wezmę jakąś odtrutkę i doprowadzę się do ładu.

– *Take your time.* Niestety, moi ludzie muszą panu towarzyszyć, takie mamy procedury. Dzień dobry, pani Van Vert. – Carson ukłonił się Marii, która od pewnego czasu przysłuchiwała się tej wymianie zdań.

– Przesadziłabym, mówiąc, że cieszę się, widząc pana, ale w tym całym nieszczęściu to chyba dobrze, że właśnie panu przypadła ta sprawa. Czy to coś bardzo poważnego?

– Wszystko na to wskazuje. Śmierć tej kobiety ma znaczące implikacje międzynarodowe i prezydent Nixon jest absolutnie zdeterminowany wyjaśnić sprawę do końca ku satysfakcji swojej i Rosjan. Niecodziennie generał KGB umiera w Ameryce w konsekwencji próby porwania. Niestety, musi się pani przygotować na trudny okres. Biorąc pod uwagę błogosławiony stan, w jakim się pani znajduje, może byłby wskazany wyjazd za miasto.

Martin spędził w nowojorskim biurze FBI większość dnia. Poinformowano go, że wraz ze swoimi podwładnymi, Morganem i Edem, jest podejrzany o kierowanie spiskiem, którego celem było uprowadzenie dyplomaty obcego państwa, a rezultatem śmierć Jekatieriny Iwanowej. Kierując się wagą sprawy, sąd wydał nakaz aresztowania Martina Van Verta, a na wniosek adwokata ustanowił kaucję w wysokości pięciu milionów dolarów.

Tymczasem Maria spokojnie przebrała się w elegancką luźną sukienkę, włożyła jasny wiosenny płaszcz i taksówką udała się na West Side do pracowni swojej przyjaciółki. Czekał tam na nią André Vol. Przez dwie godziny rozmawiali o rozwoju sytuacji, całowali się i przytulali. André raz po raz przystawiał ucho do brzucha Marii, ale jego lokator uparcie milczał.

– Co zamierzasz teraz zrobić?

– Chyba powinnam skorzystać z rady Grega Carsona i opuścić Nowy Jork – odparła. – Martin pewnie wyjdzie za kaucją, ale będzie miał tyle na głowie, że chętnie się zgodzi na mój wyjazd. Lord Malcolm Grey kiedyś obiecał, że osobiście oprowadzi mnie po niedostępnych dla zwykłych śmiertelników zakamarkach pałacu Buckingham.

– To ciekawe, bo mnie też to proponował.

Spojrzeli na siebie i wybuchnęli śmiechem.

19 kwietnia

W Instytucie Erudycji, ale także poza nim, Frederick Van Vert nie mógł opędzić się od telefonów przyjaciół z Ligi zaniepokojonych nagłą niesławą Martina i rodu z Long Island. Wśród dzwoniących był też leciwy lord William Grey, ale szczególnie zaskoczyło Fredericka wyraźnie wrogie nastawienie Edyty Amschel. Nie można było jej lekceważyć, bo wpływy rodu Amschelów w kręgach międzynarodowej finansjery były nie do przecenienia.

Podczas kolejnego przesłuchania w FBI Martin tłumaczył, dlaczego zależało mu na rozmowie z generał Iwanową.

– Dowiedziałem się, że ta kobieta przyczyniła się do śmierci byłych oficerów CIA, Sanmartina i Lodgera. Taką informację przekazał mi Kola Macenow, były szef ochrony stałego przedstawicielstwa ZSRR przy ONZ. Morgan i Ed mogliby to potwierdzić w charakterze świadków.

– Ale cała ta trójka jest nieuchwytna i nic nie może zeznać. Reasumując: nie ma pan żadnych dowodów na to, że generał Iwanowa miała cokolwiek wspólnego ze śmiercią pana kolegów. W końcu obaj zginęli w Wietnamie, podobnie jak wielu innych Amerykanów. A nawet gdyby pan miał takie dowody, to jeszcze nie byłby to powód, aby zlecić porwanie Iwanowej i doprowadzić do jej śmierci – zauważył ze stoickim spokojem Greg Carson.

Jeden z trzech adwokatów Martina z renomowanej firmy prawniczej Covington i Burling postanowił w tym momencie wkroczyć do akcji.

– A jakie FBI ma dowody na to, że mój klient cokolwiek komuś zlecił w sprawie generał Iwanowej i miał związek z jej porwaniem, nie mówiąc już o zgonie? – zapytał z przekąsem.

– Kilka dni po śmierci generał Iwanowej znalazłem w swojej poczcie film, na którym Ed opowiada, jak i dlaczego doszło do próby porwania i czyj to był pomysł. Rzeczoznawcy ocenili autentyczność filmu i stwierdzili, że nie poddawano go żadnym manipulacjom. – Greg Carson uśmiechnął się, widząc kompletne zaskoczenie na twarzach prawników i ich klienta. – Obejrzycie go w trakcie postępowania sądowego. Nie wiem, czy Ed zjawi się na sali rozpraw, aby potwierdzić swoje słowa, ale nie mam wątpliwości, że każdy sędzia dopuści ten film jako dowód, a każda ława przyjmie go bez zastrzeżeń, bo po ostatnich doniesieniach medialnych pańska wiarygodność gwałtownie stopniała. Ma pan trzech pełnomocników, panie Van Vert, i w związku z tym nie potrzebuje pan rady starego policjanta, ale na pana miejscu poszedłbym na układ z prokuratorem. Podda pan się karze za mniejsze przewinienie, odsiedzi kilka lat i wyjdzie za dobre sprawowanie…

– Van Vertowie nie siedzą w więzieniu, panie Carson. – W oku Martina Van Verta można było dostrzec błysk pogardy. – Takiej rady od pana nie potrzebuję!

– *Suit yourself* – odparł zastępca szefa FBI, którego zawsze zastanawiało, dlaczego wielcy tego świata nie potrafią dojrzeć nieuchronności upadku, nawet gdy jego zwiastun zagląda im prosto w oczy.

20 kwietnia

Kolacja, którą generał Andropow podjął w willi KGB byłego zastępcę szefa Mosadu i towarzyszącego mu Aleksandra Wozniesieńskiego, niedawno awansowanego na podpułkownika, nie miała sobie równych. Czarny kawior, najdelikatniejsze fois gras w sosie pomarańczowym i najlepsze polędwice wspierała bateria najprzedniejszych alkoholi. Przewodniczący KGB nalegał, aby jego goście zrelacjonowali mu całą operację raz jeszcze, detal po detalu, od początku do końca. Słuchał, z uznaniem kiwając głową, a gdy Cewi go poinformował, że spowiedź Eda na statku została potajemnie sfilmowana, a kopia wysłana do nowojorskiego biura FBI z przeznaczeniem do rąk własnych Grega Carsona – zaczął bić brawo.

– Prawdziwi zawodowcy! *Chapeau bas!* Ale ja też nie próżnuję, moi drodzy! Dwadzieścia cztery godziny temu Victor Van Vert miał ciężki zawał serca i jego stan jest krytyczny. – Tą wiadomością Andropow zaskoczył wszystkich swoich gości, także Wozniesieńskiego, który od dwóch dni zajmował się Cewim i nie miał dostępu do najnowszych informacji kamerdynera Jamesa przekazywanych przez Gladys Stone nowym, szybszym i efektywniejszym systemem łączności. – Jego brat Frederick ledwo dyszy i chodzą słuchy,

że też może długo nie pociągnąć... A Martin jest na najlep-
szej drodze do więzienia, biedaczek. Prasa amerykańska nadal go linczuje za jakieś stare grzeszki narkotykowe.

– Prezydent Nixon – odezwał się Cewi – okazał się wielkim wizjonerem w sprawach zagranicznych i najlepszym
partnerem, jakiego mogliście sobie wymarzyć. Niestety, na
własnym podwórku miał pecha trafić na wielu nielojalnych,
a niekiedy po prostu głupich ludzi. Śmierć generał Iwanowej to wyłącznie sprawa Van Vertów. Dlatego zamierzam
wrócić do Nowego Jorku i dopilnować, aby Martin nie wy-
winął się z opresji. Nie możemy przecież spierdolić tej sprawy na finiszu, że się tak wyrażę.

– Nie możemy, w żadnym wypadku. Jeśli potrzebuje pan
frachtowca kapitana Riepina z jego ludźmi i podpułkownika Wozniesieńskiego, to zaraz wydam dyspozycje...

– Dziękuję, panie przewodniczący, wystarczy mój miejscowy specnaz, ale pan Wozniesieński mógłby się przydać...

21 kwietnia

Nad ranem kamerdyner James stwierdził, że nocujący w rezydencji Frederick Van Vert doznał nagłego wylewu krwi do mózgu i skonał. Ponieważ tej samej nocy Victor zmarł w prywatnej klinice, do której przewieziono go dzień wcześniej, Maria postanowiła przerwać europejską podróż i wrócić do Nowego Jorku, by dodać otuchy mężowi, niespodziewanie pozbawionemu swoich najlepszych i najwierniejszych doradców. Udział w podwójnym pogrzebie zapowiedział lord Malcolm Grey.

Na wieść o śmierci Victora i Fredericka Van Vertów czym prędzej do Nowego Jorku wyruszyli też Cewi i Aleksander, każdy osobną trasą. Ten ostatni podróżował pod zmienionym nazwiskiem i tożsamością, posługując się odpowiednio dopasowanymi dokumentami. Na miejsce kontaktowe wyznaczyli sobie ulubioną knajpę Abrahama Lankera na dolnym Manhattanie.

27 kwietnia

Przejmująco chłodny, deszczowy dzień nie był łaskawy dla uczestników konduktu pogrzebowego. Bracia Van Vertowie spoczęli w rodzinnym grobowcu na niewielkim cmentarzu parafialnym nieopodal rezydencji, na którym od pokoleń chowano członków rodu. Decyzją Martina i Vicka uczestnictwo w uroczystości pogrzebowej ograniczono do najbliższej rodziny i dosłownie paru wybranych gości, wśród nich lorda Malcolma Greya i Andrégo Vola. Nieobecna była córka Martina, która nadal przebywała w specjalistycznym ośrodku medycznym. Na chwilę pojawiła się żona prezydenta Nixona, Pat, i złożywszy kondolencje, odjechała.

Po umieszczeniu trumien w grobowcu i krótkim przemówieniu Vicka, bo Martin nie czuł się na siłach zabrać głosu, żałobnicy przemieścili się do rodowej rezydencji. Jedynie Vick pojechał do swojego biura na Manhattanie, aby dać mocny sygnał Wall Street, że mimo śmierci nestora i jego brata interesy rodu nadal znajdują się w kompetentnych rękach. Maria, André i Fred udali się na basen, żeby rozgrzać zmarznięte ciała.

Martin i Malcolm zasiedli w fotelach klubowych w bibliotece, a kamerdyner James podał gorącą herbatę z rumem.

– Jestem skończony, Malcolmie. Niespodziewanie umarli ludzie, na których wsparcie i radę najbardziej mogłem liczyć, z powodu niekompetencji Morgana i Eda jestem ścigany przez FBI, a do tego media rozdzierają mnie na kawałki, bo Denis Fargo nie potrafił utrzymać języka za zębami. Lodgerowi chyba słusznie należała się kulka za to, że mi go podsunął. To jakiś koszmar! Co ja mam robić? – zżymał się Martin. – Jak to możliwe, że wszystko nagle przybrało taki fatalny obrót? Przecież to my zawsze kontrolowaliśmy sytuację!

– Fakt, sprawy się skomplikowały – przyznał Malcolm, patrząc bez litości na człowieka odpowiedzialnego za śmierć Jana Ratza, niemal jego brata, i siostry swojej ukochanej. – Obawiam się jednak, że to nie koniec złych wiadomości. Liga Rodów upoważniła mnie do przekazania ci informacji, że ród Van Vertów musi na okres przejściowy zawiesić swoje członkostwo w jej strukturach. Na czele struktur amerykańskich stanie inna familia. To kwestia niecierpiąca zwłoki, więc musiałem ci to powiedzieć.

Nie uznał za stosowne dodać, że do czasu wyłonienia takiej familii Ligą będą zarządzać Greyowie i Amschelowie. Edyta właśnie przebywała w Londynie, prowadząc konsultacje ze starym lordem Greyem i przedstawicielami najważniejszych rodów.

Martin Van Vert potakiwał głową, jakby ta sprawa miała dla niego trzeciorzędne znaczenie. Bez trudu można było odgadnąć, że najbardziej absorbują go w tym momencie własne kłopoty.

– To jeszcze nie koniec świata, Martinie. Masz młodą piękną żonę z dzieckiem w drodze i nadal jesteś jednym z najbogatszych ludzi w Ameryce i na świecie. Musisz wziąć się w garść! Pozostanę w Nowym Jorku kilka dni i postaram się znaleźć jakieś rozwiązanie twojej trudnej sytuacji życiowej…

Z rezydencji Van Vertów Malcolm udał się wynajętym samochodem do hotelu Plaza, w którym się zatrzymał. Wziął kąpiel, zmienił ubranie i klucząc po mieście, dotarł po dwóch godzinach do knajpy Abrahama Lankera, w której był umówiony z Cewim i podpułkownikiem Wozniesieńskim.

– Twoje główne zadanie na jutrzejszy wieczór, Malcolmie, to namówić Martina Van Verta, aby podjął cię kolacją na Long Island – powiedział Cewi. – Umożliwi to zaufanej osobie podanie mu do posiłku bardzo ciekawego preparatu rodem z brazylijskiej dżungli, który po godzinie powoduje wylew krwi do mózgu. Przywiózł go kiedyś Dominik specjalnie dla Wuja Tomasa. Ten cudowny środek przeleżał się trochę w synagodze u zaprzyjaźnionego rabina, a ostatnio zaserwowano go Frederickowi Van Vertowi z równie dobrym skutkiem. Nie pozostawia żadnych śladów, o czym świadczą niebudzące jakichkolwiek podejrzeń zgony Wuja Tomasa i Fredericka.

– Myślę, że da się to załatwić. Ale nie wierzę, że pozwolicie Martinowi opuścić ten świat bez pożegnania. Jesteście za dobrze wychowani, żeby popełnić takie *faux pas*… Co knujesz, Cewi?

– Zanim Martin dostanie wylewu, odwiedzimy go razem z Aleksandrem. Przedstawimy się i opowiemy mu, dlaczego musi umrzeć. A zaczniemy od zabójstwa Inez i Ratza przed hotelem Algonquin. Dowie się, kim jest Maria i dlaczego za niego wyszła. Macenow zdążył mu już powiedzieć, na czyje polecenie zginęli Sanmartino i Lodger, więc my to jedynie potwierdzimy, ale wyjaśnimy, że Ratz był przyrodnim bratem generał Iwanowej. Na koniec dowie się, że dziecko, które nosi Maria, nie jest jego, lecz Andrégo Vola, syna Jana Ratza. Będzie jednak uważane za jego potomka, co umożliwi Marii i Andrému przejęcie należnej części majątku Van Vertów, a to powinno Martina szczególnie ucieszyć. Zastanowimy się, co zrobić z jego bratem i synem. Córkę zostawimy w spokoju, bo wydaje się nieszkodliwa. Czy coś pominąłem? Uważasz, że należy dodać jakieś szczegóły?

– Oczywiście! Sam mu powiem, że Inez poznałem w Polsce, bo była częścią organizacji, która ocaliła mi życie, i ukochaną jej szefa, a siostra Inez jest moją kobietą. Uzmysłowię mu, że przez te wszystkie lata ciężko pracowałem na ten moment. A ty, Aleksandrze, dodasz parę słów od siebie?

– Tak – odpowiedział podpułkownik KGB. – Powiem mu, że generał Jekatierina Iwanowa była moją matką i że przyjechałem go zabić. Podobnie jak już to zrobiłem z jego stryjem Frederickiem. Nestor rodu, niestety, wyręczył nas, dostając zawału. Sądzę, że nasze opowieści mogą przyspieszyć wylew, więc musimy się streszczać. Jutro jest niedziela i kamerdyner James dopilnuje, aby cała służba wzięła sobie wolne. Zostanie wyłącznie niezbędna ochrona. Cewi i ja przyjedziemy z tobą, chowając się na tylnym siedzeniu. Wjedziesz do garażu, który będzie otwarty, i tam wysiądziemy niezauważeni. Nasz widok nie zdziwi Jamesa. Gdy Martin zejdzie z tego świata, wrócimy całą trójką do Nowego Jorku, co zajmie nam godzinę. Ty udasz się do hotelu Plaza, dokąd lada moment zadzwoni James z wieścią o niespodziewanej śmierci swojego pracodawcy. Policja jest w stanie ustalić czas śmierci jedynie w przybliżeniu, więc nikt się nie połapie, że James zadzwonił w godzinę od rzeczywistego momentu zgonu. Zresztą nie musiał od razu odkryć zejścia. Przejdziesz Piątą Aleją do hotelu Pierre, żeby podzielić się tą wstrząsającą wiadomością z Marią. Powiadomicie syna zmarłego i kogo tam jeszcze uznacie za stosowne.

– Świetny plan! Od Marii zadzwonię do pana Carsona, który niewątpliwie będzie zainteresowany tym zdarzeniem. Zaoszczędzi mu to dużo kłopotliwej pracy i pozwoli odtrąbić niewątpliwy sukces, jakim było rozwikłanie zagadki zniknięcia i śmierci generał Iwanowej.

28 kwietnia

Niedzielne przedpołudnie lord Grey spędził z Martinem i jego żoną w Muzeum Guggenheima. Były koordynator amerykańskich struktur Ligi sprawiał wrażenie nieobecnego. Maria wymieniała z brytyjskim arystokratą uwagi na temat najnowszych ekspozycji muzeum, ale w pewnym momencie poczuła się zmęczona i udała do apartamentu w hotelu Pierre. W tej sytuacji Malcolm bez trudu namówił Martina na wspólną kolację w rezydencji na Long Island. Po byłego oficera CIA przyjechał czarnym rolls-royce'em kamerdyner James, a Malcolm udał się na zwiedzanie kolejnego muzeum. Dopiero o osiemnastej był umówiony z Cewim i Aleksandrem w knajpie Abrahama Lankera.

Zjawił się tam jednak godzinę wcześniej. Przy jednym ze stołów siedzieli Marika, Cewi i jego syn oraz gospodarz. Popijali śliwowicę paschalną, przegryzając oliwkami. Widok Brytyjczyka nieco ich zaskoczył.

– Milordzie! Cóż za miła niespodzianka! Dołącz do nas, jeden kieliszek śliwowicy przed akcją ci nie zaszkodzi. – Cewi zaprosił Malcolma gestem ręki, jednocześnie nalewając trunek.

Lord Grey z tajemniczym uśmiechem zajął miejsce przy stole.

– Jestem posłańcem ciekawych wieści – oznajmił. – Kamerdyner James poinformował mnie, że godzinę temu Martin Van Vert strzelił sobie w głowę.

Słowa przybysza kompletnie zaskoczyły zgromadzoną przy stole czwórkę. Lanker znacząco uniósł brwi, a na jego twarzy pojawił się blady uśmiech starego człowieka, którego życie nie jest w stanie już niczym zadziwić. Ojciec i syn wymienili spojrzenia, a Marika napełniła cztery puste kieliszki.

– A niech to! Wiedział, kiedy uciec. Zaoszczędził nam zachodu, a sobie bolesnej prawdy. W sytuacji, w jakiej się znalazł, śmierć samobójcza to najbardziej wiarygodne wyjście – podsumował Cewi.

– To prawda. James poinformował już policję i brata zmarłego, a ja pana Carsona z FBI. Nie był zdziwiony. W drodze do was wpadłem do Marii i razem powiadomiliśmy Freda, syna Martina. On i André Vol natychmiast wyjechali z Cambridge i za parę godzin będą w Nowym Jorku – relacjonował Malcolm.

– To zemsta została dokonana! Szkoda, że nie ma z nami Dominika i Dolores. – Cewi wzniósł kieliszek.

– Nie jestem pewien, czy Dominik by się z tobą zgodził – zauważył lord Grey, który najlepiej znał sposób myślenia przemytnika. – Pozostał jeszcze majątek należny Martinowi z rodowej fortuny, który należy przejąć. Wtedy być może zemście stanie się zadość.

– To wypijmy za to i podziękujmy Bogu, że jest następne pokolenie, które się tym zajmie – odpowiedział były zastępca szefa Mosadu i zebrani wychylili kieliszki.

– Skoro Martin był uprzejmy pozbawić nas zajęcia, to może pozwiedzamy miasto – szepnęła Marika na ucho podpułkownikowi Wozniesieńskiemu, gdy reszta zajęta była sobą.

– Od czego zaczniemy? – odszepnął, patrząc wyczekująco w oczy byłej węgierskiej milicjantki.

– Najpierw pokażę ci, gdzie mieszkam.

30 czerwca

Dolores, Malcolm, André i Dominik zasiedli do niedzielnego obiadu w rezydencji w Schönbrunnie.

André razem z Fredem Van Vertem i Chalilem Malicharem ukończył właśnie studia na Uniwersytecie Harvarda. Na ostatnim roku do ich grupy karate shotokan dołączył postawny Pakistańczyk Imran Khan, który od razu przypadł całej trójce do gustu. Zanim wszyscy rozjechali się do domów, Fred zwierzył się Andrému, że złożył podanie o przyjęcie do CIA. Zostało pozytywnie rozpatrzone w błyskawicznym tempie dzięki specjalnemu poleceniu urzędującego dyrektora CIA Williama Colby'ego, który w czasie drugiej wojny światowej służył ramię w ramię z Martinem Van Vertem w OSS. Skierowany do ośrodka szkoleniowego CIA w Wirginii, czyli na „farmę", Fred zobowiązał przyjaciela do czuwania nad zdrowiem Marii i mającego się narodzić potomka. Vick zadbał o uregulowanie wszelkich spraw majątkowych po śmierci brata i wdowa weszła w posiadanie należnej jej masy spadkowej. W tej sytuacji André wyjechał na miesiąc do Europy na spotkanie z najbliższymi, zostawiając Marię pod opieką lekarzy i kamerdynera Jamesa, który na ten czas przeprowadził się z pustej rezydencji na Long Island do hotelu Pierre.

– Max też w tym roku kończy studia – zauważył Dominik podczas przedobiedniego aperitifu. – On zawsze lubił się uczyć. Co mój syn zamierza dalej? – zwrócił się do Dolores. – Zostanie może na uczelni?

– Nie. Pójdzie w moje ślady. Mosad potrzebuje coraz więcej analityków. Równoległy świat wywiadu się zmienia – odpowiedziała. – Chyba że nie chcesz, aby twój syn został szpiegiem?

– To jakaś epidemia! Fred, Max, wszyscy lgną do wywiadu. Może i ja się nad tym zastanowię… – wtrącił André całkiem poważnie.

– Jesteś synem brytyjskiego obywatela i bohatera wojennego, choć tylko my o tym wiemy. MI6 bez wątpienia by cię zagospodarowało… – zapewnił lord Grey.

– To nie najlepszy pomysł – odezwał się Dominik. – Max będzie świetnym analitykiem wywiadu. Natomiast tobie, André, karma co innego napisała na najbliższe lata. Musisz być przy Marii i swoim synu, o którym wszyscy myślą, że jest potomkiem Martina Van Verta. Przejmiecie po nim majątek i zobaczymy, co będzie dalej. Ponadto ja i Gerard potrzebujemy cię do pomocy w prowadzeniu naszych interesów. Jutro odwiedzimy go w Tyrolu i zobaczysz, na czym niektóre z nich polegają.

– Dominik ma rację, kochanie. Nie całe następne pokolenie musi trafić do wywiadu. – Dolores pocałowała Malcolma. – Ktoś musi być czyimś współpracownikiem i pilnować rodzinnego interesu…

8 sierpnia

Był to ostatni pełny dzień urzędowania Richarda Nixona jako prezydenta Stanów Zjednoczonych. Z samego rana podpisał nominację zastępcy szefa FBI Grega Carsona na stanowisko szefa biura łącznikowego FBI w Londynie oraz George'a Busha, milionera z branży naftowej i senatora republikanów, na szefa biura łącznikowego Stanów Zjednoczonych w Pekinie. Potem zaanonsowano wiceprezydenta i do Gabinetu Owalnego wszedł Gerald Ford.

Rozmawiali prawie godzinę.

– Jako odchodzący prezydent dam ci radę, Jerry. Wystrzegaj się fałszywych przyjaciół – rzekł w pewnej chwili Nixon i opowiedział swojemu następcy o machinacjach rodu Van Vertów. – Dobry Bóg ich pokarał, ale przyjdą następni i tych miej na oku. Przekaż tę radę kolejnemu prezydentowi Stanów Zjednoczonych.

Tego wieczoru Richard Nixon wygłosił przemówienie do narodu amerykańskiego, zapowiadając swoją rezygnację i tłumacząc, że nie ma już w Kongresie wystarczającego poparcia politycznego, by kontynuować prezydenturę. W rzeczywistości wzdragał się na samą myśl o udziale w wielomiesięcznej upokarzającej procedurze impeachmentu przed Senatem.

– Świetne przemówienie, panie prezydencie – ocenił Henry Kissinger, odprowadzając szefa do jego apartamentów. – Przejdzie do historii, podobnie jak pan.

– To zależy od tego, Henry, kto będzie pisał historię.

1975
29 kwietnia

Fred Van Vert obudził się w środku nocy, czując, że lada chwila pęcherz pęknie mu od nadmiaru piwa wypitego poprzedniego wieczoru z dwoma kolegami, którzy mocno chrapali w tym samym baraku na obrzeżach lotniska Tan Son Nut pod Sajgonem. Postanowił wyjść za potrzebą na dwór, bo smród bijący od niemytej przez wiele miesięcy barakowej ubikacji nie zachęcał do tego, by z niej skorzystać. Ciepła noc i świeże powietrze potwierdziły słuszność podjętej decyzji. Odszedł dwadzieścia metrów od baraku i zaczął sikać.

Nagły, nasilający się świst wyrwał go z błogiego uczucia ulgi spowodowanego przez opróżniający się pęcherz. W Wietnamie Południowym przebywał od paru dni, ale takiego dźwięku jeszcze nie słyszał.

– *What the fuck...* – zaczął mamrotać do siebie, strząsając ostatnie krople moczu, ale nie było mu dane dokończyć myśli.

W barak uderzyła rakieta wystrzelona z wyrzutni jednostki regularnej armii Wietnamu Północnego działającej w ramach wielkiego zgrupowania sił szykujących się do szturmu i zajęcia stolicy. Morze ognia zrównało barak z ziemią, a fala uderzeniowa wybuchu zmiotła Freda z nóg i nieprzytomnego wrzuciła do pobliskiego okopu, przykrywając wielkim płatem pofalowanej blachy. Rozpoczęło się rakietowe bombardowanie bazy. Z sąsiednich baraków wyskakiwali ludzie, chroniąc się w okopach.

Patrol kilkunastu transporterów opancerzonych pełnych marines, który zjawił się kilka godzin później, mógł jedynie teoretycznie potwierdzić zgon trzech Amerykanów, bo po baraku nie pozostało najmniejszego śladu. Nikomu nie przyszło do głowy, że któryś z nich mógł przeżyć. Marines ewakuowali więc paru Polaków z Międzynarodowej Komisji Nadzoru, którzy w trakcie ostrzału wybiegli we właściwym momencie z przyległego baraku, i konwój transporterów ruszył w stronę miasta.

– Cudzoziemcy są w naszej gestii. Zostają tu, natychmiast ich wyładować – zarządził dowódca plutonu spadochroniarzy południowowietnamskich, którzy tymczasem zdążyli naprawić szlaban u wjazdu do bazy i komenderowali ruchem. – Wy, Amerykanie, macie wykonać mój rozkaz, bo każę strzelać...

Dowodzący patrolem kapitan marines wyglądający z włazu pierwszego pojazdu nic nie odpowiedział, jedynie skinął głową w stronę celowniczego wielkokalibrowego karabinu maszynowego. Długa seria przecięła dowódcę spadochroniarzy na pół, raniąc jednocześnie kilku jego żołnierzy. Reszta przytomnie się wycofała, odprowadzając Amerykanów pełnym nienawiści wzrokiem.

Następnego dnia Sajgon padł i został przemianowany na miasto Hoszimin. Ewakuacja amerykańskiego personelu trwała do ostatnich chwil...

5 maja

Dopiero kilka dni później Vick Van Vert jako głowa rodu został zaproszony przez szefa CIA do Langley i oficjalnie powiadomiony, że Fred prawdopodobnie nie żyje. Nie było to rutynowe postępowanie. William Colby, pomny wspólnych lat walki ramię w ramię z Martinem Van Vertem, postanowił osobiście przekazać smutną wiadomość rodzinie poległego.

– Wysłaliśmy go do Sajgonu jeszcze przed zakończeniem kursu na „farmie", bo desperacko potrzebowaliśmy oficerów z dobrą znajomością francuskiego, a Fred spełniał ten warunek z nawiązką – tłumaczył szef Agencji. – Walki praktycznie już ustały i nie dało się przewidzieć takiego rozwoju sytuacji. Jest mi niezmiernie przykro, Vick.

Wieczorem Vick spotkał się w rezydencji na Long Island z Marią Van Vert i przyjacielem rodziny Andrém Volem.

– Nie jestem prawnikiem, ale gdzieś słyszałem, że jak bez trupa nie ma morderstwa, tak stwierdzenie zgonu bez ciała może być pochopne – zauważył André.

– Jest relacja kapitana marines. Jego zdaniem nikt nie mógł przeżyć uderzenia rakiety w barak – przypomniał Vick.

– A jeżeli Freda nie było w baraku, bo pojechał, powiedzmy, do miasta na dziewczyny i tam wpadł w ręce wroga?

– zapytał André. – To wprawdzie jedynie spekulacja, ale Fred może w tej chwili gnić w jakimś obozie dla Amerykanów i ich południowowietnamskich sojuszników, którzy nie załapali się na ostatnie helikoptery z dachu ambasady.

– Nie wiem, jakie możliwości ma jeszcze CIA na tamtym terenie, ale nawet gdyby tak było, to nie wydaje mi się, aby jej szef zamierzał wysłać do Wietnamu ekspedycję poszukującą zaginionych w akcji.

– W Europie chodziłem do szkoły z różnymi ciekawymi ludźmi. Pojadę tam na trochę, odnowię stare kontakty i zobaczę, co da się zrobić. Myślę, że Francuzi w dalszym ciągu mają w tej części Azji pewne wpływy – powiedział André, zawczasu myśląc o tuszowaniu prawdziwych kontaktów, które zamierzał w tej sprawie uruchomić.

– Jestem pełen podziwu dla twojej lojalności wobec Freda, André – wyznał Vick. – Ruszaj więc, a ja załatwię niezbędne fundusze na ten cel. Powodzenia. Przejdźmy jednak do przyjemniejszych spraw… Jak się sprawuje mój bratanek, Mario?

– Bez zarzutu – odparła ze śmiechem. – Został pod opieką Jamesa i Gladys, ale już za nim tęsknię. Chyba więc powinniśmy zacząć się żegnać…

Pod koniec sierpnia poprzedniego roku Maria urodziła syna. Żeby wykluczyć jakiekolwiek domysły, czyim jest dziedzicem, chłopcu nadano imię Victor po nestorze rodu Van Vertów. Młoda matka z ulgą stwierdziła, że urodę odziedziczył raczej po niej.

Dobrze, że nie jest na razie podobny do ojca – myślała. Może wzrost i figurę będzie miał po nim.

Wracając do hotelu Pierre nowym mustangiem André-go, zapytała:

– Dlaczego to robisz, kochanie? Nie mam nic przeciwko Fredowi, ale zawsze to o jednego Van Verta mniej.

– Fred nigdy nic złego nie zrobił ani tobie, ani mnie. Instynkt mi podpowiada, że żyje, i nie zamierzam zostawić go w potrzebie. Potraktuj to, kochanie, jako takie męskie dziwactwo.

– Vick miał rację, jesteś godny podziwu.

12 maja

Dominik ucieszył się z niespodziewanej wizyty Andrégo w Schönbrunnie. Kiedy jednak usłyszał, jaki jest jej cel, zareagował podobnie jak Maria.

André szybko uciął dyskusję.

– A ty dlaczego uratowałeś w czasie wojny tego pana? – zapytał, wskazując głową na Gerarda, który przysłuchiwał się rozmowie. – I jego synów?

– Chłopak ma rację. Fred okazał się w porządku, kiedy razem walczyli na tyłach dyskoteki – odezwał się były esesman. – A jeżeli młody Van Vert rzeczywiście gnije w jakimś dołku i jest szansa go ocalić? Widzę same korzyści!

– No dobrze, spróbujmy. Skoro tyle czasu pchaliśmy do Wietnamu lewe dolary, to może najwyższy czas samemu tam się przejechać. Jutro, André, poznasz człowieka, którego pomoc w takiej operacji będzie nieodzowna. To podpułkownik Aleksander Wozniesieński, syn przyrodniej siostry twojego ojca, więc jesteście spokrewnieni, przynajmniej w sensie formalnym. Wkrótce wraca do Moskwy, więc będzie mógł zrobić pewne ustalenia, bo ich wietnamscy przyjaciele, zdobywając Sajgon, zgarnęli kilkudziesięciu Amerykanów i przetrzymują ich jako zakładników. Jeżeli trafi na jakikolwiek ślad Freda Van Verta, to od razu się z nami skontaktuje…

– I co wtedy? Jak mu pomożemy? Muszę tam jechać, tylko ja go znam… – André wszedł Dominikowi w słowo.

– Cierpliwości, kolego, w naszym fachu to podstawa. Wtedy wszystko będzie zależało od dobrej woli przewodniczącego Andropowa, a ponieważ operacja z fałszywymi dolarami została przez niego oceniona jako niezwykle pożyteczna, więc przypuszczam, że gotów będzie dać nam zielone światło.

19 maja

Wiadomość od podpułkownika Wozniesieńskiego sugerowała im przyjazd do Moskwy. Czujny jak zwykle Dominik doszedł do wniosku, że André powinien odbyć tę podróż pod zupełnie nową tożsamością, i poprosił Gerarda o przygotowanie stosownego zestawu dokumentów. Aleksander odebrał ich z lotniska i zawiózł do willi KGB, w której mieli zanocować. Gdy usiedli w salonie, gospodarz poczęstował ich gruzińskim koniakiem i zaczął relacjonować.

– Fred Van Vert nie zginął w bazie Tan Son Nut. Jakimś cudem ocalał z baraku trafionego rakietą. Jego nazwisko figuruje na zbiorczej liście Amerykanów ujętych w Wietnamie Południowym po trzydziestym kwietnia. Problem polega jednak na tym, że nie znaleziono go w żadnym z obozów ani więzień armii Północy, która tą listą dysponuje...

– Co to oznacza, Aleksandrze? Przecież Wietnamczycy z Północy kontrolują cały obszar Wietnamu Południowego. Mysz nie zrobi tam kupy bez ich zezwolenia – odezwał się Dominik.

– Ja też tak sądziłem, ale jak zwykle prawda jest trochę bardziej skomplikowana. Bazę i lotnisko atakowały wtedy zarówno regularne jednostki armii północnowietnamskiej, jak i oddziały Wietkongu. Wszystko wskazuje na to, że naszego amerykańskiego przyjaciela zagarnął Wietkong. Poinformował o tym naczelne dowództwo i dlatego nazwisko odczytane z plakietki figuruje na liście, ale w jakiej norze Fred fizycznie wegetuje i gdzie ona jest, tego na razie nikt nie wie…

– Spójrzmy na sprawę pozytywnie. – Dominik pragnął podnieść Andrégo na duchu. – Pierwsza dobra wiadomość to ta, że obiekt naszych poszukiwań żyje. Pewnie marnie, ale jednak. Jaka jest kolejna dobra wiadomość, Aleksandrze?

– Generał Andropow zadzwonił dziś rano do swojego przyjaciela, generała Vo Giapa, ministra obrony Wietnamu Północnego, głównego stratega wietnamskich wojen partyzanckich i zwycięzcy spod Dien Bien Phu. Zapowiedział nasz przyjazd. Jutro, drodzy panowie, lecimy transportem wojskowym do Hanoi na spotkanie z legendą…

21 maja

Legendarny dowódca, któremu towarzyszył oficer w randze generała, przyjął ich w siedzibie Ministerstwa Obrony przed południem, dzięki czemu trzej przybysze mogli się wyspać po długim, wymagającym międzylądowania w Kabulu locie.

– Zanim przejdziemy do omówienia celu waszej podróży – zagaił generał Vo Giap, gdy usiedli przy stole i podano herbatę – pozwólcie, że podziękuję wam za operację z fałszywymi dolarami. Przewodniczący Andropow był łaskaw mnie poinformować, że jesteście jej autorami. Gratuluję, bardzo pomysłowa. A teraz czy możecie mi powiedzieć, dlaczego chcecie uratować tego młodego Amerykanina?

Nikt z gości nie spodziewał się takiego pytania, ale skoro padło, spojrzenia Dominika i Aleksandra spoczęły na Andrém. Ten nie zastanawiał się ani chwili.

– Fred Van Vert to mój przyjaciel, a przyjaciół nie zostawia się w biedzie, panie generale. Tak mnie uczono.

– Słusznie, młody człowieku. Pola bitewne Wietnamu były traumą dla całego pokolenia Amerykanów i Wietnamczyków. Nie ma potrzeby, aby rozciągnęła się ona na następne pokolenia. To jeszcze jeden dobry powód, dla którego wasz Amerykanin powinien wrócić do domu... Pragnę wam przedstawić generała Tran Ngoca. – Minister wskazał na siedzącego obok oficera. – Pojedzie z wami na Południe, gdzie walczył w czasie wojny. Ma osobisty motyw, aby pomóc wam znaleźć młodego Van Verta.

Dominik postanowił wykazać się wiedzą wykraczającą poza umiejętność druku fałszywych dolarów.

– Paryż, jesień sześćdziesiątego ósmego roku. Pan generał prowadził wtedy rozmowy z Martinem Van Vertem, ojcem Freda, ale posługiwał się trochę innym nazwiskiem i był pułkownikiem. – Gwoli wyjaśnienia dodał: – Jekatierinę Iwanową i mnie łączyło wspólne zainteresowanie działalnością Martina.

– Ścieżki równoległego świata wywiadu przecinają się w najbardziej nieoczekiwanych miejscach. Nieodżałowana generał Iwanowa na zawsze pozostanie w naszej pamięci. Wieść niesie, że wyrównano rachunki związane z jej przedwczesnym odejściem. To nas cieszy – odpowiedział generał Tran Ngoc.

30 maja

Wojenne kontakty generała w Wietnamie Południowym okazały się bezcenne. Bez trudu ustalił, które oddziały Wietkongu brały udział w walkach o lotnisko i bazę Tan Son Nut, biorąc przy okazji do niewoli licznych Amerykanów. W ciągu kilku dni wytypował miejsce, w którym według wszelkiego prawdopodobieństwa przetrzymywano Freda. Po dalszych ustaleniach okazało się, że ujął go oddział partyzancki stacjonujący około stu kilometrów od Sajgonu.

Generał zdawał sobie sprawę, że nikt się chętnie nie rozstaje z amerykańskimi jeńcami, bo posiadanie ich daje prestiż, a ponadto umożliwia swoisty handel wymienny: człowiek w zamian za użyteczne rzeczy. Przejęcie młodego Van Verta było zatem delikatną operacją, wymagającą zarówno taktu, jak i pokazu siły.

Pokaz siły zapewnił zmotoryzowany batalion armii północnowietnamskiej oraz kompania czołgów, które zaczęły się przemieszczać w rejon lokalizacji oddziału. Elementem perswazji był też plecak, który podpułkownik Wozniesieński zabrał ze sobą z Moskwy, zawierający milion dolarów wyprodukowanych w Tyrolu. Oficjalnym powodem wizyty generała Tran Ngoca w jednostce Wietkongu było udekorowanie jej dowódcy i kilku partyzantów wysokimi odznaczeniami bojowymi.

Dowódca oddziału, doświadczony żołnierz i były podwładny generała, w lot zrozumiał, że prośba o zwrot przetrzymywanego Amerykanina jest propozycją nie do odrzucenia i że nigdy już nie wytarguje za niego lepszych warunków. Kazał zatem jeńca doprowadzić do porządku, nakarmić rosołem i przywieźć do dużego namiotu polowego, w którym przyjmował generała Tran Ngoca i towarzyszących mu, jak sądził, Rosjan.

– Gdy go znaleźliśmy, był jedynie w szoku spowodowanym falą uderzeniową po wybuchu i spędził kilka dni w szpitalu polowym – wyjaśniał dowódca partyzantów. – Miał w sumie wielkie szczęście, nie odnosząc poważniejszych obrażeń. Wasza wizyta świadczy, że to szczęście nadal go nie opuszcza. Właśnie mieliśmy rozpocząć cykl poważnych rozmów...

Z początku Fred nie mógł uwierzyć własnym oczom, gdy wśród siedzących za drewnianym stołem w namiocie dostrzegł Andrégo. Nigdy w życiu nic go tak nie zaskoczyło ani nie ucieszyło jak widok przyjaciela.

– Jedzie pan do domu, panie Van Vert. Towarzysz dowódca w geście dobrej woli zgodził się pana uwolnić – oznajmił nienaganną angielszczyzną generał Tran Ngoc.

7 czerwca

W foyer hotelu George V Edyta Amschel powitała dwóch młodych mężczyzn, bez najmniejszego trudu rozpoznając barczystego blondyna z opisu Dominika.

– André, mój chłopcze, jak miło znów cię widzieć! – powiedziała, jakby rzeczywiście dopiero co się rozstali. – A to musi być Fred Van Vert. Wyrósł pan od czasu, gdy wraz z ojcem oprowadzaliśmy pana po Luwrze. Przedwcześnie odszedł. Zapraszam do restauracji na późny lunch, musicie mi wszystko opowiedzieć.

– Fred, poznaj madame Edytę Amschel, swoją wybawicielkę – odezwał się André. – To właśnie madame udzieliła nam pomocy.

– Żadne słowa nie wyrażą mojej wdzięczności. Byłem przekonany, że zgniję w wietnamskim więzieniu, a dziś goszczę w najlepszym hotelu Paryża. – Fred wciąż nie mógł się przyzwyczaić do nowej rzeczywistości. – Czy możecie mnie w końcu uświadomić, jak to było możliwe?

Podczas lotu z Hanoi do Moskwy i później ani Dominik, ani Wozniesieński nie przedstawili się Amerykaninowi, bo nie było takiej potrzeby. Zasypywany pytaniami przyjaciela, André odpowiadał lakonicznie, że wszystkiego się dowie w swoim czasie. Czas ten był niezbędny Dominikowi do zbudowania odpowiedniej legendy uwolnienia Freda z wietnamskiej niewoli. Główną rolę w tej akcji postanowił powierzyć madame Amschel i z tego powodu po przylocie do Moskwy prawie natychmiast przesiadł się na samolot lecący do Paryża. Finansistka wysłuchała jego prośby i ochoczo zgodziła się wziąć udział w małej mistyfikacji, a przy okazji uczynić z rodu Van Vertów swoich dozgonnych dłużników.

– Najstarszy sposób na świecie, *amici di amici*, przyjaciele przyjaciół – odpowiedziała teraz Fredowi. – W kręgach finansowych jest tajemnicą poliszynela, że robię interesy z Rosjanami. Jednego z nich poprosiłam o przysługę. To wpływowy człowiek. Nazywa się Jurij Andropow i jest przewodniczącym KGB. Obiecał pomóc cię odnaleźć przez swoich północnowietnamskich towarzyszy i dotrzymał słowa. Andrégo zaś skierowali do mnie jego szkolni koledzy ze Starego Kontynentu. A teraz, zanim podadzą posiłek, zadzwońmy do Nowego Jorku i poinformujmy twoich bliskich, że niedługo cię zobaczą. Akurat wszyscy się tam budzą.

9 czerwca

Na lotnisku w Nowym Jorku podróżnych niecierpliwie wyczekiwali Maria z malutkim Victorem i Vick. Brazylijka z trudem opanowała przemożną chęć wycałowania i przytulenia Andrégo.

Fred spodziewał się, że prosto z lotniska pojadą na Long Island, ale Vick po stracie ojca, stryja i brata jakoś przestał lubić to miejsce, tym bardziej że nie było tam już kamerdynera Jamesa. Początkowo James i Gladys pomagali Marii w apartamencie w hotelu Pierre, ale w końcu zdecydowali się odejść na zasłużoną emeryturę. Oczywiście Vick nie wiedział o tym, że KGB dało im wybór: albo wrócą do kraju, albo zamieszkają na przykład w Szwajcarii, gdzie będą pełnić rolę skrzynki kontaktowej dla sieci radzieckich nielegałów w Europie. Gladys i James wybrali tę drugą opcję. Decyzję ułatwił im fakt, że odchodząc po wielu latach nienagannej służby, James otrzymał od pozostałych przy życiu członków rodu Van Vertów odprawę w wysokości pięciu milionów dolarów.

Vick wydał zatem kolację w prywatnej salce restauracji Four Seasons usytuowanej na czubku jednego z wieżowców, skąd rozpościerał się wspaniały widok na Manhattan. Gdy podano najlepszy szampan, jaki sommelier mógł znaleźć, gospodarz przyjęcia zabrał głos:

– Miło was gościć, chłopcy, a właściwie drodzy dżentelmeni. Powiem krótko, ale dobitnie. Uratowałeś, André, członka rodziny Van Vertów, a jak zauważyłeś, jest ona coraz mniej liczna. Maria, Fred i ja bylibyśmy zaszczyceni, gdybyś do niej dołączył i dał się odtąd traktować jako jej pełnoprawny członek. Gdyby mały Victor potrafił już mówić, z pewnością by nas poparł...

11 czerwca

Dwa dni później William Colby, szef CIA, nie mógł odmówić sobie przyjemności spotkania z podwładnym wyrwanym z wietnamskiej niewoli i człowiekiem, który najbardziej się do tego przyczynił. Lata kierowania operacjami specjalnymi Agencji w Wietnamie Południowym pozwoliły mu w pełni docenić wagę i trudności związane z realizacją takiego przedsięwzięcia. Z nieskrywaną ciekawością wysłuchał raportu Freda Van Verta i sporadycznych uzupełnień Andrégo.

– Miał pan dużo szczęścia, panie Van Vert, a to ważne w naszym fachu. Pan zaś, panie Vol, ma talent do wywiadu i bardzo interesujące znajomości. Takie osoby jak madame Amschel bardzo rzadko zniżają się do wspomagania naszych wysiłków, a jak widać, ich możliwości są ogromne. Wiele lat doświadczenia wywiadowczego podpowiada mi, że tworzą panowie ciekawy i zgrany duet operacyjny. Proszę mnie źle nie zrozumieć, panie Vol, ale Agencja potrzebuje niekiedy zaangażowania i umiejętności takich osób jak pan…

– Bardzo dobrze pana rozumiem, panie dyrektorze. Od pięciu lat mieszkam w Ameryce, nadal zamierzam tu pozostać i nie widzę powodu, aby nie brać udziału w pewnych, nazwijmy to, inicjatywach służących wspólnemu dobru. Szczególnie jako nowo przyjęty do rodu Van Vertów.

– Słyszałem, Vick często miewa dobre pomysły. Skoro tak, to zastanówcie się, panowie, nad odcinkiem afgańskim. Słyszałem, że byliście tam, kiedy obalono monarchię Zahera Szaha. Niestety, kuzyn królewski Daud, który tego dokonał i rządzi teraz Afganistanem, zawiódł nasze oczekiwania, opierając się na komunistach, i dalej brnie w ten godny pożałowania związek. Wielu waszych afgańskich znajomych z Organizacji Młodych Muzułmanów musiało opuścić kraj i osiedlić się w Pakistanie. Kiedy odpoczniecie po wietnamskich przygodach, odwiedźcie ich tam. Dam wam też list do generała armii pakistańskiej Naseerullaha Babara. To mądry człowiek i zna sprawy afgańskie jak mało kto...

– Czyżby szykowała się nowa odsłona Wielkiej Gry na ziemi afgańskiej, panie dyrektorze? – zapytał André z ledwo skrywanym zainteresowaniem.

– Ujmijmy to tak: każdy zasługuje na swój Wietnam.

1976
2 lutego

Lot z Londynu z międzylądowaniem w Teheranie nie był męczący. Na lotnisku w Peszawarze Freda i Andrégo powitał Imran Khan. Wróciwszy do kraju po studiach na Harvardzie, Pakistańczyk został przyjęty do Inter-Services Intelligence, wywiadu wojskowego armii pakistańskiej. Nieprzypadkowo zatem podejmował swoich kolegów ze studiów w głównym mieście Północno-Zachodniej Prowincji Pogranicznej.

– W ubiegłym roku generała Babara mianowano gubernatorem tej prowincji, a mnie oddelegowano z ISI do pełnienia funkcji szefa jego gabinetu. Dyrektor Colby dzwonił już na początku stycznia z wiadomością, że się zjawicie. Generał jest w terenie, osobiście dopilnowuje budowy dróg. Jadę dziś do niego, a wy odpocznijcie. Wrócimy za dwa, trzy dni i wtedy was przyjmie. Cieszę się, że jesteśmy kolegami po fachu.

Przybysze nie uznali za stosowne wyprowadzać Imrana z błędu i informować go, że André jest jedynie freelancerem świadczącym Agencji dobre usługi. Rozlokowali się w skromnym pensjonacie poleconym jako bezpieczny przez specjalistów od sytuacji wywiadowczej terenu z Langley i ruszyli na umówione od wielu dni spotkanie z Ahmadem Szahem Masudem w herbaciarni, także poleconej przez ekspertów Agencji.

Przywitali się jak starzy przyjaciele.

– Allah, jak widzę, miał was w swojej opiece i zachował w dobrym zdrowiu. Nade mną też był łaskaw kilkukrotnie się pochylić...

– Co się z tobą działo, odkąd widzieliśmy się ostatnio? Co się dzieje w Afganistanie? Masz kontakt z Chalilem? – Fred nie nadążał z zadawaniem pytań, ściągając na siebie niezbyt zadowolone spojrzenie Andrégo.

– Zostałeś dziennikarzem, Fred, czy... – zripostował Masud, ale szybko obrócił wszystko w żart, uśmiechając się szeroko. – Wiem! „National Geographic"? To bez znaczenia. Każdy zawód jest dobry, byle wspomagać sprawy afgańskie. Opowiem wam, co się działo i dzieje. Po obaleniu monarchii profesor Rabbani, Hekmatjar, ja oraz wielu naszych przyjaciół doszliśmy do wniosku, że Daud zbyt mocno flirtuje z komunistami, i postanowiliśmy go obalić. Nawiązaliśmy kontakty w armii i zaczęliśmy pozyskiwać broń. Niestety, służby Dauda nas rozpracowały i musieliśmy schronić się w Pakistanie. Prawie cała nasza organizacja muzułmańska tu się przeniosła. Chalil poszedł w ślady ojca i wstąpił do armii. Skończył szkołę oficerską i otrzymał stopień podporucznika. To dobrze, bo on jest patriotą. Nie wszyscy powinni lądować na wygnaniu.

– Cieszę się, że tak uważasz. Zamierzamy odwiedzić go w Kabulu za parę miesięcy. Jeżeli nie masz nic przeciwko temu, to przekażemy od ciebie pozdrowienia – obiecał André. – A jak traktują was Pakistańczycy?

– Pozdrówcie Chalila, koniecznie. A co do Pakistańczyków, to im dłużej tu jestem, tym lepiej rozumiem, jak skomplikowane są nasze relacje. Głównym ekspertem

Pakistańczyków od spraw afgańskich jest tutejszy gubernator, generał Babar. Słucha go ponoć sam premier Zulfikar Ali Bhutto. Głównym zaś afgańskim doradcą generała jest nasz stary przyjaciel Hekmatjar. Obaj są etnicznymi Pasztunami, co nie jest bez znaczenia, jak się przekonacie. Od dwóch lat przygotowywali powstanie przeciwko Daudowi. W ubiegłym roku namówili mnie, abym potajemnie wrócił do Afganistanu i wzniecił rewoltę, poczynając od Doliny Pandższeru. Nie poszło dobrze i ponownie musiałem szybko się ewakuować przez granicę.

– Co się stało? Na czym polega problem? Przecież prowincja afgańska jest bardzo religijna, sami to widzieliśmy podczas wyprawy do Doliny Pandższeru. Ludzie powinni być podatni na wezwania do przeciwstawiania się komunistom – wtrącił Fred ze znacznie już większym umiarkowaniem.

– Sam staram się to zrozumieć i powoli dochodzę do wniosku, że Pakistańczycy mogą mieć agendę, która niekoniecznie musi pokrywać się z narodowymi interesami wszystkich Afgańczyków. Pakistan postawił w Afganistanie na Pasztunów, którzy stanowią największą grupę etniczną. Drugie tyle narodu pasztuńskiego mieszka w Pakistanie, siedząc okrakiem na całym pograniczu. To pozwala Pakistańczykom wpływać na rozwój wydarzeń w moim kraju zgodnie z ich interesami. Interesy te zaś dyktuje przede wszystkim ich konflikt na śmierć i życie z Indiami, a tylko w jakimś niewielkim stopniu sojusznicze więzi ze Stanami Zjednoczonymi. Ja jestem Tadżykiem z pochodzenia i interes Pakistanu jest dla mnie drugorzędny. Nie byłbym jednak do końca przekonany, czy jest tak samo drugorzędny dla afgańskiego Pasztuna, jakim jest Hekmatjar.

– Co zamierzasz robić dalej? Nie spędzisz przecież całego życia w Peszawarze – zauważył oficer CIA.

– To proste. Wrócę do Pandższeru i ogłoszę dżihad przeciwko rządowi wspieranemu przez niewiernych komunistów.

Kiedy Fred i André wrócili do pensjonatu późną nocą, Amerykanin wyjął z torby podróżnej butelkę whisky Johnnie Walker Blue Label i dwa niewielkie metalowe kubki. Usiedli na werandzie apartamentu i wypili kolejkę.

– Waśnie plemienne. Kiedy my, biali, zdobywaliśmy Amerykę, a zwłaszcza Dziki Zachód, Indian zgubiły waśnie plemienne. Gdyby nie one, nie poszłoby nam tak łatwo. Dzisiaj miałem poczucie déjà vu. Podziały etniczne i klanowe mogą przysporzyć Afgańczykom masę kłopotów. Nie wątpię, że Pakistańczycy będą ich dymać ile wlezie, by jak najlepiej zabezpieczyć własne interesy. Zobaczymy, co nam powie jego ekscelencja generał Babar.

6 lutego

Generał przyjął podróżników w swoim gabinecie na terenie koszar armii pakistańskiej. Lubił atmosferę jednostek wojskowych, a w Peszawarze zawsze pielęgnowano żołnierskie tradycje. Do udziału w spotkaniu zaprosił także Imrana Khana.

– Cieszę się, że mogę was gościć na legendarnym pograniczu afgańsko-pakistańskim. Mój dobry znajomy William Colby poleca was w liście mojej opiece i twierdzi, że przeszliście chrzest bojowy w Wietnamie. A zatem przekonaliście się na własnej skórze, na czym polega moc dobrze zorganizowanej partyzantki. Może powalić na kolana wielkie imperium, nawet takie jak Ameryka. Zrozumiał to Colby, walcząc w Wietnamie, i rozumiem to ja. Po drugiej stronie granicy, w Afganistanie, inne wielkie imperium zaczyna mocno rozpychać się łokciami, dążąc do dominacji nad tym krajem, co wywołuje zrozumiały sprzeciw Afgańczyków. Lęgnie się ruch oporu. Na razie dość rachityczny, ale pełen determinacji i woli walki. Moim zadaniem jest ten ruch wesprzeć...

– Parę lat temu byliśmy w Afganistanie i poznaliśmy tam ciekawych ludzi, profesora Rabbaniego, Hekmatjara, Masuda... Czy pan generał zamierza pomóc im wszystkim, jeśli staną do walki z rządem Dauda i jego lewicowymi poplecznikami? – zapytał oficer CIA, pamiętając rozmowę z poprzedniego wieczoru.

– W tej walce wesprę każdego Afgańczyka, ale muszę postawić na tych, którzy mają największą szansę. Jako wojskowy strateg muszę więc postawić w Afganistanie na Pasztunów, bo wiem, że ich bracia z Pakistanu udzielą im wszelkiej pomocy. Przyciągając afgańskich Pasztunów do siebie, powinienem się bardzo spieszyć, aby nie ubiegły mnie w tym władze w Kabulu.

– Kabul i jego rosyjscy doradcy nie pozostaną obojętni na kiełkujący pod ich nosem ruch oporu. Szybko ustalą, kto go wspiera, i zaczną przeciwdziałać – zauważył Fred. – Tak jak zrobiło to imperium amerykańskie w Wietnamie…

– Niczym w tragedii greckiej role zostały już dawno rozdane. Każdy musi postępować zgodnie ze swoim przeznaczeniem – odparł filozoficznie generał. – *Inszallah*, zwyciężymy. Proszę pozdrowić nowego szefa CIA, pana George'a Busha. Dam wam do niego list. Po pobycie w Pekinie dobrze rozumie zawiłe sprawy azjatyckie. Zanim opuścicie Peszawar, spotkajcie się z Gulbuddinem Hekmatjarem. Porucznik Khan panów umówi. Niech Allah ma was w swojej opiece.

Kiedy trzej przyjaciele znaleźli się na placu apelowym koszar, Imran Khan zwrócił się do Andrégo.

– Nic nie mówiłeś podczas spotkania – zauważył. – Nie zainteresowały cię wypowiedzi generała? Nie miałeś pytań?

– Wręcz przeciwnie, to była pouczająca rozmowa, a pan generał jest inteligentnym człowiekiem. Dlatego bardziej interesujące dla mnie jest to, czego nie powiedział. To znaczy: jak mocno zamierza szarpać za wąsy niedźwiedzia z Północy i jaka rola w tej greckiej tragedii została przeznaczona jemu. Instynkt mi podpowiada, że ta tragedia może mieć nieznaną jeszcze liczbę aktów i niejedno dno...

– Przenikliwa ocena, przyjacielu – rzekł Imran Khan z uśmiechem i zmienił temat: – Zanim spotkamy się z Hekmatjarem, winien wam jestem małe wprowadzenie. Otóż w odróżnieniu od Wietkongu przyszła partyzantka afgańska nigdy nie będzie monolitem. W tej chwili w Pakistanie przebywa około pięciu, sześciu tysięcy młodych Afgańczyków, których szkolimy na partyzantów. Niestety, ich przywódcy kłócą się ze sobą jak psy w rynsztoku. Nie da się ich pogodzić i dlatego postawiliśmy na najsilniejszych i najbardziej obiecujących...

– ...i najbardziej posłusznych, jak się domyślam? – wszedł mu w słowo André.

– Oczywiście! A ty postąpiłbyś inaczej? Tu przecież chodzi o interes mojego kraju! – odpowiedział Imran Khan z rozbrajającą szczerością.

19 lutego

Spotkanie z Gulbuddinem Hekmatjarem nie przyniosło żadnych niespodzianek. Pasztun z Kunduzu podkreślał liczebność swojej organizacji i wynikające z tego poparcie rządu pakistańskiego. Sprawiał wrażenie człowieka, który wie, czego chce, i potrafi to osiągnąć. Porucznik Imran Khan wyraźnie był pod jego urokiem. Dlatego André przekazał Fredowi swoje wrażenia ze spotkania, dopiero gdy wrócili do pensjonatu i zaczęli się pakować, by udać się z porucznikiem na zwiedzanie Przełęczy Chajberskiej.

– W oczach Masuda widziałem poświęcenie i wolę dokonania zmian w Afganistanie, w oczach Hekmatjara widzę wielki głód władzy.

– Słuszna ocena. W Pakistanie niczego więcej się nie dowiemy. Trzeba pomyśleć o wyjeździe do Kabulu i spotkaniu z Chalilem…

Imran Khan okazał się niezastąpionym przewodnikiem po przylegającym do Przełęczy Chajberskiej pograniczu afgańsko-pakistańskim. Znał najwyższe punkty regionu, z których roztaczały się majestatyczne widoki na wiele dziesiątków kilometrów w głąb jednego i drugiego kraju. Górzysty, dziki krajobraz przyciągał obietnicą przygody.

– Rozumiecie teraz, dlaczego dla Pasztunów jest to jedynie granica na papierze. Kto zna teren i górskie przejścia, jest poza wszelką kontrolą straży granicznej czy nawet całej armii pakistańskiej.

– Gołym okiem widzę tu nieograniczone możliwości infiltracji – rzekł Fred z miną fachowca. – Ten nieprzenikniony górski labirynt może odegrać taką samą rolę jak dżungla w Wietnamie. Zdeterminowanych partyzantów i tych, którzy ich wspierają, uczyni niewidocznymi i zatrze po nich wszelkie ślady...

– Oryginalne porównanie – przyznał porucznik. – Sam bym tego lepiej nie ujął. Koniecznie muszę zacytować twoje słowa generałowi Babarowi. Z pewnością je doceni. Afganistan to starożytny i zaskakujący tajemnicami kraj. Kto umie się po nim poruszać, może kiedyś znaleźć tam klucz do całego regionu...

29 lutego

Po śmierci Victora, Fredericka i Martina nowym miejscem spotkań Van Vertów stał się apartament w hotelu Pierre. Wynikało to w znacznej mierze z faktu, że Fred, Vick i André, świeżo adoptowany członek rodu, mieszkali na Manhattanie. Nikt też szczególnie nie tęsknił za rezydencją na Long Island. Maria bez trudu wcieliła się w rolę opiekunki męskiej części rodu, tym bardziej że stan Rose nie rokował rychłej poprawy. Chętnie korzystała z mistrzowskiego potencjału hotelowej kuchni, a wybór odpowiedniego menu na rodzinne obiady i koordynacja dostaw zaczęły jej sprawiać niekłamaną przyjemność.

Tego wieczoru rozpoczęto od homarów z grilla polanych sosem maślanym z cytryną. Szampanem zaś uczczono bezpieczny powrót Freda i Andrégo. Nawet mały Victor, siedzący w ustawionej przy stole kołysce, wydawał się zainteresowany ich opowieściami.

– Nasuwa się nieodparty wniosek, że wokół Afganistanu powoli zaczyna robić się gorąco – podsumował swoją relację Fred. – Jaka jest ocena ludzi, wśród których się obracasz, Vick? Oni powinni wiedzieć wszystko.

– Wiedzieć wszystko to powinien twój pracodawca i jego koledzy, ale rzadko kiedy tak jest – odparł Vick, który nie był jeszcze gotowy ujawnić swoim rozmówcom sekretu Ligi Rodów. – Ale wróćmy do postawionego pytania... Rywalizacja Zachodu z komunizmem musi się wcześniej czy później zakończyć. Najlepiej naszym zwycięstwem, a nie trzecią wojną światową. Nam nie są potrzebne zgliszcza, tylko nowe rynki zbytu. Jako finansista i ekonomista wiem najlepiej, jak niewydolne są gospodarki centralnie planowane, a zwłaszcza gospodarka Związku Radzieckiego. Aby je zatem pokonać, należy postawić przed nimi maksymalnie dużo wyzwań w możliwie najkrótszym czasie.

Fred pospieszył z ripostą:

– Zwabienie Armii Czerwonej do Afganistanu byłoby genialne w swojej prostocie. Tylko że Rosjanie prowadzą w tym regionie Wielką Grę od prawie dwustu lat i nieźle znają jej zasady, z których naczelna zakazuje angażowania się w wojnę lądową w Afganistanie. Wojny afgańskie Imperium Brytyjskiego jasno wykazały, jak przykre konsekwencje spotykają łamiących tę zasadę. Trudno jest mi sobie wyobrazić, co popchnęłoby Rosjan do wkroczenia na ziemie Afganistanu.

– A ty, André, wyobrażasz sobie taką sytuację? Jakie warunki musiałyby zostać spełnione, żeby teoria stała się rzeczywistością? – Vick sprawiał wrażenie, że doskonale zna odpowiedź na to pytanie, a stawia je tylko po to, by przetestować sprawność intelektualną młodych mężczyzn.

– Azja Środkowa to miękkie podbrzusze imperium radzieckiego. W jego republikach przylegających do Afganistanu żyje mnóstwo muzułmanów pamiętających czasy carskie, kiedy mogli się modlić do woli. Jeżeli w Afganistanie nasili się islamska partyzantka antyrządowa i zacznie się przelewać przez granice, znajdując poparcie Tadżyków, Uzbeków czy Turkmenów mieszkających w Związku Radzieckim, to Moskwa będzie miała problem. Wszystkie te narody siedzą okrakiem na granicy radziecko-afgańskiej. Zupełnie jak Pasztuni na granicy afgańsko-pakistańskiej... – analizował na chłodno André.

– Dokładnie! Wynika z tego, że jeżeli Moskwa nie zapewni sobie w Kabulu rządu, który się upora z narastającą partyzantką islamską, to sama będzie musiała go wyręczyć. Od Wschodu w Afganistanie będą mącić nasi pakistańscy przyjaciele, z którymi właśnie rozmawialiście. Od Zachodu zaś – nasz przyjaciel, szach Iranu. Irańczycy mają wielkie wpływy w Heracie i jego okolicach. Rząd Dauda nie poradzi sobie z tak zorganizowanym fermentem w kraju. Kreml będzie zatem musiał postawić na komunistów. A przejęcie przez nich władzy tylko zwiększy determinację partyzantki islamskiej – kontynuował Vick. – Tym sposobem spirala przemocy będzie się nakręcała. W stosownym momencie trzeba będzie zainscenizować sytuację, która przekona Rosjan, że muszą interweniować, tak jak zrobili to na Węgrzech w pięćdziesiątym szóstym czy w Czechosłowacji w sześćdziesiątym ósmym. Ale Afganistan to nie Węgry ani Czechosłowacja. Ugrzęzną w nim jak my w Wietnamie. Wystarczy wtedy mała iskra gdzieś w Europie Wschodniej i będą mieli ból głowy na dwóch frontach...

– *Chapeau bas*, drogi wuju, to jest wyzwanie jak się patrzy! – wykrzyknął Fred, z podziwem klaszcząc w dłonie. – André i ja chętnie zajmiemy się odcinkiem afgańskim...

– Kilka dni temu rozmawiałem z nowym szefem CIA George'em Bushem. Pochodzi z dobrej rodziny bankierskiej ze Wschodniego Wybrzeża, ale sam zrobił niezłe pieniądze na biznesie naftowym w Teksasie. To doświadczony polityk i mądry człowiek. Jemu też się podobały moje przemyślenia. Przyjmie was i wysłucha relacji z Pakistanu. Może zaproponuje ci, Fred, prowadzanie spraw afgańskich w Agencji. Natomiast ty, André, powinieneś kultywować znajomość z madame Amschel. W przeszłości relacje pomiędzy naszymi rodami były, delikatnie mówiąc, jedynie poprawne. Jednakże nieoceniona pomoc, jakiej nam ostatnio udzieliła, przyczyniając się do uwolnienia Freda, zmienia ten stan rzeczy. A kontakt, który madame Amschel ma z panem Andropowem, może się kiedyś okazać bezcenny...

Zajęta doglądaniem synka i podawaniem obiadu, Maria jedynie wyrywkowo przysłuchiwała się dyskusji mężczyzn. Kiedy tylko mogła, ukradkiem zerkała na Andrégo, co nie uszło bystremu oku Freda.

– Chyba podobasz się Marii, bo wodzi za tobą wzrokiem jak snajper za celem – zagaił, gdy po skończonym obiedzie wyszli na Piątą Aleję. – Prawdę mówiąc, wcale jej się nie dziwię. To wprawdzie kobieta z dzieckiem, ale wciąż jeszcze piękna i młoda. Nie miałbym nic przeciwko temu, gdybyś i ty zwrócił na nią uwagę... Szkoda jej dla byle kogo.

André przez chwilę poczuł się, jakby mu krew zamarzła w żyłach, ale nim przyjaciel skończył mówić, już doskonale nad sobą panował.

– No popatrz! – wykrzyknął. – Nie sądziłem, że mogę być w jej typie. To niewątpliwie kobieta z dużą klasą. Koniecznie muszę sprawdzić, czy jest tak, jak mówisz...

4 lipca

– To rzeczywiście świetna profesjonalistka. – Gerard wrócił właśnie ze spotkania z Mariką w Innsbrucku i nie mógł się jej nachwalić. – Jestem spokojny o przemyt naszego produktu do Stanów...

Dominik, którego organizacja odpowiadała za przewóz fałszywych banknotów do Hamburga i załadowanie ich na statek płynący do portu przeznaczenia, znał jednak byłego esesmana na tyle dobrze, by instynktownie wyczuć, że coś go trapi.

– Więc w czym problem? – zapytał czujnie.

– W ilości. Martwi mnie ilość. Po wycofaniu się Amerykanów praktycznie padł rynek wietnamski, który pochłaniał taką masę naszych banknotów, że ledwo nadążaliśmy z drukowaniem. A rynek amerykański nie wypełni nam tej luki. Tam nie ma wojny ani ogromnej struktury dystrybucyjnej Wietkongu i Wietnamu Północnego, jest natomiast świetnie zorganizowane państwo ze sprawną policją i agencjami typu FBI czy DEA. Trzeba działać bardzo rozważnie, a to rzutuje na wielkość obrotu. Jeżeli chcemy utrzymać tempo produkcji, musimy pomyśleć o dodatkowym rynku zbytu. Wprawdzie Ameryka Południowa nadal zapowiada się obiecująco, ale Konrad też zaleca ostrożność. W końcu działa w warunkach reżimu wojskowego, którego życzliwość ma swoje granice. – Gerard podrapał się po głowie. – Potrzebny jest nam rynek kraju objętego chaosem wojny, którego waluta się nie liczy, gdzie króluje dolar, a tubylcy ani nikt inny nie rozpoznają naszych fałszywek. Coś przychodzi ci do głowy?

– W rzeczy samej, przyjacielu. Jest taki kraj leżący na starożytnym Jedwabnym Szlaku w Azji Środkowej, który wydaje się zmierzać dokładnie w tym kierunku...

4 października

Od wczesnych godzin porannych Chalil Malichar prowadził Freda i Andrégo trudną trasą trekkingową wzdłuż górskich szczytów Doliny Pięciu Lwów. Parę miesięcy wcześniej młodemu Van Vertowi powierzono misję koordynowania działań specjalnych CIA dotyczących Afganistanu, Andrému zaś zaproponowano rolę doradcy. Zgodnie z sugestią Dominika przyjął ofertę na zasadzie dżentelmeńskiej umowy, bez podpisywania formalnego dokumentu o współpracy.

Bezchmurna, słoneczna pogoda umożliwiała podróżnikom podziwianie rozległych dzikich krajobrazów. Zmęczeni wspinaczką, zatrzymali się na posiłek, wyciągając z plecaków wielkie płachty świeżo upieczonego chleba, szaszłyki na zimno, kebaby, cebulę, pomidory i ostry sos chili importowany z Pakistanu. Zgłodniali, przez pierwsze kilkanaście minut jedli w całkowitym milczeniu.

– Zapomniałem pogratulować ci, Chalil, awansu na porucznika – odezwał się w końcu Fred, przełykając kęs kebabu. – Nasz przyjaciel Masud na pewno by się ucieszył.

– Nasz przyjaciel Masud już zdążył mi pogratulować... – odparł tajemniczo Afgańczyk.

Młodzi mężczyźni spojrzeli po sobie i wybuchnęli śmiechem.

– No tak, powinienem był się domyślić – skwitował uwagę przyjaciela Fred. – Opowiedz nam, co tu się dzieje.

– Prezydent Daud próbuje modernizować kraj, ale nie ma na to pieniędzy. Przyjmuje więc pomoc ekonomiczną skąd się da. Najwięcej daje Związek Radziecki, trochę państwa arabskie, a najmniej Stany Zjednoczone, które chyba straciły zainteresowanie Afganistanem. W rezultacie prawie pięćdziesiąt procent dochodów państwa to pomoc zagraniczna. Daud wie, że Rosjanie chcą maksymalnie podporządkować sobie Afganistan, więc stara się lawirować pomiędzy nimi a Zachodem, co nie podoba się komunistom, którzy pomogli mu dojść do władzy trzy lata temu. On sam dąży w kierunku bardziej świeckiego państwa, lecz tu z kolei napotyka silny opór ze strony bardzo religijnej ludności na prowincji. W wielu miejscach ten opór przeradza się w otwarty bunt. Tegoroczne wielkie trzęsienia ziemi i powodzie bardzo podminowały nastroje i wykazały słabość rządu centralnego, który nie potrafił zapewnić poszkodowanym szybkiej pomocy. Mówiąc językiem dyplomacji, sytuacja jest napięta i bardzo złożona…

– Ale najsilniejszą instytucją w Afganistanie chyba nadal pozostaje armia?

– Masz stuprocentową rację, André. To także oczko w głowie Rosjan. Tysiące afgańskich oficerów zostało już przeszkolonych w różnych radzieckich akademiach wojskowych, nasza armia otrzymała sprzęt wart setki milionów dolarów, a część żołnierzy otwarcie wspiera komunistów, którzy zresztą też nie stanowią monolitu.

– Wygląda na to, że Rosjanie dużo zainwestowali w Afganistan, mają tu wielkie wpływy i tak łatwo nie odpuszczą

– podsumował Fred. – A gdyby Stany Zjednoczone zechciały tym wpływom przeciwdziałać i wsparły Dauda politycznie i ekonomicznie?

– Należałoby taką politykę skoordynować z rządami Iranu i Pakistanu, bo tam siedzą prawdziwi znawcy spraw afgańskich. Spotka się to jednak z natychmiastową ripostą Rosjan, którzy wiedzą, że kontrolując Afganistan, szachują te dwa państwa.

– Ale co mogą zrobić Rosjanie? Jak daleko się posuną w kontrowaniu Ameryki? Zasady Wielkiej Gry przecież nie pozwolą im otwarcie interweniować w Afganistanie – ostrożnie prowokował Fred.

– Nie w obronie prezydenta Dauda. Ale gdyby jego miejsce zajął ktoś znacznie im bliższy, to kto wie… – odparł Afgańczyk.

14 października

Kiedy samolot lecący do Londynu osiągnął odpowiednią wysokość, Fred zaczął przeglądać wydany w Afganistanie, zabytkowy niemal egzemplarz angielskiego przekładu Koranu, który dostał od Chalila na pożegnanie. Po minucie szturchnął siedzącego obok Andrégo. Pomiędzy stronami świętej księgi znajdowały się dziesiątki kartek gęsto zapisanych pismem maszynowym. Zawierały nazwiska i przydziały służbowe ponad trzech tysięcy oficerów armii afgańskiej przeszkolonych w Związku Radzieckim. Spisowi towarzyszył obszerny komentarz dotyczący sytuacji w armii afgańskiej z wyszczególnieniem środowisk wrogo nastawionych do narastających wpływów komunistów. Najbardziej pod tym względem wyróżniały się garnizony w Heracie i Dżalalabadzie.

– Piękny materiał – ocenił Fred po pobieżnej lekturze. – Istne kto jest kim w armii afgańskiej. Wiemy też, po czyjej stronie stoi porucznik Malichar i że wśród wojskowych są jemu podobni. Dyrektor Bush powinien być zadowolony...

– ...i zaniepokojony, nie sądzisz? Ten dokument to także dokładna mapa infiltracji armii przez Rosjan. Takiej operacji nie podejmuje się z nudów, tylko w celu potencjalnego przejęcia władzy w państwie.

– To znaczy, że Rosjanie przywiązują do Afganistanu coraz większą wagę i łatwiej będzie na nich zastawić pułapkę, o której mówiliśmy z wujem Vickiem – podsumował niemal radośnie Fred i nagle zmienił temat: – A przechodząc do spraw naprawdę poważnych… Miałeś sprawdzić, czy rzeczywiście podobasz się Marii…

– Wprawdzie za kobietami trudno nieraz nadążyć, ale odnoszę wrażenie graniczące z pewnością, że się nie pomyliłeś, *mon ami*.

– No i świetnie, a ponieważ nie ma takiej możliwości, aby Maria nie podobała się tobie, bo podoba się wszystkim, nawet najbardziej zawistnym kobietom, to co zamierzasz z tym zrobić?

– A co sugerujesz? Z pewnością masz przygotowany dokładny plan działania operacyjnego, panie oficerze… – droczył się André.

– Ty mnie nie wkurwiaj, że się tak wyrażę. Masz ją poprosić o rękę, rzecz jasna. Od śmierci Martina upłynęło ponad dwa lata. To wystarczająco długi okres żałoby, a mały Victor dorasta i potrzebuje męskiej ręki. Takiej jak twoja. Na marginesie… Vick również uważa, że tak byłoby najlepiej.

– No to załatwione! Ale jeżeli Maria odmówi, to nie ukryjesz się nawet w Afganistanie… – odparł z przekornym uśmiechem André, ale przyjaciel zbył go machnięciem ręki niczym naprzykrzającą się muchę.

1977
3 września

W dopiero co zbudowanym luksusowym hotelu Carlton Tower w Dubaju trwały jeszcze prace wykończeniowe, ale przyjmowano już pierwszych gości, zachęcając do pobytu promocyjnymi cenami. To jednak nie one skłoniły trzech młodych mężczyzn do odwiedzenia emiratu, którego świetne perspektywy zaczynały przyciągać uwagę inwestorów z całego świata.

Czterdzieści minut szybkiego pływania w odkrytym hotelowym basenie niebywale wzmogło apetyt Freda, Andrégo i Imrana Khana. Przebrawszy się w szorty i białe koszule, zasiedli do typowego angielskiego, a więc sutego śniadania. Pałaszując jajka sadzone na bekonie i pomidorach, kiełbaski z mięsa wołowego, fasolę w sosie pomidorowym i zagryzając to wszystko grzankami, jednocześnie prowadzili ożywioną dyskusję.

– Czego możemy się spodziewać po generale Zii ul--Haqu, który był łaskaw dokonać przewrotu i odsunąć od władzy prezydenta Bhutto? – zapytał Fred.

– Ali Bhutto mianował ongiś ul-Haqa szefem sztabu, wychodząc z założenia, że ten będzie jadł mu z ręki. Pomylił się. Pewnie dlatego, że pan generał zawsze miał taki ujmujący i miły sposób bycia. W rzeczywistości to bardzo twardy żołnierz i niezwykle religijny muzułmanin. Ocenił, że Partia Ludowa pana Bhutto zaczyna być zbyt lewicowa, co nie leży w interesie kraju. Dlatego przejął władzę i niebawem ogłosi Pakistan państwem islamskim – zakończył Imran Khan.

– Co to oznacza dla naszych afgańskich przyjaciół? Mocniej wesprze ich wysiłki? – zainteresował się André.

– Zdecydowanie, ale widzi to jako proces długofalowy. Dlatego kazał opracować plan finansowania i budowy szkół religijnych na całym pograniczu afgańsko-pakistańskim. Uważa, że indoktrynacja religijna młodych ludzi obojga narodów to najlepsza forma przeciwdziałania wpływom komunistów w Afganistanie. Niestety, musiał przy okazji rozstać się z generałem Babarem, który wybrał lojalność wobec obalonego prezydenta.

– A ty, Imran, nie miałeś z tego powodu nieprzyjemności? – dociekał Fred. – Po czyjej stanąłeś stronie?

– Ja jestem żołnierzem i nie wybieram stron, bo mam jedną lojalność. Wobec państwa pakistańskiego i jego armii, przyjacielu. Wróciłem do wywiadu wojskowego i zostałem przydzielony do komórki zajmującej się Afganistanem...

– To się doskonale składa, panie poruczniku. Będziemy mogli koordynować nasze wysiłki – odrzekł oficer CIA.

1978
3 października

Dotarcie z Peszawaru do Doliny Pandższeru starym szlakiem przemytniczym zajęło Fredowi i Andrému niecałe dwa tygodnie. Znacznie dłużej trwały wcześniejsze pertraktacje Freda najpierw z kierownictwem CIA, a następnie ISI, zmierzające do uzyskania zgody na udział oficera Agencji w takiej eskapadzie. Dopiero włączenie się do tych rozmów Vicka Van Verta doprowadziło do ich pomyślnego zakończenia.

Dwaj śmiałkowie korzystali z uprzejmości trzech doświadczonych przewodników afgańskich, starannie dobranych przez Imrana Khana. Najstarszy z nich, Omar, był niekwestionowanym przywódcą grupy. Mocno opaleni, z krótko ostrzyżonymi włosami ufarbowanymi na ciemno, ubrani w typowe stroje afgańskie, Fred i André niczym się nie wyróżniali wśród tubylczej ludności. Ahmad Szah Masud, od wielu tygodni uprzedzony o tej wyprawie, niecierpliwie wyczekiwał ich przybycia. Kiedy kilka miesięcy wcześniej postanowił wraz z kilkudziesięcioma sympatykami opuścić Pakistan i rozpocząć tworzenie w Dolinie Pandższeru prawdziwego ruchu oporu, nie spodziewał się, że przyjaciele zjawią się tak szybko. Spotkali się w jednej z bocznych dolinek, w której Masud i jego ludzie zdążyli zbudować kryjówkę.

Witali się długo i wylewnie, a następnie gospodarz zaprosił ich do rodzaju namiotu tak zmyślnie wkomponowanego w nawis skalny, że czyniło go to niewidzialnym z powietrza. Brezent, pomalowany w barwy ochronne, praktycznie nie odróżniał się od otaczających go skał. Pomieszczenie wymoszczone było starymi dywanami i skórzanymi pufami. Jeden z ludzi Masuda przyniósł żeliwny czajnik z herbatą i zaczął ją rozlewać do metalowych kubków, a gdy skończył, wyszedł.

– Dużo się zmieniło, odkąd gościłem was tu po raz pierwszy pięć lat temu czy nawet od waszego trekkingu z Chalilem przed dwoma laty – zagaił Masud, dając do zrozumienia, że jest na bieżąco w drobnych kwestiach. – Jak pewnie wiecie, w kwietniu komuniści obalili reżim Dauda, a jego samego zabili. Właściwie sam się do tego przyczynił, bo zaczął wsadzać do więzienia ich przywódców, nie upewniwszy się, czy ma wsparcie armii. A nie miał. Mieli je natomiast komuniści…

– Mówił nam o tym Chalil już dwa lata temu. Jak widać, miał rację – wszedł gospodarzowi w słowo Fred. – Co zatem zamierzacie? Ciężko wam będzie poradzić sobie z armią afgańską wspieraną przez Rosjan…

– Nie cała armia afgańska wspiera komunistów… – odezwał się od wejścia znajomy głos i do namiotu wszedł Chalil Malichar.

Siedzący na pufach mężczyźni zerwali się na nogi i serdecznie przywitali z przybyszem. Ahmad Szah poczęstował go kubkiem herbaty. André i Fred wymienili porozumiewawcze spojrzenia, wywołując uśmiech gospodarza.

– Zawsze mówiłem, że Chalil jest patriotą i dobrze, że służy w naszej armii. Oświeć naszych przyjaciół, co się dzieje w państwie afgańskim – zasugerował Masud.

– Dwaj główni architekci przewrotu, który unicestwił Dauda, to Nur Mohammad Taraki, nazywający się „Wielkim Nauczycielem", i niejaki Hafizullah Amin. Stoją na czele różnych frakcji komunistów i zaraz skoczą sobie do gardeł w walce o pełnię władzy. Jak mawiał klasyk, sekciarstwo to dziecięca choroba lewicowości. Moi przyjaciele w armii i ja śledzimy te kłótnie i w stosownym momencie zamierzamy je wykorzystać.

– Rosjanom zatem udało się zainstalować w Kabulu komunistyczny reżim. Będą go teraz bronić zgodnie z zasadą, że raz zdobytej władzy się nie oddaje – analizował Fred. – CIA w Kabulu nie potrafiła przewidzieć, że nadchodzi przewrót komunistów... Co oni tam robią? '

Afgańczycy wymienili przeciągłe spojrzenia, uśmiechając się pod nosem, aż w końcu Chalil zdecydował się na odpowiedź.

– Wprawdzie większość agentów CIA w Kabulu zajmuje się jedynie swoimi odpowiednikami z KGB, ale wieść gminna niesie, że macie wysoko uplasowanych ludzi wśród komunistów... – Chalil zawiesił głos, jakby próbował sondować Amerykanina.

– Chyba nadajemy na różnych częstotliwościach, przyjacielu, bo nie bardzo załapuję, co masz na myśli. Niby kogo mamy uplasowanego i gdzie? Byłbym wdzięczny, gdybyś mi wyłożył kawę na ławę.

– *No problem.* Wszyscy wiedzą, że Hafizullah Amin spędził dobre kilka lat w Stanach Zjednoczonych na różnych stypendiach naukowych. Ponoć nawet bronił pracy doktorskiej na Uniwersytecie Columbia w Nowym Jorku. Było to wprawdzie w latach pięćdziesiątych i sześćdziesiątych, ale pewni ludzie pamiętają, że należał do Afghan Student Association, które było finansowane przez Asia Foundation, znany front CIA. Dlatego krążą plotki, że to człowiek Amerykanów...

– Rosjanie też tak myślą? – włączył się do rozmowy André, któremu gdy tylko usłyszał o pięknym amerykańskim życiorysie Amina, zaczęły świtać w głowie przeróżne scenariusze i pomysły.

– Trudno powiedzieć, zanim delikatnie się nie sprawdzi. Ale części oficerów KGB takie podejrzenia z pewnością nie są obce...

– Pewnie tak. Wróćmy jednak do tego, co zamierzacie. Nie przyszliśmy tu taki szmat drogi z pustymi rękami. Przynieśliśmy drobny prezent od ludzi dobrej woli. – André zdjął parciany pas, którym był owinięty, i począł go rozpruwać nożem ukrytym w wojskowym bucie. Po chwili ułożył na dywanie trzy kupki banknotów studolarowych, po dziesięć tysięcy w każdej, czym całkowicie zaskoczył zebranych. Nie wyjaśniał, że jest to produkt specyficznego gospodarstwa w Tyrolu. – Trzydzieści tysięcy. Spożytkujcie według uznania dla dobra waszego kraju, bez zobowiązań...

– Na afgańskie warunki to fortuna – rzekł Ahmad Szah Masud, szybko ochłonąwszy z wrażenia. – Najszczersze dzięki. Dzisiejszy dar to pierwsze pieniądze, jakie otrzymałem spoza Afganistanu. Przyjąłem je, bo wiem, że w przeciwieństwie do wsparcia pakistańskiego nie są obwarowane żadnymi warunkami. Niezależność zaś to bezcenne dobro...

1979
28 lutego

Harry Adams, zgodnie z wcześniejszymi ustaleniami, powoli szykował się do opuszczenia Białego Domu i przejścia na emeryturę.

– Nie żal ci będzie, Harry, tego dreszczyku emocji związanego z pracą wywiadowczą? – zapytał Dominik, gdy spotkali się w Rzymie. – Szykuje się niezła zawierucha w Afganistanie, będzie co robić...

– Po prawie trzydziestu latach pracy operacyjnej byłoby mi jedynie żal spotkań z tobą, ale ponieważ zamieszkam po sąsiedzku w Szwajcarii, nadal będziemy się spotykać, choć w mniej nerwowej atmosferze – odrzekł z uśmiechem Harry. – W Białym Domu Cartera Afganistan rzeczywiście jest na tapecie. Odkąd komuniści dokonali tam przewrotu, obecny doradca prezydenta do spraw bezpieczeństwa, pan Zbigniew Brzeziński, dzień i noc się zastanawia, jak wesprzeć i wzmóc islamski ruch oporu. To obecnie jeden z priorytetów dla CIA.

– Może należy zasugerować panu doradcy, że Afganistan powinien stać się rosyjskim Wietnamem. Gdyby wtedy coś zaczęło się dziać w którymś z krajów Układu Warszawskiego w Europie Środkowej, Moskwa mogłaby się znaleźć w czarnej dupie...

– To ciekawy pomysł, nie myślałem o tym w ten sposób. Porównanie wietnamskie przemawia mi do wyobraźni, bo swego czasu nieźle poznałem tamte realia. Brzeziński zaś jak mało kto zna realia imperium radzieckiego i Układu Warszawskiego. W lot zrozumie, o co chodzi, o ile sam już na to nie wpadł.

– No to świetnie, Harry. Jeżeli wybierasz się na zasłużoną emeryturę, to najwyższy czas powalczyć dla ciebie o premię jubileuszową na odchodne...

Harry Adams ze wszech miar poparł ten pomysł, nie pytając nawet, jak Dominik zamierza go zrealizować. A plan był prosty. Tym razem przemytnik postanowił wyjątkowo sam przygotować informację wywiadowczą, która postawiłaby na nogi finalnego odbiorcę, i włożyć ją w usta źródła. Wiedział, że historia wywiadu zna takie przypadki. Zamierzał też uzyskać obietnicę premii dla agenta w wysokości dwóch milionów dolarów, jeśli główne założenia owej wiadomości się sprawdzą...

Jego brat, pułkownik Adam Szulc, nadal prowadził sprawę źródła w Białym Domu na rzecz polskiego wywiadu. Departament I MSW, który sam nie znał tożsamości źródła, nie ujawniał tego faktu KGB, każąc sobie słono płacić za przekazywane informacje. Wywiad KGB pod pretekstem zwiększenia bezpieczeństwa źródła wielokrotnie sugerował jego obsługę poprzez swoich nielegałów na terenie Stanów, ale zawsze spotykało się to z odmową Polaków. Nie pomogła nawet interwencja na wysokim szczeblu politycznym.

Informacja, którą postanowił przygotować Dominik, powinna na dłuższy czas przyprawić Rosjan o mocny ból głowy, a polskiemu wywiadowi dodać estymy i pieniędzy. Przemytnika jednak bardziej obchodziło, by Rosjanie wypłacili dwa miliony zielonych dla źródła i żeby nic z tego nie przylgnęło do rąk kumpli brata z Rakowieckiej.

15 kwietnia

Generał Andropow od paru minut stał wpatrzony w wielką mapę Azji Środkowej, którą na początku roku kazał powiesić na jednej ze ścian. Szczególnie wyeksponowany był Afganistan. Wiosna wydawała się zapowiadać nadchodzące kłopoty.

W marcu nikomu nieznany kapitan armii afgańskiej, niejaki Ismael Chan, poderwał do walki garnizon w Heracie, ogłaszając dżihad przeciwko rządowi komunistów Tarakiego w Kabulu. Zabito wielu doradców radzieckich wraz z rodzinami. Andropow rozumiał, że pełen szyitów Herat może czerpać inspirację z niepokojów w Iranie związanych z działalnością ajatollaha Chomeiniego, ale jednocześnie identyczny bunt wybuchł na drugim krańcu Afganistanu, w Dżalalabadzie niedaleko granicy z Pakistanem... Zduszenie obu powstań w morzu krwi Afgańczyków nie załatwiało sprawy, bo tylko mnożyło zwolenników dżihadu. Dezercje z armii afgańskiej zaczynały już być prawdziwą plagą, zwłaszcza że niejednokrotnie uciekano z bronią.

I jeszcze ta informacja o potencjalnym agencie wywiadu amerykańskiego w ścisłym kierownictwie afgańskich komunistów!

Jakbym miał mało kłopotów! – pomyślał Andropow.

Pochodziła od źródła, którego wiarygodność została sprawdzona ponad wszelką wątpliwość w ciągu wielu lat współpracy. Generał znał jego historię, bo kiedyś osobiście interweniował w tej sprawie u ówczesnego ministra spraw wewnętrznych Polski. Jeżeli zatem źródło z Białego Domu donosiło, że agentem Amerykanów jest Afgańczyk z samych szczytów władzy, który w przeszłości bywał w Stanach Zjednoczonych, to generał Andropow nie miał powodu wątpić w prawdziwość informacji.

– Melduję się na rozkaz, towarzyszu przewodniczący. – Podpułkownik Aleksander Wozniesieński wyrecytował rytualną formułkę, stając na baczność w drzwiach gabinetu. Odruchowo rzucił okiem na wielką mapę, od której Andropow najwyraźniej nie mógł oderwać wzroku.

– Wchodźcie, Wozniesieński, musimy podumać. Po raz kolejny czytam informację od źródła Polaków w Białym Domu i resztka włosów zaczyna mi stawać na głowie. Wy prowadzicie tę sprawę w naszym wywiadzie. Co sądzicie o wiarygodności źródła i samej informacji?

– Wszystkie jego dotychczasowe doniesienia nie tylko się sprawdziły, ale też zostały potwierdzone przez nasze własne źródła. Informacja o odejściu prezydenta Nixona okazała się strzałem w dziesiątkę i wypłaciliśmy wtedy milion dolarów nagrody.

– Tak, pamiętam. Dzięki niej wygrałem zakład z Breżniewem, który nie wierzył w możliwość pozbawienia władzy amerykańskiego prezydenta... Uważacie zatem, że ta informacja jest także wiarygodna?

– Nie inaczej, towarzyszu przewodniczący. Znam ją na pamięć i dokonałem gruntownych sprawdzeń, o kogo może chodzić... – Podpułkownik zawiesił na chwilę głos, patrząc na przełożonego, jakby czekając na pozwolenie kontynuowania wątku. Gdy generał zachęcił go skinieniem głowy, dokończył: – Chodzi o Hafizullaha Amina. Nie może być pomyłki i zaraz wyjaśnię dlaczego...

Przez następne pół godziny drobiazgowo referował przebieg kolejnych pobytów Afgańczyka w Stanach Zjednoczonych, z nie do końca udaną próbą obrony pracy doktorskiej na Uniwersytecie Columbia włącznie.

– Instynktownie czułem, że z tym człowiekiem jest coś nie tak – skomentował przewodniczący KGB. – Odkąd rok temu afgańscy komuniści doszli do władzy, kłócą się jak stare przekupki na bazarze, ale złym duchem tego towarzystwa jest właśnie Amin. To on odpowiada za znakomitą większość tych nieporozumień. Zbyt szybko forsuje też ateizację kraju, zrażając do siebie biedotę afgańską, która dzięki reformie rolnej mogła najwięcej zyskać i stać się podporą reżimu. Zupełnie jakby ktoś mu za to...

– ...płacił, że wejdę w słowo, towarzyszu generale – zręcznie dokończył podpułkownik Wozniesieński.

– Otóż to! Jeżeli Amin jest agentem CIA, to mamy kłopot, zwłaszcza przy tym rozgardiaszu, jaki tej wiosny zaczyna ogarniać Afganistan. Ale pozwólcie, że swoim starym zwyczajem postawię pytanie. Jakie macie propozycje w tej sprawie, Wozniesieński, a może gotowe rozwiązanie?

– Najprościej byłoby Amina zastrzelić, ale wiem, że nie o takie rozwiązanie wam chodzi, towarzyszu przewodniczący. Spójrzmy zatem na fakty. Amin przez wiele lat przebywał w Stanach Zjednoczonych i Amerykanom najłatwiej byłoby go zawerbować. Ale, jak dobrze wiemy, to nie zawsze tak działa. Mógł równie dobrze znienawidzić ten kraj. Informacja od źródła Polaków jest w najwyższym stopniu niepokojąca ze względu na jego wiarygodność i dobre uplasowanie. Ale na razie jest to tylko jedna taka informacja i wymaga potwierdzenia. – Oficer wywiadu spokojnie analizował sytuację. – Jeżeli mamy podjąć jakieś działania wobec Amina, to w mojej ocenie musimy objąć go dyskretną kontrolą operacyjną na terenie Afganistanu. Proponuję wysłać do Kabulu grupę specnazu pułkownika Riepina. To inteligentni i sprawni chłopcy, w sam raz na takie delikatne zadanie, które jednak w pewnym momencie może mieć trudny do przewidzenia finał…

– Prawidłowa ocena, dobry pomysł. Chciałbym powierzyć wam nadzór nad całą sprawą, jeżeli nie macie nic przeciwko temu. Oddziałem Riepina dysponujcie według uznania. Muszę wiedzieć, co knuje Amin i czy przypadkiem nie chce przehandlować Afganistanu naszym amerykańskim *friends*… Proszę też przekazać prowadzącym źródło, że jeżeli informacja w sprawie Amina zacznie się potwierdzać, to dla zachęty wypłacimy pierwsze raty dwumilionowej premii, której żąda. To naprawdę żadne pieniądze w porównaniu z tym, co mógłby nabroić taki Amin, gdyby rzeczywiście okazał się agentem CIA.

– Tak jest, towarzyszu przewodniczący! Wszystkiego dopilnuję. Za parę dni udaję się na spotkanie z madame Amschel… Ona też kiedyś wspomniała, że Amerykanie mają podobno jakiegoś swojego czarnego konia, który ma dla nich wygrać wyścig do władzy i podać im Afganistan na srebrnej tacy.

– Proszę ją jak najserdeczniej pozdrowić i podziękować za niezwykle owocne doradztwo. Tylko ona i jej środowisko finansowe potrafią tak skutecznie zarządzać tym strumieniem dolarów, jaki napłynął do nas w ostatnich latach po zwyżce cen złota i ropy. A to jeszcze nie koniec tej hossy...

20 kwietnia

Bruce Amstutz pełnił funkcję chargé d'affaires ambasady Stanów Zjednoczonych w Kabulu od tragicznej śmierci ambasadora Adolpha Dubsa w lutym. Po placówkach w Bombaju i Rangunie azjatyckie klimaty nie były mu obce, ale rzeczywistość afgańska schyłku lat siedemdziesiątych przekraczała niekiedy rozległe horyzonty jego wyobraźni. Przez dwa lata pobytu w Afganistanie rebelia islamska objęła w mniejszym lub większym stopniu prawie wszystkie prowincje i poruszanie się po kraju stało się niebezpieczne.

Przeciętny mudżahedin miał poważne problemy z odróżnieniem Amerykanina od Rosjanina i z reguły sięgał po broń, zanim o cokolwiek zapytał. Amstutz zamierzał uczulić na tym punkcie swojego dzisiejszego rozmówcę, dopiero co przybyłego ze Stanów Zjednoczonych. Tym bardziej że jego przyjazd poprzedziła instrukcja Biura Wywiadu Departamentu Stanu, polecająca go opiece chargé d'affaires, a zarazem wyjaśniająca, że jest oficerem CIA, który podczas rozmowy w cztery oczy wyjaśni cel swojej misji w Kabulu. Nie była to rutynowa procedura, więc Bruce Amstutz zakładał, że to, co usłyszy, będzie daleko odbiegało od rutyny. Postanowił zatem przyjąć gościa w ogrodzie placówki, co znacznie utrudniało podsłuchanie takiej rozmowy przez osoby trzecie, a konkretnie – przez wszechobecne w mieście KGB. Kazał służbie przygotować drinki, a żołnierzom marines pilnować, by nikt nie zakłócał spotkania.

– Fred Van Vert – przedstawił się oficer CIA, wyciągając rękę na powitanie. – Miło mi pana poznać, panie ambasadorze.

– Mnie także. Miałem kiedyś przyjemność zamienić kilka słów z pańskim ojcem. Trochę szkockiej? – zaproponował dyplomata i uzyskawszy odpowiedź twierdzącą, rozlał trunek do kryształowych szklaneczek. – Co pana sprowadza do tego okropnego miejsca i w czym mogę panu pomóc?

– Sprowadza mnie osoba Hafizullaha Amina, panie ambasadorze. Byłoby dobrze, gdyby pan się z nim spotkał parę razy i podyskutował o starych, dobrych czasach, które spędził w Ameryce. Kto wie, jaki sentyment żywi do naszego kraju!

– Przyznam się, że mnie pan zaskoczył. To ciekawy pomysł, ale nie posądzam pana Amina o żadne sentymenty. To bezwzględny rzeźnik. Sposób, w jaki stłumił bunt w Heracie, był przerażający. Zabito tysiące ludzi. Zresztą tak samo dusi rewolty w innych miejscach. Nawet Rosjanie i prezydent Taraki są zniesmaczeni, bo nastawia to ludność przeciwko reżimowi. Niektórzy jego przeciwnicy puszczają wręcz plotki, że może być naszym człowiekiem…

– No właśnie! Dlatego kilka pana spotkań z Aminem mogłoby pomóc pewnym analitykom, niekoniecznie nam życzliwym, wyciągnąć wnioski co do prawdziwej lojalności tego pana. Lub jej braku… – dorzucił na koniec oficer CIA, puszczając oko do rozmówcy.

– Rozumiem zamysł, panie Van Vert. Podoba mi się ten fortel. Jak mawiają nasi rosyjscy przyjaciele z KGB, inspiracja jest najtańszą formą wywiadu…

30 kwietnia

Vick Van Vert, jego bratanek Fred i André siedzieli w restauracji hotelu Pierre, racząc się pożywnym angielskim śniadaniem i podsumowując działania ostatnich kilku miesięcy. Vick nie krył zadowolenia.

– Twój afgański plan, André, zaczyna nabierać rumieńców. Bardzo mnie to cieszy, bo dobrze świadczy o waszej inteligencji i możliwościach, drodzy dżentelmeni. Natomiast do szału doprowadza mnie ta nieudolna prezydentura Cartera, pogrążająca Amerykę w zapaści gospodarczej. Za rok wybory. Grono moich przyjaciół i ja jesteśmy absolutnie zdeterminowani, aby ta miernota nie została wybrana na drugą kadencję, a władza wróciła tam, gdzie jej miejsce, czyli w ręce republikanów. Każdy wkład w osiągnięcie tego szczytnego celu jest mile widziany, panowie...

– Jeżeli Rosjanie wejdą do Afganistanu, to uzasadnione będzie pytanie, kto do tego dopuścił. *Who lost Afghanistan?* Odpowiedź będzie prosta: Carter i jego ekipa... – Fred zaczął myśleć na głos.

– Pragnę zwrócić uwagę, że w ubiegłym miesiącu administracja Jimmy'ego Cartera łaskawa była stracić Iran na rzecz islamistów ajatollaha Chomeiniego – zauważył André. – O ile mnie pamięć nie myli, to przez ćwierć wieku szach Reza

Pahlawi był najwierniejszym i największym sojusznikiem Stanów Zjednoczonych na Bliskim Wschodzie. To jest prawdziwy cios w amerykańskie strategiczne interesy w rejonie Zatoki Perskiej. Strata Afganistanu będzie się przy tym wydawać drobnostką. Nie odniosłem wrażenia, by reżim Chomeiniego pałał miłością do Ameryki, wręcz odwrotnie...

– Brawo, panowie! Świetne rozumowanie. Upadek szacha i strata Iranu to rzeczywiście skandaliczne niedopatrzenie tego hodowcy orzeszków z Białego Domu. Tak długo marudził Rezie o prawach człowieka, aż tamten zaczął popuszczać gorset, w jakim z powodzeniem trzymał Irańczyków, i doczekał się rewolucji. Nie mówię, że szach nie popełniał błędów i nie był autorytarny, ale był naszym tyranem! – podsumował Vick.

– Niestety, CIA dała dupy, nie przewidując rewolucji irańskiej i nie doceniając głębi pokładów nienawiści Irańczyków do reżimu Rezy Pahlawiego. Agencja zgodziła się polegać na ocenach Savaku, tajnej policji szacha, rezygnując z prowadzenia własnego gruntownego rozpoznania. A Savak wciskał nam, co było mu wygodne – wyjaśniał Fred. – Niestety, nienawiść Irańczyków do obalonego szacha przekłada się jak jeden do jednego, albo jeszcze gorzej, na nienawiść do Ameryki, bo winią nas za wspieranie jego władzy i ekscesów przez tyle lat. A wierzcie mi, metody stosowane przez Savak zadziwiłyby nawet największych znanych z historii oprawców...

– To może należałoby skanalizować te wielkie pokłady nienawiści na niekorzyść administracji pana farmera. Jak pamiętam, historia Iranu zna takie przypadki. Lęgnie mi się w głowie pewien pomysł... – odezwał się André, budząc żywe zainteresowanie interlokutorów.

30 września

Po lekkiej kolacji, na którą generał Andropow zaprosił Aleksandra Wozniesieńskiego, oficerowie przeszli z jadalni do przyległego salonu na kawę i koniak. Podczas posiłku dokonali oceny sytuacji w Afganistanie, która coraz bardziej się komplikowała. W połowie miesiąca Hafizullah Amin i jego zwolennicy dokonali zamachu stanu, obalając Nura Mohammada Tarakiego i przejmując władzę. Prezydent, jego najbliższa rodzina i współpracownicy zginęli pod gradem kul.

Na domiar złego z ustaleń działającej w Kabulu grupy specnazu pułkownika Riepina wynikało, iż Amin odbył kilka rozmów z chargé d'affaires ambasady Stanów Zjednoczonych, Bruce'em Amstutzem, i co najmniej raz spotkał się z innym pracownikiem ambasady, potwierdzonym oficerem stacji CIA w Kabulu. Niestety, członkom grupy nie udało się ustalić treści rozmów, ale odnotowane fakty niezwykle irytowały przewodniczącego Andropowa i potwierdzały jego fatalną opinię o Hafizullahu Aminie.

– Ale to jeszcze nie wszystko, towarzyszu przewodniczący. Wracam właśnie z Paryża z rozmowy z madame Amschel. Udało jej się ustalić, że czarny koń Amerykanów na szczytach władzy w Afganistanie, o którym kiedyś wspomniała, to właśnie Amin. Koło się zamyka i nie ma teraz wątpliwości, że Afganistanem rządzi człowiek CIA.

– Tego się obawiałem. Ten drań wytnie nam taki sam numer jak kiedyś Anwar Sadat w Egipcie. Zrezygnuje z przymierza z nami i odda kraj Amerykanom. Niewdzięczny pies! Po tym wszystkim, co dla niego zrobiliśmy... – Generał Andropow szybko się opanował. – A nie pytaliście przypadkiem madame Amschel, co zrobiłaby na naszym miejscu w tej trudnej sytuacji?

– Ależ oczywiście! Nie mógłbym nie zadać takiego pytania tak mądrej i pragmatycznej osobie. Sugeruje pozbyć się zdrajcy i zastąpić go człowiekiem sprawdzonym i całkowicie lojalnym. Od tego przewrotu, który musi się skończyć rozwiązaniem siłowym, jak to elegancko ujęła, trzeba całkowicie odwrócić uwagę międzynarodowej opinii publicznej, najlepiej za pomocą jakiegoś wyjątkowo spektakularnego wydarzenia... – Podpułkownik zawiesił na moment głos, ale widząc, że jego rozmówca nie zamierza mu przerywać, dokończył: – Doprowadzając na przykład, z wykorzystaniem różnych naszych możliwości i aktywów, do zajęcia ambasady amerykańskiej w Teheranie przez patriotów irańskich i wzięcia jej personelu jako zakładników...

– Casus Aleksandra Gribojedowa, pisarza i carskiego ambasadora w Teheranie. W lutym tysiąc osiemset dwudziestego dziewiątego roku dziki tłum Persów zdobył ambasadę rosyjską i wymordował cały personel z panem ambasadorem na czele... Jacyś religijni fanatycy podburzyli wtedy tłum przeciwko Rosjanom za rzekomy brak szacunku dla Persji. Nie pamiętam, jaka była reakcja rosyjska na tę napaść...

– Praktycznie nie było żadnej, bo car Mikołaj I potrzebował sojuszu z Persją przeciwko Turcji. Szach przeprosił, podarował carowi olbrzymi kamień szlachetny i na tym się skończyło. A co mogłaby zrobić Ameryka, gdyby nastąpiła powtórka z historii i dziki tłum Persów zajął jej ambasadę? Oczywiście nie wymordowałby personelu, ale uwięził i grał na nosie wielkiemu mocarstwu... – Podpułkownik snuł rozważania, uważnie obserwując przełożonego.

– Myślę, że nic nie mogłaby zrobić, najwyżej negocjować. Iran to nie Liban, nie da się tam wysłać marines w pięć minut. Persowie to nie Arabowie i jest ich kilkadziesiąt milionów. Są dobrze uzbrojeni w amerykańską broń, którą Reza Pahlawi kupował jak szalony. Cały świat by śledził taką rozgrywkę z zapartym tchem. Administracja Cartera musiałaby zajmować się takim kryzysem dwadzieścia cztery godziny na dobę przez siedem dni w tygodniu aż do jego rozwiązania. Republikanie nie daliby jej chwili wytchnienia, bo w grę wchodziłby honor Stanów Zjednoczonych. O tak, nikt nie zwróciłby najmniejszej uwagi na pozbycie się przez nas Amina. To bardzo ciekawa opcja, każę ją dokładnie przeanalizować naszym iranistom. Madame Amschel to nie tylko piękna, ale i bardzo niebezpieczna kobieta... – Generał Andropow zamyślił się na chwilę, po czym przeszedł do meritum: – Ma rację, rzecz jasna, musimy się pozbyć Amina, a w warunkach afgańskich oznacza to zabicie łajdaka. Przygotujcie ramowy plan takiej operacji i zaczniemy go powoli wypełniać szczegółowymi rozwiązaniami.

– Czy mam w nim przewidzieć jakąś formę naszej interwencji zbrojnej celem eliminacji Amina? A jeżeli tak, to jak dużej?

– Gdy interweniowaliśmy na Węgrzech w pięćdziesiątym szóstym, by obalić Imre Nagya, byłem tam wtedy ambasadorem i nadzorowałem akcję. Wymagało to dużych sił i podobnie będzie w Afganistanie. Jest to wprawdzie ostatnie miejsce, do którego zalecałbym skierowanie naszych wojsk, ale Amina nie da się obalić jedynie przy udziale grupy specnazu pułkownika Riepina i ludzi KGB, którzy są na miejscu – wyjaśniał Andropow. – Aby go dopaść, potrzebne będą co najmniej dwa wzmocnione bataliony specnazu. Skoro zaś poślemy do Kabulu tysiąc żołnierzy, by zabić Amina, to może warto jednocześnie zalać resztę ziem Afganistanu siłami na tyle dużymi, żeby szybko i skutecznie zgnieść rebelię islamską i w sześć miesięcy się wycofać. Jak z Węgier czy Czechosłowacji. Zostawimy jedynie parę garnizonów do wspierania armii afgańskiej. Świat tymczasem będzie się fascynował operą mydlaną w ambasadzie amerykańskiej w Teheranie i nim się ocknie, w Afganistanie będzie już po wszystkim.

– Źródło Polaków w Białym Domu po raz kolejny się sprawdziło – zauważył podpułkownik Wozniesieński. – Dało nam klasyczną wyprzedzającą informację wielkiej wagi...

– Należy zatem to docenić i wypełnić nasze zobowiązanie. Upoważniam was, Wozniesieński, do wypłaty pełnej premii w wysokości dwóch milionów dolarów. A was zaraz awansuję do stopnia pułkownika.

1980
3 lutego

Niedzielny obiad w apartamencie upłynął w leniwej atmosferze, którą przerywały jedynie psoty pięcioletniego Victora. Nie mogły jednak w żaden sposób popsuć wyśmienitego humoru Vicka Van Verta. Kiedy Maria zaprowadziła zasypiającego już chłopca do sypialni, Vick, Fred i André wstali od stołu i przeszli do salonu. Pili szacownej daty koniak Rémy Martin, który specjalnie na tę okazję przyniósł Vick.

– Nie wiem, panowie, jak to zrobiliście, ale koniec i przełom roku był zaiste bombowy. Piątego listopada tłuszcza w Teheranie opanowuje naszą ambasadę i bierze kilkudziesięciu Amerykanów jako zakładników. Dwudziestego listopada pogrobowcy fanatyków bractwa Ichwan sieją terror w Mekce, świętym mieście muzułmanów. Dzień później inna tłuszcza, tym razem w Islamabadzie, pali ambasadę amerykańską, korzystając z dziwnej bierności armii pakistańskiej. A w końcu Rosjanie wchodzą do Afganistanu i zabijają Amina. Wszystko to zaś przy pełnej bezradności pana prezydenta Cartera, farmera orzeszków. Mamy początek roku wyborczego i dla moich przyjaciół republikanów oraz dla nas to jak dar niebios.

– Co nasz ród będzie z tego miał? – zapytał André. – Koniec końców zainwestowaliśmy trochę wysiłku w ten dar niebios...

– Gdy prezydentem Stanów Zjednoczonych zostanie nasz kandydat Ronald Reagan, to będzie musiał zdecydowanie odpowiedzieć na agresję rosyjską w Afganistanie. Zainauguruje wyścig zbrojeń, jakiego jeszcze świat nie widział. Firmy naszej grupy zarobią olbrzymie pieniądze.

– Jeżeli rozpoczniemy taki wyścig zbrojeń, a jednocześnie pomożemy Rosjanom ugrzęznąć w Afganistanie, to ich siły i środki zostaną rozciągnięte do granic wytrzymałości... – zauważył Fred.

– I o to chodzi. Ponadto żarzy się iskierka w Europie Wschodniej, konkretnie w Polsce... – dopowiedział Vick. – Jedyna pozytywna rzecz, jaka się zdarzyła podczas kadencji Cartera, to wybór Polaka na papieża, choć nie jest to zasługa naszego pana prezydenta. Natomiast zasługą administracji Reagana będzie wykorzystanie tego prawdziwego daru niebios do maksimum i rozdmuchanie iskierki w prawdziwy ogień!

– Równoległe podpalenie Afganistanu i Polski, na przeciwległych krańcach imperium radzieckiego, to genialny pomysł. Gratuluję, Vick, tobie i twoim znajomym – rzekł z uznaniem Fred. – Ciekawi mnie, kogo zamierzacie mianować szefem CIA. Bo to będzie miało podstawowe znaczenie dla realizacji tak ambitnego planu...

– Myślę, że William Casey okaże się doskonałym kandydatem. To weteran i stary wyjadacz z OSS. Nieźle znał się z twoim ojcem. Wiceprezydentem zaś zostanie George Bush, były szef CIA. Pomoże nowemu dyrektorowi odbudować Agencję po spustoszeniach ostatnich czterech lat rządów admirała Turnera i jego przełożonego, farmera orzeszków – odpowiedział Vick Van Vert z pełnym satysfakcji uśmiechem. – Panowie, wypijmy za powrót do wielkiej gry!

3 maja

Dominik wyjechał najnowszym modelem mercedesa 300 TD ze swojej rezydencji i skierował się ku granicy ze Szwajcarią. Lekko przyciemnione szyby nadawały pojazdowi aurę tajemniczości, a markowe okulary słoneczne, które towarzyszyły temu modelowi mercedesa, spowodowały, że przemytnik poczuł się prawie jak James Bond. Nie zdążył jednak opuścić granic Schönbrunnu, gdy ku swojemu niezmiernemu zdziwieniu zorientował się, że ktoś prowadzi za nim obserwację. Czy też mu się zdawało? Musiała to być spora ekipa złożona z wielu pojazdów. Może ze zbyt wielu i właśnie ich częste manewry za nim i przed nim wzbudzały podejrzenia.

Czuł napływającą adrenalinę. Uśmiechnął się na myśl o czekającej go akcji, choć stuprocentowe potwierdzenie obecności intruzów nie byłoby mu w smak. Następnego dnia miał się spotkać na terenie Szwajcarii z Harrym Adamsem i musiał być pewien, że jest czysty. Bogu dziękował, że nabyta przez wiele lat działań przezorność operacyjna popchnęła go do wyjazdu z dużym zapasem czasu.

Jeżeli mam ogon, to nieprzypadkowo. No, chłopcy, kto was tu przysłał? Która to Spectre? Chyba nie pana Blofelda? – pomyślał, wcielając się mimowolnie w postać legendarnego szpiega Jej Królewskiej Mości.

Zatrzymał się przed cukiernią, w której zwyczajowo zaopatrywał się w słodkości. Dokonał ostentacyjnie dużych zakupów, bez pośpiechu wypił cappuccino przyrządzone przez miłe córki właściciela i skorzystał z usytuowanej na piętrze toalety, udostępnianej wyłącznie stałym klientom. Stamtąd niczym z lotu ptaka obserwował, co się dzieje przed cukiernią. Charakterystyczne rozstawienie paru samochodów z mieszanymi załogami w środku upewniło go, że jest inwigilowany.

Obładowany papierowymi torbami pełnymi pudełek z tortami i ciastkami, podszedł do samochodu i położył zakupy na tylnym siedzeniu. Zamknął drzwi i ruszył do pobliskiego kiosku, gdzie kupił wszystkie weekendowe gazety, jakie wpadły mu w ręce. Mijając pojazdy obserwacji, nie patrzył na siedzące w środku osoby, ale kątem oka widział w witrynach sklepowych, jak odwracające się głowy śledzą każdy jego ruch. Wrócił do mercedesa, wrzucił prasę na przednie siedzenie i powoli ruszył z powrotem do swojej rezydencji niczym zwykły syty mieszczuch, który zaopatrzył się w deser na sobotni obiad. Doskonale wiedział, że aby ustalić to, na czym mu zależało, potrzebuje fachowej pomocy.

– Szybko obróciłeś, przyjacielu. To już niedzielny wieczór? – zażartował spotkany w drzwiach rezydencji Gerard, szczerze zaskoczony jego obecnością, bo Dominik zapowiedział powrót na koniec następnego dnia. – Czy po prostu zapomniałeś portfela?

– Jest robota, *Herr Oberst*. Mam ogon, jak sądzę – rzucił przemytnik, wprawiając w osłupienie byłego esesmana, bo taka sytuacja zdarzała się po raz pierwszy. – Trzeba ustalić, kto to i czego chce.

– Czy to może być związane z naszym tyrolskim gospodarstwem? – nie na żarty zaniepokoił się Gerard, który już bardzo się przywiązał do tego przedsięwzięcia.

– Nikła szansa. Raczej chodzi o spotkanie, na które się udawałem – uspokoił przyjaciela Dominik. – Ale nie możemy gdybać. Musimy być pewni. Zawołaj synów, Hilfersa i zróbmy naradę wojenną.

– To mi się podoba! Jak za dawnych, dobrych czasów! – zauważył pułkownik SS i poszedł skrzyknąć ekipę.

Godzinę później Gerard udał się na spotkanie z wysokiej rangi funkcjonariuszem wiedeńskiej policji, z którym przyjaźnił się od wielu lat. Człowiek ten służył przed wojną w austriackich strukturach SS, gdy tylko zostały powołane do życia, ale niewielu o tym pamiętało, a odpowiednie świadectwa archiwalne zaginęły w wojennej zawierusze. Gerarda bardzo poważał i lubił. Roztaczał zatem nad rezydencją w Schönbrunnie skuteczny parasol ochronny, a w zamian jego spora rodzina mogła liczyć na godziwe zatrudnienie w firmach obrotu nieruchomościami należących do Dominika. Bardzo to pomagało przy ocenie wiarygodności finansowej ich klientów.

Kolejne dwie godziny później z rezydencji wyjechał mercedes 300 TD z przyciemnionymi szybami. Prowadził go jeden z synów Gerarda, odpowiadający wzrostem Dominikowi i profesjonalnie na niego ucharakteryzowany. Markowe okulary słoneczne od firmy Mercedes dopełniały tej mistyfikacji. Samochód skierował się w stronę Wiednia uprzednio ustaloną trasą, a pojazdy tajemniczej ekipy obserwacji ostrożnie ruszyły za nim, o czym kierowca zameldował po pewnym czasie przez radiostację. Potwierdziły to załogi nieoznakowanych samochodów wiedeńskiej policji, które ustawione na trasie przejazdu mercedesa 300 TD rozpoczęły prowadzenie kontrobserwacji całej kawalkady.

Piękna, słoneczna pogoda, jaką tego dnia cieszyła się dostojna stolica byłej Monarchii Austro-Węgierskiej, nie zapobiegła przykremu wypadkowi, któremu uległ jeden z pojazdów inwigilujących mercedesa 300 TD. Żeby nie stracić go z pola widzenia, samochód obserwacji przyspieszył w pewnym momencie i z pełnym impetem wjechał w tył dużego auta dostawczego, które nagle wyhamowało, żeby nie potrącić przebiegającego na czerwonym świetle niesfornego przechodnia. W tył zaś pojazdu obserwacji wjechała śmieciarka, której kierowca został całkowicie zaskoczony wymuszonym manewrem jadącego przed nim samochodu. Uderzenia czołowe i tylne były tak mocne, że kobieta i mężczyzna siedzący w pojeździe doznali poważnych obrażeń, tym bardziej że nie byli przypięci pasami. Było to typowe niedopatrzenie członków ekip obserwacji, którzy nigdy nie wiedzą, jak szybko będą zmuszeni podjąć obserwację pieszą, i przez to skłonni są lekceważyć podstawowe wymogi bezpieczeństwa.

Na miejscu wypadku jak spod ziemi, natychmiast wyrosły oznakowane wozy policji. Po paru minutach zjawiła się karetka pogotowia. Poszkodowanych w wypadku kobietę i mężczyznę wyciągnięto z prawie doszczętnie rozbitego auta i ułożono w karetce, która odjechała na sygnale, konwojowana przez jeden z radiowozów. Ruszył za nimi pojazd ekipy obserwacji, a pozostałe kontynuowały inwigilację mercedesa 300 TD, zachowując jednak znacznie większą ostrożność.

W tym samym mniej więcej czasie opuścił rezydencję sportowy mercedes coupé prowadzony przez Dominika. Jego wyjazd poprzedziła dokładna lustracja najbliższych okolic, którą fachowo przeprowadził drugi syn Gerarda. Niemolestowany przez obserwację zajętą inwigilacją mercedesa 300 TD, Dominik spokojnie jechał na spotkanie z Harrym. Na wszelki wypadek przez pierwsze pięćdziesiąt kilometrów trasy towarzyszył mu samochód z Hilfersem za kierownicą. Nie stwierdziwszy niczego podejrzanego, były esesman dał przemytnikowi umówiony znak światłami i zawrócił do rezydencji w Schönbrunnie.

4 maja

Wyborny obiad, który Harry i Dominik spożyli w renomowanej restauracji Conca Bella, oddalonej nieco od centrum miasta Chiasso w kantonie Ticino, mocno ich rozleniwił, ale też zmotywował do spaceru. Przegrzebki z patelni na maśle z dużą ilością czosnku i półmisek ryb z rusztu na dwóch nasyciły stołowników, ale nie zalegały w żołądkach. Mimo to celem przechadzki było znalezienie jakiejś kafejki w centrum z widokiem na kościół San Vitale i spożycie amaro ku lepszemu trawieniu.

W trakcie posiłku Amerykanin szczegółowo relacjonował nieudaną misję Delta Force sprzed niespełna dziesięciu dni, której celem miało być uwolnienie zakładników przetrzymywanych w ambasadzie Stanów Zjednoczonych w Teheranie. Niezwykle pechowa operacja mocno nadwyrężyła wizerunek amerykańskich sił zbrojnych jako profesjonalnej machiny militarnej, tym bardziej że w płonącym helikopterze na pustyni irańskiej zginęło ośmiu Amerykanów.

– Szkoda chłopaków. Jak widać, politycy zrobią wszystko, aby utrzymać swoje tyłki na stołkach – zauważył Dominik z cierpką miną.

– Nie da się ukryć! W tym jednak przypadku nieudana misja i śmierć tych żołnierzy to gwóźdź do politycznej trumny Cartera. Następnym prezydentem Stanów Zjedno-czonych będzie republikanin – odpowiedział pewny siebie Harry.

– To mocne i bezkompromisowe słowa. Mogę je przeka-zać jako pewnik odbiorcom informacji, którzy tak pięknie płacą?

– Jak najbardziej, *be my guest*. Zwłaszcza że wypowie-dział je pan prezydent Jimmy Carter we własnej osobie, a w tym przypadku chyba wie, co mówi.

– Zwiedziłeś okolicę? Upatrzyłeś sobie jakiś dom, w któ-rym spędzisz zasłużoną emeryturę? – zapytał Dominik, zmieniając temat. Wiedział, że wybór Chiasso na miejsce spotkania nie był dziełem przypadku.

– Wytypowałem dwa. Przyznam szczerze, nie zdawa-łem sobie sprawy, że włoskie klimaty w tej części Szwajcarii mogą być aż tak urokliwe. Po tym weekendzie w Ticino je-stem absolutnie zdecydowany się tu przeprowadzić. Prob-lem polega na tym, że Vick Van Vert sugeruje czy wręcz nalega, abym pozostał w Białym Domu na kadencję kolej-nego prezydenta. Jego prezydenta, Ronalda Reagana. Jak zrelacjonowałem w swojej informacji, wiąże z nim wielkie plany. Nadchodzące lata mają być przełomowe w historii powojennej Europy... Co radzisz?

– Dobrze się zastanów, Harry. Jestem twoim przyja-cielem i nie nalegam na kontynuację naszej współpracy. Trzydzieści parę lat wywiadowczej orki to dużo, *mon ami*. Niekiedy najlepiej odejść, gdy się jest na topie. Tak jak ty w tej chwili – odpowiedział Dominik.

– *Grazie*. To jest rada prawdziwego przyjaciela, szczera i życzliwa. Myślę, że powinienem z niej skorzystać...

W drodze powrotnej Dominik zatrzymał się na noc w Innsbrucku. Czekał tam na niego Gerard z najnowszymi informacjami.

– To byli Rosjanie. Ekipa obserwacji działała na zlecenie wywiadu KGB. Mieli namierzyć twoje spotkanie z kimś ważnym i ustalić tożsamość tej osoby. Tyle wycisnęliśmy z rannej kobiety, zanim trafiła do szpitala. Gwarantuję, że mówiła prawdę... – dodał były esesman, nie napomykając o metodach, jakimi się posłużył, by uzyskać tak cenną wiedzę. Zresztą Dominik i tak je znał. – Aha, i powiedziała jeszcze, że operacja stanowiła inicjatywę jednego z ambitnych wiceszefów, który chciał się szybko zasłużyć. Nie została uzgodniona z jego szefem, a tym bardziej z przewodniczącym KGB.

– To całkiem możliwe – skonstatował przemytnik, ciesząc się w duchu, że przekonał Harry'ego Adamsa do przejścia na emeryturę. – Nie sądzę, by Andropow chciał ze mną zadzierać, zwłaszcza że to i owo mi zawdzięcza. W tej chwili Afganistan wystarcza mu z nawiązką i pewnie tam wyśle tego gorliwego wiceszefa. A swoją drogą popatrz, Gerard, jak te wielkie wywiady są do siebie podobne. Nigdy się nie nauczą poważnie traktować takich małych żuczków jak my... „Miałeś, chamie, złoty róg", chciałoby się powiedzieć!